À Hélène. Merci d'avoir choisi Oli. Même dans la folie, travailler avec toi est toujours un plaisir.
À Claire, ma fidèle complice, à qui je fais la vie dure, mais qui me le rend bien.
Et heureusement ! Merci d'être là.
À mon petit groupe de lecteurs privilégiés. Jamais un roman n'a été aussi grisant à écrire. En adoptant Oli, vous m'avez donné des ailes pour porter cette histoire jusqu'à la fin. Merci.
Dans ce groupe nous avons un Oli : Daweed, le petit créa irrévérencieux qu'on adore.
Toute ressemblance avec des personnages existants ne serait que pure coïncidence. Pourtant, je suis sûre qu'il y a une part d'Oli dans Daweed. Ou peut-être est-ce l'inverse ?

CHAPITRE PREMIER

Je fixe mon verre en soupirant. Décidément, cette tequila finira par avoir raison de mon cafard, et du reste de mes pensées aussi. Adossée au bar, à ma droite, Juliette pointe du menton la piste de danse derrière moi.

— Et le brun, là-bas ? Il a un beau cul, tu as vu ?

— Arrête un peu, je grogne.

— Pourquoi ? Tu ne comptes pas rentrer les mains vides, quand même ?

Je lève mon verre dans sa direction, puis je le termine en grimaçant. Un peu vite, je récupère un morceau de citron vert dans lequel je croque en retenant un haut-le-cœur. Quelle idée de se soûler à la tequila ! Je toussote, mais, dès que je retrouve l'usage de ma voix, je rétorque :

— Je suis ici pour boire, parce que quand je bois je ne pense pas à Ben.

— Si tu veux mon avis, tu n'as rien perdu, raille-t-elle.

— Ouais.

Même si j'ai plus envie de pleurer que de picoler davantage, je fais signe au serveur de nous resservir. Tant pis pour la gueule de bois. Qu'est-ce que ça change ? Depuis trois semaines, je n'ai plus de boulot, de toute façon.

— Le beau brun…, tu es sûre qu'il ne te dit rien ?

Je secoue la tête sans même jeter un coup d'œil, ce qui énerve d'autant plus Juliette.

— Merde, Amy, tu ne vas pas devenir bonne sœur à cause de ce type ! Mais quelle idée de coucher avec ton boss, aussi. Un gars marié, en plus !

Choquée par sa réplique, même si elle est vraie, je la foudroie du regard.

— Va te faire voir !

Dans un même élan, je finis ma tequila d'un trait et tape le verre sur le comptoir pour que le barman se ramène en quatrième vitesse.

— Quoi ? lâche ma copine en me faisant les gros yeux. Tu es belle, jeune… Arrête de te morfondre et prends ton pied ! Des types doués au lit, il y en a sûrement plein ce bar !

C'est plus fort que moi, je lève les yeux au ciel et peste :

— Tu veux qu'on reparle de la semaine dernière, peut-être ? Quand tu m'as traînée dans ce club pourri et que tu m'as poussée à me déhancher sur la piste comme une idiote ?

— Ah non ! Là, ce n'est quand même pas ma faute si tu n'as pas eu de chance et que tu as ramené cet imbécile !

— Et la semaine d'avant ? je m'énerve.

— Bah… il était soûl ? suggère-t-elle.

Je soupire sans répondre. À entendre Juliette, la majorité des types de plus de trente ans savent faire jouir une femme. Évidemment, il faut que je fasse mentir ses statistiques ! À croire que Ben est le seul homme assez doué pour me faire perdre la tête en dix minutes chrono. Depuis, deux épisodes malheureux m'ont convaincue de me rabattre sur l'alcool plutôt que sur les hommes. Pourquoi perdre mon temps avec un idiot qui ne saura que me faire admirer le plafond de ma chambre à coucher ?

— Allez, ne te laisse pas abattre ! m'encourage-t-elle. Tu n'as qu'à me le laisser choisir ! J'ai un sixième sens pour ça. Et, d'après moi, le beau brun là-bas…

D'un signe de la main, je la fais taire et grogne :

— Sans façon. Je n'ai pas envie de tester l'adage « jamais deux sans trois ».

Récupérant son verre de tequila, elle rigole et le vide d'un trait pendant que j'ajoute :

— Je vais juste me soûler et rentrer chez moi. Seule, je précise. En plus, il faut que je mette mon CV à jour et que je me dégotte un nouveau boulot. Avec une femme comme patron, de préférence.

— Tu finiras peut-être lesbienne, se moque Juliette.

Même si sa blague est de mauvais goût, je ris avec elle, signe incontestable que l'alcool commence à faire effet.

Alors que je reprends mes esprits, Juliette étouffe un rot sous ses doigts et marmonne :

— Merde ! Il faut que j'aille aux toilettes. La tequila, ce n'est vraiment pas pour moi. Tu surveilles mon sac ?

Elle tourne les talons et s'engouffre dans la foule. Pour le principe, je retire ma veste et la pose sur le tabouret à ma droite pour montrer aux autres que la place est prise, puis je fais signe au barman de revenir remplir mon petit verre.

— Salut, poupée.

Je retiens un soupir agacé quand on se plante à ma droite, exactement là où se tenait ma copine il n'y a pas une minute. Sans daigner jeter un coup d'œil à celui qui tente d'attirer mon attention, je grogne :

— Va faire ton numéro ailleurs. Je préfère les femmes.

Je ris intérieurement en me remémorant ma conversation avec Juliette, mais le type se colle un peu plus à moi.

— C'est peut-être que tu n'as pas rencontré le bon gars.

Du bout des doigts, il effleure mon épaule, dénudée depuis que j'ai retiré ma veste. J'ai un léger geste de recul et je me tourne vers lui dans l'intention de l'engueuler, mais je ravale prestement les mots acerbes que je suis sur le point de lui jeter à la tête lorsque nos regards se croisent. Ce type est canon. C'est sûrement parce que je suis soûle, car je ne suis pas le genre à les trouver mignons facilement...

Avec un sans-gêne évident, l'homme récupère mon verre et le porte à son nez.

— Tequila ? Dis donc, poupée, ça ne doit pas aller bien fort pour boire un truc pareil…

Pendant une fraction de seconde, je l'observe, incapable de répliquer. Ma parole, qu'est-ce qui m'arrive ? En plus, je déteste qu'on m'appelle « poupée » ! Retrouvant un semblant de voix ferme, je peste :

— Garde ton numéro pour une autre, je ne suis pas d'humeur.

Alors que je m'apprête à lui tourner de nouveau le dos, il m'en empêche en me posant une main sur le genou et se colle un peu plus à moi. Son corps se glisse entre mes cuisses de façon intrusive. Et, pourtant, je reste là, à le dévisager pendant que quelques mèches de cheveux tombent sur son œil gauche.

— Allez, arrête tes histoires, dit-il en se penchant pour que je l'entende mieux. Il est presque 2 heures du mat. Tu es là, seule au bar, en train de boire ce truc infect, alors ne me fais pas croire que tu n'espères pas finir ta soirée par une bonne baise.

Je lâche un rire amer.

— C'est ça, ouais. Et avec toi, évidemment.

— Pourquoi pas ? Je suis beau, doué, et je peux te promettre une virée au septième ciel.

Alors que j'essaie de lâcher un autre rire, il avance d'un pas, toujours entre mes cuisses, qui s'écartent naturellement. Debout, il me surplombe, et son sourire charmeur me fait frissonner pendant que j'essaie de retrouver mes esprits. Je ne veux pas de ce type. Je ne veux pas me retrouver à fixer un plafond pendant qu'on me prend sans me donner le moindre plaisir. Je veux juste boire et m'effondrer avec une bonne gueule de bois.

Lorsque la main de l'inconnu glisse de mon genou à ma cuisse, je sursaute et retiens son geste.

— Hé !

Il s'arrête et me jette un regard sombre.

— Écoute, poupée, je suis bon joueur, je te montre que je vaux le coup. Donne-moi cinq minutes, top chrono, et on pourra enfin passer aux choses sérieuses.

Je le fixe sans comprendre. Qu'est-ce qu'il raconte, celui-là ? Possible que mon esprit soit trop embrouillé pour comprendre ce dont il me parle, mais sa main, elle, parvient sans trop de mal à s'échapper de la mienne et remonte prestement entre mes cuisses. Je sursaute et le repousse, choquée par son intrusion.

— Qu'est-ce que tu fiches ?

— Je vais te branler, dit-il comme si c'était tout à fait normal. Comme ça, tu verras ce que je vaux.

Il me fixe et attend. Quoi ? Parce qu'il espère une confirmation ? Je cligne des yeux avant de lâcher un rire nerveux.

— Et tu comptes me faire ça… ici ?

— Je suis un type créatif. J'ai l'habitude des situations particulières…

Son bras libre m'enserre, et il me plaque contre lui pendant que ses doigts cherchent à remonter sous ma jupe. Je n'ai plus l'envie ni la force de le repousser, et je fonds un peu entre ses bras, en tentant encore de protester mollement.

— Mais…

Dès qu'il atteint mon clitoris, au-dessus de ma culotte, je sursaute contre lui et balaie ce qui nous entoure du regard. Il est vraiment sérieux ?

— Tu es fou ? On pourrait nous voir ! dis-je très vite.

Sa jambe remonte entre mes cuisses, coinçant sa main contre mon sexe, et il se met à me caresser franchement. Bon sang, il sait vraiment y faire ! Même s'il est par-dessus mon sous-vêtement ! Retrouvant un semblant de raison, je secoue la tête.

— On ne peut pas… ici !

Ma voix s'emballe. Mince ! Comment arrive-t-il à me donner autant de plaisir en si peu de temps ?

— Personne ne regarde, me rassure-t-il en donnant quelques coups de bassin vers moi, frottant du même coup ses doigts contre mon sexe en feu. Les gens sont soûls. Ils n'en ont rien à foutre de nous.

Je vérifie ses dires, l'esprit embué par le plaisir bien plus que je ne voudrais l'admettre. Même en cherchant bien, je ne croise aucun regard. À quelques pas d'ici, les gens dansent sur une musique répétitive. Je sursaute de plaisir contre cet inconnu lorsqu'il accélère la cadence, et ma main s'accroche prestement à sa nuque. Je le scrute, étonnée, tandis qu'il me dévisage avec un air satisfait. Mince ! Mon corps devient affreusement docile. Dans un spasme agréable, je le griffe par mégarde et lui envoie un regard paniqué. Je ne peux pas croire que je vais jouir, comme ça, devant tout le monde. Surtout sous les doigts d'un sale petit prétentieux !

— Oh, poupée, je sens que ça vient ! me nargue-t-il.

Je ferme les yeux et ravale le gémissement que je sens grimper dans ma gorge.

— Tu es un petit volcan, toi…, je le sens, dit-il encore.

— Ta gueule !

Ma voix a résonné comme une plainte bien plus que comme une insulte. Je me penche vers lui, m'accroche à son cou comme à une bouée de sauvetage. Je tangue, et ça n'a rien à voir avec l'alcool. Ce type va me donner un orgasme, et je n'ai pas la moindre envie qu'il s'arrête. Dès que je lâche un premier râle, il écrase la bouche sur la mienne pour me faire taire. Il me serre plus étroitement contre lui pendant que je perds la tête. Sans réfléchir, je réponds à son baiser et mords sa lèvre inférieure en étouffant mon cri. C'est divin !

— Oui…, un petit volcan, confirme-t-il avec un rire près de mon oreille.

Agacé par son ton, je retrouve contenance avant de le repousser. Devant moi, l'homme se lèche la lèvre que je viens de mordre en arborant un petit air suffisant. Bordel ! Il m'a eue. Et il m'a offert un orgasme en un temps record en plus !

Je referme prestement les jambes avant de pivoter en direction du bar. Mais qu'est-ce qui m'arrive ? Je suis folle ou quoi ? J'ai laissé ce parfait inconnu me toucher de la sorte, devant tout le monde !

Se penchant vers moi, il me demande de sa belle voix grave :

— Alors, poupée ? On va faire un tour ?

Ma tête est au ralenti. Et, même si ce n'est pas une bonne idée, je récupère le verre de tequila posé devant moi et le vide d'un coup sec. Je ne vais quand même pas suivre ce type sous prétexte qu'il vient de me donner un orgasme en moins de... Combien de temps, déjà ? Quelques minutes... ? Et pourtant j'y songe. Vraiment.

— Je suis avec ma copine, dis-je en essayant de contenir le tremblement de ma voix.

Le barman réapparaît et me questionne du regard. Pendant une fraction de seconde, j'ai peur qu'il n'ait remarqué ce qui vient de se passer, mais il me montre simplement la bouteille de tequila. D'un petit signe de tête, je refuse. Si je compte m'envoyer en l'air avec ce type sans vomir mes tripes, il vaut mieux que je m'arrête là.

— Quoi ? Tu es vraiment lesbienne ? rigole-t-il en s'accoudant à ma droite.

Je lui lance un regard sombre. Est-ce qu'il se moque de moi ?

— Oh, mais ça ne me gêne pas, tu sais ? se reprend-il sans perdre son petit air suffisant. Elle est mignonne ? J'ai toujours rêvé de voir comment les femmes faisaient ça entre elles.

— Ça t'arrive de te taire ?

Il se remet à rire et sort son portefeuille avant de poser plusieurs billets près de mon verre vide. Ma parole, il s'imagine qu'il peut m'emmener où il veut uniquement parce qu'il paie mes huit ou... dix verres de tequila ?

Pendant que le barman vient récupérer son dû, un autre type, visiblement bourré, vient se planter à ma droite.

— Hé, Oli ! Qu'est-ce que tu fous ?

— Je lève une fille, ça se voit, non ? s'énerve-t-il en me pointant du menton.

— Merde alors ! Tu ne perds pas de temps, toi ! Comment tu fais pour les trouver aussi vite ?

— Je vais droit au but, déclare-t-il en me jetant un regard de feu.

Regard qui fait directement se contracter mon bas-ventre. Incroyable ! Comment arrive-t-il à faire ça ? Je me force à froncer les sourcils et descends de mon tabouret en essayant de ne pas me casser la figure avec mes talons.

— La fille va passer son tour, je déclare. Merci pour la minute express.

Avant que je puisse récupérer ma veste et le sac de Juliette, il m'arrête dans ma course.

— Hé, poupée ! Tu ne vas pas me laisser dans cet état ! Pas après la petite gâterie que je t'ai faite…

Il y a comme un début d'affolement dans son regard, et je retrouve aussitôt un peu de ma prestance, relevant fièrement le menton vers lui. D'accord, il est vraiment super mignon, et je suis sûre qu'il assure comme un dieu au lit, mais il est hors de question que je me laisse traiter de la sorte !

— Désolée, mais je déteste qu'on m'appelle « poupée ».

Je tourne les talons et tombe nez à nez avec Juliette qui me scrute sans comprendre. Derrière moi, le charmeur me suit et insiste encore :

— Hé ! Arrête ton délire ! Ne fais pas l'allumeuse !

— Merci pour le verre ! dis-je sans me retourner.

Je m'accroche au bras de Juliette et la tire en direction de la sortie. À cause de l'alcool, je titube un peu, mais je ris comme une folle quand nous arrivons dehors. Ma copine hèle un taxi, et je soupire en me glissant sur la banquette arrière du véhicule, ravie de l'orgasme que je viens de voler à cet idiot. Dommage qu'il ait eu une aussi grande gueule. Avec lui, je suis sûre que j'aurais été servie…

Chapitre 2

Je me lève tard, avec la sensation que ma tête va exploser. Sans surprise, j'ai la gueule de bois. Je me prépare du café – un peu d'aide, ça ne se refuse pas. Mon appartement est en bordel, comme ma vie, mais il est temps que je cesse de m'apitoyer sur mon sort et que j'aille de l'avant. Deux mois de dépression, ça suffit pour ce salaud. Et, à force de sortir aussi souvent avec Juliette, mon compte bancaire commence sérieusement à se vider. Il est plus que temps que je me dégotte un nouvel emploi.

Pendant que le café coule, je récupère le journal sur le seuil de ma porte, démarre une lessive et remplis le lave-vaisselle. Pour aérer l'appartement, j'ouvre en grand les fenêtres, ce qui illumine la pièce centrale. Adieu marasme, j'ai envie de sortir de ma torpeur.

Devant un café que je hume plus que je ne le bois, j'ouvre le journal, à la page des offres d'emploi. J'encercle ce qui me paraît intéressant, sans me limiter à mon champ d'expertise. Secrétaire juridique, c'est assez spécialisé comme boulot, et vu la façon dont je suis partie du cabinet de Ben je doute qu'il accepte de me servir de référence.

Sur un petit encadré portant la mention « urgent », je m'arrête, intriguée : « Recherche secrétaire/adjointe administrative, mais surtout personne efficace et capable de travailler sous pression. Excellentes capacités de communication orale et écrite, être bilingue serait un atout. Doit également détenir un passeport et un permis de conduire valides. Travail exigeant, nécessite beaucoup de déplacements et des horaires flexibles. Bonne rémunération. Personne sérieuse uniquement. » Je fais une drôle de moue devant la description des tâches. Je ne suis pas sûre de comprendre la nature de cet emploi, mais ça peut être dans mes cordes, alors je l'encercle.

Déterminée, j'envoie immédiatement mon CV par mail aux trois offres que j'ai repérées. Avec un peu de chance, je devrais recevoir au moins un appel cette semaine. Je file sous la douche et j'en sors en trombe lorsque la sonnerie du téléphone résonne dans mon appartement. Enroulée dans une serviette, je réponds, essoufflée :

— Oui ?

— Je… euh… je suis bien chez Amy Lachapelle ?

Surprise, je me raidis avant de répondre :

— Euh… oui.

— Je suis Cécilia Garrett, je téléphone à propos du CV que vous m'avez transmis un peu plus tôt aujourd'hui.

Étonnée qu'on me téléphone un samedi, et si tôt après mes envois de mails, mais ne sachant de quel emploi il s'agit exactement, je prends un moment avant de répliquer :

— Euh… oui… ?

— J'aurais quelques questions à vous poser. Ça ne vous embête pas ?

Quoi ? Un entretien par téléphone ? Un samedi ? C'est une blague ! Alors que j'ai encore un reste de gueule de bois et que je suis à moitié nue dans mon salon je me racle la gorge en prenant place dans mon canapé.

— Non, je… Ça va.

— Bien. Je vous rassure : ça ne prendra qu'une dizaine de minutes. Nous recevons beaucoup de CV, et ça me facilite la tâche de faire un tri par téléphone avant de convoquer des candidats pour des entretiens, vous comprenez ?

— Oui, oui.

Au bout du fil, elle semble bouger des papiers, puis elle lance soudain :

— Vous avez bien un passeport valide, n'est-ce pas ? Nous nous déplaçons beaucoup, et parfois sans l'avoir prévu longtemps à l'avance.

Un passeport ? Soudain, je reconnais la petite annonce qui m'avait intriguée et je me relève pour vérifier la date d'expiration du document.

— Oui, il est valide pour encore un an et demi.

— Excellente nouvelle. Et vous êtes bel et bien mobile ? Avez-vous certaines obligations qui pourraient vous empêcher de partir en voyage ?

— Euh… non.

— Pas d'enfants ? De mari ?

— Non, je répète, un peu perplexe devant cet interrogatoire.

Un petit rire nerveux résonne au bout du fil.

— Pardonnez-moi de poser toutes ces questions personnelles, mais c'est qu'il s'agit d'un emploi fort exigeant. Vous aurez vos week-ends, la plupart du temps, mais tous vos projets peuvent être bousculés à cause d'un simple appel.

Aussitôt, je demande :

— Est-ce que… je pourrais savoir de quel genre de travail il s'agit ?

— Oh ! Pardon ! J'en oublie l'essentiel ! Alors… nous sommes une agence de production. Est-ce que ça vous évoque quelque chose ?

Mal à l'aise, je me résous à dire la vérité :

— Pas vraiment.

Au bout du fil, elle rigole.

— Ne vous en faites pas, j'ai l'habitude. En fait, notre petite équipe gère l'organisation de différents événements dans le domaine du spectacle ou du cinéma… Nous travaillons avec des artistes et des boîtes spécialisées dans le milieu de la culture, c'est pourquoi nos horaires et notre description de tâches sont… ma foi… peu conventionnels.

Comme je ne dis rien, elle s'empresse d'ajouter :

— Mais c'est un boulot passionnant pour quelqu'un qui a envie de relever de nouveaux défis !

Retenant une moue, je réponds :

— Ça tombe bien, j'ai besoin de nouveaux défis.

— Tant mieux ! rigole-t-elle. Et je vois sur votre CV que vous avez une formation de secrétaire juridique. Je ne vous mentirai pas, il y aura de la prise de rendez-vous et de l'envoi de documents, mais… disons que ce travail est plus complexe que cela.

Devant le silence qui perdure, et aussi parce que je détecte un brin de nervosité dans sa voix, je me sens forcée de dire :

— Je vous écoute…

— En fait, votre tâche la plus ardue sera de vous occuper de mon frère.

Écarquillant les yeux, je lâche :

— Pardon ?

— Lui et moi sommes associés dans cette agence, vous voyez ? s'empresse-t-elle d'ajouter. Sauf que mon frère est… comment dire ? Difficile à vivre ? Il a besoin d'une assistante pour lui rappeler ses rendez-vous, mais aussi… pour le réveiller et… pour l'accompagner un peu partout. Vous le conduisez, vous écoutez ce qui se dit durant ses rencontres, vous prenez des notes… C'est un artiste un peu excentrique. Il sort, il se couche tard, quand il est dans une phrase de création il a besoin d'espace, mais quand il est dans le creux de la vague il est… assez désagréable, je ne vous mentirai pas là-dessus.

Un silence passe pendant que je réfléchis à ce drôle d'emploi. Plus elle parle, moins je comprends ce qu'elle recherche.

— Évidemment, si vous aviez assez de caractère pour le remettre à sa place lorsqu'il dépasse les bornes, ça ne pourrait que jouer en votre faveur, ajoute-t-elle encore.

Un rire plus tard, je rétorque :

— Côté caractère, ça peut se faire.

— Voilà ce que je voulais entendre ! Eh bien…, ça vous dirait de passer à notre bureau, cet après-midi ? Je vous montrerai les lieux, et vous rencontrerez mon frère. Après quoi, nous verrons si l'emploi vous intéresse toujours.

Surprise, je reste un moment sous le choc de sa proposition avant de répéter :

— Aujourd'hui ?

— Oui, je sais que nous sommes samedi, mais c'est un poste à pourvoir de toute urgence. J'ai déjà eu trois personnes qui ont abandonné en moins de deux mois. Et je suis censée accoucher dans quelques semaines, alors… (Elle se remet à rire.) Ce que j'ai oublié de spécifier, c'est que je cherche quelqu'un pour me remplacer, moi ! explique-t-elle encore. Idéalement, j'aimerais mieux savoir mon frère entre de bonnes mains avant de partir en congé maternité, mais quelque chose me dit que ce ne sera pas de tout repos.

Les yeux dans le vague, je l'écoute rigoler comme si tout était normal en essayant de replacer les pièces du puzzle.

— Vers 13 heures, ça vous irait ? insiste-t-elle encore.

Revenant à la réalité, je dis :

— Treize heures, pas de problème.

Je me relève pour noter l'adresse qu'elle me dicte, puis raccroche, perplexe. Ai-je vraiment postulé pour devenir l'assistante d'un artiste au sale caractère ? Quelle drôle d'idée !

Chapitre 3

Pendant que je me sèche les cheveux, je bois un autre café, puis j'enfile un ensemble griffé : une jupe et une veste grises, très professionnelles, mais malheureusement un peu grandes. Merde ! J'ai perdu du poids. En plus, je n'ai rien mangé depuis hier soir. Plantée devant mon miroir, j'ajoute une ceinture et je laisse le veston ouvert pour m'assurer que le vide dans mes vêtements ne se voit pas trop. Quand je ressemble enfin à quelque chose, je récupère mon sac, me glisse dans mes talons et sors de mon appartement.

Une vingtaine de minutes plus tard, je tourne pour trouver une place où garer ma voiture dans le centre-ville de Montréal, puis j'entre dans un immeuble moderne qui regroupe plusieurs entreprises. Dès que j'arrive au seizième étage, celui où se trouve l'agence Starlight, une femme au ventre proéminent m'accueille :

—Amy ? Je suis Cécilia.

J'accepte la main qu'elle me tend et lui souris. C'est une petite brune, un peu plus âgée que moi, avec un visage rayonnant.

—Pardon de vous avoir fait déplacer un samedi, mais je suis censée être en congé de maternité depuis un mois déjà et je passe mon temps à recruter des remplaçantes. Je savais que mon frère était difficile, mais je n'aurais jamais cru à ce point !

Au lieu de s'en formaliser, elle rigole tout en me guidant à l'intérieur des lieux. Le soleil illumine magnifiquement la pièce centrale autour de laquelle des bureaux se déploient. Avec verve, la jeune femme reprend :

—Généralement, il y a une réceptionniste à l'entrée, mais le week-end c'est plutôt rare que des employés se déplacent, sauf pour venir récupérer du matériel. Par exemple, en ce moment, nous avons une équipe qui monte une scène pour un spectacle de cirque.

Je fais une sorte de « hum hum » en la suivant à travers le corridor qu'elle emprunte, mais en réalité je ne suis pas sûre de tout comprendre.

— De toute façon, tout ça n'a que peu d'importance, car vous serez affectée à l'entière assistance de mon frère. À ce titre, vous prendrez ses rendez-vous et veillerez à ce qu'il s'y rende. Le matin, il faudra lui faire du café. Noir, jamais de lait. Il déteste ça. Ah, et assurez-vous qu'on ne le dérange pas lorsqu'il crée. Il est assez susceptible sur ce point.

Je hoche la tête dans le vide, puisqu'elle ne me regarde pas, mais je commence à me sentir nerveuse. Cette fille me parle comme si j'avais déjà décroché le poste.

— La semaine prochaine, il doit se rendre à Las Vegas pour discuter avec des producteurs de là-bas afin d'importer un de leurs spectacles. Vous l'accompagnerez. Vous parlez anglais, n'est-ce pas ?

— Euh… oui.

— Parfait, car vous devrez noter les grandes lignes de leur conversation. Non, en fait, vous devrez le récupérer chez lui, le conduire à l'aéroport et le suivre dans tous ses déplacements, à Vegas.

Devant une porte fermée, elle s'arrête et pivote enfin vers moi. Étrangement, c'est le moment où je me décide à ouvrir la bouche.

— Madame Garrett…

— Cécilia.

— Cécilia. C'est que… je pensais que… ce n'était qu'un entretien.

— Oh, mais ce n'est qu'un entretien ! m'assure-t-elle. Mais s'il n'en tenait qu'à moi vous auriez le poste sur-le-champ. Malheureusement, je ne suis pas la seule à décider.

Elle pose une main sur la poignée de la porte avant de me jeter un regard inquisiteur :

— Prête à rencontrer mon frère ? Il est de mauvaise humeur, ce matin, mais ne vous en laissez pas imposer. Il a besoin de discipline.

Je garde le silence et m'attends à une attaque dès qu'elle ouvre la porte. Pourtant, il ne se passe rien. À croire que la pièce est vide. Et immense, d'ailleurs. Il y a bel et bien un bureau, mais également une table de travail remplie de dessins, deux canapés qui contiennent chacun deux places, une table basse et une immense télévision.

Alors que je m'avance, Cécilia chuchote :

— Entrez. Installez-vous là-bas.

Elle m'indique le bureau, referme la porte derrière moi et file se poster au bout d'un canapé dont je ne vois que le dossier.

— Oli, debout ! gueule-t-elle avec énervement. Je n'ai pas que ça à faire, moi ; j'ai un rendez-vous chez ma gynéco dans moins d'une heure !

Un grognement se fait entendre, et un homme se redresse sur le canapé en position assise. Mal à l'aise, je détourne mon attention en direction de la baie vitrée. Nous sommes au seizième étage et la vue est splendide.

— Mais qu'est-ce que tu feras quand j'aurai accouché, hein ? J'aurai quelqu'un d'autre à qui essuyer les fesses, à ce moment-là ! J'en ai marre de ton irresponsabilité.

— Hé, moins fort ! râle-t-il en se levant.

— Amy est ici, tu pourrais faire un petit effort ! Et essaie de ne pas avoir l'air trop abruti !

Je réprime un fou rire en gardant les yeux résolument tournés ailleurs, même si je perçois clairement du mouvement à ma droite.

— Je prends deux cachets. J'ai un mal de tête carabiné, se plaint-il.

— Tu m'étonnes ! Avec tout ce que tu bois !

— C'était une fête avec un client, tu ne peux rien me reprocher, se défend-il. C'est comme ça qu'on rafle les gros contrats et tu le sais.

Cécilia me sert un sourire gêné, puis elle vient s'installer sur la chaise en face de moi, de l'autre côté du bureau.

— Parfois, il faut le secouer un peu, m'explique-t-elle, comme si son frère n'était pas là.

— Arrête de me traiter comme un gamin.

Elle se remet à rire, mais une petite note d'exaspération se laisse entendre dans sa réponse :

— Tu es un gamin, Oli, mais le jour où j'aurai le mien je ne pourrai plus m'occuper autant de toi.

J'entends le bruit d'un tube de comprimés que l'on ouvre, puis le type me contourne et récupère une chaise qu'il vient déposer à côté de celle de sa sœur. Sur le moment, j'affiche un sourire amusé, mais pendant qu'il boit de l'eau pour avaler ses cachets je retiens difficilement un hoquet de stupeur. Bordel de merde ! Le salaud d'hier soir ! Ce n'est pas possible !

Quand il relève les yeux sur moi, je me tourne vers sa sœur et prie en silence pour qu'il ait été assez bourré hier soir pour ne pas me reconnaître aujourd'hui. Ou peut-être que je devrais faire semblant de ne pas avoir le moindre souvenir de ce qu'il m'a fait. Oui, voilà ! Je n'aurai de toute façon sûrement pas le travail, mais cela vaut quand même mieux que de m'enfuir en courant !

Du coin de l'œil, je vois qu'il me jauge avec intérêt. Est-ce qu'il me reconnaît ? Est-ce qu'il a encore la lèvre sensible ? Je me souviens très bien de l'avoir mordu… Merde ! Je ne dois pas songer à cela, je dois me concentrer sur Cécilia…

— Putain, c'est une blague ! s'énerve-t-il.

Je sursaute sur ma chaise et daigne reporter mon attention sur lui. Visiblement, il m'a reconnue et il est aussi surpris que moi, car il me dévisage, la bouche ouverte.

— Oli, pas de ça avec moi ! On ne va pas rejouer à ce petit jeu !

Il pose les yeux sur sa sœur avant de revenir les planter sur moi. Qu'est-ce que je suis censée dire ? Ou faire ? Est-ce qu'il est temps que je fiche le camp avant qu'il déballe ce qu'on a fait tous les deux hier soir… ?

— Amy est qualifiée, elle a un passeport valide, pas d'obligations familiales…

Elle se met à lui lire mon CV à voix haute. Avec un soupir las, il croise les bras devant lui.

— Arrête avec ça. Une idiote avec un peu de jugeote serait capable de faire ce travail ! Je me fiche bien qu'elle sache taper vite à l'ordinateur !

— Oli, ça suffit ! le coupe-t-elle rudement. Tu es pire qu'un gamin et j'en ai plus qu'assez de devoir passer mon temps à devoir te trouver une assistante qui fasse office de gardienne d'enfants ! Si tu ne fais pas un effort, tu te démerderas tout seul, petit con !

Inconsciemment, je pince les lèvres pour ne pas me mettre à rire. « Petit con », en voilà un qualificatif intéressant pour le décrire. Devant la colère de sa sœur, il semble retrouver son calme. D'un signe de la main, il lui fait signe de poursuivre et prend un ton plus doucereux :

— Pardon. Je suis de mauvaise humeur. C'est que la nuit a été courte.

Au passage, il me lance un sourire charmeur qui me fait vibrer bien involontairement des pieds à la tête. Quel salaud, celui-là ! Il ne va pas oser se foutre de ma gueule, en plus ?

Satisfaite, Cécilia se met à parler de leur agence de production et des projets en cours : un spectacle de cirque, plusieurs décors pour des films à gros budget et pour une comédie musicale. Je l'écoute à moitié, trop occupée à essayer d'ignorer le petit sourire suffisant sur le visage de son frère. Quand elle se tait, je cligne des yeux, persuadée d'avoir raté quelque chose, mais elle se penche pour mieux voir son frère.

— Oli, tu veux lui poser quelques questions ?

— Pourquoi tu veux ce boulot ? me demande-t-il sans la moindre hésitation.

Qu'il instaure le tutoiement ne me rassure pas outre mesure. Je croise les jambes, et il suit mon geste avec attention. Mais c'est qu'il me reluque sans vergogne devant sa sœur ! Je me racle la gorge avant de lui répondre :

— En réalité, monsieur Garrett, je ne suis pas certaine de vouloir ce boulot. Disons que je prospecte.

Il hausse un sourcil, visiblement amusé de la distance que je remets entre nous en le nommant de façon aussi formelle. S'il n'en tenait qu'à moi, je l'appellerais « petit con » avec joie.

— Et pourquoi est-ce que tu n'as plus de boulot ?

Ça, c'est la question que je redoutais, et malgré moi mes lèvres se pincent, mais je reprends rapidement contenance et rétorque :

— Appelez mon ancien patron, si ça vous intéresse.

J'ai la sensation de l'avoir intrigué.

— Peut-être bien que je le ferai, dit-il en se calant sur sa chaise.

Sa menace me déplaît, mais au fond qu'est-ce que j'en ai à faire s'il contacte Ben ? Je ne compte pas accepter ce boulot, de toute façon ! Dès que je le peux, je fous le camp de cet endroit !

— En fait, le plus important, c'est qu'elle arrive à te supporter, rétorque Cécilia en direction de son frère. Et tu ne devrais pas le vouvoyer, Amy, autrement il va se croire plus important qu'il ne l'est. N'hésite jamais à le remettre à sa place.

Je lui souris. Si elle m'avait vue laisser son frère en plan, hier soir…

— Voilà les documents et les informations dont tu as besoin pour commencer, poursuit-elle. Remplis ces papiers pour que la comptabilité puisse mettre tout ça en place dès lundi matin.

Est-ce qu'elle m'offre le travail ? Avant que je puisse tempérer ses propos, son doigt se promène sur une feuille qu'elle pousse devant moi.

— Ça, c'est le salaire, mais tu auras aussi accès à une carte de crédit de la compagnie pour les frais courants : essence, achat de billets d'avion, ce genre de choses. Je présume que tu avais quelque chose de similaire dans ton ancien boulot.

Je ne réponds pas, les yeux rivés sur le salaire. C'est mieux que mon ancien boulot. Beaucoup mieux. Alors que je cherche mes mots pour refuser cette offre plus qu'intéressante, voilà que ma bouche se referme et que j'hésite pendant près d'une minute avant de relever la tête vers elle.

— Je peux… récapituler ?

Dès qu'elle hoche la tête, je pointe Oli d'un doigt avant de reprendre :

— Je vais être payée tout ça juste pour garder un œil sur lui ?

Cécilia rougit légèrement avant d'opiner de la tête.

— Pas seulement, mais enfin… il y a un peu de ça.

Avec un rire désagréable, Oli se penche vers moi et jette, d'une voix faussement charmante :

— Ça te dit, poupée ?

Sans attendre, je décroise les jambes avant de déclarer froidement à sa sœur.

— Je pense que nous allons en rester là.

Cécilia sursaute sur sa chaise et secoue rapidement la tête.

— Quoi ? Mais… non ! Essaie, au moins !

Elle frappe l'épaule d'Oli avant de pester :

— Putain, tu ne peux pas y mettre un peu du tien !

— Hé ! Si elle n'aime pas ma façon d'être, je n'y peux rien ! se défend-il en se frottant là où elle vient de le cogner.

Je me relève et parle vite, déterminée à partir d'ici au plus vite, sans me retourner.

— Je suis désolée de vous avoir fait perdre votre temps.

Je n'ai pas tourné les talons que la voix d'Oli résonne :

— Attends.

Je ne peux m'empêcher de me figer et de me retourner, intriguée par ce qu'il pourrait avoir à me dire. Il ne va quand même pas tout déballer devant sa sœur ?

— Cél, tu veux bien aller nous chercher du café au bistro d'en face ? Donne-nous dix minutes.

Elle tourne un drôle de regard en direction de son frère, qui se justifie aussitôt :

— Je suis un petit con, je sais, mais j'ai mes bons côtés. Je veux juste essayer de rattraper le coup.

Avec un soupir, elle hoche la tête et sort en me laissant seule avec Oli. Et moi, j'ai l'impression que la porte qui se referme fait un bruit assourdissant dans ma tête.

Chapitre 4

Mon anxiété grimpe en flèche lorsque je me retrouve seule avec Oli. Pendant une interminable minute, peut-être même deux, nous restons là, à nous regarder sans dire le moindre mot. Au loin, j'entends le « ding » distinct de l'ascenseur, signe que sa sœur est bel et bien partie. Mécaniquement, je remonte la courroie de mon sac à main sur mon épaule, prête à me mettre à courir à toutes jambes, surtout lorsqu'il arbore un sourire charmeur.

— Tiens, tiens…, la petite allumeuse d'hier soir. Comme on se retrouve…

Faisant un pas en direction de la sortie, je coupe court à la discussion sans attendre :

— Écoute, on ne va pas jouer à ce petit jeu… J'ai autre chose à faire…

— Pourtant, tu n'as pas refusé que je te branle, hier soir, raille-t-il très vite.

Sur le point d'atteindre la porte, je fais volte-face pour lui retourner un regard sombre.

— Hé ! J'étais soûle, d'accord ?

— Tu te souviens de l'orgasme que je t'ai offert, quand même ?

Je sursaute lorsqu'il se penche vers moi, avec un air de prédateur, mais il ne fait que caresser sa lèvre inférieure du doigt.

— Tu as vu comme elle est gonflée ? À qui la faute, tu crois ?

Même si j'essaie de garder la tête froide, je rougis comme une idiote en me remémorant la scène.

— Et tu m'as laissé dans un sale état, après ça, peste-t-il.

Devant son ton arrogant, j'ai un mouvement de recul et je relève le menton pour lui montrer qu'il ne me fait pas peur.

— La prochaine fois que tu voudras agir comme un rustre, tu y songeras à deux fois.

— Pfft ! Quelle susceptibilité ! Tu restais au bar à attendre. Qu'est-ce que tu crois que j'en ai déduit ? Tu n'attendais que ça, un gars avec qui t'envoyer en l'air ! Ça crevait les yeux !

Je recule en direction de la porte et il me suit.

— Et, vu la vitesse avec laquelle tu as pris ton pied, je crois que ça faisait un moment que tu ne t'étais pas lâchée, poupée.

Je continue de reculer jusqu'à sentir le mur dans mon dos et je parle vite avant qu'il soit sur moi :

— Je t'interdis de me toucher !

— Ne dis pas ça. Je vais t'expédier au septième ciel en moins de deux. Je suis sûr que ça va nous calmer tous les deux. Et je t'avoue que j'ai adoré la façon dont tu as joui, hier soir...

Sans la moindre hésitation, il glisse une main entre mes cuisses et remonte sous ma jupe. Il est déterminé et n'hésite pas une seconde. Et même si je sursaute, au lieu de le repousser, je me fige, comme si j'attendais quelque chose. Il atteint rapidement mon sexe mais reste coincé par les barrières de mon collant et de ma culotte. Et, si je me fais violence pour ne pas écarter les jambes, il ne se gêne pas pour cogner son pied au mien et obtenir le passage que je ne lui refuse pas vraiment.

— Si c'est le salaire que tu trouves trop bas, on peut le rallonger de vingt pour cent si tu insistes un peu, annonce-t-il, comme si nous étions en train de négocier.

D'un coup raide, il déchire mon collant et faufile les doigts contre ma culotte. Et, même si mon corps lui reste ouvert, je gronde, pour le principe :

— Tu sais que tes manières laissent à désirer ?

— Je te rappelle que c'est toi qui m'as laissé en plan, hier soir.

— Mais tu...

Mes mots s'étouffent dans un petit cri lorsqu'il contourne effrontément ma culotte et me pénètre d'un doigt. En proie à un vertige agréable, je le repousse mollement :

— Cécilia va bientôt revenir…

Sans cesser son mouvement de va-et-vient, il remonte ma jupe sur mes hanches avec empressement.

— Non, attends, je souffle.

Un second doigt s'ajoute au premier, et je ferme les yeux pendant une petite seconde pour savourer cette délicieuse caresse. Bordel ! Qu'est-ce qu'il est doué, ce salaud !

— Tu disais ? me nargue-t-il.

Énervée, je lui donne un petit coup sur la poitrine, tandis qu'il remonte emprisonner mon clitoris entre ses doigts. Je sursaute de plaisir et m'abandonne, laissant ma tête chercher un appui confortable contre le mur derrière moi.

— Je te fais languir un peu ou je te fais jouir tout de suite ? se moque-t-il encore.

— Ta gueule !

La sécheresse de mes mots est atténuée par le trouble dans ma voix, et bientôt je ne contrôle plus ma respiration. Mon sexe s'ouvre, pulse et l'accueille de mieux en mieux chaque fois qu'il revient plonger en moi, et je n'essaie même plus de retenir mes petits cris de plaisir.

— Oh oui, poupée, tu vas me la rejouer, je le sens !

Un peu rudement, il force mes jambes à s'ouvrir davantage, déchirant encore mon collant. Je m'accroche à sa nuque et me mords la lèvre pour ne pas le supplier de me faire jouir.

— C'est la mienne que tu dois mordre, poupée.

J'ouvre difficilement les yeux et je comprends ce qu'il me dit lorsqu'il approche son visage du mien. Sans réfléchir, je me jette sur sa bouche, que je lèche, dévore, puis mords pendant qu'il me fait perdre la tête. Je suis dans un état second lorsqu'il ralentit la cadence et je prends un petit moment avant de percevoir le bruit de sa braguette, qu'il défait.

— Génial…, tu jouis vite ! Si on se dépêche, j'ai peut-être le temps de te baiser avant que ma sœur revienne…

Il sort déjà son sexe et ouvre l'emballage d'un préservatif. Une question éclate dans ma tête : qu'est-ce que je suis en train de faire exactement ? Je viens de perdre un boulot parce que je couchais avec le patron, et voilà que je suis en train de négocier mon prochain contrat en ouvrant les cuisses !

Avec un goût amer dans la bouche, je glisse contre le mur pour m'éloigner de lui et redescendre maladroitement ma jupe. Mes cuisses collent à cause du collant déchiré, mais aussi parce que je suis trempée après ce qu'il vient de me faire.

— Retire ta culotte et place-toi face au mur, ordonne-t-il, ce sera plus rapide.

— Non, je… Sans façon.

Son érection dans une main, il me scrute avec un air ébahi pendant que je remonte la bandoulière de mon sac à main sur l'épaule.

— Finalement, ça ne me dit rien, j'annonce en reculant pour rejoindre la sortie.

— Non ! Tu déconnes, là ?

Malgré moi, j'ai envie de rigoler en songeant que je suis en train de le planter là pour la seconde fois, mais je profite du fait qu'il ait son pantalon à mi-cuisse pour ouvrir la porte et foutre le camp.

— Hé ! Poupée ! Ne me fais pas ça ! Je t'ai fait jouir deux fois, merde ! gueule-t-il en essayant de me suivre.

Je l'entends qui titube derrière moi pendant que je me plante devant l'ascenseur. Au loin, il s'énerve :

— Putain, tu pourrais être gentille ! Et le boulot, alors ?

Je ne lui réponds pas et m'engouffre dans l'ascenseur dès que les portes s'ouvrent. Au diable ce job étrange ! Je ne veux plus rien avoir à faire avec des salauds dans son genre ! Au moins, cette fois, c'est moi qui ai tout raflé. Lorsque je sors de l'immeuble, le corps apaisé, je m'installe au volant de ma voiture et lâche le rire le plus libérateur qui soit.

Il en a pris pour son compte, celui-là, tiens ! Et plutôt deux fois qu'une !

Chapitre 5

Pendant au moins trois bonnes minutes, je fixe la porte de l'ascenseur, la queue encore en main. Quand mon érection retombe, je comprends que cette fille m'a de nouveau filé entre les doigts. Comment elle a osé me faire le coup une seconde fois ? Devant le bruit caractéristique qui indique le retour de l'ascenseur, je remballe tout et jette le préservatif dans la première poubelle que je trouve.

— Putain de saleté de merde ! je peste en donnant un coup de pied à une chaise de la salle d'attente.

Je n'arrive pas à croire que je me suis fait avoir deux fois ! C'est quand même un comble ! Surtout que je l'ai fait jouir ! Mais qu'est-ce qui ne tourne pas rond chez elle ?

Énervé, je reviens dans mon bureau et récupère le CV de cette fille pendant que ma sœur refait son apparition. Je n'ai pas eu le temps de relever les yeux sur elle que sa question résonne déjà :

— Où est-ce qu'elle est ?

— Partie, je grogne.

Elle soupire et vient déposer les cafés sur le bureau, devant moi.

— Merde, Oli, tu ne pourrais pas essayer de m'aider, pour une fois ?

Je récupère un gobelet avant de lâcher :

— J'ai essayé. J'ai même cru que j'arriverais à l'avoir, et puis…

Les yeux de Cél s'écarquillent :

— Pitié, ne me dis pas que tu as essayé de la tripoter !

— Mais non, je nie en portant le café à mes lèvres. Je lui ai offert vingt pour cent de plus et je lui ai parlé… des voyages et de tout le reste.

Même si j'ai l'habitude de raconter n'importe quoi à tout le monde, devant Cél j'ai toujours plus de mal, alors je pivote pour me poster devant la baie vitrée. Derrière moi, ma sœur soupire encore.

— Oli, il faut que tu arrêtes de faire ça.

— Je ne fais rien du tout, je la coupe, en tournant un peu la tête pour qu'elle voie à mon profil que je suis contrarié.

Au lieu de s'emporter, elle soupire encore. Je déteste ce son. J'ai l'impression de la décevoir. Ce n'est quand même pas ma faute si cette fille ne veut pas de cet emploi !

— Je suis fatiguée, Oli. Et enceinte, merde ! Tu crois que tout ce stress, c'est bon pour le bébé ?

Je déglutis sans répondre, en essayant de chasser la culpabilité qu'elle essaie de me faire ressentir. Quelle idée de faire un bébé, aussi ! Ce boulot est trop exigeant pour avoir une famille ! On est bien placés pour le savoir, non ? Je serre les dents pour contenir mon énervement. Les choses étaient tellement plus simples avant qu'elle rencontre Paul et qu'elle décide de lui faire des gamins !

— Oli, j'en ai assez. Je rentre.

Derrière, je l'entends qui déplace des papiers.

— Voilà tous les CV que j'ai reçus.

Anxieux devant ce qu'elle sous-entend, je pivote vers elle et la dévisage.

— Quoi ? Tu me laisses trouver ma propre assistante ?

— Oui, lâche-t-elle sans la moindre hésitation. Au cas où tu ne l'aurais pas remarqué, tu en as déjà eu trois qui ont abandonné ce travail en moins de deux mois, et maintenant ma candidate favorite refuse même d'essayer !

— Elles étaient toutes incompétentes !

— Non, Oli. C'est seulement qu'elles ne pouvaient pas te supporter, parce que tu n'es qu'un sale con ! Tu le sais, je le sais, tout le monde le sait. Il n'y a que moi d'assez stupide pour endurer le bordel ambulant que tu es !

Je repose mon café sur le bureau un peu vite, éclaboussant quelques-uns des papiers à côté. Merde ! Tout va de travers, ce matin ! Cécilia laisse tout en plan avant de me tourner le dos pour repartir en direction de la sortie. Sans réfléchir, je la suis et tente de l'amadouer :

— Allez, quoi ! La prochaine sera la bonne ! Je te promets de faire des efforts !

— C'est trop tard.

— Mais tu ne peux pas me laisser comme ça !

Elle pivote brusquement pour me faire face de nouveau. Cette fois, elle est en colère. Si je lui explique ce qui s'est passé avec cette fille au bar, hier soir, peut-être qu'elle comprendra ?

— J'en ai marre. J'ai rendez-vous avec ma gynéco et j'ai envie d'aller faire les boutiques pour acheter des vêtements à ma petite fille. Tu comprends ou ça te passe complètement au-dessus de la tête ?

— Mais… et mon assistante ?

— Débrouille-toi, me jette-t-elle sèchement. Peut-être que si tu te faisais chier à la trouver toi-même, tu en prendrais un peu plus soin ? Parce que… pour avoir occupé ce rôle pendant trois ans, Oli, je peux te dire que, certains jours, c'est vraiment un boulot de merde.

Quand elle me laisse en plan, je retiens les reparties qui me montent aux lèvres. De toute façon, ça ne changerait pas grand-chose, sauf à prolonger notre dispute. La bonne nouvelle, c'est que demain elle viendra s'excuser. Je connais Cél. Elle ne peut pas rester fâchée contre moi plus de vingt-quatre heures. Enfin… la plupart du temps…

Avec un grognement, je reviens à mon bureau et récupère le CV de cette petite peste. Amy. Joli nom pour un joli cul. Cul que je n'ai même pas vu, d'ailleurs. Et merde ! Je contemple longuement son adresse. Ce n'est pas loin, mais je ne suis pas le genre à courir après une fille. Quoique… J'ai bien envie de me venger de cette ingrate. Elle me doit bien un orgasme, non ? Je reprends mon café que je bois à grandes gorgées. Je cherche un moyen de l'approcher. Dans un bar, alors qu'elle est soûle et qu'elle attend le prince charmant, c'est une chose, mais chez elle ? Il me faut un plan…

Chapitre 6

Je rentre chez moi et prends une douche. Il faut que je me débarrasse de ces satanés collants que cet idiot a déchirés et j'ai la sensation que mes cuisses collent encore. Au moins, la journée aura eu une note positive, avec cet orgasme. Et j'avoue que la tête de ce sale type quand je l'ai laissé en plan valait son pesant de cacahuètes ! Sous le jet, je souris comme une idiote pendant que je me nettoie.

Revigorée, je récupère un tee-shirt trop long que j'utilise pour dormir et un boxer avant de venir me faire griller une tranche de pain, mais, alors que je croque dans une première bouchée, on frappe à la porte. Sans réfléchir, je me poste devant l'entrée et jette un coup d'œil à travers le judas. Quand je reconnais la tête de l'autre côté, je verrouille avant de gueuler :

— Fiche le camp !

— Poupée, il faut qu'on parle.

— Je te défends de m'appeler « poupée » !

Un silence passe avant qu'il reprenne :

— Amy, s'il te plaît, ouvre la porte. J'ai une offre à te faire.

— Ça ne m'intéresse pas.

— Écoute, je ne viens pas pour te tripoter, je veux juste te parler du boulot.

Un peu perplexe devant son ton si neutre et détaché, je m'immobilise, incertaine. Je ne veux pas ouvrir ma porte.

— Amy, j'ai vraiment besoin d'une assistante.

Comme je reste silencieuse, il insiste encore en y mettant un peu plus de verve :

— Allez quoi ! Essaie, au moins ! C'est bien payé et ce n'est pas trop exigeant : tu me suis dans mes réunions, tu prends des notes, tu m'accompagnes en voyage… Tiens, on va à Vegas, la semaine prochaine. La preuve que c'est un boulot intéressant !

— Je n'ai pas envie de jouer les nounous.

— Oh, mais je ne suis pas si difficile à vivre que ça ! Enfin, hormis le matin où je suis un peu de mauvaise humeur, ou à certaines étapes de mon travail, mais sinon… je suis assez charmant dans mon genre. Tu ne peux pas dire l'inverse !

Devant son ton suffisant dans lequel je perçois un petit rire, je déverrouille et j'entrouvre la porte pour le foudroyer du regard.

— Charmant ? Tu agis comme un homme des cavernes !

Il sourit avant de hausser les épaules :

— Hé ! Ça a son charme !

Je lui referme prestement la porte au nez, ce qui ne semble pas calmer ses ardeurs.

— Amy ! Je t'offre une proposition de travail ! Arrête un peu de te braquer !

— Va-t'en ! Je t'ai dit que ça ne m'intéressait pas !

— N'oublie pas que c'est un boulot temporaire ! Ma sœur ne va pas rester éternellement en congé maternité ! Je dirais… trois, peut-être quatre mois ? Pendant ce temps, tu peux continuer à envoyer tes CV, et tu en profites pour te faire un peu de pognon.

Je fixe la porte en réfléchissant à son offre.

— Tu as du caractère, un passeport, tu aimes bien traîner dans les bars… Je t'assure que ce travail va te plaire.

Sans réfléchir, je rouvre pour lui jeter un regard scrutateur.

— Et moi ? Tu t'imagines que je suis incluse dans ce prix ?

Il hausse les sourcils, et son regard me balaie de haut en bas. Merde ! Comment ai-je pu oublier que j'étais à moitié nue ! Je me cache un peu derrière la porte, et il soupire.

— Écoute, des filles bonnes à baiser, ce n'est pas ce qui manque dans ce métier, et ta description de tâches n'a rien à voir avec ma queue. (Son regard se fait plus sombre.) Mais je ne vais pas te mentir : je trouve que tu es une sacrée allumeuse et que je mérite quelque chose en retour des caresses que je t'ai données.

Alors que je suis sur le point de claquer ma porte, il la retient d'une main et ajoute, les yeux toujours braqués dans les miens :

— Allez, une baise à l'amiable !

— Tu es fou !

— Pourquoi ? Je suis sûr que t'en crèves d'envie ! Il ne faut pas être très malin pour deviner qu'il y a belle lurette que tu n'as pas été baisée correctement !

— Hé !

— Quoi ? Je ne dis que la vérité ! Allez quoi, on baise et on n'en parle plus. Une fois que j'aurai couché avec toi, tu ne m'intéresseras plus, ça me fait toujours ça. Et on pourra travailler ensemble de manière beaucoup plus efficace.

C'est plus fort que moi : je le fixe, estomaquée.

— Ma parole, je rêve ! Serais-tu en train de m'offrir ce travail uniquement si je couche avec toi ?

— Tu dis ça comme si c'était une corvée ! Je te signale que tu vas prendre ton pied et rafler un boulot génial, tu gagnes sur les deux plans !

Décidément, pourquoi faut-il que je travaille toujours pour des types qui veulent coucher avec moi ? Cela dit, celui-là est clair dès le départ. Une seule baise à l'amiable, une relation de travail ensuite, et pas de belles promesses qui ne seraient jamais tenues.

— Quoi ? Tu veux négocier autre chose ? s'impatiente-t-il. J'ai déjà ajouté vingt pour cent au salaire initial et tu auras une prime de départ si tu restes jusqu'à ce que ma sœur revienne. Qu'est-ce que tu veux de plus ?

Je le dévisage longtemps avant de redemander, pour être sûre.

— Une seule baise, et après tu ne me touches plus, on est bien d'accord ?

Le regard d'Oli descend sur ma tenue, et je le vois hausser les sourcils tandis qu'il contemple mes jambes.

— Une baise, c'est peut-être un peu serré, dit-il enfin, mais tu jouis vite et je suis plutôt balèze pour récupérer, alors… je suppose que j'en aurai assez avec une ou deux heures. (Il sort son téléphone de la poche arrière de son pantalon et jette un coup d'œil sur l'heure.) On baise jusqu'au repas, je paie la pizza, et on s'en refait un tour juste avant que tu signes ton contrat. Ça te va ?

Étonnée par sa façon d'aborder son emploi du temps de la journée, je reste figée, à le fixer comme s'il m'avait parlé dans une autre langue. Pour sa part, il range son téléphone et me sourit, à croire qu'il est déjà persuadé que je vais accepter son offre. Et je dois avouer qu'après ce qu'il m'a fait j'en ai bien envie. Alors que je suis sur le point de le laisser entrer chez moi, il ajoute soudain :

— Ah… un dernier truc : je voudrais que tu me suces.

Je me raidis sur le seuil de mon appartement et bafouille :

— Je… Quoi ?

— Ta bouche est jolie, et j'ai envie de la sentir autour de ma queue, explique-t-il avec un calme déstabilisant. Généralement, je me fiche un peu de tout ça, mais, si on continue à se voir, quelque chose me dit que je vais le regretter si je n'y ai pas eu droit au moins une fois.

Retrouvant un peu de fierté, je peste :

— Pas question. Je ne fais pas ça à n'importe qui.

— Oh, allez quoi ! Je te rends la pareille, si tu veux !

— Je suis sérieuse : pas de pipe. Tu fais ce que tu veux avec ta bouche, mais pas moi.

— Tu as peur de ne pas être assez douée ? Je te montre, si tu veux.

— C'est non. À prendre ou à laisser.

Il me jauge des yeux, et je soutiens son regard sans sourciller. Il s'imagine peut-être que je vais changer d'avis, mais sur cette question il se trompe royalement.

— OK, je m'en remettrai, lâche-t-il enfin.

Au lieu de me soulager, sa réponse me rend drôlement nerveuse. Il accepte ? Ça veut dire qu'il va me baiser ? Là ? Tout de suite ? Posant une main sur le cadre de la porte, il se penche vers moi, son visage tout près du mien.

— Et maintenant ? Tu me laisses entrer ?

La voix un peu tremblante, je demande :

— Qui me dit que tu ne vas pas me refuser le boulot une fois que tu auras eu ce que tu veux ?

— Ça, c'est ton genre, poupée, pas le mien.

Comme je ne m'écarte toujours pas, il glisse une main dans le sac en bandoulière qu'il transporte et en sort un dossier qu'il me tend.

— Le contrat, annonce-t-il, et le guide de survie qu'a rédigé ma sœur, mais il te faudra aussi la carte d'accès à l'entreprise, un téléphone et les clés de mon appartement.

— Les clés de… ton appartement ? je bredouille.

— Oui. C'est toi qui me réveilles, toi qui me conduis, toi qui me reconduis quand je suis trop soûl pour rentrer seul. Tu veilles sur moi et sur mon génie créatif. Pour info : je bois toujours mon café noir.

Je récupère le tout, un peu perplexe devant toutes ces informations qu'il me jette comme si tout cela n'avait aucune importance. Oli en profite immédiatement pour se faufiler dans mon appartement. Contre toute attente, il ne se rue pas sur moi. Il se promène dans mon petit trois-pièces en jetant un regard curieux autour de lui.

Lorsque je referme la porte derrière moi et que je dépose le dossier sur ma table de cuisine, il pivote pour me faire face.

— Alors ? On baise où ? Sur ton canapé ou dans ta chambre ?

Chapitre 7

Même si ma queue est déjà bien à l'étroit dans mon jean, j'attends qu'Amy se décide à ouvrir la bouche. Elle est vêtue n'importe comment, avec un tee-shirt trop grand, qui lui tombe sur l'épaule et m'indique qu'elle ne porte pas de soutien-gorge. Ça me rappelle que je n'ai pas encore vu ses seins. Fouillant dans la poche de mon jean, j'en sors deux préservatifs, même si c'est plutôt un prétexte pour replacer mon érection, et je pose les petits sachets sur le coin de la table de sa cuisine, tout près du contrat. Je la sens anxieuse. Et, à dire vrai, elle n'est pas la seule. Cette fille ne ressemble en rien à celles que je ramasse habituellement dans les bars. Je dois l'admettre, c'est plus facile de tenter une approche avec de l'alcool dans le sang.

Je m'approche d'elle et remarque que sa poitrine monte et descend à un rythme plus rapide. Est-elle déjà sur le point de changer d'avis ? Par crainte que ce ne soit le cas, je passe à l'attaque et je viens frôler son épaule nue du revers de la main. Elle sursaute à mon contact, et je retire mes doigts, gêné. Merde ! Pourquoi est-ce que tout est si compliqué avec cette fille ?

— Pardon, je suis… un peu nerveuse, dit-elle en détournant la tête.

Ses joues rougissent. Tiens, ça, c'est une première. Je l'observe, étonné par sa soudaine fragilité. Elle qui passe son temps à m'envoyer des vannes, je ne la pensais pas si prude…

— Si tu faisais le premier pas, j'aurais peut-être moins l'impression d'agir comme un homme des cavernes, je lâche.

Elle relève les yeux vers moi en lâchant un rire. Un point pour moi. Si j'utilise l'humour, peut-être que ce sera plus facile…

— D'habitude, tu es assez direct dans ton genre, me nargue-t-elle en retrouvant une certaine verve. Qu'est-ce qui t'arrive ?

Sans réfléchir, je pose une main sur sa taille et vérifie sa réaction pendant que mes doigts descendent lui caresser les fesses. Elle cambre le dos, et sa tête vacille vers l'arrière, ce qui m'offre un plein accès à sa gorge. Il ne m'en faut pas plus pour reprendre confiance en moi. Sans attendre, je viens embrasser son cou et je la pousse jusqu'à la plaquer contre la porte d'entrée.

Pendant qu'elle m'agrippe les cheveux, sa jambe monte naturellement pour prendre appui sur ma hanche. J'en profite pour me glisser entre ses cuisses et je ne résiste pas à l'envie de faufiler une main dans son boxer. Elle gémit dès que je la touche, et l'humidité que j'y trouve me rend bigrement fier.

— Une petite envie de jouir ? je la questionne en plongeant deux doigts en elle.

— Oui !

C'est un souffle qui sort de sa bouche, mais je remarque que tout le reste de son corps me répond de la même façon. Amy tressaille et étouffe un premier râle dès que je la pénètre de mes doigts. Quand je les fais dériver sur son clitoris, elle se cogne la tête contre la porte en laissant échapper un premier cri. Je souris et m'active en me régalant du spectacle, tandis qu'elle me griffe la nuque de ses ongles.

— Oh, bon sang, oui ! gémit-elle.

Alors que je la sens sur le point de jouir, je retire mes doigts et la fixe avec un petit air satisfait pendant qu'elle se tortille contre moi.

— Ne t'arrête pas ! me supplie-t-elle.

— Frustrant, hein ?

Son visage devient livide, et je la soupçonne de croire que je vais m'en aller en la laissant dans cet état, mais je suis bien trop excité pour faire durer le suspense plus longtemps ! M'éloignant, je m'empresse de récupérer un premier préservatif sur le coin de la table.

— Je vais te baiser, je lui annonce. C'est le meilleur moyen de m'assurer que tu ne te défileras pas avant que j'aie eu ce que je méritais, moi aussi.

Je sors mon érection sans la moindre gêne et me caresse plusieurs fois sous ses yeux.

— Retire ce tee-shirt ridicule.

Avec docilité, elle bascule le vêtement par-dessus la tête. Encore une première, tiens. J'aurais cru qu'elle m'aurait fait toute une histoire. Sans attendre que je le demande, elle fait chuter son boxer sur le sol, mais je reste là, à contempler son adorable poitrine. Gênée, elle croise les bras devant elle.

— Bon, alors… tu vas me faire attendre longtemps ? s'impatiente-t-elle.

À mon tour de reprendre mes esprits. Je lâche mon érection et retire mon tee-shirt, que je fais valser derrière mon épaule, puis je fais tomber mon jean sur le sol. Je le piétine pour m'avancer vers elle, le préservatif entre les doigts.

— Putain, poupée, je sens que je vais prendre mon pied !

— Ne m'oublie pas dans l'équation, raille-t-elle.

Mes mains tremblent pendant que j'habille ma queue.

— Tourne-toi, dis-je, déjà à bout de souffle. Pose les mains à plat sur la porte.

Pendant qu'elle s'exécute, je sens l'excitation qui grimpe en flèche dans mon ventre et je viens lui écarter les cuisses. C'est plus fort que moi, de mes doigts je me remets à la caresser. Elle se cambre et recommence immédiatement à haleter. Il y a quelque chose de magnifique dans ce son qu'elle fait, comme si elle cherchait à retenir ses cris mais qu'ils lui échappaient. Une poussée supplémentaire, et elle rugit, puis se tend contre la porte. Sur le point de la mener à l'orgasme, je m'arrête de nouveau et elle peste encore :

— Oh non !

— Je te devais bien ça, je raille.

— Dépêche-toi !

Son impatience me ravit. Je saisis ma queue, que je guide jusqu'à l'entrée de son corps. Je n'en peux plus d'attendre.

Sans surprise, elle s'offre à moi et se penche pour mieux m'accueillir. Enfin ! Quand je me glisse en elle, je ravale un gémissement, submergé par le plaisir et la fierté d'avoir enfin réussi. Je la possède, me retire, reviens en elle avec un incroyable sentiment de puissance.

— Oh, poupée ! C'est divin !

Je serre ses hanches entre mes mains pour la rappeler à l'ordre, mais j'avoue que son petit caractère me plaît bien. Pour le principe, je la pénètre d'un coup sec et punitif, et elle lâche un petit râle agréable en reprenant position. J'adore la sentir aussi docile et je ne me prive plus de la baiser à grands coups de reins.

— Oui ! Plus fort ! dicte-t-elle encore.

Je ferme les yeux et sens mon bassin obéir, mais je ne veux pas que ça se finisse en cinq minutes ! Je serre les dents et la plaque contre la porte, puis je me retire d'elle et récupère une chaise sur laquelle je m'installe, déjà à bout de souffle.

Énervée, elle me jette un regard sombre :

— Quoi ? C'est tout ?

— Viens là. Grimpe sur moi.

Elle fronce les sourcils.

— Viens ! je m'impatiente. Chevauche-moi, je veux voir tes seins.

À peine m'a-t-elle enjambé que je pose les mains sur sa poitrine. Mauvaise idée ! Je sens que ça influence drôlement mon excitation. Ses seins se mettent à monter et à descendre devant moi, et je reste là, à les caresser avant d'attraper l'une des pointes durcies avec ma bouche. Je le mordille en serrant le corps de cette fille contre moi. Elle s'arrache à ma prise et s'empale plus vite, se remettant à gémir. Oh bordel ! J'adore ça ! Sans réfléchir, je la soulève et l'allonge sur la table, puis je lui fais poser les jambes sur mes épaules avant de revenir la pénétrer d'un trait. Ses bras remontent de chaque côté de sa tête, les cheveux étalés sur la table, et je reste un moment à la regarder. Quand je lui donne un coup un peu plus brutal, elle lâche un cri suave et se cambre. Je n'en peux plus, je grimpe sur elle et recommence à la prendre, fort. Elle crie et je souffle :

— Oh, poupée, oui ! Vas-y ! Gueule !

Elle m'obéit, se lâchant totalement, et je dois l'avouer : c'est magnifique. Je reste là, les yeux braqués sur elle, et je deviens plus rude entre ses cuisses. La table craque, mais je m'en fous. Quand elle tire ma tête à elle et que sa bouche vient dévorer la mienne, mon esprit dérape. Sous mes lèvres, je perçois son cri, mais ce n'est rien en comparaison du mien au moment où je jouis, puis je donne encore quelques coups de bassin avant de m'arrêter, parfaitement comblé.

Pendant que je reprends mon souffle, Amy me repousse.

— Bordel, qu'est-ce que tu es lourd !

Encore dans un état second, je la libère et reviens m'installer sur sa petite chaise, essoufflé. Elle pousse un soupir lourd et se relève. Je souris en la contemplant, assise sur le rebord de la table, les jambes pendant dans le vide. Je regrette de ne pas pouvoir retrouver mon érection en un claquement de doigts, juste pour revenir la baiser encore. De toute évidence, elle arrive à retrouver ses esprits beaucoup plus rapidement que moi.

— Tu es meilleur avec tes doigts, m'insulte-t-elle, une pointe de moquerie au fond du regard.

— Ce n'était que le premier round, poupée. Le deuxième sera mieux.

Elle hausse un sourcil suspicieux avant de descendre de son perchoir. Je reste là, à l'observer remettre son tee-shirt trop grand et fouiller dans son frigo, avant de filer aux toilettes pour retirer le préservatif et me nettoyer rapidement. Lorsque je refais mon apparition, Amy m'a servi une bière.

— Bon, en attendant que tu sois apte à reprendre du service, on le signe, ce contrat ? m'apostrophe-t-elle.

Chapitre 8

Parce que j'ai soif, je récupère la bière qu'Amy m'a servie et j'en bois pratiquement la moitié d'un trait. Ce ne sera pas assez pour m'embrouiller la tête, mais ça fait quand même du bien. Et, comme elle paraît un peu amorphe, je lui claque une fesse.

— On verra plus tard pour le contrat. Allez ! Dans ta chambre !

— Déjà ? me nargue-t-elle en pointant mon sexe au repos.

Même si je suis loin d'être prêt pour la suite, je n'ai pas envie qu'elle arrête tout maintenant. Avec son caractère, voilà qui ne m'étonnerait pas. Je l'ai baisée, c'est vrai, mais je suis loin d'avoir mon compte avec elle.

Pendant qu'elle marche en direction de la pièce du fond, je souris comme un gamin qui a un plan en tête. Il est simple, en fait : je vais la rendre complètement dingue. La faire jouir au point de la laisser épuisée et ficher le camp. C'est sûr, elle va me supplier de la baiser de nouveau lundi matin. Ou lundi soir, je ne suis pas à quelques heures près. Une assistante comme Amy, voilà qui risque de pimenter ma vie professionnelle, tiens.

Le deuxième préservatif entre les doigts, je la suis. Dès qu'elle grimpe sur le lit, je la pousse et la bouge à ma convenance. Elle est un peu molle. Voyons un peu comment je vais la réveiller.

— Sur le dos. Écarte les cuisses, je lui ordonne.

Dans un soupir un peu blasé, elle s'exécute et glisse un bras derrière sa tête.

— Note à moi-même : installer un poster au plafond de ma chambre pour avoir quelque chose de plus stimulant à regarder lors de mes prochaines baises. Un beau mec, de préférence.

Alors que je m'apprête à la rejoindre sur le lit, je me fige, sidéré.

— Tu crois que tu auras le temps de contempler ton plafond, poupée ?

Elle reporte son attention sur moi et rétorque, sur un ton un peu froid :

— Oh, mais ne t'en fais pas ! Tu ne seras pas le premier à qui ça arrive. Ni le dernier. Et puis, huit minutes, ce n'est pas la fin du monde non plus. Au moins, tu m'as déjà fait jouir. Ce sera toujours ça de pris.

Je la scrute, la bouche ouverte, légèrement choqué par ses propos. Ma parole, elle me prend pour un incompétent ! Tant pis pour la baise ! Je jette le préservatif sur le sol et je ne prends même pas la peine de lui répondre. Je lui écarte les cuisses et viens lui embrasser le sexe. Elle sursaute, et je la sens qui se raidit.

— Mais… qu'est-ce que… ?

J'émerge de son humidité et je lui offre un regard malicieux.

— Regarde bien ton plafond, poupée. Quelque chose me dit qu'il va bientôt disparaître de ton esprit.

Elle fronce les sourcils, mais je retourne immédiatement à ma tâche. Dans un grognement, elle peste :

— Ne perds pas trop de temps. Je risque de m'endormir…

Déterminé à l'expédier au septième ciel, j'écrase son clitoris sous ma langue jusqu'à ce qu'elle étouffe un petit cri de surprise. Possible qu'elle n'ait eu que des incapables dans ce domaine. Pour ma part, même si j'offre rarement ma bouche aux idiotes que je ramasse dans un bar, je ne vais certainement pas refuser ce petit défi. Sous mes caresses, Amy se tend, et son souffle s'emballe. Très vite, elle se met à pousser des gémissements, et je dois l'avouer, ça commence à me plaire. Contrairement aux filles que je ramène des bars, Amy est vraie. Elle ne fait pas semblant de jouir. Je la soupçonne même d'essayer de ravaler certaines plaintes ! Je m'arrête un instant pour lui jeter un regard malicieux, le visage complètement trempé.

— Alors, ce plafond ? Il est bien ?

— Oh… bordel, retournes-y !

Satisfait, je replonge et j'y vais franchement. Aussitôt, elle se met à se tortiller et vient enfouir la main dans mes cheveux, me maintenant entre ses cuisses. La façon dont ses doigts se crispent m'indique que sa chute est proche. J'adore ça ! Je pourrais m'arrêter là, juste pour l'entendre hurler de rage, mais, comme j'ai l'intention de la baiser juste après, mieux vaut que je lui offre ce qu'elle attend dès maintenant. Elle sera dans de meilleures dispositions pour la suite.

— Oh… bordel de merde ! Oui !

Soudain elle jouit, en gardant ma bouche collée à son sexe. Son cri est langoureux et libérateur. À l'entendre, on dirait qu'elle n'a pas eu d'orgasme depuis des semaines ! Mais c'est faux. J'en sais quelque chose, pas vrai ? Depuis hier, je ne fais que ça : lui en offrir ! Quand tout s'arrête, je plonge deux doigts en elle et savoure toute cette humidité dont je suis responsable. Excité à l'idée de la prendre pendant qu'elle est encore dans son état de béatitude, je m'éloigne d'elle et récupère mon second préservatif sur le sol. Je suis dur comme du bois et je me dépêche de me préparer. Quand je reviens vers elle, un gémissement m'accueille, et Amy me cherche du regard.

— Désolé, poupée, mais là, il faut vraiment que je te baise ou je vais devenir fou.

Elle rit doucement pendant que je lui soulève le bassin, pressé de m'enfoncer en elle. Nos sexes s'emboîtent une première fois, et je ferme les yeux pour savourer ce délicieux contact. Amy se cambre et s'abandonne à mes gestes. Voilà la seule invitation que j'attendais. Je la prends par coups secs, laissant quelques secondes d'attente entre chaque pénétration. Elle soupire de plaisir, et j'accélère la cadence. Dès qu'un râle résonne, je demande, un peu essoufflé :

— Alors, ce plafond ?

Elle halète, le souffle court.

— Je crois… que j'y vois des étoiles…

Je souris à pleines dents et je la prends plus vite, ce qui l'oblige à fermer les yeux et à se tordre de plaisir devant moi. Elle va jouir, encore. Et moi donc ! Je sens que ce sera divin ! Soudain agacé qu'elle soit encore en tee-shirt, je lui ordonne sans arrêter mes coups de hanches :

— Remonte ça.

Elle m'obéit prestement, et je me penche pour venir prendre la pointe durcie entre mes lèvres. Mon bassin ralentit, car je sens que mon excitation remonte et je ne veux pas que tout s'arrête trop vite. Je veux lui donner le maximum de plaisir. Je n'ai plus que ça en tête.

— Plus fort, gémit-elle en m'entourant de ses jambes.

— Je voudrais bien t'y voir, je raille, à bout de souffle.

D'un coup sec, elle me repousse et s'esquive de mon étreinte, qui était pourtant serrée. Je reste un moment à la dévisager, perdu, quand elle me plaque dos au lit et grimpe sur moi. Ma queue pulse, autant parce qu'elle se sent lésée par cet arrêt brutal que sous l'excitation de ce qu'elle s'apprête à me faire. Une fois sur moi, elle se débarrasse de son tee-shirt et se met à me chevaucher à bon rythme. Oh… putain ! Le spectacle dans cette lumière est génial. Moi qui ai l'habitude de baiser les femmes dans le noir complet !

— On n'est jamais mieux servi que par soi-même, après tout, se moque-t-elle.

Retrouvant un peu mes esprits, je lui enserre les fesses et je me mets à lui dicter une cadence lascive. Elle se tord sur moi, et je me redresse pour la serrer contre mon torse. J'ai envie de sa bouche, envie de la mordre, envie de voir cette fille de près quand elle va perdre la tête. Bien plus vite que je ne m'y attendais, Amy se remet à gémir de plaisir. Fort. Sa tête tombe vers l'arrière, et son corps, fougueux, devient avide de posséder le mien. Je l'aide, lui soulève le bassin, la laisse retomber sur moi en étouffant mes propres râles. Je vais bientôt éjaculer, mais je ne veux surtout pas que cela arrive avant qu'elle jouisse. Il faut qu'elle sache à quel point je suis balèze au lit.

Quand elle est sur le point d'atteindre l'orgasme, ses ongles s'enfoncent dans ma nuque, et elle halète :

— Oh… Ben ! Ben !

Tout s'emballe et elle se met à crier tout en me chevauchant avec force. Et moi, je reste là, à la dévisager alors qu'elle vient de prononcer le nom d'un autre. Mais qui c'est, ce Ben ? Lorsqu'elle retombe contre moi, j'essaie de garder un air détaché, mais en réalité je me fais violence pour ne pas réagir à ce que j'ai entendu. Pourtant, qu'est-ce que j'en ai à foutre qu'elle pense à un autre pendant que je la baise ? Ça ne devrait pas me faire réagir comme ça !

Reportant son attention sur moi, elle glousse et me sert un regard ravi :

— Bordel, tout compte fait, tu assures !

Je force un sourire sur ma bouche, mais je suis encore contrarié. Lorsqu'elle bouge sur moi, elle remarque que je suis encore dur, et son visage s'illumine.

— Waouh ! Là, je suis impressionnée !

Cette fois, j'affiche un vrai sourire, un peu niais. Ce Ben éjaculait peut-être plus vite que son ombre. Après tout, elle a bien l'habitude d'admirer son plafond pendant la baise, pas vrai ? Pendant qu'elle reprend du service, elle se penche pour me dévorer la bouche et me mordiller la lèvre inférieure. Je ferme les yeux et la laisse me mener à l'orgasme avec toute sa fougue. Quand mon esprit se met à déraper et que je gronde, elle me repousse contre le lit et me lèche le cou de façon vorace. Je perds la tête et je pousse un cri sourd au moment où je jouis. Je la laisse m'embrasser le visage et je réponds à son baiser de furie pendant que je tente de gérer ma respiration. Je ne suis peut-être pas Ben, mais une chose est sûre : je baise mieux que cet imbécile !

Chapitre 9

Quand je m'écroule sur le lit, aux côtés d'Oli, j'ai du mal à reprendre mon souffle. Bordel ! Quels orgasmes ! Ce petit prétentieux peut bien l'être ! Je n'arrive pas à croire qu'il m'ait fait jouir avec la bouche ! Et même s'il est hors de question que je lui avoue que c'est la première fois, une chose est sûre : il a vraiment du talent !

À ma droite, il s'essuie le visage d'une main et pivote dans ma direction.

— Putain, c'était génial ! Ose me dire que tu as regardé le plafond !

— Presque pas, admets-je avec un sourire gêné, mais pour ma défense j'étais au-dessus. (Je lui pince une oreille.) Je voyais ta tête de petit con ! j'ajoute, en rigolant.

— Et des étoiles, souviens-toi.

Je ris encore. Bon sang, que je me sens bien ! Tellement légère ! Sans répondre, je tire les couvertures sur moi et lui tourne le dos.

— C'était chouette, mais maintenant laisse-moi dormir un peu. La nuit a été courte.

— À qui tu le dis, poupée ! Y a une sale garce qui m'a posé un lapin alors que j'étais à deux doigts de la ramener à l'hôtel.

Même si j'essaie de le retenir, je ne peux empêcher mon rire de résonner. Si j'avais su qu'il était aussi doué, je n'aurais peut-être pas fui comme ça, hier soir. Quoique… J'étais un peu soûle, et probablement qu'il l'était aussi, alors je doute que le sexe aurait été aussi chouette.

Je sursaute lorsqu'il se serre contre moi, m'enlaçant la taille d'un bras et enfouissant le nez près de mon épaule.

— D'ailleurs, ça ne me fera pas de mal de piquer un petit somme, aussi. On remettra ça au réveil, ça te dit ?

C'est plus fort que moi, je me redresse et me tourne pour lui lancer un regard sombre.

— Tu ne dors pas ici !

— Je veux juste faire une sieste ! Je te signale qu'on avait dit : baise, repas, baise.

— Alors va chercher le repas pendant que je me repose.

Un large sourire apparaît sur son visage.

— Je suis trop fort, hein ? Tu as besoin de repos, poupée… ? Pas de souci, je comprends. Il vaut mieux recharger tes batteries avant le deuxième acte.

Mais… quel sale petit prétentieux ! Je tire la couverture et désigne sa queue au repos.

— Pour ta gouverne, on ne peut rien faire avec ça.

Nullement choqué, il fait danser ses doigts devant moi.

— Oh, mais j'ai des amis pour prendre le relais ! Ne t'en fais pas pour moi.

— Pfft ! Bon, j'en ai assez ! Tant pis pour le repas et la suite, tu peux ficher le camp. Je pense qu'on a fait le tour.

Il fronce les sourcils et paraît contrarié.

— Hé ! On avait dit pizza et baise ! me rappelle-t-il. Tu ne vas pas me dire que je t'ennuie, quand même ?

Je soupire.

— Écoute Oli, c'était super, c'est vrai, mais tu es un vrai moulin à paroles ! Alors si tu veux avoir droit à la suite, fiche-moi la paix une petite heure. Va regarder la télé, prends une douche, commande une pizza, je m'en fous. Mais dégage de mon lit !

Je pointe la porte, persuadée qu'il va foutre le camp de chez moi en emportant ce fichu contrat. Tant pis. Je n'ai pas envie qu'un homme s'incruste dans mon lit, et encore moins dans ma vie. J'aurais préféré qu'il soit nul au lit, cet imbécile. Maintenant, je ne suis plus certaine d'avoir envie de courir le risque de bosser avec lui.

Un peu au ralenti, Oli sort de mon lit et soupire. Pour le principe, je reluque ses fesses quand il se lève. Il n'aurait pas pu être vilain, un peu ? Il a un caractère de merde, mais ses autres atouts sont non négligeables...

D'une main, il s'ébouriffe les cheveux et me lance un regard de biais.

— C'est bon, poupée, je vais aller regarder la télé en attendant que tu sois prête pour la suite. J'espère que tu as le câble. Il me semble qu'il y a un match, aujourd'hui...

Quoi ? Parce qu'il reste ? Les yeux écarquillés, je le scrute, incertaine.

— Je te laisse une heure, après quoi je commande le repas et on se la refait. Tu m'as assez fait poireauter, et il vaut mieux vider toute cette tension sexuelle entre nous avant que tu deviennes ma nounou...

Sans attendre, il sort de ma chambre en refermant la porte derrière lui. Sous le choc, je me laisse tomber sur mon lit, mais je n'arrive pas à fermer les yeux. Je l'écoute se promener dans mon appartement en tendant l'oreille. Je ne vais quand même pas dormir en laissant un parfait inconnu faire ce qu'il veut chez moi ! Les minutes passent, mais mon attention se porte sur chacun des bruits qui me parviennent. Il marche et récupère sa bière, car je l'entends poser sa bouteille sur la table basse. La télé s'allume, et même si le son est bas je ne peux pas m'arrêter d'écouter. Tant pis. Dormir ne me dit plus rien. Agacée, je repousse les draps et renfile mon tee-shirt. Je sors de ma chambre et me mets à la recherche de mon boxer, quelque part près de l'entrée. Sans la moindre gêne, je le remets pendant que je sens les yeux d'Oli braqués sur moi.

— On n'aime pas dormir nue ? me nargue-t-il.

— Tu m'as coupé l'envie, je peste.

Même si elle n'est plus très fraîche, je reprends ma bouteille de bière et me poste devant le document toujours sur la table. À la télévision, il y a un match de basket. Je récupère le dossier avant de venir m'écraser sur le fauteuil, bien plus confortable qu'une chaise de cuisine.

— Il y a un document de survie fait par ma sœur. Tu peux le lire. Ça résume assez bien mes petites manies.

De sa bouteille presque vide, il pointe le dossier sur mes cuisses, et j'en sors les feuilles agrafées pour me mettre à les lire. Je hausse un sourcil devant la liste de recommandations de Cécilia : ne pas réveiller Oli si on n'a pas un café noir et bien corsé en main, ne pas brimer sa créativité, le laisser bosser tard, le raccompagner chez lui le soir…

— Dis donc, c'est vraiment une baby-sitter qu'il te faut, je râle. Tu veux que je te montre comment on utilise un réveil ?

— À ta place, je ne me plaindrais pas. Je te paie assez cher pour le faire à ma place !

— Ouais, mais si tu te lèves tôt et que tu te couches tard, et qu'il faut en plus que je fasse les deux services…, je dors quand, moi ?

Il tourne un regard agacé dans ma direction.

— Le matin, mes journées ne commencent pas avant 10 ou 11 heures. D'ailleurs, assure-toi de ne jamais me prendre un rendez-vous avant 11 heures, 13, c'est encore mieux.

Même si j'essaie de garder un air impassible, je suis assez surprise par cette information. Ainsi, je pourrai faire la grasse matinée tous les jours ? Voilà qui me plaît assez, comme idée…

— Et pour le soir je te rassure, poupée, je n'ai pas besoin que tu me tiennes la chandelle quand je ramène des filles après minuit. Tu pourras aller dormir en paix vers 22 heures, peut-être minuit quand on doit s'occuper de gros clients. Mais, dans ces cas-là, tu ne prends pas de notes, tu écoutes. Tu fais office de mémoire, en quelque sorte.

— Je vois, dis-je avec une moue contrite. J'écoute pendant que tu bois, et je te raconte ta propre soirée le lendemain. Charmant, comme concept.

— Mais ça paie bien.

— C'est relatif. Être sobre au milieu d'une bande de types soûls, je ne suis pas sûre que ça me plaise beaucoup, comme boulot.

— Tu parles ! Si tu portes des vêtements plus moulants, histoire de mettre ton joli petit cul en valeur, les clients vont te reluquer comme des malades. Tu ne seras pas en reste, poupée.

Je soupire.

— Super. Je vais devoir me farcir les idiots avec qui tu bosses en plus de toi. En voilà un programme !

— Tu n'auras qu'à les envoyer se faire foutre. Ça te passera le temps. Et puis tu devrais avoir l'habitude de rembarrer les idiots.

— Ouais, mais parfois ils ont la tête dure, je raille.

Oli tourne un regard malicieux dans ma direction, puis se met à rire aux éclats. Je pouffe à mon tour, même si je suis un peu surprise de le voir aussi détendu alors que j'essaie délibérément de l'énerver. Il est là, à moitié nu, dans mon salon, la télécommande d'un côté, la bière dans une main. Pendant une fraction de seconde, je me dis qu'il est charmant, dans son genre, mais dès qu'il ouvre la bouche je comprends mon erreur.

— D'ailleurs, la première chose que tu vas devoir revoir, pour ce travail, c'est ton attitude.

Je fronce les sourcils, et la question résonne, un peu fort :

— Pardon ?

D'un geste, il me fait signe de me calmer.

— Ton petit caractère, je l'aime bien, mais certains clients ont besoin d'être bichonnés. Tu peux m'envoyer au diable dix fois par jour, si ça te plaît, mais sois polie avec eux.

— S'ils me tripotent, ils se feront casser le nez. Et ça vaut aussi pour toi, le préviens-je.

Il se remet à rigoler de bon cœur.

— Putain, je veux bien voir ça ! Faudra que je te présente Drew, tiens. Je suis sûr que ça fera des étincelles entre vous deux.

— Je suis sérieuse, Oli. Je suis ton assistante, pas ta pute. Et tes clients n'ont pas intérêt à me manquer de respect.

Il cesse immédiatement de rire.

— Hé ! Évidemment ! Si un type t'énerve, tu me le dis et j'irai lui éclater la tête. Enfin… si je pense pouvoir le battre…

Je me demande s'il est sérieux. Est-ce qu'il irait foutre une raclée à Ben si je le lui demandais ? J'en doute, mais soudain cette idée me plaît bien.

— Et ça vaut pour nous deux, reprend-il plus sérieusement. On baise aujourd'hui, mais après c'est fini. Autant que tu le saches : je drague, je tripote et je baise. Souvent. (Il me dévisage, comme si j'étais trop bête pour comprendre le sens de ses propos.) À la moindre crise de jalousie, t'es dehors, compris ?

Je lâche un petit rire.

— Voilà qui explique pourquoi tes assistantes ne restent pas bien longtemps.

— Rien à voir. Je n'en ai baisé qu'une, et elle était moche.

Je hausse un sourcil, intriguée, lorsqu'il grimace.

— J'étais soûl, seul, et en manque. Fin de l'histoire. Et l'autre avait cinquante balais. Même soûl, ça ne le faisait pas. Le troisième, c'était un type. J'ai beau boire comme un trou, il est hors de question que je baise un mec.

Lorsqu'il cesse enfin de déblatérer, je me mets à pouffer, avec bruit et sans aucune gêne. Oli me dévisage.

— Quoi ?

— Alors là… tu es vraiment un sacré salaud !

Je rigole tellement que je sens des larmes me brouiller la vue et que je dois m'essuyer les yeux.

— Tu crois qu'un amant comme moi se forme en claquant des doigts ? Hé non, poupée, il faut de l'expérience. Et j'en ai !

— Oh…, mais je te crois ! Et ne t'en fais pas. Il n'y aura pas de malaise. Dès que tu passeras le seuil de cette porte, tu deviendras mon employeur, et pour ta gouverne : sache que je ne couche plus avec mes patrons.

Il me toise avec un regard curieux.

— Qu'est-ce que ça signifie ? Que tu as déjà couché avec ton patron ? Ce fameux Ben, je suppose ?

Je retiens difficilement une exclamation de surprise.

— Tu connais Ben ?

— Non. Mais comme tu as gueulé son nom pendant que je te baisais…

— Quoi ? Non ! je proteste.

Il soutient mon regard, et je pince les lèvres en me disant que c'est peut-être possible. Merde !

— Désolée.

— Y a pas de quoi. Je ne suis pas susceptible.

Il se penche pour déposer la bouteille de bière sur la table basse, puis se relève.

— Bon, je vais commander une pizza. J'espère que tu n'es pas végétarienne, parce que je suis du genre à demander un supplément de viande.

— Super, j'adore le bacon.

Il s'arrête à ma hauteur pour me lancer un sourire charmeur.

— Tu es vraiment mon genre de fille, toi.

Je retiens un gloussement.

— Ne rêve pas trop, petit con. Je déteste les salauds, tu te rappelles ?

— Oh…, c'est vrai !

Nous partageons un rire pendant qu'il s'éloigne. Tout compte fait, il est charmant, quand il veut…

Chapitre 10

Dans le salon d'Amy, nous mangeons une pizza bien garnie avec de nouvelles bières. Pendant que je regarde la fin du match, elle termine de lire le document de ma sœur, un stylo entre les doigts. C'est calme. Je n'ai même pas besoin de faire la conversation. Quand je m'excite à cause du score, Amy relève la tête et sourit.

Pendant les publicités, elle en profite pour me demander :

— À quelle heure je passe te prendre, lundi ?

Je prends mon téléphone pour vérifier.

— Je dois être au bureau à 11 heures pour présenter des maquettes à Willis. C'est un metteur en scène qui veut des décors pour une comédie musicale. Si tu étais chez moi vers 10 heures, ça me donnerait le temps de me lever, de me doucher et de me préparer… Ah, et n'oublie pas le café ! (Je l'observe qui griffonne les instructions dans le coin d'une feuille.) Toi, tu écoutes et tu prends des notes. J'aime bien qu'on me fasse un résumé des rencontres : ce que le client a suggéré, ce qu'il a aimé ou non dans mes idées, ce genre de trucs.

— OK, dit-elle simplement.

— À 14 heures, j'ai un autre rendez-vous. C'est pour l'organisation d'une première de film, mais c'est le genre d'événements que je n'aime pas trop. Je vais sûrement improviser, mais ne t'en fais pas. Je finis toujours par trouver une idée de génie à la dernière minute.

Elle ne bronche pas, comme si ça ne l'intéressait absolument pas.

— Je suis doué dans ce que je fais, j'insiste.

— Tant mieux. Donc… 11 heures, 14 heures… quoi d'autre ?

Elle répond d'un ton neutre, concentrée sur son agenda plutôt que ce sur quoi je bosse vraiment. Tant pis.

— Le soir, je continue, nous avons une soirée. C'est à 19 heures dans un restaurant avec plein de fourchettes. Deux types veulent me proposer un concept pour un spectacle à grand déploiement. Ils vont y mettre le paquet pour m'avoir : bouffe, alcool…, probablement qu'ils voudront terminer la soirée dans un bar. (Amy me scrute avec une tête qui n'augure rien de bon.) Ma sœur dit toujours que le plus intéressant, c'est d'apprendre à connaître nos clients. Et on ne sait jamais ce qui se passe une fois que les gens sont soûls. Ils disent des conneries et ils lâchent parfois des infos intéressantes… Évidemment, pour comprendre quelque chose, il faudra que tu restes sobre.

— Évidemment, répète-t-elle.

Devant son ton ironique, je me permets de jeter :

— N'oublie pas que tu es bien payée pour ça.

— Heureusement.

Au lieu de me questionner davantage sur cette soirée, elle change subitement de sujet :

— Ta sœur disait que j'aurais droit à mes week-ends ?

— La plupart du temps, ouais, mais je ne te mentirai pas : il arrive que j'aie besoin d'une assistante le samedi soir. Et n'oublie pas qu'on va à Vegas la semaine prochaine.

Elle soupire et dépose les documents sur la table basse, tout près de son reste de pizza. Qu'est-ce que ça veut dire ? Qu'elle jette déjà l'éponge ?

— Autant que tu le saches, me dit-elle sèchement. Je vais tester une semaine ou deux, mais si tu m'énerves trop je ficherai le camp.

Surpris par sa franchise, je hoche néanmoins la tête, soulagé qu'elle accepte de tenter le coup.

— Bon, je vais prendre une douche pendant que tu termines ton match, lâche-t-elle encore. Après, soit on passe aux choses sérieuses, soit tu fiches le camp, parce que je suis fatiguée et que je n'ai pas envie de t'avoir sur le dos toute la soirée.

Je retrouve un petit sourire moqueur.

— Oh, ne t'inquiète pas, j'en ai bientôt fini avec toi !

Je vois sa bouche se pincer dans une moue qui assombrit son visage, signe que mes paroles l'ont blessée. Tant pis. Il vaut mieux que les choses soient claires. Surtout si nous travaillons ensemble. Je la regarde me tourner le dos et filer en direction de la salle de bains. Et moi, au lieu de reporter mon attention sur le match, je vide ma bière et me lève pour vérifier qu'il me reste bel et bien une troisième capote dans mon portefeuille. Tout compte fait, il vaut mieux que je règle la question avec cette fille une bonne fois pour toutes. J'ai déjà trop traîné ici…

Chapitre 11

Je rumine sous le jet d'eau chaude. En réalité, je n'avais pas la moindre envie de prendre une douche. J'aurais préféré qu'Oli me baise une dernière fois avant de foutre le camp de mon appartement. J'ai envie d'être seule pour faire le point sur tout ce qui se passe dans ma vie.

Quand Oli se faufile derrière moi, sous la douche, je lâche un petit cri de surprise.

— Merde! Tu m'as fait peur!

Je ne peux m'empêcher de le balayer du regard, des pieds à la tête. Il est vraiment mignon, ce petit con.

— Ça te plaît, poupée? me demande-t-il en commençant à se branler sans la moindre gêne.

Troublée, je préfère renchérir par une autre question:

— Et ton match?

— Tant pis pour le match. Je ne suis pas très fan de basket, de toute façon. J'attendais juste que tu sois prête pour la suite... (Tout en parlant, il s'avance vers moi sans cesser de se caresser.) Tu m'aides, poupée? Tu peux la toucher, elle ne te mordra pas...

Avec son habituelle impolitesse, il récupère ma main, qu'il enroule autour de sa queue, entrelaçant les doigts aux miens, et recommence à se branler ainsi.

— J'aurais préféré ta bouche, mais puisque tu es capricieuse je veux bien baisser mon niveau d'exigence.

Agacée, je le toise du regard:

— Tu veux ma bouche?

Ses yeux s'illuminent.

— J'en rêve, poupée!

Je libère ma main et remonte la sienne vers ma bouche. Sans hésiter, je glisse deux de ses doigts entre mes lèvres et je me mets à les sucer doucement. Visiblement sous le choc, Oli me dévisage. Je profite de sa surprise pour revenir empoigner sa queue, que j'entreprends de caresser. Excité, il se met à mouvoir les doigts dans ma bouche au même rythme que ma main plus bas, et ne tarde pas à perdre le souffle.

— Oh… Amy… !

J'apprécie qu'il fasse l'effort de murmurer mon prénom et je le lui témoigne en raffermissant mes gestes.

— Oh… putain, poupée… oui !

Ses doigts forcent ma bouche de plus en plus vite. Je suis son rythme de mes doigts. Il se met aussitôt à donner des coups de bassin vers l'avant et gronde avant de se mettre à jouir. Son sperme gicle sur mon ventre, et je continue à le branler jusqu'à ce qu'il se vide entièrement. Lorsqu'il libère enfin ma bouche, il me lance un regard luisant d'envie. Pendant une fraction de seconde, j'espère qu'il va se jeter sur moi, mais il chuchote simplement, la voix trouble :

— Ça, c'était… très excitant.

Je ne peux pas m'empêcher de hocher la tête. Son orgasme m'a donné envie de ressentir la même chose. Mais, avec ma chance, il va profiter de cet instant précis pour foutre le camp et me laisser me démerder toute seule.

Contre toute attente, Oli me plaque contre le mur. Pour une fois, il se tait, et je savoure autant son silence que sa main qui remonte entre mes cuisses. Sans attendre, j'ouvre les jambes et je le retiens contre moi dès que ses doigts me pénètrent.

— J'aime quand tu es docile, chuchote-t-il.

Je gronde :

— J'aime quand tu la fermes.

Il rit doucement avant de se mettre à caresser mon clitoris, vite, presque rudement. Incapable de le retenir, je lâche un petit cri de plaisir et j'écrase la nuque d'Oli entre mes doigts.

— Et quand je te fais jouir ? Tu aimes ? me nargue-t-il.

Ma voix tremble lorsque je réponds :

— Oui !

— Bonne réponse, poupée.

Il accélère ses caresses, et j'en oublie toutes mes réserves. Je jouis sous ses doigts avec un bonheur sans fin, dans un orgasme trop vite consommé, et savoure le moment de silence qui suit. Mon bras autour du cou d'Oli m'empêche de tomber au sol, mais, dès que je reprends mes esprits, je m'éloigne de lui et lui tourne le dos pour retourner me nettoyer sous le jet d'eau chaude.

— J'aime beaucoup quand tu te lâches, dit-il derrière moi. Et il me semble que j'y arrive de mieux en mieux.

Je ne réponds pas et plonge la tête sous le jet. Il a raison. Il me fait jouir trop facilement. Ça me trouble. Pourquoi je ne peux pas tomber sur un gentil garçon qui sait me faire ce genre de choses, pour une fois ? Pourquoi faut-il que les bons baiseurs soient toujours des salauds ?

— Je vais te faire gueuler encore une fois. Ou peut-être même deux, tiens. Puis je prendrai ma dernière capote pour te baiser un dernier coup, annonce-t-il encore.

Entre mes cuisses, j'ai l'impression que ses paroles rendent mon sexe sensible. Son programme me plaît. Beaucoup. Mais, pour le principe, je jette :

— Tu n'as plus de capote.

— J'en ai toujours une en rab dans mon portefeuille. En cas d'urgence, tu vois ?

Il crispe les doigts sur ma hanche avant de me ramener contre lui. Il se frotte derrière moi, et je ferme les yeux, encore engourdie par le dernier orgasme qu'il vient de m'offrir. Je l'observe qui se penche pour fermer l'eau.

— Viens. On sera mieux dans ton lit.

— Je n'avais pas terminé, je siffle.

Il recule et fait mine de hausser le ton.

— Ça ne sert à rien de te doucher. Dans une petite heure, il faudra que tu recommences.

Sans attendre ma réponse, il sort de la baignoire et récupère ma serviette pour s'essuyer.

Chapitre 12

Dès que j'arrive dans ma chambre, je reste sur le seuil, gênée de voir Oli qui agit comme s'il était chez lui. Il replace grossièrement les draps et dépose son dernier préservatif sur le coin de mon lit. Lorsqu'il m'aperçoit, emmitouflée dans ma serviette, il tapote le matelas.

— Enlève ça et viens t'étendre.

Je prends quelques secondes avant de m'exécuter. Pourquoi est-ce que je suis intimidée, soudain ? Peut-être parce que c'est trop planifié. Généralement, c'est plus naturel. On s'embrasse, on bascule sur le lit, et tout s'enclenche. Là, ça me paraît un peu technique.

Lorsque je m'étends sur le lit, il récupère le dernier préservatif et se met à se branler au-dessus de mon ventre.

— Touche-toi, poupée. Je veux être bien dur avant de t'envoyer au septième ciel une dernière fois. Autant finir ça en beauté, qu'est-ce que tu en penses ?

Je le fixe, un peu surprise.

— Allez, touche-toi les seins, s'impatiente-t-il. Fais-moi bander bien dur.

Un peu mollement, je viens effleurer ma poitrine. Une étincelle s'allume dans les yeux d'Oli, et sa main se met à bouger de plus en plus vite.

— Oh oui, poupée…, tu m'excites !

Sans réfléchir, je glisse une main sur mon sexe et commence à me masturber à mon tour. Je suis nerveuse, parce que je n'ai jamais osé faire un truc pareil devant un homme, mais avec Oli c'est différent. Il se fiche des convenances, et moi, je suis douée pour me faire jouir, alors je ne vois pas pourquoi je le laisserais se branler tout seul.

—Oh… là, tu fais fort! halète-t-il.

Il se penche pour récupérer son dernier préservatif. Pendant qu'il le déroule sur son érection, il souffle :

—Continue. Je vais te prendre pendant que tu te fais jouir. Putain, ça va être génial :

Il semble très excité par la situation. Et à dire vrai, moi aussi. De sentir son regard braqué sur mon sexe, ça me donne envie de me caresser plus vite, de me faire vibrer des pieds à la tête et de montrer à cet idiot que je n'ai pas besoin de lui pour jouir. Lorsqu'un premier frisson m'envahit, je ferme les yeux et soulève mon bassin pour venir plonger les doigts dans ma propre humidité. Oli gronde aussitôt :

—Non. Ça, c'est à moi. Toi, tu n'as droit qu'au clito.

Immédiatement je le sens qui vient frotter son gland contre l'entrée de mon sexe. Je recommence à me caresser, lentement, avide de le sentir plonger en moi. Au premier râle qui m'échappe, Oli me pénètre enfin.

—Continue, souffle-t-il. C'est magnifique.

Il m'écarte les cuisses, me soulève le bassin, m'exposant de façon indécente à sa vue. Oh bordel…, ça m'excite! J'accélère le rythme alors que ses pénétrations se font lentes et puissantes. Ça monte trop vite, c'est trop fort, j'explose en essayant de refermer les cuisses, mais Oli m'en empêche. Il bascule sur moi et cogne son sexe au fond du mien.

—Oh poupée…, je ne te dis pas ce que ça me fait de te voir comme ça.

Encore engourdie par mon dernier orgasme, j'ai la sensation que tout est plus intense, et je continue de gémir lorsqu'il plonge ainsi en moi. Mes bras se nouent autour de ses épaules, et je ne résiste pas à lui dévorer la bouche lorsqu'elle apparaît devant moi. Oli gémit contre mes lèvres, puis me soulève pour venir me plaquer rudement contre le mur à la tête de mon lit. Son corps s'active contre le mien, et je lâche un petit cri de surprise lorsque je sens poindre un nouvel orgasme.

— Oh, bon sang !

— Oui, poupée…, oui ! Dépêche-toi !

Il me prend avec plus de force. Je m'accroche à ce plaisir qui gronde et je le laisse m'envahir tout entière. Je jouis en poussant un long cri, puis viens mordre sa lèvre inférieure, avant de dériver vers son cou, son oreille, son épaule, tandis qu'il jouit à son tour. Ses muscles lâchent, un à un, tandis qu'il me redépose sur le matelas et se retire.

— Putain, poupée, c'était génial !

Je glousse comme une idiote, refusant de lui retourner le compliment, même si je suis d'accord avec lui. Quand il tire les couvertures et les remonte sur mon corps, je soupire de satisfaction.

— Allez, repose-toi. Moi, il faut que je me tire. On se voit lundi. Ciao, poupée.

— Ciao, salaud, je marmonne.

J'entends son rire s'éloigner tandis qu'il se rhabille dans l'autre pièce. La porte de l'entrée se referme derrière lui, et je me laisse tomber dans un sommeil bien mérité.

Chapitre 13

Quand je me réveille, c'est le matin, et je me redresse vite, étonnée d'avoir dormi si longtemps. Merde ! Je ne me suis même pas relevée hier pour verrouiller ma porte d'entrée !

J'enfile un peignoir et file à la cuisine pour me faire couler du café. Tout est à la même place. Même les restes de pizza de la veille n'ont pas bougé. Je souris en me remémorant quelques images d'hier soir. Tout compte fait, j'ai passé une super soirée. Sans oublier que j'ai dormi comme un bébé ensuite !

Pendant que le café coule, je range et reporte mon attention sur le document rédigé par Cécilia. « Assistante pour Olivier Garrett. » En voilà un drôle de boulot ! Ce n'est certainement pas ce à quoi je m'attendais en postulant pour cette petite annonce. Quoique… Ça risque d'être intéressant. La baise était chouette, c'est vrai, mais tout est fini. Je n'ai pas la moindre envie d'entretenir une liaison avec mon patron. Surtout que celui-ci est un vrai coureur de jupons.

Je profite de mon dimanche pour organiser ma semaine : je démarre une lessive, je fais le tour de ma garde-robe pour voir ce qui peut convenir pour le travail. Que suis-je censée porter ? Un tailleur, ça ira ? De toute façon, pour demain il faudra s'en contenter, mais j'ai intérêt à me racheter quelques vêtements quand j'aurai ma prochaine paie. Et rien qu'à songer au montant de cette paie j'ai envie de danser dans mon salon comme une idiote !

Comme il fait bon dehors, je vais faire quelques courses, je profite des premiers jours de printemps pour flâner devant les boutiques, je m'arrête prendre un café quand mon téléphone résonne au fond de mon sac à main.

— Oui ?

— Bonjour, Amy, c'est Cécilia.

Je me raidis sur ma chaise. Et si ce salaud m'avait arnaquée concernant ce contrat ? Peut-être qu'il a fait tout ça uniquement pour me baiser ?

— Euh… oui. Que puis-je faire pour vous ?

— C'est plutôt à moi de te poser la question, rigole-t-elle. Oli m'a dit que tu avais accepté le poste. Comment est-ce qu'il a réussi à te convaincre ?

Son rire résonne au bout du fil, et le fait qu'elle me tutoie me rassure légèrement.

— Il est venu me supplier chez moi, j'improvise.

— Alors là… il me surprendra toujours ! Il t'a offert un bonus ?

— De vingt pour cent, mais ce n'est pas ce qui m'a décidée.

— Oh ?

Devant la curiosité que ma réponse suscite, je pince les lèvres. Peut-être que j'aurais dû lui faire croire que l'argent était ma seule motivation ? Ce serait bête que Cécilia sache ce qui s'est produit entre Oli et moi. Surtout que c'est terminé.

— J'ai envie de relever de nouveaux défis, je lâche simplement.

Un silence passe, et je me sens contrainte de me justifier davantage :

— En fait, ça ne me semble pas trop mal comme boulot : les grasses matinées, les voyages, les soirées…

— Et le sale caractère de mon frère, poursuit-elle dans un rire. En fait, à partir du moment où tu le remettras à sa place, tout devrait être plus facile. Les premiers jours sont les plus décisifs. Tu verras si le courant passe entre vous.

Je souris comme une idiote. Le courant ? Oh, mais il passe très bien entre Oli et moi ! Le seul problème, c'est que cela n'a rien à voir avec le cadre professionnel.

— Tu as de quoi noter ? poursuit-elle. Je sais qu'Oli t'a refilé mon document de survie, mais il vaut mieux qu'on repasse sur deux ou trois points avant que tu te jettes dans la gueule du loup.

Je sors aussitôt un bloc-notes de mon sac.

— Je suis prête.

Cécilia me lance des tas d'informations en vrac : le téléphone qu'on me fera livrer dès demain matin, mon agenda commun avec Olivier, les différents fichiers informatisés que j'ai intérêt à lire concernant nos partenaires financiers et nos projets en cours. Je prends autant de notes que je peux en comprenant que la tâche ne va peut-être pas être si simple que ça…

— Attends… Il faut que je connaisse tous ces gens ?

— Oh, pas tout le monde, non, mais c'est toujours intéressant de connaître les points faibles de ceux avec qui tu vas négocier.

Je retrouve un petit sourire en coin.

— Ah… là, je comprends ! C'est pareil avec les avocats.

— C'est pareil partout. Ce qui compte, c'est de pouvoir adapter ton discours. C'est toujours Oli qui négocie, généralement, mais c'est important que tu aies certains paramètres en tête. Parfois, il aime bien qu'on lui rappelle ces petites choses.

— OK.

— Et sinon, si tu as le moindre doute concernant une affaire, tu me téléphones. J'ai encore cinq semaines avant l'accouchement. Ça te donnera le temps de te familiariser avec tous ces dossiers.

— C'est gentil, Cécilia. Merci.

— Ne me remercie pas ! rigole-t-elle. C'est toi qui me sauves la vie ! Surtout, ne laisse pas Oli te déstabiliser. C'est un grand gamin. Il a besoin de discipline, même s'il ne le sait pas encore.

— Ne t'inquiète pas pour moi. Ça ira, je la rassure.

— Parfait. Au besoin, tu m'appelles. Allez, bonne chance !

Je range mon téléphone dans mon sac à main, puis je termine mon café et reprends le chemin du retour vers la maison. Tout compte fait, je vais peut-être relire le guide de survie de Cécilia ce soir, car quelque chose me dit que j'aurai de nouveaux documents à potasser dès demain matin.

Chapitre 14

Il est 10 h 15 quand je sonne chez Oli. Il habite en périphérie du centre-ville, dans un quartier industriel de Montréal. Sa maison est plutôt une sorte de vieux magasin sur deux étages qui a été retapé, et dont la façade trahit l'ancienne vocation de l'immeuble.

J'attends en vérifiant pour la énième fois l'adresse en question, mais, comme Cécilia a indiqué sur son document qu'il valait mieux insister, j'appuie une deuxième fois sur la sonnette pendant presque dix secondes avant de relâcher le bouton. Au bout de cinq minutes, je réitère. Si ça se trouve, il est avec une fille. C'est son genre, tiens, de s'assurer que je le trouve au lit avec une autre, juste pour que je comprenne que c'est terminé entre nous. Ravalant ma fierté, je relève la tête et j'arbore un air professionnel dès que j'entends qu'on tire le verrou de l'autre côté de la porte.

Vêtu d'un boxer et d'un tee-shirt blanc, Olivier apparaît dans l'entrée et peste avant même de me reconnaître :

— C'est quoi, tout ce bordel ? Tu n'as pas la clé ?

Déstabilisée, je secoue la tête.

— Euh… non.

— Alors faudra arranger ça aujourd'hui. Je ne peux pas croire que Cél a oublié ! Et mon café ?

Il tend une main, et je lui donne le gobelet plein que je viens de récupérer à son bistro préféré. Sans me remercier, il me tourne le dos et retourne à l'intérieur. Inspirant un bon coup, je le suis et referme la porte derrière moi. Il fait sombre, mais Olivier marche d'un bon pas en direction de l'escalier. Je l'interpelle alors qu'il atteint la deuxième marche :

— Monsieur Garrett, j'aurais besoin de quelques informations concernant…

Brusquement, il s'arrête et se tourne vers moi, un sourcil arqué de surprise.

— « Monsieur Garrett » ? Putain, tu ne vas quand même pas m'appeler « monsieur » ! On a baisé ensemble, pas plus tard qu'avant-hier !

Un peu choquée par sa façon de ramener le sujet à l'ordre du jour, je m'empresse d'expliquer :

— C'est justement pour remettre de la distance entre nous.

— Il y a suffisamment de distance à partir du moment où on ne couche plus ensemble. Pas besoin de me donner un titre de merde pour ça. J'ai trente-deux ans, pas soixante !

Il reprend sa montée pendant que je le suis en haussant le ton pour garder son attention :

— « Monsieur », ça n'a rien d'un titre de merde !

Une fois à l'étage, il se tourne vers moi.

— Tout le monde m'appelle Oli au boulot, tu vas faire tache si tu m'appelles « monsieur ». C'est bizarre. Arrête.

— Hé ! Pas besoin d'en faire tout un plat ! Je voulais juste te montrer que nous étions bien dans une relation professionnelle.

— C'est lundi matin, tu parles qu'on est dans une relation professionnelle ! Tu crois que j'ai envie de baiser, le lundi matin ?

Il me tourne de nouveau le dos pour partir en direction du fond de la pièce, que je vois pour la première fois. Si, en bas, ça me semblait un peu sombre et en bordel, à l'étage, ça ressemble vraiment à un loft aménagé. Et la première chose qui me frappe, c'est la lumière. Il y a des fenêtres partout autour de nous. Sur ma droite, il y a un coin cuisine avec un comptoir qui sert de bar. Juste en face de moi, une énorme télévision prend pratiquement tout l'espace entre deux larges fenêtres. À gauche, il y a un lit en bordel et des vêtements sur le sol, tandis que le dernier coin abrite un bureau avec des tas de papiers dessus.

— Je vais me doucher, annonce-t-il avant de filer.

Troublée de rester seule chez lui, je m'avance et fais le tour de l'immense pièce. Je retiens une moue amusée devant la vaisselle sale dans son évier, puis je m'avance vers son bureau, où je reste médusée devant les dessins qui y sont étalés. Est-ce Olivier qui les a faits ? J'aperçois aussi des petites figurines. Je redresse un bonhomme en plastique vers moi en étouffant un rire. C'est une blague ? Olivier joue-t-il encore à des jeux d'enfants ?

— C'est pour les maquettes.

La voix qui résonne derrière moi me fait sursauter, et je pivote pour tomber nez à nez avec Olivier, les cheveux humides et une simple serviette autour des hanches.

— Je fais des aménagements en 3D, explique-t-il, et on y place des figurines pour donner une impression à l'échelle.

— Ah ! dis-je simplement en détournant la tête pour ne pas fixer son torse.

Il se penche vers son bureau et déplie un large carton qui prend vie à la manière d'un livre pour enfants. Les formes montent dans l'espace et créent une sorte de forêt en papier.

— Ce matin, on rencontre Willis, dit-il en positionnant le personnage près d'un arbre. C'est un metteur en scène. Il m'a demandé des décors transportables pour sa comédie musicale, qui fera le tour du pays l'an prochain.

D'un simple mouvement, il referme la forêt, puis déplace le carton qui en abrite un second et l'ouvre. Cette fois, c'est une ville qui apparaît. Je suis estomaqué par les détails, découpés dans une matière si fragile. Il se penche plus avant et tend un bras pour allumer une lumière d'appoint. Aussitôt, je vois l'effet. Le décor prend vie en ombres chinoises. C'est magnifique ! Comment a-t-il réussi à faire un truc pareil ?

Pendant que je reste là, bouche ouverte, à observer son œuvre, il tourne la tête vers moi.

— Impressionnée, poupée ?

Le sourire qui s'est sournoisement frayé un chemin sur mes lèvres disparaît, et je lui jette un air sombre.

— Règle numéro un : tu ne m'appelles plus « poupée ». Ça peut encore aller dans une chambre à coucher, quoique je te soupçonne d'utiliser ce mot ridicule par crainte de te tromper de prénom, mais…

— Oh ! On se calme ! Je te signale que c'est toi qui m'as appelé Ben ! me coupe-t-il avec agacement.

Je referme la bouche en me sentant idiote, puis renchéris :

— Peu importe. Dans un cadre professionnel, ça ne passe pas. J'ai un prénom, et il ne contient que trois lettres, ça ne devrait pas être trop compliqué pour toi de te le rappeler.

Il soutient mon regard avec une petite moue moqueuse, puis se décide enfin à hocher la tête.

— D'accord poup… euh… je veux dire… Amy.

— Merci.

Je me raidis lorsqu'il se penche pour éteindre la lampe qui éclaire son décor, et je m'éloigne de quelques pas. C'est étrange d'être là, chez lui, après ce qui s'est produit dans mon propre appartement.

— Et les autres règles ? me demande-t-il.

— Hein ?

Je me tourne pour le regarder et me fige lorsque je le vois complètement nu, en train de s'essuyer la tête avec la serviette qu'il portait à la taille.

— Mais… tu pourrais aller t'habiller ailleurs ? je m'écrie, choquée.

— Arrête de faire ta prude. Tu m'as déjà vu nu.

— On travaille, là !

— C'est ma chambre, tu le vois bien, non ? Et je ne veux pas m'habiller dans la salle de bains, c'est encore humide.

Je repars en direction de la cuisine, où je me poste devant son comptoir, juste pour éviter de croiser de nouveau son regard. Derrière, il s'impatiente :

— Tu m'as parlé de ta règle numéro un. Quelles sont les autres ?

— Euh…

Je prends quelques secondes pour remettre mes pensées en ordre, mais on dirait que plus rien ne fait sens dans ma tête. Bordel ! Je suis ridicule ! Je l'ai déjà vu nu, c'est vrai ! Alors pourquoi est-ce qu'il fait aussi chaud, dans cette pièce ? Inspirant un bon coup, je lâche :

— Je ne veux jamais t'entendre faire la moindre allusion sexuelle à mon endroit. Si quelqu'un apprend ce qui s'est produit entre nous, je fiche le camp sur-le-champ, compris ?

Prenant mon courage à deux mains, je pivote pour le fixer droit dans les yeux et je retiens un soupir de soulagement quand je vois qu'il a enfilé un jean.

— Tu es drôlement susceptible, dit-il en glissant un tee-shirt par-dessus sa tête.

— Il se trouve que je tiens à ma réputation, mais je me doute que c'est un concept abstrait pour un type qui a dû coucher avec la moitié de la ville.

Il se met à rire, puis se laisse tomber sur le bord de son lit pour enfiler des chaussettes.

— D'accord, je t'appelle Amy et je passe sous silence toutes les bêtises qu'on a faites samedi dernier. Autre chose ?

— Euh… je… Non. Je crois que c'est tout.

— Parfait.

Une fois ses baskets aux pieds, il se lève et vient se planter devant moi.

— Voici ma règle : quand nous ne sommes que tous les deux, tu peux m'envoyer au diable si ça te chante, mais devant les clients j'ai toujours raison. Compris ?

Surprise par son sérieux, j'opine en silence.

— Bien, alors… puisque tout a été dit, au boulot !

Chapitre 15

Je suis nerveuse pendant que je conduis Olivier au bureau. J'ai la sensation qu'il me détaille pendant tout le trajet. J'ai chaud dans ce tailleur. Peut-être que j'aurais dû enlever la veste avant de me mettre au volant.

— Tu étais obligée de porter des trucs aussi gris dans ton ancien boulot ? me questionne-t-il.

— Quoi ? Qu'est-ce qui ne va pas avec ma tenue ?

— Ton tailleur est gris, répète-t-il avec une grimace, et il est trop grand pour toi.

Je serre les lèvres.

— J'ai maigri, je lâche, comme si c'était une maladie honteuse. Et tout le monde portait des couleurs sombres au cabinet d'avocats où j'étais.

— Alors tu as bien fait de ficher le camp. Il y a de quoi te foutre le cafard à toujours être en gris. Et chez Starlight tu peux te permettre de la couleur.

Je le détaille à mon tour avant de lui jeter un air intrigué.

— Je peux porter des jeans, aussi ?

Il grimace.

— Ce serait dommage de cacher tes jambes. Elles sont jolies.

C'est plus fort que moi, je tire sur ma jupe pour la faire redescendre vers mes genoux.

— Hé ! C'est un compliment ! Mais tu peux bien mettre ce qui te chante, tant que ça reste de bon goût. Tu vois, moi, je mets un jean, un tee-shirt et une veste quand je rencontre des clients.

— Ouais, mais tu es le patron, je raille.

Il se met à rire de bon cœur.

— Pas faux. Bon, peut-être qu'il te faut une tenue plus stricte que la mienne, histoire d'avoir l'air professionnelle, mais tu peux te relâcher un peu. Le gris, ça ne te va pas du tout. Ou c'est le tailleur, je ne sais pas trop.

Je soupire, un peu dépitée de commencer ce nouveau travail sur une note négative.

— Si ça peut te rassurer, je comptais justement aller faire des courses, cette semaine, je lui avoue.

— Super. Profites-en pour te prendre une ou deux robes de soirée.

Je quitte la route du regard pendant quelques secondes pour le jauger, mais il semble tout à fait sérieux.

— Pourquoi ?

— Tu sais bien ! On va souvent à des premières de films, à des cocktails, ce genre de trucs… La plupart du temps, c'est ennuyeux, mais vous, les filles, vous adorez vous pavaner avec une robe qui a coûté la peau des fesses. Et ce soir, déjà, on va dans un resto trois étoiles. Pas besoin d'une robe trop classe, mais quelque chose de plus… (Il me balaie de la main et termine, avec une moue.) Disons… de plus féminin… et de moins gris aussi.

— Une robe noire, ça ira ? je questionne avec une pointe d'ironie. Parce que je n'ai pas grand-chose…

— Pffft ! Gris, noir…, quelle est la différence ? Tu n'as pas de rouge ? Ou du vert, tiens, comme tes yeux. Ça doit être mignon, du vert, sur toi.

Je me retiens de ne pas prendre l'air étonné. Oli a remarqué la couleur de mes yeux ?

Quand il désigne l'entrée du parking de l'immeuble où est situé Starlight, je suis ses indications. Une fois la voiture garée à l'emplacement qu'il m'indique, il reprend :

— Si tu as un doute concernant une tenue, tu m'envoies une photo, et je te dirai ce que j'en pense. Connaissant ma sœur, ton téléphone aura été activé et posé sur ton bureau avant midi.

Il descend de la voiture, et je m'empresse de le rejoindre devant l'ascenseur. Dès que nous nous retrouvons seuls dans l'espace confiné, il me questionne :

— Tu te souviens de ma règle ?

— Et toi des miennes ? je m'exclame immédiatement.

Il me jette un regard de côté, un peu exaspéré, avant d'expliquer le sens de sa question :

— Willis sera bientôt là. Et, comme je ne sais pas s'il va aimer ma maquette, j'aimerais que tu comprennes que ton boulot, c'est d'être de mon côté.

Je lui sers mon plus beau sourire.

— Oh, Olivier…, tu es un génie ! Le meilleur de tous !

Lorsque la porte s'ouvre, je hausse le ton, même quand de nouvelles personnes nous rejoignent dans l'ascenseur :

— Tu es magnifique. Un véritable dieu vivant.

Il grimace, gêné.

— C'est bon. Pas besoin d'en faire trop, non plus.

Je retiens un gloussement pendant que nous nous élevons dans les hauteurs. À notre étage, Oli s'empresse de sortir. Je le suis, mais je reste un moment devant le comptoir d'accueil, à observer l'agitation qui règne dans les bureaux de Starlight. Ça n'a rien à voir avec le calme de samedi dernier. Ça bouge dans tous les sens et c'est bruyant. Dès qu'elle aperçoit Olivier, la réceptionniste lui fait les yeux doux et le salue :

— Bonjour, Oli. Tu as passé un bon week-end ?

— Bonjour, Carla.

Il continue d'avancer sans s'arrêter, puis s'immobilise pour me lancer un regard sombre lorsqu'il remarque que je suis toujours derrière.

— Amy, tu viens ? s'impatiente-t-il.

D'un pas rapide, je le rejoins pendant qu'il fait un signe de la main à la jeune femme au comptoir.

— Carla, à la réception. Amy, mon assistante.

Carla m'offre un sourire forcé et me souhaite la bienvenue avec une voix beaucoup moins mielleuse que celle qu'elle réserve à Oli. Pourquoi cela me surprend-il ? Ce salaud s'est probablement tapé toutes les filles de l'étage !

— Quand Willis arrivera, fais-le patienter un peu. Il faut que je monte la maquette dans la salle de réunion.

— Bien, Oli.

Lorsqu'il repart, je l'imite. J'essaie de noter tous les noms qu'il me cite au passage, en me désignant les divers bureaux. Parfois, on l'arrête pour lui poser une question :

— Oli, tu es prêt pour Willis ?

— Il faut l'espérer.

— Bah ! Je suis sûr que tu lui as fait un truc génial. Et sinon, pour Vegas, c'est arrangé ?

— Euh… non, marmonne-t-il en poursuivant sa route, mais mon assistante s'en chargera.

J'attends que nous soyons dans le bureau du fond pour répéter :

— Je suis censée me charger de quoi ?

— Du voyage à Vegas. On sera trois. Il faut que tu réserves les billets d'avion ainsi que l'hôtel aujourd'hui. On partira tôt, samedi, et on reviendra lundi. Vois s'il reste de la place au *Bellagio*.

Un peu sonnée par toutes ces informations, je sors mon calepin.

— Ça, c'est ton bureau. Tu vois ? Ma sœur t'a laissé des trucs.

Il se penche dessus pendant que ses mots résonnent encore dans mon esprit. Quoi ? Ici, c'est mon bureau ? Mais… c'est là que j'ai passé mon entretien ! Et pas seulement ça, mais autant éviter de songer à la façon dont Oli m'a fait perdre la tête…

Lorsqu'il tapote divers objets sur la surface plane, je lui accorde de nouveau mon attention.

— Ton téléphone, la clé de mon appartement, la carte d'accès pour entrer dans les locaux, les mots de passe…

De la poche arrière de son jean, il sort un portefeuille, puis une carte de crédit qu'il me tend.

— En attendant que la compta t'envoie la tienne, voici ce qu'il faut pour réserver l'hôtel et les billets d'avion pour Vegas. Tu prends un billet pour toi, pour moi et un dernier pour Marco Sullivan.

Lorsque je récupère la carte entre mes doigts, je bredouille, gênée :

— Merci.

— Note, plutôt. Marco Sullivan. C'est le directeur technique.

Pendant que je griffonne sur mon petit calepin, il poursuit :

— Fais en sorte qu'on parte assez tôt, parce qu'on doit être au *Rialto* à 20 heures et que j'aime bien prendre une douche après le vol. Il faudra des habits qui en jettent. Jolie robe, costard- cravate. On essaie d'avoir les droits de leur spectacle, tu comprends ?

Je fais « oui » de la tête, mais je ne suis pas sûre de tout saisir. Lorsque je relève les yeux vers lui, Oli me tourne le dos.

— Installe-toi. Moi, je vais dans la salle de réunion, juste en face, pour préparer ma maquette. Quand Clara te téléphonera, va chercher Willis à la réception et amène-le de l'autre côté.

— OK.

Quand il sort de mon bureau, je reste là, un peu sous le choc. Mes tâches deviennent tout à coup beaucoup plus concrètes : réveiller puis conduire Oli, prendre des notes, réserver des billets d'avion et un hôtel, amener un client dans son bureau… J'ai intérêt à tout noter ; autrement, je risque d'oublier des étapes !

Chapitre 16

Lorsque Clara m'annonce la venue de M. Willis, j'inspire un bon coup avant d'aller à sa rencontre. Je lui offre mon plus beau sourire et lui tends une main ferme.

— Monsieur Willis, je suis Amy Lachapelle, l'assistante de M. Garrett.

Pendant qu'il me serre la main, il me jette un regard inquisiteur.

— Une autre assistante ? Mais il en a combien ?

Je choisis de répondre sur un ton qui fait mine de le mettre dans la confidence :

— M. Garrett est un homme compliqué.

— Oui… Ah, ces artistes !

Je lui adresse un sourire poli et le guide en direction du couloir qui mène à la salle de réunion. Avant que je frappe à la porte, Oli apparaît. Il a enfilé sa veste et tend la main en direction de son client potentiel.

— Ah ! Monsieur Willis ! Vous arrivez juste à temps, je viens de faire la mise en place de votre maquette.

Je suis les hommes dans la salle de réunion, mon carnet de notes à la main. Comme il *y* a une table avec du café, je m'empresse d'en offrir. Ça, au moins, je sais faire sans trop de problèmes. Olivier se met à expliquer son processus de création et les étapes par lesquelles il est passé, à partir de l'idée de base proposée par le client. Même quand il récupère la tasse de café que je lui sers, il continue de parler avec une verve que je ne lui connais pas.

— Comme la pièce est un amalgame de plusieurs contes pour enfants, je me suis dit que nous pourrions combiner des techniques qui rappellent ces histoires.

Lorsqu'il invite Willis à le suivre au fond de la pièce, je remarque la petite salle attenante à celle où nous nous trouvons, et je suis ravie qu'Olivier m'invite à les accompagner. J'aurais détesté ne pas avoir droit à la suite de sa prestation. C'est petit, sombre, mais quelques éclairages mettent en évidence la table où se trouve la maquette. Il y a une scène qui prend la moitié de la table, de fausses estrades et quelques figurines en guise de public. Bien à plat sur la scène, le carton de ce matin, que je reconnais au premier coup d'œil.

D'une voix plus basse, Olivier parle de la forêt d'Hansel et Gretel avant d'ouvrir son premier décor. À ma gauche, je sens Willis qui se raidit, puis je remarque l'espèce de sourire niais qui apparaît sur son visage. Un sourire d'enfant. On dirait qu'Oli raconte une histoire. Il déplace des personnages pour donner une idée de la taille, parle des matériaux auxquels il songe, puis referme le carton pour lui présenter le second.

— C'est… vraiment génial ! lâche Willis sans attendre la fin de la présentation.

— Attendez, vous n'avez pas vu toutes les possibilités.

Aussitôt, il allume un petit appareil, puis éteint deux lumières. Je suis la première à ouvrir la bouche de surprise lorsque je comprends qu'il projette des images sur les pièces.

— Vous voyez, ici, nous pourrions montrer des parties filmées sur les pièces du décor. C'est léger mais facilement interchangeable, et ça offre beaucoup de possibilités.

— Ça ne risque pas d'être fragile ? s'enquiert Willis.

— Il existe des cartons plus épais qu'on peut enduire d'un produit qui l'aide à durcir. L'avantage, c'est que c'est moins cher que du Plexiglas. Mais c'est faisable aussi, sauf que nous ne pourrons pas le construire de la même façon. Si vous voulez l'effet livre, il faut une matière souple. Et, vu son prix, vous pourriez en faire construire plusieurs, juste en cas de problème.

Je ne sais pas quelle tête je fais, mais Olivier porte un moment son attention sur moi et me gratifie d'un large sourire.

Aussitôt, je me rends compte que je n'ai pas refermé la bouche et qu'il est temps que je dise quelque chose.

—Oli, pourrais-tu... parler du prix de fabrication ?

—Ah oui ! Merci de me le rappeler, Amy.

Il retourne dans la première salle et nous invite à le rejoindre avant de tendre une feuille en direction de Willis. Tout y est indiqué : les prix en fonction des matériaux utilisés, les bons et mauvais côtés de chacun d'eux. Encore une fois, je reste un moment bouche bée devant l'étendue de son travail. Ce petit con qui a l'air de se foutre de tout assure un max !

Je leur ressers du café et m'installe pour noter tout ce qui se dit. Une chose est sûre : Oli connaît son dossier et il n'en est pas à sa première présentation. Il parle des délais de fabrication, du temps de montage, et ils conviennent de faire un test pendant l'une des répétitions du groupe d'ici à un mois. Je gribouille les dates proposées dans un coin de mon carnet pendant que Willis se lève, visiblement satisfait. Dans un état second, et légèrement sonnée par toutes ces informations, je le raccompagne à l'entrée et serre la main d'un homme enchanté. Lorsque je reviens dans la salle de réunion, le petit sourire suffisant d'Oli m'accueille.

—Maintenant, tu peux le dire.

—Euh... quoi donc ?

—Dis que j'ai assuré comme un chef, que je suis un dieu vivant..., toutes ces belles choses auxquelles j'ai eu droit, pas plus tard que ce matin.

J'éclate de rire, mais j'avoue qu'il a gagné cette manche.

—Tu as assuré, c'est vrai. Félicitations.

Il fait mine d'être choqué.

—Quoi ? C'est tout ? Je ne suis donc plus un dieu vivant ?

—N'exagérons pas ! je pouffe en entrant dans mon nouveau bureau.

—Mais je t'ai impressionnée, pas vrai ? Allez, ne fais pas ta maligne, j'ai vu que ça t'avait plu.

Il me suit, puis referme la porte derrière nous. Pourquoi est-ce que ça m'angoisse de me retrouver seule avec lui ? Je pose les fesses sur un coin du bureau, tournée vers lui.

— Disons que tu connais bien ton travail, et comme c'est très loin de ce que je faisais avant, forcément…

— Oh, allez Amy ! Ça ne va pas te tuer de me faire un compliment !

— Tu es doué, je l'avoue, mais n'oublie pas que je n'ai aucun point de comparaison !

— Hum…, c'est vrai, concède-t-il en affichant une drôle de moue. Alors il faudra que je fasse une bonne performance cet après-midi aussi, histoire de te montrer que j'ai plein de talents. Je veux dire… des talents autres que ceux que tu connais déjà à mon sujet.

Je lui fais les gros yeux.

— Monsieur Garrett, vous êtes mon patron.

— Ouais, mais je ne suis pas con pour autant. Allez… viens, on va bouffer. Je crève la dalle.

Il repart en direction de la sortie, et je prends un moment avant de le suivre. Je dois rester avec lui, même pour le déjeuner ? Oh, et puis tant pis ! Autant l'accompagner : j'ai faim, moi aussi !

Chapitre 17

Tout compte fait, je suis content qu'Amy soit ma nouvelle assistante. Elle apprend vite, et elle paraît apprécier mes petites blagues. Voilà un bon point pour elle. Avant ma réunion de 14 heures, elle a déjà réservé nos billets et l'hôtel pour Vegas, a fait une recherche sur mon client, lu les notes de ma sœur sur sa compagnie et est venue me résumer le tout pour s'assurer que ses informations étaient justes. Bref, elle est dégourdie, et c'est exactement ce qu'il me faut.

Je l'avoue, j'aime bien l'impressionner. Son regard quand elle a vu la maquette, c'était quelque chose ! Évidemment, elle ne connaît rien à ce monde, mais quelque chose me dit qu'elle n'est pas mécontente de changer de registre. Les avocats, ça doit être drôlement ennuyeux.

Je refais donc une présentation colorée lorsque Jason, un producteur avec lequel j'ai l'habitude de collaborer, vient prendre des nouvelles de son projet. Amy, à ma droite, écoute la discussion qui n'avance pas aussi vite que je le voudrais et note le peu qui mérite de l'être. Pendant que Jason m'explique ses propres idées, je remarque qu'elle mordille le bout de son crayon en écoutant ce qu'il dit. Et moi, comme un idiot, je reste là, à l'observer. Cette bouche-là, Amy me l'a refusée ce week-end, mais j'ai encore un souvenir très précis de la façon dont elle m'a mordillé la lèvre et l'oreille. Sans réfléchir, je me lèche les lèvres lorsque Jason hausse le ton :

— Oli, tu m'écoutes ?

— Hein ? Euh… pardon. Je réfléchissais.

Putain ! Moi qui essaie d'impressionner la nouvelle, voilà que j'ai l'air d'un imbécile. J'essaie de rattraper le coup en jetant :

— Écoute, on devrait distribuer des petits cadeaux à ceux qui viennent à la première. Ça fait toujours le buzz, ces trucs-là.

— Oli ! Tu es payé pour nous dégotter des projets plus originaux que ça ! Tu n'as rien de plus intéressant à proposer ?

Au lieu de lui sortir l'idée du siècle, comme j'en ai l'habitude, voilà que je sèche. Et c'est Amy qui propose, en jetant tout en vrac :

— Une sorte de concours ? Avec à la clé une rencontre avec les acteurs ? Des objets dédicacés ?

Lorsque je tourne la tête vers elle, je la vois qui se fige et qui s'empresse d'ajouter :

— Mais évidemment ce n'est pas mon domaine, alors…

— Non ! Non ! Toutes les idées sont bonnes à prendre ! intervient Jason. Et l'acteur principal fait fureur en ce moment, alors ça fera sûrement un buzz si on organise ce genre de concours.

— Mais on cherche un petit quelque chose de plus original, je siffle, étrangement agacé qu'elle ait eu d'aussi bonnes idées alors que ma tête est vide, soudain.

Elle joue avec le carton qui contient l'affiche officielle du film.

— Si je comprends bien, c'est une histoire d'amour entre deux musiciens ? Pourquoi on ne leur ferait pas faire un petit spectacle ?

— Parce que ce sont des acteurs, je m'énerve. Ils ne savent pas chanter !

— Ils pourraient faire semblant ! s'écrie Jason. En voilà une idée !

Je me retiens de ne pas envoyer une injure en direction d'Amy. Mais pour qui elle se prend, cette petite assistante ? Sous prétexte qu'on a couché ensemble, ça ne signifie pas qu'elle a voix au chapitre ! Elle est censée prendre des notes, dois-je le lui rappeler ?

— Ça coûte cher, des acteurs. Je doute qu'ils acceptent, je marmonne.

— Je m'occupe de vérifier ça. Avec tout l'argent qu'on leur a fourgué, ils peuvent bien faire un geste ! Et sinon on peut aussi voir avec les doublures. Eh bien, tu t'es vraiment dégotté une super assistante, Oli !

Je fais bonne figure pendant qu'il se lève pour sortir de la pièce, mais, dès que je me retrouve seul avec Amy, j'ai l'impression qu'un mal de tête carabiné s'approche. Et mon humeur s'est plutôt assombrie. Me tournant vers elle, je peste :

— Au cas où tu n'aurais pas compris ton boulot : tu es mon assistante, pas une consultante en création.

Devant le ton que j'emploie, elle sursaute et serre son calepin contre elle.

— Je… j'ai dit ça comme ça !

— Tu te rends compte ? Tes idées vont nous coûter la peau des fesses !

Se levant de son siège, elle récupère ses affaires, puis semble retrouver sa verve, bien enrobée de colère :

— Écoute, si tu voulais une fille qui ferme sa gueule, il fallait le dire. Je ne pouvais pas le deviner ! Tu patinais, alors j'ai voulu t'aider ! Mais ne t'inquiète pas, j'ai compris la leçon !

Quand elle sort en trombe de la salle de réunion, je grogne et jette mon document sur la table. Et merde ! Qu'est-ce qui m'a pris de l'engueuler comme ça ? Elle a eu une bonne idée, et alors ? Depuis quand est-ce que j'ai si peu confiance en moi pour me laisser déstabiliser comme ça ? Une longue inspiration plus tard, je me décide à traverser le couloir et j'entre dans le bureau d'Amy qui semble ranger ses affaires. Je me fige sur le seuil de la pièce.

— Qu'est-ce que tu fais ? je m'exclame, étrangement inquiet.

Sans m'accorder la moindre attention, elle me répond :

— Je rentre.

— Quoi ? Juste parce que je t'ai fait une petite colère ?

Elle pivote, me jette un regard confus, puis se met à rire doucement.

— Idiot ! Je vais me changer. On a rendez-vous à 19 heures, tu te rappelles ? Et il faut que je trouve une robe à me mettre.

Je sens mes épaules qui se détendent, et mon geste ne passe pas inaperçu, car elle se met à rigoler.

— Tu croyais vraiment que j'allais foutre le camp aussi facilement ?

Je n'ose pas répondre, mais j'avoue qu'elle me paraît suffisamment caractérielle pour me planter là, sans prévenir.

— Écoute, Oli, tu ne veux pas que j'intervienne, j'ai compris. C'est vrai que je ne connais rien à ce milieu, mais je pensais que tu avais besoin de temps pour réfléchir, alors…

— Non, Amy… Attends.

Elle s'arrête, et je prends un moment avant de trouver le courage de lui dire la vérité :

— C'est ma faute, OK ? C'est que… avec la préparation du dossier de Willis je n'ai pas eu le temps de travailler sur celui de Jason.

— Ce n'est pas grave. Ça ne me donnait pas le droit d'intervenir.

— Arrête ça ! Jason a aimé ton idée. Tu sais combien il est difficile, ce type ? Et, en attendant qu'il vérifie avec ses acteurs, ça me donne un répit pour trouver d'autres idées du tonnerre…

Un sourire revient sur le visage d'Amy, et j'ai bizarrement l'impression de mieux respirer.

Elle récupère son sac à main et je m'entends soudain insister :

— Vraiment, Amy, c'était une super idée. Et je ne dis pas ça pour te flatter.

Pendant qu'elle pose son sac sur son épaule, elle s'avance vers moi et me tapote le torse d'une main.

— C'est gentil, Oli. Merci.

Une envie soudaine de retenir sa main sur moi, de la plaquer contre le mur me saisit. Pourquoi est-ce que je ne peux pas m'arrêter de fixer cette bouche ?

— Tout compte fait, il me plaît bien, ce boulot, lâche-t-elle encore. Pourtant, ce matin, ça m'angoissait de venir travailler pour un type avec qui j'avais couché, mais finalement… ça va. Il n'y a aucun malaise.

Ses doigts s'éloignent, et elle repart vers la porte pendant que ses mots tournent dans ma tête soudain vide.

— Oh, Oli ?

Je pivote vers elle.

— À quelle heure je passe te prendre ?

— Euh… je ne sais pas. Disons… 18 h 30 ?

— Parfait. À plus tard.

Je suis encore là, à fixer la porte qu'elle vient de franchir, quand l'évidence me tombe sur la tête : Amy me plaît bien. Si seulement elle n'était pas douée pour ce boulot… rien ne m'empêcherait de l'allonger directement sur son bureau pour lui arracher un orgasme.

Les yeux toujours rivés sur cette porte, je soupire avec bruit. « Aucun malaise », elle a dit ? Alors pourquoi est-ce que je me sens aussi à l'étroit dans mon pantalon ?

Chapitre 18

Je passe près d'une heure à fouiller dans ma garde-robe pour dégotter quelque chose de potable à me mettre. Un restaurant trois étoiles… : qu'est-ce que je suis censée porter dans ce genre d'endroits ? À part des tailleurs et des habits classiques, probablement trop gris au goût d'Oli, je n'ai pratiquement rien. Quand je sors un vêtement rouge, je reconnais la robe que j'ai achetée pour Noël dernier et la tiens devant moi pour vérifier comment elle me va. Elle est jolie… Mais peut-être un peu trop habillée ? Tant pis. C'est tout ce que j'ai qui ne soit pas noir ou gris. Après une douche rapide, je l'enfile et vérifie qu'elle me va toujours. Vu le poids que j'ai perdu, c'est un peu grand au niveau des hanches, mais le décolleté vaut le coup d'œil. Dire que j'ai acheté cette robe pour Ben et que je n'ai jamais eu l'occasion de la porter. Peu importe. Ce soir, c'est ce que je mettrai.

À 18 h 30, je me gare devant chez Oli et lui téléphone de la voiture.

— J'en ai pour dix minutes, annonce-t-il. Tu peux monter.

— Non, je t'attends en bas.

Il grommelle au bout du fil, mais je n'ai aucune envie de lui expliquer que mes escarpins vont me tuer les pieds si je ne limite pas mes déplacements. Pour aller au resto, ça passe encore, mais je n'irai certainement pas danser avec eux ! Et puis je lui sers de taxi, il ne va quand même pas se plaindre si je ne vais pas le chercher à la porte !

Je fronce les sourcils lorsque je le vois débarquer dans la même tenue que tout à l'heure. Jean, tee-shirt et veste. C'est une blague ? Devant mon air stupéfait, il me jette un regard intrigué.

— Quoi ?

— Je dois me changer pour ne pas te faire honte au restaurant, et toi, tu restes en jean ?

— Hé ! Ce sont eux qui me veulent, pas l'inverse. Je ne vois pas pourquoi je ferais des efforts pour essayer de leur plaire. Mais toi, tu es une fille. C'est normal que tu te fasses belle…

Ses yeux s'arrêtent sur mes cuisses, et je m'empresse de tirer sur le tissu rouge pour cacher un minuscule bout de peau en espérant qu'il cesse de me reluquer de la sorte.

— Bon, où est-ce qu'on va ? je demande, avant qu'il fasse le moindre commentaire déplacé sur ma tenue.

Il se racle la gorge, puis m'indique le chemin. Je ne sais pas pourquoi, son regard m'a gênée. C'est ridicule, puisqu'il m'a déjà vue nue et que cet épisode est censé avoir été relégué aux oubliettes. Et pourtant je ne peux m'empêcher de ressentir une petite tension quand Oli pose les yeux sur moi, comme il l'a fait.

Pendant le trajet, il me parle des hommes que nous allons rencontrer : Marc Brompton et Carl Standford. Ils viennent de Los Angeles et espèrent exporter un spectacle d'envergure au Canada. D'après Olivier, ils veulent s'entourer des meilleurs pour adapter leur production, tant au niveau de la mise en scène et des décors que de la promotion.

— Pourquoi ils ne te rencontrent pas au bureau ? je lui demande.

— Parce que ça ne m'intéresse pas. Ils m'ont envoyé un DVD de leur spectacle et là ils vont essayer de me le vendre et de faire en sorte que je m'investisse. Tout ça, c'est une tentative désespérée pour me convaincre.

— Mais si ça ne te dit rien, pourquoi tu acceptes d'aller dîner avec eux ?

— Pour le repas, dit-il tout bêtement. C'est chouette de manger dans un grand resto, tu ne trouves pas ?

— Euh… je ne sais pas. Je crois que ce sera la première fois.

Il se met à rigoler.

— Alors, amuse-toi ! Ces types en ont plein les poches, ce serait bête de ne pas en profiter. Et ce sont eux qui ont insisté, hein ! Ils s'imaginent qu'ils peuvent me convaincre. Je demande à voir, moi, c'est tout.

Je ne réponds pas, mais en réalité je suis un peu déroutée. Allons-nous réellement à ce dîner en sachant dès le départ que c'est fichu ? Ça me paraît bizarre…

Dès que nous arrivons au restaurant, Olivier m'aide à retirer mon imperméable et reste un moment à détailler ma tenue sans dire le moindre mot. Encore une fois, mon angoisse remonte.

— Quoi ? C'est trop ?

— Non. C'est… sexy.

— Tu aurais préféré un tailleur ? Quelque chose de plus classique ? je demande en lissant nerveusement le côté de ma robe.

— Non. C'est juste que… ça te change. Et ta coiffure aussi. C'est classe et tout.

— Trop ? je vérifie en replaçant mes cheveux sur le côté.

— Non. Allez, viens.

Il me fait signe de le suivre, et je m'exécute, même si je ne peux pas m'empêcher d'insister :

— Mais… dis quelque chose ! On dirait que ça ne va pas !

— Mais non, marmonne-t-il. C'est juste que je commence à me demander si c'est moi qu'ils voudront à la fin de cette soirée ou mon assistante !

Je cligne des yeux, incertaine, et il me fait un sourire taquin. Aussitôt, j'ai la sensation de mieux respirer. Alors ma robe n'est pas trop mal ? Pourquoi est-ce que quelque chose dans le regard d'Oli me fait encore douter ? Pendant que l'hôtesse nous accompagne vers une table, je jauge la tenue des autres femmes que je croise. Je ne me sens pas spécialement différente, mais j'avoue que c'est un peu trop guindé pour moi. Dans quoi est-ce que je me suis encore embarquée ?

Lorsque nous arrivons à la table, deux hommes se lèvent et se présentent. Le premier, Carl Standford, est dans la quarantaine, et le second, Marc Brompton, dans la jeune trentaine. Il est assez mignon dans son genre, avec des yeux perçants et un sourire à faire fondre bien des filles.

— Mon assistante, Amy, me présente Oli.

— Monsieur Brompton, je le salue en lui serrant la main.

— Appelez-moi Marc. C'est un repas qui se veut convivial, après tout.

Je le fixe en essayant de sourire de façon naturelle, mais je n'y arrive qu'à moitié. Un repas convivial ? Dans un restaurant de cet ordre ? Pourquoi est-ce que ça me paraît bizarre ? Une chose est sûre : ça n'a rien à voir avec la pizza que m'a offerte Olivier !

Chapitre 19

Pourquoi ai-je accepté de rencontrer ces types, au juste ? Pendant que Marc conseille Amy sur les plats au menu, je me retrouve à devoir écouter les péripéties de Carl à l'aéroport de Los Angeles. Qu'est-ce que je m'en fiche qu'il ait failli rater son avion ! Ça m'aurait fait des vacances, tiens !

Ça m'énerve de voir le regard que pose Marc sur Amy. Elle lui plaît, c'est évident. Mais quelle idée d'avoir mis cette robe, aussi ! On dirait que ses seins ont doublé de volume ! Pendant que je fais mine de regarder les plats, je ne peux m'empêcher de tendre l'oreille pour écouter leur conversation.

— En fait, c'est mon premier jour de travail, et je suis surtout là pour prendre des notes.

— Vous avez de la chance, Olivier, rigole Marc. En voilà une magnifique assistante !

Amy sourit, visiblement charmée par le compliment. Pourquoi ne le remet-elle pas en place ? Si j'avais osé lui sortir une phrase similaire, j'en aurais certainement pris pour mon grade, tiens !

— Si vous aimez l'agneau, vous devriez essayer ce plat, propose-t-il en tapotant la feuille devant elle. La dernière fois que je suis venu ici, c'est ce qu'on m'a recommandé, et je peux vous promettre que ça valait le coup.

Le rire de cet idiot me déplaît. Sa gueule me déplaît. Et la façon qu'il a de loucher sur le décolleté d'Amy… Putain, mais qu'est-ce qui me prend ? C'est moi qui ai fait toute cette histoire pour qu'elle me fiche la paix quand on commencerait à bosser ensemble ! Alors pourquoi est-ce que ça m'énerve si ce type la drague ? Tant pis ! S'il veut se frotter à son sale caractère, libre à lui !

— Le filet mignon de bœuf est très bon aussi, m'entends-je dire. Et c'est servi avec des frites.

Amy tourne les yeux vers moi et me sourit.

— Des frites ? Ici ?

— Ouais, et elles sont sacrément bonnes !

— Mais on peut manger des frites partout, proteste Marc. Alors que l'agneau est un plat qu'on ne mange pas tous les jours. C'est l'occasion de goûter des trucs différents, non ?

— Ah, mais les frites sont vraiment délicieuses ! j'insiste. Et le bœuf est vieilli, tendre comme nulle part ailleurs. (Je repousse mon menu.) En tout cas, moi, c'est ce que je prends.

Du coin de l'œil, je vois Amy scruter son menu en pinçant les lèvres. C'est ridicule, mais j'espère qu'elle prendra le même plat que moi, histoire de faire fermer son clapet à ce Marc au sourire charmeur. Lorsqu'elle reporte son attention sur moi, elle demande :

— Si je prends le canard, tu me feras goûter tes frites ?

C'est plus fort que moi : devant son petit air suppliant, je cède sans hésiter.

— OK, mais tu devras me faire goûter ton canard.

— Ça marche, concède-t-elle, visiblement ravie.

— Puisque tout le monde prend de la viande, je vais essayer de nous dégotter un vin qui ira avec tout ça, commente Carl.

Je me détends et je suis plus serein quand nous passons commande. Lorsque la discussion bifurque sur le sujet pour lequel nous sommes réunis, je laisse Carl me vanter les mérites du spectacle qu'il représente en me tartinant un bout de pain. Sans surprise, Amy note tout ce qui se dit dans son carnet.

— Nous avons de gros investisseurs sur ce projet. Ce sera vraiment un spectacle d'envergure.

— Je ne dis pas que le spectacle n'est pas intéressant, Carl, interviens-je, mais je ne vois pas ce que je peux apporter à ce projet. Je crée des décors, je ne les refais pas. Et ceux-ci existent déjà.

— Vous n'avez qu'à changer quelques détails ici et là, lâche-t-il avec une pointe d'agacement. Vous l'avez bien fait pour le truc de Broadway… Comment ça s'appelait, déjà ?

— *Le Fantôme de l'Opéra*, répond Marc.

— Voilà !

— Pour le *Fantôme*, j'ai eu carte blanche sur toute la mise en scène. Ça n'avait plus rien à voir au niveau des décors. Il y avait des plateaux qui se surélevaient dans la salle afin de surprendre les spectateurs.

Je souris comme un idiot en me remémorant ce spectacle. Qu'est-ce que j'étais fier de moi, ce soir-là !

— Alors faites la même chose ! Je doute que les producteurs se formalisent pour quelques changements de décors.

— C'est trop limité, je continue. Il y a des acrobaties dans votre spectacle. Ça prendra des mois pour caler les nouveaux paramètres. Pourquoi vous ne reprenez pas simplement les décors existants ?

— Parce qu'on a beaucoup critiqué la mise en scène, explique Marc, mais aussi parce qu'on aimerait vraiment rendre ce spectacle parfait. Vu qu'on va l'exporter, autant en faire un truc génial.

Je mange mon pain en l'écoutant d'une oreille distraite, mais le voilà qui insiste :

— Écoutez, vous pouvez juste voir si vous avez des idées ! On peut en reparler, s'il le faut. Carl et moi avons envie de pousser ce spectacle au maximum de ses capacités. Choisissez la salle, la mise en scène, les décors… Oubliez l'original si vous voulez.

— C'est beaucoup plus cher, je lui rappelle.

— Eh bien, s'il le faut, nous vous paierons un devis ! Surprenez-nous, on n'attend que ça !

Je retiens une moue exaspérée, parce qu'il est rare qu'un client me laisse carte blanche, surtout à ses frais. Je suis content quand on vient nous servir nos plats, parce que je me sens coincé. Je ne suis pas le seul à pouvoir faire ce genre de boulot, pourquoi est-ce qu'il insiste autant ?

Quand le repas est bien entamé, Carl revient à la charge.

— Alors Olivier ? Qu'est-ce que vous pensez de nous revoir dans trois semaines pour que vous nous exposiez vos premières réflexions ?

Je lance un regard en direction d'Amy qui vient de me piquer une frite avec un petit air canaille, mais, comme la discussion de travail reprend tout juste, elle essuie rapidement ses doigts sur sa serviette et se prépare à noter de nouveau.

— Le problème, Carl, c'est que nous sommes débordés au bureau, en ce moment. Ma sœur est en arrêt parce qu'elle va bientôt accoucher, et je ne sais pas quand elle va revenir. Amy vient d'arriver et j'ai pratiquement tout à gérer.

— Mais c'est un projet stimulant ! Vous ne pouvez pas passer à côté ! insiste Marc. Réfléchissez bien ! Je suis sûr que vous allez le regretter !

J'avale une frite avant de hausser les épaules.

— Je vais en parler avec mon équipe et visionner de nouveau le DVD que vous m'avez remis. Donnez-moi jusqu'à la semaine prochaine pour vous dire si je veux vraiment me lancer dans le projet.

Le sourire de Carl fait plaisir à voir, mais je sens que mon visage se rembrunit. Merde ! Maintenant, je vais être obligé de mettre les bouchées doubles sur mes autres projets pour arriver à tout boucler !

Pendant le reste du repas, je suis un peu maussade. Peut-être à cause du boulot qui s'empile sur mon bureau... ou du vin que j'ai bu un peu vite... ou peut-être simplement à cause de Marc qui n'arrête pas de discuter avec Amy. Elle paraît d'humeur joyeuse. Elle rit et répond à son interrogatoire sans se soucier de dévoiler sa vie privée à un parfait inconnu. C'est comme ça que j'apprends qu'elle est fille unique, que son père est parti quand elle était très jeune et que sa mère habite plus au nord avec son nouveau mari.

— Et vous faisiez quoi, avant ?

— J'étais secrétaire juridique.

— Oh ? Dans quel cabinet ?

Amy retient son souffle, et je vois que tout son corps se crispe. Elle a eu la même réaction durant son entretien. Pourquoi ? Peut-être que je devrais passer un coup de fil à son ancien employeur pour poser quelques questions…

— Chez CBI, lâche-t-elle enfin.

— Intéressant, répond-il comme si elle venait de lui révéler un secret. Et comment une secrétaire juridique se retrouve-t-elle dans le monde du spectacle ?

— Euh… en répondant à une petite annonce ?

Je retiens un rire, et elle me jette un regard en biais.

— Hé ! L'annonce de ta sœur n'était pas très claire !

— De quoi tu te plains ? C'est un chouette boulot, non ? Depuis ce matin, tu as vu une maquette, émis une idée qui a emballé un client et dîné dans un restaurant trois étoiles. Sans oublier le voyage à Vegas de ce week-end.

Marc se met à rire à son tour.

— C'est vrai que ce n'est pas banal.

Au bout d'une hésitation, elle hoche la tête et sourit.

— Oui…, j'avoue que pour l'instant… ça va. Le gamin dont je m'occupe ne me fait pas la vie trop dure.

Je fronce les sourcils, sentant la colère me monter au nez. Comment ose-t-elle me traiter de gamin devant des clients ? Peut-être que Carl perçoit la façon dont je me raidis sur ma chaise, car il nous interrompt avant que j'aie le temps de la remettre à sa place.

— Un digestif, Oli ?

J'inspire un bon coup.

— Non, merci. Je crois qu'on va rentrer.

— Mais restez donc encore un peu, tente de nous retenir Marc.

Je repousse ma chaise et bondis sur mes jambes, un peu raide après cette soirée bien arrosée.

— Et si nous terminions dans un bar ? propose-t-il encore.

Pour que tu puisses la faire boire et la draguer jusqu'à ce qu'elle te cède ?

— Non. Sans façon, merci.

Lorsque Amy se lève à son tour, je lui décoche un autre regard qui n'a rien d'amical.

— Si tu veux rester, ne te gêne pas pour moi. Je peux prendre un taxi.

Son expression se fait triste, et elle s'empresse de secouer la tête.

— Mais… non, je… je te raccompagne.

— Mais vous nous donnerez de vos nouvelles ? insiste Carl en venant se poster devant moi.

— Bien sûr, dis-je, même si l'envie n'y est plus du tout.

Je leur serre la main en évitant les yeux d'Amy qui tentent vraisemblablement de croiser les miens. Elle a perçu ma colère, ça me paraît évident. Tant mieux ! Ça prouve qu'elle n'est pas bête. J'ai bien envie de la foutre à la porte, tiens ! Ça lui apprendra à me traiter de gamin !

Chapitre 20

Pendant que je récupère mon imperméable, j'ai la gorge nouée. Moi et ma grande gueule ! Quelle idiote je fais ! Les règles d'Oli étaient pourtant claires ! J'ai à peine eu le temps de reprendre mon sac à main qu'il marche en direction de l'extérieur. Et avec ces chaussures je peine à le suivre !

— Oli ! je pleurniche.

Il continue sans ralentir, j'aurais préféré que nous soyons dans ma voiture avant d'aborder le sujet, mais je jette :

— Écoute, je suis désolée. J'ai parlé trop vite, mais c'était juste pour te taquiner !

Il fait volte-face et revient se planter devant moi.

— Tu m'as ridiculisé devant des clients potentiels ! s'énerve-t-il. Et tout ça pour quoi ? Pour te rendre intéressante devant ce type ?

Je sursaute.

— Quoi ?

— Arrête de jouer à ce petit jeu avec moi ! Ce gars t'a draguée toute la soirée, tu crois que je ne m'en suis pas rendu compte ? Tu n'es pas payée pour ça, dois-je te le rappeler ?

— Hé ! On a juste fait connaissance ! je m'emporte. (Je recule d'un pas pour mieux le regarder, suspicieuse.) Attends, tu me fais une crise de jalousie ?

— Dans tes rêves, poupée ! Tu peux faire ce que tu veux avec ce joli petit cul, je m'en branle ! Mais je ne te paie pas pour faire ton numéro de charme aux clients ! Et tu mériterais que je te vire pour ce que tu as dit ce soir.

Aussitôt, je perds contenance et baisse piteusement la tête vers le sol. Merde! L'ai-je fâché à ce point? C'est vrai que j'ai parlé trop vite, mais pour une fois je ne pensais pas à l'insulter, plutôt à le faire rire!

Je relève la tête vers lui et hoche la tête.

— D'accord. Si c'est ce que tu veux: vire-moi.

— Putain, Amy! s'énerve-t-il. Tu crois que j'ai le temps de chercher une autre assistante? Tu vois bien le boulot que j'ai!

Je retrouve une petite note d'espoir. S'il avait vraiment voulu me virer, il l'aurait fait sans hésiter, après tout…

— Écoute, Oli, si je t'ai traité de gamin, c'était sans méchanceté…, mais je peux concevoir que j'aie dépassé les bornes.

Il me fixe, silencieux. Espère-t-il que je lui fasse d'autres excuses?

— Je ne vais pas te supplier pour garder ce travail, je continue un peu rudement, mais si tu veux la vérité: ça me plaît, et je crois que je m'en tire assez bien, alors… à toi de voir. Ne me fais pas perdre mon temps.

Il expire bruyamment et plante les mains dans les poches de son jean.

— Peut-être que je me suis un peu emporté, lâche-t-il plus doucement.

Je me sens instantanément plus légère.

— Allez, viens, je te ramène.

Je souris lorsque je l'entends m'apostropher d'un ton taquin, alors que je me dirige vers la voiture.

— Hé! Ça ne change rien! Je te défends de recommencer!

— Oui, patron!

Il se met à rire de bon cœur, et j'ai l'impression que notre dispute est oubliée. Et pourtant une chose est sûre: je ferai attention à ce que je dirai à Oli, la prochaine fois que nous rencontrerons des clients!

Alors que nous roulons en direction de chez lui, je demande :

— Je viens te chercher à quelle heure, demain ?

Il fait défiler son agenda sur son téléphone.

— On n'a qu'une rencontre dans l'après-midi, alors je dirais… vers 13 heures ?

— Avec un café ?

— Ouais. Quand je n'ai rien le matin, je bosse la nuit, avoue-t-il.

Je souris en l'imaginant faire son bricolage minutieux.

— Et pourquoi tu ne viens pas directement me rejoindre au bureau ?

Du coin de l'œil, je vois son visage se rembrunir.

— Je n'aime pas ça.

Je prends deux secondes pour vérifier que je n'ai pas rêvé, mais son air a perdu toute légèreté.

— Sois là à 13 heures, répète-t-il.

— D'accord. C'est juste que… je pensais aller au bureau pour lire les dossiers de ta sœur, alors… je me disais que tu pourrais venir m'y rejoindre quand tu serais prêt ?

— Je te paie pour venir me chercher, me rappelle-t-il sèchement.

Sa colère soudaine me choque, mais je fais mine de passer outre.

— OK. Je serai là à 13 heures avec ton café.

Le silence s'installe jusqu'à ce que je me gare devant chez lui, et je m'attends à ce qu'il fiche le camp à la seconde où je m'arrête, mais il reste là, à regarder dans le vague, au loin.

— Oli ?

— Dans l'ensemble, tu as bien assuré, aujourd'hui.

Un compliment ? Après tous les trucs qu'il vient de me jeter à la tête ?

— Merci, dis-je simplement.

— Et je sais que j'ai un caractère difficile… et que, parfois, je ne mets pas de gants pour dire les choses…

— Ne t'inquiète pas pour ça. Au cas où tu ne l'aurais pas remarqué, je ne suis pas du genre à prendre des gants non plus.

Il tourne la tête vers moi et sourit légèrement.

— Ouais. C'est vrai.

— C'est juste le temps de prendre nos marques, j'ajoute.

Il hoche la tête avant d'ouvrir la portière. Sur le point de sortir, il se tourne de nouveau vers moi.

— Tu sais, j'ai le DVD de leur spectacle, en haut, si ça te dit…

Je le regarde d'un air perdu.

— Pardon ?

— Le DVD du spectacle dont on a parlé, ce soir, insiste-t-il. Si tu veux y jeter un coup d'œil… juste pour suivre le dossier… au cas où on prendrait le contrat…

Je cligne des yeux à répétition. Qu'est-ce qu'il me demande ? De regarder le DVD ? Pour quoi faire ?

— Euh… je ne comprends pas trop ce que tu attends de moi, je lui avoue.

— Bah, parfois tu as de bonnes idées. Et puis, avec Cél, on discutait souvent des projets ensemble pour en voir la faisabilité. Ça m'aide d'en parler.

La nervosité grimpe en flèche dans mon ventre, et je me sens obligée d'admettre :

— Oli, c'est que… je ne connais rien à tout ça !

— Ce n'est pas compliqué. Tu visionnes, tu notes ce qui te plaît et ce qui te plaît moins, et on partira de là. Ça te permettrait de t'impliquer un peu plus dans le projet.

Je hausse les épaules, toujours aussi incertaine.

— Je peux bien essayer, mais… je ne te promets rien.

— Ça me va. Allez, viens.

Il sort de la voiture, et je me retrouve à éteindre le moteur pour le suivre. Pourquoi ça me trouble de le suivre chez lui aussi tard, le soir ? Il va juste me donner un DVD, après tout.

Chapitre 21

Dès qu'il entre, Oli allume les lumières du bas. Je remarque qu'il s'agit en fait d'un atelier et, pendant qu'il me guide vers l'étage, je jette un coup d'œil rapide en direction des dessins et des tas de petites maquettes sur les diverses surfaces planes.

À l'étage, dès que les lumières illuminent la pièce centrale de son appartement, il se dirige vers le frigo d'où il sort deux bières, dont une qu'il me tend.

— Euh… non, merci.

— Quoi ? Tu peux bien prendre une bière ! s'énerve-t-il. C'est à peine si tu as bu du vin pendant le repas. En plus, j'avais fait en sorte qu'ils en commandent un cher !

Je grimace. Je suis censée conduire et prendre des notes : comment peut-il exiger que je boive durant un repas d'affaires ?

— Le DVD, Oli, je lui rappelle.

Son expression se rembrunit, puis s'illumine.

— Hé ! Pourquoi on ne le regarderait pas ensemble ? propose-t-il en venant me tendre la bière de nouveau. On pourrait en parler directement. Qu'est-ce que tu en penses ?

Je le jauge d'un œil suspicieux. Oli n'est quand même pas en train de me draguer, si ?

— Écoute, je suis fatiguée, alors… on verra ça demain. Au bureau, plutôt.

— Pourquoi ? Qu'est-ce que ça change ? On sera bien mieux ici…

— Je ne suis pas habillée pour regarder un DVD, je lâche en lui montrant ma tenue.

— Tu n'as qu'à te foutre à poil. Y a pas de souci pour moi.

Je lui lance un regard faussement réprobateur avant de me mettre à rire comme une idiote. C'est qu'il n'en rate pas une ! Au lieu de m'emporter, je soupire et le salue d'un signe de la main avant de tourner les talons.

— Je rentre. On se voit demain.

— Hé ! Amy !

Avant que j'aie eu le temps de rejoindre l'escalier, il se plante devant moi.

— Je te prête un tee-shirt, suggère-t-il encore. Tu dormiras sur le canapé si jamais on finit trop tard. Allez, quoi !

— Hé… t'essaierais pas de me ramener dans ton lit, toi ?

— Mais… non ! s'écrie-t-il très vite, avec un air outré. Enfin… on peut regarder le DVD, boire un peu, et… si ça dégénère ce n'est pas la fin du monde, non plus.

J'écarquille les yeux.

— « Si ça dégénère » ?

— Quoi ? On a déjà couché ensemble, ce ne serait pas catastrophique si ça arrivait encore !

Je lève une main pour le faire taire et le contourne pour poursuivre mon chemin, tandis qu'il me suit.

— Bonne nuit, Oli.

— Mais… quel est le problème, exactement ? Ça t'a plu, non ? me questionne-t-il en me suivant jusqu'en bas. Ce n'est pas comme si tu n'en retirais pas quelque chose !

— Oli ! je grogne.

— Quoi ?

Je fais volte-face sur le seuil de sa porte pour lui décocher le regard le plus sombre que j'aie en réserve.

— D'abord, on a dit que c'était fini. Et puis… (Je le balaie de la main, la gorge étrangement sèche.) Tu es mon patron !

Il lève les yeux au ciel.

— « Patron » ! C'est un grand mot ! On bosse ensemble, c'est tout !

— Oli, arrête ça tout de suite. Je ne couche pas avec mes patrons.

— Mais… qu'est-ce que ça change ? insiste-t-il avec son habituel ton détaché. On est adultes. On sait que ça ne portera pas à conséquence…

Je sors de chez lui en coup de vent, le souffle court et les nerfs en pelote. Derrière, il me crie en désespoir de cause :

— J'ai des capotes, hein !

— Tant mieux pour toi !

Je m'enferme dans ma voiture et démarre en trombe.

Chapitre 22

Putain ! Je n'y crois pas ! J'ai raté le coche avec Amy ! Mais pourquoi refuse-t-elle de coucher avec moi alors que ça s'est si bien passé la dernière fois ? Je ne peux pas croire que ce soit cette histoire de patron qui la bloque, quoique… J'ai bien vu qu'il y avait toujours un malaise quand on abordait le sujet de son ancien travail. Se peut-il qu'Amy soit partie de son cabinet d'avocats parce qu'elle aurait couché avec son patron ?

Je peste en ouvrant mon ordinateur. Il est tôt. Si j'avais su qu'Amy se ferait la malle, je serais resté au bar et je me serais trouvé une fille pour la nuit. Pas que je sois en manque, mais boire et baiser, c'est quand même plus agréable que bosser. Et je n'ai pas la moindre envie de me taper ce fichu DVD tout seul.

Quand mon ordi démarre, je file regarder les fichiers que m'a transmis ma sœur. Je ne tarde pas à retrouver le CV d'Amy et je cherche ses références. Le nom de son ancienne compagnie figure sur le document. Peut-être que je passerai un petit coup de fil, demain…

Ma bière à la main, je descends dans mon atelier. Je déteste les soirs où je suis sobre. Pas que je n'aie rien à faire, au contraire, mais je suis maussade. Ce n'est pas la première fois qu'une fille me dit non, alors pourquoi ça me contrarie autant avec elle ?

Je dépose ma bière dans un coin et récupère des feuilles blanches, puis un bout de fusain. Quand je suis dans cet état, autant plonger dans le noir total. Je ferme les yeux quelques secondes. Le visage de Marianne apparaît aussitôt, comme toutes les nuits où j'ai les pensées claires. Je serre les dents et canalise la peine qui m'étrangle, puis je rouvre les yeux sur la feuille vierge. Je trace la forme de son visage. Trop vite. Je l'ai tellement dessiné que je n'arrive plus à prendre mon temps. J'inspire longuement, puis je ralentis. Ce visage, c'est mon châtiment. Je ne veux pas le faire rapidement.

Quand le téléphone sonne, je sursaute, et mon trait dévie de sa trajectoire. Merde ! Je réponds, un peu sec :

— Quoi ?

— Encore de mauvaise humeur ? Qu'est-ce qu'elle a fait ?

— Qui ça ?

— Amy !

Un peu confus, je pivote sur ma chaise. Amy aurait-elle téléphoné à ma sœur pour se plaindre ?

— Pourquoi tu me demandes ça ? je questionne, suspicieux.

— Parce que tu me sembles à cran. Et généralement ce sont tes assistantes qui te rendent fou.

Je soupire avant de répondre :

— Elle n'a rien fait. Ça s'est même assez bien passé.

Sauf pour la partie où elle s'est fait draguer par un client et le moment où elle a refusé de baiser avec moi, je songe avec une moue agacée.

— Voilà qui fait plaisir à entendre ! Essaie de ne pas trop l'énerver, tu veux ? J'aimerais bien passer quelques semaines sans avoir à me soucier de mon frère.

Je soupire avec bruit.

— Arrête de t'inquiéter pour moi. Au cas où tu ne l'aurais pas remarqué, je ne suis plus un gamin.

Elle se met à rire au bout du fil. Je ne peux l'en blâmer ; ces dernières années, je lui en ai vraiment fait voir. À croire que je passe mon temps à faire n'importe quoi.

— Alors ? Qu'est-ce que tu fais, là ? me demande-t-elle pour tenter de changer de sujet.

— Je suis dans mon atelier.

— Et tu bosses sur quoi ?

Je prends quelques secondes avant de lui répondre.

— Rien. Je dessine, c'est tout.

Un interminable soupir me répond, et je sens que ma réponse vient de la décevoir. Tant pis. Je n'ai pas envie de mentir à Cél.

— Oli, arrête ça.

— Je ne peux pas.

— Bien sûr que tu peux ! Fais plutôt quelque chose de constructif ! Tu n'as donc rien d'urgent à avancer ?

Je hausse les épaules. J'ai des tas de trucs à faire, évidemment, mais je ne veux pas oublier Marianne. J'ai besoin de garder son souvenir intact. Ça m'aide à vivre.

— Je n'ai pas envie de me retaper le DVD de Stanford, je lâche, en espérant faire bifurquer la conversation.

— Pourquoi tu te le retaperais ? Tu ne devais pas le rencontrer pour lui dire : « Merci, mais non merci » ?

— Si… Mais il m'a donné carte blanche. Et propose de me payer un devis.

— Oli ! me dispute-t-elle. Tu n'as pas le temps de prendre de nouveaux projets de cette envergure avant la fin du projet Willis. Surtout si le show de Vegas fonctionne ! Comment tu feras pour tout traiter de front ?

Elle a raison, et j'aurais certainement dû refuser, mais je me suis laissé attendrir. Il y a des jours où je suis vraiment nul pour le contact client. La prochaine fois, il faudra que je dise à Amy de ne pas me laisser accepter des projets que je ne suis pas sûr de pouvoir mener à bien. Après tout, Cél ne m'aurait jamais laissé faire…

— Je vais juste y réfléchir encore un peu.

— Oli, si tu prends un nouveau projet, tu devras mettre les bouchées doubles si tu veux livrer dans les temps…

— J'engagerai ! je lâche un peu vite.

— Tu n'es même pas fichu de garder ton assistante plus de trois semaines !

— Hé ! Tu dis ça comme si c'était facile de te remplacer !

— Attention, Oli ! J'ai vu ma gynéco, samedi, et ma pression était un peu haute. Alors je suis hors service jusqu'à l'accouchement, compris ? Et après j'aurai d'autres priorités. Si tu perds Amy, tu te démerderas. Ce n'étaient pas des menaces en l'air !

Je me rembrunis en retenant un juron. Pourquoi ma sœur a-t-elle eu si soudainement envie d'un bébé ? Est-ce qu'on n'avait pas un boulot de rêve et suffisamment de responsabilités, avec Starlight ?

— Ça ira, finis-je par marmonner.

— C'est exactement ce que je voulais entendre. Et maintenant, lâche ce fichu dessin de Marianne. Elle est morte, et tu ne peux plus rien y faire. En plus, tu l'as suffisamment dessinée. Je suis sûre que tu pourrais faire son portrait les yeux fermés.

— Je fais ce que je veux, je maugrée entre mes dents.

— C'est vrai, mais tu as du boulot, alors arrête de perdre ton temps. Demain, tu vois Joubert. Samedi, tu n'avais encore rien de prêt pour votre rencontre.

J'opte pour un mensonge :

— T'inquiète pas. J'ai la situation en main.

— C'est ça. Et s'il me téléphone pour se plaindre tu vas passer un sale quart d'heure.

— Ça m'étonnerait. Tu as d'autres priorités, non ? je la nargue.

Elle se tait, et un instant je pense l'avoir fâchée… Puis elle éclate de rire, et je souris comme un idiot. Le rire de ma sœur, c'est définitivement le son le plus rassurant que je connaisse. Je peux faire n'importe quoi, elle sera toujours là pour moi. Et elle peut dire ce qu'elle veut : si Amy dégage, elle va rappliquer pour me filer un coup de main. Ça, j'en mettrais ma main au feu !

— Bon, il faut que je te laisse, j'ai une maquette à terminer.

— Ah ! Ça, c'est mon petit frère. Enfin… le côté sage…

— Mouais… on verra si ça donne quelque chose.

— Tu es un génie. Ne l'oublie pas. Je suis sûre que tu peux l'impressionner si tu y mets un peu de bonne volonté.

Je raccroche en soupirant. De la bonne volonté. Comme si je n'essayais pas d'en avoir ! Je repousse le dessin de Marianne. De toute façon, il est gâché avec ce trait qui est tombé sur son visage. Je bois ma bière en repensant à la maquette de Joubert. C'est vrai que je l'ai commencée, mais ce n'est pas ma préférée. Je me lève et je vais me planter devant, déterminé à la scruter jusqu'à ce qu'un éclair de génie me traverse. Au bout de cinq minutes, je déplace quelques objets qui ne me plaisent pas, et d'autres idées me viennent. Ça y est : je suis parti pour une autre nuit blanche…

Chapitre 23

Je me lève tôt. J'ai des tas de choses à faire avant d'aller récupérer Oli. J'avoue que j'ai mal dormi, cette nuit. Quelle idée il a eue de me faire cette proposition, aussi ! Je pensais que le dossier était clos. Bordel ! Mais qu'est-ce qui ne va pas chez lui ? Il y a suffisamment de filles dans les bars, non ?

Si au moins le travail était inintéressant, je pourrais ficher le camp…, mais non : c'est différent de tout ce que j'ai fait avant, et drôlement bien payé pour ce qu'on me demande. Il y a des tas de projets stimulants, des voyages, des rencontres… Tant pis pour Oli. Je suis son assistante et rien de plus. Il finira bien par le comprendre !

J'enfile quelque chose de moins formel qu'hier. De moins féminin aussi : un pantalon noir et une chemise blanche, sans la veste. Ce n'est pas très joli, parce que je flotte un peu dedans, mais je n'ai que ça en réserve. Il est plus que temps que j'aille faire les boutiques ! Mais pas aujourd'hui.

Même s'il est tôt, je file au bureau pour lire les notes de Cécilia. Ses fiches clients sont détaillées, et il y a des dossiers d'archives contenant des images qui montrent l'évolution de plusieurs projets réalisés par Starlight. Merde ! Ils ont déjà construit une salle de spectacle ! C'est quand même incroyable ! Comment un si petit bureau arrive à faire d'aussi grandes choses ? Parfois, je tombe sur des extraits de spectacles où Oli a assuré les décors. C'est toujours très impressionnant de voir ce que ses petites maquettes deviennent une fois réalisées à l'échelle. Je n'arrive même pas à imaginer ses petits livres en carton sur une scène de cette taille !

Quand le téléphone qu'on m'a remis sonne, je réponds, incertaine :

— Assistante d'Olivier Garrett ?

— Amy ? C'est Cécilia.

— Oh… bonjour, Cécilia !

— Je ne te dérange pas ? Je sais que l'agenda est vide jusqu'à 14 heures, alors si tu dormais ou…

— Non ! Je suis au bureau, en train de regarder les fiches que tu as faites. C'est un super travail.

— Tu parles ! L'entreprise fait tellement de choses que je n'ai pas eu le choix. Les fiches sont vite devenues une nécessité. Ce n'est pas trop difficile à potasser ?

— Non, avec les avocats c'était pareil. Il fallait que je me tape toute la documentation préalable au procès, alors… j'ai un peu l'habitude.

— Tant mieux, mais si tu as des questions n'hésite surtout pas. D'ailleurs, comment s'est passée ta première journée ? Oli n'a pas été trop vache avec toi ?

J'hésite avant de lui répondre :

— Non. Ça a été.

— Génial, parce qu'il a un sale caractère parfois, mais ne te laisse pas abattre. Tu le remets à sa place et hop ! Tout ira bien.

Je n'ose pas lui dire que c'est exactement ce que j'ai fait, hier soir, mais j'espère qu'elle dit vrai. Est-ce que cela signifie qu'Olivier ne me reparlera plus de cet épisode ? Qu'il aura suffisamment compris pour me foutre la paix, maintenant ?

— Tu as réservé pour Las Vegas ? me questionne-t-elle encore.

— Oui, hier !

— Excellent. Trouve-toi une jolie robe. Les gens sont toujours tirés à quatre épingles, là-bas. En plus, les clients que vous allez rencontrer sont pointilleux sur ce genre de détails.

— D'accord, dis-je en soupirant intérieurement. Je songeais justement à refaire une partie de ma garde-robe.

— Oh ? J'adore faire les boutiques ! Tu veux qu'on y aille ensemble ? s'écrie-t-elle subitement. Ça nous permettra de discuter un peu. De parler de Vegas et du reste…

Je reste un moment silencieuse, surprise, et je me demande si Olivier ne lui aurait pas dit quelque chose qui la pousserait à vouloir me voir.

— Amy ? vérifie-t-elle.

— Euh… oui, si tu veux, je lâche, attends que je regarde mon agenda…

— Inutile, je l'ai sous les yeux, et tu es libre demain matin. À quelle heure tu te lèves ? Si on se voyait vers 10 heures ? On fait quelques boutiques et on prend un petit en-cas avant que tu partes bosser ?

— Je… euh… OK.

— Super. Je t'envoie un texto pour te dire où on se retrouve. Si tu as un souci, tu m'écris, d'accord ? Allez, bonne journée !

Quand je raccroche, je suis un peu sous le choc de la façon dont Cécilia a naturellement décidé de ce rendez-vous pour nous deux. En moins de trois minutes, il s'affiche dans mon agenda personnel. Quelque chose me dit que, même si elle est en congé, elle continue à garder un œil sur tout ce qui se passe dans cette compagnie…

Chapitre 24

Quand j'arrive chez Olivier, je me sens bizarre d'avoir la clé et de rentrer chez lui comme ça. J'allume en bas, parce qu'il fait sombre avec tous ces rideaux qui masquent la lumière, et je n'ai pas envie de me casser la figure avec son café à la main. Avec ma chance, il m'obligerait à aller lui en chercher un autre. La machine à café, il ne connaît pas ?

Un peu par curiosité, je vais jeter un coup d'œil à sa table de travail, qui fait une sorte de U et sur laquelle il y a un sacré bordel. J'y retrouve des maquettes, évidemment, mais ce sur quoi je m'arrête, ce sont les dessins. Sur la droite, il y a des plans, des esquisses de décors, quelques paysages aussi, mais sur la gauche… il y a des portraits. Enfin, non, il y a un seul portrait, toujours le même, mais en plusieurs exemplaires. Une femme avec de grands yeux et aux cheveux qui s'étalent sur la feuille. Belle mais un peu triste. Qui est-elle ? Un amour qu'Olivier n'aurait pas oublié ?

— Amy ?

Je sursaute et me tourne en direction de l'escalier.

— Oui ?

— Qu'est-ce que tu fous ?

— Je… j'arrive.

Un peu gênée d'avoir fouiné, je m'éloigne de la table et monte à l'étage, où je le retrouve en boxer et torse nu. Il a les traits tirés et les cheveux en pagaille. Malgré moi, je le reluque quelques secondes. Pourquoi faut-il que les salauds soient aussi sexy, même quand ils sortent du lit ?

— Café, marmonne-t-il.

Je lui tends le gobelet chaud qu'il s'empresse de récupérer et je détourne la tête.

— Tu as vu la maquette, en bas ? me demande-t-il.

— Euh… ouais.

J'essaie de me la remémorer, mais j'avoue que je n'ai plus que des images de cette fille en tête.

— Alors ? me questionne-t-il après avoir bu une gorgée.

Je hausse nerveusement les épaules.

— Tu sais, moi…, je ne peux pas vraiment t'aider avec ça. Ce n'est pas mon domaine…

— Ouais…, c'est sûrement moins impressionnant que le pop-up en carton, soupire-t-il en reportant le café à ses lèvres.

Je reporte mon attention sur lui. Il semble fatigué, ce matin. Est-ce qu'il est ressorti, hier soir ? Sans réfléchir, je détaille la chambre du regard, comme si je pouvais trouver un indice.

— Tu t'es couché à quelle heure ?

— Trop tard, parce que j'ai la sensation qu'un train m'est passé sur le corps. (Il boit à grandes gorgées avant de reporter son attention sur moi.) Finalement, c'est une bonne chose que tu sois partie, parce que j'avais du boulot pour la réunion de cet après-midi.

Sa façon désinvolte de reparler de mon refus de lui céder hier soir me serre le cœur, alors je ne dis rien.

Une fois son café à moitié bu, Oli le dépose sur son comptoir et me tourne le dos.

— Je file à la douche. Tu peux me faire un petit truc à manger ?

— Je t'apporte le café, mais je ne suis pas ta mère, je peste.

Il rit avant de s'arrêter près de la porte du fond et se tourne pour me décocher un sourire charmeur.

— Allez quoi, tu peux bien me faire griller un peu de pain ! À moins que tu ne préfères venir me laver le dos ?

— Oli ! Arrête ça tout de suite !

Son visage s'assombrit.

— Oh, mais si on ne peut plus s'amuser, maintenant !

Il laisse la porte de la salle de bains ouverte et retire son boxer sans aucune gêne. C'est qu'il le fait exprès ! Au lieu de disparaître sous la douche, il me fait face et prend soudain son début d'érection en main, commençant à se caresser en me regardant droit dans les yeux.

— Tu es sûre que ça ne te dit rien… ?

Je me raidis, fascinée malgré moi par son mouvement lascif. Excitée aussi, si j'en crois le fourmillement qui se fait sentir dans mon bas-ventre. Je dois cligner des yeux à plusieurs reprises avant de retrouver toute ma tête.

— Je… je vais t'attendre dans la voiture, je bafouille.

— Comme tu veux, poupée.

Il disparaît, et je reste immobile pendant de longues secondes, les joues incroyablement chaudes, à imaginer Oli en train de se masturber sous le jet d'eau chaude. Dire qu'il est certainement en train de le faire, juste là, à quelques pas ! Pendant une fraction de seconde, je me sens prise d'une hésitation coupable, et puis je retrouve la raison et file l'attendre dans la voiture avant que la tentation soit trop forte.

Chapitre 25

Je cesse de me toucher dès que j'entends Amy descendre l'escalier, puis la porte d'entrée claquer. Merde ! Ma stratégie n'a pas fonctionné ! Pendant une bonne minute, j'ai bien cru qu'Amy se laisserait tenter ! Tant pis. Je laisse mon érection retomber et me savonne en grognant. Cette fille va finir par être en manque, pas vrai ? À Las Vegas, j'aurai peut-être plus de chance ?

Encore patraque du manque de sommeil, je me rince en quatrième vitesse et sors de la douche. Pendant qu'Amy m'attend dans la voiture, probablement à ruminer contre moi et à imaginer que je me caresse sous l'eau chaude, je file en direction de mon ordinateur et retrouve son CV. Je profite de mes quelques minutes en solitaire pour téléphoner à son ancien boulot.

— CBI, bonjour ? me répond-on.

— Bonjour, madame. Je cherche des informations à propos de l'une de vos anciennes employées qui a postulé chez nous.

— Je vous transfère aux ressources humaines, veuillez patienter…

J'attends environ dix secondes avant de réitérer ma demande à une autre femme qui se met à pianoter sur son ordinateur avant d'annoncer :

— Elle a démissionné il y a un mois, après deux années de service, c'est tout ce que je peux vous dire.

— Mais… pour quelle raison est-elle partie ? Il y avait un problème ?

— Pas que je sache. Il n'y a rien d'indiqué dans son dossier. Aimeriez-vous parler avec son supérieur direct ?

J'hésite avant de me décider.

— D'accord. Passez-le-moi.

— Il est peut-être sorti à cette heure, mais n'hésitez pas à lui laisser un message sur sa boîte vocale. Il vous rappellera.

Quelques secondes plus tard, ça sonne à plusieurs reprises, puis le répondeur s'enclenche. Je soupire lorsque le message démarre : « Bonjour, vous êtes bien sur la messagerie vocale de Benjamin Roussot… » Je me fige, tellement surpris que je reste un bon moment à fixer le vide, même quand le « bip » se fait entendre au bout du fil. Aussitôt, je coupe la communication avant de pincer les lèvres. On dirait bien que j'ai trouvé le fameux Ben… Voilà qui confirme ma théorie et explique, en partie, le problème d'Amy à ne pas vouloir coucher avec son employeur.

— Merde ! je siffle en jetant mon téléphone sur le bureau.

J'inspire un bon coup avant de me rappeler que je suis en retard. Je me lève et file en direction de ma chambre pour enfiler des vêtements. Je suis énervé par ma découverte, mais je ne suis pas sûr de savoir vraiment pourquoi. Possible qu'Amy ait couché avec son ancien patron…, possible aussi qu'elle soit encore amoureuse de ce Ben… Et alors ? Ça ne me regarde pas !

Une fois vêtu, et mon café avalé, je descends dans mon atelier et je peste en retrouvant les portraits de Marianne bien en évidence sur la table de travail. Double merde ! Amy les a probablement vus, et je n'ai aucune envie de lui parler de ça. Je souffle d'exaspération avant de retourner chaque dessin à l'envers pour éviter d'avoir à croiser ce regard triste quand je rentrerai, ce soir. Enfin, je récupère la maquette et sors en essayant de ne rien renverser. Si Amy m'avait attendu dans l'appart, elle aurait aussi pu me filer un coup de main !

Dès qu'elle me voit, elle sort de la voiture et s'empresse de venir m'ouvrir le coffre. Je dépose la maquette bien à plat et lui sers un regard sombre, étrangement de mauvaise humeur, soudain.

— Tu aurais pu m'aider !

— Pour ta maquette, je veux bien, mais pour ta queue démerde-toi, s'énerve-t-elle en me tournant le dos pour revenir s'asseoir au volant.

Son ton me choque, et je m'installe du côté passager avant de pester à mon tour :

— Si tu n'as pas le sens de l'humour, il vaut mieux que tu retournes jouer avec les avocats.

Je me défends d'évoquer le nom de Ben, même si j'en ai bien envie. Avec ma chance, elle me jetterait hors de sa voiture, et je me retrouverais à devoir reporter mon rendez-vous… et peut-être même à devoir refaire ma maquette…

— Au cas où tu ne le saurais pas, petit con, ce que tu as fait, ça s'appelle du harcèlement sexuel, me jette-t-elle à la figure, et ça peut te valoir jusqu'à trois ans de prison.

Mon air trahit certainement le doute qu'elle fait jaillir dans mon esprit. Une secrétaire juridique, ça s'y connaît forcément… Elle ne me ferait pas ça, quand même ?

— Tes propositions, tu te les gardes, OK ? me dit-elle encore. Je suis ton assistante, pas ta pute !

— Quoi ? C'est une question d'argent ? je raille. Tu veux qu'on revoie ton salaire, peut-être ?

La voiture freine sur le bord de la route, si brusquement que je dois me retenir au tableau de bord. Amy se tourne vers moi, le visage si rouge que j'ai l'impression qu'elle va exploser.

— Hé ! Fais gaffe à la maquette ! dis-je sans réfléchir.

— Là, tu vas trop loin, Garrett. Et tu as dix secondes pour t'excuser, sinon tu sors de cette voiture et tu vas te faire voir.

— M'excuser ? Pourquoi ?

— Et tu as le culot de le demander ?

De toute évidence, je l'ai fâchée, et pas qu'un peu. Confus, je retrouve les dernières saletés que je lui ai balancées et j'essaie de désamorcer Amy en lui faisant signe de se calmer :

— Hé ! On se détend, tu veux ? Je ne voulais pas t'insulter !

— Tu viens de me traiter comme une pute ! Tu t'attendais à quoi ?

— Mais… non ! je plaide. Écoute, poupée, je n'ai pas beaucoup dormi, et il m'arrive de dire n'importe quoi. Tu ne peux pas m'en vouloir chaque fois que je lâche une connerie, quand même !

Elle soupire, et je m'empresse de poursuivre, conscient que le temps me manque un peu :

— Tu crois que j'ai l'habitude qu'une fille me dise non ?

Son regard sombre me foudroie sur place. Merde ! Qu'est-ce qu'ils sont verts, ses yeux, quand elle est en colère !

— Ça ne justifie en rien tes paroles ! dit-elle.

— C'est vrai. Pardon, je lâche en essayant d'afficher un air repentant.

Elle me scrute comme pour s'assurer que je suis sincère. Je déteste ça. On dirait ma sœur… en plus sexy, je l'avoue, quoique… dans ces vêtements…

— Écoute, je ne voulais pas t'insulter. Je suis nerveux à cause de cette fichue présentation. J'ai bossé sur cette maquette la moitié de la nuit et je n'en suis toujours pas satisfait. Et je suis fatigué. Voilà.

Sur un ton moins rude, elle lâche :

— Ça ne justifie pas ta conduite.

— Je sais. Pardon.

Lorsque son visage se détend, je ne peux m'empêcher d'ajouter :

— Tu ne peux pas m'en vouloir de te trouver mignonne, quand même ! Et puis… le sexe était super, entre nous. Je n'ai pas rêvé. Tu m'as bien dit avoir vu des étoiles, non ?

Ses joues rougissent un peu. Ah ! Enfin un bon signe !

— Oli, merde ! Tu es mon patron !

— Je ne suis pas ton patron vingt-quatre heures sur vingt-quatre ! Et certainement pas la nuit !

Elle me fait les gros yeux, mais je vois bien qu'elle a envie de rigoler. Quoi ? C'est vrai !

— Oli, arrête, s'il te plaît. Le fait est que j'ai eu ma dose de salauds, ces dernières années, et je refuse de m'en prendre un pour amant. Surtout si c'est mon patron.

Voilà qui a le mérite d'être clair.

— Tant pis pour moi, alors, je soupire en faisant mine d'être conciliant. Je vais essayer d'être moins con…

— Ça, je demande à voir, rigole-t-elle en reprenant la route.

Devant son sourire, je respire mieux.

— Je peux toujours essayer de te promettre de ne plus te draguer, mais à la seconde où je serai soûl je risque fort de ne pas y arriver, admets-je.

Elle rit encore. Ce son me rassure. Comment peut-elle vouloir que je cesse de la draguer ? J'adore ses réactions !

— Dois-je te rappeler la façon dont on a joui ensemble, l'autre jour, et plusieurs fois… ?

— Ça suffit. Stop ! s'écrie-t-elle, les joues magnifiquement rouges.

— D'accord. Je me tais. Mais je n'en pense pas moins.

Je tente de refréner mon petit air satisfait, mais je me régale des rougeurs qui persistent sur le visage d'Amy.

Chapitre 26

Je déteste la façon dont Olivier se comporte, et pourtant je dois avouer qu'il a un charme fou. Pendant que je le conduis au bureau, il se met à parler de son projet, plus à lui-même qu'à moi. Il semble nerveux. Peut-être que c'est sa façon de se libérer de son stress ?

— C'est un nouveau projet ? je lui demande.

— Non, mais généralement c'est Cél qui songe aux détails de cet ordre. Moi, j'aime le bricolage, la mise en œuvre des éléments.

— Et tu ne peux pas engager quelqu'un qui aura de bonnes idées ? (Il me jette un regard entendu qui me rend légèrement mal à l'aise.) Oh…, mais c'est que… je ne suis pas familière avec…

— C'est bon, me coupe-t-il. C'était trop compliqué de remplacer ma sœur, il aurait fallu qu'on embauche trois personnes différentes, donc on s'est contentés de combler la partie la plus difficile du poste.

Je pince les lèvres, sans pouvoir m'empêcher de pouffer.

— Quelqu'un pour te réveiller, t'apporter du café et prendre des notes ?

— Hé ! Ma sœur et moi, on forme une sorte de tout, et si je ne suis pas dans de bonnes dispositions pour créer ce n'est pas bon pour cette entreprise.

— Mais… et les autres ? Ils font quoi ?

— Ils mettent mes idées en œuvre, rumine-t-il.

Pendant que je me gare, je réfléchis à ce qu'il vient de dire. Peut-être qu'il a raison. Peut-être que son caractère énervant est dû au fait que c'est un artiste et qu'il a une pression constante sur les épaules. Sans Cécilia à ses côtés, est-ce qu'il va arriver à mener de front tous ses projets ? Une chose est sûre : c'est la première fois que je le sens aussi nerveux.

Dès que j'arrête le moteur, je pivote vers lui :

— Écoute, il nous reste dix minutes avant notre rendez-vous. Tu veux me parler plus en détail du projet ? Je ne te dis pas que j'aurai l'idée du siècle, mais peut-être que si on en discute ensemble ce sera plus facile ?

Oli me scrute comme si je venais de dire n'importe quoi. C'est possible, au fond. Ce n'est pas parce que j'ai eu une bonne idée, hier après-midi, que je peux en faire autant sur demande. Au moins, il n'éclate pas de rire, c'est déjà ça.

Au bout d'une dizaine de secondes, il sort de la voiture, et je le suis, anxieuse à l'idée qu'il me trouve idiote, mais, dès que j'ouvre le coffre, il se met à parler, vite. Le temps nous est compté, et il le sait. Il pointe sa maquette en me parlant du projet : un spectacle inspiré de l'Enfer de Dante, avec des références bibliques. Je serre les dents, dépitée par le peu que je connais en matière de littérature et de religion, mais je l'écoute me parler de sa façade représentant un mur d'église dont le clocher serait amovible. Il bouge les pièces réalisées en bois fin. Il m'explique qu'il songe à projeter des éclairages sur les vitraux, puis des animations de démons sur son décor.

— Si on laisse des entailles aux murs, on peut faire passer de petits rayons de lumière à l'intérieur. Ou alors on accroche des spots ici et là, mais je trouve que ça ferait moins naturel, surtout si on les voit.

Quand il se tait, à bout de souffle, et qu'il attend mon avis, je le scrute, la bouche ouverte.

— Mais c'est… J'adore ! Qu'est-ce qui ne va pas avec cette idée ?

Il grimace.

— C'est banal. Je suis sûr que ça a déjà été fait, marmonne-t-il avec un air dépité.

— Je n'ai jamais rien vu dans ce genre. Et ton idée sera forcément mieux, plus moderne, plus esthétique. Tu ne dois pas te décourager, c'est une idée géniale, Oli !

Il hausse les épaules, visiblement incertain, puis se penche pour récupérer sa maquette. De toute évidence, mon discours n'a pas eu l'effet escompté, mais je ne peux pas lui en vouloir. En matière de spectacle d'envergure, je n'y connais pas grand-chose.

— Et si tu jouais avec une plate-forme qui monte et qui descend ? Pour l'enfer ? je suggère pendant que l'ascenseur nous emmène au bureau.

— C'est compliqué.

— Tu fais dans le spectaculaire. Qu'est-ce qui ne l'est pas ? Tu pourrais monter ton église sur une plate-forme qui se soulève, et les acteurs joueraient en dessous ?

Il hausse les sourcils et contemple sa maquette pendant un bref instant. Quand l'ascenseur s'arrête à notre étage, il tourne de nouveau les yeux vers moi.

— Putain ! C'est une super idée !

Surprise, je le regarde sans rien dire.

— Ça pourrait le faire ! s'écrie-t-il en retrouvant un petit sourire heureux. Bon, je ne dis pas que ce sera facile, mais je vais voir avec la technique si on peut le faire sans que ça augmente trop les coûts, autrement… (Il se rapproche de moi et me plaque un baiser sur la tempe avant de retrouver un ton autoritaire.) OK, toi, tu retiens Joubert pendant que j'installe la maquette dans la salle de réunion. J'ai besoin d'au moins cinq minutes pour m'entretenir avec Drew sur l'idée de la plate-forme. Ça ira ?

Malgré la nervosité qui me gagne, je hoche la tête et j'affiche un sourire faussement confiant avant de me planter devant Clara qui m'annonce que notre client est déjà arrivé. Quoi ? Déjà ? Oli file en direction du couloir. Je m'avance vers l'homme qui vient de se lever de son siège en rassemblant tout mon courage :

— Monsieur Joubert ? Je suis Amy Lachapelle, puis-je vous offrir un café en attendant qu'Olivier soit prêt pour votre présentation ?

Chapitre 27

C'est ridicule, mais l'idée d'Amy m'a redonné confiance en moi. Parfois, des mots d'encouragement, c'est tout ce qu'il faut pour me donner des ailes. Et son idée ! Peut-être que ça coûtera trop cher, mais ça donne une autre dimension au projet. Reste à voir si ça conviendra au client.

Pendant ma présentation, je parle avec assurance, même si je suis forcé de préciser qu'il me reste encore à vérifier plein de détails, surtout en ce qui concerne la faisabilité et les prix. Heureusement, il ne s'en formalise pas outre mesure et paraît au contraire très emballé. Chaque fois que le visage d'un client s'illumine, je sais pourquoi je fais ce boulot : parce que je prends des idées toutes simples et que je les rends extraordinaires. J'essaie de donner vie à leurs rêves, en fait.

Quand Joubert sort de chez Starlight, Amy peine à cacher sa joie.

— Il a adoré !

— Tu parles ! On a assuré comme des chefs !

Je fais mine d'être au-dessus de tout ça, mais en réalité je suis tout aussi fébrile qu'elle, et drôlement soulagé que notre présentation se soit déroulée sans encombre. Ce n'était pas gagné, au départ ! Surtout quand il a fallu soulever la maquette manuellement. J'ai bien cru que j'allais tout faire foirer, mais Amy est intervenue pour expliquer notre concept, et ça a tout de suite rendu l'ambiance plus décontractée.

— En plus, on a déjà terminé notre journée, annonce-t-elle.

Je ris à mon tour.

— Profite, n'oublie pas que ce week-end tu seras coincée pour bosser.

— À Las Vegas ! Ce n'est pas vraiment du boulot !

Elle glousse comme une gamine avant de m'aider à transporter tout le matériel dans le bureau. Sa bonne humeur est contagieuse. On dirait vraiment que sa journée de travail lui a plu. En plus, elle assure !

Dès que tout est en place, elle se tourne vers moi et demande :

— Je te ramène ?

— Un burger et une bière, ça t'intéresse ?

Son sourire se fige. Approche trop directe, d'accord, alors j'ajoute :

— C'est ma tournée ! Et puis il faut bien fêter ça ! Tu as assuré un max, aujourd'hui ! Et tu vas voir, le bar où je veux t'emmener est génial.

Elle me lance un petit regard sceptique, mais, probablement parce que je n'ai pas renchéri avec une réplique de nature sexuelle, elle finit par se laisser tenter.

— D'accord. Allons voir ce bar…

Note à moi-même : avec Amy, j'ai peut-être intérêt à garder certaines de mes réflexions pour moi. Ça paie, on dirait…

Chapitre 28

Olivier m'emmène dans une sorte de brasserie où l'on joue de la musique western. Il y a des tables avec banquettes et un bar auquel semblent installés des habitués de l'endroit. Quand l'hôtesse, d'une cinquantaine d'années, aperçoit Oli, elle vient se planter devant nous avec un large sourire.

— Tiens, tiens…, ça fait un bail, Oli. Qu'est-ce que tu deviens ?

— Je bosse, qu'est-ce que tu crois ?!

Il rigole en se grattant l'arrière de la tête. On dirait qu'il est nerveux.

— Tu me présentes ta copine ?

— Ouais ! Alors… voici Amy, mon assistante, et là, c'est Doris. Cet endroit est à elle.

Je hoche la tête pour la saluer.

— Enchantée, Doris.

Elle récupère des menus et nous fait signe de la suivre. Oli me fait passer la première, et je me retrouve sur une banquette confortable pendant que Doris continue :

— Ça fait du bien de te revoir. Je suppose que tu prendras la même chose que d'habitude ?

— Ouais !

La femme reporte son attention sur moi :

— Oli a passé la moitié de son adolescence ici. Il a même pris sa première cuite avec mon fils en vidant tous les fonds de bouteille, derrière le bar. Les petits chenapans pensaient que je ne le remarquerais pas !

Je souris en lançant un petit regard narquois à mon patron.

— Bah, on était jeunes, tu sais ce que c'est, se défend-il avec un sourire.

Du bout des doigts, Doris tapote le menu devant moi.

— Je te laisse quelques minutes pour regarder ça ?

Je questionne Olivier du regard.

— Qu'est-ce que tu prends, toi ?

— Le burger express avec frites et salade, et une bonne bière fraîche, annonce-t-il avec un large sourire.

— Alors je prendrai la même chose, mais avec du bacon dans le burger, dis-je en repoussant le menu.

— Parfait. Je reviens avec vos bières, dit-elle en s'éloignant.

Oli me scrute avec un sourire niais sur les lèvres.

— Quoi ?

— Une fille qui aime le bacon, ce n'est quand même pas banal.

— Pfft ! Toutes les filles aiment le bacon, qu'est-ce que tu crois ? C'est juste qu'elles adorent vous énerver avec leurs régimes !

Il se met à rire de bon cœur, alors je poursuis, en essayant de garder un ton détaché :

— Et puis j'ai perdu du poids, ces dernières semaines ; je peux bien en profiter encore un peu…

— Ça me plaît, avoue-t-il. Et c'est la raison pour laquelle je t'ai emmenée ici, parce que la dernière fois que j'ai invité une fille dans cet endroit elle a pris une salade et a voulu m'informer du nombre de calories que j'ingurgitais avec mon burger.

J'éclate de rire en imaginant la scène.

— La honte ! Qu'est-ce que tu as fait ?

— Je lui ai dit de ficher le camp, rigole-t-il. Elle m'avait gâché le repas !

Nous rions ensemble pendant que Doris revient en déposant deux bières immenses devant nous et un petit bol d'olives.

— Deux bières bien fraîches, annonce-t-elle.

— Merci, Doris.

Oli est le premier à récupérer son verre, et il le tend dans ma direction dès qu'elle s'éloigne de nous.

— À ma nouvelle assistante.

Flattée, je trinque avec lui.

— Merci.

— On a encore quelques ajustements à faire, dit-il, mais… dans l'ensemble on forme une bonne équipe.

— C'est vrai, je confirme.

Troublée par tous ces compliments, je pianote sur mon verre, puis plonge le bout du doigt dans la mousse de ma bière avant de le porter à mes lèvres. Quand je relève les yeux vers Oli, il me fixe avec une drôle de moue.

— Qu'est-ce qu'il y a ?

— Tu essaies de m'exciter ou quoi ?

Je me raidis sur mon banc.

— Tu viens de te lécher le doigt ! m'explique-t-il.

— Mais… je jouais simplement avec ma bière ! je proteste un peu vite pour me défendre.

— Sais-tu le souvenir qui me vient en tête quand tu fais ça ?

Mon ventre se serre devant le regard qu'il pose sur moi. La plupart du temps, Oli est un gamin, et j'ai l'impression qu'il se moque de tout, mais, quand il me scrute comme ça, j'ai la sensation que la tension est palpable entre nous. Et ici je ne peux pas me défiler ni lui faire une scène…

— Oli, arrête, dis-je en baissant les yeux vers ma bière.

Il soupire avec bruit.

— Tu étais bien plus docile avant que je t'embauche.

— Je ne travaillais pas pour toi.

Il me scrute.

— C'est juste à cause de ça ? Je veux dire… ce n'est pas parce que j'aurais fait un truc qui t'aurait déplu ou… je ne sais pas, moi !

Son expression me trouble, à croire qu'il se soucie vraiment de ce que je pense de lui. C'est étrange. La plupart du temps, Oli agit comme un sale petit prétentieux et, le moment suivant, il quémande des compliments. Un peu comme ce matin, avant notre réunion…

— D'accord, admettons que je ne sois pas ton patron. Tu coucherais encore avec moi ?

— Si je dis oui, tu vas me ficher la paix ?

— Probablement pas, avoue-t-il avec une grimace. Je risque même de vouloir te virer pour te ramener dans mon lit.

Le pensant en train de plaisanter, je ris, puis change de stratégie :

— Et si je dis que c'était moyen, comme baise ?

— « Moyen » ? répète-t-il, estomaqué. Tu déconnes, poupée ?

Je le rappelle à l'ordre d'un simple regard, et il s'empresse de rectifier :

— Je veux dire… Amy, évidemment. Non, mais, sans blague, tu n'as pas le droit de dire un truc pareil. Les murs de ta chambre ont tremblé. Je suis même à peu près sûr qu'il y a un sismographe qui a enregistré ça quelque part !

Je pouffe en secouant la tête.

— Quel prétentieux tu fais !

— Mais avoue que c'était génial !

Et merde ! Je bois ma bière, plus nerveuse que je ne le voudrais devant une discussion de cet ordre.

— Allez, sois honnête ! s'impatiente-t-il.

— C'était absolument merveilleux. La baise la plus incroyable de toute l'histoire de l'humanité, je me moque aussitôt.

— Oh, Amy ! Fais au moins un effort !

Je n'arrête plus de rigoler comme une idiote, et ça commence sérieusement à me plaire qu'il insiste autant. Sans réfléchir, je tapote le reste de mousse qu'il y a sur le dessus de ma bière et je m'arrête juste avant de porter le doigt à mes lèvres. Pourtant, Oli n'a rien raté de mon geste et il me fixe avec un air amusé pendant que j'hésite à poursuivre. Sans le quitter des yeux, je glisse le doigt sur ma langue et le suce discrètement pour ôter toute trace de mousse.

— Putain, je bande ! annonce-t-il sur un ton solennel en s'adossant contre la banquette.

— En voilà une nouvelle, je raille.

Et pourtant il n'est pas le seul à ressentir un début d'excitation.

— Quand tu m'as sucé le doigt, sous la douche…, c'était vraiment chaud, se remémore-t-il.

Moins confiante que je ne le voudrais, je gronde, en fixant ma bière pour éviter son regard.

— Oli, ça suffit.

— Je ne peux pas m'empêcher d'y penser, admet-il.

J'inspire un bon coup. Quand Doris réapparaît avec nos assiettes, je suis presque soulagée qu'elle interrompe le silence malsain qui perdure entre Olivier et moi.

— Voilà, mes petits. Régalez-vous !

Et pourtant, même quand elle repart, ni lui ni moi ne touchons à nos plats. À croire que nous avons le même nœud au fond de la gorge. Finalement, c'est lui qui tente une blague de mauvais goût comme il en a le secret.

— Bon, eh bien…, à défaut de me bouffer moi, tu devrais goûter ces frites. Elles ne sont pas mal non plus.

J'éclate d'un rire franc, étrangement heureuse de pouvoir enfin relâcher la pression. Et, comme Olivier est déjà en train de dévorer ses frites, je l'imite, en espérant que ce repas nous fasse oublier notre précédente discussion.

Chapitre 29

Cette fille commence sérieusement à me rendre fou. Décidément, je ne la comprends pas ! Il y a des moments où je la sens prête à craquer et d'autres… où elle agit comme si elle se fichait éperdument de moi. Elle a certaines qualités, ça, je ne vais pas le nier. Il n'y a qu'à voir la façon dont elle récupère un bout de bacon pour le porter à sa bouche… Pour sûr, c'est ma queue que je voudrais glisser entre ces lèvres…

Je ferme les yeux et j'inspire un bon coup avant de reporter mon attention sur le repas. Il faut que j'arrête de penser au sexe, autrement je vais passer la soirée en érection alors qu'il ne se passera absolument rien.

Quand Amy croque dans son burger, elle lâche un gémissement de plaisir qui accapare toute mon attention. Je l'observe, la tête remplie de ces petits bruits que je lui ai soutirés, il n'y a pas trois jours. Lorsque ses yeux reviennent sur moi, elle explique, la bouche encore pleine :

— C'est délicieux.

— Oui. On dirait.

Je bande tellement que ça commence à m'incommoder. J'essaie de me concentrer sur mon repas. Je croque dans mon sandwich, me gave de frites et de bière, mais, dès qu'elle plonge dans sa boisson et qu'elle se lèche la lèvre supérieure d'un coup de langue, je demande, un peu rudement :

— Allez, Amy, faisons-le encore une fois. J'ai trop envie de ta bouche.

Elle s'étouffe.

— Bordel, Oli, tu peux arrêter avec ça ? s'énerve-t-elle. Je t'ai déjà dit que je ne couchais pas avec mon patron !

Je serre les dents, et ma réponse fuse sans attendre :

— Et Ben, alors ?

Elle repousse son assiette et tente de se lever.

— Non ! Amy, attends ! dis-je en faisant un signe de la main pour la retenir.

Sur le point de quitter la banquette, elle me foudroie du regard.

— Tu vas trop loin, Garrett.

Dès que ses doigts se posent sur le rebord de la table, je les saisis entre les miens, juste pour essayer de la retenir un peu plus longtemps.

— J'ai une grande gueule, je sais ! je m'excuse platement.

— Ce n'est rien de le dire !

— La vérité, c'est que je ne pensais plus te reparler de tout ça, et puis… quand tu fais ce genre de choses…, putain, je ne te dis pas l'effet que ça me fait !

Elle déglutit, et je prends conscience que ses mains sont moites. Est-ce que je lui fais de l'effet, moi aussi ?

— Écoute, je suis sûr que si on baise encore une fois on réglera la question une bonne fois pour toutes.

— Je passe mon temps à te dire non, Oli. Il serait peut-être temps que tu te fasses une raison ?

— OK ! On a baisé, c'était chouette, mais pas suffisamment pour recommencer. D'accord, j'ai compris.

Je récupère quelques frites que j'enfonce dans ma bouche avant de dire plus de bêtises. En réalité, j'ai envie qu'elle me parle de Ben, qu'elle me dise pourquoi elle s'obstine à me dire non alors que je sens qu'il y a toujours un petit quelque chose entre elle et moi.

— Je te rappelle que c'était ton idée que tout s'arrête samedi, me rappelle-t-elle.

— Ouais.

— Et j'aime bien ce travail, alors ne m'oblige pas à démissionner pour une partie de jambes en l'air, tu veux ? Ne crois pas une seconde que j'hésiterais à tirer ma révérence. Je l'ai déjà fait.

Ça confirme l'idée qu'elle a baisé avec ce stupide avocat avant de foutre le camp de son boulot.

— Je n'ai pas envie que tu partes, j'avoue à contrecœur, parce que tu es douée, et parce que j'aime bien ta franchise. Dans ce boulot, c'est important de bien s'entourer.

Un sourire apparaît sur les lèvres d'Amy, signe que mes paroles ont porté leurs fruits. Quand elle reprend sa place et qu'elle reporte le verre de bière à ses lèvres, je ramène plus de frites à ma bouche, juste pour m'assurer que mes prochaines bêtises restent à l'intérieur.

— J'ai oublié de te dire : demain, je vais faire les boutiques avec ta sœur, lâche-t-elle subitement.

Je la scrute, surpris.

— Cél ?

Elle glousse.

— Parce que tu as d'autres sœurs ?

— Euh… non.

— J'ai besoin de refaire ma garde-robe, explique-t-elle en faisant danser une frite entre ses doigts. Mes vêtements sont trop grands, et il paraît qu'il me faut des tenues pour Vegas.

Sans réfléchir, je souris.

— N'oublie pas de les prendre bien sexy.

— Oli ! me gronde-t-elle avant d'éclater de rire.

— Quoi ? Si je ne peux pas te baiser, je peux au moins me rincer l'œil ! Ce n'est quand même pas interdit ?

Elle souffle pour tenter de reprendre son sérieux, mais quelque chose me dit que ça ne lui déplaît pas tant que ça que je revienne à la charge.

— Tu ne penses vraiment qu'à ça ?

— Je suis un artiste ! Évidemment que je pense à ça ! Pas toujours mais souvent. Après tout, baiser, c'est comme faire du sport. Ça m'aide à faire le vide, à garder la forme, à m'inspirer…

— Tu n'as qu'à essayer le jogging, me nargue-t-elle.

Je ne peux pas m'empêcher de rire. Son humour me plaît, il est presque aussi mauvais que le mien.

— Enfin… c'est juste pour que tu le saches, reprend-elle. Si jamais tu as besoin de moi en matinée, je risque d'être dans les boutiques.

— Tu m'enverras des photos de tes vêtements ?

— Certainement pas ! pouffe-t-elle.

— Oh, allez quoi ! Je pourrai te donner mon avis !

— Cél sera là.

— Et alors ? Ça ne vaut pas l'avis d'un homme !

Elle rit, sans animosité, puis elle hausse les épaules et porte un regard taquin sur moi.

— Si j'ai un doute, pourquoi pas ?

C'est ridicule, mais cette simple phrase me fait sourire. Si ça se trouve, elle sera bien sexy pour notre week-end à Las Vegas. Un voyage, un spectacle, un hôtel de luxe, du champagne…, nul besoin de restreindre ses consommations, vu qu'elle ne conduira pas…

Qui sait ce qui peut arriver ?

Chapitre 30

Je raccompagne Olivier chez lui. Même si notre soirée s'est terminée sur une note positive, le trajet du retour est plutôt silencieux. Il joue avec ma radio jusqu'à trouver une station de vieille variété et chantonne en fixant la route devant nous. C'est calme, mais ses goûts musicaux laissent à désirer.

Quand je m'arrête devant sa porte, il me décoche un petit regard moqueur :

— Le DVD, tu es sûre que tu ne le veux pas ?

C'est plus fort que moi, je rigole en secouant la tête.

— Je ne peux pas croire que tu essaies de me faire le coup deux fois !

— C'était une blague, lâche-t-il, enfin... sauf si tu as terriblement envie de moi ce soir. Surtout, ne te retiens pas.

Je lève les yeux au ciel. Décidément, il n'arrête jamais !

— Tu sais, techniquement... à la seconde où je sortirai de cette voiture je ne serai plus ton patron, insiste-t-il. Et ce, jusqu'à demain matin.

— Oli !

— D'accord, j'arrête ! De toute façon, je suis crevé. J'ai vraiment besoin d'une bonne nuit de sommeil.

Sans insister davantage, il ouvre la portière, et c'est moi qui m'empresse de jeter :

— Merci pour le burger.

Il pivote sur son siège pour pouvoir me voir, même s'il fait assez noir à cette heure.

— Il était bon, hein ? Le burger ?

— Oui.

— Et la bière aussi ?

— Oui, je répète en riant.

— Et le type avec qui tu as partagé tout ça ?

Je pouffe et tente de lui faire les gros yeux, sans y arriver.

— Oli ! Je rêve ou tu passes ton temps à me quémander des compliments ?

— Qu'est-ce que t'es dure avec moi ! se plaint-il. La confiance, c'est bon pour mon tempérament d'artiste, tu comprends ?

— Allez, file !

Il sort de la voiture en riant, et j'attends qu'il soit sur le point de refermer la portière pour ajouter :

— J'ai passé une très bonne soirée.

Aussitôt, il se penche pour vérifier que je lui dis la vérité.

— C'est vrai ? Même si j'ai dit plein de bêtises ?

Je hoche la tête.

— Même si tu as dit plein de bêtises. À croire que ça a un certain charme, les types qui racontent n'importe quoi.

Malgré moi, je me rembrunis en songeant à Ben. Qu'est-ce que je suis douée pour tomber sur des types sans scrupules ! Oli en est la preuve vivante, tiens. C'est un petit con, et il me plaît beaucoup trop. Pourquoi je n'arrive pas à rester de marbre avec lui ? Agacée par mes propres réflexions, je m'empresse de couper court à la conversation :

— Allez, bonne nuit, patron.

— Amy ?

Étouffant un soupir, je reporte mon attention sur lui.

— J'ai passé une bonne soirée aussi, même si j'en ai passé une partie à bander tout en sachant très bien que je n'aurais droit à rien après.

Je n'arrive pas à retenir mon rire.

— Bordel, Oli !

— Hé ! Je ne dis que la vérité ! Je trouve que c'est ce qui fait le charme de notre relation, tu ne penses pas ?

Je ne réponds pas, mais, en réalité, je suis assez d'accord avec lui. C'est bien la première fois que je peux envoyer mon patron au diable sans risquer de me faire foutre à la porte. Et, même si ça m'énerve la plupart du temps, j'apprécie qu'Olivier me dise la vérité. C'est un petit con, certes, mais il est honnête…

— Et puisqu'on se dit tout, reprend-il encore, je veux que tu saches que je ne me suis pas touché, ce matin. J'ai arrêté dès que t'es parti.

— Oli !

— Et j'ai téléphoné à ton ancien boulot, ajoute-t-il très vite.

Un silence passe.

— Tu as quoi… ? je m'écrie enfin.

— Je voulais juste… Je n'ai parlé à personne, hein ! Dès que j'ai entendu le nom…

— Bordel de merde !

— Hé ! Techniquement, j'ai le droit de vérifier tes références !

Je le fixe, attendant la suite que je devine sans trop de mal. Et sa voix se fait plus douce lorsqu'il dit :

— Alors… euh… tu as couché avec ton patron… ?

— Ça ne te regarde pas !

— OK, OK, tu ne veux pas en parler, j'ai compris…

Je me tourne face au volant et ravale ma colère.

— Hé ! On fait tous des conneries ! Je suis le roi dans ce domaine, je suis bien placé pour le savoir ! Tu as couché avec ton patron, ce n'est pas la fin du monde, non plus. Regarde un peu où tu te trouves, maintenant : ton nouveau boulot est mieux, non ?

J'avoue qu'il n'a pas tort. Ce travail est stimulant, bien payé, et, pour l'instant, je m'amuse assez bien. Et je sens que j'ai relativement le contrôle. C'est peut-être la raison pour laquelle je lui jette un regard entendu.

— Tu peux me croire : je n'ai pas l'intention de coucher avec mon patron, cette fois-ci. Est-ce que c'est assez clair ?

Il se rembrunit, mais je m'en fiche.

— C'est très clair, finit-il par répondre.

— Génial. Maintenant, va dormir. Je te rappelle que je fais les boutiques avec ta sœur, demain matin.

Il lâche un drôle de rire, forcé, je crois, et se penche une dernière fois.

— Bonne chance.

Je ne réponds pas, mais je ne suis pas mécontente qu'il referme ma portière. Je démarre avant qu'il ait eu le temps de rentrer chez lui. Je suis à cran. Je n'arrive pas à croire qu'il ait téléphoné à mon ancien boulot !

Chapitre 31

Je m'installe à une table dans un restaurant un peu huppé où je suis censée rejoindre Cécilia. Vu le quartier où nous avons rendez-vous, quelque chose me dit que cette séance de shopping va me coûter la peau des fesses. J'ai besoin de deux ou trois vêtements pour le boulot et d'une robe pour Vegas, rien de plus. Il faut que je m'en tienne à ça, autrement je vais faire des folies et je considère que j'en ai fait bien suffisamment, ces derniers jours.

Quand elle arrive, un peu en retard, Cécilia se confond en excuses et s'installe devant moi en tenant son ventre rond.

— Désolée, mais avec la grossesse je passe mon temps à pisser. Et il a fallu que je change de pantalon, celui que je voulais mettre était déjà trop petit, tu te rends compte ? Vivement que j'accouche !

Je ris. Une chose est sûre : elle a quelques similarités avec son frère, du côté franc-parler ! Et physiquement elle lui ressemble aussi. Pas seulement à cause de la couleur de ses cheveux, brun assez foncé, mais surtout au niveau des yeux. Ils sont rieurs, taquins. Comme ceux d'Oli.

— Tu vas voir, cet endroit est génial ! On y fait les meilleures omelettes en ville ! En plus, je crève de faim. L'avantage, avec la grossesse, c'est que tu peux manger trois petit déj et personne ne te dit jamais rien, alors j'en profite !

Elle se met à commenter le menu qu'elle semble bien connaître, et je me retrouve à suivre sa suggestion et à commander une omelette. Une fois que nous avons eu droit à nos breuvages, elle boit une gorgée de son déca et se penche vers moi.

— Alors, raconte un peu comment ça se passe avec Oli ?

— Ça va, dis-je un peu vite.

Elle se met à rire.

— Amy ! Je connais mon frère, tu sais ? Il a sûrement essayé de te tripoter, ou alors il t'a insultée parce que le café n'était pas assez chaud. Il a un don pour rendre la vie des autres impossible.

Haussant les épaules, je reste vague :

— Bah ! Ça ne va pas si mal.

— À d'autres ! Allez, dis-moi tout !

Dépitée par son insistance, je me résous à lâcher quelques informations :

— Disons qu'on a eu quelques engueulades, mais qu'il s'est toujours excusé.

Ses yeux s'écarquillent de surprise.

— Oli ? S'excuser ? Ma parole, il est tombé sur la tête ?

Elle me détaille du regard quelques secondes.

— Il a essayé de te tripoter ?

Je gigote, mal à l'aise.

— Disons que… il a fallu le remettre à sa place à une ou deux reprises, j'avoue, mal à l'aise.

— Hum… voilà qui est intéressant…

Intéressant ? En voilà un drôle de terme pour décrire les agissements de son frère. La curiosité étant trop forte, j'insiste :

— Quoi ?

— Bah ! S'il te trouve mignonne et qu'il essaie d'être gentil pour te plaire, peut-être qu'il sera moins pénible à vivre ?

Je peine à ne pas rougir lorsque je dis :

— Bah… il n'est pas si pénible…

Cécilia me scrute, intriguée :

— Amy, tu n'es pas en train de t'amouracher de mon frère, hein ?

Je sursaute sur mon siège.

— Non ! Jamais de la vie !

Elle pose une main sur sa poitrine, l'air soulagé.

— Tant mieux ! Et autant que tu le saches avant que l'irréparable soit commis : Oli va te jeter dès qu'il t'aura eue. Avec lui, elles se succèdent !

— Oh, mais je l'ai bien compris, j'affirme en me raidissant sur ma chaise.

— Tant mieux, répète-t-elle.

En réalité, je suis un peu flattée par ce qu'elle me dit. Oli m'a eue, et de toute évidence il me veut encore... Voilà qui fait plaisir à mon ego, tiens...

— Ne t'inquiète pas pour moi. Les salauds, je les repère vite. Et pour le moment, avec Oli, on s'engueule environ deux ou trois fois par jour, mais je le remets à sa place et ça se calme.

— Excellent ! C'est exactement ce qu'il faut faire, m'encourage-t-elle.

Après un petit silence, j'ajoute :

— Quand il ne fait pas l'imbécile... il est assez sympa.

Elle se remet à rire.

— Ouais. Ça résume assez bien Oli : un con bien charmant.

Je souris, amusée. Notre discussion est interrompue par l'arrivée de nos plats, et Cécilia semble oublier jusqu'à ma présence lorsqu'elle dévore ce qui est dans son assiette. La bouche pleine, elle finit par reprendre :

— En tout cas, si tu fiches le camp, je lui ai bien fait comprendre qu'il chercherait sa prochaine assistante sans moi.

Je souris.

— Je pense que ça ira, dis-je simplement.

— Tant mieux. Et ne va pas le dire à Oli, mais j'ai commencé à avoir des contractions, la semaine dernière.

Inquiète, je pose des yeux paniqués sur elle.

— Oh, mais ce n'est pas grave ! ajoute-t-elle en riant. Mais ma gynéco dit que je pourrais accoucher n'importe quand, alors… tu comprends… j'espère vraiment que cette fois-ci ça fonctionne…

Est-ce que cela signifie qu'elle peut avoir son bébé aujourd'hui ? Pendant notre séance de shopping ?

— Ça énerve surtout Paul, mon mari, poursuit-elle. Pour ma part, j'ai hâte qu'elle sorte, parce qu'elle commence à être drôlement lourde ! Alors, si elle arrive deux ou trois semaines plus tôt, je ne vais certainement pas me plaindre !

Elle rit, visiblement insouciante, et je me détends devant son calme. Vers la fin du repas, elle sort son téléphone et fait défiler son agenda.

— Alors… on a Vegas et un dîner de charité pour la semaine prochaine. Il te faut donc… deux robes de soirée.

— Euh… non, la contredis-je avant qu'elle poursuive sur sa lancée, une seule suffira. Je peux très bien utiliser la même pour les deux soirées.

— Qu'est-ce que tu racontes ? s'exclame-t-elle. Tu ne vas pas mettre la même robe deux fois en quelques jours !

Je fronce les sourcils, ne voyant pas où est le problème.

— Je ne sais pas dans quel pressing tu te rends, m'explique-t-elle, mais ils ne pourront certainement pas nettoyer une robe de ce calibre en si peu de temps.

« Une robe de ce calibre » ? Mais de quel calibre parle-t-elle ? Et pourquoi ses paroles commencent-elles à m'inquiéter ?

— Euh… Cécilia…, je veux juste une robe. Rien de trop compliqué ou de… trop cher.

Je suis gênée de lui parler d'argent. Même si j'en ai suffisamment de côté, je n'ai pas la moindre envie de faire un trou dans mon budget pour un vêtement que je ne remettrai peut-être jamais !

— Oh, mais ne t'en fais pas pour ça ! rigole-t-elle encore. On va passer tes vêtements sur la carte de la compagnie et puis c'est tout. C'est normal, tu viens d'être embauchée. Tu n'as pas assez de fonds pour refaire ta garde-robe !

— Non, mais… je peux payer, dis-je très vite.

Elle balaie l'air entre nous.

— Arrête avec ça. On a fait la même chose avec les autres, tu sais ? Sauf qu'elles n'étaient pas assez sympathiques pour que j'aille faire les boutiques avec elles, rigole-t-elle encore. Je ne sais pas pourquoi, mais quelque chose me dit que ça peut marcher avec toi. Peut-être parce que tu ne te laisses pas faire ? Les autres, sous prétexte qu'Oli était leur patron, elles faisaient tout ce qu'il voulait. Forcément, ça finissait par déraper…

Je me force à sourire. Si elle savait tout ce que son frère a déjà fait avec moi ! Dirait-elle la même chose ? Je n'en suis pas certaine. Mais il y a pire : malgré son sale caractère, Oli me plaît bien.

— Reste forte, me conseille-t-elle encore. En fait, Oli, c'est juste un gamin qui a peur des responsabilités. Il a surtout besoin d'être encadré. Ce qu'il aime, c'est créer. Dès qu'il sent que les choses deviennent trop sérieuses, il fait n'importe quoi, il boit, il baise…, puis il rentre chez lui et se remet au travail.

Je retiens un soupir. Elle résume parfaitement la vie de son frère. Pourquoi est-ce que je ne peux pas tomber sur un type normal, pour une fois ?

— Ne le juge pas trop sévèrement, tu veux ? renchérit-elle.

— Ne t'inquiète pas.

Je souris, mais elle affiche soudain un visage plus sombre.

— Tu sais, Oli n'est pas vraiment méchant, me confie-t-elle. Il est juste… mal dans sa peau.

Prise au dépourvu, je reste silencieuse et immobile, à essayer de comprendre. Oli ? Mal dans sa peau ? Ça me paraît bizarre… Quoique… Est-ce qu'il ne passe pas son temps à quémander des compliments, la plupart du temps ?

— Il a vécu une adolescence difficile, déjà. Nos parents sont morts quand on était assez jeunes, lui et moi. Ça a été long avant que les choses rentrent dans l'ordre pour nous deux. Et puis il y a eu Marianne.

Je fais immédiatement le lien avec les images que j'ai vues sur la table d'Olivier.

— Chagrin d'amour ?

— Si seulement ! Oli la ramenait chez elle quand un camion a raté un virage et a percuté sa voiture. Il a eu une jambe cassée. Mais Marianne n'a pas survécu.

Ma gorge se noue.

— J'ai bien essayé de lui dire que ça fait huit ans et qu'il serait temps qu'il arrête d'y penser, mais… on dirait qu'il n'arrive pas à passer à autre chose… (Elle soupire avant de se forcer à sourire de nouveau.) Il va bien finir par s'en remettre, hein ! En attendant, disons qu'il a ses phases… Parfois, il a besoin de créer, parfois de tout briser. C'est sa façon de ne pas devenir fou, je suppose…

Je ne dis rien, mais je hoche la tête pour lui dire que je comprends. Pourtant, je ne suis pas sûre que ce soit le cas. Olivier a perdu quelqu'un qu'il aimait. Ce doit être affreux…

Chapitre 32

Cécilia me traîne dans des boutiques hors de prix et m'oblige à essayer des robes qu'elle choisit elle-même. Ses goûts sont assez similaires aux miens : robes noires ou rouges, courtes ou longues, moulantes, avec des jupes échancrées ou volantes… Le problème, s'il en est un, c'est qu'elles me vont bien. Trop bien. Pendant qu'elle me parle du client que nous allons rencontrer à Las Vegas, je reste un moment devant le miroir à admirer la façon dont le vêtement rouge épouse mon corps.

— Alors ? s'impatiente-t-elle, de l'autre côté.

Je tire le rideau pour lui montrer le résultat, et le sourire de Cécilia me confirme ce dont je me doutais déjà : ça en jette vraiment.

— On la prend, annonce-t-elle simplement. Essaie la noire, maintenant.

Je tire sur l'étiquette pour en vérifier le prix et m'étrangle.

— Tu es folle ? je chuchote pour éviter que la vendeuse ne nous entende. Ça coûte la peau des fesses !

— Tu participes à des événements pour l'entreprise, l'entreprise paie, fin de l'histoire. Et, pour garder un œil sur Oli, ce n'est pas si cher payé, tu peux me croire !

Sa bonne humeur fait plaisir à voir, et elle me pousse en direction de la cabine.

— Allez, essaie l'autre. Et arrête de rechigner. Il n'y a rien de pire que de se sentir mal à l'aise dans une robe qui ne correspond pas au standing d'une soirée. Crois-moi : tu me remercieras de ces achats, et tu me supplieras de revenir faire les boutiques avec toi dans trois semaines !

J'obéis. De toute façon, j'adore cette robe. Et Cécilia a raison sur une chose : je n'ai pas la moindre envie de me sentir gênée à cause de ma tenue pendant que je travaille.

La robe noire est aussi belle que la rouge que je viens d'essayer. C'est une robe bustier, avec un rebord brodé de pierres vertes similaires à des émeraudes. C'est magnifique. La jupe est légèrement gonflée grâce à une crinoline, juste ce qu'il faut pour donner l'impression que le vêtement flotte quand je bouge. Dans la cabine, je tournoie en retenant un rire idiot. Je me sens vraiment comme une princesse !

— Alors ? me questionne Cécilia.

Je tire de nouveau le rideau.

— Waouh ! lâche-t-elle. J'adore ça ! Avec des talons, tu vas être à tomber !

Je me poste devant un miroir extérieur pendant que Cécilia s'installe derrière moi pour vérifier l'élasticité du bustier.

— Celle-ci sera pour Vegas. Elle fait plus festive, parfaite si tu veux terminer la soirée en dansant. La rouge est plus appropriée pour le dîner de charité.

J'acquiesce, sans pouvoir quitter mon reflet des yeux. Quand un « bip » se fait entendre, Cécilia jette un coup d'œil à son téléphone et recule de deux pas pour me prendre en photo. Je la fixe, interloquée.

— Qu'est-ce que tu fais ?

— Oli veut savoir comment se passe notre séance de shopping.

Moins de trente secondes plus tard, mon téléphone sonne dans le fond de mon sac à main, et je me penche pour le récupérer. Sur l'écran, quelques mots s'affichent : « TU PRENDS CETTE ROBE ! » Je glousse.

— Alors, mesdames ? nous questionne la vendeuse.

— On va prendre la rouge et celle-ci, annonce Cécilia.

— Vous faites très bien, vous savez, ces tissus ont été sélectionnés par…

— On s'en fout, la coupe Cécilia. Ça ne vaudrait jamais ce prix, mais réjouissez-vous : on les achète quand même.

D'un signe de la main, elle fait signe à la vendeuse de ficher le camp. Encore un trait qui me rappelle drôlement Oli. Enfin, elle se plante devant moi et me décoche un regard taquin.

— L'important, Amy, c'est d'avoir du plaisir dans ces robes pour que ça vaille vraiment leur prix.

Je ris nerveusement avant de vérifier une dernière fois mon reflet. Merde ! Je n'arrive pas à croire les mots que je m'apprête à prononcer :

— Je ne te dis pas comme je les aime. Toutes les deux.

— Évidemment que tu les aimes ! rigole-t-elle encore. Elles sont superbes !

Elle me pousse en direction de la cabine.

— Allez, va te rhabiller ! Il vaut mieux ne pas être en retard chez Oli. Autrement, il va te faire la gueule toute la journée.

Je ris avant de m'enfermer dans ma cabine. J'ai un sourire niais sur le visage et une folle envie de danser devant le miroir pour regarder comment cette robe bouge sur moi. J'espère que je pourrai danser, à Vegas !

Chapitre 33

Un peu en retard, je branche mon kit mains libres et téléphone à Olivier pendant que je fais la queue pour récupérer son café.

— Alors, cette robe ? me questionne-t-il sans même me saluer. Tu l'as prise ?

— Sur ton budget, oui, ordre de ta sœur. Merci pour le cadeau, patron.

Malgré mon petit malaise devant ce présent inopiné, ma voix s'est faite moqueuse, et Olivier se met à rire au bout du fil. De toute évidence, ça ne le gêne pas outre mesure de m'offrir des robes. Peut-être pour éviter qu'il ne m'en demande le prix, je profite de son silence pour ajouter :

— Je serai chez toi dans dix minutes. Descends directement, autrement on risque d'être en retard pour la réunion.

— Tu as peur de moi, maintenant ? Parce que je suis douché et habillé, si ça peut te rassurer, plaisante-t-il.

— Merci pour l'info, mais ça n'a rien à voir : je te rappelle qu'on a une réunion dans quarante-cinq minutes et que tu ne m'as absolument rien dit à ce sujet.

Je pose une main devant le haut-parleur du téléphone pour m'adresser au serveur qui vient prendre ma commande, puis je reviens à ma discussion.

— Ton café est commandé, j'annonce.

— Génial, poupée, mais ne t'en fais pas pour la réunion, c'est juste un suivi des dossiers en cours. Tu vas rencontrer tous les créas et les techniciens séniors de Starlight. On fait ça tous les mercredis après-midi.

— OK, dis-je pendant que je paie.

— Mais c'est toi qui devras faire le compte rendu de la réunion.

— Enfin du boulot dans mes cordes !

Ma plaisanterie le fait rire. À croire qu'il est de bonne humeur, aujourd'hui. Tant mieux !

À la seconde où je récupère ma commande, je quitte l'établissement :

— Tu peux descendre, j'arrive dans cinq minutes.

— Ça marche. Sois prudente.

La ligne se coupe, et je reste un moment immobile, devant ma voiture. « Sois prudente. » Cécilia m'a bien parlé de cet accident de voiture, mais je n'avais encore jamais vu Olivier anxieux à ce sujet. Devant sa résidence, il y a une voiture garée, et j'ai toujours cru que c'était la sienne…

Lorsque j'arrive chez Oli, il est là et il s'empresse de monter sur le siège passager. Curieuse, je pointe du doigt le véhicule gris.

— C'est à toi ?

— Oui.

— Tu l'utilises, parfois ?

Il pose sur moi un regard inquisiteur, et je me sens obligée d'ajouter :

— Non, mais… comme je fais le taxi je me demande juste à quoi peut bien te servir ta voiture.

Il soupire.

— Putain, elle n'a pas pu se taire, hein ?

Je fais mine de ne pas comprendre.

— Quoi… ?

— Arrête. Tu crois que je n'ai pas compris ? Ma sœur t'a fait le coup du : « Pauvre Oli, il ne faut pas lui en vouloir d'être aussi chiant ! » C'est ça ?

Je me raidis sur mon siège, gênée. Mais à quoi est-ce que je pensais en lui parlant de sa voiture, aussi ?

— Mais non !

— Elle t'a parlé de Marianne ? m'interroge-t-il franchement.

Je fixe la route avant de me résoudre à lui répondre :

— Oui.

Son soupir me paraît lourd, et j'ajoute, un peu vite :

— Mais je ne t'ai pas posé la question pour ça.

— Bah voyons ! N'essaie pas de me faire croire que ça n'a rien à voir avec de la curiosité mal placée !

Je lui jette un regard réprobateur.

— De la curiosité mal placée ? Tu te souviens de m'avoir demandé si j'avais couché avec mon patron ?

Il se renfonce dans son siège et marmonne :

— Je ne vois pas le rapport.

— Ah non ? Parce qu'à mon avis ça, c'est vraiment de la curiosité mal placée, je peste. Vérifier si tu as une peur maladive de la voiture, ça fait partie de mon boulot. Je te signale que je te conduis dans la mienne.

Un silence passe avant qu'il finisse par lâcher :

— Je ne suis pas traumatisé, mais je n'aime pas conduire. Ça te va comme réponse ?

Son ton est rude, mais sa réponse paraît honnête, alors je hoche rapidement la tête.

— Oui.

— Et la prochaine fois, pose la question franchement. Je déteste quand on essaie de prendre des gants avec moi.

— Tu es un sale con, et je n'ai pas du tout l'intention de te prendre en pitié. C'est mieux, comme ça ?

Du coin de l'œil, je le vois qui sourit et qui se détend. Enfin ! À croire que ça lui plaît, les insultes ! Pendant que je tourne dans le parking de l'immeuble où se trouve Starlight, il ajoute :

— C'est vrai que je suis con. Si je n'avais pas râlé, tu m'aurais peut-être pris en pitié et j'aurais peut-être pu te ramener dans mon lit…

Soulagée que la conversation revienne sur un terrain plus familier, je rétorque :

— Je te rappelle que tu m'as déjà baisée. Techniquement, tu es censé passer à autre chose.

Il défait sa ceinture de sécurité à peine la voiture garée et se tourne soudain vers moi, posant une main sur ma cuisse.

— Si seulement tu m'avais donné ta bouche… peut-être que ce serait le cas, chuchote-t-il.

Troublée, je chasse sa main et le foudroie du regard.

— Arrête de rêver. Ma bouche est interdite aux salauds de ton espèce.

Soudain, je regrette d'avoir mis une jupe sans collant. Je ne m'attendais pas à ce qu'il me touche. Pourquoi ça me fait un tel effet ? Je sors de la voiture en le laissant en plan et marche en direction de l'ascenseur, le doigt crispé sur la télécommande de ma voiture. Dès que je l'entends refermer sa portière, j'enclenche le verrouillage du véhicule à distance.

— Et ton fameux Ben ? Il y a eu droit à ta bouche ? me demande-t-il brusquement.

Choquée, je fais volte-face pour lui jeter un regard noir.

— Mais… ça ne te regarde pas !

— Pourquoi ? D'après ce que j'en sais, c'est un salaud de première, lui aussi. Alors s'il a eu droit à ta bouche il y a forcément de l'espoir pour moi !

— Va chier !

J'appuie sur le bouton de l'ascenseur au moins quatre fois, même si ça ne le fera pas venir plus vite, puis je lance, déterminée à lui fermer le clapet :

— Tu étais amoureux de Marianne ?

À son tour de se raidir. Je le vois juste à la façon dont il recule d'un pas.

— On ne touche pas à Marianne, poupée, me prévient-il en me pointant d'un doigt menaçant.

— Alors ne me parle plus de Ben, compris ?

Je suis sur le point de m'emporter. Oli lève les mains.

—On ne touche pas à Ben-le-Salaud, d'accord.

Me retenant de rugir, je me replace face à l'ascenseur, étranglée par la colère. Quand la porte s'ouvre et que je m'y engouffre, il me rejoint et me chuchote :

—Tes yeux sont vraiment magnifiques quand tu es en rogne.

—Si tu n'arrêtes pas, tu auras un coquard sur un des tiens.

Il rit, puis se plante devant moi, son visage tout près du mien :

—Tu crois que j'ai peur d'un coquard ? Ce ne sera pas le premier, poupée, et certainement pas le dernier.

Je le repousse mollement.

—On a dit que tu ne m'appelais plus « poupée » !

L'ascenseur s'arrête, et des gens nous rejoignent. Olivier en profite pour se coller à moi.

—Désolé, Amy.

Anxieuse de cette soudaine proximité, je détourne la tête et fixe les chiffres des étages qui défilent. La main d'Oli se glisse discrètement sur ma taille, et je le repousse d'un geste nerveux.

—En passant, les deux robes de ce matin, ça a coûté 1 700. Et il est hors de question que je te rembourse.

Il siffle près de mon oreille.

—Mille sept cents…, en voilà une jolie somme. Et qu'est-ce que j'aurai en échange ?

Sa main revient sur ma taille, plus ferme cette fois. Machinalement, mes doigts se posent sur les siens, mais je n'arrive pas à le repousser.

—Arrête, je lui ordonne, paniquée.

—Je ne peux pas m'empêcher de penser à cette robe que tu portais, ce matin, avoue-t-il à voix basse.

Je sursaute quand il se penche vers moi, si près que je perçois son souffle lorsqu'il chuchote :

—J'ai envie de te mordiller l'oreille… maintenant.

En proie à une vive excitation, je ferme les yeux une fraction de seconde, mais dès que sa langue effleure mon oreille je le repousse en secouant la tête.

— Arrête…

Mon cœur se débat dans ma poitrine. Oli a reculé, à peine, et même si sa main m'a relâchée il est toujours assez près pour que sa chaleur me parvienne. Ou alors c'est la mienne qui irradie si fort ?

Quand l'ascenseur s'arrête et que des gens descendent, je glisse sur le côté pour récupérer un peu d'espace vital. Deux étages. *Il ne reste que deux étages*, je me répète en fixant le panneau indicateur. Et, même si nous sommes maintenant seuls dans la petite cabine, Oli garde ses distances jusqu'à destination, mais, dès que la porte s'ouvre, il se penche vers moi, et sa voix résonne près de mon oreille :

— Ça, c'était très intéressant…

Il me contourne, passe devant moi et entre dans les locaux de Starlight pendant que j'ai une petite absence. Qu'est-ce qui était « intéressant » ? Il a donc remarqué mon trouble ? Merde ! J'ai intérêt à me ressaisir, autrement je vais faire une bêtise !

Chapitre 34

Je jubile quand j'entre dans la salle de réunion. Amy a réagi à mon contact ! Clairement, elle en avait envie aussi. Putain ! Je bande comme un con et je suis drôlement content de m'asseoir sur ma chaise pour camoufler mon malaise devant mes collaborateurs. Je savais bien qu'elle finirait par baisser sa garde, mais j'avoue que je ne m'y attendais pas si tôt ! Et encore moins dans un ascenseur bondé !

Amy me lance un regard froid et prend place à ma gauche, son carnet de notes à la main. Elle croise les cuisses, et je les contemple en me remémorant leur douceur sous mes doigts.

— Oli, j'ai tes prix pour la plate-forme.

La voix de Drew m'oblige à détacher mes yeux d'Amy, et je grogne, surtout pour masquer mon trouble :

— Tu en as mis du temps !

— Du temps ? Tu déconnes ! Tu es arrivé avec ça hier !

Il s'installe à ma droite. Voilà qui ne me plaît pas, surtout quand il se penche pour observer mon assistante.

— Encore une nouvelle ? Qu'est-ce que tu as fait de la dernière ?

Je hausse nonchalamment les épaules.

— Elle s'est barrée.

— Tu parles ! Tu l'as sûrement tripotée, tiens, se moque-t-il.

Je grimace.

— Tu es fou ? Elle avait cinquante balais !

— Pfft ! Quand tu es soûl, tu baises n'importe qui, c'est bien connu.

Je serre les dents, agacé, mais il n'a pas tout à fait tort.

— Pas n'importe qui, je proteste pourtant. Elles sont mignonnes, les filles que je ramène chez moi. Elles n'ont peut-être pas un QI très élevé, mais elles ont toutes des culs d'enfer.

Il se remet à rigoler et pointe discrètement Amy du menton.

— Et elle ? Tu vas te la faire ?

Je lui lance un regard sombre pour le ramener à l'ordre, mais je ne peux pas lui dire non. De toute façon, Drew ne me croirait pas. Amy est belle, même dans cette jupe trop grise à mon goût. Soudain, elle se penche vers nous et s'adresse directement à mon collègue :

— Au cas où ma vie sexuelle vous intéresserait, messieurs, sachez que je ne couche pas avec des hommes aux manières préhistoriques. Et il se trouve que vous en êtes deux jolis spécimens.

Drew éclate d'un rire franc qui dérange tout le monde pendant que je la dévisage, gêné. Elle a donc tout entendu, et voilà ce qu'elle pense de nous. Je reporte mon attention sur Drew et le jauge rapidement. Il plaît aux femmes et, c'est sûr, il est encore pire que moi avec elles !

— Bon Dieu, elle a du caractère, la petite ! rigole-t-il encore. Elle me plaît.

Il tend une main en direction d'Amy, passant de façon impolie devant moi :

— Je suis Drew Mackenzie.

— Amy Lachapelle.

— Enchanté, Amy.

Quand ils se lâchent, les doigts de Drew viennent m'ébouriffer les cheveux comme si j'étais un gamin de trois ans.

— Ne te laisse pas embobiner par ce petit salaud, Amy.

— Merci du conseil, mais je n'en ai pas l'intention, rétorque-t-elle avant de replonger le nez dans son carnet de notes.

J'ai envie de lui rappeler qu'elle m'a déjà cédé et qu'elle a failli ouvrir les cuisses pas plus tard qu'il y a dix minutes, dans ce fichu ascenseur ! Je suis sûr que ça lui en boucherait un coin, à Drew ! En revanche, je doute qu'Amy reste mon assistante si je lui fais un coup pareil. Ne m'a-t-elle pas bien fait comprendre que personne ne devait savoir, pour nous deux ? Pour la ramener dans mon lit, ce n'est sûrement pas la stratégie idéale…

Autour de la table, les gens s'impatientent, et je fais signe à Drew de démarrer la réunion. Il commence immédiatement à parler de ses projets en cours et, grande gueule comme toujours, tente de m'épingler à la première occasion :

— D'ailleurs, ton idée de plate-forme pour le projet Joubert, ça risque de nous coûter la peau des fesses…

— Ce n'était pas mon idée, mais celle d'Amy, j'annonce.

Légèrement confus, il questionne mon assistante du regard, qui confirme par un petit hochement de tête.

— C'est une bonne idée, mais elle coûte cher, lâche-t-il encore.

— Les clients viennent nous voir pour qu'on leur donne des idées extraordinaires. S'ils ne veulent pas y mettre le fric, ce n'est pas mon problème, je peste.

Drew lève les mains en signe de reddition.

— OK. C'est toi, le patron.

Je souris. C'est vrai, après tout, même si – techniquement – je ne suis qu'un associé à parts égales avec ma sœur. Pas la moitié la plus autoritaire, mais qu'importe. Même si on forme une équipe et que je n'aime pas avoir à trancher lorsqu'on n'est pas d'accord, je suis content que Drew mette mon statut en avant, surtout devant Amy. C'est absolument puéril, j'en suis conscient, mais ça me plaît quand même.

J'écoute avec attention mes collaborateurs me parler de l'avancement de leurs projets respectifs. Du coin de l'œil, pourtant, j'observe Amy qui prend ses notes. C'est plus fort que moi : chaque fois qu'un nouveau projet est abordé, je me penche vers elle pour lui résumer de quoi il s'agit. Jamais je n'ai pris cette peine avec mes autres assistantes, mais Amy semble réellement s'intéresser à ce qui se passe chez Starlight.

Elle pose des questions, elle ne se contente pas de noter sans comprendre. Ça me plaît. En fait… des tas de petites choses me plaisent chez elle… y compris ses cuisses, que je reluque chaque fois que j'en ai l'occasion. Encore une bonne raison de me pencher aussi souvent de son côté…

À la fin de la réunion, je remercie tout le monde et réponds à quelques questions en particulier. Certains s'enquièrent de la grossesse de Cél et je les rassure, mais j'avoue que je reste concentré sur Amy qui range ses affaires. Je sens une pointe de contrariété lorsque Drew se poste à côté d'elle pour entamer une discussion. Je n'entends rien de ce qu'il dit, mais elle rigole. Ça suffit à m'énerver.

— Pardon, dis-je en coupant court à ma propre conversation pour aller les rejoindre. Amy, on rentre ?

Elle pivote vers moi et me lance un regard perplexe.

— Déjà ?

— Comment ça : « déjà » ? On a fini. Tu as un autre rendez-vous, aujourd'hui, peut-être ?

C'est plus fort que moi, je hausse le ton, parce que je déteste qu'elle essaie de me tenir tête devant mes employés. Surtout devant Drew qui a toujours un petit sourire frimeur au coin des lèvres.

— Je voulais juste taper le compte rendu avant de partir, m'explique-t-elle avec un froncement de sourcils. Martin l'a demandé, je te rappelle.

Merde ! Le pire, c'est qu'elle a raison.

— Tu en as pour combien de temps ?

— Vingt ou trente minutes. Mais, si tu es pressé, tu peux toujours rentrer en taxi.

Drew étouffe un rire désagréable, et je lui décoche un regard sombre. Moi qui pensais qu'il se plairait à taquiner Amy, voilà que c'est moi qui ai droit à son ironie.

— Toi, va jouer ailleurs, je peste en pointant la porte.

— Alors là, tu as vraiment trouvé l'assistante idéale, rigole-t-il sans bouger. Surtout, reste comme ça, Amy ; je sens que tu vas le rendre fou.

— Hé !

— Oh, ça va ! Tu ne vas pas en faire tout un plat ! lâche-t-il en grimaçant.

Lorsqu'il s'éloigne, le regard vert d'Amy se pose sur moi, avec une petite lueur de malice tout au fond.

— Intéressant personnage.

— Question comportement avec les femmes, il ne vaut pas mieux que moi, poupée.

Elle fronce les sourcils, et je m'entends reprendre :

— Amy, pardon.

— Je sens que tu me cherches, aujourd'hui.

J'affiche un sourire faussement suffisant.

— Pas de cette façon-là, en fait.

Ma blague tombe à plat, et elle me tourne le dos pour sortir de la salle de réunion. Et moi, je la suis jusqu'à son bureau, où je prends soin de refermer la porte derrière nous, puis je l'observe ouvrir son ordinateur.

— Tu en as pour trente minutes, c'est ça ?

Elle relève les yeux vers moi, comme si elle venait de remarquer que je l'avais suivie.

— Oui.

Je m'installe sur le canapé et croise les jambes.

— Oli ? Tu n'as pas quelque chose à faire ? m'apostrophe-t-elle.

— Non.

— Pourquoi tu ne vas pas aider tes collègues ?

— Pourquoi aller aider mes collègues alors que je pourrais faire une sieste en t'écoutant taper à l'ordinateur et en rêvant à ta bouche ?

Elle soupire. Je sors mon téléphone et, en faisant défiler les photos, retrouve celle que m'a envoyée ma sœur, un peu plus tôt ce matin.

— Tu vas la mettre à Vegas, la robe ?

— La noire ? Oui, répond-elle d'un air absent.

— Je vais me rincer l'œil, autant que tu le saches.

— Ça ne m'étonne pas de toi, siffle-t-elle. Profite, c'est tout ce que tu auras de ma personne, mon mignon.

Je me redresse un peu pour lui lancer ce genre de regards que les filles aiment bien en général.

— Alors là… j'en doute.

Ses yeux me foudroient, et elle retourne prestement à son ordinateur. Étouffant un rire, je me laisse retomber sur le dos.

— Si on avait été seuls dans l'ascenseur, ce matin, je t'aurais touchée, tu peux me croire. Et je suis sûre que tu aurais pris ton pied…

— Tu peux te taire ? Je bosse ! s'énerve-t-elle.

Je me rassois, les yeux rivés sur elle.

— Oh, allez quoi ! Ce n'est pas comme si je ne t'avais pas déjà fait jouir. (J'indique la porte.) Juste là, en plus !

La chaise grince quand elle se redresse, et elle contourne le bureau pour venir se planter devant moi. Je lève la tête pour essayer de soutenir son regard, mais mes yeux sont irrésistiblement attirés par ses seins, sublimés sous cet angle.

— Tu commences sérieusement à m'énerver, Oli, annonce-t-elle en posant une main sur sa hanche.

— J'adore t'énerver. Et plus je t'énerve, plus je bande, je lui avoue.

Je me caresse mollement par-dessus le vêtement pour attirer son attention sur mon érection. J'ai tellement envie qu'elle se mette à genoux et qu'elle me suce. Ou qu'elle grimpe sur moi et qu'elle me baise sur ce canapé. Si elle savait tous les scénarios qui me passent par la tête, en ce moment…

— Attention, Oli, si tu veux jouer, ça risque fort de déraper, et pas de la façon que tu voudrais, me prévient-elle.

— Oh oui, poupée, fais tout déraper ! Tout de suite.

Elle croise les bras sur sa poitrine et soupire longuement avant de faire un petit signe de tête.

— Tu veux que ça dérape ? D'accord… Mais tu peux me croire : tu vas t'en mordre les doigts.

Chapitre 35

Je suis remontée contre Oli, mais je suis quand même très excitée de le voir se toucher ainsi devant moi. Je ne sais pas pourquoi, mais même s'il défait sa braguette avec empressement et de façon très effrontée je le trouve vulnérable d'afficher son trouble. Pour ma part, j'aurais préféré qu'il ne remarque jamais l'effet qu'il a sur moi. Je déteste me sentir faible. Quand sa queue apparaît et qu'il se branle doucement, je fixe sa main qui bouge lascivement pendant qu'une vague de chaleur inonde mon bas-ventre.

— Suce-moi, chuchote-t-il.

Il croit vraiment que je vais lui obéir, surtout ici ? Alors que n'importe qui pourrait entrer dans ce bureau ? Tout en tentant de garder la tête froide, je remonte lentement ma jupe jusqu'à la frontière de ma culotte. Oli hoche rapidement la tête, et sa main se met à le branler davantage.

— Oh oui, grimpe sur moi !

Ça, j'en meurs d'envie, mais il est hors de question que je lui cède. Pendant que l'une de mes mains retient le vêtement bien haut, je glisse l'autre vers mon sexe et je viens contourner ma culotte pour tremper mes doigts dans le déluge qu'il a provoqué, un peu plus tôt ce matin. Si je ne me retenais pas, je me caresserais, là, devant lui. Avec lui. Mais, même si je titille discrètement mon clitoris en retenant un râle, je retire rapidement la main et me penche pour venir enfoncer les doigts entre ses lèvres. Il les accueille sans rechigner et les suce, les yeux rivés sur moi, pleins d'envie. Autre coup de chaud qui me happe, et je me fais violence pour ne pas venir m'empaler sur son érection. D'un trait, je laisse ma jupe retomber et j'arrache mes doigts de sa bouche. J'ai l'impression de tituber quand je retourne en direction de l'ordinateur.

— Amy ? me questionne-t-il d'une voix inquiète. Qu'est-ce que tu fous ?

— Je vais bosser, j'annonce, tremblante.

— Quoi ? Non ! Reviens ici ! Putain, tu as vu un peu mon état ?

— Oui, et plus tu vas m'énerver, plus je te ferai bander comme un con sans te donner la moindre gratification en échange, dis-je, en serrant les cuisses sur ma chaise.

Je suis soulagée d'être à l'abri de son regard, bien planquée derrière mon écran, mais Olivier se lève du canapé, à moitié nu, et me jette un regard de feu.

— Tu te fous de ma gueule ?

— Exact, mon chéri, dis-je sans relever les yeux vers lui. Oh, mais si ça ne te convient pas tu peux aussi me foutre à la porte. Maintenant tu me laisses, s'il te plaît ; j'ai un compte rendu à faire.

J'ignore comment je suis parvenue à lui jeter ces mots sans trembler, mais je suis plutôt fière de mon assurance. Pourtant j'ai chaud, et je suis sûre que mon visage est bien rouge…

Lorsque Oli s'avance vers moi, je me raidis.

— Oh…, tu ne veux pas jouer à ça avec moi, poupée, me menace-t-il d'une voix affreusement douce.

Je relève vers lui des yeux que j'essaie de rendre durs.

— Arrête de dépasser les bornes, et je serai sage, dis-je simplement.

Il me sourit.

— Le problème, c'est que je ne veux pas que tu sois sage. Je croyais avoir été assez clair sur le sujet, me nargue-t-il.

Je le regarde se rhabiller.

— Tu joues à un jeu dangereux, Amy.

Il a raison. Avec ma chance, je vais perdre mon boulot. Tant pis. Je préfère ça à l'idée de perdre toute dignité.

— À ta place, je commencerais à chercher une autre assistante. Je te rappelle que tu me paies pour taper ce fichu compte rendu. Alors soit tu fiches le camp de mon bureau, soit c'est moi qui dégage de cet endroit.

Oli peste et finit par tourner les talons, claquant la porte derrière lui. J'expire, soulagée, mais quelque chose d'indéfinissable reste tendu dans mon ventre, et j'ai la gorge nouée sans bien savoir pourquoi.

Chapitre 36

Je ramène Olivier. Je ne dis pas le moindre mot, et il me le rend bien, à croire qu'il a enfin compris que j'étais sérieuse, au bureau : je n'ai pas l'intention de lui céder.

Quand mon téléphone sonne au fond de mon sac, mon dispositif mains libres s'active, et, sans réfléchir, j'appuie sur la touche, sur mon pare-soleil, pour répondre à l'appel.

— Oui ?

— Salut, ma belle ! Réserve ton vendredi soir, parce que toi et moi, on remet ça.

Je grimace en reconnaissant la voix de Juliette et je sens le regard d'Oli peser immédiatement sur moi.

— Sans façon, dis-je simplement.

Sur le moment, je songe à révéler à Juliette que je ne suis pas seule dans la voiture et qu'elle est sur haut-parleur, mais je retiens mes mots, persuadée qu'Oli risque de s'imaginer que j'ai quelque chose à lui cacher. Autant faire comme s'il n'était pas là.

— Oh, allez ! Tu ne peux pas dire non ! Il y a un match de je ne sais quoi, vendredi, alors j'ai promis à Gab qu'on irait le voir au *Keos*.

— Tu m'emmènes voir un match dans un resto ?

— Je t'emmène voir des mecs, rectifie-t-elle. On va bouffer des cochonneries, boire de la bière, et même de la tequila. L'endroit sera bondé de types bourrés de testostérone. Tu auras l'embarras du choix.

Je soupire en levant les yeux au ciel.

— Je ne peux pas. Désolée.

— Arrête de faire ta déprimée ! Tu ne fais aucun effort ! s'énerve-t-elle. Gab veut te faire rencontrer William. C'est un type bien, il paraît. Tu ne peux pas refuser ça ! Tu sais comme c'est rare, des gars qui ne sont pas des salauds ?

Étouffant un rire, je lance un petit regard en direction d'Oli qui semble ne rien rater de ma conversation.

— Tu parles qu'ils sont rares ! Il n'y a que ça, sur cette planète !

— Bah voilà ! Will est charmant, célibataire et baraqué, d'après ce qu'elle m'a dit.

— Et probablement nul au lit, je lâche sans réfléchir.

— Hé ! Ne fais pas la fine bouche ! Au moins, il n'est pas marié !

Je serre les dents et j'évite de croiser le regard d'Oli.

— Gab dit que tu ne peux pas rater une occase pareille. D'après ce qu'elle raconte, c'est le prince charmant.

— Bien sûr, je raille, mais ça ne change rien : je ne peux pas y aller. Je suis crevée, j'ai besoin de me reposer.

— Oh, Amy, viens ! On jouera au billard pendant que ces idiots regarderont le match ! Je te paierai même la première tournée, si tu veux !

Je ne réponds pas, trop occupée à me garer, pressée qu'Oli fiche le camp avant que cette conversation dérape davantage. Avec Juliette, c'est fort possible…

— Allez ! insiste-t-elle. Imagine que Will soit vraiment l'homme de ta vie. Tu t'en voudras jusqu'à la fin de tes jours d'avoir laissé passer ta chance.

— Jul, écoute… Je ne peux pas. Je pars pour Las Vegas, samedi.

Un silence passe, et j'en profite pour faire signe à Oli de descendre de la voiture, mais après avoir détaché sa ceinture il reste immobile, visiblement déterminé à attendre la fin de ma conversation avant de ficher le camp.

— Tu vas à Vegas ? me demande Juliette. Comment ça se fait que tu ne m'en as jamais parlé ?

Prenant mon courage à deux mains, je lâche tout :

— C'est parce que… j'ai un nouveau boulot.

— Un boulot qui t'emmène à Vegas ? Bonté divine, mais qu'est-ce que tu fais ? Tu travailles pour un avocat spécialisé dans les… cas liés aux addictions aux jeux ? tente-t-elle de deviner.

Je rigole avant de lui répondre :

— Nah ! Je suis l'assistante d'un type bizarre qui travaille dans le domaine du spectacle.

— Un avocat ? me questionne-t-elle.

— Non. Un… (J'hésite à trouver les mots justes.) Disons… un type créatif. Il fait des maquettes, il songe à des mises en scène…, je t'avoue que c'est encore un peu confus.

— OK… Et tu fais quoi, dans tout ça ?

— Je prends des notes, je le conduis, je prends ses rendez-vous.

— Tu es sa secrétaire, quoi.

— Son assistante, et je suis fort bien payée pour ça.

À ma droite, Oli hoche la tête d'un air appréciateur, comme s'il validait mes réponses. Pour la seconde fois, je lui fais signe de sortir de ma voiture, juste avant que la question de Juliette résonne :

— Il est sexy ?

— Qui ?

— Ton patron !

La nervosité grimpe en flèche pendant que je cherche une réponse à sa question.

— Euh…

— Quoi ? Il est vieux ?

— Non.

À ma droite, Oli me montre ses doigts en arborant un sourire ravi.

— Trente-deux, finis-je par comprendre.

— Marié ? Des enfants ?

— Il est trop idiot pour ça, je raille. C'est un salaud de première qui couche probablement avec tout ce qui bouge.

Je jette un coup d'œil à Oli qui ne semble nullement dérangé par mes propos.

— Hum ! lâche Juliette. Il doit être sexy, quoi.

— C'est un sale petit prétentieux. Même toi, tu n'en voudrais pas.

— Attention, Amy, ne fais pas la même erreur qu'avec Ben !

Je fixe Oli avant de répondre.

— Alors là, ça ne risque pas.

— Bah… au moins celui-là n'est pas marié.

Je déteste le regard qu'Oli pose sur moi et je détourne la tête pour ne pas avoir à le soutenir. Est-ce que Juliette n'aurait pas pu se taire ?

— Ne t'inquiète pas pour moi, il ne m'intéresse pas le moins du monde.

— S'il est mignon, pense à moi. Je te refourgue Will, le prince charmant, et tu me prêtes ton petit salaud sexy. Si ça se trouve, je pourrai te négocier de meilleures conditions de travail, rigole-t-elle.

— Crois-moi, tu n'as aucune envie de le rencontrer. Il est… prétentieux, arrogant… et très impoli.

Juliette se met à rire.

— D'accord, tu m'as rendue curieuse : je veux absolument rencontrer ce type. Essaie de l'emmener au match, vendredi.

— Je… mais… non ! Jul, tu n'as pas entendu ? C'est un salaud, je te dis !

— Arrête ! Quand tu dénigres un type à ce point, c'est qu'il est super craquant et que tu te fais un film pour essayer de ne pas t'y accrocher. N'oublie pas que je te connais, ma belle ! Et j'ai le vague souvenir que tu avais fait la même chose avec Ben.

La colère me monte au nez.

— Ça n'a rien à voir ! De toute façon, c'est hors de question que je l'invite, compris ? C'est mon patron, et je me le tape suffisamment en journée !

— Tu te le tapes déjà ? s'excite-t-elle.

— Non, je voulais dire… je le vois bien assez ! Oh, puis arrête de m'embrouiller ! Il faut que je raccroche.

— N'oublie pas vendredi !

Je coupe brutalement la ligne. Juste pour me contrarier davantage, Oli s'exclame :

— Oh, poupée, je veux définitivement rencontrer cette fille !

Je le pointe d'un doigt.

— Toi, je t'ai assez vu. Qu'est-ce que tu fiches encore ici, d'ailleurs ? On est arrivés chez toi, alors dégage de ma voiture !

Il me jauge avec un petit air satisfait.

— Alors Ben-le-Salaud était marié ? En voilà une info. Tu es une petite vilaine, en fait…

— Sors d'ici !

Il soupire avant d'ouvrir la portière, et je tente de retrouver mon calme quand, une fois sorti, il se penche vers moi.

— Ça te dit de visionner le DVD de Stanford ? Il est tôt. On pourrait…

— Non.

— Oh, allez, quoi ! Tu es mon assistante, tu es censée m'épauler dans ma tâche…

Je lui lance un regard noir.

— Tu n'es qu'un sale petit pervers, Garrett, alors ne viens pas me parler de ce fichu DVD, tu veux ? Je ne rentre plus là-dedans. Et tu sais quoi ? À partir de demain, je t'attendrai dans ta voiture.

— Hé ! Ton boulot, c'est de venir me réveiller, proteste-t-il.

— Si ça ne te convient pas, fous-moi à la porte, mais je te préviens : je garde les robes. Et maintenant, ouste ! Du balai !

Je me penche pour venir refermer la portière du côté passager et je démarre sans lui laisser le temps de protester, furieuse.

Chapitre 37

J'ai la sensation qu'on me vide un bol d'eau froide sur la tête quand le téléphone résonne. Je peine à ouvrir les yeux pour y répondre, puis mon cœur se met à battre la chamade lorsque je songe que c'est peut-être Cél. Je me redresse en portant le combiné à mon oreille, les yeux encore fermés et la voix enrouée :

— Quoi ?

— Lève-toi et va te doucher. Je serai dans ma voiture, en bas de chez toi, dans vingt-cinq minutes.

Lorsque je reconnais la voix d'Amy, j'ouvre les yeux et je peste :

— Tu es censée venir me réveiller chez moi !

— Je te l'ai dit, hier soir : je ne rentre plus chez toi. De toute façon, je perds mon temps à attendre que tu te douches et que tu t'habilles.

— Tu n'as qu'à venir prendre ta douche avec moi. Si tu veux, je suis même prêt à me lever dix minutes plus tôt pour ça.

— Continue de rêver pendant que je vais chercher ton café, mais dans vingt-cinq minutes sois en bas de chez toi.

— Ou sinon ?

Un silence passe avant qu'elle ose me répondre :

— Sinon, tu prendras un taxi pour te rendre au bureau et tu passeras la journée à éplucher des CV pour trouver ta prochaine assistante. Je commence à en avoir plus qu'assez de tes caprices, Garrett.

Elle raccroche sans me laisser le temps de placer deux mots, et je grogne. Dire que j'étais à deux doigts de me la faire, hier matin, et voilà qu'elle ne veut même plus venir chez moi ! Pourquoi je la paie si elle n'est pas fichue de me réveiller correctement ?

Je repousse mes draps et me lève. Je déteste ne pas avoir mon café au réveil. La saleté ! Cette fois, elle va m'entendre ! Je rumine en me dirigeant vers la douche, mais je savoure le jet d'eau chaude sur ma tête. Ça m'énerve qu'Amy m'appelle Garrett. Peut-être parce que c'est ainsi que m'interpellait ma mère quand elle était en colère contre moi. Mais qu'est-ce qu'elle a, ce matin ? Ce n'était pourtant pas la première fois qu'on se disputait, hier soir. C'est à cause de cette histoire avec Ben ? Du fait qu'elle couchait avec un homme marié ? En voilà une information, d'ailleurs ! Il faudrait peut-être que je lui dise que ce n'est pas avec ses patrons qu'elle devrait éviter de baiser, mais avec les hommes mariés !

Je termine de me vêtir quand on sonne à ma porte à coups brefs et répétés. Je me plante en haut de l'escalier et je gueule :

— Hé ! Je te rappelle que tu as la clé !

Une dizaine de secondes plus tard, ma porte d'entrée s'ouvre.

— Dépêche-toi, Garrett !

— Je suis en train de m'habiller. Et je te rappelle que sans mon café je ne suis pas capable de me dépêcher !

Je n'entends plus rien pendant de longues minutes, assez pour que j'aie le temps d'enfiler mes chaussures, puis les pas d'Amy résonnent dans l'escalier, et elle apparaît, fort jolie, vêtue d'un imperméable, dans la lumière du matin. Elle porte une jupe. Comme un idiot, je souris, mais elle ne m'accorde pas la moindre attention, dépose mon café sur la table de cuisine et repart en direction de l'escalier.

— Tu as cinq minutes pour ramener tes fesses dans ma voiture. Passé ce délai, je rentre chez moi et tu te démerdes.

— Hé ! Pourquoi tu es tellement remontée contre moi, ce matin ?

Elle se tourne pour me faire face et pose sur moi un premier regard.

— J'en ai assez de ce jeu qu'il y a entre nous, Oli. Toi et moi, c'était clair dès le départ : on baise et c'est fini. Je te rappelle que c'était ta propre règle. Respecte-la.

Merde !

— Tu devrais être flattée, dis-je. Généralement, je ne couche jamais deux fois avec la même fille.

Elle soupire, les traits tirés. À croire qu'elle a mal dormi, la nuit dernière.

— Ça m'épuise, Oli, m'avoue-t-elle enfin. Et c'est dommage, parce que ce boulot me plaît bien, mais je pense que ça ne marchera pas…

Parce que j'ai besoin de réfléchir, je m'avance pour venir récupérer mon café, mais je n'aime pas le malaise qu'elle vient de jeter entre nous. Ou alors c'est le fait qu'elle essaie d'avoir une discussion sérieuse avec moi. Je déteste ça. C'est plus simple quand on s'engueule.

— Merde…, je ne pensais pas que j'étais si lourd, je plaisante.

Comme elle ne sourit même pas, je soupire et j'ajoute :

— Hé ! J'essaie d'établir la communication, là.

Sans me répondre, elle me tourne le dos et annonce :

— Je vais t'attendre dans la voiture.

— Non ! Amy, attends !

Elle s'arrête, la main sur la rampe, et pivote légèrement dans ma direction.

— C'est quoi, cette attitude, ce matin ? C'est juste parce que j'ai appris que Ben était marié ?

Elle blêmit, et j'ai la sensation d'avoir visé juste, alors je m'empresse de jeter :

— Mais on s'en fout de cet abruti ! Tu ne veux plus que j'en parle, je n'en parlerai plus, c'est tout.

Le silence s'éternise pendant dix bonnes secondes avant qu'elle lâche :

— Merci.

C'est bête, mais ça me soulage. Sans réfléchir, je m'explique :

— Tu sais, la plupart du temps, je t'énerve uniquement pour rigoler. Si j'avais su que tu étais aussi susceptible…

— Je ne le suis pas, me coupe-t-elle, mais tu es mon patron, et j'ai besoin que notre relation reste professionnelle.

Ses yeux me fixent, comme si elle cherchait à me faire prendre conscience qu'elle est sérieuse. Comme si j'en doutais ! Le problème, c'est que j'ai d'autres plans en tête avec cette fille…, et ils n'ont rien à voir avec le boulot. Je bois pour essayer de retrouver mon calme, mais, comme elle n'essaie pas de s'enfuir, j'ai tout le temps qu'il faut pour trouver d'autres mots pour tenter de la rassurer.

— Donne-moi des limites à ne pas franchir, et je te donnerai les miennes, je lâche sans réfléchir.

— Arrête de parler de sexe, déjà !

Je la fixe, ébahi.

— Tu es folle ! Je ne peux pas !

Son visage se durcit, et elle me jette un regard réprobateur. Je peste :

— Poupée, je ne pense qu'à ça ! Tu ne peux pas me demander l'impossible !

Elle change de jambe d'appui et croise les bras avant de hocher la tête.

— OK, alors… défense de m'inclure dans tes propos déplacés. Et la prochaine fois que tu sors ta queue devant moi, je dégage.

Merde ! C'est qu'elle est vraiment sérieuse !

— Oli, je commence vraiment à aimer ce travail, mais j'ai l'impression que tout est à refaire chaque jour entre toi et moi. C'est épuisant, tu comprends ?

Je n'ose pas lui dire que c'est justement ce qui me plaît depuis qu'elle est là : cette lutte constante entre nous, ses petites colères, ses déroutes aussi, à certains moments…

— Le problème, c'est que… j'aime bien ton petit caractère, et la façon dont tu m'envoies au diable aussi ! Si on ne fait que bosser, ce boulot sera ennuyeux à mourir !

Elle se braque, je le vois juste à la façon dont ses bras se resserrent autour de sa poitrine, alors je peste :

— D'accord ! Je ne sortirai plus ma queue et je vais essayer de moins personnaliser mes fantasmes autour de ta bouche. Ça te va, comme ça ?

C'est long avant qu'elle se déride un peu, puis elle hoche discrètement la tête :

— Merci.

On dirait que mes paroles la soulagent d'un poids considérable. Pour ma part, une brique vient de me tomber sur les épaules, et je grogne, en pointant du doigt l'escalier :

— Bon, alors… comme on ne peut plus s'amuser allons bosser !

Je récupère mon sac pour lui tourner le dos pendant quelques minutes, et je serre les dents pendant que ses pas s'éloignent. Décidément, cette journée commence mal…

Chapitre 38

Olivier ne dit pas un mot pendant tout le trajet. D'accord, peut-être que j'ai exagéré, mais je suis sûre que les choses seront plus faciles ainsi. Je déteste la tension qu'il y a entre lui et moi. À force de dépasser les bornes, comme hier après-midi, je vais finir par me jeter sur lui et je refuse que cela arrive.

Je ne peux pas lui céder. Oli est un salaud de première. Dès qu'il aura eu ce qu'il veut de moi, il va passer à la suivante, et je vais me retrouver là, à lui tenir la chandelle, pendant qu'il va se taper des tas de filles sans se soucier de ma personne. Depuis cette histoire avec Ben, j'ai le cœur trop fragile pour m'embarquer dans une relation comme celle-là. Je suis censée faire passer mon boulot au premier plan. Ce n'est pas comme si le monde manquait d'hommes ! Bon, peut-être qu'ils n'ont pas tous le talent d'Oli pour me mener au paradis en trois minutes, mais tant pis. Je ne suis pas à sept ou huit minutes près !

Pendant notre rendez-vous du matin, Oli discute, et je note tout ce qui me semble important, en bonne secrétaire que je suis. C'est à peine s'il me regarde. Cela devrait me soulager, mais en réalité c'est l'inverse qui se produit. Peut-être parce que la cliente est mignonne, même si un peu plus âgée que nous. Oli rigole et fait le pitre avec elle. Voilà exactement pourquoi je refuse de lui céder. C'est un charmeur. Il ne peut pas s'empêcher de séduire. Moi ou une autre, c'est pareil. J'évite de relever les yeux de mon carnet. Je ne veux pas voir les regards qu'ils s'échangent. J'entends suffisamment les gloussements de la cliente pour savoir qu'elle n'est pas insensible à ses blagues. Et je ne peux pas l'en blâmer. Oli est peut-être le dernier des salauds, mais il a un charme fou. Je note, en essayant de rester concentrée sur les propos échangés, mais dès que la discussion dérape sur des propos personnels j'interviens :

— Est-ce que je peux vous proposer un café ?

Oli tourne la tête vers moi, à croire qu'il avait oublié jusqu'à ma présence dans cette pièce, alors que la cliente me sourit.

— En voilà une excellente idée.

Tu parles que c'est une bonne idée ! Tu meurs d'envie que je fiche le camp de cette pièce, ça crève les yeux ! Avec un sourire poli, je me lève et je sors en laissant la porte entrouverte. Devant la machine à café, j'inspire profondément. Autant j'avais besoin de sortir de là, autant je regrette à présent de les avoir laissés seuls. Ma parole ! Je ne suis quand même pas jalouse ! Si Oli veut cette fille, je m'en fous !

Une fois les cafés coulés, j'installe tout ce qu'il faut sur un plateau. Je me force à prendre mon temps. Je suis anxieuse à l'idée de revenir dans la salle de réunion. Même si la porte est toujours entrouverte, j'ai peur de ce que je vais y trouver de l'autre côté. Olivier a seulement changé de chaise et s'est assis aux côtés de Mme Riopelle. Il lui montre différents projets que Starlight a déjà réalisés à partir de notre brochure officielle. Quand j'entre, il se lève et vient récupérer le plateau que j'ai entre les mains. Il me lance un regard sombre au passage. Pourquoi ? Aurait-il préféré que je sois absente plus longtemps ?

La cliente prend un café et le boit en continuant de feuilleter le document d'Olivier. Elle pointe du doigt des images et pose des tas de questions. Pour m'occuper les mains, je prends un gobelet à mon tour, mais, comme elle paraît installée sur son siège pour un bon moment, je me risque à demander :

— Oli, tu as encore besoin de moi ?

Il jette un coup d'œil à sa montre et se tourne en direction de la cliente.

— Je suis désolé, madame Riopelle, c'est que…

— Clarisse, l'interrompt-elle.

— Clarisse, oui… Je vais devoir couper court à cette rencontre, car mon assistante et moi avons un autre rendez-vous à préparer…

Elle paraît contrariée de l'apprendre, et je suis surprise pour ma part. Un autre rendez-vous ? Aujourd'hui ? J'ai raté un épisode ? Anxieuse, je questionne Oli du regard, et il me fait signe de ficher le camp.

— Tu peux y aller, Amy. Je te rejoins tout de suite.

Un peu perdue, je prends mon sac et mon café, lance quelques formules de politesse à la cliente, puis sors. Une fois dans mon bureau, je vérifie mon agenda. Ma confusion augmente. Merde ! Il n'y a rien ! Est-ce que j'ai oublié quelque chose ? Je vérifie les messages et les Post-it près de mon téléphone… Toujours rien. Quand Oli entre, il referme la porte derrière lui et se poste devant mon bureau pour me foudroyer du regard.

— Putain, tu es lourde, Amy !

— Je… Pardon ?

Surprise par sa colère, je commence à craindre d'avoir réellement oublié quelque chose et je lui montre mon téléphone, où l'agenda est encore affiché.

— Mais… il n'y a pas de rendez-vous, je bredouille.

Il prend mon appareil et le jette sur le dessus de mon bureau.

— Encore heureux qu'il n'y ait pas de rendez-vous ! Cette femme a étiré le sien de vingt-trois minutes !

Je regarde l'heure sans comprendre. Oui, d'accord, la rencontre avec Mme Riopelle s'est un peu prolongée. Et alors ? Ce n'est pas la première fois…

— Ma parole, tu es aveugle ? s'énerve-t-il encore. Elle a passé la moitié de son temps à me faire les yeux doux !

Incapable de me retenir, je rétorque :

— Tu parles que j'ai remarqué ! Mais, vu comme tu passes ton temps à draguer tout ce qui bouge, je pensais que ça te faisait plaisir !

Il se fige soudain pour me jauger du regard.

— Serais-tu jalouse ?

Sa question me déstabilise, et je m'emporte sans attendre :

— Moi ! Mais non ! La preuve, j'ai cherché un tas de prétextes pour te laisser seul avec elle !

Il soupire et lève les yeux au ciel.

— Amy ! Cette femme n'est absolument pas mon genre. Et puis, de toute façon, ça ne change rien ! La règle, c'est qu'on ne touche jamais aux clientes !

Même s'il m'en coûte de l'admettre, je me sens soudain soulagée. Ai-je mal interprété ses réactions ? Peut-être. Après tout, j'ai passé la moitié du temps à fixer mon carnet de notes !

— Donc… tu ne touches pas aux clientes, mais il n'y a pas de règle en ce qui a trait à tes assistantes, c'est ça ?

Il fronce les sourcils.

— Hé ! Au cas où tu ne l'aurais pas remarqué, je ne t'ai fait aucune avance, aujourd'hui !

Je lève une main pour le ramener au calme et retrouve une voix plus douce :

— Tu as raison. Pardon.

Un silence passe durant lequel nous nous dévisageons sans dire le moindre mot, quand, enfin, il expire et semble se détendre. Ses doigts pianotent sur le côté de sa cuisse, et il prend soudain un air malicieux.

— Alors, euh… tu as vraiment cru que je draguais cette fille ?

Gênée, je hausse les épaules et me tourne vers mon ordinateur pour tenter de me dérober à son regard.

— Bah ! Avec toi, comment savoir ?

— Putain, Amy ! Je suis quand même mignon. Je peux me trouver mieux que cette fille.

Je lui sers un regard hautain. Qu'est-ce qu'il est prétentieux ! Il lève les mains devant lui.

— D'accord, je l'avoue, je ne le suis visiblement pas assez pour me taper mon assistante. Va savoir pourquoi ! Surtout que je l'ai déjà fait jouir ! Mais enfin… des filles qui cherchent un mec d'un soir, ce n'est pas ce qui manque, dans les bars !

Je le fixe et, soudain, je lâche un petit rire nerveux. Merde ! Pourquoi suis-je incapable de résister à ses blagues les plus ridicules ?

— Enfin ! lâche-t-il d'un ton soulagé. Je pensais que tu allais me faire la gueule jusqu'à la fin des temps !

J'essaie de retrouver un air sérieux, mais je sens qu'un petit sourire flotte toujours sur mes lèvres. Aussi, je force la note pour annoncer :

— Tant que tu restes professionnel avec moi, tout ira bien.

— Pfft ! Quelle plaie, ta règle ! rumine-t-il. Si on ne peut plus s'amuser, continuons donc à travailler…

Il tourne les talons et va ouvrir les portes d'une grande armoire, installée juste devant le canapé de mon bureau. Une télévision apparaît, et Oli insère un disque, puis va s'asseoir confortablement, une télécommande en main.

— Mais… qu'est-ce que tu fais ?

— Je regarde le DVD de Standford, lâche-t-il tout bonnement. Et, comme tu ne veux plus venir chez moi, je me disais qu'on pourrait le regarder ici.

— Maintenant ?

Il jette un coup d'œil à sa montre avant de hocher la tête.

— Il n'est que 14 heures. Tu as quelque chose de prévu ?

— Je… Non, admets-je.

— Alors voilà. Ferme les lumières et viens voir ça.

D'une main, il tapote la place à ses côtés, et, après une hésitation, je me lève et m'installe, pour le principe, à l'autre bout du canapé, même si je vois moins bien. Oli rit de mon manège, puis il pose nonchalamment les pieds sur la table basse avant de démarrer le DVD. Contrairement à moi, il paraît bien détendu. Est-ce que je devrais me méfier… ?

Chapitre 39

Amy est raide comme un piquet, juste là, à un mètre de moi, pendant que je joue les types décontractés, les pieds sur la table et la télécommande dans une main. Avec une bière, ce serait mieux, mais on est au bureau, quand même ! Pourtant, je suis nerveux. Il fait sombre, même si le jour filtre à travers les persiennes, et je suis sur un canapé avec une fille. Bon, une fille qui ne veut pas que je la touche, mais quand même…

C'est la troisième fois que je regarde ce DVD. Les deux premières, je n'y avais accordé aucune attention, parce que je ne voulais pas m'occuper de ce projet. Quand la scène apparaît et que les acteurs arrivent, je me lève et je file chercher mon sac, dans lequel se trouve mon cahier de dessins. Je l'installe sur mes cuisses et je fais comme d'habitude : je note quelques mots qui me viennent en tête. Au bout d'une dizaine de minutes, ce ne sont plus des mots, mais des images qui apparaissent. Un agencement, des modifications, et puis pratiquement une nouvelle mise en scène. Merde ! J'ai envie d'arrêter le DVD pour prendre davantage mon temps, mais je n'ose pas, car Amy est visiblement bien accrochée. Alors je trace des lignes maîtresses, sachant que je pourrai peaufiner plus tard.

— Qu'est-ce que tu dessines ? me questionne-t-elle soudain.

— Pas grand-chose. Les idées qui me viennent en tête.

J'essaie de rester concentré sur l'image à la télé, sans regarder mon crayon qui glisse sur le papier.

— Tu arrives à faire ça sans regarder ?

Je baisse les yeux sur mon dessin, un peu en biais, et je pince les lèvres.

— C'est plus facile en regardant, mais je ne veux pas mettre pause toutes les trois minutes. Je les referai plus tard.

— Oh, mais tu peux l'arrêter ! Ça ne me gêne pas ! me certifie-t-elle.

C'est plus fort que moi, je m'exécute aussitôt et repasse sur mes traits. Je veux juste avoir un canevas potable au cas où je garderais l'idée, plus tard. J'aime avoir beaucoup de dessins pour m'inspirer quand je dois prendre une décision. C'est souvent, au final, un mélange de toutes mes idées non réfléchies qui fonctionne.

Au bout de deux minutes, Amy chuchote :

— Comment tu arrives à dessiner aussi vite ?

— L'expérience, dis-je sans réfléchir.

Elle glisse sur le canapé et se rapproche de moi. C'est automatique, je retiens mon souffle, et mon crayon s'active plus vite sur le papier. Si j'avais su que mon dessin pouvait intriguer Amy au point d'éliminer le gouffre qu'elle persiste à mettre entre nous, j'aurais engagé une telle séance bien avant ! Une fois mes traits de base posés, j'utilise la mine de mon crayon pour créer des ombres. J'étale le tout avec le bout du doigt. Je peaufine au lieu de relancer la vidéo. Avec ma chance, Amy va reprendre sa place à la seconde où le spectacle va recommencer.

— Tu es vraiment doué, souffle-t-elle.

Je daigne relever les yeux vers elle, si près et si loin à la fois. Je souris devant son compliment.

— Ce n'est qu'un dessin, finis-je par lâcher.

— C'est un don, me contredit-elle. Tu sais que moi, je ne suis même pas capable de faire un bonhomme allumette ?

Elle rit et s'empourpre. Merde ! Elle est trop mignonne, cette fille. Elle a vraiment quelque chose de spécial. Sa bouche, sûrement.

— On a tous un talent, il paraît.

— Il paraît, lâche-t-elle en haussant les épaules.

Je la questionne, du regard d'abord, avec des mots ensuite :

— Et ce serait quoi, le tien ?

Elle hausse les épaules.

— Je n'en ai pas vraiment.

— Allez, dis-moi ! La danse ? Un autre sport, peut-être ?

Conscient que je juge son corps plutôt que son talent artistique, je m'empresse d'ajouter :

— L'écriture ? La peinture ? Un truc à l'ordinateur ?

— Non, rien de tout ça.

— Allez, quoi, il y a bien un truc !

— Non. Enfin… j'écrivais bien des poèmes, avant, mais c'était assez mauvais, admet-elle en rougissant.

Je prends un moment avant de cligner des yeux. Des poèmes ? Amy ?

— N'écoute pas ce que je dis. C'était mauvais, répète-t-elle.

Pourquoi est-ce que j'en doute ? Sans réfléchir, je lâche :

— Bah, je disais ça de mes dessins avant d'en faire la base de mon job.

Mal à l'aise devant le silence qui passe, je relance le DVD en serrant la télécommande entre mes doigts. J'ai peur qu'Amy ne retourne de l'autre côté du canapé, mais non, elle reste là, étonnamment décontractée. Au bout de six ou sept minutes, elle remonte même les jambes sur la table basse, près des miennes.

Aux premiers effets spéciaux, Amy se raidit, et sa bouche s'ouvre de surprise. Je tourne la tête vers elle et je l'observe. Ou plutôt… je la contemple. Elle est drôlement mignonne… Normalement, je poserais une main sur cette cuisse, juste là, à ma portée, et je remonterais doucement. Mais avec Amy je ne peux pas.

— C'est beau, dit-elle, toujours plongée dans le spectacle.

— Ouais.

C'est d'elle dont je parle, pour ma part, mais elle ne le remarque même pas. Toute son attention est rivée sur ce qui se passe à la télé. Son regard est émerveillé. On dirait une petite fille. Si je le pouvais, je la dessinerais. Ce serait agréable de faire son portrait… Ma gorge se noue devant mes propres pensées, et je sursaute lorsqu'elle tourne la tête vers moi.

— Mais regarde ! me gronde-t-elle avec un rire.

— Je l'ai déjà vu. Et tu es bien plus intéressante.

Elle rigole, reporte son attention sur l'écran, mais comme je reste là, à l'observer, elle m'envoie un semblant de regard sombre.

— Arrête de me regarder.

— Tu es belle, je ne peux pas m'en empêcher.

Dès que les mots sortent de ma bouche, j'en saisis la teneur et je détourne prestement la tête avant de bredouiller :

— Désolé. Je ne voulais pas… Je n'ai pas réfléchi.

Je retourne à mon dessin et me mets à gribouiller n'importe quoi en espérant qu'elle ne m'engueule pas. Je sens son regard sur moi. Est-ce qu'elle cherche une insulte à me balancer ? J'attends, mais rien n'arrive. Quand elle reporte son attention sur l'écran, j'ai la sensation de mieux respirer, mais je me défends de tourner la tête dans sa direction. Il fait terriblement chaud, tout d'un coup. J'ai l'impression que chaque mot qui sort de ma bouche doit être pesé, analysé. Pour un type qui passe son temps à tout balancer sans réfléchir, c'est tout sauf évident.

Au bout de dix minutes durant lesquelles je ne fais rien d'autre que de dessiner n'importe quoi, elle glisse sur le bout du canapé, prête à se lever, et pivote vers moi.

— Je vais te laisser travailler. Je vais plutôt aller taper le résumé de notre rencontre avec Mme Riopelle pendant que c'est encore frais dans ma mémoire.

Je soupire.

— C'est parce que j'ai dit que tu étais belle ? Ça veut dire que je n'ai même plus le droit de te faire un compliment ?

Elle fronce les sourcils et détourne la tête. Pourtant, je perçois un certain trouble dans sa voix, même si elle tente de rester détachée.

— Mais non. Je n'arrive plus à me concentrer sur le spectacle, c'est tout.

Je fixe son épaule, son dos, le mouvement rapide de sa respiration.

— Et puis, pour une fois que tu me sors un vrai compliment, pas trop lourd, lâche-t-elle avec un rire bizarre, je ne peux pas t'engueuler !

C'est plus fort que moi, je m'avance. J'ai besoin de voir son visage, de comprendre ce qui se passe. Quelque chose m'échappe... Elle soupire et prend quelques secondes avant de tourner les yeux vers moi. Ils sont foncés, presque noirs, et elle se lèche les lèvres. Je fixe ce mouvement discret avec attention. J'ai l'impression que la tension grimpe dans la pièce. Je rêve ou Amy est troublée ? Il me semble que ce regard me dit quelque chose...

— Je... je vais travailler, bredouille-t-elle en se levant.

Je l'observe pendant qu'elle s'éloigne. Il fait frais, soudain, mais je ne peux pas dévier mon attention d'elle. Est-ce que j'ai eu une hallucination ? Amy m'a bien regardé d'une façon bizarre, non ? Est-ce qu'elle attendait que je fasse le premier pas ? Non ! Ma parole, je délire !

Inspirant longuement, je m'avachis de nouveau dans le canapé et fais mine de me concentrer, mais en réalité je ne pense qu'au doute qui m'anime. Est-ce que je viens de rater ma chance ? Est-ce que j'aurais dû lui sauter dessus ?

Et merde !

Chapitre 40

Je déteste l'état dans lequel je suis. Olivier me trouble. C'est ridicule ! Tout ça parce qu'il m'a dit que j'étais belle ? Je ne sais pas. On dirait qu'il a fait un effort pour être gentil. Pourquoi ça m'étonne autant ?

Je retape mes notes en oubliant peu à peu sa présence sur le canapé. L'avantage du DVD, c'est qu'il dure suffisamment longtemps pour que je refasse mes défenses. J'envoie le document à Oli, ce qui fait vibrer son téléphone. Il met la vidéo sur « Pause » et tourne les yeux vers moi.

— Ça y est ? me demande-t-il. Tu as fini de retranscrire tes notes ?

— Oui.

Il tapote le canapé.

— Tu veux regarder la fin avec moi ?

Mon ventre se serre, et je secoue la tête avant de lui répondre :

— Non, je… Ça va.

Parce que je viens de bafouiller, je me reprends et j'ajoute :

— Oh, mais ne t'inquiète pas pour moi. Tu peux terminer. Je ne suis pas pressée. Je te raccompagnerai plus tard.

— Mais si tu le regardais avec moi tu pourrais me dire ce que tu en penses, insiste-t-il encore. On pourrait en discuter, histoire de voir si mes idées se tiennent…

Ça aussi, ça me trouble. À croire que mes idées lui plaisent vraiment ! Pourtant, je n'avais jamais fait ça avant !

— Oli ! Ce n'est pas mon domaine d'expertise ! dis-je avec un rire nerveux.

— Arrête, tu as de bonnes idées ! Et parfois rien que d'en parler, ça me stimule !

Je déteste quand il me supplie ainsi, et je déteste plus encore le fait que j'ai envie de lui céder. Mais qu'est-ce que j'ai, aujourd'hui ? C'est parce que je n'ai pas assez dormi ? Avec un soupir exagéré, je me lève et viens reprendre ma place, celle qui est loin d'Olivier. Il me jette un drôle de regard et relance le DVD. Je reste là, les yeux rivés sur l'écran, à ne rien voir de ce qui s'y passe. J'ai la sensation que tout ce que mon cerveau est capable d'analyser, c'est la distance d'Olivier, la façon dont il bouge sur le canapé, le mouvement de ses doigts qui pianotent sur ses cuisses. Quand il se remet à dessiner, je jette des coups d'œil discrets, mais je ne vois rien. Je suis trop loin, et il tient son carnet trop penché pour que je puisse apercevoir quoi que ce soit. Au bout d'une quinzaine de minutes, il arrête tout.

— Ça ne sert à rien. Je ne suis plus d'humeur, marmonne-t-il. Autant rentrer.

Je suis soulagée de le voir se lever pour aller rallumer la lumière. Cette pénombre se faisait lourde. Ou alors c'était cette proximité, je ne sais plus. Je me redresse à mon tour et je vais récupérer mon sac. Oli reste silencieux, même s'il garde les yeux braqués sur moi, depuis le seuil de la porte. Je sors et fais mine de ne pas le regarder. Il me suit en silence, s'engouffre dans l'ascenseur avec moi. Un autre malaise s'installe, et je fais mine de ne pas le ressentir. Pourtant, tous les poils de mes bras se hérissent. Qu'est-ce qui se passe ? Je délire ou quoi ?

Le trajet est silencieux, et même si Oli n'habite pas très loin, j'ai la sensation que la route est interminable. Je retiens un soupir de soulagement lorsque je me gare devant chez lui. J'ai cru qu'on n'y arriverait jamais !

— Tu montes ? demande-t-il simplement.

Sa question fait grimper la tension qui m'anime. Peut-être que je préfère la méthode directe, tout compte fait. Quand il me balance une blague lourde à la tête, ça me donne envie de répliquer une vacherie en retour. Là, je peine à secouer la tête.

— Putain, Amy, je ne suis pas fou : il y a encore cette fichue tension entre nous ! Je pensais avoir rêvé, mais… non ! Je la sens !

Je pince les lèvres et garde les yeux rivés quelque part sur le capot de ma voiture.

— Oli, va-t'en, je souffle.

Il se penche vers moi, et je me crispe, par crainte qu'il ne me touche. À deux doigts de poser une main sur ma cuisse, il se fige, surpris par mon geste de recul.

— Ne fais pas ça, le préviens-je.

— Quand j'étais direct, les choses étaient bien plus simples entre nous.

Je désigne la portière derrière lui et j'ordonne, sur un ton tremblant :

— Dehors.

Il grogne et me jette un regard affreusement sombre avant de foutre le camp de ma voiture. J'expire avec bruit, soulagée lorsqu'il referme la portière derrière lui et que je me retrouve seule. Je sais très exactement ce qui me plaît chez Olivier : sous son regard, j'ai parfois la sensation d'être la femme la plus désirable qui existe sur cette terre.

Et pourtant tout ça n'est qu'un leurre, je suis bien placée pour le savoir. Demain, dans une semaine ou dans quinze jours, ce regard, c'est pour une autre qu'Olivier l'aura. J'inspire longuement pour reprendre mon calme et je repars en direction de chez moi avant de chuchoter :

— Je suis juste fatiguée. Demain, ça ira mieux.

Chapitre 41

Je tourne en rond dans mon appartement. J'ai envie de sortir, de trouver une fille, de l'entraîner dans un hôtel de merde et de la baiser jusqu'à ce qu'Amy me sorte de la tête. Pourquoi je ne le fais pas ? Parce que je sens qu'il y a encore de l'espoir. Et parce que je n'ai pas le goût de baiser une idiote en songeant à une autre fille. Je veux celle-là, bordel !

Dire qu'elle était à ça de me céder, aujourd'hui et que j'ai laissé filer ma chance ! Une chose est sûre : je ne referai plus jamais la même erreur ! Les yeux noirs, c'est signe qu'elle a envie de moi. C'est tout ce que je me rappelle. Jamais je n'ai cru que les yeux étaient réellement le miroir de l'âme, mais, avec Amy, ses yeux en disent assez pour que je parvienne à la ramener dans mon lit.

Et c'est tout ce qui m'intéresse.

Demain, je vais lui sortir le grand jeu. Le jour, je serai détaché, poli, tout ce qu'elle ne connaît pas de moi. Mais le soir…, je vais me pointer au *Keos* pour lui faire mon petit numéro de charme. Après tout, sa copine m'a bien invité au match, non ? Et au billard je suis plutôt doué. Cela suffira-t-il seulement à impressionner Amy ?

Je cuisine et je passe la soirée à regarder un film sans y accorder réellement d'attention. Je réfléchis à ma tactique de séduction. Quand mon téléphone sonne, j'espère que c'est Amy qui craque, mais le nom de Cécilia apparaît sur mon appareil.

— Salut, Cél, je lance en essayant de paraître jovial.

— Salut toi, comment ça va ?

— Ça va, dis-je simplement. Et toi ?

— J'attends la délivrance, rigole-t-elle. Et je t'avoue que je m'ennuie un peu. Alors, dis-moi : comment ça roule au bureau ? Je n'ai pas reçu d'appel d'Amy qui me supplie de venir la sauver de ton sale caractère, ça change !

Comme d'habitude, son rire me calme.

— Il faut croire qu'elle survit, je rétorque, laconique.

— Elle doit être plutôt douée, parce qu'elle ne m'a pas téléphoné une fois depuis qu'elle est en poste. Tu te souviens de Solange ? Elle passait son temps à m'appeler pour vérifier chaque détail idiot.

Pendant que ma sœur rit encore, je grimace en me remémorant mon ancienne assistante. C'est vrai qu'Amy assure. Elle est professionnelle, débrouillarde… et a quasiment aussi mauvais caractère que moi.

— Elle n'est pas mal, je lâche.

— Attention, Oli ! N'oublie pas que je te connais ! Évite de la mettre dans ton lit, celle-là. Une assistante douée, ça ne se trouve pas si facilement.

Je grimace et ravale les paroles qui me brûlent les lèvres. Autant éviter de dire à ma sœur que j'ai déjà baisé Amy et que j'ai bien envie de remettre ça. Avec la grossesse, je ne veux pas qu'elle s'inquiète. Elle va imaginer que tout partira en vrille dans les prochains jours, puis elle ira en parler avec Amy pour la mettre en garde, et je vais me retrouver, comme un con, à me faire gifler demain soir, alors que j'ai bien d'autres choses en tête. De toute façon, c'est ridicule : Amy et moi, on a déjà baisé, et nous n'en restons pas moins professionnels au travail. Enfin… la plupart du temps. Une fois que je l'aurai eue encore une fois, les choses seront bien plus faciles.

— Oli, ne fais pas le con, tu veux ?

Je préfère mentir pour essayer de la rassurer.

— Mais non. De toute façon, elle me repousse dès que je tente une approche.

— Enfin une fille sensée ! Je commençais à croire que ça n'existait plus ! rigole-t-elle.

Je soupire bruyamment.

— Ouais, ouais. Si c'est tout ce que t'as à me dire, arrête tout de suite. Moi, j'ai des croquis à terminer pour Vegas.

— Ah oui ! Merde ! Ça me manque, Vegas, tiens. Promets que tu iras manger une *gelato* pour moi.

Je souris comme un idiot. Ma sœur adore les glaces et elle se faisait un plaisir d'aller en prendre une au *Café Gelato*. Voilà qui pourrait plaire à Amy. Est-ce qu'elle a la dent sucrée ?

— Promis, dis-je.

— Super ! Et profite donc du voyage, un peu. Arrête de te sentir coupable chaque fois que tu t'amuses.

Je me rembrunis.

— Ne bois pas trop, ajoute-t-elle encore. Tu baises n'importe quoi quand tu es soûl. Et n'essaie pas de tripoter Amy.

— Tu as fini, oui ? je m'énerve.

— Hé ! Je fais ça pour toi ! Parce que je ne serai pas là pour ramasser les pots cassés, cette fois ! Alors use de ta tête !

Je grogne en guise de réponse et je lui promets tout ce qu'elle veut avant de raccrocher. Le plus désagréable, avec Cél, c'est qu'elle me connaît trop bien. Pas seulement pour la culpabilité, mais parce qu'elle a deviné qu'Amy me plaisait bien. Et que j'avais l'intention de la traîner dans mon lit.

Et pas plus tard que demain soir.

Chapitre 42

J'arrive chez Oli juste après le déjeuner, parce qu'il a un rendez-vous à 14 heures. J'ai profité de ma matinée pour aller faire du shopping. Comme je n'ai pas eu à payer ma robe pour Vegas, j'ai pu m'acheter mes nouveaux tailleurs. Certains sont gris, mais d'autres sont plus colorés. Vêtue dans des fringues qui me vont, j'entre sans sonner et je monte directement. Oli dort encore. Je déballe le paquet que j'ai apporté et je l'installe sur son comptoir de cuisine. À cause du bruit, il se redresse en grognant, torse nu et les cheveux en pagaille. J'essaie de ne pas regarder de son côté, mais ce n'est pas facile.

— Amy ? demande-t-il, encore endormi.

— Tu peux rester couché encore cinq minutes. Je termine un truc.

Son corps retombe sur le matelas, et il prend une bonne minute avant de jeter :

— Tu viens me rejoindre ? J'ai une jolie érection, le matin…

Je retiens un rire, mais je réponds, faussement énervée :

— Il est 13 h 15, Oli. On a rendez-vous dans quarante-cinq minutes. Allez ! Dépêche-toi !

J'entreprends de nettoyer la machine à café que je viens de lui acheter quand il se redresse de nouveau, plus réveillé, cette fois.

— Qu'est-ce que tu fais ? Ma vaisselle ?

— Je t'installe une machine à café, je lui annonce fièrement.

Je pivote vers lui et lui montre une petite capsule que j'insère dans la machine. J'installe une tasse et appuie sur le bouton.

— Tu as vu ? En deux minutes, ton café est prêt.

Il se lève, vêtu de son simple boxer déformé par son érection. Je détourne les yeux, mais ce n'est pas évident, car il vient se planter devant moi et peste :

— Qui a dit que je voulais une machine à café ?

— Moi, dis-je. Tu es peut-être idiot, mais tu es certainement capable d'appuyer sur un bouton.

Je lui montre la boîte contenant une vingtaine de capsules.

— Tu places ce truc ici et tu appuies là. Pour un meilleur café, tu mets de l'eau fraîche dans le récipient. Tu vois ? Même toi, tu peux le faire.

Je récupère le café qui vient d'être coulé et je le lui tends.

— Et voilà. Tout frais et bien chaud.

Il me foudroie du regard et récupère la tasse en grognant.

— Je déteste quand on change ma routine.

— Oh, mais cesse un peu de râler : c'est pour le mieux !

Il se risque à prendre une petite gorgée et grimace, mais finit par lâcher :

— Ce n'est pas mauvais.

— Tu vois ? Je t'en ai apporté un tas de sortes. Tu pourras même me dire lequel tu préfères. Et je crois bien que je vais m'en faire un pendant que tu iras prendre ta douche.

Un éclair de malice passe sur son visage.

— Si tu venais me frotter le dos, je suis sûr que ce café serait bien meilleur.

Je retiens un autre rire et secoue la tête en revenant accorder toute mon attention à la machine à café, mais je sens son regard peser sur moi.

— C'est nouveau, cet ensemble ? me questionne-t-il.

— Oui. Je suis allée faire les boutiques, ce matin. J'en avais assez des tailleurs trop grands.

Pendant que mon café coule, je me risque à lui refaire face. La façon qu'il a de me dévorer des yeux n'est pas sans charme, et je sais, bien avant qu'il ouvre la bouche, que ma tenue lui plaît.

— Ça te va bien. C'est beaucoup mieux que tous ces trucs gris.

— Merci, patron, dis-je d'une voix joyeuse. Allez, file à la douche maintenant, sinon on sera en retard.

Il dépose sa tasse sur un coin du comptoir et me lance un sourire charmeur.

— Si tu changes d'avis, tu sais où me trouver.

Je lui fais signe de se dépêcher, mais je ne résiste pas à l'envie de le reluquer pendant qu'il marche en direction de la salle de bains. Et lui, il n'hésite pas à retirer son boxer avant d'être complètement masqué à ma vue. Quel cul ! Pourquoi les salauds doivent-ils avoir autant de sex-appeal ? La vie est vraiment injuste !

Chapitre 43

Je suis drôlement calme aujourd'hui, probablement parce que je sens que ce soir, c'est le grand soir. Toute la journée, j'ai été gentil avec Amy. Aucune réplique déplacée, aucune dispute, quelques compliments subtils, sortis au bon moment. De toute évidence, je n'ai pas perdu la main côté charme, car Amy me sourit souvent, et je parviens à lui soutirer quelques rougeurs et quelques rires qui font du bien à entendre.

Sur le trajet du retour, je me fais violence pour ne pas l'inviter à entrer chez moi. Il faut qu'elle me trouve différent de d'habitude. Tout vient à point, il paraît…, et Amy est presque à point. Ce n'est surtout pas le moment de faire foirer l'opération ! Il faut qu'elle m'invite au match de ce soir…

— Alors ? lâche-t-elle en se garant devant chez moi.

Je la dévisage. Espère-t-elle que je l'invite à monter ? Va-t-elle me rappeler notre sortie de ce soir ?

— Demain, je te prends à quelle heure pour l'aéroport ? me questionne-t-elle soudain.

Putain ! Dans mon obsession pour la soirée à venir, j'ai complètement oublié le voyage à Vegas ! Un peu vite, je réponds :

— Euh… tu proposes quoi ?

— Bah… 9 heures ? Le temps que tu te douches et tout le reste. Mais il faudra que tu prépares ton bagage ce soir, parce qu'on doit arriver un peu en avance.

Je retiens ma moue boudeuse et hoche la tête.

— OK.

— Super, alors… à demain.

C'est plus fort que moi, je reste là, sur son siège passager, à attendre. Sa copine m'a bien invité, non ? Enfin… pas directement, mais…

—Il y a un problème, Oli ?

—Et ce soir ?

Elle affiche un air confus.

—Quoi, ce soir ?

—Bah… le match ! Tu sais, ta copine, le bar, le billard…, je lui rappelle en agitant les mains.

—Euh… ouais, et alors ?

—On ne devait pas y aller ensemble ?

Elle écarquille les yeux.

—Pardon ? Euh… Oli, dans ton énumération, tu as oublié quelque chose, il me semble : je vais au match pour rencontrer Will. Tu sais, le prince charmant ?

Comment j'ai pu oublier ça ? Dépité, je réponds comme si ça n'avait aucune importance.

—Bah… si ta copine est mignonne je m'en contenterai.

Elle lève les yeux au ciel et se met à rire.

—Bon, c'était très drôle, mais là, il faut que j'y aille. Je passerai te prendre à 9 heures précises, demain matin. N'oublie pas que tu as une nouvelle machine à café. Apprends donc à t'en servir…

Par crainte de m'emporter, je ravale les mots qui meurent d'envie de franchir mes lèvres et je sors de son véhicule avant de tout faire capoter. Comment peut-elle avoir le culot de me parler de cette foutue machine à café alors que mes projets se situent à un tout autre niveau ? Avec un peu de chance, c'est elle qui me fera mon café, demain matin. Et complètement nue !

Chapitre 44

Je n'ai pas la moindre envie de me rendre dans ce bar, ce soir. Encore moins pour y rencontrer ce fameux Will. Le problème, c'est que je connais bien Juliette : si je ne me pointe pas au *Keos*, elle va me faire la gueule pour les trois prochaines semaines, et comme c'est ma copine de bar…

Je boucle mon petit bagage pour mon voyage éclair à Las Vegas. À contrecœur, j'enfile un jean et un tee-shirt moulant, je mets du rouge sur mes lèvres et j'attache mes cheveux. Dès que mon reflet me plaît, je file. Plus vite j'y serai, plus tôt je pourrai rentrer.

À cause du match, il y a foule au *Keos*, mais Juliette gueule à la seconde où j'entre en me faisant de grands signes avec les bras. À sa table, il y a plein de gens. Lequel est Will ? Le brun aux cheveux longs et à la jolie carrure ? Tiens… voilà qui ne me déplairait pas.

Je me plante en bout de table et je salue tout le monde. Je reconnais Gab, une copine de Juliette qui adore le sport : tennis, jogging, escalade…, elle fait de tout ! Les noms défilent, mais je souris lorsque le brun que j'avais repéré se révèle être le fameux William. Un prince charmant aux cheveux longs ? Intéressant. Juliette se lève et me cède la place, juste à côté de lui. Avec un geste de connivence, je la remercie et m'installe. Avec le bruit qui règne, il est forcé de parler fort :

— Alors c'est toi, Amy ?

— On dirait.

— Moi, c'est Will.

Il me tend une main polie que je récupère, puis me demande ce que j'ai envie de boire. Il fait signe à la serveuse de venir prendre ma commande. Galant, tiens…, de mieux en mieux. Son sourire est charmant. Doux. Rien à voir avec le regard pervers d'Oli. Merde ! Pourquoi est-ce que je les compare ? Je force un sourire sur mes lèvres, réponds à ses questions : j'ai été secrétaire juridique et je bosse dans une boîte de production, je pars pour Vegas demain matin. Je me sens fébrile en y repensant. Un voyage payé par le boulot. Et une robe ! Ce week-end, je vais jouer aux princesses !

— Je suis prof d'éducation physique, me dit-il. J'adore le sport, tu t'en doutes. J'ai d'ailleurs fait beaucoup de foot, du baseball, du plongeon… L'été, je fais du trekking et de l'escalade.

Tout ça ? Je le scrute avec un œil neuf, soudain. Voilà qui explique le côté baraqué de ce garçon.

— Et toi ? me demande-t-il.

— Euh… moi, bien… je ne suis pas trop sport.

Pourquoi ça me gêne de le lui dire ? Ce n'est pas un crime de ne pas aimer le jogging, à ce que je sache ! Nullement contrarié, il se met à rire et secoue la tête.

— Ce n'est pas grave. C'est juste que les copines de Gab, généralement…

— Ah oui, c'est logique ! je confirme. Mais Gab est surtout une amie de Juliette, alors…

— Oh, mais ça ne me gêne pas ! s'empresse-t-il de dire. Au contraire ! J'avais justement envie de sortir de mes réseaux habituels. Faire autre chose que du sport, aussi.

Il paraît intimidé. Je ne vois pas pourquoi. Moi, j'ai envie de sortir avec un type bien, pour une fois. On a tous nos petites lubies, non ?

— Et tu fais quoi de ton temps libre ? me questionne-t-il.

— Bah… ces temps-ci, pas grand-chose, mais j'aime bien sortir : resto, ciné, théâtre…

Son expression s'adoucit, et il hoche la tête.

— Le ciné, j'aime bien.

Ma bière apparaît, et la serveuse me demande si je compte manger quelque chose. Je suis affamée alors je m'enquiers :

— Votre spécialité, c'est quoi ?

— Le burger express ou les BBQ ribs.

Une voix résonne :

— Elle va prendre le burger avec du bacon.

Je sursaute. Olivier est en train de se faufiler entre Juliette et moi, traînant une chaise qu'il a récupérée je ne sais où. La serveuse me questionne du regard, et je hoche simplement la tête. Prenant place dans cet espace restreint, Oli ajoute :

— Je vais prendre la même chose. Avec une bière.

Dès que la serveuse s'éloigne, je pivote pour faire face à Olivier. La colère m'étrangle.

— Qu'est-ce que tu fiches ici ?

— Je viens voir le match, lâche-t-il simplement.

Il se penche vers la table et récupère une poignée de nachos qui traînent au centre, porte le tout à ses lèvres. Je le scrute, ne comprenant absolument pas pourquoi il me joue ce petit numéro, ni ce qu'il fait là.

— Salut, toi, intervient Juliette. Tu es qui ?

Il me pointe du menton.

— Son patron.

Les yeux de ma copine s'illuminent et se posent sur moi.

— Ah ! Mais, dis donc, on se connaît ?

Voilà exactement ce que je craignais. Juliette a la mémoire des visages. Je ne lui ai pas dit que l'imbécile de l'autre soir avait eu le temps de me faire jouir, mais j'aurais préféré que mon patron lui soit inconnu. Quelqu'un dont elle ignore qu'il m'a déjà fait une proposition indécente, quoi.

— Ah… oui ! Tu étais avec Amy le soir où je l'ai rencontrée, explique Oli.

Je le fusille du regard. Il ne peut pas se taire, parfois ? Quand je me rends compte que Will me dévisage avec incompréhension, je soupire et fais rapidement les présentations :

— Olivier Garrett, Juliette Bérard. Voilà. Vous pouvez faire connaissance.

Sans attendre, je leur tourne le dos et me plante face à William qui a un sourire figé. Pour une fois que j'ai un rendez-vous avec un type normal, pourquoi faut-il qu'Olivier vienne s'y pointer ? Avec un peu de chance, Juliette va comprendre qu'elle doit m'en débarrasser pour une heure ou deux…

Et moi, il faut que j'oublie qu'il est là et que j'accorde toute mon attention à Will.

Chapitre 45

Dire que je pensais qu'Amy oublierait son prince charmant à la noix dès que j'apparaîtrais devant elle ! Mais non. Depuis que je suis là, elle discute avec ce type aux cheveux longs et au torse un peu trop musclé à mon goût. Elle ne m'a même pas accordé deux minutes ! D'accord, peut-être que j'aurais dû insister pour qu'elle m'invite au lieu de me pointer sans prévenir, mais sa rencontre avec ce type, ce n'est pas vraiment un rendez-vous galant, si ?

— Alors, c'est toi qui la draguais, l'autre soir ? me questionne Juliette.

Je reporte mon attention sur sa copine : mignonne, rousse, mais pas du tout celle que je venais récupérer ce soir.

— On peut dire ça, dis-je simplement.

Elle rigole et me jauge du regard.

— Tu es mignon. Le genre bien salaud, je présume…

Heureux de voir ma bière apparaître, je la porte à mes lèvres avant de hocher la tête.

— C'est mon deuxième prénom. Olivier – le Salaud – Garrett.

Je détache bien mes mots, juste pour lui montrer que je n'en éprouve aucune honte ou culpabilité. Pour sa part, elle se met à rire bruyamment.

— Hé bien…, on peut dire que tu les attires ! gueule-t-elle en se penchant en direction d'Amy.

En guise de réponse, l'intéressée grimace et retourne à sa conversation avec Monsieur Muscles.

— Alors quoi ? Tu l'as embauchée pour essayer de te la faire ? me demande la rouquine. En voilà une idée bizarre !

J'ai envie de lui dire que je me la suis déjà faite, mais je doute qu'Amy apprécie que je mette son amie dans la confidence. En même temps, si je la fous dans une colère noire, ce type va peut-être dégager ?

— Ce serait vraiment vache de ta part, poursuit-elle, parce qu'elle en a déjà bien bavé avec le dernier.

Les yeux rivés sur ma bière, je lâche :

— Ah oui ! Le fameux Ben.

— Elle t'en a parlé ?

Le regard surpris qu'elle me jette me plaît, mais je n'ai pas l'intention de lui raconter comment Amy a gueulé le nom de Ben pendant que je la baisais. Il est hors de question que je nuise à ma propre réputation.

— Un peu, dis-je vaguement.

Elle se met à pianoter sur son verre de bière pendant qu'elle réfléchit.

— « Un peu »... ? OK, peu importe. Évite de lui briser le cœur.

— Elle sait très exactement à quoi s'en tenir avec moi, je lâche.

Sur la chaise voisine, j'entends le rire d'Amy et je pince les lèvres, énervé qu'elle s'amuse avec ce type alors que je suis justement venu pour être avec elle. Quand nos burgers arrivent, elle est contrainte de cesser de me tourner le dos et elle me jette un petit regard de biais.

— Bon appétit, dis-je.

Elle croque la première dans son burger en fermant les yeux et semble se détendre un peu. Pour le principe, je l'imite. C'est vrai qu'il est bon. Pas aussi bon qu'au resto où je l'ai emmenée, mais j'avoue que je m'attendais à pire.

Lorsqu'elle avale sa première bouchée, elle rigole :

— Deux burgers en une semaine ! Je fais fort !

Je ris. Moi-même, ça m'arrive rarement de bouffer de la nourriture aussi riche. À sa gauche, le baraqué affiche un air estomaqué.

— Deux burgers ? Mais est-ce que tu sais combien il y a de calories dans ce truc ?

Amy a la même réaction que moi : elle cesse de manger pour lui jeter un air surpris. Putain ! Il est vraiment en train de lui parler calories pendant qu'elle se tape un burger ?

— Je n'en ai aucune idée, avoue-t-elle, et je m'en fous royalement.

Je ris de nouveau. Ça, c'est l'Amy que je connais. L'Amy que j'aime bien, aussi. Honnête, directe, un peu rustre dans ses propos. Comme moi, quoi.

— Oh, mais je ne disais pas ça pour toi, se reprend-il très vite, c'est juste que… j'étais avec une fille qui calculait ses calories avant, alors… c'est comme un automatisme.

— Il vaut mieux éviter ça avec Amy, dis-je en m'interposant dans leur conversation. Elle bouffe comme deux et elle est un poil susceptible.

— Hé !

— Quoi ? Rien que cette semaine, je t'ai vue t'enfiler de la pizza et deux burgers avec bacon…

— J'ai du poids à reprendre, se justifie-t-elle.

— Oh, mais je ne dis pas ça pour t'énerver ! En fait, tu es la seule fille que je connaisse qui ne bouffe pas de la salade de façon maladive. (Je profite du fait que ses yeux sont rivés aux miens pour lui servir mon sourire le plus charmeur.) Et ça me plaît beaucoup.

Elle se fige, incertaine. Évidemment, Monsieur Muscles en profite pour essayer de regagner son attention.

— C'est impressionnant. Moi, je m'entraîne comme un fou pour garder la ligne.

— On ne peut pas tous être parfaits, je raille.

Monsieur Muscles émet un petit rire et questionne Amy du regard.

— Qui c'est, ce rigolo ?

— Mon patron. C'est comme un gamin : il a toujours besoin d'attention. Fais comme s'il n'était pas là.

Elle pivote pour poursuivre sa discussion avec ce type. Mais qu'est-ce que je fiche ici ? À ma droite, Juliette se penche vers moi.

— Tu es là pour le match ou pour Amy ?

Je ne réponds pas. Je me contente de m'empiffrer de frites. Dans les deux cas, je me sens ridicule. D'abord parce qu'Amy n'a visiblement pas la moindre envie de s'occuper de moi, mais surtout parce que je suis là, tout seul, à bouffer mon plat au milieu d'un groupe d'étrangers. J'aurais dû emmener Drew. Au moins, j'aurais pu jouer au billard…

Une idée pas très nette me traverse soudain l'esprit, je me tourne franchement vers Juliette :

— Dis, poupée, tu joues au billard ?

Chapitre 46

Olivier s'éloigne. Si j'ai, pendant dix secondes, l'espoir qu'il fiche le camp d'ici, je reste estomaquée lorsque je l'aperçois qui se dirige vers les tables de billard. Ce qui m'étonne le plus, c'est de le voir en compagnie de Juliette. D'accord : j'ai sous-entendu qu'elle pouvait m'en débarrasser, mais elle ne m'a pas vraiment prise au mot, hein ? On s'est pourtant promis qu'on ne coucherait jamais avec le même type, même si, dans les faits, elle ignore que j'ai baisé avec Oli. Je baisse la tête en direction de mon burger pour me donner le temps de réfléchir. Bordel ! Mais qu'est-ce qui me prend ? Oli n'est pas mon type ! Incapable de me retenir, je jette un autre regard en direction des tables de billard et j'essaie d'analyser le sourire de Juliette. Est-ce qu'elle le trouve à son goût ? Possible… Après tout, il est craquant, dans son genre…

— Tu veux qu'on aille faire une partie ? me questionne William.

— Hein ? Euh…

J'hésite. Si j'y vais, Oli va imaginer que je viens l'espionner. Qu'est-ce que je suis censée faire ? S'il veut jouer les bourreaux des cœurs, je ne peux quand même pas l'en empêcher ! N'est-ce pas ce que je voulais qu'il fasse, après tout ? S'il en baise une autre, peut-être qu'il va me ficher la paix, mais faut-il vraiment qu'il le fasse avec Juliette ?

— D'accord, je lâche.

Will se lève, et je le suis en direction des tables. Oli met du bleu sur sa queue de billard et sourit lorsqu'il m'aperçoit.

Je déteste ce sourire, à la fois sûr de lui et charmeur. Peut-être parce qu'il me plaît un peu trop.

— Vous voulez jouer avec nous ? suggère Juliette.

Will accepte, et je me retrouve en équipe avec mon nouveau cavalier. C'est bien ma veine. Ma copine est douée au billard, et, vu le sourire d'Oli, je présume qu'il se débrouille plutôt bien, lui aussi. En plus, ça fait un moment que je n'ai pas joué…

Par comble de malheur, le match débute pendant que Juliette casse le jeu. Ça s'agite dans le bar, et, déjà, je sens que l'attention de Will diminue. Ses yeux louchent vers l'écran géant. Il me propose d'y aller la première, alors je me penche au-dessus de la table et j'envoie trois billes au trou. Ah ! Je n'ai pas trop perdu la main. Oli est le suivant et me félicite d'un simple regard charmeur. Lui, il empoche deux billes, et Juliette lui fait un *high five* ravi. Devant mon air sombre, il me jette, un peu taquin :

— Serais-tu mauvaise perdante, Amy ?

J'opte pour le mensonge.

— Pas du tout !

— Tu parles ! Elle me faisait tourner en bourrique quand on était à l'université ! rigole Juliette.

Quand c'est au tour de Will, il retrouve sa concentration et se place devant moi pour viser une bille rouge. Je reluque son cul avec un petit sourire en coin, surtout parce qu'Oli m'observe. Moi aussi, je peux jouer à ce jeu-là, tiens. En plus, il est drôlement bien foutu, Will. Malheureusement, il n'est pas terrible au billard. Une bille empochée et c'est déjà au tour de Juliette. Je ravale un grognement. À ce rythme, on va perdre en moins de dix minutes !

Juliette rate son coup. Je me retiens d'émettre un soupir de soulagement. C'est à mon tour, et si je veux gagner je n'ai pas droit à l'erreur. Je m'installe, un peu gênée de sentir Olivier derrière moi. Je suis sûre qu'il regarde mes fesses, ce petit salaud ! Ça devrait me faire plaisir, mais je sens que la nervosité monte.

Je prends presque dix secondes avant de jouer et j'ai un petit cri de joie quand je parviens à empocher la bille.

—Joli coup, me complimente Oli.

—Merci.

Je tourne autour de la table, cherchant l'angle exact pour réussir un deuxième coup. Olivier se poste à mes côtés et pointe une bille orange.

—Celle-là, dans le coin droit, ça peut le faire.

Il a raison, mais j'aurais préféré que ce soit Will qui me conseille. Malheureusement, toute son attention est dirigée vers le match.

—Ça aussi, c'est faisable, dis-je en montrant un autre coup.

—Oui, mais plus risqué. Si tu réussis la orange, tu vas dégager la bleue. Ça te ferait une belle série.

—Hé! Tu es dans mon équipe, se plaint Juliette.

Oli rit et me lance un autre regard charmeur.

—Elle a raison. Démerde-toi.

Son petit clin d'œil complice me ravit. Il voulait peut-être jouer avec Juliette, mais il y a toujours ce petit quelque chose entre lui et moi. Sans attendre, je tente le coup pour la bille orange. Quand je l'empoche, je fais une danse de la joie.

—Bravo! me félicite Will.

—Heureusement qu'un de vous deux sait jouer! le nargue ma copine.

—Une fille qui joue au billard, ça aussi, c'est rare, dit-il simplement. Moi qui pensais que j'étais pas mal.

De nouveau près de moi, Oli marmonne, suffisamment bas pour que moi seule puisse l'entendre:

—Rare, oui, mais surtout très sexy.

Je glousse comme une idiote et je me penche sans aucune gêne devant lui pour tenter le coup de la bille bleue. Le souvenir de sa main entre mes cuisses sur ma table de cuisine me revient en tête. Merde! Il faut que je me concentre, mais je peine à réfléchir.

Même si je prends un temps affreusement long pour trouver le bon angle, je rate mon coup et je râle. Bordel ! En plus, c'était un coup facile ! Sans réfléchir, je lance un regard noir en direction d'Oli.

— Qu'est-ce qui t'arrive, poupée ? me lance-t-il avec son petit air canaille.

Je ne réponds pas. Je boude en essayant de ne pas trop le montrer. Will me donne une petite tape sur l'épaule en guise de réconfort, mais Oli met du bleu sur sa queue de billard avant de revenir près de moi.

— Tu as un sacré cul, me complimente-t-il à voix basse.

Je serre les dents et fronce les sourcils pendant qu'il s'installe pour jouer. Il ne semble même pas hésiter. Il vise et empoche une bille. Il n'en reste presque plus. Et avec Will comme coéquipier je doute de pouvoir gagner cette partie. Déjà qu'il passe son temps à fixer l'écran géant au lieu de se concentrer sur le jeu !

Quand Oli se relève et se met à réfléchir à son prochain coup, je me poste à sa droite et je fais en sorte que ma hanche le frôle de façon discrète.

— Tu m'as déconcentrée, je l'accuse tout bas.

Intrigué, il tourne la tête vers moi et se défend aussitôt.

— Je ne t'ai même pas parlé !

— La table, ma position…, et toi derrière…, ça m'a rappelé un drôle de souvenir.

Je fixe son expression, le temps que lui reviennent les mêmes images, et il déglutit avant de reporter son attention sur moi.

— Oh !

Devant son trouble je souris, satisfaite.

— Maintenant, c'est plus juste, je trouve.

Je recule afin de me poster derrière lui, et il pivote pour me suivre du regard, une expression confuse sur le visage. Pour ma part, je ne me gêne pas : je reluque son cul et je le fais de façon ouverte. De toute façon, Will s'en fiche, et Juliette semble trouver ma façon de faire assez amusante. L'avantage, avec une copine comme elle, c'est qu'on n'a pas besoin de lui expliquer les choses bien longtemps. Elle a compris que je m'amuse aux dépens d'Oli et, cette fois-ci, elle ne tente même pas d'intervenir.

Lorsque Oli se penche pour tenter un coup, il rate, et je pince les lèvres pour éviter de me moquer. L'air sombre, il vient se poser devant moi :

— Satisfaite ?

— Plutôt, oui, admets-je.

Juliette sort Will de sa torpeur pour qu'il joue son tour. Merde ! Si ça ne lui disait pas de jouer, il ne fallait pas me proposer la partie ! Je peste intérieurement pendant qu'il fait le tour de la table et cherche une boule à empocher.

— La verte ! lui dis-je sur un ton un peu énervé.

Oli se penche vers moi.

— Toi et moi, sur cette table… on en ferait des étincelles, hein ?

Je déteste la petite tornade qu'il provoque dans mon ventre et je lui décoche un regard noir.

— Arrête ça.

— Mais c'est toi qui as déclenché les hostilités, poupée, me rappelle-t-il.

Sans répondre, je change de place juste pour m'éloigner de lui. Malheureusement, Juliette me rejoint et s'y met à son tour.

— Dis donc, ça me semble bien chaud avec ton patron.

— Ne m'en parle pas. Je ne sais plus quoi faire pour qu'il cesse de me harceler, je soupire.

— Bah, si c'est un salaud, baise-le. Après, il te fichera la paix.

Je grimace. Si seulement c'était aussi simple ! Il y a des moments où je me dis qu'il suffirait de le ramener dans mon lit pour que tout ce cirque s'arrête enfin et d'autres où j'ai peur de perdre mon boulot. On part pour Las Vegas, demain matin ! Je n'ai surtout pas envie de rater ça ! Pour une fois que j'ai une robe de princesse…

— Qu'il aille se faire voir ! je peste.

Elle rit à mes côtés, et je constate que je n'ai pas vu le coup que Will vient de réussir. Enfin ! Est-ce que c'est un miracle ?

— Il est mignon, le petit Will, lâche-t-elle encore.

— Ouais, je rétorque simplement.

— Ma parole, mais qu'est-ce que tu as, ce soir ? On dirait que tu es encore déprimée !

Je soupire en ravalant les mots qui se bousculent dans ma bouche. Non, je ne suis pas déprimée, mais Oli a ce petit quelque chose d'énervant… et d'excitant. Il fait tout pour me troubler, et je dois avouer que ça marche redoutablement bien.

— C'est sûrement la fatigue, dis-je au bout d'un long silence. La semaine a été longue : avec le nouveau boulot, et le voyage, demain matin…

— Et ce beau brun qui te colle aux fesses, ajoute-t-elle avec un rire. Je me doute que ça ne doit pas être facile.

Je pivote vers elle et soupire.

— La vérité, Jul, c'est que j'essaie de tenir mes résolutions, mais j'avoue qu'Oli ne me facilite pas la tâche.

Probablement à cause de la tête que je tire, ma copine pince les lèvres et finit par hausser les épaules.

— Au moins, il n'est pas marié.

Je ne réponds pas. Mais qu'importe si Oli est célibataire ? Il n'en est pas moins mon patron, et l'un des pires salauds que j'ai rencontrés au cours de ma vie. Pourtant, je détiens sûrement la palme dans ce domaine.

— Tu as vraiment le don de les attirer, rigole de nouveau Juliette.

— Tu parles ! Je commence vraiment à me demander ce que j'ai fait pour mériter ça.

— Alors là, elle est bonne ! s'écrie Oli.

Nous nous tournons vers la partie, qui m'était complètement sortie de la tête. Will vient d'empocher la bille noire. Génial, il vient de nous faire perdre ! Olivier rit comme le petit salaud qu'il est, et mon cavalier tourne un air dépité dans ma direction.

— Désolé.

— Ce n'est pas grave, dis-je avec un nœud au fond de la gorge.

— Allez, on en refait une, enchaîne Olivier en remettant les billes sur la table.

— Sans moi, j'annonce en allant ranger ma queue.

Je n'ai pas fait deux pas qu'Oli se poste devant moi.

— Oh, allez, Amy ! Juste une !

— Non. Je dois me lever tôt, demain matin. J'ai un crétin à aller récupérer à 9 heures précises.

Il se rembrunit. Et merde ! Pourquoi est-ce que je l'ai insulté ? Parce que j'en ai marre qu'il s'amuse à mes dépens ? J'essaie de me reprendre.

— Pardon. Je suis fatiguée. Ça ira mieux demain.

Will apparaît, et je suis de nouveau contrainte de lui expliquer la raison de mon départ.

— Je venais juste faire un tour. On se reverra un soir où il n'y a pas de match, je plaisante.

Je salue tout le monde d'un geste de la main et me faufile parmi la foule pour sortir le plus rapidement possible. J'ai besoin d'air, de sommeil, de chasser mes idées noires avant de faire une bêtise. Une bêtise dont j'ai sacrément envie !

Et pourtant, une fois dans ma voiture, je serre les dents. Oli a préféré rester là-bas, avec Juliette. Quelle idiote je fais ! Bien sûr qu'il est resté là-bas ! Ce bar est bourré de filles qui n'attendent que ça, qu'un type comme Oli les envoie au septième ciel ! Je soupire en me chassant cette idée de la tête, avant de m'exclamer tout haut :

— Tant pis ! Qu'il en baise une autre et qu'il me fiche la paix !

Chapitre 47

Je dors mal, cette nuit. J'ai envie de téléphoner à Juliette. Envie de vérifier qu'Oli n'est pas reparti avec une fille. Surtout pas elle ! Je déteste me sentir ainsi. Pourquoi est-ce que je n'ai pas réussi à m'intéresser à Will qui avait tout l'air d'un gentil garçon ? Oli a tout fait foirer. La soirée, mon rendez-vous, mes réserves… Grrr ! Je le déteste !

Quand mon réveil m'arrache au sommeil après une nuit trop courte, je rumine en filant sous la douche. Un jet d'eau froide devrait faire partir quelques cernes. Ce serait quand même un comble d'avoir une robe de princesse et une tête à faire peur !

Sur mon téléphone, un texto de Juliette me redonne le moral : « Dis donc, il en pince pour toi, ton patron. Tu es sûre que c'est un salaud ? » C'est plus fort que moi, je l'appelle, même s'il est bien trop tôt. Sa voix endormie me répond :

— Quoi ?

— C'est quoi, ce SMS ?

— Oh… merde, Amy, je dors, là !

— Pourquoi tu m'as écrit qu'Oli en pince pour moi ? Réponds !

Elle soupire lourdement au bout du fil avant de lâcher :

— Parce qu'il est resté là, à fixer la porte d'entrée pendant dix minutes après ton départ. À croire qu'il espérait que tu reviennes. Puis il a foutu le camp à son tour, avant la mi-temps. Tu es aveugle ou quoi ? Tu n'as pas remarqué qu'il passait son temps à te regarder ?

Je ne sais plus quoi penser. Oli ne s'est pas jeté sur la première fille à sa disposition. Oli est rentré chez lui. Pourquoi est-ce que ça me fait tellement plaisir ?

— Il veut juste me baiser, je lâche encore.

— En voilà une nouvelle, petite idiote ! C'est un mec ! À quoi tu t'attendais ? s'énerve-t-elle au bout du fil. Baise-le et vois ce que ça donne. Si ça se trouve, il est nul au lit et tu seras bien contente de t'en débarrasser.

Je n'ose pas lui dire que c'est déjà fait et qu'Oli est tout sauf nul au lit. Ç'aurait été drôlement plus simple, tiens.

— C'est mon patron !

— Merde, Amy, ça te ronge ! Avoue-le ! En plus, au début, j'ai vraiment cru qu'il t'énervait, tu sais ? Mais en fait… il te plaît bien, ce type.

— Mais… non !

— Hé ! Ce n'est pas un crime d'avoir des yeux, à ce que je sache ! Et je ne peux pas te blâmer de le trouver mignon. Il a un certain charme. Et un joli petit cul.

Elle rigole pendant que je reste là, à soupirer au bout du fil.

— Tu es censée me dire de ne pas toucher à mon patron, je gronde.

— C'est vrai, mais il est craquant quand même. Et il n'est pas marié. Je trouve que tu limites un peu les dégâts.

— Et le travail, alors ?

— Oh, mais tu me soûles avec tes histoires de boulot ! grogne-t-elle. Vous êtes adultes, non ? Arrangez-vous, merde ! Tu n'as qu'à baiser avec lui en planquant ton cœur à l'abri. Tu dois bien savoir faire ça, non ?

Je ne réponds pas. Sur ce point, je n'ai pas été douée avec Ben. Évidemment, les choses auraient été plus simples s'il ne m'avait pas sorti tous ces « je t'aime » ou s'il ne m'avait pas menti en disant que ça n'allait plus avec sa femme… Qu'est-ce que j'ai été stupide ! Et aveugle !

— Amy, tu n'as quand même pas le béguin pour ce type, pas vrai ?

— Certainement pas !

— Alors il n'y a aucun problème. Tu n'as qu'à mettre les choses au clair. Et si ça tourne mal tu te trouveras un autre boulot.

J'essaie de lui dire qu'il me plaît, à moi, ce travail, mais elle m'interrompt avant que j'ouvre la bouche :

— Écoute, c'était charmant, cette conversation, mais c'est samedi matin, et j'ai envie de faire la grasse mat, alors... rappelle-moi quand tu te seras décidée, tu veux ? Et, en passant, Will m'a demandé ton numéro.

Je fronce les sourcils et répète :

— Will ?

— Ouais, tu sais : le beau type musclé que je t'ai présenté, hier soir ? Lui aussi, il paraissait déçu que tu partes aussi tôt.

— Pfft ! Il était tellement concentré sur son match que ça m'étonne qu'il ait même remarqué mon absence !

— Amy, merde ! C'était une soirée sportive et c'est un sportif ! Il est super baraqué. J'imagine qu'au lit, il doit bien se défendre ! Et Gab n'a pas arrêté de me dire que c'était un gars vraiment gentil...

— Mouais, dis-je, incertaine.

— Hé ! Il ne faut pas demander un gentil garçon si c'est pour aller te jeter sur le premier salaud de service ! Il faudrait savoir ce que tu veux !

Je me rembrunis, mais elle a raison. Si Oli n'était pas venu au *Keos*, hier soir, peut-être que j'aurais passé une bonne soirée en sa compagnie ? Avec un soupir, je demande :

— Tu lui as donné ? Mon numéro ?

— Non. Je lui ai dit que je t'en parlerais avant. J'ai bien vu qu'il se passait un truc pas très net avec ton patron, alors... (Un silence passe.) Voilà ce que je vais faire : je t'envoie le numéro de Will, ajoute-t-elle. À toi de voir si tu lui téléphones. Mais si tu veux mon conseil règle cette histoire avec Olivier avant de le contacter. Ne lui fais pas perdre son temps. D'après ce que je sais, lui aussi, il a eu son lot de connasses, ces derniers mois. Tu vois ce que je veux dire, pas vrai ?

— Ouais.

— Parfait. Maintenant que j'ai éclairé ta lanterne, je peux aller me recoucher ?

Je ris.

— OK. Merci, Jul.

— Ne me remercie pas. Un jour, tu devras certainement me rendre la pareille.

— Je le ferai, je lui assure.

Quand je raccroche, je reste un moment à réfléchir aux conseils de Juliette. Je ne suis pas plus avancée. Est-ce qu'il faut que je cède à Olivier pour que cette fichue attirance entre nous disparaisse enfin ?

Peut-être que si je règle cette histoire, entre lui et moi, je serai enfin capable d'aller vers un type plus gentil ? Un type comme Will, par exemple…

Chapitre 48

Quelque chose passe dans mes cheveux et me force à ouvrir les yeux. Je grogne en chassant l'intrus avant de me tourner dans le lit pour retrouver une position confortable.

— Oli…, debout.

Cette fois, je tends l'oreille, parce que je ne suis pas sûr d'avoir bien entendu. C'est la voix d'Amy, mais en version douce. Je dois rêver, forcément ! Je grogne en songeant à hier soir. Dire qu'elle s'est foutue de ma gueule avant de me laisser là-bas, dans ce bar où je ne connaissais personne. Sa copine a bien essayé de me faire la conversation, mais j'étais dégoûté par la façon dont la soirée se terminait. Ce n'était pas du tout ainsi que je l'avais planifiée !

— Oli !

La voix me force à rouvrir les yeux, et j'aperçois Amy, juste là, assise sur le bord de mon lit. Je me redresse d'un trait. Amy ? Dans mon lit ? Je rêve ou quoi ?

— Amy ?

— C'est l'heure de te lever. On doit partir dans vingt minutes.

Je la dévisage, sous le choc. Elle me sourit avant de passer les doigts dans mes cheveux.

— Tu ressembles à un gamin quand tu dors ! (Elle soupire avant de poser la main sur sa cuisse.) Allez, file à la douche, je vais préparer ton café.

Elle se lève et s'éloigne. Je n'y comprends plus rien. Hier, elle était une vraie teigne et voilà qu'elle me la joue sympa comme jamais, ce matin ! Mais c'est quoi, son problème ?

— Dix-sept minutes, annonce-t-elle en démarrant la machine à café qu'elle m'a offerte.

Je repousse les draps et file à la douche. Je rêve ou sa voix chantonne, ce matin ? J'imagine des trucs, forcément ! Amy est sûrement de bonne humeur à cause du voyage à Las Vegas, je ne vois que ça.

Sept minutes plus tard, je reviens dans ma chambre, une serviette autour de la taille. Amy est là, café en main, et je le prends en la jaugeant avec intérêt. Pourquoi est-ce qu'elle n'essaie pas de s'éloigner de moi ? Généralement, elle me fait du café et elle s'empresse d'aller m'attendre dans la voiture. Je prends une gorgée du breuvage chaud en espérant que cela suffise à m'éclairer sur son comportement bizarre de ce matin, et je fronce les sourcils pendant que ses yeux descendent le long de mon torse.

— Ma parole, tu ne serais pas en train de me reluquer, là ?

Ses yeux remontent vers les miens, et elle soutient mon regard sans sourciller.

— Et alors ? Au cas où tu ne l'aurais pas remarqué : tu te promènes à moitié à poil devant moi !

Elle me tourne le dos et repart en direction de la cuisine. Cette fille a décidé de me rendre fou, c'est ça ? Comme l'autre jour, lorsqu'elle m'a fichu son doigt dans la bouche, au bureau, avant de me laisser en plan. J'ai bien cru que j'allais jouir sans avoir besoin de me toucher !

Je dépose ma tasse sur le premier meuble à proximité et laisse tomber ma serviette par terre, dévoilant mon érection.

— Si tu veux tout voir, voilà pour toi.

Elle récupère une tasse et se retourne dans ma direction. Elle sourit en portant son propre café à ses lèvres. Il y a quoi ? Dix pas entre nous ?

— Tu es bien foutu, dit-elle simplement.

— Et je suis assez doué au lit, tu ne peux pas dire l'inverse.

Elle rit, d'un air peut-être un peu trop détaché.

— C'est vrai que tu as certains talents, m'accorde-t-elle avec une pointe d'humour.

— Je te montre ?

Elle soupire et dépose sa tasse sur le comptoir.

— L'offre est alléchante, mais on n'a pas le temps pour ça. Il faut qu'on soit dans ma voiture dans dix minutes. Marco est déjà en route pour l'aéroport.

Merde ! Le voyage à Vegas ! Pourquoi je passe mon temps à l'oublier quand elle est là ? Amy n'aurait-elle pas pu me faire son numéro hier matin ? Au moins, on avait un peu de temps en rab ! Malgré son refus, elle s'avance lentement vers moi. Elle me scrute bizarrement. A-t-elle peur que je lui saute dessus ? Pas que je n'en ai pas envie, mais, avec ma chance, elle va me gifler et me repousser à la seconde où je vais poser la main sur elle. Lorsqu'elle arrive tout près, elle glisse les doigts sur mon torse avant de plonger des yeux magnifiquement verts dans les miens.

— Si tu es gentil aujourd'hui, peut-être que je demanderai à voir tes talents, plus tard, chuchote-t-elle.

Ses doigts se détachent de ma peau à quelques centimètres de ma queue, qui se tend douloureusement vers elle. Je serre les dents et ferme les yeux pour garder la tête froide tandis qu'elle s'éloigne. Soudain, ses mots font sens dans mon esprit, et l'espoir renaît en moi. Est-ce qu'elle a vraiment dit « plus tard » ? Elle veut dire… aujourd'hui ?

— Tu essaies de me rendre fou, ma parole !

— Oh, mais si tu préfères te trouver une fille à Vegas, ce n'est pas grave. Je ne m'en formaliserai pas.

C'est plus fort que moi, je traverse l'espace qu'elle vient de mettre entre nous et la plaque contre le comptoir, la faisant se pencher en avant. Le café qu'elle était sur le point de porter à ses lèvres se renverse sur la surface plane. Je m'en fous. Je me frotte contre ses fesses et tente de remonter sa robe tailleur sur ses hanches.

— Oli, on n'a pas le temps, dit-elle en s'accrochant au comptoir.

La vache ! Elle ne bouge pas ! Même quand je viens lui empoigner les fesses elle me laisse faire ! On dirait que mon cerveau disjoncte, je contourne sa culotte et je grogne lorsqu'elle écarte les jambes pour me donner accès à son sexe.

— Quatre minutes, halète-t-elle.

— On sera en retard, c'est tout.

Je plonge deux doigts en elle et je ravale un rugissement d'homme des cavernes devant l'humidité qui y règne. Je peine à croire qu'elle me cède !

— Oli, bordel !

Par crainte qu'elle ne tente de me repousser, je viens lui caresser le clitoris de mes doigts humides. Elle gémit et se cambre.

— On ne peut pas… On n'a pas… le temps !

Ses protestations meurent dans un petit cri qui ne fait que m'inciter à poursuivre. Elle va jouir, je le sens ! Je deviens fou, je pousse les doigts en elle, savoure ce petit déluge qui m'accueille, puis je reviens la toucher en lui écartant un peu plus les jambes. Elle m'obéit sans broncher et reste là, coincée entre moi et mon comptoir, à gémir de plus en plus fort. Quand son clitoris gonfle sous mes doigts, elle me supplie :

— Ne t'arrête pas ! Ne t'arrête pas !

Elle se tait lorsque l'orgasme la saisit, puis referme brusquement les jambes pendant qu'elle se tortille devant moi, coinçant ma main dans un véritable étau. Je savoure le chant de sa jouissance et la façon dont elle vient de s'offrir à moi. Je viens glisser ma main libre sur sa nuque et l'attire vers moi. Amy se laisse faire et bascule dos contre mon torse. Je lui fais tourner la tête en emprisonnant sa mâchoire de mes doigts et dévore immédiatement sa bouche.

Quand ses jambes me permettent de récupérer ma main, elle ouvre les yeux et se redresse pour reprendre son équilibre. Son cri fuse au même instant :

— Merde ! On est en retard !

— Ah non ! je proteste en essayant de la retenir contre moi. Tu ne vas pas me laisser dans cet état, poupée !

Elle pivote pour me faire face et écarquille les yeux.

— Tu n'es même pas habillé ! Dépêche-toi ! On va rater notre avion !

Je lui désigne mon érection.

— Et moi, alors ?

— Ce soir. Si tu es sage, ajoute-t-elle en me jetant un regard entendu.

— C'est-à-dire ?

Elle me fait signe de me dépêcher, mais comme je me bute à rester là, en érection, devant elle, Amy grogne :

— Sois gentil et discret, ce sera déjà ça.

Je hausse un sourcil suspicieux.

— Tu ne vas pas me tendre un piège, hein, poupée ?

Son regard s'assombrit.

— Arrête de m'appeler « poupée » ! Et va t'habiller ! Dans trois minutes, je démarre la voiture !

Elle rajuste sa robe et marche en direction de l'escalier en replaçant ses cheveux. Je rêve ou Amy vient de me promettre une baise à Vegas ? Je retourne me vêtir en quatrième vitesse et je me sens aussi heureux qu'un adolescent à qui l'on vient de promettre ses premières relations sexuelles.

Chapitre 49

Olivier est drôlement silencieux pendant le trajet qui nous mène à l'aéroport. Tant mieux. Je suis concentrée sur la route et j'essaie de ne pas me tromper de chemin. Ce serait bien le comble si on ratait notre avion ! Pour une fois que je vais à Las Vegas !

Pendant que je récupère ma valise dans le coffre arrière de ma voiture, Oli se plante à mes côtés, son sac sur l'épaule.

— Cette histoire de baise, ce n'est pas une façon de te venger parce que je suis venu au *Keos*, hier soir, pas vrai ?

Je le dévisage, étonnée.

— Non, parce que… quelque chose me dit que c'est ton genre, ajoute-t-il. C'est vrai qu'il m'arrive de dépasser les bornes et d'être assez salaud par moments, mais… je ne te ferais jamais un coup pareil.

J'étouffe un rire avant de demander :

— Tu crois que je te fais marcher ?

— Ce ne serait pas la première fois que tu rafles tout sans me donner une miette, lâche-t-il très vite.

Je souris devant son air dépité. À croire qu'il imagine vraiment le pire à mon sujet.

— C'est vrai, je confirme en hochant la tête. Et, si je pouvais l'éviter, je ne recoucherais pas avec toi.

Son visage se rembrunit, alors j'ajoute, un peu vite :

— Mais tu as raison sur une chose : il y a une tension constante entre nous, et je veux qu'elle disparaisse.

Aussitôt, un large sourire apparaît sur les lèvres d'Oli.

— J'aime ce boulot, dis-je encore. Peut-être qu'il finira par m'énerver ou qu'il deviendra trop exigeant, mais pour le moment j'adore ce qu'on fait. Les voyages, les réunions, les histoires de mises en scène. C'est vraiment stimulant. (Je fais un signe nous désignant l'un après l'autre.) Alors je ne veux pas que… tout ça… interfère avec le travail.

— Bien sûr, acquiesce-t-il très vite.

— Super. Alors voilà le nouveau contrat : on baise encore une fois, et tu as intérêt à en profiter parce que dès qu'on rentre de Vegas on redevient de simples collègues de boulot. C'est clair ?

Il me jauge avec surprise avant de hocher la tête.

— D'accord.

— Alors on fait comme ça.

Je referme le coffre et verrouille mon véhicule avant de marcher en direction de l'aéroport. Je suis nerveuse de lui avoir fait une offre de cet ordre. Pourtant, c'est moi qui ai raflé l'orgasme ce matin, et lui qui est resté sans rien. À croire que j'essaie vraiment de le rendre fou !

Oli me suit et insiste de nouveau :

— Mais cette histoire à propos d'être gentil…, c'était du pipeau ?

Je m'arrête pour lui jeter un regard noir.

— Ah non ! Si tu m'énerves, tu pourras aller te faire voir ! Et défense de dire quoi que ce soit à Marco, compris ? Je ne tiens pas à ce que tout le monde sache que je me tape mon patron !

Il répond par un hochement de tête. Dirait-il oui à tout et son contraire juste pour que je lui confirme qu'on va baiser ? Ce ne sont pourtant pas les filles qui manquent, à Vegas !

Lorsque je reprends ma route, il récapitule :

— Alors… tout le temps où on sera à Vegas, tu feras ce que je veux ?

— Ce que moi, je veux, je rectifie aussitôt. Mais quelque chose me dit que tu ne seras pas en reste.

— Et tu vas me sucer ?

Nouvel arrêt brusque, et je m'emporte en le foudroyant du regard.

— Alors là, c'est hors de question.

— Pourquoi pas ? Est-ce que je ne te fais pas plaisir avec la bouche, moi ?

— C'est ton problème ! Et tu n'as qu'à ne pas le faire, voilà tout !

Nous nous toisons pendant de longues secondes, et j'ai la sensation de ne pas être la plus douée à ce jeu. Surtout que j'ai très envie de sentir sa langue entre mes cuisses. En essayant de garder un visage impassible, je bluffe :

— C'est à prendre ou à laisser.

Il grimace.

— D'accord. Pas de jeu de langue. Tant pis.

Quoi ? Est-ce qu'il vient de confirmer que je n'y aurai pas droit, moi non plus ? Voilà que c'est à mon tour de ravaler ma déception. Est-ce qu'il faut que je cède à sa fichue fellation pour avoir le droit de jouir sous sa bouche ? Pas question ! J'ai vécu vingt-huit ans sans ça, je peux certainement continuer !

— En fait, on ne devrait pas déterminer à l'avance ce qu'on fera, ce soir, je lâche dès que nous entrons dans l'aéroport. Je trouve que ça enlève tout le côté spontané.

— Tu parles ! siffle-t-il. Comment veux-tu qu'on enlève cette fichue tension sexuelle entre nous alors que je rêve de ta bouche depuis une semaine ?

Je m'arrête, surprise. Oli rêve donc de moi, et pas seulement de n'importe quelle femme ?

— Quoi ? s'énerve-t-il en percevant ma question muette. C'est normal, non ? Tu te rappelles comment tu m'as sucé le doigt, dans la douche ?

Bien sûr que je m'en souviens. Et, soudain, j'ai très envie de le refaire, juste ici, devant tout le monde, pour le rendre fou. Mais Oli hausse les épaules.

— Tant pis, répète-t-il. C'est toi qui vois.

Il repart le premier, et je me retrouve à le suivre en direction des départs. Marco nous y attend, visiblement soulagé que nous soyons arrivés à temps. Moi aussi. Et pourtant je regrette de ne pas m'être pointée un peu plus tôt chez Oli, ce matin. Quelque chose me dit que ce temps aurait été très bien rentabilisé…

Chapitre 50

Pendant tout le vol, je mate discrètement les cuisses d'Amy, assise à ma droite. Elle a les jambes croisées et lit le document que lui a préparé ma sœur en vue de ce voyage. D'une oreille distraite, j'écoute Marco qui me parle du poids des plates-formes et de certains matériaux plus légers, mais plus dispendieux, si notre projet est accepté. Pourquoi tient-il tellement à ce qu'on discute du travail ? Pour ma part, j'ai des projets plus stimulants en tête…

Le vol me paraît interminable. Je ne pense qu'à notre arrivée. Est-ce qu'Amy va me laisser la baiser avant notre repas de ce soir ? Ce serait une belle façon de commencer notre voyage. Autrement, je me demande comment je pourrai me concentrer durant le spectacle.

La douane, la chaleur, le taxi jusqu'à l'hôtel…, tout m'horripile. À la limite, si Marco ne nous accompagnait pas ! J'aurais pu tripoter Amy dans le taxi, mais, là, je joue au type professionnel, détaché, intéressé par la ville et la discussion sur le travail qui n'en finit plus. Je sursaute d'excitation lorsque j'aperçois le *Bellagio*. Enfin ! Je jauge l'heure avec un sourire niais : il nous reste trois heures avant de songer au repas.

Lorsque nous récupérons nos clés, à l'accueil de l'hôtel, Marco se tourne vers moi.

— On va au *Picasso* ou au *Steakhouse* ?

— *Steakhouse*, dis-je sans réfléchir.

— OK, je vais faire la réservation. On se rejoint vers 18 heures ?

Amy est la première à confirmer avant de faire rouler sa petite valise en direction de l'ascenseur. Est-ce que je devrais lui proposer de la porter ? Les gentlemans font bien ce genre de choses, pas vrai ? Et comme elle m'a demandé d'être gentil…

Le temps que je la rejoigne, nous nous retrouvons dans l'ascenseur, alors je me penche vers elle et chuchote :

— Ta chambre est juste à côté de la mienne.

— Je sais, puisque c'est moi qui ai fait les réservations, me rappelle-t-elle.

— La tienne ou la mienne ? je demande simplement.

Elle tourne la tête vers moi, un sourcil levé. Quoi ? Elle a bien dit qu'elle serait à moi à Vegas, pas vrai ? Et on y est !

— Désolé, mon mignon, mais j'ai réservé une séance au spa dans vingt minutes, et ensuite c'est coiffure et manucure pour être toute belle dans ma robe, ce soir.

Je crois que la déception est lisible sur mes traits, car elle vient me pincer la joue comme si j'étais un gamin de neuf ans.

— Allons, allons… Attendre ce soir, ce n'est pas bien long.

— Ça fait une semaine que j'attends.

— Et ça n'en sera que meilleur…

Elle s'esquive dès que l'ascenseur s'ouvre, et je la suis en soupirant. Devant la porte de ma chambre, elle s'arrête, puis elle me plaque contre le battant et vient me lécher la lèvre du bas avant de la mordre doucement. Ses yeux remontent vers les miens, ils sont d'un vert profond. Ma théorie est donc la bonne… : elle est excitée, cette fois je n'en doute plus. Pourtant, dès que je l'enlace, elle inspire un bon coup avant de reculer pour reprendre sa liberté.

— Dix minutes, je la supplie.

Elle continue de reculer en gardant les yeux rivés sur moi.

— Branle-toi en songeant à toutes ces choses que tu me feras cette nuit, souffle-t-elle en me dévorant des yeux. Ce serait dommage que tu éjacules trop vite lorsque tu pourras enfin m'avoir. Avec mon sale caractère, je risque de le prendre très mal !

Elle glousse en se retirant. Quand elle s'enferme à l'intérieur de sa chambre, je grogne en rentrant dans la mienne. Elle veut que je me caresse ? D'accord ! Mais je vais le faire en imaginant sa bouche sur ma queue ! Après quoi, je vais avoir besoin d'une sacrée douche froide !

Chapitre 51

Je traîne au bar en compagnie de Marco. On est tous les deux en costard et on sirote une bière. Je me sens comme un imbécile habillé de cette façon, à boire au verre et non à la bouteille, mais dans cet établissement il faut faire comme tout le monde. C'est le business qui veut ça. C'est Drew qui me l'a appris.

— Elle sait qu'on a réservé pour 18 heures, hein ? s'impatiente Marco.

— Mais oui, dis-je, incertain.

À dire vrai, je suis au moins aussi impatient que lui qu'elle arrive, mais je joue le blaireau qui n'en a rien à foutre. L'idée, c'est que Marco ne se doute de rien. Hors de question qu'Amy me file entre les doigts parce que j'aurais commis une telle bêtise.

Avec un soupir, je m'adosse contre le bar et la cherche du regard. Mais qu'est-ce qu'elle fiche ? Je lui ai foutu la paix tout l'après-midi, elle ne va quand même pas me poser un lapin !

C'est la robe noire que je remarque en premier. La même que sur la photo que m'avait transmise ma sœur. Et je comprends l'expression « avoir le souffle coupé » lorsque je vois Amy dedans, magnifique, et souriant largement. Elle s'approche de moi. Je ne respire plus pendant près de dix secondes, trop occupé que je suis à cligner des yeux pour m'assurer que je ne rêve pas. Elle est vraiment incroyable dans cette robe ! Et sa coiffure et… ses jambes ! Étaient-elles aussi longues, la dernière fois ? Moi qui jouais les désintéressés il n'y a pas deux minutes, voilà que je ne peux plus la quitter des yeux !

— Waouh ! lance Marco. Dis donc, ton assistante…, elle est drôlement jolie !

Je ne réponds pas, surtout parce que je n'ai pas encore retrouvé mon souffle. Et puis « jolie », ce n'est pas le mot. Elle est à tomber par terre ! Lorsqu'elle se plante devant moi, elle pose une main gantée de noir sur mon torse et lâche un petit rire que je connais bien.

— Quel joli garçon !

Elle offre l'éclat de son visage à mon collègue.

— Toi aussi, tu es très chic.

Heureusement que Marco est beaucoup plus vieux, un peu bedonnant, et surtout marié, autrement je ne suis pas sûr que j'aurais apprécié sa façon de le complimenter.

— C'est Vegas ! se justifie-t-il.

C'est bien la première fois que je suis heureux d'être en costard. Généralement, je déteste ce genre de vêtements, mais, si ça me permet de ramener une aussi jolie fille dans mon lit, je veux bien faire un effort.

Marco s'empresse de nous guider en direction du restaurant. Il offre même son bras à Amy pendant que je reste derrière, incapable de détacher mes yeux de cette femme sublime. Elle rit avec lui de façon toute naturelle. Je ne la reconnais plus. Est-ce que c'est la même Amy que j'ai touchée au bar ? La même qui mangeait de la pizza extra-bacon, dans ce chandail beaucoup trop grand pour elle, sur le canapé ? J'ai du mal à le croire… Il n'y a pas à dire, elle a de multiples facettes, et je les trouve toutes aussi attirantes les unes que les autres.

Une fois que nous sommes installés à notre table, Amy glousse en contemplant l'endroit. Marco fait mine de lire le menu, mais moi, je ne peux détacher mes yeux de cette fille que je ne reconnais pas tout à fait. Lorsque le serveur se plante à ma droite pour nous proposer quelque chose à boire, je dis, sans la moindre hésitation :

— Apportez-nous du champagne.

— Du champagne ? répète Marco, surpris. En quel honneur ?

— Bah… c'est le premier voyage d'Amy, déjà, j'explique, gêné de devoir me justifier. Et puis… tant qu'à être coincés ici pour un week-end autant se faire plaisir.

Marco hoche la tête, visiblement heureux de pouvoir se régaler à mes frais. Dans un endroit comme ici, ça n'a rien d'extraordinaire de commander du champagne. Dans deux jours, Starlight aura peut-être un autre contrat à fêter. Disons qu'on prend juste un peu d'avance…

On trinque et on sirote notre verre pendant que chacun observe son menu. Amy semble ravie d'être là, ou alors c'est à cause de la robe. Elle est radieuse. Lorsqu'elle remarque mon regard insistant, elle me fait les gros yeux.

— Qu'est-ce qui te fait envie ? je lui demande pour conserver son attention un peu plus longtemps.

Elle me regarde et se lèche rapidement la lèvre du bas. Un geste si bref que j'ai la sensation de l'avoir rêvé.

— Qu'est-ce que tu suggères ? me questionne-t-elle en me dévorant des yeux.

Je sens tout mon corps réagir à ses sous-entendus et à son attitude aguicheuse. Heureusement que je suis assis, autrement tout le monde verrait ce que cette fille me fait juste en me regardant de cette façon.

— Nous, on prend toujours le « terre et mer », annonce Marco qui a toujours le nez fourré dans son menu.

— Vraiment ? rétorque Amy sans détourner la tête.

— C'est une queue de homard avec un médaillon de filet mignon. Un vrai régal, insiste-t-il.

Les yeux d'Amy s'illuminent avant de se détourner des miens, puis elle dépose son menu sur la table et paraît retrouver ses esprits lorsqu'elle échange quelques mots avec notre collègue.

— Ça me semble délicieux. Je vais prendre la même chose, lâche-t-elle simplement.

— Et elle mange ! s'exclame Marco. En voilà une fille intéressante !

Amy sourit et continue de siroter son verre en se plaignant du repas qu'ils nous ont servi dans l'avion. Je ne sais pas comment elle fait pour être aussi détachée juste après ce qui vient de se produire. Peut-être que j'ai imaginé le regard qu'elle a posé sur moi ? C'est possible. Tout ce qui se passe depuis qu'elle est arrivée, dans cette robe, me semble complètement irréel. Et pourtant… elle a ces yeux bizarres…, dont la couleur change selon son humeur. Chaque fois qu'elle tourne la tête vers moi, j'ai la sensation que ce vert si sombre m'indique son niveau d'excitation. Si nous étions seuls, elle et moi, quelque chose me dit que nous mangerions ce repas six étages plus haut, dans mon lit.

Tout va trop lentement. Je m'impatiente du temps que prend le repas avant d'arriver sur notre table, du temps que cela prend avant que je puisse payer. Quelle idée de descendre au *Steakhouse* ! On aurait dû aller manger un tacos dans la bicoque d'en face. Quoique… Avec cette robe je doute qu'Amy ait apprécié…

Nous traversons le hall, immense, en direction de la salle de spectacle et coupons à travers le casino de l'hôtel. Amy regarde partout autour d'elle, amusée par les machines à sous qui clignotent et qui rendent l'endroit assourdissant.

— Ce soir, je vais m'en faire deux ou trois, promet Marco.

C'est sa routine habituelle. Il joue jusqu'à 2 ou 3 heures du matin, puis il se couche. Encore un désavantage du mariage. Moi, généralement, je sors dans un club de striptease, je bois – trop, comme toujours –, puis je termine la soirée au bar pour me trouver une fille qui me tiendra compagnie. Sauf que ce soir… j'ai déjà tout ce qu'il me faut.

Si seulement la nuit pouvait arriver !

Chapitre 52

J'adore cette robe! J'adore la façon dont elle met mes jambes en valeur! Et j'adore cet endroit : lumineux, plein de vie, avec des tas de restaurants et de machines à sous partout. Il y a des gens habillés de toutes les manières, juste dans ce hall : en costume, en jean, en robe d'été, en robe de gala… C'est à la fois bizarre et charmant.

Et surtout : j'adore le regard d'Olivier lorsqu'il s'arrête sur moi. Et il le fait souvent. À croire qu'il essaie de me charmer. Dans ce costume, avec cette cravate, il est à tomber! J'ai envie de lui lécher la bouche, de lui mordre la nuque. Je n'arrête plus de penser à ce que nous allons faire, ce soir. Je crois que si Marco n'était pas là je passerais mon temps à lui déblatérer des trucs salaces pour le rendre fou.

Lorsque Oli m'offre son bras pour entrer dans la salle de spectacle, je le prends sans hésiter et me régale du sourire qu'il m'offre en contrepartie. Marco sort les billets, et on nous guide en direction des balcons. Je me sens comme une princesse! Pas seulement à cause de la robe ou du champagne, mais parce que tout se déroule comme dans un conte de fées. Je suis là, à Vegas, au bras d'un homme super sexy, et je vais voir un spectacle grandiose depuis un balcon. C'est fou! Au diable, le secrétariat juridique! J'adore ce boulot!

Lorsque les lumières s'éteignent et que celles de la scène s'allument, j'oublie tout, et je focalise toute mon attention sur le décor aux allures de fonds marins qui apparaît. Quand je cligne des yeux pour observer les gens qui descendent du plafond, je remarque les doigts d'Oli qui se posent sur mon accoudoir. Surprise, je tourne la tête vers lui, et il se penche lentement vers moi.

— Tu ressembles à une petite fille, se moque-t-il à voix basse.

— Mais... c'est...

— Génial, je sais. Pourquoi tu crois qu'on essaie d'obtenir les droits du spectacle ?

Sans réfléchir et sans cesser de regarder, je me penche vers la droite pour dire :

— Avec ton talent, ce serait... fabuleux.

Comme il ne dit rien, je me tourne vers lui et le vois en train de me contempler, avec un sourire bizarre.

— Quoi ?

— Tu es belle. Et quand tu me fais un compliment, je ne sais pas..., j'aime bien.

Je ris en essayant de ne pas le faire trop fort. Merde ! Avec ces yeux-là posés sur moi, j'en oublie le spectacle. J'ai envie de prendre sa nuque sous mes doigts et de l'attirer à moi pour lui donner un baiser digne de ce nom. Si seulement Marco n'était pas là !

— En plus, généralement, tu ne te prives pas pour m'envoyer des vannes ! rigole-t-il.

Je souris, la gorge trop nouée pour lui répondre. Tant mieux, car j'ai envie de le complimenter encore. Surtout ce soir, alors qu'un seul de ses regards arrive à me rendre belle. Il a vraiment un don pour me séduire. Et aussi... parce que je connais le talent de ses mains : pour le dessin, pour ces espèces de petites maquettes qu'il construit dans son atelier, mais pour me faire perdre la tête, également...

Je retiens mon souffle lorsqu'il se penche un peu plus vers moi et que sa bouche frôle mon oreille.

— Quand tu me regardes comme ça... je ne te dis pas l'effet que ça me fait...

J'ai envie de rire, mais tout s'arrête dans mon cerveau lorsque sa langue touche mon lobe et qu'il le mordille délicatement. Je serre les dents lorsqu'il dépose un baiser discret tout près de mon oreille. Bordel ! A-t-il la moindre idée du feu qu'il vient de créer dans mon ventre ? Quand il s'éloigne, je le fixe, perplexe et étrangement prête à me jeter sur lui. Quel salaud de me faire un truc pareil ! On en est à peine à la moitié du spectacle !

— Hé ! Concentre-toi !

La voix de Marco perce l'espèce de bulle qu'Oli venait de créer entre nous. Je repose machinalement les yeux sur la scène, mais on dirait que je ne vois plus rien. Toute mon attention est concentrée sur mon bas-ventre, et je brûle d'envie de me jeter sur mon voisin de droite. Vivement qu'il éteigne ce feu pour que je cesse de le désirer autant !

Pendant la deuxième moitié du spectacle, Oli et Marco discutent boulot à voix basse. Moi, je reste là, à essayer de recentrer mon attention, mais je ne fais que voir des gens qui dansent, qui chantent et qui virevoltent partout. J'ai des images d'Oli sur moi. Je songe à la façon dont je vais me gaver de son corps, cette nuit, et ça accapare mon esprit tout le reste du spectacle. À tel point que je ne me remets pas de ma surprise lorsque la salle plonge dans le noir avant que les lumières se rallument. J'ai raté le final !

Avec un sourire forcé, j'accepte la main d'Olivier pour me lever et je suis mes collègues de travail en coulisses, où nous échangeons des poignées de main avec plein de gens : le metteur en scène, le scénariste, quelques acteurs vedettes. Je peine à retenir les noms tant mon esprit est ailleurs. Dans les bras d'Oli, quelque part dans ma chambre. À croire qu'il n'attend que mon corps pour s'en donner à cœur joie !

Alors qu'on nous fait visiter les coulisses, Oli se penche vers moi et lâche, sur un ton moqueur, mais suffisamment bas pour que moi seule l'entende :

— Amy, où es-tu ?

Je lui jette un regard de feu qui fait fondre son sourire instantanément. Au moins, il a compris. Et, lorsque sa main se pose dans le creux de mon dos, je retiens mon souffle.

— Arrête. Tu vas me faire bander comme un cheval, et je suis censé convaincre ces types de me vendre leur show ! me gronde-t-il.

Il se détache de moi et va serrer une autre main. Marco parle de technique, de matériaux, de coûts de production. Moi, je ne vois rien et je n'entends que des mots sans aucun lien entre eux. J'espère que je n'étais pas censée prendre des notes, parce que je serais bien incapable de me souvenir de la moindre phrase qui s'échange ici.

Chapitre 53

J'ai un peu de mal à me concentrer sur les exigences du metteur en scène, mais Marco hoche la tête comme un fou à tout ce qu'il dit, alors je fais pareil. Lorsque Nick nous propose de terminer la soirée au bar, je m'empresse de lever une main.

— Après un tel spectacle, et le voyage, j'aimerais mieux me reposer et réfléchir à quelques détails supplémentaires avant d'entamer une discussion de cet ordre. Mais nous pourrions manger ensemble, demain midi ? je propose.

Les deux types se regardent, et l'un d'eux hoche la tête.

— C'est une bonne idée. On se retrouve au *Picasso* vers midi et demi ?

Je fais « oui » de la tête en me retenant de ne pas sauter de joie. J'ai Amy à ma gauche, prête à me suivre au bout du monde, et je suis coincé ici, à parler spectacle alors que j'ai juste envie de me retrouver entre ses cuisses. Vivement qu'on se retrouve seuls, elle et moi !

Lorsque j'arrive à nous sortir de là, Marco est le premier à me prendre à parti :

— Mais c'est quoi, ton délire ? Depuis quand on refuse de discuter après un spectacle ? Généralement, tu traînes les clients dans les bars, tu leur fais ton grand numéro de séducteur, et on se retrouve à se coucher à l'aube !

— Je suis fatigué. Et je suis sûr que ce sera plus efficace, demain.

Une fois que j'aurai baisé Amy jusqu'à plus soif, j'ajoute en pensée.

— Bon… OK, concède Marco. On va prendre un verre ?

Un verre ? Là ? Maintenant ? Je serre les dents.

— Je suis fatigué, je te rappelle. Et je veux… je dois travailler un peu pour parfaire notre rencontre de demain.

Je mens, parce que je me doute que Marco n'est pas si con. Il va bien se douter que j'ai une idée derrière la tête. Le boulot, c'est l'excuse idéale. Contre toute attente, Amy pose la main sur l'avant-bras de mon collègue.

— Un verre, je veux bien. Ça m'aidera à dormir.

Ma bouche s'ouvre sous l'effet de la surprise. Quoi ? Elle veut aller prendre un verre ? Et qu'est-ce qu'elle raconte à propos de dormir ? Je n'ai pas l'intention de la laisser dormir ! Elle va tellement crier de plaisir qu'elle aura mal à la gorge, demain matin !

— Super ! lâche Marco. Tu es sûr que tu ne veux pas venir avec nous ?

Quand il me pose la question, j'hésite. Je ne veux pas que cette fille quitte mon champ de vision. Qu'est-ce que j'ai raté, encore ? J'ai dit quelque chose qu'il ne fallait pas ? Mon cerveau carbure à toute vitesse lorsqu'elle tapote le bras de Marco.

— Tu peux nous prendre une place au bar ? Je raccompagne Oli à l'ascenseur.

Elle me raccompagne ? J'attends que Marco s'éloigne avant de pester :

— Tu vas prendre un verre ?

— Pour éviter les soupçons, petit con, me dispute-t-elle à son tour. Tu montes, je monte… Il n'est pas si bête !

D'une main, elle me fait signe de marcher en direction de l'ascenseur, et je m'exécute, pressé. Plus vite elle prendra ce foutu verre, plus vite elle viendra ensuite me retrouver dans ma chambre.

— En plus, tu devrais vraiment noter quelques trucs de ce qui s'est dit, tout à l'heure, ajoute-t-elle, parce que j'étais complètement à côté de la plaque. Je ne me rappelle pratiquement rien.

Je m'arrête pour la regarder et remarque que ses joues sont rouges. Et ses yeux… Merde! Elle a envie de me dévorer. Je le sais juste à la façon dont leur teinte est assombrie!

— OK, dis-je simplement.

Devant l'ascenseur, elle parle vite, comme si nous allions manquer de temps.

— Garde ton costume, tu veux? Et par pitié: ne t'endors pas!

— Alors là, il n'y a aucune chance!

Sa main frotte mon torse, par-dessus ma chemise, pendant qu'elle reporte ce regard magnifique sur moi.

— Je vais te déshabiller et te chevaucher avec ma robe, promet-elle d'une voix sensuelle.

Ma respiration se coupe, et je me sens trop à l'étroit dans mon pantalon.

— Dépêche-toi, dis-je lorsque les portes s'ouvrent derrière moi.

— Donne-moi vingt minutes.

Vingt minutes. Une éternité dans mon état! Et pourtant je souris comme un con pendant que je m'engouffre dans l'ascenseur. J'ai tellement de trucs à faire, soudain: passer par la salle de bains, commander du champagne et sortir une montagne de capotes.

Chapitre 54

Je me concentre pour tenir une discussion à peu près sensée avec Marco pendant que je bois une margarita en songeant à la nuit qui s'annonce. Il me parle du casino, de la fois où il a empoché 1 000 dollars. Je souris et j'opine, mais je bois, vite, en espérant qu'il me laisse filer après un seul verre.

— Ça te dit de venir essayer deux ou trois machines ? me propose-t-il.

— Non. Ce n'est pas mon truc.

— Allez quoi ! Tu es à Vegas ! Il faut jouer un peu !

— Non, je répète en me levant. Je vais aller me coucher. Mais j'espère que la chance sera avec toi.

Il rit avant de hocher la tête.

— Pas plus de 500 dollars. Je l'ai promis à ma femme.

— Alors sois sage ! Et rafle tout ! dis-je avant de m'éloigner.

Je suis soulagée de pouvoir filer en douce, mais, dès que je me retrouve dans l'ascenseur, ma nervosité revient en force. Je tâche de me concentrer sur le plaisir que je vais prendre cette nuit. Hors de question que je prive mon corps du talent d'Oli. Je sais qu'il me désire. Je le sens jusqu'ici.

Lorsque je sors de l'ascenseur, Oli apparaît devant la porte de sa chambre, et son sourire irradie tout l'étage. Il me guettait ? C'est adorable ! Je marche aussi vite que je le peux avec ces escarpins et me jette dans ses bras, qui s'ouvrent à mon approche. Nos bouches se retrouvent avec fièvre, et je ris contre ses lèvres pendant qu'il m'entraîne dans sa chambre. La porte claque derrière moi, et ses mains sont déjà en train de glisser sous ma robe.

— Oli, je souffle entre deux baisers.

— Laisse-moi faire, grogne-t-il en tirant sur ma culotte.

Il tombe à genoux pour me la retirer, et je glousse de plaisir devant son impatience. Et pourtant je m'empresse de gronder, avant de ne plus pouvoir le faire :

— Non, c'est… Avant, on doit mettre une ou deux choses au clair.

Il remonte vers moi, et sa main revient entre mes cuisses, sur mon sexe, puis ses doigts me pénètrent avec une lenteur exquise. Je ferme les yeux en gémissant.

— Tu disais ? se moque-t-il.

— Oli, je… C'est juste une nuit, on est bien d'accord ?

— Tant qu'on est à Vegas.

D'une main ferme, je le repousse. Devant son air surpris, je pointe du doigt le canapé de sa chambre et j'entreprends de retirer mes gants. Hors de question que je ne puisse pas le toucher ! Ravi par mon ordre muet, Oli s'exécute pendant que je le suis, en laissant tomber au sol, un à un, mes accessoires.

Et pourtant, avant de me jeter sur lui, je plonge le regard dans le sien.

— Promets que tout ça ne changera rien pour le boulot.

— Je promets tout ce que tu veux, mais putain ! Viens là avant que je devienne fou !

Je retiens un gloussement ridicule avant de venir m'agenouiller devant lui, entre ses jambes. Oli me dévore des yeux, pris par surprise. Je défais sa braguette et tire sur son pantalon pour sortir son érection. Je suis tellement excitée que je dois me retenir de ne pas le prendre dans ma bouche. Je ne sais pas s'il remarque mon trouble, car il pose un regard suppliant sur moi. Non, je ne peux pas. Je récupère le préservatif que j'ai planqué dans mon décolleté et je viens le dérouler sur sa queue raide. Bordel ! Je ne me souviens plus de la dernière fois où j'ai été aussi excitée par un homme ! Lorsque je me relève pour pouvoir grimper sur ses cuisses, les mains d'Oli m'attirent à lui dans un geste impatient, remontent ma robe et guident mes hanches sur son érection. Je ferme les yeux pour savourer cette première pénétration, et il soupire de satisfaction.

— Enfin ! rugit-il.

Ses mains m'ordonnent de m'activer à bon rythme, ce que je ne refuse pas. J'ai envie que ce soit fort, rapide. On a toute la nuit ensuite pour prendre notre temps. Là, je dois calmer ce feu qui règne dans mon ventre depuis le début de la soirée ! Avec un grognement, Olivier descend mon bustier et empoigne mes seins.

— J'ai rêvé de ce moment toute la soirée !

Je ravale un rire et me cambre sous la délicieuse friction que mon déhanchement génère entre nous. Je deviens fébrile, et je jubile lorsque je l'entends gémir de plaisir, la bouche écrasée contre mes seins. Ses mains reviennent sous mes fesses, et son bassin accompagne mes coups dans des gestes délicieusement brusques. Je laisse échapper un gémissement.

— Oui !

J'étouffe mes cris sur ses lèvres, que je dévore. Quand je suis sur le point de perdre la tête, je lui mords la lèvre et lui griffe la nuque. Il accélère brutalement ses mouvements. Je sombre, je ne suis plus tout à fait là pendant qu'il continue de me donner des coups de reins. Je relève la tête lorsque tout s'arrête et qu'il pousse un cri rauque près de mon oreille. Puis il me ramène contre lui, et je me laisse choir dans ses bras. J'adore le silence qui s'installe entre nous et je le savoure en soupirant de béatitude.

— Putain, c'était génial ! lâche-t-il, essoufflé.

Je ris avant de me redresser sur lui, et, dès que nos regards se croisent, il me demande aussitôt :

— Et pour toi ? C'était comme tu veux ?

— Tu cherches les compliments ? je rigole.

— Non ! Mais… t'avais une mise en scène en tête, alors… je sais à quel point ça compte quand on souhaite que les choses se passent d'une certaine façon.

Qu'il fasse le lien avec son emploi me fait hausser un sourcil. C'est vrai que j'avais une idée en venant dans sa chambre, mais je n'ai jamais eu de souci à changer mes plans. S'il m'avait jeté sur le lit pour me faire l'amour avec sa bouche, je n'aurais pas émis la moindre protestation !

— J'ai eu un orgasme, alors je ne me plains pas.

Il se met à rire et hoche la tête avec l'air d'un gamin heureux.

— Alors ça va, dit-il simplement.

Je me défais de son étreinte pour me relever, mais je n'ai pas retrouvé la terre ferme qu'il ordonne :

— Retire cette robe et étends-toi sur le lit. Moi aussi, j'ai une petite mise en scène en tête…

Chapitre 55

Amy s'éloigne en direction de mon lit pendant que je me débarrasse de mon pantalon, toujours coincé à hauteur de mes chevilles. Je bifurque vers la salle de bains pour jeter mon préservatif, mais elle reste là, debout dos à moi, et elle semble attendre que je revienne dans la pièce pour faire glisser la fermeture Éclair dans son dos. Je m'arrête, la chemise à moitié déboutonnée, pour observer le jeu des lumières sur sa peau parfaitement dorée. On dirait un papier sur lequel je pourrais dessiner à ma guise. Quand sa robe glisse jusqu'au sol et qu'elle se retrouve complètement nue, à quelques pas de moi, je retiens mon souffle, troublé par cette étrange docilité. Généralement, Amy me contrarie pour un oui ou pour un non, mais pas ce soir. Ce soir, j'ai l'impression que je peux tout avoir de cette fille.

Lorsqu'elle pivote vers moi, je cligne des yeux et souris comme un idiot.

— Tu es belle, dis-je simplement.

Même ce mot me paraît fade, soudain. C'est vrai qu'Amy était follement sexy dans cette robe, mais voilà qu'elle l'est bien davantage dans sa nudité, qu'elle dévoile sans pudeur.

— Tu es un sale petit charmeur, Garrett, rigole-t-elle, même si elle semble gênée par mon compliment.

Je m'approche d'elle, lentement, comme si j'avais peur de tout briser en me déplaçant trop vite. Amy m'accueille en glissant les mains sur ma chemise. Je l'observe défaire les derniers boutons avec minutie, puis elle repousse le vêtement qui tombe le long de mes bras pour chuter sur le sol. Elle fixe mon torse et le caresse du bout des doigts.

— Tu as un charme fou, avoue-t-elle en me déshabillant du regard.

Je la dévore des yeux pendant que ses doigts pianotent sur mon ventre. Pas seulement parce que c'est agréable, mais surtout parce qu'il est rare qu'elle me fasse un compliment. Mes yeux se ferment lorsqu'elle vient parsemer mon torse de petits baisers. J'apprécie sa langue qui glisse vers mon cou et son souffle chaud qui danse sur ma peau. Elle me mordille l'épaule, et ses mains contournent mes hanches pour venir me saisir les fesses, assez fort pour que ses ongles me pincent légèrement. Je reporte mon attention vers elle avec un sourire amusé. Voilà qui n'est pas désagréable…

Lorsque sa bouche descend vers mon ventre, ma respiration s'emballe, et je ferme de nouveau les yeux en espérant qu'elle se laisse tomber à genoux pour me prendre entre ses lèvres. Quel dommage que mon érection ne revienne pas plus vite !

— Alors, cette mise en scène ? me questionne-t-elle en se redressant.

Son menton prend appui sur mon torse, et je ravale mon air défait avant de reporter mon attention sur elle. J'essaie de retrouver l'idée qui m'a traversé l'esprit, un peu plus tôt, mais avec ces yeux malicieux posés sur moi réfléchir n'a rien d'évident…

— Étends-toi sur le lit. Sur le dos, je lâche enfin.

Elle s'exécute. Lorsqu'elle s'allonge sur le matelas, elle pose un bras derrière sa tête et étend nonchalamment les jambes avant de reporter son attention sur moi. Je reste un moment dans ma contemplation de cette image parfaite : Amy, étendue ainsi, ses cheveux étalés sur l'oreiller et un genou légèrement relevé. Si je le pouvais, je la dessinerais, mais je me contente de fermer les yeux pendant une fraction de seconde, pour essayer de capturer le moment précis.

— Ensuite ? me demande-t-elle en laissant glisser deux doigts entre ses seins.

Je me racle la gorge avant de jeter :

— Écarte les cuisses.

Elle sourit et m'obéit sans me quitter des yeux.

— Touche-toi, dis-je encore.

Elle rit.

— Qu'est-ce que tu es prévisible !

Et pourtant sa main descend immédiatement. Sans réfléchir, je commence à me caresser pendant qu'elle se touche devant moi. Le regard d'Amy et son sourire se figent sous ses propres gestes. Une partie de moi a envie de rester là, en retrait, à observer la scène de l'extérieur, parce qu'elle me paraît étrangement intime. Jamais je n'aurais osé demander un truc pareil à une autre fille. Pourquoi est-ce que je l'exige d'Amy ? Je ne sais pas. Probablement parce qu'elle s'est touchée pendant que je la baisais, la semaine dernière, et parce que ça m'a excité comme un fou. Et, de toute évidence, ça m'excite encore…

Lorsque je perçois son souffle qui s'emballe, je m'avance de deux pas, une érection déjà un peu plus ferme entre mes doigts. Le regard d'Amy me cherche, puis tombe plus bas.

— Oui, approche, chuchote-t-elle. Moi aussi, je veux te voir…

Mes pieds avancent, et je me retrouve à grimper sur le lit pour me positionner entre ses cuisses ouvertes, là où je vois absolument tout ce qui se passe dans cette zone qu'elle exhibe. Je retrouve toute ma vigueur bien plus vite que je ne m'en serais cru capable, surtout que mon gland frôle régulièrement les doigts d'Amy qui s'activent de plus en plus vite, eux aussi. Je fixe la scène avec envie, puis mes yeux remontent vers elle lorsqu'un cri franchit ses lèvres.

— Continue, je la supplie.

— Oui !

Elle remonte le bassin vers moi en se mettant à gémir de plaisir. Mes caresses ralentissent, et je relâche mon érection, tout occupé que je suis à savourer ce spectacle qu'elle m'offre sans retenue. Je ne résiste pas à glisser un doigt en elle, ce qui semble la secouer tout entière vu le râle qui résonne dans la pièce.

— Oh… oui !

Je n'ai pas le temps de plus la pénétrer qu'un cri étouffé franchit ses lèvres, puis qu'un autre suit. Dans la minute, elle perd la tête. Là. Juste comme ça, devant moi. Pourtant, je n'ai absolument rien fait, mais une chose est sûre : j'ai tout vu. Pendant qu'elle se détend, je joins un second doigt au premier, puis je les pousse doucement en elle. Amy retire sa main et me cède son corps. Elle soupire sous mes gestes qui se font plus envahissants. Je glisse le pouce sur son clitoris. Il est dur, gonflé, et je le caresse d'abord avec douceur, pour ne pas le brusquer après son orgasme. Je prends tout mon temps, étrangement heureux de pouvoir me concentrer sur son plaisir sans me soucier du mien. Elle se tortille sur le matelas, gronde, répète un tas de « oui » délicieux, puis se laisse emporter par un autre orgasme sans opposer de résistance.

— J'adore ça, soupire-t-elle avec un petit sourire rêveur.

— Et moi donc…

Sans réfléchir, je ramène mes doigts humides autour de ma queue et me caresse lentement, la jouissance d'Amy me servant de lubrifiant. Elle se redresse partiellement et me contemple, bouche entrouverte. Je m'arrête, étrangement intimidé de me sentir observé, et je cherche à récupérer un préservatif sur la table de chevet lorsqu'elle gronde :

— Non. Continue.

Je vérifie qu'elle n'essaie pas de se moquer de moi, mais son regard se fait insistant et plus sombre que de coutume. Ça l'excite donc ? Sans attendre, je recommence à me branler, en vérifiant sa réaction. Amy s'assoit franchement dans le lit pour mieux assister à la scène. Merde ! Je dois avouer que je ne suis pas tout à fait à l'aise de me caresser devant une fille. On dirait que je n'arrive pas à me lâcher. C'est à peine si ça me plaît…

— Je veux te baiser, dis-je, à bout de souffle.

— C'est moi qui vais te baiser.

Je n'ai pas le temps de protester que sa main se pose sur mon torse et qu'elle me fait basculer sur le lit.

— Amy…, touche-moi !

C'est immédiat : sa main chasse la mienne et me caresse avec plus de lenteur que je ne le faisais juste avant. Je peine à ne pas grogner de plaisir lorsqu'elle prend le contrôle des opérations. Je savoure la douceur de ses doigts et le plaisir qui découle de chacun de ses gestes. Lentement, elle se penche sur moi et vient m'embrasser le ventre. Mon excitation grimpe en flèche, et je gémis pendant que ma main cherche sa nuque. Cette bouche dont j'ai tant envie, voilà qu'elle est si près et si loin à la fois…

— Oh, Amy ! Tu vas me rendre fou !

Elle glousse et accélère le rythme de ses caresses. Sa langue me taquine le nombril et dérive vers le bas. Si elle continue, elle va me faire hurler ! Je serre les dents pour étouffer un cri, puis mon souffle se bloque dans ma poitrine lorsque la bouche d'Amy s'approche de ma queue.

Quand une langue vient me taquiner le bout du gland, j'ai la sensation de rêver. Je baisse les yeux, cherchant à voir la scène. Amy continue de me branler, mais elle dépose de tout petits baisers sur le bout de mon érection. Quand elle remarque que je l'observe, elle fait mine de me lécher comme une glace. Ma tête retombe vers l'arrière, et j'éjacule dans un grand cri.

Tout s'arrête, et je mets une bonne minute à retrouver mes esprits. Puis je ramène Amy à moi et je l'embrasse, même si je n'ai pas encore le souffle qu'il faut pour le faire correctement. Elle rit en se détachant de mon étreinte.

— Je vais aller me nettoyer, annonce-t-elle.

Je la retiens contre moi.

— C'était génial, je lui avoue.

— Vu que tout s'est terminé en moins de deux, je te crois.

Elle rigole, et ses yeux moqueurs brillent lorsqu'elle s'éloigne.

— Reste là, je reviens, ordonne-t-elle.

Rester là ? Comment pourrais-je faire autrement ? Elle m'a sciée en deux avec ce début de fellation ! J'inspire un bon coup et je ferme les yeux. Au loin, dans la salle de bains, je l'entends faire couler l'eau, puis elle réapparaît avec une serviette mouillée. Lorsqu'elle remonte sur le lit, elle s'affaire à me nettoyer, avec des gestes lents et presque tendres.

— C'est quoi, le problème avec ta bouche ? je lui demande, peut-être pour détourner mon attention de ce que son attitude éveille en moi.

Elle me cherche du regard.

— Quel problème ?

— Tu ne suces jamais ? C'est contre tes principes ?

Devant son froncement de sourcils, j'ajoute :

— Quoi ? J'essaie de comprendre !

Elle jette la serviette au sol.

— Je ne vais pas sucer une queue qui baise n'importe quoi ! Et sucer avec une capote, très peu pour moi !

— Attends, tu veux dire que... tu as peur d'avoir une maladie ?

— Évidemment !

Je ne sais pas pourquoi, mais ça me soulage. Au moins, elle n'a pas un problème avec l'acte en lui-même.

— Je te jure que je suis clean !

— Va faire des tests médicaux et je te croirai, tranche-t-elle en soutenant mon regard. Jusqu'à preuve du contraire, ta queue n'entre pas ici.

D'un doigt, elle pointe sa bouche, dont j'ai toujours follement envie.

— Et Ben, il avait fait un test, lui ?

Là, je vais trop loin, je le vois tout de suite à l'expression de son visage. Avant qu'elle s'emporte, je me reprends aussitôt :

— Non, je ne voulais pas... Pardon, c'est juste que...

— Non, il n'avait pas fait de test, me coupe-t-elle sèchement, mais comme il était marié je pensais qu'il était clean, j'ai été conne, merci de me le rappeler.

Je l'ai blessée, mais elle se venge immédiatement :

— Et Marianne, elle te suçait, elle ?

On dirait qu'elle vient de me frapper en plein cœur avec sa question pourrie. Et pourtant je sais bien que je l'ai cherché, alors je soupire.

— Parfois.

— Et elle était douée ?

— Écoute, j'ai merdé, pardon, dis-je simplement.

— Réponds ! ordonne-t-elle en haussant le ton.

— Je ne sais plus, d'accord ? Putain ! Ça fait huit ans qu'elle est morte ! Tu crois que je me souviens de ça ?

Un silence inconfortable suit mes paroles, probablement parce que je viens de tout gâcher. Je passe une main dans mes cheveux avant de reprendre mes esprits.

— Je ne parlerai plus de Ben, je lui assure.

— Merci.

Elle a chuchoté, et, soudain, j'ai peur qu'elle ne cherche un prétexte pour ficher le camp de ma chambre, mais après un interminable soupir elle me repousse contre le matelas et se colle contre moi. Elle enfouit la tête dans le creux de mon cou et m'enlace d'un bras. C'est un geste tout bête, destiné à faire la paix entre nous, et, même si ça me soulage, il y a comme une envie de pleurer qui me reste en travers de la gorge.

— Si tu fais un test, je te sucerai peut-être, lâche-t-elle au bout d'un silence.

C'est ridicule, mais je souris, puis je me mets à rire comme un idiot et je tourne la tête pour vérifier qu'elle est sérieuse. Elle pouffe à son tour. Je ne sais pas si elle interprète ça comme un refus de ma part, mais elle ne semble pas s'en formaliser outre mesure. Putain ! Elle s'imagine vraiment que je vais aller faire une prise de sang juste pour avoir droit à sa bouche ?

Pendant une fraction de seconde, je songe à cette idée… puis je me remets à rire en secouant la tête. C'est hors de question ! Je ne suis pas désespéré à ce point !

Chapitre 56

Un certain calme s'est abattu sur nous, et je reste immobile un bon moment, à attendre que le souffle d'Amy soit régulier, avant de relever la tête pour mieux la voir. Elle s'éloigne de moi et s'étire sur le matelas, complètement nue. Sa peau me plaît. Dorée, étalée à ma vue. Je pivote pour mieux l'observer quand elle tourne la tête vers moi.

— Qu'est-ce que tu fais ?

— Je te regarde, dis-je bêtement.

Sa main remonte vers un sein et en taquine la pointe jusqu'à ce qu'elle se dresse.

— Et ça te plaît ?

Je réponds par un simple hochement de tête, les yeux un peu écarquillés. Sans réfléchir, je tends un bras en direction de la table de chevet. Elle rit, croyant probablement que je suis sur le point de me jeter sur elle, mais j'ouvre simplement le tiroir et je récupère le stylo à bille de l'hôtel, trop flemmard que je suis pour aller chercher mon sac. Quand je me positionne à genoux, sur le lit, je lui montre mon arme et dis :

— Je veux dessiner sur ta peau.

Amy arbore un air intrigué. Pendant une fraction de seconde, je la soupçonne de croire que je plaisante. Si seulement c'était le cas ! Ne voit-elle pas la magnifique feuille de papier qu'elle étale ainsi à ma vue ? Lorsque j'approche le stylo de son sein, en la questionnant du regard, elle retire aussitôt les doigts et remonte les bras au-dessus de sa tête. Mon ventre se serre devant cette immense toile vierge qu'elle m'offre. Je me penche et tapote la pointe de son sein avec le bout de mon stylo, juste pour m'assurer que l'encre adhère à la peau. Elle rit, puis s'excuse aussitôt :

— Pardon. Ça chatouille.

Autour de sa pointe, je trace de petits pétales, créant une fleur. C'est ridicule, mais c'est la première chose qui m'est venue en tête avec cette forme au centre. Entre deux traits bombés, je tire une ligne plus loin et je refais une autre fleur de la même taille. Amy retient son souffle lorsque je la chatouille, mais reste à peu près immobile. Pour ma part, j'oublie tout. Petit à petit, je trace une mosaïque sur sa peau, comme si je l'habillais de dentelle. Une dizaine de petites fleurs plus tard, je recommence sur son autre sein et je fais se rejoindre les deux textures. Ça doit faire une vingtaine de minutes que je trace des formes sur sa chair lorsque je me remémore l'endroit où je dessine, et je relève le visage. Amy m'observe, un bras derrière la tête.

— Je t'ennuie ?

— Non. Je t'admire.

Je la scrute, intrigué par sa réponse, qu'elle s'empresse d'expliquer :

— Tu es beau quand tu crées. Tu es là, tellement concentré… On dirait que plus rien d'autre n'existe.

Je rougis sous son compliment.

— Ouais, c'est que… je ne sais pas… ça me vide la tête.

Je reporte mon attention sur l'espèce de mosaïque que j'ai tracée sur sa poitrine et je glisse une main entre ses seins avant de descendre vers son ventre encore tout blanc.

— Ta peau est vraiment une merveille, j'insiste en continuant de la caresser. Un jour, il faudra que tu me laisses dessiner sur ton dos aussi.

C'est fou comme ça m'inspire. Déjà, je songe à tous les éléments que je pourrais y intégrer. Avec les courbes naturelles d'Amy, je pourrais réaliser un désert magnifique, avec un château…, toute une fresque !

— On dirait que tu m'as fait une robe, rigole-t-elle en touchant l'un de ses seins.

C'est vrai et c'était le but. Enfin, je crois. C'est la première fois que je dessine sur un corps, et ce n'est pas aussi simple qu'on peut le penser. La prochaine fois, je prendrai un feutre. Ce sera plus rapide et plus doux, probablement. Alors que je songe à poursuivre mon œuvre, au moins jusqu'au nombril, Amy se met à suivre des lignes du bout d'un doigt. Je m'arrête et je l'observe. Elle s'étire, et j'ai la sensation que mon œuvre prend vie quand elle bouge, surtout quand l'ombre brouille les traits. Soudain, une autre idée me vient en tête, bien meilleure que la première.

— Étire-toi, je chuchote.

Amy étend les jambes. Je songe à reprendre mes petits dessins tout le long de ces magnifiques cuisses. Malheureusement, le temps file, et je dois profiter du corps d'Amy pendant qu'il est aussi docile. D'une main lourde, je viens taquiner ses seins joliment décorés, puis je descends lui caresser le ventre avant de glisser entre ses cuisses. Elle inspire profondément et gémit lorsque je plonge deux doigts en elle. Sa poitrine se gonfle, et on dirait que sa peau joue avec la lumière. Je me penche pour venir lui embrasser le ventre en continuant de la pénétrer lentement. Ses râles se font plus lourds, et je me délecte de l'humidité que mes gestes provoquent. Mon érection s'éveille lorsque je viens mordiller la pointe d'un sein fleuri. J'ai la sensation d'avoir créé une œuvre à dévorer. Une œuvre qui réagit à tout ce que je lui fais. Ma bouche remonte encore, vient lécher le cou d'Amy, puis répond au baiser qu'elle quémande en m'offrant ses lèvres. Plus je monte, plus mes pénétrations se font rapides, et je n'ai qu'à me redresser partiellement pour observer une Amy sous le joug de mes doigts. Lorsqu'un cri résonne, je souris comme un idiot. Mon œuvre, ce n'est pas ce dessin qui tapisse la poitrine d'Amy, c'est ce cri que je génère et dont je suis le maître. J'adore la voir à ma merci. D'autant plus lorsqu'elle se met à perdre ainsi la tête et que sa main enserre la première chose qu'elle arrive à agripper, soit mon avant-bras.

—Oh, Oli !

Je cligne des yeux, incertain d'avoir bien entendu. Est-ce qu'elle vient de prononcer mon nom ? Mes doigts se sont figés en elle, provoquant un rugissement chez Amy, dont la tête se relève vers moi :

—Oh, bordel ! Ne t'arrête pas !

Aussitôt, je me remets à la pénétrer, un peu trop vite. Amy retombe sur le matelas et parvient très rapidement à la jouissance.

Pendant un moment, je l'observe se remettre de son orgasme, les doigts toujours plongés en elle. Mon cerveau repasse en boucle le moment où elle a gémi mon nom. L'effet que ça m'a fait ! Comment faire pour l'entendre de nouveau ?

Sans réfléchir, je descends la tête plus bas, lui écarte rudement les cuisses et viens lui dévorer le sexe de ma bouche. Le corps d'Amy se cambre comme une vague et elle crie :

—Oh ! Oui !

Sa main tombe sur ma tête, et je pousse ma langue en elle avant d'écraser son clitoris. C'est rapide. Mes doigts, que je plonge de nouveau en elle, en témoignent. Tous ses muscles se contractent. Ses ongles me griffent par inadvertance et m'indiquent que la chute est proche. Je ralentis, par crainte de ne pas entendre ces mots si désirés. Aussitôt, elle halète :

—Oli ! N'arrête surtout pas !

Ce n'est pas tout à fait ce que j'avais en tête, mais c'est un début. Je me remets à la prendre avec ma langue jusqu'à ce que ses cuisses soient sur le point de me broyer la tête, puis tout s'emballe. Amy se tortille, et les mots que j'attends résonnent enfin :

—Oli ! Oli ! Oh… bordel… oui !

Adieu Ben… C'est avec moi qu'Amy baise, cette nuit. Son corps est mien, et je sais que je suis partout, pas seulement entre ses cuisses, mais dans sa tête également…, et ça me fait un bien fou !

Quand j'émerge de cette zone que je viens d'inonder, Amy m'attire jusqu'à elle, sa bouche venant prendre la mienne et ses griffes marquant son territoire le long de mes épaules. Lorsque je m'éloigne pour retrouver mon souffle, elle ouvre des yeux brillants d'envie sur moi.

— Je croyais que c'était hors de question que tu me lèches ? me demande-t-elle avec un air taquin.

Je hausse les épaules.

— Tu me connais, je suis un petit con. Je fais n'importe quoi.

Elle glousse avant de venir me caresser le visage de ses doigts fins. Quand elle joue avec ma lèvre inférieure, elle chuchote :

— J'adore ta bouche.

Encore un compliment ! Sur le point de revenir l'embrasser, je reste choqué lorsque Amy pousse un pouce entre mes lèvres pour venir le frotter contre ma langue. Je la scrute, intrigué, pendant qu'elle reprend son doigt pour le porter à ses lèvres. Elle le lèche devant moi, sans me quitter des yeux. Je sens mon érection revenir immédiatement à la vie et j'ai soudain l'envie folle de la posséder d'un coup de reins. Je cherche les préservatifs, quelque part sur la table de chevet, mais dès que j'en récupère un Amy me repousse :

— Étends-toi. C'est à mon tour…

J'ai envie de refuser, de lui dire que c'est moi qui veux continuer de diriger les opérations, parce qu'elle est toujours mon œuvre, mais elle est déjà assise, et avec un soupir je me laisse tomber sur le matelas et consens à lui céder le contrôle… au moins pour quelques minutes…

Chapitre 57

Dès qu'Oli est étendu sur l'immense lit de sa chambre d'hôtel, des tas d'idées me viennent en tête. Je songe à l'attacher et à me caresser juste sous son nez, jusqu'à ce qu'il me supplie de le baiser, puis à descendre le chevaucher jusqu'à ce que tout s'enflamme… Et pourtant, pendant près d'une minute, je reste là, immobile, à le contempler. Oli est définitivement sexy. Et doué ! Tellement doué que ça me donne le vertige d'avoir le contrôle des opérations. Ses yeux glissent sur ma poitrine, qu'il a patiemment ornée de fleurs.

— Tu es jolie comme ça, chuchote-t-il.

Je ne réponds pas, trop occupée à me pencher vers lui pour lui voler un baiser. Ma main en profite pour lui caresser le ventre, puis je le griffe délicatement avant de venir empoigner sa queue, que je commence à branler. Oli respire fort avant de poser les doigts sur mon avant-bras.

— Du calme… sinon tout va partir en vrille en moins de cinq minutes ! Je ne te dis pas comme je suis excité.

Mon rire fuse, nerveux. Je n'ose pas lui dire que c'est réciproque, même après tous les orgasmes que je viens de rafler.

— J'ai envie de t'entendre jouir, je lui avoue.

En réalité, j'ai envie de lui rendre un peu de ce qu'il m'a offert. Je ne peux peut-être pas rivaliser, mais je veux bien essayer de lui offrir au moins un orgasme mémorable. Mon aveu semble le ravir, car il sourit davantage.

— Je comprends. J'ai souvent ce genre d'envie quand je suis avec une certaine Amy.

Je glousse comme une idiote, flattée. Il répète souvent mon nom, ce soir. Je ne suis plus une « poupée » au hasard, ramassée dans un bar, mais Amy. Moi. Et j'ai l'impression qu'il y a un lien plus intime entre nous, ce soir. Est-ce que c'est parce que nous nous connaissons mieux ?

J'embrasse son visage, que je trouve si beau : son nez, sa bouche, son menton. Je descends pour lécher son torse en faisant glisser mes cheveux sur lui. Il gémit, et je sens les muscles de son ventre qui se tendent. De ma main libre, je récupère le préservatif qu'Oli tient toujours entre ses doigts, puis je glisse les lèvres toujours plus bas, tout près de son gland. Oli lâche un râle qui ne masque en rien l'excitation que cette simple proximité provoque en lui. Ma main s'active plus rapidement sur son sexe, que j'observe se gonfler entre mes doigts. J'ai envie de me jeter dessus, de le sentir en moi, mais je fais ce que j'ai toujours refusé à Oli : je lèche son gland avec le bout de la langue. Délicatement. Juste pour goûter au fruit interdit.

— Oh… oui !

Je savoure sa plainte en fixant ce sexe gorgé de sang. Au bout d'une bonne minute, je saisis son gland entre mes lèvres sans cesser de le branler et je me retire aussi prestement. C'est instantané : Oli se met à gémir en se raidissant sur le matelas. Je me sens soudain envahie d'un pouvoir étrange. Quand son souffle s'apaise légèrement, je recommence, détachant les doigts de sa queue pour pouvoir la prendre en entier entre mes lèvres. Dès que je remonte, ma main retrouve ses gestes mécaniques, aidée par la salive que je viens de laisser autour de sa chair ferme. Une autre secousse semble le terrasser, et ses doigts me serrent l'épaule pendant qu'il gémit :

— Oh, Amy !

Lorsque Oli le dit de cette façon, mon nom est le plus beau chant qui existe. Comme s'il n'existait que moi dans son esprit. J'ai envie de chasser mes règles idiotes, de me jeter de nouveau sur ce sexe en feu et de combler cet homme sans aucune réserve, mais je reprends mes esprits, puis le préservatif que je viens déchirer avec mes dents. J'ai la sensation de trembler en venant le dérouler sur son gland rougi par mes soins. Pourquoi est-ce que je n'arrive pas à être raisonnable quand un idiot me fait me sentir aussi spéciale ?

Oli lâche un soupir. Je m'empresse de venir me jucher sur lui et je savoure l'instant où ce sexe gonflé m'habite enfin. Je n'ai pas commencé ma chevauchée qu'il se redresse et m'emprisonne la tête entre ses mains avant de venir écraser la bouche contre la mienne. C'est rapide, urgent. Il m'empoigne les fesses et m'oblige à démarrer mes déhanchements avec un rythme soutenu. Je m'accroche à ses épaules et tente de me mouvoir comme il le souhaite, mais il devient plus empressé que jamais. Tellement qu'il me plaque dos au lit pour venir me prendre avec une fougue de tous les diables, puis il ralentit et vient poser doucement le front contre le mien.

— Oh, putain !... Je ne veux pas jouir tout de suite !

Ses yeux cherchent les miens, et il m'arrache un petit cri de plaisir en me donnant un solide coup de reins.

— Tu me rends fou. Tu le sais, au moins ?

Sa voix résonne comme un reproche, et ses pénétrations se font de plus en plus rudes, comme s'il n'arrivait plus à retenir ses gestes. J'adore le voir ainsi ! Je retiens son visage près du mien pendant qu'il se met à gémir, les yeux rivés aux miens. Entre deux râles, il halète :

— Je ne peux plus... tenir !

Je retiens un sourire charmé. Est-ce qu'il espérait me donner encore un orgasme ? Sans réfléchir, je soulève la tête pour venir capturer sa bouche, puis je termine mon baiser en retenant sa lèvre entre mes dents. Je n'ai même pas à le mordre que tout s'emballe. Oli me repousse contre le lit et me bloque les mains au-dessus de la tête, puis il me pénètre puissamment encore une, puis deux fois. Lorsqu'il s'immobilise enfin, il expire avec bruit puis se laisse tomber sur moi.

— Hé ! Tu es lourd, je proteste avec un rire.

Il roule à mes côtés. Au bout de plusieurs minutes pendant lesquelles il essaie de reprendre sa respiration, il tourne la tête vers moi.

— Est-ce que tu m'as sucé, Amy ?

Je secoue la tête avec un petit air innocent.

— Tu as rêvé. J'ai seulement enduit ma main de salive pour que ce soit plus agréable.

Il fronce les sourcils, et je vois, dans son regard, qu'il doute de son propre ressenti, puis il insiste :

— Je ne suis pas fou ! Je sais quand même reconnaître la sensation d'une bouche sur ma queue !

J'attends, puis j'essaie aussitôt de me justifier :

— D'accord, je t'ai peut-être un peu sucé. Mais juste une fois ! Pas de quoi en faire tout un plat !

Un peu vite, il pivote sur le côté et prend appui sur une main pour me regarder.

— Et les tests médicaux ?

Je serre les dents.

— J'ai fait une erreur. Ça ne se reproduira plus. De toute façon, je te rappelle que demain, on redevient de simples collègues de boulot.

— La nuit ne fait que commencer. Et tu me l'as promise tout entière.

— Oui, mais je ne te reprendrai pas dans ma bouche.

Il soupire contre mon oreille.

— Tu as vu un peu l'effet que ça m'a fait ?

Le rire que je perçois dans sa voix me plaît, et je glousse en hochant la tête.

— C'est vrai que c'était plutôt impressionnant…

Je commence à me relever.

— J'ai besoin d'une douche. Ou plutôt d'un bain, tiens. Ça te donnera le temps de retrouver la forme…

Je n'ai pas fait trois pas qu'il se lève à ma suite.

— Je viens aussi. Quelque chose me dit que la forme reviendra bien plus vite si je reste près de toi.

Il me rattrape et me claque une fesse au passage.

— Mais je n'ai pas dit mon dernier mot pour la pipe, tu sais.

— Quel idiot tu fais !

— Je sais ! Mais l'espoir fait vivre, pas vrai ?

C'est plus fort que moi, j'éclate de rire.

Chapitre 58

Amy chantonne en se savonnant les jambes, le dos collé contre mon torse. La dernière fois que j'ai pris un bain, je devais être gamin. Et pourtant je reste là et je l'observe, amusé de la voir se comporter comme si je n'existais pas. Avec les autres femmes, j'ai toujours pris des douches. Un bain, c'est long. Il faut attendre, discuter…, mais en fait, pas vraiment. Amy est silencieuse. Quand elle s'avance un peu pour se rincer les bras, j'essuie les bulles de savon sur sa peau. Évidemment, elle a versé la petite bouteille de bain moussant dans l'eau pendant que la baignoire se remplissait ! Et, même si j'ai haussé un sourcil sceptique sur le moment, c'est vrai que je trouve ce bain apaisant. Peut-être un peu trop, d'ailleurs.

— Parle-moi un peu des clients qu'on verra demain, lâche-t-elle soudain en revenant s'étendre contre moi.

Je cligne des yeux avant de demander :

— Euh… tu veux qu'on parle boulot ?

— Pourquoi pas ?

Étirant un bras, je fais glisser une main entre ses jambes, caressant l'intérieur de ses cuisses.

— On a quand même mieux à faire que de parler boulot, toi et moi, j'explique en essayant de la faire tourner face à moi.

Elle rigole, mais cède et se positionne de biais pour que nos regards se croisent. Je ne résiste pas à venir caresser son sexe sous l'eau.

— Oli, me gronde-t-elle dans un rire.

— Quoi ? Tu es nue, dans mon bain… Tu ne vas quand même pas t'offusquer si je te tripote !

Elle glousse encore, puis son souffle s'emballe lorsque j'atteins son clitoris.

— C'est que… je voulais… qu'on soit prêts pour demain, finit-elle par dire, visiblement bien troublé par mes caresses.

L'avantage de ma position, c'est que j'ai un bel accès à son sexe, et je m'empresse de venir la pénétrer de deux doigts. Amy ferme les yeux quelques secondes.

— Comment veux-tu qu'on discute si tu me touches comme ça ?

— Moi, je n'ai aucun problème à discuter, je raille.

Sans cesser de pousser les doigts en elle, je me mets à lui parler du projet, du fait que nous sommes deux boîtes en lice pour acheter les droits du spectacle, mais, comme nous sommes plus petits et que notre budget est plus limité, j'ignore si nos arguments pèseront suffisamment lourd dans la balance… Amy lutte contre le plaisir que je génère en elle et demande, la voix trouble :

— Alors on fait tout ça pour rien ?

Je reviens sur son clitoris, et l'eau tremble sous son spasme. Elle se retient d'une main à mon épaule.

— On ne fait jamais rien pour rien, dis-je en fixant ses lèvres.

Elle me cherche des yeux à travers un brouillard qui semble agréable, et je lui laisse quelques secondes pour retrouver ses esprits avant de m'expliquer.

— On est plus petits mais plus créatifs. On a des idées, une équipe, une expertise et une réputation qui n'a rien à envier à ces idiots de Devex. Eux, ils font du fast-food. Ils n'innovent pas !

Soudain, je remarque qu'Amy m'écoute réellement, signe que mes doigts sont restés immobiles pendant trop longtemps. Je la pénètre aussitôt de nouveau. Ses yeux se ferment et sa respiration se trouble.

— J'aime comment tu réagis, dis-je sans réfléchir.

Je reviens sur son clitoris, dans une caresse plus appuyée cette fois. Je veux qu'elle jouisse, vite, comme ça, sans prévenir. L'eau tangue. Amy aussi, et sa tête prend appui sur mon épaule pendant qu'elle lâche un premier râle qui résonne dans la pièce. Dans l'eau, je sens ses cuisses qui s'ouvrent, comme si son corps cherchait à prendre tout le plaisir que je lui donne. Lorsqu'un petit cri franchit ses lèvres, elle relève le visage vers moi et écrase la bouche sur la mienne. Ce baiser ressemble à un signe pour que je l'achève, alors j'y vais franchement et je savoure la façon dont elle accueille l'orgasme que je lui offre : elle me serre contre elle, mord ma lèvre assez fort pour que j'en grimace de douleur, puis elle s'éloigne légèrement pour lâcher une plainte qui n'en finit plus.

Lorsqu'elle retrouve son souffle, je retiens un petit air suffisant pour assener :

— Enfin, bref, je crois qu'on a encore nos chances de récupérer le spectacle.

Le regard d'Amy affiche de la confusion, avant qu'elle éclate de rire. Un rire qui vient du cœur, beau, et long aussi.

— Toi, alors ! Tu n'en rates pas une !

— Tu voulais qu'on parle du boulot, je te parle du boulot ! j'argumente en feignant un air outré.

Un autre rire résonne, puis elle vient nouer les bras autour de mon cou et reprendre ma bouche avec une sensualité qui redonne de la vigueur à mon membre. Lorsqu'elle le remarque, Amy chuchote entre deux baisers :

— Tu veux que je te fasse jouir ici ?

Je secoue la tête, mais la laisse continuer à me caresser. J'adore ce qu'elle fait et les petits spasmes qu'elle provoque dans mon ventre.

— De quoi est-ce que tu as envie ? demande-t-elle encore.

— De ta bouche, dis-je sans réfléchir.

J'ai un moment d'absence avant de prendre conscience des mots qui viennent de franchir mes lèvres.

— Tu es tellement prévisible, rigole-t-elle.

Elle se relève soudain, et je me demande si elle l'a mal pris. Légèrement anxieux, je la questionne :

— Qu'est-ce que tu fais ?

— Je t'attends sur le lit. On va voir si on peut trouver un petit arrangement…

Un arrangement ? Pour qu'elle me suce ? Je me lève si prestement dans la baignoire que l'eau tangue dans tous les sens. Amy s'enroule dans une serviette et rit devant mon empressement. Je la dévisage, perplexe.

— Attends, tu as dit ça pour me faire marcher ?

Avec un air lubrique, elle plonge deux doigts entre ses lèvres et les suce devant moi. C'est automatique : mon érection retrouve toute sa vigueur, et elle observe ma réaction avec un air amusé.

— Allez, dépêche-toi ! Et tu as intérêt à me prendre en levrette, après.

Une pipe et une levrette ? Je dois vraiment être en train de rêver. Je récupère une serviette et la suis en m'essuyant en quatrième vitesse.

Chapitre 59

Je cours presque pour arriver à m'installer sur le lit avant même qu'Amy l'ait atteint. Je me couche sur le dos, offert, avec un petit sourire séducteur.

Devant mon manège, Amy lâche un rire, puis elle laisse tomber la serviette sur le sol, récupère une capote et vient me rejoindre sur le matelas. Elle est tellement belle ! Je prends de profondes inspirations, espérant retrouver un peu de calme. Si ça continue, je vais jouir en moins de trois minutes et je n'ai pas autant espéré ce moment pour que tout s'arrête aussi vite !

Soudain, elle se penche pour venir m'embrasser le ventre. Je serre les dents et retiens un râle d'envie. Elle lèche ma peau en descendant vers le bas. Elle n'a pas encore atteint mon érection que je pousse un grognement. Elle relève les yeux vers moi, taquine :

— Serais-tu si excité ?

— Tu n'as pas idée ! je lâche, incapable de retenir ces mots.

Lorsqu'elle dépose un baiser sur mon gland, je ferme les yeux et savoure l'instant à venir. Elle me taquine de la langue, puis plonge ma queue entre ses lèvres. On dirait qu'un électrochoc me traverse de bas en haut.

— Oh… Amy ! gémis-je.

Cette fois, c'est sûr, je ne tiendrai pas trois minutes ! Je baisse les yeux pour la regarder. J'en ai tellement rêvé ! Mais, au lieu de revenir me prendre en bouche, je la vois qui installe un préservatif contre ses lèvres. Je m'exclame :

— Qu'est-ce que tu fous ?

Elle relève la tête vers moi, surprise. D'une main, elle éloigne la capote de sa bouche puis dit :

— Je te mets un préservatif.

— Quoi ? Tu vas me sucer dans ce machin en plastique ?

— Oli, on en a déjà parlé, me rappelle-t-elle en me jetant un regard lourd de sens.

— Mais tu viens juste de plonger ma queue dans ta bouche ! Tu n'as qu'à le refaire dix ou douze fois, qu'est-ce que ça change ?

Elle soupire.

— Écoute, c'est à prendre ou à laisser, tranche-t-elle. Autant que tu le saches, ça ne m'excite pas plus que toi de devoir utiliser une capote, mais c'est le seul moyen. Si tu fermes les yeux, tu ne verras même pas la différence, me promet-elle.

Comme elle attend que je me décide, je finis par me laisser retomber sur le matelas et ravale ma déception. Une inspiration plus tard, je baisse les yeux vers elle et je l'observe dérouler le préservatif le long de ma queue avec sa bouche. Si je n'étais pas aussi amer, je serais probablement impressionné par sa technique. Quand elle démarre sa fellation et que mon sexe frémit au contact de ses lèvres, je serre les dents et détourne la tête pour essayer d'oublier ce fichu bout de plastique entre elle et moi. C'est énervant de ne pas sentir sa salive. Ou la texture de sa bouche contre ma peau. Ça m'empêche de profiter de ce moment. Alors qu'elle s'active davantage, je soupire et gronde :

— Je ne vais jamais y arriver !

Elle se redresse, et je prends un petit moment avant de descendre les yeux vers elle.

— Ce n'est vraiment pas ce que j'avais en tête, je lui avoue doucement.

À son tour de soupirer.

— Je suis désolée, Oli, mais je ne peux pas te donner plus que ça.

Ravalant ma déception, je m'assois sur le lit.

— Je peux te branler en t'embrassant le ventre, propose-t-elle aussitôt.

Je secoue la tête, dépité. Je ne peux pas m'empêcher de la questionner :

— Mais tu en as envie ou… ? Je veux dire… de me sucer ?

Elle se lèche rapidement les lèvres puis avoue, avec un petit sourire timide :

— Je ne l'aurais pas fait, autrement. Je ne suis pas vraiment du genre à te faire des choses uniquement pour ton bon plaisir, je te rappelle.

Sans réfléchir, je pose les doigts sur sa nuque et l'attire vers moi pour lui voler un baiser. À défaut d'autre chose, je viole sa bouche avec ma langue, avec une sorte de rage que je ne m'explique pas. Pourquoi est-ce que j'exige autant de cette fille ? Je pourrais me contenter de ce qu'on fait déjà ensemble !

Amy se colle à moi et frotte son sexe contre le mien. Je rugis lorsqu'elle glisse mon érection en elle sans interrompre notre baiser. Là, au moins, j'ai la sensation de contrôler quelque chose, et je ne résiste pas à prendre ses fesses entre mes mains pour lui dicter le rythme qui me convient.

Trop avide de me perdre en elle et de l'avoir à ma merci, je la repousse et la déplace à ma guise, la faisant pivoter pour qu'elle se retrouve dos à moi, un peu rustre dans mes gestes. Amy me laisse la positionner contre la tête de lit, les mains bien à plat contre la structure en bois, puis elle écarte les cuisses dès que je cherche à la prendre par-derrière. Si fort que nos peaux claquent lorsque je plonge en elle. Je gronde devant sa docilité et recommence mes violents coups de bassin. Amy lâche un cri magnifique qui ne fait que raviver mon excitation. À défaut de posséder sa bouche, je vais posséder son corps. J'agrippe ses hanches pour la ramener de plus en plus vite vers moi quand soudain elle se met à gémir mon prénom. Je serre les dents, j'essaie de respirer par à-coups, je fais tout ce que je peux pour retenir mon éjaculation. Tout s'emballe lorsque Amy lâche un cri assourdissant et que son corps m'enserre de l'intérieur. Elle glisse contre le mur quand je viens l'y plaquer, perdant la tête à mon tour. Je pousse un cri sourd qui résonne à mes oreilles, avant de reprendre peu à peu conscience de mon corps. L'arrière de mes cuisses me fait un mal de chien, mais ce n'est rien en comparaison de mes jointures. Je l'ai serrée si fort que j'ai dû lui imprimer mes empreintes digitales dans la peau. Quand j'arrive à ouvrir les yeux, je me détache d'elle avant de me laisser tomber sur le lit. Dans un soupir, elle s'écroule à mes côtés et tourne la tête vers moi avec un rire.

— Bon sang, c'était génial ! m'annonce-t-elle.

Je ne réponds pas, trop essoufflé, mais je souris, plutôt fier. Moi qui craignais qu'elle me reproche ma rudesse ! Peut-être que ça lui plaît bien, tout compte fait…

De façon toute naturelle, Amy se glisse contre moi et pose une main sur mon torse pour me caresser doucement. Je ferme les yeux et savoure le contact délicat de ses doigts avant de sombrer dans le sommeil.

Chapitre 60

Le soleil filtre dans la pièce et m'oblige à ouvrir les yeux. Je m'étire sous les draps et je sursaute lorsque je perçois un corps près du mien. Où est-ce que je suis ? Je me redresse, un peu dans les vapes, puis je prends quelques secondes pour observer l'endroit, et je porte une attention plus précise à la femme qui se trouve à mes côtés.

Amy.

Je m'essuie le visage d'une main lourde. La nuit dernière me revient en tête dans une série d'images fixes : Vegas, la robe d'Amy, son regard empreint d'excitation…, puis la façon dont elle m'a sauté au cou…, tout ce sexe et cette complicité…

Je chasse mes souvenirs et je soupire pendant qu'elle continue de dormir à poings fermés. Elle est dos à moi, complètement nue, et le drap la recouvre jusqu'aux hanches. Ses cheveux sont défaits et s'éparpillent sur son oreiller.

Je souris, puis me rembrunis de nouveau. Pourquoi Amy est-elle restée dormir ici ? Sa chambre est juste à côté… Et pourquoi ça me contrarie ? Ce n'est pas si grave. Elle s'est probablement endormie juste après son dernier orgasme, comme moi. Ça ne veut rien dire. Elle n'est quand même pas le genre de filles à imaginer que notre relation a progressé parce qu'on a dormi l'un à côté de l'autre, pas vrai ?

Dans un geste lascif, Amy bouge, puis s'étale sur le dos. Ses seins accrochent mon regard pendant que sa main cherche et trouve le drap qu'elle remonte sur sa peau. C'est automatique : je bande. Qu'est-ce qu'elle est belle ! Je ne peux pas m'empêcher de jeter un coup d'œil à l'heure. Je souris comme un idiot. J'ai le temps de remettre ça. Pas beaucoup, alors j'ai intérêt à me dépêcher.

Je repousse le drap pour qu'elle soit nue. Elle grogne et tente de se coucher sur le côté, mais je retiens sa cuisse un peu cavalièrement pour qu'elle reste en position et viens m'installer entre ses jambes. Elle expire bruyamment, pose l'avant-bras sur ses yeux pour se cacher de la lumière qu'il y a dans la pièce.

Même si j'ai envie de la prendre, je vérifie d'abord qu'elle est prête à m'accueillir en poussant deux doigts en elle. Amy bouge légèrement pendant que je m'approprie son intimité, chaude et humide. Elle gémit lorsque je recommence, et je sens que son corps accepte mon intrusion sans rechigner. Juste à la façon dont sa respiration se transforme et que ses cuisses s'ouvrent davantage, je comprends qu'elle s'éveille agréablement. Dès qu'un premier gémissement se fait entendre, j'accélère, percevant de plus en plus d'humidité qui se forme autour de mes doigts. Amy se cambre en étouffant un râle, puis elle reprend conscience pendant que je viens caresser son clitoris. Dans un sursaut, elle hoquette, et ses yeux se posent enfin sur moi.

— Je t'ai… donné la permission de me baiser ? me questionne-t-elle d'une voix enrouée.

— Ton corps ne semble pas s'en plaindre.

Je me penche en direction de la table de chevet, déterminé à récupérer un préservatif pour pouvoir me faufiler en elle, mais Amy retient mon geste en posant une main ferme sur mon épaule.

— Un gentleman pense davantage au plaisir de sa partenaire, me rabroue-t-elle encore.

Je la scrute : elle est visiblement impatiente que je revienne la toucher.

— Je n'ai jamais prétendu être un gentleman, dis-je.

Et, pourtant, je ramène les doigts contre son sexe et viens emprisonner son clitoris dans une petite secousse qui la force à refermer les yeux.

— C'est mieux, comme ça ? je raille.

Retenant un râle, elle reporte son attention sur moi, forçant la note pour essayer de me rabrouer du regard, quand elle remarque que je suis parvenu à récupérer un préservatif. Ses doigts s'accrochent à mon poignet, et elle résiste aux petites frictions que je lui sers avant de gronder :

— Pas tout de suite. Continue.

J'accélère jusqu'à ce qu'elle se mette à gémir, puis je plonge les doigts en elle. Tout le corps d'Amy se cambre, comme une vague sur le lit. Pendant que je la contemple, sa respiration s'emballe et elle souffle :

— Oli…, tu triches !

Elle referme la bouche avant qu'une plainte trouble sa voix, mais ses yeux se ferment, et le plaisir déforme ses traits. Qu'est-ce que j'aime la voir ainsi ! Dès qu'elle baisse sa garde et laisse ses cuisses s'écarter, je profite de cet espace pour enfiler le préservatif avant de venir lui donner un coup de reins bien senti. Enfin ! Aussitôt, Amy grogne :

— Tu aurais pu continuer un peu…

— Tu me connais. J'adore être un salaud.

Avec un rire, elle remonte une jambe derrière moi et tente de cogner mes fesses.

— Alors baise-moi !

J'empoigne son bassin et le ramène brusquement vers moi. Elle pousse immédiatement un premier cri. Merde ! Je suis fébrile. J'ai envie de jouir, et vite.

— Touche-toi, je lui ordonne. On n'a pas beaucoup de temps.

La main d'Amy glisse sur son sexe, et je prends quelques secondes pour la contempler avant de reprendre mon déhanchement. J'accélère le rythme et me délecte des petits cris que je génère et du plaisir qui commence à m'étourdir. Mes gestes m'entraînent vers une chute aussi rapide que certaine. Tant pis. Ce matin, c'est chacun pour soi. Quand elle devient trop lourde à soulever, je relâche son bassin et grimpe sur elle. Je force ses cuisses à m'accueillir pendant que je la prends plus rudement. Amy m'attire vers sa bouche, m'embrasse avec fougue, et ses ongles s'enfoncent dans mes cheveux, puis me griffent la nuque. J'adore quand elle fait ce truc ! Je me raidis et je pousse un cri, puis je m'enfonce une dernière fois en elle pour jouir, aveuglé par ce mélange de sensations, qui m'écrase de plein fouet.

Lorsque je reprends mes esprits, je dis les premiers mots qui me viennent en tête.

— Oh, poupée…, tu as vraiment le don de me rendre fou !

Je me redresse pour la laisser respirer, puis me laisse tomber à côté d'elle sur le matelas. Lorsque mes yeux croisent l'heure, je marmonne, encore engourdi par mon orgasme :

— Merde ! Il faut que tu fiches le camp, autrement Marco va se pointer et te trouver dans mon lit…

Un silence passe, et je tourne la tête vers elle. Je croise le regard d'Amy qui me fixe avec un drôle d'air, puis elle se redresse brusquement. Qu'est-ce qui se passe, qu'est-ce que j'ai mal fait ? Merde ! Amy n'a probablement pas eu le temps d'atteindre l'orgasme ! C'est forcément ça ! Elle s'assoit et glisse les jambes hors du lit, visiblement pressée de quitter ma chambre. Sans réfléchir, je me rapproche d'elle et noue un bras autour de sa taille pour essayer de la retenir.

— Tu veux que je te finisse avec les doigts ? je lui propose franchement.

Elle me jette un regard noir.

— Tu n'es vraiment qu'un sale con.

Elle chasse ma main et se lève pendant que je reste immobile, sonné par son intonation acerbe.

— Attends… C'est parce que tu n'as pas pris ton pied ? J'ai joui trop vite ?

Elle continue de se vêtir sans daigner me jeter le moindre regard quand je me redresse brusquement sur le lit.

— Merde ! Je t'ai appelée « poupée » !

Amy s'arrête et me jette un nouveau regard noir qui confirme ma déduction.

— Ça ne devrait pas m'étonner. Tu n'es qu'un salaud, après tout. On est toutes pareilles à tes yeux, interchangeables.

— Écoute, parfois… tu sais comment je suis…

— Ça va, me coupe-t-elle rudement. Il faut que je file.

Elle se penche pour récupérer son sac et ses chaussures, puis se dirige vers la sortie. Je m'exclame :

— Tu es fâchée ?

La main sur la poignée de la porte, elle s'arrête.

— Non. Tout compte fait, je suis soulagée. (Je la fixe sans comprendre.) Voilà qui clôture à merveille cette petite parenthèse, ajoute-t-elle.

Sans attendre, elle s'enfuit pendant que mon cerveau analyse sa dernière phrase. Qu'est-ce que c'est censé vouloir dire ? Que nous ne sommes plus amants ? Ou qu'elle pense à me donner sa démission ?

Chapitre 61

Je rentre dans ma chambre et retire ma robe. D'un pas lourd, je me réfugie sous la douche en espérant que l'eau chaude chassera le goût amer que j'ai dans la bouche. Comment ai-je pu imaginer que je partageais quelque chose de vrai avec Oli ? Je ne peux pas croire que je me sois encore laissé bercer d'illusions par un sourire trop charmeur ! Je m'étais pourtant promis de garder mes distances avec lui !

Quand je pense qu'il a eu le culot de me ficher hors de sa chambre en me traitant de « poupée » ! Amy, la fille qui n'est bonne qu'à baiser en cachette ! Moi qui pensais qu'Oli commençait à m'apprécier… Quelle idiote je fais ! On ne m'y reprendra plus !

Je diminue l'eau chaude, petit à petit, comme pour retrouver mes esprits… ou essayer de me punir de ma stupidité. Quand le froid devient intenable, je coupe le jet et je reste un moment à inspirer longuement, pour reprendre mon calme. Si seulement je n'aimais pas ce travail et si je pouvais tout larguer, comme la dernière fois ! Les choses seraient tellement plus simples ! Avec ma chance, Oli va essayer de se débarrasser de moi. Maintenant qu'il m'a baisée une fois de plus comme il le voulait, il a certainement envie que je lui fiche la paix. Il n'y a qu'à voir la façon cavalière avec laquelle il m'a fichue dehors ! Mais si je ne pars pas est-ce qu'il va essayer de me pousser à bout pour que je démissionne ? Alors là, il peut rêver ! J'ai bien l'intention de lui montrer de quel bois je me chauffe. Jamais il n'aura eu une assistante aussi douée…, ni aussi énervante, tiens ! Je vais lui faire payer sa façon de me traiter.

Je sors de la douche et me sèche rapidement les cheveux. Si, à la base, je n'avais pas la moindre intention de me maquiller, je prends quelques minutes pour le faire, juste pour souligner mes yeux et mes lèvres. Il faut que j'aie l'air parfaitement sûre de moi. Je m'habille avec une petite robe d'été et des chaussures à talons plats. Je n'en fais pas trop : pas de tailleur, mais rien de trop sexy non plus. Je ne veux pas qu'Oli s'imagine que j'essaie de l'aguicher !

Une vingtaine de minutes avant notre rendez-vous au *Picasso*, je bois un café et relis les notes de Cécilia en songeant aux parties du spectacle dont je me souviens. Il faut que je sois au niveau pour soutenir la discussion, et ce serait génial que je trouve une idée intéressante à proposer. Lorsqu'on frappe à la porte de ma chambre, je pose ma tasse, referme mon petit dossier et récupère mon sac avant d'aller ouvrir à Marco et à Oli, dans des tenues plus décontractées qu'hier.

— Très jolie robe, me complimente Marco.

Je lui souris sans accorder la moindre attention à Oli et sors en fermant la porte de ma chambre. Je les suis dans l'ascenseur qui nous emmène en bas, et nous traversons le hall rempli de salles de jeu avant d'arriver au *Picasso*. Je reste un peu en retrait, et Oli vérifie très régulièrement si je les suis. Je fais mine de ne pas remarquer son air inquiet et j'affiche une expression parfaitement neutre lorsque je m'installe à la table, soulagée que les clients s'y trouvent déjà. Je suis la première à entamer la discussion par des politesses sans intérêt, mais je suis ravie de pratiquer mon anglais et de les féliciter pour la qualité du spectacle auquel j'ai assisté hier.

La conversation reste banale jusqu'à ce que chacun commande son plat. Après quoi, Oli est le premier à aborder le sujet brûlant :

— Alors… avez-vous étudié notre proposition ?

Nick et Daniel paraissent troublés. À croire qu'ils n'ont pas une bonne nouvelle à nous annoncer.

— Vous ne serez pas surpris d'apprendre que Devex nous offre beaucoup plus d'argent pour obtenir ce spectacle.

— Pas surpris du tout, confirme Oli en portant son verre à ses lèvres, mais ils en feront de la merde et vous le savez. Après quoi, vous perdrez de la crédibilité pour la vente de votre prochain spectacle.

Choquée, j'en ai le souffle coupé. Est-il réellement en train de parler ainsi à des clients potentiels ? Marco me fiche un coup de pied sous la table, et je comprends que je dois rester solidaire avec mon équipe quoi qu'il arrive.

— Nous sommes des artistes, reprend Oli, et nous ne sommes pas seulement là pour acheter un spectacle et en faire quelque chose de tiède qui conviendra à la masse moyenne. Ce que nous voulons, c'est en faire quelque chose de plus gros encore. Exploiter tout son potentiel.

— Il est déjà à son plein potentiel, lâche Nick d'un ton condescendant.

— Bien sûr que non ! soutient Oli sans gêne. L'éclairage est faible, on voit les plates-formes, et des projections rendraient l'immersion du public tellement plus efficace lors des scènes aquatiques. Sans parler de toutes les économies que vous feriez si vous adaptiez légèrement votre mise en scène.

Les hommes se dévisagent en silence pendant que Marco s'impose à son tour :

— Rien qu'au niveau des matériaux, nous pourrions vous faire économiser environ quarante-deux pour cent de vos frais de production, et c'est compter sans la facilité de démontage d'un tel spectacle. Avec de la chance, vous pourriez faire une tournée.

Oli hoche la tête.

— Exactement. Une tournée, c'est bien plus efficace que de confiner un tel bijou dans une grande salle, vous ne pensez pas ?

— Ne soyez pas ridicules : il y a beaucoup trop d'éléments à transporter ! le contredit Daniel.

— Nous avons fait la même chose il n'y a pas six mois, renchérit Marco, et notre adaptation était bien plus efficace. Oli est un génie !

Je ne peux pas nier que je suis d'accord avec lui, malgré toutes mes réserves vis-à-vis d'Oli, ce matin. Devant le doute qu'affiche Nick, je me décide à prendre la parole :

— Pour ma part, je ne suis pas l'assistante d'Olivier depuis très longtemps, mais ce que je sais, c'est qu'il aime son travail… et qu'il ne prend pas tous les contrats qui lui tombent sur la tête. Il les sélectionne. Il marche aux coups de cœur, et une fois qu'il s'est attaché à un projet il donne tout pour lui. Peut-être que ce ne sera pas une bonne opération financière, mais si vous tenez à votre spectacle vous voulez certainement lui offrir une seconde vie de qualité. Plus l'adaptation sera à la hauteur, plus vous renouvellerez votre public.

Personne ne parle pendant un long moment, puis Oli se décide enfin à rompre le silence.

— Amy a raison. Si c'est une question d'argent, il est clair que nous ne pouvons pas rivaliser avec Devex. Cela dit, je suis certain que ce que vous perdrez en achat des droits vous sera doublement remboursé avec le prix des entrées. Parce que le but de cette adaptation, c'est de l'améliorer. Et je peux vous promettre que les gens se rueront pour venir voir votre spectacle…

Un autre silence s'installe, et je suis soulagée de voir nos plats arriver. J'ai faim, et j'attends que l'un de nos invités attaque son repas pour en faire autant. L'avantage pendant que nous mangeons, c'est que personne ne parle, et je savoure les mets autant que cette accalmie qui règne autour de cette table !

Chapitre 62

Je suis surpris par la façon dont Amy m'a défendu. Si elle était autant en colère contre moi, n'aurait-elle pas dû profiter de ce dossier délicat pour se venger ? Et pourtant elle agit comme d'habitude : elle sourit aux clients, elle leur pose des questions sur ce qu'ils ont en tête pour une éventuelle refonte de la mise en scène. Son anglais est impeccable, mais c'est sa robe qui attire mon attention. Elle met sa poitrine en valeur, et même avec ses chaussures plates elle a des jambes d'enfer. Une chose est sûre : cette fille me plaît beaucoup. Peut-être même trop.

Soudain, il me tarde de boucler cette affaire et de monter dans ma chambre. Avec un peu de chance, Amy ne rechignera pas à m'aider pour faire mes valises.

— À votre place, je prendrais sérieusement le temps de réfléchir à la proposition de Starlight, lâche mon assistante. Notre entreprise a raflé énormément de prix ces trois dernières années. Je suis sûre qu'Olivier et Marco peuvent faire de votre spectacle quelque chose d'unique.

Je l'écoute, de plus en plus surpris. Elle me rappelle Cél dans sa façon d'argumenter, avec une telle ferveur.

— Évidemment, si vous ne voulez pas revoir la mise en scène… ou si vous considérez que Devex est plus qualifié pour adapter votre travail…, c'est une autre histoire, lâche-t-elle encore.

— La question se pose, en effet, soutient Marco, parce que vous connaissez notre manière de travailler : nous ne sommes pas uniquement là pour reproduire fidèlement votre œuvre.

— Je sais, oui, confirme Nick en hochant la tête. Mon partenaire et moi avons visionné le DVD que vous nous avez envoyé à plusieurs reprises, et c'est très impressionnant. Seulement... je ne suis vraiment pas à l'aise à l'idée de vous donner carte blanche sur l'adaptation de mon spectacle. Et si ça ne me plaisait pas ?

Il ne parle plus d'argent : on a avancé sur le terrain des négociations. Sans attendre, j'interviens :

— Vous aurez votre mot à dire à chaque étape, bien évidemment, mais vous devez comprendre que ce qui me plaît, dans ce processus, c'est de revoir la mise en scène et tout le volet technique. Si je n'ai aucun plaisir à prendre ce contrat, j'en prendrai un autre, c'est tout.

Devant le regard que me jette Amy, je comprends que j'ai peut-être été trop sec. C'est possible. J'avoue que je n'ai pas l'habitude de devoir autant lécher les bottes de clients potentiels pour obtenir un spectacle. Généralement, ce sont eux qui veulent que je m'en occupe. Mais, comme j'aimerais bien décrocher ce contrat, j'ajoute :

— Écoutez, Nick, si j'ai sélectionné votre production, c'est que j'y crois. Et j'ai des tonnes d'idées dont je ne peux parler avant que nous soyons sous contrat, mais croyez bien que cette collaboration serait riche, autant pour vous que pour nous.

Je l'intrigue, je le sens. Personne ne parle pendant une bonne minute.

— Et votre contrat me donnera vraiment un droit de regard sur l'adaptation ? s'enquiert Nick, suspicieux.

— Tout à fait, mais étant donné les frais encourus une clause me permettra de trancher sur les questions litigieuses. Cela étant dit, je suis persuadé que tout se passera bien et que nos visions peuvent concorder.

Daniel pose une main sur celle de son associé et l'arrête avant qu'il ouvre la bouche.

— Tu n'as pas à répondre, maintenant. On a encore le temps d'y réfléchir, tu sais ?

Nick soupire, puis hoche la tête.

— Oui. Nous reviendrons vers vous dans une semaine avec notre réponse définitive.

Ils prennent congé, et, dès que nous nous retrouvons seuls, je lâche, peu convaincu :

— Bon…, eh bien…, il ne nous reste plus qu'à croiser les doigts.

— Ils ne vont quand même pas signer avec Devex ! s'énerve Marco. Et pourquoi tu n'as pas augmenté un peu le montant initial ? On n'est pas à 10 000 près, non plus !

— C'est une question de principe, dis-je, incertain de ne pas avoir fait une erreur.

À ma gauche, je remarque qu'Amy récupère un peu du coulis de framboise qu'il y a sur le rebord de son assiette et porte le bout de son doigt à ses lèvres. Est-ce qu'elle cherche à me déconcentrer ? Elle affirme soudain avec un aplomb surprenant :

— Arrêtez de vous en faire. Je peux vous certifier qu'ils rappliqueront dans quarante-huit heures.

— Comment tu peux en être sûre ? lui demande Marco.

— Une intuition. Un truc que j'ai appris dans mon ancien boulot, dit-elle simplement.

— Un truc ? je répète.

— Ça se voyait qu'il avait envie de négocier et d'accepter votre offre, explique-t-elle, mais il espérait un petit bonus de votre part. Comme vous avez été fermes, ils vous feront attendre, mais ils n'en sont pas moins coincés. Ils aiment ce spectacle. Ils n'ont pas du tout l'intention de signer avec Devex.

Je fronce les sourcils et la jauge du regard.

— Tu sembles bien sûre de toi…

— Tu m'en reparleras dans quarante-huit heures. Bon, c'était très bien, mais j'aimerais faire un peu de shopping avant qu'on rentre, alors…

Elle repose sa serviette sur la table et jette un coup d'œil à sa montre.

— On se retrouve à l'accueil dans deux heures et demie ?

— Super ! confirme Marco. Ça me donne un peu de temps pour aller jouer…

Je m'empresse de me lever à mon tour et lâche des billets sur la table. Alors comme ça Amy veut occuper son temps à aller faire les boutiques ? Après son petit numéro avec le coulis à la framboise, j'ai plutôt d'autres plans en tête…

Chapitre 63

Je n'ai pas fait dix pas en direction des boutiques qu'Oli apparaît devant moi et tente de me barrer la route.

— Où est-ce que tu vas ?

— Faire du shopping, je répète, agacée.

— On a deux heures et demie de libre, et c'est tout ce que tu as en tête ?

Comment ose-t-il imaginer que j'ai envie de retourner dans son lit alors que, pas plus tard que ce matin, il m'a fichue à la porte de sa chambre en me traitant de poupée !

— Désolée, j'ai d'autres projets, je refuse en le contournant.

Il m'emboîte aussitôt le pas et insiste :

— Quoi ? C'est quand même plus intéressant de baiser que de faire les boutiques ! Et c'est plus économique !

— Désolée, mais c'est non, dis-je sans cesser d'avancer.

— Mais… on avait dit… tant qu'on est à Vegas…

Je m'arrête et pivote pour lui faire face.

— Je préfère qu'on en reste là.

Oli me retient en me saisissant le bras.

— Tu es vraiment si fâchée ? Juste parce que je t'ai appelée « poupée » ?

Quelque chose se noue dans ma gorge.

— Ce n'était pas très délicat de ta part, c'est vrai, mais peu importe. Si tu voulais plus de sexe, tu n'avais qu'à rester éveillé, hier soir.

De toute évidence, je touche un point sensible, vu son expression. Est-il déçu de s'être endormi, hier soir ?

— Justement… je pourrais rattraper le coup, jette-t-il encore.

Je secoue la tête.

— Sans façon.

— Mais… pourquoi ?

— Oli ! Ça suffit ! Tu es charmant à tes heures, mais tu n'en restes pas moins un sale con. Et si tu as assuré, hier soir, on ne peut pas en dire autant de ce matin.

— Alors c'est bien ça, c'est ce qui t'a fâchée ! s'exclame-t-il. Tu veux que je te demande pardon, c'est ça ?

Je sens la colère qui grimpe, mais je me fais violence pour conserver mon sang-froid. Quand je sens que ma voix sortira sans trembler, je lâche :

— Pour ma part, c'était seulement un coup d'un soir. Mais ne te gêne pas pour moi : cet endroit est probablement rempli d'idiotes qui se feront un plaisir de te distraire pour les deux heures qui te restent.

Il est hors de question que j'avoue à quel point cet imbécile m'a blessée.

— D'accord, finit-il par dire. Je ne vais pas te supplier non plus !

Je lui tourne le dos et m'éloigne aussitôt. J'ai la gorge nouée. Ma tête ne cesse de me répéter que c'est mieux ainsi, parce que cette histoire va forcément m'exploser en plein visage et qu'il vaut mieux que tout s'arrête avant qu'il soit trop tard. Et pourtant… ça ne change rien au malaise que je ressens.

Chapitre 64

Je reste debout, au milieu des gens qui me bousculent, à regarder Amy qui s'éloigne dans la foule. Putain ! Elle est vraiment furieuse contre moi ! Tout ça parce que je l'ai appelée « poupée » ? Ça me paraît excessif !

Je reviens sur mes pas et prends le chemin qui me ramène vers les ascenseurs. Je m'arrête devant l'un d'eux et j'appuie au moins cinq ou six fois sur le bouton d'appel, étrangement énervé. Après tout, pourquoi est-ce que je prends cette histoire à ce point au sérieux ? Ce n'est pas comme si j'envisageais de vivre quelque chose avec cette fille ! Moi-même, je comptais lui servir un discours du genre « restons-en là », lorsqu'elle me déposerait chez moi, en fin de journée. Alors pourquoi est-ce que cela m'énerve autant qu'elle le fasse elle-même, un peu plus tôt que je ne l'avais prévu ?

Autant voir le bon côté des choses : ce n'est même pas à moi que revient le travail du discours de rupture, pour une fois. Et peut-être qu'il vaut mieux que ça s'arrête dès maintenant. Après tout, Amy a déjà passé la nuit dans ma chambre. C'est le genre de choses que j'évite comme la peste, généralement.

Possible qu'Amy ait imaginé que j'allais devenir un gentil garçon après la nuit dernière et que mon comportement au matin l'ait réellement choquée. J'aurais peut-être dû lui dire que je ne cesserais jamais d'être un salaud, et que si elle croit pouvoir me changer elle sera vite déçue. Il n'y a pas de place pour une fille dans ma vie. Pas de place pour l'amour et toutes ces conneries. J'ai déjà tout ce qu'il me faut, merci.

Quand je pense que je n'ai même pas pu avoir sa bouche ! Que je suis passé à deux doigts de l'obtenir, cette nuit ! Et dire que je songeais à faire ces satanés tests pour avoir droit à une pipe de sa part ! Pourquoi étais-je prêt à autant de concessions pour obtenir d'elle des faveurs que d'autres filles seraient ravies de m'offrir sans condition ?

J'inspire un bon coup, et mes yeux se posent sur la bouteille de champagne que j'ai commandée exprès pour Amy, hier soir. Dire que nous ne l'avons même pas ouverte. Même si elle n'est plus froide, je la récupère et fais sauter le bouchon avant de m'installer sur mon lit. Je bois à même le goulot, puis j'allume la télé. Tant pis si je suis soûl pour repartir tout à l'heure.

Au moins, l'alcool ne m'a jamais faussé compagnie.

Chapitre 65

Oli ne m'adresse pas la parole de tout le trajet qui nous mène à l'aéroport. Son haleine empeste l'alcool, et, lorsque Marco l'a taquiné sur le sujet, il a marmonné qu'il pouvait bien faire ce qu'il voulait avant de se recroqueviller dans son coin pour essayer de dormir. Peut-être qu'il a traîné au bar… ou qu'il a ramené une fille dans sa chambre. C'est bien ce que je lui ai suggéré de faire, après tout. Pourquoi est-ce que ça me trouble de penser qu'une autre pourrait avoir droit aux mains expertes d'Olivier ? Peut-être que s'il allait voir ailleurs, ça m'aiderait à le chasser de mes pensées ?

Pendant le vol, il dort la bouche ouverte, et Marco rigole chaque fois qu'il ronfle.

— Ah ! Sacré Oli ! dit-il en posant les yeux sur moi. Il a probablement ramené une fille dans son lit, hier soir, et fait la fiesta jusqu'à pas d'heure… C'est tout à fait son genre, tiens…

Je n'ose pas lui répondre, par crainte de rougir, mais il s'empresse d'ajouter, sur un ton paternaliste :

— Ne le juge pas trop, Amy. Il a l'air d'un petit con, mais il en a sacrément bavé, Oli.

J'avoue que la curiosité me ronge. Est-ce qu'il fait référence à son accident avec Marianne ? Pourquoi j'ai envie d'en savoir davantage, soudain ?

— Cécilia m'en a un peu parlé, je lui avoue en sentant mes joues rougir un peu.

— Ouais. Ça n'a pas été une époque facile, dit-il avec une mine contrite. Surtout pour Cél, évidemment. On a bien cru qu'Oli irait rejoindre Marianne dans la tombe…

C'est plus fort que moi, mon cœur se serre, puis je demande, en baissant le ton, juste pour être sûre qu'Olivier ne peut pas m'entendre :

— Il l'aimait tant que ça ?

Marco grimace de nouveau, puis hausse les épaules.

— Va savoir ! La plupart du temps, on avait l'impression qu'elle lui mettait les nerfs à rude épreuve…, mais voilà, quoi…, elle est morte. Et comme c'est lui qui conduisait, il s'est senti coupable. Et puis tu sais ce que c'est : quand les gens meurent, on les idéalise et on ne se souvient plus que du positif…

Je ne réponds pas, mais c'est possible. Ma mère a longtemps pleuré mon père même si c'était un salaud avec elle. À croire que j'ai hérité de ses gènes pour choisir les hommes que je fréquente, moi aussi…

— Je ne te mentirai pas, Amy. Tout le monde a hâte qu'Oli se case. Qu'il rencontre quelqu'un qui va arriver à le sortir de ce mode de survie dans lequel il s'est enfermé depuis bien trop longtemps. On dirait qu'il ne fait que bosser et boire depuis cinq ans. Et encore, il a de la chance d'avoir la moitié des parts de cette entreprise. Et d'être doué, aussi ! Parce que, si j'étais à la place de Cél, je l'aurais foutu à la porte depuis bien longtemps ! (Alors que son regard se pose sur Oli, il revient prestement sur moi.) C'est un cas assez difficile à gérer, tu sais ?

— Je suppose, dis-je simplement.

— Au moins, il ne conduit plus. C'est déjà ça. Mais s'il continue à ce rythme il finira forcément par se détruire.

Je n'ose pas répondre, parce que je ne peux pas vraiment imaginer ce par quoi Oli est passé. Et parce que je ne suis pas sûre que je devrais en savoir autant. Avec ma chance, je vais le prendre en pitié et baisser un peu trop mes barrières. Et ça, c'est hors de question.

— Je suis content que Cél pense enfin un peu à elle, lâche-t-il encore. Elle s'est tellement occupée de son frère que j'ai bien cru qu'elle n'oserait jamais se marier… ou faire des enfants. Et il est temps qu'Oli apprenne à se démerder. Il a trente-deux ans, après tout. (Il me désigne d'une main.) Et grâce à toi on a la preuve que quelqu'un peut tout à fait la remplacer, chez Starlight ! Tu es plutôt douée, hein ! Je t'ai vue avec Nick, lui parler des projets sur lesquels on a bossé. Tu avais fait tes devoirs. Pourtant, ça ne fait qu'une semaine que t'es là.

Flattée, je souris.

— Bah… Cécilia m'avait laissé des fiches très détaillées sur tous nos dossiers, et j'ai visionné pas mal de vidéos.

— Oui, mais c'est plus que ça, insiste-t-il. Tu viens peut-être d'un cabinet d'avocats, mais on voit que tu as quand même une sensibilité qui convient au milieu des arts. Et tu as dû remarquer qu'Oli est tout sauf un gestionnaire. C'est plutôt mon domaine, ça. Lui, il a des idées, une vision…

Nous tournons tous les deux les yeux en direction d'Oli pendant qu'il grogne et se replace sur son siège. Pendant un instant, j'ai eu peur qu'il ne se réveille et qu'il ne nous engueule parce qu'on parle de lui. Quand il s'immobilise de nouveau, Marco reporte son attention sur moi :

— Ne va surtout pas lui dire, mais… Cél et Oli, ce sont un peu comme mes enfants. J'étais plutôt proche de leurs parents. Son père était un artiste. Il confectionnait des décors pour le cinéma. Et sa mère était actrice. Oh, mais elle n'était pas très connue, ajoute-t-il devant mon air intrigué, sur un ton léger. Elle faisait de la pub, du théâtre, des seconds rôles…, ce genre de choses. Mais ça a été un coup de foudre, entre ces deux-là. Dave n'arrêtait pas de me parler de cette fille qu'il avait vue, entre deux changements de scènes. (Marco s'installe confortablement sur son appuie-tête et se met à parler, les yeux perdus dans le vide.) Dès qu'il a su son nom, je ne te dis pas tout ce qu'il a fait pour la charmer ! (Il rigole, puis soupire, le cœur visiblement lourd à l'évocation de tous ces souvenirs.) Ah… Dave ! C'était un sacré charmeur, celui-là. Et il m'a filé un bon coup de main avec Marie. Ma femme, explique-t-il en retrouvant un petit sourire. Sans lui, je ne sais vraiment pas si je serais arrivé à la séduire…

Je réponds à son sourire en essayant de ne pas paraître trop émue par ses confidences.

— Vous êtes mariés depuis longtemps ?

— Presque quinze ans. Et je compte bien le rester jusqu'à la fin de mes jours.

Sa certitude me touche. Et j'admets que je l'envie de penser que sa femme sera la dernière de sa vie.

— Et toi ? me demande-t-il soudain. Tu as un petit ami ?

Je lâche un rire nerveux, même si j'ai plutôt envie de pleurer, puis je secoue la tête.

— Non. Personne.

— Bah… quand tu trouveras le bon mec, tu le sauras, lâche-t-il simplement.

C'est plus fort que moi, je grimace. Une chose est sûre : Oli n'est pas ce garçon. Peut-être qu'il n'existe pas ? Pourquoi aurait-on tous une personne faite pour nous ?

— Quoi ? me questionne-t-il.

— Rien, c'est juste… Disons que j'ai probablement hérité des gènes de ma mère dans ce domaine-là.

Marco hausse un sourcil, intrigué.

— C'est-à-dire ?

J'hésite à lui répondre, puis je vérifie qu'Oli dort toujours avant de lâcher :

— Disons que nous sommes toutes les deux très douées pour tomber sur des salauds.

— Aïe ! rigole-t-il. Enfant du divorce ?

— Enfant hors mariage. Mon père a bien essayé de rester avec ma mère, mais il n'a pas tenu plus de cinq ans. Et encore, il paraît qu'il a été infidèle pendant un bon bout de temps.

Le visage de Marco s'assombrit.

— Pas sympa pour toi.

Je hausse les épaules.

— Bah… j'étais jeune quand ils se sont quittés, alors je ne m'en souviens pas vraiment. Je me rappelle surtout les idiots que ma mère fréquentait, après ça. Et plus ils étaient gentils, moins elle les tolérait…

Je détourne la tête vers le hublot, espérant que la vue des nuages chasse les images désagréables qu'il me reste de ces années-là. Tous ces types dont elle disait être amoureuse… et toutes ces ruptures ! Et, quand mon père est mort d'un cancer, j'ai bien cru qu'elle avait perdu un bout de son cœur…

— Mais ça va, maintenant, je le rassure. Elle habite avec un architecte depuis deux ans. J'ai l'impression que c'est un type bien.

— Tu as l'impression ? répète-t-il. Tu le connais si peu ?

— Bah… on se voit une ou deux fois par an. C'est peu pour connaître quelqu'un.

Il paraît surpris. Peut-être parce que je ne suis pas très proche de ma mère, mais, quand on passe une partie de sa vie à devoir gérer les émois sentimentaux d'une femme censée être plus mature que soi, on a vite envie d'avoir sa propre vie…

— Et toi ? poursuit-il. Pourquoi tu dis que tu as les mêmes gènes que ta mère ?

— Parce que j'ai eu mon lot de salauds, probablement, dis-je en espérant que ma voix reste légère.

Cette fois, je refuse de tourner la tête en direction d'Oli. Je ne veux surtout pas que Marco se doute de quelque chose. Il se met à rire.

— Ah ! Je comprends mieux pourquoi Oli a si peu d'effet sur toi, alors !

Je ne réponds pas. Si seulement c'était vrai ! Si seulement il pouvait me laisser de glace !

— Bah ! Ne t'en fais pas trop pour ça, tente-t-il de me rassurer. Il n'en faut qu'un seul pour balayer tous ces salauds !

— Ouais… il n'en faut qu'un seul. Comme au Loto, quoi…

— Voilà ! renchérit Marco.

Il paraît satisfait de ma réponse, qui se voulait pourtant ironique. Ignore-t-il seulement que personne ne gagne au Loto ?

Chapitre 66

Oli ne m'a pas adressé la parole depuis notre départ de Las Vegas et ne dit pas le moindre mot pendant que je le raccompagne chez lui. C'est vrai que j'ai été un peu rude, ce midi, et je commence à craindre qu'il n'ait envie de me foutre à la porte, surtout maintenant qu'il a eu ce qu'il voulait. Quelle idée de coucher avec son patron, aussi… Ça complique vraiment tout !

Quand je me gare devant la porte de sa maison, je n'éteins pas le moteur, juste pour éviter qu'il ne débute la moindre discussion. Oli défait sa ceinture de sécurité, ouvre sa portière et pose un pied hors de mon véhicule, puis se tourne vers moi.

— Peut-être que j'ai agi comme un con, ce matin, lâche-t-il soudain.

Je le dévisage, surprise.

— Peut-être, en effet, je raille.

— Je suis un salaud, j'ai compris ! Tu crois que je n'ai pas entendu l'histoire que tu as racontée à Marco ?

Je serre les dents. Merde ! Qu'est-ce qu'il a entendu, exactement ?

— Qu'est-ce que tu veux, Oli ? je jette, agacée par le silence qui passe entre nous.

— Je veux comprendre !

— Comprendre quoi ? Que tu as été un sale con, ce matin ? C'est vrai, et alors ? Je m'en suis remise. Ce n'est pas comme si on avait une histoire, tous les deux !

Son visage s'assombrit.

— Non. On n'a pas d'histoire, confirme-t-il.

Même si le ton avec lequel il a dit ça me trouble, je fais mine de rester détachée :

— Alors voilà. C'était chouette, mais c'est fini.

Il soupire. Qu'est-ce que ça signifie ? Qu'il a des regrets ? Non, je ne dois pas imaginer ça, alors je m'empresse d'ajouter :

— Et si tu essaies de me foutre à la porte je t'avertis : je ne me laisserai pas faire !

Olivier relève les yeux vers moi et fronce les sourcils.

— Quoi ? Non ! Tu es folle ! s'emporte-t-il. Autant que tu le saches : je n'ai pas la moindre envie de me taper des entretiens supplémentaires ! Et Cél m'a bien fait comprendre qu'elle me laisserait me démerder !

Au moins, je ne suis pas sur le point de me retrouver au chômage. Plus confiante, je souris.

— Alors c'est cool. Parce que j'aime bien ce travail.

Au lieu d'être content de me l'entendre dire, il soupire encore et marmonne :

— Ça me fait une belle jambe, tiens !

Sans me saluer, il sort de la voiture et claque la portière avec force. J'attends qu'il ait récupéré son bagage dans le coffre pour démarrer, perplexe. Qu'ai-je dit de si terrible ?

Je mets un moment à chasser cette conversation de mon esprit. Lorsque je m'arrête à un feu rouge, je connecte mon téléphone portable à mon kit mains libres. J'ai bien songé à prendre mes messages en sortant de l'aéroport, mais, avec ma chance, Juliette m'aura laissé un truc complètement farfelu. Et avec Olivier dans la voiture j'ai déjà donné.

Quand le premier message résonne, je tends l'oreille en ne reconnaissant pas la voix.

« Salut Amy, euh… c'est Will. Jul m'a donné ton numéro. Enfin non… pas Jul, c'est Gab qui l'a fait. C'est parce que ta copine voulait vérifier que tu étais d'accord, avant. Je sais que tu es à Vegas, ce week-end, j'espère que tu ne vas pas revenir mariée… »

Je hausse les sourcils devant sa blague idiote. Mariée ? Moi ? Quelle idée ! Même si Olivier est un peu fou, il ne l'est sûrement pas à ce point-là !

« Enfin, je voulais juste te dire que… eh bien… j'aimerais qu'on se revoie. Et dans un contexte moins bruyant que la dernière fois. Un resto ou… je ne sais pas trop ce qui te branche, en fait. Ah ! Et ne va pas croire que je vais te harceler, non plus ! Je vais juste te laisser un message, et puis… si ça t'intéresse tu me rappelles, OK ? Ça te va comme ça ? »

Il ajoute son numéro de téléphone qu'il répète deux fois, comme si mon mobile ne l'avait pas mémorisé. Son anxiété est évidente au bout du fil, et j'avoue que c'est plutôt charmant.

« Bon, alors… tu m'appelles ? ajoute-t-il. Enfin… c'est toi qui vois. Salut. »

Quand il raccroche, je souris comme une idiote. J'adore le côté anxieux de Will. Voilà qui n'a rien à voir avec ce petit prétentieux d'Oli.

Lorsque je rentre chez moi, je laisse tomber mon bagage dans un coin et me plante devant la fenêtre de mon salon. Je ne vois pratiquement rien dans cette rue, mais j'ai envie de faire le vide. Il faut que je chasse Oli de ma tête. Et quoi de mieux pour ça que de sortir avec un gentil garçon ?

Sans réfléchir, j'appuie sur le bouton pour rappeler Will.

— Allô ? Amy ?

Surprise qu'il reconnaisse mon numéro de téléphone, je souris en répondant.

— Salut, Will. Je viens juste de rentrer chez moi.

— Alors ? C'était bien, Las Vegas ?

— Je suis crevée, je lui avoue, consciente d'éviter la question.

— Oui, je m'en doute. Alors… euh… un petit resto, jeudi, ça te dirait ?

Une chose est sûre, il ne perd pas de temps, mais ce n'est certainement pas moi qui vais m'en plaindre ! Sur le point d'accepter, je me remémore mon agenda avant de soupirer :

— Ah ! Merde ! J'ai un dîner de charité ou un truc dans le genre, ce jeudi.

Même si j'ai hâte d'enfiler ma longue robe rouge, je ne peux m'empêcher de grimacer en songeant qu'Oli vient de me faire rater mon premier rendez-vous avec Will. Avant de céder à l'humeur morose que je sens poindre, je propose aussitôt :

— Vendredi, plutôt ?

— Hum… je suis coach pour une équipe de baseball, le vendredi soir. Ça se termine assez tard. Mais si ça te dit de venir y assister…

— Euh… non. Enfin ne va pas croire que…

— Non, je comprends ! s'empresse-t-il de m'interrompre. C'est long, le baseball. Et tu n'es pas vraiment une sportive, pas de souci !

Un silence passe. D'accord, Will est gentil, mais est-ce qu'on a vraiment des points communs, lui et moi ?

— Samedi ? suggère-t-il encore. On pourrait aller faire une promenade en forêt ? Je ne sais pas si tu aimes la nature, mais…

— Euh… ouais, dis-je un peu vite. Enfin… ça fait un moment que je n'y ai pas mis les pieds, mais… je dois avoir des baskets quelque part.

Il rit au bout du fil.

— On prendra notre temps, ce ne sera pas une course, ne t'inquiète pas. Et je t'emmènerai dans un resto génial, le soir. Un truc bien, avec de la fondue suisse. Tu aimes le fromage, au moins ?

— J'adore ! je confirme en retrouvant mon sourire. J'avais peur que tu ne me proposes un repas santé avec de la salade !

— Non ! J'ai bien compris que ce n'était pas ton genre ! Et ça me va !

— Tant mieux ! dis-je, étrangement soulagée. Alors on se dit… à samedi ?

— Ouais. À samedi.

Quand je raccroche, je prends un moment pour réfléchir à ce que je viens de faire. Il ne faut pas que je force le destin avec Will, je le sais, mais je ne veux pas m'accrocher à Oli. J'ai envie de croire qu'il y a quelque chose de mieux qui m'attend. Un garçon gentil. Pas un salaud, pour une fois.

J'ai le droit de rêver, non ?

Chapitre 67

C'est lundi. Je m'éveille sans Amy. À cause du voyage à Vegas, Cécilia a prévu une journée off, aujourd'hui. Autrement dit, je n'ai rien à faire. Et ça me file le cafard.

Je me poste devant la machine à café que m'a offerte Amy. Je l'allume, j'enlève le réservoir pour le remplir d'eau, je récupère une capsule et j'appuie sur le bouton. Aussitôt, l'engin démarre, et l'odeur du café qui coule me rassure. C'est bête, mais je suis content qu'elle m'ait apporté ce gadget. Ça m'évite d'avoir à enfiler des vêtements pour aller au coin de la rue m'en acheter un. Et non seulement c'est rapide, mais il est bon, son café, en plus. Je reste devant le comptoir pour le boire, pendant que je me demande ce que je vais faire de cette foutue journée. J'ai bien un DVD à regarder pour la énième fois, mais sans Amy… Non, je ne veux pas songer à Amy. Je vais juste descendre dans mon atelier et dessiner Marianne. Après ce week-end de folie, il est temps que je lui accorde un peu de temps et que je me souvienne de tout ce que je lui ai volé.

Oui. Voilà à quoi servira ce fichu lundi. À bosser et à ruminer cette vie de merde. Et ce soir je viderai sûrement une bouteille qui m'aidera à dormir. Avec de la chance, j'aurai une idée de génie pour le spectacle de Marc Brompton. Cela compenserait la perte du show de Vegas. Si tant est que je l'ai vraiment perdu. Amy semble croire que…

Je grogne en m'éloignant du comptoir. Putain ! Il faut que je cesse de penser à cette fille ! Je dépose ma tasse pratiquement vide et vais me doucher. Au moins, sous l'eau chaude je vais peut-être arriver à la chasser de mon esprit ?

Chapitre 68

Je profite de mon jour de congé pour préparer la semaine qui s'amorce. Je me lève un peu plus tard que d'habitude, je bois mon café, je démarre une lessive, je range un peu... C'est étrange de ne rien avoir à faire alors que tout le monde bosse. Vers 11 heures, je téléphone à Juliette et lui propose un rendez-vous entre filles, le soir même. J'ai envie de lui parler du coup de téléphone de Will... et peut-être aussi de ce qui s'est produit avec Oli, ce week-end. J'ai besoin de son avis. Besoin d'entendre que ma décision est la bonne. Une copine, ça sert à ça, après tout !

Il est 19 heures lorsque je la rejoins à notre restaurant de sushis préféré. Nous prenons du saké et un plateau composé de tas de bouchées. Il y en a toujours trop, mais Juliette adore rapporter les restes à sa colocataire. Et moi, je me goinfre de thon rouge et de tempura de crevettes.

Pendant que j'ai la bouche pleine, elle aborde la question que je n'ai pas eu le courage d'évoquer :

— Alors, ce voyage à Vegas ?

Je prends le temps d'avaler et de me rincer la bouche avec une gorgée de saké.

— Ça a été, dis-je simplement.

— C'est ça, ouais, se moque-t-elle. Tu as failli t'étrangler quand je t'ai posé la question.

Je lui lance un regard noir, puis pose les avant-bras sur le rebord de la table.

— J'ai couché avec Oli, j'annonce d'un ton morne.

Sur le point de gober un sushi, Juliette s'arrête dans son élan et hausse un sourcil intrigué.

— C'était si mauvais que ça ?

— Hein ? Non ! Ça n'a rien à voir !

— Alors quoi ?

Je me verse du saké. À ce rythme, nous n'en aurons pas assez d'une carafe et je serai obligée de rentrer en taxi. Tant pis. Il me faut du courage pour soutenir cette conversation, et il n'y a qu'avec Juliette que je peux parler de ça.

— C'est toujours ùn salaud, mais il assure vraiment au lit.

Un sourire que je n'aime pas apparaît sur les lèvres de ma copine, et elle s'empresse de faire un signe de la main.

— Raconte ! Et n'hésite pas à entrer dans les détails !

Je rigole devant son petit air salace, et je ne résiste pas à l'envie de lui décrire ma robe de princesse et la façon dont Oli m'a complimentée.

— Parle-moi de son talent au lit, merde ! s'énerve-t-elle.

Je devrais être amère, mais je ne peux m'empêcher de sourire comme une idiote en jetant :

— Il est vraiment doué. Avec ses doigts, avec sa queue et… avec sa bouche !

Sur sa chaise, Juliette se raidit.

— Il est doué en tout ? Tu déconnes !

— Non, dis-je avec un soupir.

— Et c'est un problème, parce que… ?

— Parce que c'est un salaud, je lui rappelle en retrouvant mon air sombre.

Juliette éclate de rire.

— C'est ton patron, c'est vrai, mais il n'est pas marié. Quel est le problème ?

— Il ne veut pas de relation stable.

— Merde ! lâche-t-elle en me dévisageant. Vous avez déjà discuté de ça ?

Dans les faits, je n'ai pas vraiment abordé la question avec Oli. J'ai présumé que c'était le cas. Il a bien dit que nous ne vivions pas une vraie histoire, lui et moi, pas vrai ? Je n'ai quand même pas rêvé cette phrase !

— Est-ce que tu lui as dit ce que tu cherchais, toi ? Un vrai petit ami, et tout ?

Je ne réponds pas et me contente d'engouffrer un morceau de nourriture dans ma bouche.

— Évidemment ! en conclut-elle. Tu te contentes d'ouvrir les cuisses sans discuter ! C'est normal que tu n'aies rien au final !

J'avale ma bouchée un peu vite.

— Non, là, c'est différent. C'est Oli qui a défini les règles à la base. C'était censé être un coup d'une journée, et puis…

Je me tais en m'apercevant que je viens de faire une erreur. J'avais veillé jusque-là à ne pas mentionner ma première baise avec Oli. Et, comme j'affiche un visage confus, elle comprend immédiatement qu'il y a anguille sous roche.

— Qu'est-ce que tu ne me dis pas ?

— Rien. C'est juste… Rien.

Je bois. Je mange. J'essaie de me défiler du regard insistant qu'elle ne détourne plus. Énervée, je peste :

— On a aussi couché ensemble la semaine dernière !

Juliette cligne des yeux avant de répéter, comme si je n'avais pas parlé suffisamment fort :

— La semaine dernière ?

— Mais oui, tu sais ! C'est l'idiot qui me faisait du rentre-dedans, au bar, vendredi dernier.

— Mais tu ne m'as jamais dit que tu avais couché avec lui !

— Ouais. Je sais.

— Tu te fous de moi ? Tu couches avec un type deux fois et tu ne m'en parles que maintenant ?

Son intonation insiste sur le mot « deux », à croire que c'est un chiffre magique. En quoi est-ce si exceptionnel de se taper deux fois le même type ? J'ai baisé une bonne vingtaine de fois avec Ben.

— Je ne pensais pas que ça t'intéresserait.

— Attends ! Tu déconnes ? Même les petits cons récupérés dans les bars, je veux le savoir ! En plus, tu me dis qu'Oli assure à tous les niveaux côté cul ! Et il n'est pas marié, il est beau gosse… Vraiment… je ne comprends pas pourquoi tu ne te jettes pas à l'eau avec lui.

Je hausse les épaules.

— Quelque chose coince.

— Quoi ? s'énerve-t-elle.

— Je ne sais pas, mais je le sens. Oli n'est pas… Il ne veut pas s'investir. Il veut juste baiser et passer à la suivante.

Elle hésite avant de porter un nouveau sushi à ses lèvres.

— Charme-le.

Je m'étouffe avec ma gorgée de saké, puis lui jette un regard perdu.

— Quoi ?

— Tu n'as qu'à le charmer, répète-t-elle, comme si c'était tout simple. Montre-lui que tu es extraordinaire. Il finira bien par tomber amoureux de toi !

Je claque mon verre sur la table.

— Tu te fous de ma gueule ?

— Quoi ? Il a bien voulu coucher avec toi deux fois ! Si c'est un aussi grand coureur de jupons que tu le dis, c'est que ça a dû signifier quelque chose pour lui. Laisse-le courir, mets-le à genoux, et il finira par ne plus pouvoir se passer de toi !

Je l'observe, en colère malgré moi. Elle ne voit donc pas que j'essaie de me protéger ?

— Ouais, et Ben, il a quitté sa femme, peut-être ?

— Tu es vraiment trop naïve, Amy. C'était inscrit dans les astres que Ben ne quitterait jamais sa femme. Mais la situation est complètement différente avec Oli !

— C'est là où tu te trompes, la contredis-je. Oli est mon patron…, et c'est un salaud de première. Je ne te dis pas toutes les vacheries qu'il m'a déjà faites. Je crois que j'ai assez donné. Je veux un type bien, maintenant. Un type que je n'aurai pas à foutre à genoux, justement. Maintenant, je veux tourner la page et… me trouver un gentil garçon. (Je marque une hésitation.) Un garçon comme Will, par exemple.

Juliette hausse les sourcils.

— Tu n'es pas sérieuse ?

— Pourquoi pas ? Il est mignon et… gentil.

C'est bête. Je cherche mes mots pour définir Will, parce que je ne sais rien à son sujet. Je vide le reste de la carafe dans mon verre. Merde ! Je savais que je n'en aurais pas suffisamment. Je grommelle intérieurement contre la fin du saké et contre Juliette qui est censée m'encourager dans mes projets. Une fois que j'ai bu un peu d'alcool, je lâche, vite :

— J'ai rendez-vous avec lui samedi.

Un silence plus tard, elle fronce les sourcils, visiblement désapprobatrice :

— Tu es sûre d'avoir envie de faire ça ?

— Et pourquoi pas ? On va juste marcher en forêt ! Il ne m'a pas donné rendez-vous chez lui en sous-entendant d'apporter des capotes ! Tu vois, ça, c'est exactement ce que ferait Oli à sa place. J'ai envie de voir ce que ça fait de sortir avec un type normal, pour une fois. Un type qui ne va pas me baiser en cachette et qui n'aura pas honte de me prendre la main en public !

Juliette me scrute pendant un bon moment, puis ses épaules s'affaissent, signe qu'elle rend les armes.

— Ça, je peux le comprendre. Mais je pense quand même que tu te précipites sur Will, comme s'il était le seul homme disponible.

— Je vais juste marcher en forêt avec lui. Si ça se trouve, ça ne le fera pas du tout entre nous.

Elle pince les lèvres et vide son verre de saké avant de faire signe au serveur.

— Une chose est sûre : on a définitivement besoin de plus d'alcool, toi et moi

Je ris, soulagée, mais hoche la tête. Je suis on ne peut plus d'accord avec elle !

Chapitre 69

Le réveil est difficile. Je suis rentrée tard, un peu soûle, et la tête remplie de conseils stupides de Juliette. Le problème, c'est qu'elle m'a servi le même discours avec Ben, à l'époque. Résultat ? Il est toujours avec sa femme, et moi, en plus d'avoir le cœur brisé, j'ai dû me trouver un nouveau boulot.

Je saute dans la douche sans passer par la case « café ». J'ai l'estomac un peu retourné ce matin, et je ne suis pas sûre d'être apte à avaler quoi que ce soit. En plus, je ne suis pas en avance. Il faut que j'aille récupérer ma voiture avant de me pointer chez Oli. Quelle idée de boire autant un lundi soir ! Quand je pense que Juliette devait se rendre au travail à 9 heures, ce matin, je la plains !

Il est midi quand je retrouve ma voiture et daigne grignoter un bout de pain, bien installée derrière mon volant, histoire d'avoir quelque chose dans l'estomac avant de commencer ma journée. Sur le point d'arriver chez Oli, mon kit mains libres résonne. Je réponds en essayant de trouver une voix joyeuse.

— Oui ?

— J'ai bien réfléchi à ton problème…

La voix de Juliette résonne de façon désagréable dans mon petit haut-parleur.

— Dis-moi que tu as la gueule de bois, toi aussi, je marmonne.

— Tu parles ! Je leur ai dit que j'avais une intoxication alimentaire et j'ai pris ma journée. Et toi ?

Je fais la moue. Juliette a pris une journée de congé ? Ne devrait-elle pas être solidaire avec sa meilleure amie et aller au travail, elle aussi ?

— Je suis sur le point d'aller récupérer Oli, dis-je en retenant mon ton acerbe.

— Il va peut-être t'attendre nu.

Elle rit, et je commence à regretter de lui avoir raconté toutes les bêtises qu'Oli m'a faites. Maudit alcool ! Pourquoi est-ce que je ne peux pas tenir ma langue avec Jul !

— Il n'a pas intérêt ! je peste.

— Au contraire ! Ça te prouvera que tu sais encore lui résister ! Et arrange-toi pour qu'il sache que tu sors avec Will, samedi. On verra s'il réagit !

— Tu es censée m'encourager à sortir avec un gentil garçon !

— Mais de quoi est-ce qu'on parlera quand tu seras coincée avec Will ? De ses biceps ? D'entraînement ? De baseball ?

Je ravale un soupir. Je n'aurais pas dû lui dire que Will était coach sportif, vendredi soir. Alors que je trouve plutôt bien qu'il ait des activités, voilà que Juliette s'imagine que je vais passer tous les soirs à attendre monsieur à la sortie de ses entraînements.

— Si ça se trouve, tu ne seras même pas fichue de lui résister à ton beau brun, me nargue Juliette. Et si tu couches de nouveau avec lui tu as intérêt à annuler ta sortie avec Will !

Je déteste quand elle me donne des ordres ! Est-ce que je lui dis quoi faire, moi ?

— Oh, mais arrête un peu !

— Je te parie ce que tu veux qu'Oli te ramène dans son lit avant vendredi.

J'écarquille les yeux.

— Alors là, prépare-toi à payer notre prochaine tournée de sushis et de saké ! je siffle entre mes dents.

— Oh là là ! Je sens que je vais me régaler, vendredi prochain ! rigole-t-elle. Et on ira danser, tiens. On cuvera mieux. À moins que tu ne sois trop occupée à baiser ton patron !

Je grogne d'énervement, surtout que j'approche de chez Oli et que je commence réellement à craindre que Juliette n'ait raison. S'il tente de me charmer, est-ce que je suis suffisamment forte pour lui tenir tête ? Je ne vois pas pourquoi je ne le serais pas : j'y suis bien parvenue, la semaine dernière ! Pourquoi est-ce que j'ai l'impression que tout a changé, depuis Vegas ?

Alors que je me gare, je suis surprise de découvrir Oli devant sa porte, à m'attendre.

— Euh… Jul…, je te laisse. Je suis arrivée.

— Tu m'appelles, compris ? Et tu as intérêt à me dire la vérité !

— Mais oui ! je soupire.

La portière s'ouvre, et Oli se laisse tomber sur le siège passager pendant que je raccroche prestement.

— Tu es en retard, rumine-t-il. On doit passer à la pharmacie, je n'ai plus de cachets pour le mal de tête.

Sans réfléchir, je plonge une main au fond de mon sac à main et j'en sors une boîte de médicaments que je lui tends. Il me jauge quelques secondes avant de s'en emparer. Déjà, j'ai l'impression que son expression s'adoucit.

— J'ai besoin d'un autre café, annonce-t-il.

— Dure nuit ?

— On peut dire ça.

Sa voix est sèche, fatiguée. À croire qu'il a fait la fête, lui aussi. Sans hésiter, et parce que mon estomac m'indique qu'il est apte à ingurgiter un café, je propose :

— On n'a qu'à s'arrêter au coin de la rue.

Avec un air suspicieux, il me questionne :

— Pourquoi est-ce que tu es aussi gentille, ce matin ?

— Je ne suis pas gentille, j'ai juste envie d'un café. Je n'ai pas eu le temps de m'en faire, avant de partir.

Il paraît étonné mais ne commente pas. C'est peut-être mieux ainsi. Je n'ai pas envie que mon patron sache que je me suis couchée trop tard hier soir, et encore moins la quantité de saké que j'ai ingurgitée. Alors que je reprends la route, il lâche soudain.

— Je ne suis pas le seul à avoir une tête de déterré, ce matin.

Ma bouche forme une moue, mais je ne proteste pas. J'ai mis du fond de teint, ce qui m'arrive assez rarement, signe que j'étais suffisamment fripée pour le faire.

— Qu'est-ce que tu as fichu ? me demande-t-il encore, envoyant balader mes espoirs.

— Rien. Juste un dîner avec une copine, qui s'est terminé tard.

Il avale deux cachets à sec avant de continuer son interrogatoire :

— Qui ça ? La rouquine ? Juliette ?

Il se souvient d'elle ? Est-ce parce qu'il la trouve mignonne ? Est-ce que c'est son genre ?

— Vous avez parlé de moi ? s'informe-t-il.

Je lui lance un regard trouble avant de reporter mon attention sur la route.

— Je… Non ! je nie.

— Quoi ? C'est ta copine, on a baisé, c'est pratiquement une certitude que tu lui as raconté ce qu'on a fait ce week-end.

— Je lui ai dit que tu étais un sale con.

Il ose rire, et je finis par céder :

— D'accord, je lui ai dit qu'on avait couché ensemble.

— Ah ! s'écrie-t-il, satisfait. Alors ? Tu m'as donné une bonne note ?

Étonnée, je lui jette un petit coup d'œil avant de répéter :

— Une note ?

— Bah ouais, c'est le genre de trucs que les filles font. Elle t'a demandé si j'assurais au lit et tu lui as dit… neuf sur dix ? Je vaux sûrement neuf et demi, mais je suppose que tu as trop d'amour-propre pour me donner le maximum de points.

Incapable de me retenir, j'éclate de rire.

— Tu crois vraiment qu'on vous donne des notes ? Ma parole, on n'est plus au lycée !

— C'est ça, raille-t-il. Tu peux dire ce que tu veux, mais ne me fais pas croire qu'elle n'a pas voulu savoir si j'assurais au pieu.

Je prends le temps de me garer devant le café. Croit-il que Juliette a une arrière-pensée le concernant ? Mais pourquoi cette idée m'incommode-t-elle autant ?

— Tu veux savoir ? dis-je enfin. Alors, ouais, elle a posé la question. Et je lui ai dit que tu avais quelques talents mais que tu n'en restais pas moins dans la catégorie des salauds.

Son visage se contracte légèrement, et j'en profite pour ajouter :

— Mais ne va pas croire qu'on a passé la soirée à parler de toi, petit con. Elle voulait surtout m'arranger le coup avec Will.

Mes joues rougissent, parce que je mens, mais ce n'est qu'un tout petit mensonge. C'est bien grâce à Juliette que je connais Will, après tout. Oli fronce les sourcils.

— Will ? Tu veux dire… Monsieur Muscles ? Le type que tu as rencontré vendredi ?

Amusée devant le surnom, je retiens le sourire qui cherche à se frayer un chemin sur mes lèvres.

— En effet.

— Parce que tu comptes revoir cet idiot ? me questionne-t-il d'une voix sèche.

Je le jauge un moment. Est-ce qu'il est jaloux ? Moins fermement que je ne le voudrais, je confirme :

— Oui, euh… en fait… j'ai rendez-vous avec lui samedi prochain.

Je largue ces mots comme on jette un caillou dans l'eau, très vite, en espérant ne pas être trop éclaboussée en contrepartie. Pour éviter de garder mon attention trop longtemps sur Oli, je récupère mon sac, prête à bondir hors de ma voiture pour aller nous chercher des cafés. Soudain, j'en ai besoin. J'ai la gorge sèche et un affreux doute au fond du ventre. Pourquoi l'avis d'Olivier m'importe-t-il autant ? Pourquoi je lui lance cette information en espérant qu'il fasse un pas vers moi ? Je n'ai quand même plus vingt ans pour faire ce genre de bêtises !

Il me retient par l'avant-bras avant même que je sois sortie de la voiture et me tire vers lui pour reprendre mon attention :

— Depuis quand tu as rendez-vous avec lui ?

— Je… On a fixé ça hier soir…

Devant le doute dans son regard, j'ajoute :

— Il m'a laissé un message sur mon répondeur… Je l'ai rappelé et… c'est tout.

Ses doigts me relâchent brusquement, mais c'est plus fort que moi, je reste là, à le fixer, pendant qu'il détourne la tête, comme si la discussion était close.

— Quoi ? Il y a un problème ?

— Je n'en ai rien à branler, lâche-t-il. Mais tu fais fausse route : ce type n'est absolument pas un gars pour toi.

Sa réponse me blesse, et je peste, incapable de retenir les mots qui me brûlent la gorge :

— Évidemment ! Il n'y a que les salauds qui me conviennent, à moi ! Eh bien, tu sais quoi, Garrett ? J'en ai marre des salauds. Je considère avoir suffisamment donné, de ce côté-là ! Mais c'est gentil de partager ton opinion. J'en tiendrai probablement compte quand je serai heureuse en couple avec lui.

Avant de m'emporter davantage, je descends de la voiture et claque la portière en me retenant de ne pas foutre un coup de pied dans la roue. Je ne peux pas croire qu'il m'ait sorti une vacherie pareille !

Chapitre 70

Je reste immobile, furieux. J'ai la tête en feu d'avoir si peu dormi, et j'aurais dû être plus prudent avec la vodka. Je n'ai définitivement pas l'esprit assez clair pour réfléchir correctement à ce qu'Amy vient de me balancer à la tête. Moi qui essayais de paraître détaché devant son rendez-vous avec Monsieur Muscles, voilà que je viens de lui donner envie de se jeter dans ses bras ! Espérons que ces cachets fassent effet… et vite !

Dire qu'à la seconde où elle m'a largué, elle s'est empressée de rappeler un autre type !

Je prends appui contre le siège et ferme les yeux pour essayer de retrouver mon calme. Mais qu'est-ce qui ne va pas chez moi ? Pourquoi est-ce que je considère qu'elle m'a largué, alors que je savais que c'était un coup éphémère, comme toutes les autres ? Si elle veut sortir avec cet idiot musclé, grand bien lui fasse ! Ce n'est pas comme s'il y avait un avenir entre elle et moi, non plus.

Je porte la main à mon front pour essayer de calmer mon mal de crâne, puis j'inspire un bon coup. Je voudrais avoir les idées claires pour réfléchir convenablement à tout ça. C'est évident, Amy ne cherche pas un simple amant, aussi bon soit-il – et bon, je le suis, et j'ai bien compris que je lui plaisais. Amy veut un petit ami. Un idiot avec qui elle pourrait dormir, quelqu'un qui lui tiendrait la main au cinéma… Bordel ! Pourquoi les femmes ne peuvent-elles pas se contenter de baiser sans penser au lendemain ? Pourquoi exigent-elles toujours davantage ? Maintenant, je sais pourquoi je préfère récupérer chaque soir une nouvelle fille au bar. C'est tellement plus simple ! Je les emmène à l'hôtel et je file dès que j'en ai fini avec elles…

Quand Amy revient et qu'elle me tend un café, je le prends sans la quitter des yeux. Pourquoi est-ce que ça m'angoisse autant de l'avoir blessée ? Pendant qu'elle porte le sien à ses lèvres, je lâche, avant de ne plus en avoir le courage :

— Je ne voulais pas être méchant.

Mauvaise entrée en matière, car le sourire que vient de lui offrir son café disparaît aussitôt.

— Je ne pense pas que tu ne mérites que des salauds, je lui explique. Ce n'est absolument pas ce que je voulais dire.

Elle soupire et secoue la tête.

— J'aimerais mieux qu'on ne parle pas de ça.

— Moi aussi, parce que j'ai un putain de mal de tête et que je suis loin d'être en état de soutenir ce genre de conversation.

Amy lève une main pour essayer de me faire taire, mais je m'empresse de poursuivre :

— Non, écoute-moi. Tu es une fille bien, Amy. Peut-être que tu as eu ton lot de salauds, ces dernières années, et que cet imbécile de Ben t'a fait croire que tu ne méritais que ça, mais… c'est faux, OK ? Le problème, c'est que moi, j'en suis effectivement un. Et je ne serai jamais autre chose que ça.

Putain ! Je ne peux pas croire que je viens de lui balancer ça. Et Amy me fixe avec une drôle d'expression et prend une bonne minute avant de lâcher.

— Bien, alors… voilà qui a le mérite d'être clair.

Elle dépose son café dans le socle prévu à cet effet et remet sa ceinture de sécurité. Quoi ? C'est tout ? Comment je fais pour rattraper le coup, moi, maintenant ?

— Mais… euh… tu sais… ça ne veut pas dire que ça me plaît que tu voies ce type… et si tu voulais coucher avec moi… de temps en temps…

Sur le point de se remettre en route, elle tourne la tête dans ma direction.

— Serais-tu en train de me proposer de devenir ton amante ?

Je serre mon café contre moi, un peu troublé.

— Ouais… enfin… disons… en attendant que tu trouves un type bien.

Elle secoue la tête :

— J'ai déjà un type bien, Oli. J'ai rendez-vous avec lui samedi prochain.

Je n'ose pas lui redire mes doutes sur cette histoire. Je croyais qu'elle essayait seulement de me rendre jaloux, mais soudain je n'en suis plus aussi certain. Je me rembrunis et porte mon café à mes lèvres. Amy semble comprendre que je n'ai plus rien à dire, puisqu'elle reprend la route.

Et pourtant je mentirais en affirmant que ça me laisse indifférent qu'elle sorte avec un autre homme, mais il vaut mieux me taire. Il y a quand même des limites.

Chapitre 71

Je reprends mon masque d'assistante professionnelle en essayant d'oublier le coup qu'Olivier vient de m'octroyer. Même s'il a essayé d'être gentil, ça fait quand même un mal de chien de se faire remettre à sa place de la sorte. Pourquoi je lui ai parlé de Will, aussi ? Pourquoi j'ai écouté les conseils de Jul ? Je savais bien que quelque chose ne collait pas avec Oli ! Je voulais une preuve ? Bah voilà ! Je n'ai plus qu'à oublier ce petit con avant de faire un truc complètement débile. Comme tomber amoureuse, par exemple.

Dès que nous arrivons au bureau, Clara accueille Oli avec des yeux qui papillonnent. Moi, je dois me contenter d'une liste de personnes à rappeler. Ça me va. Pendant que je serai au téléphone, je penserai à autre chose.

Je ne suis pas encore assise derrière mon bureau qu'Oli fait un signe pour capter mon attention.

— Vois avec Marco s'il a un petit moment à m'accorder. Attention, dans une heure et demie on doit rejoindre Drew à l'autre bout de la ville pour vérifier l'avancement d'une installation.

— Je sais, je m'exclame, agacée par son rappel.

J'ai passé dix minutes à vérifier le chemin le plus rapide pour me rendre à cette salle, justement ! Avec un soupir, je me laisse tomber sur mon siège et récupère l'enveloppe jaune sur laquelle mon nom est inscrit. J'en fais tomber le contenu et pousse une exclamation de surprise. Oli s'avance et sourit.

— Ah ! Tu as enfin reçu ta carte de crédit de la compagnie !

Effectivement, la carte est dans le lot, mais je suis bien plus flattée de voir des cartes de visite à mon nom. Sobres, noires, très classes… Je caresse les lettres qui forment « Amy Lachapelle, assistante administrative d'Olivier Garrett », juste sous le logo de Starlight. Ce n'est peut-être pas un poste à haute responsabilité, mais je trouve que ça sonne drôlement mieux que « secrétaire juridique ». J'ai également les documents des ressources humaines et ce qu'il faut pour entrer dans l'immeuble à n'importe quel moment. À croire que je viens de devenir une employée à part entière.

— C'est bien, dit simplement Oli, mais il faut que tu me tiennes au courant de tes dépenses, car je dois signer ta feuille à la fin de chaque mois.

Je hoche la tête avant de glisser quelques-unes des cartes dans mon portefeuille. Je n'ai aucune idée de ce que j'en ferai, mais je m'en fiche : si je ne me retenais pas, j'en glousserais de joie.

— Maintenant, trouve-moi Marco. Je dois lui parler, dit-il en me tournant le dos.

Il me paraît de mauvaise humeur, mais je ne m'en formalise pas. Grâce à ce petit sac de cadeaux surprises, ma joie reste au beau fixe.

Je rappelle les clients, je note leurs questions, je vérifie avec Olivier lorsqu'il s'agit de planifier un rendez-vous, mais je m'arrête dès que Marco entre dans le bureau où nous travaillons tous les deux dans une atmosphère studieuse.

— Qu'est-ce qui se passe ? lâche-t-il en s'installant à notre petite table de réunion.

Ignorant si je dois me joindre à eux ou rester sur mon ordinateur, je jette un coup d'œil à Oli qui ne m'accorde pas la moindre attention. Il sort un carnet de dessins qu'il ouvre devant Marco. Aussitôt, le nouveau venu fronce les sourcils.

— Qu'est-ce que…

— Le projet Brompton, annonce Olivier. Enfin… si on le prend.

Ma tête roule à cent à l'heure. Le projet Brompton ? Qu'est-ce que c'est que ça ? Et pourquoi ce nom me dit-il quelque chose ?

— Depuis quand on est censés le prendre ? questionne Marco avec un air sombre.

Oli se gratte l'arrière de la tête et bredouille :

— Bah… tu sais… Vegas est loin d'être confirmé. Et en regardant le DVD pour la millième fois…, je ne sais pas, j'ai trouvé qu'il y avait du potentiel…

Soudain, ces mots font sens. Le DVD ! Oli a bossé sur le projet de Marc Brompton et a décidé d'accepter le contrat ! Est-ce donc ce qu'il a fait de son lundi ?

— Mais on avait dit qu'on ne pourrait pas assumer une mise en scène supplémentaire, grommelle Marco. Et si Vegas était confirmé ? Comment est-ce qu'on pourra mener de front tous ces projets ?

Un silence passe, et Oli se contente de hausser les épaules.

— Regarde au moins mes idées, lâche-t-il en pointant son carnet du menton.

Marco souffle bruyamment mais accorde un peu d'attention aux dessins. Là, enfin, Oli tourne la tête dans ma direction.

— Ça ne t'intéresse pas ?

Je bondis de mon siège et m'empresse de venir les rejoindre.

— Si ! Au contraire ! j'affirme. C'est juste que… je ne sais pas… je pensais que tu voulais le montrer seulement à Marco…

Il attend que je sois assise pour nous faire son petit numéro. Il montre ses dessins, parle du spectacle et de ce que nous pourrions faire si nous changions l'équipement. Avec ses mains, il invente des plates-formes et mime des effets spéciaux. Et moi, je dois me faire violence pour ne pas afficher un sourire ému. Olivier a vraiment un talent fou. Pas seulement pour le dessin, mais pour la création et les idées novatrices. Il parle avec fougue et passion, oblige Marco à tourner la page et recommence à détailler une autre scène, de plus en plus excité par l'idée qui l'habite. Et je dois dire que, quand il est comme ça, il a vraiment un charme fou.

Quand il se tait, un peu brusquement, il fronce les sourcils avant de jeter :

— Quoi ? Tu n'aimes pas ?

Marco se gratte le menton en contemplant les dessins d'Oli et soupire de nouveau. Il paraît épuisé devant la tâche que représente ce projet. Je ne suis pas dans ce milieu depuis très longtemps, mais je me doute que créer des plates-formes en fibre de verre, c'est plus facile en dessin que dans la réalité.

— Tu fais chier, Oli ! lâche-t-il simplement.

Surpris, Olivier blêmit.

— Mais… pourquoi ? Avoue que ce sont de bonnes idées !

— Tu as toujours de bonnes idées ! s'énerve Marco. Et c'est bien le problème ! Comment veux-tu qu'on gère un projet de cette envergure ces prochains mois ? Ce n'est pas juste une question d'idées, mais d'organisation ! Cél n'est pas là, et, même si Amy fait du bon travail elle n'a aucune expérience pour embaucher de nouveaux techniciens.

— C'est un peu serré dans l'échéancier, c'est vrai, opine Olivier, mais je peux essayer de m'investir un peu plus dans ce projet ? Et Drew pourrait nous filer un petit coup de main ?

— Merde, Oli ! Drew arrive à peine à boucler ses projets dans les temps ! Et le mot d'ordre, c'était de terminer les deux prochaines mises en scène avant de reprendre des projets de cette taille-là ! Cél a pourtant été claire sur le sujet !

— Ouais… mais… si Vegas tombe à l'eau il n'y aura pas de problème, persiste Oli.

— Ah non ! Vegas, c'est du déjà-vu, le contredit Marco. Nous sommes à l'aise avec ce type de technique ; là, tu nous demandes d'expérimenter avec des plates-formes en mouvement et des matériaux que nous n'avons jamais testés qu'en fixe. Les tests pour la sécurité des acteurs vont être super contraignants !

Oli se rembrunit, puis croise les bras sur son torse comme un enfant qui boude.

— Je sais qu'on peut le faire, se bute-t-il.

— Avec du temps. Et une équipe.

— On embauchera du nouveau personnel. Des techniciens de haut niveau, s'il le faut. Ils ont le budget.

— Merde ! Tu ne lâcheras pas le morceau, c'est ça ?

— Non. Tu me connais : une fois que j'ai le show dans la tête… il faut que je m'y colle. Je te jure que je ne voulais pas le prendre au début, mais…

D'une main lourde, Marco referme le carnet de dessins et le repousse en direction de mon patron.

— Bah… tu peux toujours en parler mercredi. On verra qui a le temps de te prêter main-forte.

Lorsqu'il se lève, Olivier a l'air confus.

— Mais… c'est toi le meilleur pour comprendre ce genre de mise en scène. Je ne veux pas travailler avec quelqu'un d'autre…

— Écoute… je suis fatigué. Tout ça, c'est stimulant, c'est vrai, mais je n'ai plus trente ans, moi. J'ai envie d'avoir un peu de temps pour vivre…, pour voyager avec ma femme, par exemple. Tu sais que ça fait un bail que je n'ai pas pris de vacances ?

— Mais… après ce projet, si tu veux…

— Oli, merde ! le coupe-t-il. Ce genre de projets, ce sont des mois de boulot ! Bryan est parti, ta sœur est en congé, et le reste de l'équipe se démène pour faire avancer le reste. Ne viens pas en rajouter ! On avait convenu que Vegas serait le dernier avant un bout de temps !

Olivier pince les lèvres.

— Choisis : Vegas ou Los Angeles, persiste Marco. On ne peut pas mener deux projets de front. Tu vas épuiser ton équipe.

Olivier se braque d'un coup.

— C'est mon entreprise. Je ferai ce que je veux. Si tu ne veux pas bosser avec moi je trouverai quelqu'un d'autre.

Je sens le malaise dans la pièce, mais Marco se contente de hausser les épaules.

— C'est toi qui vois.

D'un pas lourd, il sort en me laissant seule avec un patron qui bout de l'intérieur. Il n'attend pas plus de dix secondes avant de pester :

— Putain ! Elle est géniale, mon idée ! (Il reporte son attention sur moi.) Elle est géniale, non ?

— Oui.

— Je vais trouver une solution. Il y en a forcément une. (Il vérifie l'heure sur son téléphone portable avant de pester.) Et merde ! On doit partir. En plus, je meurs de faim !

Je m'empresse de récupérer mon sac. Oli est déjà dehors, à ruminer. Déjà que la journée ne s'annonçait pas joyeuse, là, j'ai vraiment l'impression que le reste ne sera guère mieux…

Chapitre 72

Je rumine tout le long du trajet qui nous mène de l'autre côté de la ville. Je déteste avoir l'air con. Surtout devant Amy. Pourtant, j'ai l'habitude avec elle… Est-ce que je ne suis pas censé être le patron de cette entreprise ? Comment Marco a-t-il osé me tenir tête de la sorte ?

— Au retour, tu devras fouiller dans les papiers de Cél pour qu'on embauche deux nouveaux techniciens de scène. Et des bons ! Il me semble qu'elle avait rassemblé des CV de ce genre l'an dernier. En juillet, si mes souvenirs sont exacts. (Le regard d'Amy quitte la route quelques secondes pour venir se poser sur moi.) Je suis conscient que j'en demande beaucoup à mon équipe, je lance, éprouvant soudain le besoin de me défendre, mais, si on peut engager des gens d'expérience, je ne vois pas pourquoi ça n'irait pas. Je n'ai qu'à donner un plus gros coup de main que d'habitude sur ce projet et puis voilà ! Après tout, Cél s'investissait toujours beaucoup, alors… je devrais être capable d'en faire autant…, et puis elle ne restera pas en congé indéfiniment, non plus ! Elle finira bien par s'ennuyer…

Je retrouve ma bonne humeur lorsque nous arrivons. Généralement, c'est le moment que je préfère : quand Drew veut me montrer l'avancement d'un projet. C'est comme s'il donnait vie à mes dessins. J'entre par la porte des employés, Amy sur mes talons, et je marche plus lentement pendant que mes yeux s'habituent à l'obscurité de la salle. Je reconnais la voix de Drew en train de gueuler :

— Non ! Plus à gauche ! Et plus haut aussi ! (Dès qu'il me voit, il s'avance vers moi.) Ah ! Tu es là ! Viens voir un peu ! Mike, Oli est là ! Prépare ton équipe !

Il fait de grands gestes avec la main, et les lumières se rallument. Avant d'aborder la raison de ma présence, il sourit à Amy.

— Salut, toi. Toujours en poste ?

— Toujours, confirme-t-elle.

— Alors, il ne t'énerve pas trop ? Parce que je peux lui botter le cul, si tu veux…

— Bon, tu me montres la mise en place, oui ? Je n'ai pas que ça à faire, moi !

— Aïe ! Tu es à cran, aujourd'hui, dis donc…

Il envoie un clin d'œil en direction d'Amy, que j'aurais préféré ne pas voir. Pourquoi est-ce que tous les hommes la trouvent charmante ? Et pourquoi est-ce qu'elle sort avec un imbécile musclé ? Un sportif…, ce n'est certainement pas son genre ! Je soupire et j'essaie de chasser mes idées sombres. Pourquoi est-ce que je m'en fais autant ? Will est probablement ennuyeux. Amy finira peut-être par me revenir…, enfin… jusqu'à ce qu'elle trouve un autre gentil garçon…

Mike nous rejoint, armé de son talkie-walkie, et, pendant qu'on tamise les lumières, nous nous installons sur les sièges au centre de la salle. Là où nous avons une vue d'ensemble sur la scène. On tire les rideaux, et les plates-formes se mettent en place. Lorsque Mike lève un bras, la salle est soudain plongée dans le noir. On perçoit la machinerie, et Drew s'empresse de dire :

— Avec la musique, on n'entendra pas tout ça.

Je grimace, puis l'éclairage se teinte de rouge. Une musique démarre pendant qu'une plate-forme s'élève. Il n'y a pas d'acteur, mais, quand les projections apparaissent sur la toile de fond, je revois la scène dans ma tête. La lumière change et la nuit tombe pendant qu'une lune descend du ciel. L'entrée de cette sphère lumineuse est parfaite, et ma moue de départ se transforme en petit sourire satisfait.

— Joli, hein ? me nargue Drew.

— Ouais, avoué-je.

Lorsque je suis satisfait, je tourne la tête vers Amy qui affiche un air surpris, avec la bouche ouverte. On dirait une petite fille lors de sa première sortie au cirque. Quand elle remarque que je l'observe, elle détache difficilement les yeux de la scène pour les poser sur moi.

— Ça, c'est… mon travail, dis-je simplement.

— Et la scène trois, annonce Drew.

Tout s'arrête, un peu brusquement, d'ailleurs, mais je ne m'en formalise pas. J'attends que l'éclairage change et que le cimetière apparaisse. En vrai, d'abord, avec une plate-forme sur roulettes que l'on apporte sur la scène, mais surtout avec la projection qui donne un effet de profondeur. Grâce à des lasers, des étoiles apparaissent sur les murs autour de nous. Moi-même, je suis impressionné par la façon dont ce simple détail change l'atmosphère de la pièce, mais je suis d'autant plus fier du commentaire d'Amy qui résonne, dans un souffle :

— Oh, mon Dieu !

— C'est beau, hein ? se vante Drew.

Oui, c'est beau. Surtout quand la musique démarre. On se croirait vraiment dans un cimetière. Et, même si c'est le genre d'émotion que je recherchais, voilà que cette scène me met étrangement mal à l'aise.

— C'est bon. On arrête là, dis-je.

— Je songeais à ramener la lune du départ, mais une nuit sans lune, c'est bien aussi… Qu'est-ce que tu en penses ? me questionne Drew.

Rien. Je ne pense rien, sauf une chose que j'évoque de vive voix :

— Arrête ça.

C'est long, mais la musique s'éteint, puis la lumière se rallume, et je respire enfin.

— Alors ? me demande Drew en pivotant franchement vers moi.

— C'est bien. On va dans la bonne direction, dis-je simplement. (Je m'interromps pendant une dizaine de secondes.) Il faut revoir le bruit, au début, j'arrive enfin à ajouter.

— Mais avec la musique…

— C'est encore trop présent.

Je commence à évoquer les modifications à effectuer plus en détail, avant de tourner la tête vers Amy :

— Il faudrait que tu prennes des notes.

— Oh ! Oui, pardon.

Elle rougit et ouvre son sac pour en sortir son carnet. Drew et moi discutons encore un moment de la mise en scène, puis je me lève une fois que nous en avons terminé. Après des échanges de politesses dont je n'ai que faire, nous repartons vers la voiture d'Amy.

Une fois que nous sommes seuls, bien enfermés dans son véhicule, j'attends qu'elle démarre, mais elle n'en fait rien. Elle prend une longue inspiration avant de se tourner vers moi.

— C'était vraiment magnifique.

— Merci.

Je réponds vite, gêné, puis je m'empresse d'ajouter :

— C'est Drew qui fait tout ça… ; moi, je…

— C'est ton idée. C'est toi qui as toutes ces scènes dans la tête au départ, me coupe-t-elle.

Je déglutis, puis hausse les épaules.

— Bof… souvent, ce sont des adaptations.

— Tu as vraiment… beaucoup de talent.

La vache ! J'ai l'habitude qu'on me jette des compliments, mais, quand ils proviennent d'Amy, on dirait que je ne sais plus où me mettre !

— La scène du cimetière était… très émouvante, avoue-t-elle encore.

Je tourne la tête pour éviter qu'elle ne voie mon trouble.

— Ouais. C'est le but.

— Je ne suis pas sûre d'avoir envie de voir le spectacle dans son entier. On dirait que ça se termine plutôt mal…

Mes yeux reviennent sur elle, et les mots s'échappent d'eux-mêmes de mes lèvres :

— La vie se termine toujours mal, Amy.

Après un instant de silence, je jette durement.

— Bon, on y va ?

Elle hésite, puis démarre le moteur, et nous effectuons le trajet du retour en silence.

Chapitre 73

Olivier est nerveux depuis la scène du cimetière. C'était un moment à la fois beau et émouvant, visiblement trop pour lui. Ses traits se sont défaits, puis j'ai senti ses doigts s'agripper à l'accoudoir qui nous séparait.

Au départ, j'ai eu envie de lui demander ce que ça lui faisait de voir ses dessins prendre vie et puis quand je l'ai vu réagir ainsi je me suis ravisée. Avec son passé, je me doute que le cimetière représente quelque chose de douloureux. Et, vu la façon dont il m'a rembarrée, je présume que c'est son moyen de défense pour éviter d'en parler.

Lorsque je me gare devant chez lui, Oli n'attend pas que j'éteigne le moteur pour ouvrir la portière.

— Hé !

— Je suis fatigué, grogne-t-il en se retournant vers moi. Va te reposer. Demain sera une rude journée.

— Je ne peux pas me reposer ! Je dois démarrer les recherches pour embaucher deux nouveaux techniciens, tu te rappelles ?

Il fronce les sourcils. Pourquoi ? Il m'a bien demandé d'effectuer des recherches, non ?

— Bah… ça peut attendre demain…

Je comprends qu'il se sente mal à l'aise de me laisser retourner au bureau alors qu'il est sur le point de rentrer chez lui. Je m'efforce de le rassurer.

— Je vais juste faire un saut au bureau. Ça me permettra de vérifier si ma carte fonctionne. Et puis je vais jeter un coup d'œil aux dossiers de Cécilia. Je présume que tu comptes parler de ces prochaines embauches à la réunion de demain ?

Il a un moment d'absence, puis il finit par hocher la tête. Possible qu'il n'y ait pas encore réfléchi. Pourtant, Marco posera certainement la question devant tout le monde. Autant être prêt.

— C'est bête, je n'ai même pas songé à en parler avec Drew, avoue-t-il avec un air dépité.

— Bah… il l'apprendra demain, c'est tout.

Certes, ç'aurait été plus simple d'avoir un appui supplémentaire, pendant la réunion, mais après la scène du cimetière Olivier n'était définitivement plus en état de discuter. Tant pis. J'ai entendu les réserves de Marco, alors je me doute qu'on nous servira les mêmes, demain. D'ici là, je vais faire ce pour quoi je suis payée : assister Olivier dans son projet et l'aider du mieux que je le peux.

— Tu veux qu'on se voie plus tôt, demain matin ?

C'est une bonne idée. Si j'ai des questions, ce sera plus simple… et ça nous donnera le temps d'ajuster nos discours.

— Je peux passer te prendre vers 11 heures…

— Deux heures plus tôt ?

— Le temps que tu te douches, que tu prennes ton café, qu'on discute…

Une drôle de lueur traverse son regard, que je m'empresse d'éteindre :

— C'est seulement pour préparer la réunion. J'apporterai de quoi manger. Croissants au jambon, pains au chocolat, ce genre de trucs. Avec le café, ce sera bon.

— D'accord. Va pour 11 heures.

Il descend de ma voiture avant de se pencher de nouveau vers moi par la fenêtre.

— Tu ne vas pas passer ta soirée au bureau quand même ?

— Mais non, je le rassure.

Il hésite.

— Si tu as besoin de quelque chose… tu me téléphones ?

Par politesse, je souris et hoche la tête, mais en réalité, si je ne trouve pas ce que je veux, c'est Cécilia que je risque plutôt de contacter. Et Juliette a quelques amis chasseurs de têtes. Peut-être que je pourrais leur téléphoner ?

— Ne t'inquiète pas. Allez, on se voit demain.

— OK, alors… à demain.

J'attends qu'il ferme la portière et je repars. Soudain, je me sens confiante. Voilà que j'ai un vrai défi à relever et j'entends bien montrer ce dont je suis capable. Olivier sera fier de moi.

J'ai un projet, aujourd'hui, celui de mériter ma place dans cette entreprise.

Chapitre 74

Je m'acharne sur la feuille de papier. J'ai dessiné Marianne des millions de fois. Pourquoi est-ce qu'aucun de ces portraits ne me semble juste, ce soir ?

Même si j'ai déjà l'estomac retourné et que la fatigue m'écrase, je recommence, encore et encore, me versant plus de vodka qu'il n'en faut, promesse d'une nouvelle gueule de bois demain matin. Je rumine ma journée, cette prise de tête avec Marco et cette scène du cimetière, beaucoup trop similaire à celle de mes souvenirs…

Un trait de travers, et je frappe la table avant de faire une boulette de ma feuille de papier. Putain ! Comment est-ce possible que je n'arrive plus à faire le portrait de Marianne ? Je pouvais le reproduire les yeux fermés, avant ! Je trace encore une fois le contour de son visage, la forme de ses yeux, la ligne de son nez fin… Je soupire en me remémorant ma conversation avec Amy. J'essaie de me convaincre que cet imbécile de sportif sera digne d'elle, lui qui n'a pas été fichu de détacher son regard d'un écran de télévision alors qu'Amy était là, près de lui, penchée au-dessus de cette table de billard, magnifiquement sexy dans ce jean. Quel homme sensé préférerait un match à cette femme ?

Je reviens à mon dessin et fronce les sourcils avant de refaire une boulette de papier avec cet autre essai. Ce n'est pas ça. Ce n'est pas elle. À croire que je n'arrive plus à la garder vivante dans ma mémoire.

Épuisé, j'étale mes anciens dessins, tous les mêmes, sur la table. Sous les multiples copies de Marianne qui me regarde avec reproche, je vide mon verre de vodka et je récupère mon téléphone. Presque 21 heures. Pourquoi Amy ne m'a-t-elle pas appelé ? Est-ce qu'elle a trouvé ce qu'elle cherchait ? Sans réfléchir, je pianote sur mon appareil, et je dois m'y reprendre à plusieurs reprises pour parvenir à taper correctement :

« Bien rentrée ? »

J'attends, les yeux rivés sur l'écran. Amy dort peut-être déjà ? Elle était fatiguée, elle aussi, non ? Je me laisse tomber sur ma chaise. Qu'est-ce que je fiche encore ici ? Je n'ai rien ingurgité sauf cette fichue vodka. Et dire que je dois me confronter à toute mon équipe, demain après-midi.

Quand mon appareil vibre, je me redresse sur mon banc pour lire la réponse d'Amy.

« Oui. J'allais me mettre au lit. Tu peux dormir tranquille, je suis parée pour la réunion de demain. »

Je relis son message au moins trois fois. « Parée pour la réunion de demain » ? Qu'est-ce que ça signifie ?

« Ce qui veut dire ? »

La réponse est longue à venir, et pas vraiment celle que j'attendais.

« Fais-moi confiance », m'écrit-elle simplement.

Et puis, tout de suite après :

« Je vais me coucher. Je suis épuisée. Bonne nuit, Oli. »

Mes doigts s'immobilisent et cessent d'écrire. Je reste là, à fixer son « Bonne nuit » en imaginant sa voix. Un nœud se forme au fond de ma gorge lorsque je songe à Amy, dans son chandail trop grand, sur le point de s'étendre dans ce lit, où j'ai passé un merveilleux moment, il n'y a pas si longtemps.

Quand je reviens à la réalité, je retombe sur les images de Marianne, et la culpabilité m'étrangle de nouveau. Je serre mon téléphone entre mes doigts et je me lève, un peu chancelant, avant de remonter chez moi. Il faut que je dorme et que je chasse Amy de ma tête, autrement je vais devenir fou…

Chapitre 75

J'arrive en forme chez Oli, un dossier bien lourd sous un bras et un sac de nourriture dans une main. Tout est silencieux, ce qui n'a rien d'étrange. Il doit toujours dormir. Je marche en direction de l'escalier quand j'aperçois les images de Marianne, étalées sur sa table de travail, tout près d'une bouteille de vodka pratiquement vide. Mon cœur se serre. Est-ce que c'est cette fille qui empêche Olivier de me laisser entrer dans sa vie ? Sur le sol, des tas de boulettes de papier. Sans réfléchir, je dépose mon sac sur un coin de la table et en déplie une. Encore un portrait de Marianne. Du moins, c'est ce que je présume, car il est incomplet. Est-ce à ça que se livre Olivier, le soir ? Je ne sais pas pourquoi, mais je déplie une deuxième boulette. Est-ce pour m'obliger à comprendre que le cœur de cet homme ne sera plus jamais disponible ?

Et pourtant… je reste figée devant le dessin qui apparaît sous mes yeux. Les traits sont ceux de Marianne, mais le regard…, il me semble différent. Je secoue la tête, chassant l'espoir que ce soit le mien, puis je reforme la boulette que je laisse tomber par terre. Il faut vraiment que je cesse d'imaginer qu'il se passe quoi que ce soit avec Olivier. Surtout aujourd'hui : je dois me concentrer sur le boulot.

Je monte à l'étage. Le désordre règne en maître, mais je ne m'en formalise pas. Oli dort. Je profite d'être arrivée en avance pour ranger sa table de cuisine et étaler le petit festin que je viens d'aller récupérer. Quand un premier café coule, je m'approche de son lit et m'installe sur le rebord du matelas. Je souris devant sa position, un bras sur la tête et un autre sur son torse. Le drap en bataille le recouvrant jusqu'aux hanches. Je voudrais ne pas le trouver aussi sexy. Ni avoir autant envie de glisser les doigts dans ses cheveux défaits. Au bout d'une minute, je me décide à le réveiller :

— Oli…, debout !

Il grogne mais n'ouvre pas les yeux. Je pose une main sur son torse et le secoue un peu. La chaleur de sa peau est agréable. J'ai envie de me glisser contre lui et de le réveiller par une pluie de baisers. Avec un gémissement, Oli ouvre les yeux et marmonne :

— Putain…, le mal de crâne !

J'aurais dû m'en douter. Je retiens mon envie de lui faire la leçon et me lève en annonçant :

— Je t'apporte des cachets et de l'eau.

Lorsque je reviens, Oli est assis, les cheveux en pagaille et les yeux encore fermés. Il ne les ouvre que pour récupérer ce que je lui tends. Une fois qu'il a avalé ses médicaments, il daigne enfin me chercher du regard.

— Merci.

— Pas de quoi.

Ses yeux tombent enfin sur moi, comme s'il prenait conscience que j'étais vraiment là. Cette proximité me gêne, alors je me redresse en ajoutant :

— Ton café est prêt.

— J'ai besoin d'une douche, marmonne-t-il en repoussant le drap.

Il file en direction de la salle de bains, et je soupire en préparant un second café. Oli a passé la soirée à boire alors que je me suis tapé le sale boulot toute seule. Peu importe. S'il n'est pas en forme durant la réunion, je prendrai le relais. C'est mon boulot, après tout.

Quand Oli revient, dans un simple bas de survêtement, il s'installe à table et porte la tasse de café à ses lèvres. Un soupir plus tard, il remarque la nourriture.

— Tout ça ?

— Je meurs de faim, je lui avoue. Bois ton café qu'on puisse discuter.

Il récupère un croissant garni de jambon et de fromage, puis le dépose dans son plat avant de reporter son attention sur moi. Pour ma part, je suis déjà en train de dévorer mon petit déjeuner. Et je me régale ! Oli me considère avec un air amusé, probablement parce que je m'en mets partout. Tant pis ! C'est délicieux ! La bouche pleine, je marmonne :

— Tu devrais goûter.

Il pince les lèvres avant de rétorquer :

— Ça semble délicieux, mais je crains d'avoir trop bu hier soir. Ça risque de ressortir.

— Tu ne devrais pas boire autant.

Son regard me rappelle à l'ordre, et je dévie aussitôt la discussion sur un sujet moins sensible :

— J'ai préparé un dossier pour soutenir notre affaire, aujourd'hui.

Avec un sourire fier, je pousse le document vers Oli. Il plisse les yeux, puis tourne deux ou trois pages avant de reporter son attention sur moi, étonné :

— Tu as fait tout ça hier soir ?

Gênée, j'avoue :

— J'ai contacté Cécilia. C'est elle qui m'a indiqué où se trouvait le fichier. Et j'ai contacté un chasseur de têtes. Il pourrait nous aider à trouver l'employé idéal, mais ça coûte cher. Surtout les techniciens qui ont une bonne expérience. En fait, tout dépend du temps dont nous disposons avant le début du projet. Plus c'est le rush, plus ça coûtera cher.

Olivier me scrute d'un air ahuri. Je le surprends, et ça me plaît. C'est vrai que Cécilia m'a donné une foule d'informations en prévision de notre réunion. Elle n'était pas ravie d'apprendre que son frère avait tenu tête à Marco, mais, pour une fois qu'il tient à un projet, elle n'a pas osé s'opposer à sa décision. Certes, j'ai un peu insisté pour la convaincre, et ça m'a permis de constater que j'étais définitivement prête pour la réunion d'aujourd'hui.

— Je n'en demandais pas tant, lâche Oli. Je suis le patron. Si je dis qu'on prend ce contrat, les autres seront obligés de me suivre.

Je fronce les sourcils.

— Si tu veux un bon conseil, tu ne devrais pas agir sans le consentement de tes employés. Ton équipe est surchargée.

— Pas si Vegas nous file entre les doigts, marmonne-t-il.

— Vois ça comme un investissement à long terme. Si nous embauchons un ou deux techniciens supplémentaires, tu les formes et tu soulages une partie de ton équipe. Sans oublier que Marc Brompton est probablement prêt à faire bien des concessions pour que tu acceptes de t'occuper de son projet.

Oli lève un regard intrigué vers moi.

— Par exemple ?

— Par exemple… attendre un mois ou deux avant le début du projet, le temps que ton nouvel employé soit apte à prendre le contrat. Ou payer un peu plus cher pour accélérer le processus.

Sa bouche s'ouvre, et il prend un moment avant de lâcher :

— Dis donc, on dirait que tu as pensé à tout.

— Il vaut mieux avoir plusieurs arguments.

— Tu as appris ça avec ton avocat ?

Sa question me froisse un peu, mais je m'empresse de secouer la tête :

— Plus jeune, j'ai été vendeuse de vêtements.

La réaction d'Oli est étrange. Il écarquille les yeux, puis éclate de rire. Quand il retrouve son calme, il récupère son croissant et en mange une bouchée. On dirait qu'il va mieux. Il reporte un regard malicieux sur moi.

— Tu as vraiment beaucoup de talents.

Je déglutis, troublée.

— Je sais, dis-je en feignant un ton hautain. Je suis l'assistante idéale, tu ne l'as pas encore compris ?

Il rigole de nouveau, et je savoure cette bonne humeur revenue entre nous.

— Alors… je leur parle de mon projet, je montre mes dessins…, et toi, tu réponds aux questions compliquées, c'est ça ? résume-t-il.

— C'est ça. Et si je ne parviens pas à convaincre ton équipe, tu suspends la réunion et tu dis que tu vas encore y réfléchir. Surtout, ne te braque pas. N'oublie pas que nous sommes tous du même côté.

Il soupire avant de hocher la tête.

— OK. De toute façon, je n'ai pas de meilleure idée.

Je souris et me lève pour nettoyer la table. Alors que je pose mon assiette dans l'évier, il ajoute :

— C'est vrai que tu es une bonne assistante. J'aurais préféré que tu sois une andouille, je ne te le cache pas, ajoute-t-il en grimaçant, mais je suis content que tu t'investisses autant. C'est exactement des gens comme toi que nous voulions, quand nous avons créé Starlight. Enfin… c'était l'idée de ma sœur. Elle cherchait des gens passionnés, qui croient en leurs rêves.

Ma gorge se serre, et je reste muette, incapable de trouver d'autres mots qu'un « merci » tout bête. Sur une note plus légère, il ajoute :

— À l'époque, elle voulait même qu'on ait un slogan : « Rien n'est impossible. » J'ai failli en faire une crise cardiaque ! Déjà, avec un nom d'entreprise pareil…

— « Rien n'est impossible », je trouve ça joli.

Olivier grimace, puis se lève de table.

— Ouais, eh bien…, si tu veux que Marco accepte ton idée, tu as intérêt à y croire, parce qu'il risque d'être furieux de voir que je vais de l'avant avec mon idée.

Il me tourne le dos et file dans sa chambre pour aller s'habiller. Je continue de ranger en souriant comme une idiote. Moi, cette devise, je l'aime bien…

Chapitre 76

Même si c'est moi qui expose mon projet, c'est Amy qui dirige la réunion. Elle distribue un document avec plusieurs scénarios envisagés, parle de ses idées comme si c'étaient les nôtres et met tout le monde dans sa poche. Enfin… presque tout le monde. Marco semble surpris, mais s'abstient de tout commentaire. Il a l'air fatigué. C'est peut-être le voyage à Vegas. Peut-être qu'il a des problèmes plus personnels, aussi… Ça fait un bail qu'on n'a pas discuté, lui et moi. Ou que je ne suis pas allé manger chez lui.

Quand Amy répond à la question de Drew, je pivote pour mieux la regarder. Ses joues sont rouges, et elle parle avec fougue. Elle est belle, surtout quand elle défend mon projet comme si c'était le sien. Ça me rappelle Cél, au début de Starlight. Elle aussi, elle croyait en moi. Peut-être plus que je ne l'ai jamais fait, d'ailleurs. Et pourtant… c'est fou ce qu'on a accompli en seulement quelques années…

Dès que la réunion se termine, Drew se poste à mes côtés.

— Dis donc, elle est super, ta nouvelle assistante !

— Ouais, dis-je, avec un sourire niais.

— Tu la garderas peut-être plus que trois semaines, celle-là, se moque-t-il encore. Enfin, si tu n'essaies pas de la ramener dans ton lit.

Son rire me déplaît. Pourtant Drew, c'est l'imbécile avec lequel je m'entends le mieux généralement, et comme j'ai besoin de lui pour former les nouveaux, autant ne pas trop le malmener.

— Heureusement, tu n'as pas l'air d'être son genre, ricane-t-il encore.

Je ne réponds pas, mais je songe que les choses seraient bien plus simples si c'était Amy qui n'était pas mon genre…

Quand je parviens à me retrouver seul avec elle, je lâche un immense soupir de soulagement avant de me laisser tomber sur le canapé de son bureau.

— Tu as vraiment assuré.

— Merci ! glousse-t-elle, bien installée devant son ordinateur. Et tu connais la meilleure ? Le chasseur de têtes dont je te parlais, il a deux candidats potentiels, dont un ancien employé de chez Devex.

Surpris, je me tourne vers elle pour m'assurer qu'elle ne me fait pas une blague.

— Sérieusement ?

— Oui, mais je te l'ai déjà dit : un chasseur de têtes, ça coûte cher. On devrait peut-être essayer de dégotter un candidat par nous-mêmes. On a bien quelques semaines, quand même…

— Mais s'il faut le former… on n'a pas de temps à perdre. Et des techniciens avec de l'expérience, ça n'a pas de prix, Amy !

Elle détache son regard de son ordinateur pour le poser sur moi.

— Ne sois pas si impatient…

— Mais je suis impatient. C'est ce qui fait mon charme, tu n'es pas d'accord ?

Elle rit, puis reporte son attention sur l'écran. J'ai envie de dire n'importe quoi, juste pour qu'elle me regarde encore un peu. Depuis qu'elle a ce projet en tête, Amy a plein de choses à faire. Plein de choses qui n'ont rien à voir avec moi. Dire qu'elle était censée s'occuper de ma petite personne. Voilà qu'elle devient un peu comme Cél. Pourquoi ça m'embête ? Ça devrait me soulager, non ?

Quand le téléphone résonne, elle répond d'une voix tranquille :

— Bureau d'Olivier Garrett.

Je suis sur le point de m'étendre sur le canapé quand Amy se met à parler en anglais. Je tends l'oreille, puis bondis sur mes pieds pour venir m'installer devant le bureau où elle est assise. Elle me jette un regard lumineux et excité. Sur un bout de papier, elle griffonne le nom de l'interlocuteur : Nick. Le projet Vegas. Je lui fais signe de me passer la communication, mais elle fait pivoter son siège et se met à blaguer avec son interlocuteur. Pourquoi est-ce qu'elle rit ainsi ? Je me concentre sur les mots qui sortent de sa bouche : elle loue mon travail, promet que je serai très heureux de cette nouvelle, qu'elle lui enverra les documents dans les plus brefs délais. Les documents ? Quels documents ? Quand elle raccroche, je reste muet de stupéfaction qu'elle ne me l'ait même pas passé. Mais qu'est-ce qu'elle fiche ?

Amy bondit à son tour et retient difficilement son cri de joie.

— Qu'est-ce que je te disais ?!

— Ils signent ?

— Oui ! Enfin… ils veulent voir l'ébauche du contrat avant de prendre leur décision, mais… oui ! Quand je te disais que j'en étais sûre !

Elle rit, incroyablement heureuse de l'ajout de ce contrat à une liste de projets déjà trop chargée. Et moi, je reste là, à la regarder, ravi du spectacle qu'elle m'offre. J'oublie les problèmes qui vont se poser et la joie que cette nouvelle devrait me procurer. J'essaie juste de capturer l'image d'Amy dans cette lumière. Pas celle qui provient de l'extérieur, mais celle qui est en elle.

— Tu n'es pas content ? me questionne-t-elle, visiblement consternée par mon manque de réaction.

— Si. C'est la fatigue. Ou le choc, je ne sais pas, dis-je simplement.

Elle prend soudain un air inquiet.

— C'est à cause du projet Brompton ? Tu voudrais n'en garder qu'un ? Ce n'est pas grave, tu sais, parce que je ne les ai pas encore rappelés. Rien ne nous oblige à mener les deux de front.

Je secoue la tête.

— Non, je… Si on embauche, je crois qu'on peut tout faire.

— Tu as raison. Rien n'est impossible ! rigole-t-elle en levant un poing en l'air.

Je souris comme un idiot. Pourquoi je lui ai parlé de la devise de Starlight ? En tout cas, j'aime bien la façon dont elle l'interprète. Et pourtant, quand elle repose les yeux sur moi, son visage retrouve un air plus sérieux :

— Prends quand même le temps d'y réfléchir, tu veux ? Si on accepte, on ne pourra pas revenir en arrière, alors il vaut mieux être sûr de toi.

Je hoche la tête, mais je suis d'autant plus persuadé que je veux ces deux contrats. Non seulement le projet Vegas est bien avancé, mais je vois très exactement la manière dont celui de Brompton va prendre vie.

— Tu veux que je te raccompagne maintenant ? Parce qu'il faut que je fasse préparer un contrat que tu devras relire avant que je puisse le soumettre à Nick.

Je la fixe, ébahi.

— Bah… euh… je peux t'attendre, dis-je simplement.

— J'en ai pour une bonne heure. Peut-être même deux. Il faut que je passe aux ressources humaines et que je relise mes notes pour vérifier que les clauses que Nick a exigées sont bien dans le contrat. Oh, mais ne t'inquiète pas, je mettrai les ajouts en couleur pour que tu les approuves !

Son sourire revient en force lorsqu'elle ajoute :

— Tu sais, les contrats, ça me connaît.

— OK, dis-je simplement.

Elle se laisse retomber sur sa chaise et décroche son téléphone. Je reste là, un peu confus, à l'écouter demander la rédaction d'un contrat type. Lorsqu'elle raccroche et que ses yeux reviennent sur moi, je comprends que je n'ai plus rien à faire là.

— Tu as besoin d'un coup de main ? je lui demande.

— C'est gentil, mais je gère, je t'assure.

Je la crois sans problème. Pendant qu'elle pianote sur son ordinateur, j'annonce :

— Je vais rentrer en taxi.

Elle fronce les sourcils.

— Je t'assure que je peux te raccompagner et revenir après, s'empresse-t-elle de proposer.

— Mais non. C'est ridicule. Allez, on se verra demain. Travaille bien.

Avant qu'elle puisse protester, je sors pour dissimuler ma mauvaise humeur. Pourtant, tout va bien. J'ai le projet Brompton, le projet Vegas… Pourquoi est-ce que je me sens aussi confus et en colère ?

Quelle idée d'embaucher une aussi bonne assistante ! Elle est tellement douée qu'elle n'a même plus le temps de faire tout ce que j'exige d'elle ! Alors qu'on aurait dû sortir pour fêter tout ça, voilà que je me retrouve à rentrer en taxi. Seul.

Chapitre 77

Je rentre chez moi la tête lourde. La femme de ménage est passée, car les boulettes de papier ont disparu. Parce que je déteste croiser le regard de Marianne, j'entasse ses portraits en une pile et retourne le premier pour n'en voir que la face vierge.

Je monte à l'étage et me fais un nouveau café. Je récupère un pain au chocolat resté dans le sac, puis redescends en le portant à ma bouche. Mon assistante bosse. Autant que je travaille un peu, moi aussi. Surtout si je compte présenter bientôt mes idées à Brompton. Quand mon téléphone sonne, je souris. *Ah ! Amy a besoin de moi !* Ma joie est de courte durée lorsque je reconnais le numéro qui s'affiche.

— Salut, Cél.

— Salut, toi. Qu'est-ce que tu fais de beau ?

J'opte pour un demi-mensonge.

— Je bosse.

— Sur le projet Brompton ? s'enquiert-elle.

Je fronce les sourcils avant de comprendre :

— Ah ! Amy a discuté avec toi.

— Tout à fait. Dis, tu te rappelles qu'on avait décidé de se limiter au projet Vegas, quand même ?

J'ai la sensation de me faire gronder et je me braque aussitôt :

— Ouais, eh bien…, c'est comme ça.

— Oli, ne fais pas tout foirer sous prétexte que je ne suis pas là pour te surveiller, tu veux ? Je suis peut-être enceinte, mais je ne suis pas stupide pour autant.

— Tu n'es pas là, et Amy me soutient. Elle va engager de nouveaux techniciens. Ne t'inquiète pas, tout se passera bien.

— Heureusement qu'elle est là, d'ailleurs ! rigole-t-elle.

— Oui.

— Et j'espère que tu ne lui mènes pas trop la vie dure, parce que je peux te dire qu'on a dégotté une perle. Elle fait bien plus que ce qui était au programme.

Je grimace, même si je sais qu'elle a raison. Et pourtant je ne peux pas m'empêcher de ruminer :

— Il a quand même fallu que je rentre en taxi, aujourd'hui.

— Tu n'as qu'à prendre ta voiture. Oli, tu n'as plus dix ans pour qu'on t'emmène partout ! Tu as toujours ton permis, je te rappelle !

— Hé ! je m'énerve soudain. On a embauché cette fille pour qu'elle s'occupe de moi !

— Elle gère Starlight alors que c'est ton boulot, frérot. Qu'est-ce que tu fais chez toi à 16 heures alors que tout le monde bosse ?

— Mais… je bosse !

Un silence passe, et je me sens obligé d'ajouter :

— J'ai demandé à Amy si elle voulait de l'aide, mais elle a refusé. Que voulais-tu que je fasse ? Et on dirait que ça lui plaît bien, de s'occuper de tout toute seule…

Au bout du fil, ma sœur se met à rire.

— C'est vrai. J'ai rarement vu une fille avec autant de cran depuis… laisse-moi réfléchir… Oh ! C'est vrai ! Moi !

Je souris et, même si je refuse de le lui dire, je me rends compte qu'elle me manque.

— Allons, allons, reprend-elle, si ça lui plaît de faire ça, ne l'en empêche pas. Si ça se trouve, elle a vraiment envie de relever de nouveaux défis.

— Oui.

Après son histoire avec Ben, peut-être qu'Amy a besoin de s'occuper l'esprit, comme moi avec mes portraits de Marianne. Et l'alcool. Et mon sale caractère.

— Et toi, tu as largement de quoi faire avec la soirée de demain soir.

Confus, je répète.

— La soirée… ?

— Mais… le dîner de charité ! Merde, Oli, tu n'as quand même pas oublié ! Amy s'est acheté une robe pour l'occasion.

Une robe ? Elle veut dire… une autre robe ? C'est possible. J'ai le souvenir qu'elle en a acheté deux, effectivement. Ma respiration en prend un coup. Et moi qui essaie de prendre mes distances avec cette fille ! On dirait que le destin fait tout pour me rendre fou !

— Oli ! Tu sais bien, la fondation de Maggie !

Évidemment que je m'en souviens, mais ce n'est déjà plus ce à quoi je songe. Après avoir vu Amy dans une robe de princesse à Las Vegas, je crains le pire.

— Elle est comment, sa robe ? m'entends-je demander.

— Euh… elle est rouge. Très longue. Mais ne t'inquiète pas pour ça. Elle sera parfaite.

Mon imagination est décidément trop fertile.

— Toi, tu es censé réserver une limousine, mais je présume que tu ne l'as pas fait…

— Euh… non, admets-je.

— C'était pourtant dans ton agenda, me dispute-t-elle encore.

Un interminable soupir plus tard, elle reprend :

— Enfin, tant pis. Je vais passer quelques coups de fil et essayer de te dégotter une voiture…, mais pour le discours il faudra que tu voies ça avec Amy.

La voiture ? Le discours ? Pourquoi est-ce que je n'y ai pas songé plus tôt ? En plus, j'avais tout mon lundi pour le faire ! Merde ! Comment je peux être aussi à l'ouest, ces temps-ci ?

— C'est bon, je m'en occupe.

— Je te rappelle une fois que j'ai la confirmation pour le transport. Pour 19 heures, ça ira ?

— Cél, arrête ! Je vais le faire. Je suis quand même capable de réserver une putain de limousine !

Un silence passe, et je m'empresse d'ajouter, par crainte de l'avoir blessée :

— Écoute, c'est un peu la folie, ces jours-ci, et c'est vrai que j'ai oublié, mais… je vais le faire, OK ? J'ai du temps à revendre, ce soir, profites-en !

C'est long avant que ma sœur lâche un petit rire, mais elle demande, fidèle à elle-même :

— Tu m'envoies un texto quand c'est fait ? Juste pour que je ne m'inquiète pas ? Et sois gentil avec Amy, elle n'est jamais allée à un dîner de charité.

— Mais oui. Je serai gentil, je grogne.

Si elle savait à quel point je le suis… et combien j'ai envie de ne pas l'être !

— Super ! Tu es vraiment un frère en or quand tu y mets un peu du tien. Allez, dépêche-toi de réserver ta voiture avant que ça ferme. Et si tu as un souci rappelle-moi !

Je raccroche en soupirant. Moi qui me sentais inutile, voilà que j'ai une tâche. Et même deux ! J'espère que j'ai conservé une copie de mon discours de l'an dernier. Ça me donnera une piste pour préparer celui de demain soir.

Chapitre 78

Un texto d'Oli m'attend à mon réveil : « On se rejoint au bureau à 11 heures, j'ai des trucs à faire. » En voilà une nouvelle ! Il n'est même pas 9 heures ! Assise dans mon lit, je l'appelle.

— Alors, enfin debout, marmotte ? répond-il d'une voix moqueuse.

— Pourquoi est-ce qu'on se retrouve directement au bureau ?

— Parce que je veux finaliser le dossier Brompton avant de le proposer au client, explique-t-il. D'ailleurs, si tu pouvais nous organiser une rencontre par webcam en début de semaine prochaine, ce serait parfait.

Je cligne des yeux.

— Tu ne veux pas qu'on engage un technicien, avant ?

— Il vaut mieux faire les choses par étapes : on va déjà s'assurer qu'ils aiment le concept, puis on leur parlera des problèmes… disons… plus techniques. Ah ! D'ailleurs, j'ai lu l'ébauche de contrat que tu as fait pour le projet Vegas. C'est du bon boulot. Je l'ai annoté et mis sur ton bureau, ça ira ?

Je reste muette quelques instants puis pose la première question qui me vient en tête :

— Mais… où est-ce que tu es ?

— Au bureau, quelle question ! répond-il en rigolant. Tu n'as pas entendu quand je t'ai dit que j'avais du boulot, ce matin ? D'ailleurs, je ne suis pas en avance. Je suis arrivé à coincer Drew pour qu'on jette un coup d'œil ensemble à l'offre d'emploi que tu as préparée. Là aussi on a quelques modifications, mais rien de majeur.

— Attends… tu as fait ça… sans moi ?

— Tu as bien travaillé hier soir, c'est donc normal que je prenne la relève ce matin.

— Oh, mais… tu aurais pu me le dire. Je serais venue plus tôt.

— Mais non… profite ! Je préfère que tu sois en forme, ce soir.

Je me raidis sur mon lit en me rappelant le dîner de charité.

— Autant que tu le saches, c'est assez épuisant, ce genre de soirées : beaucoup de mains à serrer et de sourires à rendre. Mais généralement le repas est bon. Et le spectacle devrait te plaire.

Probablement parce que je reste au bout du fil à ne rien dire, il ajoute :

— Tu n'avais pas oublié le dîner, si ?

— Hein ? Non ! J'ai même… une super robe. Classe et tout.

— J'ai réservé une limousine. Je passerai te prendre à 20 heures ce soir.

— Une limousine ?

— Tu ne comptais quand même pas conduire avec des escarpins !

— Mais… et pourquoi pas ? Je n'ai qu'à remonter un peu ma robe et conduire pieds nus.

Il se met à rire au bout du fil.

— J'aurais bien voulu voir ça, tiens. Je n'aurais pas dû me démener autant pour trouver une limousine. Enfin… tant pis. Ce soir, tu m'accompagnes, alors on fera comme je l'ai décidé.

Son petit ton autoritaire me plaît. À croire qu'il a tout prévu. Je sais bien que cette soirée n'a rien d'un rendez-vous galant, mais j'avoue qu'il est difficile de ne pas sourire en songeant à Olivier en costume… et dans une limousine…

— D'ailleurs, tu pourras partir plus tôt cet après-midi. Cél adorait aller se faire chouchouter avant ce genre d'occasions : coiffure, ongles… Je ne sais pas trop ce qu'il te faut, mais… j'ai décidé de te libérer à 15 heures. J'espère que ça ira. C'est bête, je n'y ai songé qu'hier soir.

Je prends un moment avant de rassembler mes pensées, charmée par son attention, puis l'angoisse me saisit de plein fouet en comprenant ce qu'il attend de moi. Oh non ! Je n'ai même pas songé à prendre rendez-vous chez le coiffeur ! Je vérifie l'état de mes ongles, puis bondis de mon lit.

— Écoute, il faut que… J'ai des tas de trucs à préparer, alors… je saute dans la douche, je passe quelques coups de fil et je te rejoins au bureau, ça te va ?

— Sois là pour 11 heures. J'ai avancé notre rendez-vous.

Lorsque je raccroche, je suis déjà en train de faire couler le jet d'eau. Et merde ! Alors que j'étais en avance sur tous mes dossiers, voilà que j'ai de nouveau l'impression d'être en retard ! Je déteste ça !

Chapitre 79

Je suis en avance sur mon horaire. Dire que j'aurais pu dormir une heure de plus, ce matin ! Mais non, je préférais arriver plus tôt et vérifier le travail d'Amy. Juste pour qu'elle sache que je supervise ses dossiers. Dans les faits, il n'y avait que des broutilles à modifier, mais peu importe. Pour le principe, je veux chipoter. Elle est trop douée, cette fille !

Pour avancer le dossier Brompton, je numérise mes dessins. Techniquement, c'est la tâche d'Amy, mais je ne vais pas m'en formaliser, puisqu'elle a drôlement bien bossé, hier soir. Ce n'est pas urgent, mais j'ai hâte de montrer mes idées à Marc, et aussi de lui annoncer que Starlight s'occupera de son spectacle.

Drew passe devant mon bureau et entre, un nouveau café à la main.

— Ça alors ! Qu'est-ce que tu bosses, aujourd'hui ! rigole-t-il.

Il a raison. Je n'ai pas arrêté depuis que je suis arrivé. Ça ne me ressemble pas. J'aimerais que tout soit prêt à l'arrivée d'Amy pour qu'elle puisse faire ses modifications et qu'elle transmette la bonne nouvelle à Brompton. Après, elle pourra repartir pour le reste de l'après-midi.

Je soupire en tournant la page pour numériser mon prochain dessin. Je ne sais pas si c'est une bonne idée de donner autant de temps à Amy pour se préparer pour ce soir, mais une chose est sûre : moins je la vois, mieux je me porte. Déjà, en venant au travail par moi-même, j'évite la tentation de la voir chez moi dans une situation trop intime. Se réveiller en érection avec elle à côté…, ça commence sérieusement à devenir trop difficile. J'ai promis à Cél que je serais gentil avec Amy, mais je ne peux pas me mentir à moi-même : j'ai bien envie de la ramener dans mon lit. Malheureusement, ce serait agir en salaud, parce que je ne peux rien lui donner de plus.

Au lieu de foutre le camp, Drew s'installe sur une chaise devant le bureau où je travaille et croise les jambes avant de demander :

— C'est ton assistante qui te fait bosser autant ?

Je fronce les sourcils.

— Ce sont les autres qui travaillent pour moi. Est-ce que tu l'aurais oublié ?

— Bah… non, mais… généralement, ton assistante est toujours avec toi.

— C'est vrai, je rétorque, mais Amy est restée tard hier soir, et tu me connais : quand j'ai un projet en tête, il faut qu'il sorte !

Malheureusement, Drew n'est visiblement pas aussi stupide qu'il n'y paraît.

— Quand même ! Un jeudi à 9 heures… ?

— J'aimerais envoyer ma proposition à Marc Brompton aujourd'hui. Avec le décalage horaire et le dîner de charité de ce soir… il ne me reste plus beaucoup de temps.

— Ça pouvait très bien attendre demain !

Il a raison, et ça m'énerve d'autant plus. Surtout lorsqu'il ajoute :

— Elle est vraiment mignonne, ton assistante…

Oubliant ma numérisation, je relève les yeux vers lui.

— Et alors ?

— Alors rien. Je me demandais juste… s'il y avait un truc entre vous deux.

Je le fixe en plissant les yeux.

— Parce que tu la regardes avec intérêt, on ne va pas se le cacher, ajoute-t-il avec un petit rire. Déjà, hier, durant la réunion, tu semblais captivé par sa présentation.

— Mais… elle a quand même réalisé un tour de force ! dis-je, comme si je devais me défendre d'apprécier mon assistante.

— Ouais, c'est vrai, avoue-t-il avec une moue sceptique. Mais tu ne vas quand même pas me dire que tu n'as pas envie de te la faire ! Elle est assez bandante dans son genre ! Tu as vu ses jambes ?

J'ai envie de lui dire que j'ai vu bien plus que ses jambes, mais je scelle ma bouche avec une expression choquée. C'est ridicule, car j'ai discuté de bien des femmes avec Drew, mais je ne sais pas pourquoi, je n'aime pas qu'il parle d'Amy en ces termes. J'ai l'impression qu'il lui manque de respect, et aussi qu'il s'intéresse un peu trop à elle, et ça, il n'en est pas question.

— Ne t'approche pas d'elle, dis-je simplement.

Le visage de Drew s'illumine, et il se redresse sur son siège.

— Ah ! Je savais bien qu'elle te plaisait !

— Ça n'a rien à voir ! Amy est douée et je n'ai pas envie de perdre mon assistante parce que tu ne sais pas garder ta queue dans ton pantalon ! Au cas où tu l'aurais oublié, Cél va bientôt accoucher. Je n'ai pas de temps à perdre à embaucher une autre assistante.

Drew fronce les sourcils.

— Qu'est-ce que ça veut dire ? Que tu ne vas même pas essayer de te la faire ?

Sans attendre ma réponse, il poursuit :

— Elle t'a rembarré, c'est ça ? En voilà une nouvelle ! Ton charme n'opère donc pas sur tout le monde ?

— Elle ne m'a pas rembarré. Mais ce n'est pas une fille pour moi, vu ?

Drew éclate de rire.

— Pas une fille pour toi ? Ma parole ! À t'entendre, on croirait que tu sélectionnes celles que tu baises !

— Mais tu as fini, oui ? Tu ne vois pas que j'essaie de bosser ? Amy ne m'intéresse absolument pas, fin de la discussion.

— Je suis contente de l'apprendre.

La voix d'Amy nous fait sursauter. Aussitôt, je tourne la tête vers l'entrée qu'elle traverse pour venir déposer son sac sur le coin du bureau où je me suis installé. Mortifié, je bredouille :

— Je disais juste…

— C'est bon, Oli, j'ai entendu. Alors, ces modifications ? Tu me les donnes ?

Je fouille parmi les papiers devant moi, mais, avant de les tendre en direction d'Amy, je jette un regard sombre à Drew :

— Tu nous laisses travailler ? Je ne te paie pas pour boire du café, à ce que je sache.

Il étouffe un petit rire amusé et fiche le camp sans se presser. Aussitôt je vais fermer la porte pour avoir un peu d'intimité avec Amy.

— Désolé. Il m'énervait alors…

— Pas de souci, m'interrompt-elle sans même relever les yeux vers moi.

— J'essayais juste…

Amy daigne enfin poser ses yeux verts sur moi, et ce que j'y vois ne me plaît pas beaucoup.

— C'est bon, Oli, insiste-t-elle. On ne va pas en faire toute une histoire.

— Euh… non. C'est vrai.

Je me tais pendant qu'elle reporte son attention sur le document. Je ne sais pas pourquoi, mais je sens qu'un malaise plane entre nous, et je ne peux m'empêcher d'essayer de le dissiper :

— Tu as pris rendez-vous chez le coiffeur, pour ce soir ?

Ma question n'a visiblement pas l'effet escompté. Amy relève la tête vers moi et me répond sur un ton acerbe :

— Tu t'intéresses à ma coiffure, Garrett ? Tu as peur que je te fasse honte ?

Surpris, je me remets à bafouiller :

— Non, je… j'essayais juste de… d'être gentil.

— Alors arrête, ça ne te va pas du tout.

Nous nous fixons sans parler pendant de longues secondes, puis elle soupire et retrouve un ton moins rude :

— Est-ce qu'on peut travailler, maintenant ? J'aimerais boucler ce document et poster cette demande d'emploi sur différents sites avant de retourner chez moi.

— Tu crois que tu aurais le temps d'envoyer un mail à Marc Brompton avant de partir ? J'étais en train de numériser mes dessins pour lui montrer ce que j'ai en tête…

Le visage d'Amy s'adoucit, et elle jette un coup d'œil au bordel qui règne sur son bureau avant de hocher la tête.

— Ouais. Je suppose que j'aurai le temps de faire ça sur l'heure du déjeuner.

Je souris et propose aussitôt :

— On se commande un truc à manger ? Je termine la numérisation et je t'aide à fignoler ton document, si tu veux.

— Je… Ouais, OK, dit-elle simplement.

Chapitre 80

Je suis en colère, et j'avoue que je peine à ne pas le montrer. Dire qu'après le coup de fil d'Olivier, ce matin, j'ai pensé qu'il était absolument charmant. Et voilà qu'il annonce à Drew que je ne l'intéresse pas, et de quelle manière ! Quel choc de l'entendre parler de moi de cette façon avec ce type ! Je ne lui ai rien demandé, moi !

En plus, il n'y a pratiquement rien à changer dans son document. J'en ai pour dix minutes à effectuer les modifications, et je n'en aurais eu que pour cinq si Olivier n'était pas resté derrière moi, à vérifier ce que je faisais.

— On intègre mes images à la proposition Brompton ? propose-t-il dès que je termine d'enregistrer le document. Il m'en reste quelques-unes à numériser, mais je devrais en avoir pour dix minutes.

Je pivote pour croiser son regard.

— Je peux le faire, tu sais ? C'est pour ça que tu me paies.

Il hausse les épaules.

— Bah… ça ne me gêne pas, insiste-t-il.

Comme il reste planté là, je me décide à ouvrir le document Brompton lorsqu'il ajoute :

— En fait, tu devrais commander quelque chose à manger pendant que je termine ça. Avec de la chance, on pourra tout intégrer au document avant que le repas arrive. Après, on enverra le mail à Marc Brompton pour voir si notre proposition l'intéresse.

Je ne sais pas ce que je déteste le plus : le fait qu'Oli soit aussi avenant avec moi ou qu'il utilise le mot « nous » pour parler de ce projet. C'est vrai que je m'y investis beaucoup, mais je ne m'attendais pas à ce genre de reconnaissance aussi rapidement. À contrecœur, je lui cède la place et m'installe en face de lui pour téléphoner au resto du coin. Ça tombe bien, je meurs de faim.

Dès que je raccroche, je tombe sur le regard d'Olivier qui me fixe, la main posée sur son carnet de dessins pour le maintenir bien à plat pendant qu'il numérise la page.

— Quoi ? je lui demande aussitôt.

— Rien.

Il attend quelques secondes avant d'ajouter :

— Tu es encore fâchée contre moi.

Ce n'est pas une question, mais bien un constat que je m'empresse de réfuter :

— Mais non.

— Si. Je le vois dans tes yeux. Tu sais qu'ils changent de teinte selon ton humeur ?

Comme s'il venait de me prendre en flagrant délit de quelque chose, je bondis sur mes pieds et marche en direction de la porte en faisant mine de ne rien avoir entendu :

— Je vais dire à Clara de nous prévenir quand le repas sera livré.

— Amy !

Le ton qu'il utilise pour me rappeler m'angoisse. Je pivote légèrement dans sa direction, une main sur la poignée.

— Je ne savais pas quoi dire à Drew, dit-il simplement.

— Je ne veux pas le savoir.

Il se lève, et mes doigts se crispent sur la poignée, mais il ne s'approche pas davantage.

— Quand tu as accepté ce poste, j'avais comme condition que personne dans cette boîte ne sache ce qui s'était produit entre nous, me remémore-t-il. Et, comme il insistait, j'ai dit la première chose qui m'est passée par la tête.

Je ne réponds pas. Même si Oli a voulu préserver ma réputation, j'ai un goût amer dans la bouche. À croire que je suis condamnée à être la maîtresse cachée de tous les types avec lesquels je baise. Même ceux qui ne sont pas mariés.

— Je ne te mentirai pas, j'avais bien envie de lui fermer son clapet en lui disant la vérité, lâche-t-il encore.

Encore un silence auquel je n'ai pas le courage de mettre fin. Je déteste quand Olivier est gentil. Je n'ai pas envie de le trouver charmant…

— Drew…, il te plaît ? me demande-t-il soudain.

Surprise, j'écarquille les yeux.

— Pardon ?

— Je sais bien que ça ne me regarde pas, hein, ajoute-t-il un peu vite, seulement… il semblait sous-entendre qu'il te trouvait à son goût, alors…

— Oli, tu ne trouves pas que ma vie est assez compliquée, en ce moment ? J'ai un nouveau boulot et un salaud de patron avec qui je ne veux plus coucher. Oh, et je sors avec un type samedi prochain qui m'emmène faire une balade en forêt et je ne suis même pas sûre d'avoir des baskets.

Je me tais brusquement, gênée. Pourquoi est-ce que je suis tellement à cran, ce matin ?

— Tout ce que je voulais dire, reprend Oli, c'est que… Drew ne vaut pas mieux que moi.

Je déteste le ton qu'il utilise pour me jeter ça à la figure.

— Mais tu fais ce que tu veux, ajoute-t-il encore en se laissant retomber sur sa chaise.

Même si c'est le moment rêvé pour fuir son bureau, je demande :

— Pourquoi tu fais ça ?

Il relève la tête vers moi, confus.

— Je fais quoi ?

— Tu passes ton temps à sous-entendre que tu es un sale type.

— Mais… parce que j'en suis un ! se défend-il.

— Si c'était le cas, tu te ficherais bien que je couche avec Drew.

Un silence passe, et il fronce les sourcils avant de pester :

— Mais je m'en fous !

J'encaisse le coup, moins bien que je ne le voudrais, et je hoche la tête pour lui montrer que j'ai compris. Avant que j'aie pu sortir de la pièce, Oli bondit de nouveau sur ses jambes.

— Amy ! Attends ! C'est toi qui as dit que tu voulais un gentil garçon !

C'est plus fort que moi, je pivote une nouvelle fois et viens me poster face à lui, devant le bureau :

— Et alors ? Tu dis ça comme si c'était un crime !

— Mais… non ! J'essaie juste de t'éviter les emmerdes !

— Alors sois un sale con et arrête d'être gentil avec moi. Je déteste ça !

Il se fige, et voilà que je regrette mes mots. Comment lui dire que j'ai trop peur de tomber sous son charme et que je préfère quand il me fait des crasses qui me donnent envie de m'enfuir ?

Dix secondes plus tard, il hoche la tête et lâche un simple « OK ». La gorge nouée, je sors du bureau, soulagée de m'éloigner de cet endroit. J'ai besoin d'un café. Ou d'une tequila, plutôt. Vivement que cette journée se termine ! Et dire qu'elle ne fait que commencer ! Ce soir, Oli viendra me chercher en limousine… et en costume ! Merde !

Chapitre 81

Amy boude pendant tout le repas. Décidément, je ne suis pas doué avec cette fille. Peu importe ce que je fais, ça me revient toujours en pleine figure. C'est à se demander comment j'ai réussi à la convaincre de passer la nuit avec moi, à Las Vegas !

Visiblement déterminée à terminer le document sur lequel nous travaillons, Amy pianote à toute vitesse sur son clavier. Elle ajoute mes images en annexe et prépare le message qui accompagnera le fichier dans la boîte mail de Marc Brompton. Quand elle clique sur « Envoyer », elle se redresse comme s'il y avait le feu dans la pièce.

— Bon, je file. J'ai des tas de trucs à faire avant ce soir, annonce-t-elle.

Je l'observe qui glisse son sac sur son épaule et je demande, surtout pour essayer de la retenir un peu plus longtemps.

— Tu comptes me faire la gueule toute la soirée ?

Elle me jette un regard noir. C'est vrai que j'ai parlé un peu vite, mais j'ai l'impression d'être sur des charbons ardents avec elle, ce matin.

— Écoute, j'ai un discours à prononcer et j'ai besoin d'un soutien moral. Si tu ne peux pas tenir ton rôle, dis-le tout de suite, OK ?

— Si tu crois que je ne serai pas à la hauteur, tu n'as qu'à te rendre à ce dîner tout seul.

— À 1 000 dollars le couvert ? Alors, là, pas question !

Elle semble surprise. Peut-être que je n'aurais pas dû parler d'argent. Elle jette soudain :

— Pourquoi tu n'y vas pas avec une de tes conquêtes ?

Je fronce les sourcils.

— À 1 000 dollars le couvert, tu n'aurais certainement aucune difficulté à trouver une fille qui veuille t'accompagner, raille-t-elle encore. À ce prix, tu pourrais même la baiser !

Piqué au vif, je rétorque :

— À Vegas, je t'ai eue pour moins que ça.

Je regrette mes mots à la seconde où ils franchissent mes lèvres. Amy blêmit, et je suis persuadé qu'elle va venir me flanquer une gifle mémorable, mais elle siffle, tout simplement :

— Va au diable, Garrett ! Je démissionne !

J'ai l'impression qu'un bloc de glace vient de me tomber sur la tête lorsqu'elle me tourne le dos. Avant qu'elle sorte de ce bureau, je crie, paniqué :

— Amy ! Non !

Je parviens à la rattraper de justesse. D'une main lourde, je referme le battant avec bruit pour l'empêcher de s'échapper.

— J'ai été trop loin, c'est vrai, dis-je rapidement, mais tu n'avais pas le droit de sous-entendre que j'ai besoin de payer pour ramasser une fille, compris ?

Un silence passe, et je remarque que je respire lourdement. Quel stress ! Mais qu'est-ce qui m'arrive, aujourd'hui ?

— Amy…, tu ne vois donc pas tous les efforts que je fais ? Je viens au boulot, je t'aide avec les documents, je réorganise ma journée pour te donner du temps libre cet après-midi…

Elle fixe la porte comme si elle n'attendait qu'une chose : que je la lâche enfin pour qu'elle puisse s'enfuir.

— J'ai peut-être dépassé les bornes, dit-elle soudain, sans tourner la tête dans ma direction.

Quelque chose se détend au niveau de ma poitrine.

— Et je te préfère en salaud, lâche-t-elle encore.

Je serre les dents.

— Tu ne devrais pas dire ça… parce que le salaud en moi ferait n'importe quoi pour te ramener dans son lit.

Elle tire soudain sur la poignée, mais je la retiens encore.

— Non. Amy, je ne veux pas que tu partes. Pas pour le sexe, mais parce que tu es vraiment douée pour ce travail et parce qu'on forme une bonne équipe, toi et moi. Enfin… sauf quand on s'envoie des insultes à la tête…

Ma tentative pour la faire sourire échoue lamentablement. Après un long soupir bruyant, elle daigne enfin tourner les yeux vers moi.

— Je peux y aller, maintenant ? Je dois aller m'acheter une paire de gants et j'ai rendez-vous chez le coiffeur dans une heure et demie. D'ici là, je compte plonger dans un interminable bain moussant pour être de meilleure humeur, ce soir…

Non seulement Amy ne démissionne plus, mais elle veut bien m'accompagner ce soir ! Soulagé, je la remercie du regard mais elle me pointe d'un doigt menaçant.

— Ne va pas croire que tu peux m'insulter à ta guise, Garrett. Tu as de la chance que j'aie envie d'enfiler ma nouvelle robe, ce soir. Mais, la prochaine fois, je prendrai cette porte et tu devras te démerder tout seul.

Même si je ne doute pas du sérieux de sa menace, j'affiche un sourire amusé :

— Autrement dit : je dois être un salaud, mais pas trop.

Elle retient un sourire.

— Tu peux toujours essayer.

Du menton, elle me fait signe de la laisser sortir, et je relâche la porte qu'elle s'empresse d'ouvrir pour s'échapper. Autant j'ai fait en sorte qu'Amy reste loin de moi, cet après-midi, autant je regrette sa présence à la seconde où elle disparaît de cette pièce.

Chapitre 82

Je suis nerveux quand la limousine se gare devant l'immeuble d'Amy. Je n'arrête pas de tirer sur la chemise qui m'enserre le cou. Satanée cravate ! Pourquoi est-ce qu'il faut porter des costumes quand on paie déjà la bouffe si cher ? Pourquoi est-ce que j'accepte d'en faire autant pour cette fondation, année après année, aussi ? Je pourrais me contenter de leur refiler de l'argent !

Peut-être que j'angoisse parce que mon discours est nul. Cél avait l'habitude de le relire et de le commenter, mais j'ai été trop lâche pour aborder le sujet avec Amy. Il faut dire que la journée n'a pas été de tout repos avec elle…

Alors que je monte les marches, je suis saisi d'une autre crainte : et si Amy n'était pas là ? Et si elle était revenue sur sa décision ou avait décidé de me punir ?

Devant sa porte, je tends l'oreille, puis je frappe. Au loin, je l'entends qui marche et qui vient m'ouvrir la porte. À peine m'a-t-elle accordé un regard qu'elle repart vers l'intérieur.

— Entre. J'en ai pour cinq minutes.

On dirait une tornade rouge qui virevolte dans tous les sens. Je reste planté là, dans l'entrée, à essayer de la voir dans son ensemble. Je remarque sa robe, d'abord. Rouge. Longue. Échancrée sur le côté. Elle tient le vêtement d'une main pendant qu'elle marche jusqu'au miroir, où elle remet du rouge sur ses lèvres. Pendant qu'elle est immobile, je parviens à voir ses cheveux, remontés en chignon, bouclés, avec des mèches qui encadrent son visage. Le temps que je descende les yeux plus bas, elle repart de l'autre côté de l'appartement et récupère un collier qu'elle brandit dans ma direction.

— Tu m'aides ? C'est tout ce que j'ai trouvé. J'espère que ça ira.

Je repousse la porte pour venir la rejoindre à l'intérieur. Ça me fait tout drôle de revenir ici, dans cet appartement où des tas de souvenirs me reviennent en mémoire. Cette table de cuisine, cette chambre, tout près… Merde ! Il faut que j'arrête ça tout de suite ! Amy s'impatiente, et je prends le bijou brillant que je viens glisser autour de son cou. Son parfum est délicieux et m'oblige à fermer les yeux pendant quelques secondes, puis j'attache son collier derrière sa nuque.

— Voilà, dis-je en retirant mes doigts.

— Merci.

Amy s'éloigne et grimpe dans ses escarpins, qui la grandissent considérablement, avant d'enfiler ses gants. Je l'observe avec un sourire niais. Autant Amy était une princesse à Las Vegas, autant c'est une reine, ce soir.

Lorsqu'elle relève les yeux dans ma direction, ses doigts vérifient la position de son collier, puis elle demande :

— Ça ira, tu crois ?

— Tu es parfaite, dis-je sans réfléchir.

L'air inquiet d'Amy s'estompe, et elle affiche un sourire timide, puis de plus en plus confiant.

— Tu dis ça pour me charmer, rigole-t-elle.

— Je dis ça pour être gentil, la contredis-je, parce que mon côté salaud te parlerait probablement de l'érection que tu es en train de provoquer.

Elle hésite, puis elle éclate de rire. Fort. Et là, j'ai l'impression de retrouver mon Amy. Enfin… celle qui me plaît bien. Quand elle cesse de rigoler, elle secoue la tête.

— Tu es incorrigible.

Je souris comme un idiot pendant qu'elle avance vers moi, puis sa main gantée vient replacer ma cravate, que j'ai dû bouger à force de tirer sur mon col de chemise.

— Tu es très élégant, dit-elle encore.

— Arrête de me complimenter, je risque d'imaginer que tu me dragues.

Elle se penche vers moi. Aussitôt, mes yeux se rivent sur sa bouche peinte en rouge, qui s'approche dangereusement de la mienne.

— N'oublie pas que je ne suis pas comprise dans le prix, lâche-t-elle sur un ton léger.

Même si je suis censé rire de sa blague, je n'y arrive pas. Ses lèvres sont magnifiquement mises en évidence ainsi, et j'ai envie de venir les dévorer. Je sens que cette soirée va être interminable ! Je recule d'un pas et marche en direction de la porte avant de gronder :

— Allons-y, sinon je ne réponds plus de moi…

Amy ne bouge pas, et une fois que je passe le seuil de son appartement je pivote de nouveau vers elle.

— Amy ?

— N'essaie pas de me séduire.

Je soupire bruyamment.

— Je te promets que je serai un salaud de la pire espèce. Je vais draguer toutes les filles qui passent juste sous ton nez. C'est mieux comme ça ? je m'impatiente.

Elle hésite, puis fait un petit signe avec sa tête.

— Oui. Je crois.

Elle se décide enfin à me rejoindre, et, une fois qu'elle a verrouillé sa porte, je lui tends mon bras, qu'elle accepte avec un sourire plus confiant. Bordel ! Pourquoi n'ai-je aucune envie d'être un salaud avec Amy ? Pourquoi est-ce que je n'arrive pas à me foutre de cette fille ?

Quand elle voit la limousine garée devant son immeuble, Amy se remet à rire. Le chauffeur lui ouvre la portière, et elle en glousse de joie. Si j'étais nerveux en arrivant, je le suis bien davantage en remontant dans cette voiture…

Chapitre 83

Je suis stressée pendant que la limousine roule vers une destination dont je ne sais rien. J'ai les mains moites. Après ma dispute avec Oli, les choses ont continué d'aller de travers : l'esthéticienne n'avait plus de place, le coiffeur était en retard, et j'ai dû faire trois boutiques pour me dénicher des gants convenables. Rien ne va comme je le voudrais, aujourd'hui.

Je sors un petit miroir de mon sac à main et vérifie mon maquillage, ce qui semble énerver Oli :

— Tu es parfaite. Cesse d'être aussi nerveuse.

— Je n'ai pas l'habitude de tout ça.

— C'est pareil que Vegas, sauf qu'il y a plus de monde. Et des célébrités.

Alors que je range mon miroir dans mon sac, je tourne des yeux paniqués vers lui.

— Des célébrités ?

— C'est un dîner de charité, dit-il simplement. Le but est de faire connaître l'événement. Il y aura des chanteurs, des acteurs, des athlètes… Que sais-je encore ?

Il lisse son veston du revers de la main. Qu'est-ce que ça lui va bien !… Quand il reporte son attention sur moi, je détourne la tête. Je ne veux pas le regarder. Je ne veux pas qu'il sache que je le trouve craquant dans ces vêtements. Son soupir résonne dans tout l'habitacle, puis il se penche et sort une mini-bouteille de champagne du bar situé devant nous.

— On va boire un verre. Ça va nous détendre.

Je ne suis pas sûre que ce soit une bonne idée, mais j'en ai vraiment envie, alors je récupère celui qu'il me tend et le porte rapidement à mes lèvres. En une gorgée j'avale la moitié de mon champagne, ce qui semble le rendre nerveux.

— Doucement, chuchote-t-il.

Confuse, je porte une main à mes lèvres et bredouille :

— Pardon.

— Tout ira bien

La voiture ralentit bientôt, et je finis d'une traite mon verre en apercevant un escalier muni d'un tapis rouge et éclairé par des tas de projecteurs. La tension grimpe d'un cran, et Olivier me prend la main pour la serrer doucement entre ses doigts.

— Arrête, tu me rends nerveux, rigole-t-il.

— Je ne suis pas sûre d'être faite pour ce genre de trucs.

— Allons donc. Tu vas faire tourner toutes les têtes, lâche-t-il avec une drôle de moue. Tu n'as qu'à sourire et serrer des mains. Évidemment, si tu pouvais te rappeler certains noms, ça m'aiderait…

Je hoche la tête. Les doigts d'Oli jouent avec les miens, et son pouce vient caresser le dessus de ma main. Et pourtant il a les yeux perdus dans le vague, comme s'il ne se rendait pas compte de son geste.

— Oli… ?

Il reporte les yeux sur moi, puis il comprend que j'attends qu'il me libère les doigts avant de s'exécuter, en arborant un air confus.

— Pardon. Je suis un peu nerveux, moi aussi. J'ai fait la mise en scène du petit spectacle qu'ils organisent et je n'ai pas pu assister à la générale. Mais je sais que Jack fera du bon travail. On fait ce truc ensemble depuis au moins quatre ans.

Un silence passe, et la voiture s'avance dans l'allée.

— Est-ce que tu te sens prêt pour ton discours, finalement ?

Il fait la moue.

— Bah, ça ira. Ce ne sera pas mémorable, mais ce n'est pas grave.

Je lui offre un sourire réconfortant auquel il répond sans hésiter. La voiture s'arrête, et la nervosité me reprend à l'idée que je serai bientôt obligée de descendre de la limousine. Est-ce qu'on n'est pas bien, là, en tête à tête ?

— Ce qui compte, c'est qu'on passe une bonne soirée, dit-il soudain.

Soudain, il me reprend la main. Le chauffeur descend de la voiture, et nous restons ainsi, à nous regarder, en attendant que la porte s'ouvre. Au lieu de descendre, Oli fait un signe pour qu'on nous accorde un moment supplémentaire, puis il ajoute :

— Amy, je suis vraiment désolé qu'on se soit disputés, un peu plus tôt…

Je le dévisage, étonnée par ces excuses subites.

— Oli, non, c'est moi qui…

— Arrête, me coupe-t-il doucement. La vérité, c'est que j'étais nerveux. Tu m'as surpris, hier.

— Surpris ?

— Tu assures dans ce boulot, tu ne peux pas dire l'inverse.

— Eh bien…, ça me plaît, admets-je.

— Oui. Et si tu étais un homme ou… une vieille bique…, ce serait plus facile.

Je laisse échapper un rire nerveux lorsqu'il me balaie du regard.

— Tu as vraiment le don de me rendre fou.

Son compliment me fait perdre le souffle, et il grogne avant de détourner les yeux.

— Amy, je veux vraiment que ça fonctionne entre nous. Professionnellement parlant, ajoute-t-il.

— Évidemment, dis-je avec une petite pointe d'amertume.

— Mais ça ne veut pas dire que je n'ai pas envie de te garder dans cette voiture pour te faire des choses très… vilaines, ajoute-t-il tout bas. S'il n'en tenait qu'à moi, je resterais un salaud. Je te mentirais pour te ramener dans mon lit, et je serais déloyal envers cet idiot avec qui tu as rendez-vous samedi.

Je le scrute, étonnée qu'il ramène Will entre nous alors que ses mots sont affreusement agréables à entendre.

— Mais j'ai bien compris que tu voulais plus que ça. Alors tu vois… j'essaie d'être… pas vraiment un type bien, mais… quelque chose qui s'en rapproche.

Ma gorge se serre, et je soupire :

— C'est plus facile quand tu ne dis pas des choses aussi chouettes à entendre.

Il fait mine de sourire et rétorque à son tour :

— C'est plus facile quand je n'ai pas constamment envie de t'embrasser.

Merde ! On se contemple un moment droit dans les yeux, et c'est lui le premier qui détourne la tête.

— Malgré tout ça… on peut essayer de passer une bonne soirée ? demande-t-il.

Je déglutis.

— Oui.

— OK. Alors… on y va.

Chapitre 84

Amy me tient par le bras, et je la soupçonne de ne plus savoir où donner de la tête. Moi, je fais mon petit numéro devant les caméras, comme quand Cél m'accompagnait. Les flashs m'aveuglent, mais je fais comme si ça ne me gênait pas et je souris. Après tout, ce n'est qu'une journée par an. Et je dois bien ça à Margaret.

Au troisième photographe que nous croisons, Amy se détend et se prête au jeu. Elle prend une pause plus glamour, se rapproche de moi. Qu'est-ce qu'elle est belle, comme ça, dans mes bras. Ses lèvres peintes en rouge ressemblent à un fruit bien mûr. Un fruit que j'ai soudain envie de croquer. Pendant quelques secondes, j'imagine clairement la courbe que je pourrais reproduire à l'aide de mon crayon.

— Oli, me gronde-t-elle en me tapotant le torse. Regarde l'objectif.

Je cligne des yeux et m'exécute. Dès que le cliché est dans la boîte, je récupère mon téléphone portable de la poche intérieure de ma veste et le tends au photographe.

— Vous pourriez en prendre une de nous avec ça ?

Surprise, Amy me questionne du regard, et je rétorque simplement :

— C'est pour Cél.

Immédiatement, elle sourit et revient près de moi pour prendre la pose. Lorsque je récupère mon appareil, je jette un coup d'œil à l'image et souris comme un idiot en effectuant un zoom sur le visage d'Amy. J'aurais préféré un portrait, mais tant pis. Ça ira. Comme elle reste plantée à mes côtés, je m'empresse de transmettre la photo à Cécilia en ajoutant un message tout simple : « On y est ! » Non seulement cela fera plaisir à ma sœur, mais je viens d'obtenir une très jolie photographie d'Amy qui pourra me servir de modèle…, enfin… si jamais je me risque à la dessiner.

Nous entrons, et j'aperçois Margaret qui met fin à sa discussion pour venir m'accueillir :

— Olivier ! Je suis tellement heureuse de te revoir.

Elle pose les mains sur mes épaules et se hisse sur la pointe des pieds pendant que je me penche pour qu'elle puisse m'embrasser sur la joue. Elle est rayonnante, comme toujours, et son sourire me fait chaud au cœur.

— Comment tu vas, mon petit ?

— Ça va, dis-je simplement.

— Je suis venue voir la générale, hier soir. Ta production est magnifique, comme toujours. Tu te surpasses chaque année…

Je grimace, gêné par son compliment. C'est vrai que Starlight paie pour le spectacle et que je m'occupe personnellement de la mise en scène et des décors, mais, cette fois-ci, c'est Jack qui a tout supervisé. Avec la grossesse de Cécilia et les différentes assistantes qu'on m'a collées aux fesses, je n'ai pas eu le temps d'en faire autant que d'habitude.

— Oh, mais qui est donc cette charmante personne qui t'accompagne ? me questionne-t-elle.

Me remémorant la présence d'Amy, je fais un pas de côté pour que les deux femmes puissent se faire face.

— Margaret, voici Amy Lachapelle, ma nouvelle assistante.

Aussitôt, elle détaille ma cavalière du regard, puis tourne un visage amusé vers moi :

— Aurais-tu viré Cécilia ? Ne me dis pas qu'elle en avait marre de toi ! (Elle étouffe un rire et s'adresse directement à Amy.) C'est une blague ! Je savais que Cél ne venait pas, ce soir. Elle m'a téléphoné ce matin, pour me raconter tout ça.

Elle lui tend la main.

— Je suis Margaret. La femme à l'origine de cette fondation. Bienvenue, Amy.

— Merci, madame.

— Allons donc…, appelez-moi Margaret. C'est tellement agréable de voir une femme, autre que Cécilia, en compagnie d'Olivier.

Elle m'envoie un regard entendu, et je lui fais les gros yeux. Elle ne va quand même pas sous-entendre que je sors avec Amy ? Je viens pourtant de lui dire que c'est mon assistante !

— Bon, on va aller se mêler à la foule, j'annonce.

Margaret pivote et pointe du doigt le fond de la salle.

— Si tu cherches Jack, il doit être par là. Allez, va t'amuser. On se revoit plus tard.

Je ne suis pas mécontent d'entraîner Amy dans mon sillage. J'aime bien lui montrer que je connais personnellement certains des acteurs ou athlètes que nous croisons. Je les lui présente comme s'ils étaient de véritables amis. C'est vrai que je les croise parfois sur des plateaux dont je m'occupe, mais rares sont ceux avec qui je suis véritablement allé prendre une bière. Amy fait exactement ce que j'attends d'elle : elle serre des mains, sourit et pose un tas de questions sans intérêt en faisant mine de s'intéresser aux réponses. Je présume que chez les avocats ça doit beaucoup parler pour ne rien dire, aussi, alors elle a peut-être l'habitude de hocher la tête en ayant l'air intéressée.

Au fond de la salle, j'aperçois Jack qui me fait signe de venir le rejoindre. Le problème, c'est qu'Amy semble en grande discussion avec un réalisateur qui lui parle de son prochain film. Je me penche vers elle :

— Je dois aller vérifier quelques petites choses pour le spectacle de ce soir. Si je reviens dans dix minutes, ça ira ?

Elle tourne les yeux vers moi comme si elle ne se rappelait que maintenant ma présence, puis elle hoche la tête :

— Très bien.

Je ne suis pas encore parti qu'elle reprend la conversation que j'ai interrompue. Pour le principe, je contemple l'homme avec qui elle discute, mais je ne vois pas ce qui pourrait la charmer chez ce gros bonhomme. Et, pourtant, Amy rigole et hoche régulièrement la tête. À croire qu'elle s'amuse vraiment. Ravalant un soupir, je m'éloigne et me poste près de Jack avant de demander :

— Alors ? Tout est prêt ?

— Tout est prêt, confirme-t-il. On a fait la générale hier soir, et les jeunes étaient vraiment très excités par ton décor.

Je hoche la tête et pivote pour jeter un coup d'œil à ma cavalière. C'est bête, parce qu'elle est avec moi et qu'elle repartira avec moi, mais je ne peux pas m'empêcher de vérifier où elle se trouve. À croire que je n'aime pas la quitter des yeux.

— On a beaucoup répété, tu sais ? Je suis sûr que ce sera génial, insiste Jack.

— Je n'en doute pas le moins du monde, je le rassure.

En réalité, le spectacle est la dernière de mes préoccupations en ce moment. Il est monté, et je suis sûr qu'il est prêt à être joué. Et comme c'est un dîner de charité, si un jeune oublie sa réplique ou un mouvement, ce n'est pas bien grave.

— Alors ? Tu vas me dire qui est cette fille qui est arrivée à ton bras et que tu ne lâches plus du regard ? me questionne-t-il soudain.

Conscient de ne pas avoir été très à son écoute, je tourne la tête vers lui :

— C'est mon assistante. C'est la première fois qu'elle vient à ce genre de soirées, alors… j'ai promis à Cécilia d'en prendre soin.

Jack sourit.

— Tu sais que, pendant un moment, j'ai cru que tu avais une petite amie ?

Je grimace.

— Ne sois pas ridicule !

—Quoi ? Ce ne serait pas la fin du monde ! En plus, elle est jolie !

Nous nous scrutons sans parler pendant près d'une minute, puis je reporte mon attention sur Amy. C'est plus fort que moi, j'aime savoir où elle est. J'aime aussi la façon qu'elle a de sourire. Ses yeux sont clairs, ce soir, la preuve qu'elle est détendue. Heureuse. Voilà le genre d'images que j'ai envie de capturer dans mon esprit et de reproduire sur papier.

—Il serait temps que tu cesses de te fermer aux autres, Olivier, lâche Jack.

C'est toujours la même phrase qu'il me sert, année après année.

—Ma vie de célibataire me convient tout à fait, dis-je en évitant de regarder dans sa direction.

À ma droite, il soupire, puis me flanque une petite tape dans le haut du dos.

—Bon, je vais voir les jeunes. Retourne donc auprès de ton assistante. De toute évidence, elle accapare toute ton attention.

—N'importe quoi !

Il se met à rire de bon cœur et disparaît en coulisses. Et moi, je ne bouge pas. D'ici, je peux observer Amy en toute liberté sans être obligé de tenir une discussion avec quelqu'un dont je n'ai que faire. Elle serre des mains, récupère des cartes de visite et se présente en souriant. Elle a l'air plutôt à l'aise. Et, même si ce n'est pas possible de là où je suis, j'ai l'impression d'entendre sa voix et son rire. J'en profite pour la mater à ma guise. Sa robe met sa poitrine en valeur. Et ses courbes aussi. Et cette ouverture sur le côté… J'imagine très bien ma main s'y glisser…

J'expire bruyamment, ravalant ma frustration.

Là-bas, le visage d'Amy s'assombrit, et ça accroche mon regard. Elle semble me chercher parmi la foule, mais elle n'a pas le temps de venir me rejoindre qu'un type l'aborde et se poste devant elle en lui faisant barrage. Immédiatement je quitte mon lieu en retrait pour la rejoindre à grands pas. Dès que je suis à proximité, je glisse une main possessive autour de sa taille et force un sourire à apparaître sur mes lèvres.

— Pardon. Je voulais m'assurer que tout était prêt pour le spectacle.

Les yeux d'Amy me remercient en silence, et je la sens qui se colle légèrement à moi. Enfin, je tourne mon attention vers l'homme devant nous. Dans la trentaine. Pas un athlète ni une star du cinéma. Je tends ma main libre vers lui.

— Olivier Garrett. À qui ai-je l'honneur ?

— Benjamin Roussot. Amy et moi, on… on travaillait ensemble, annonce-t-il.

Le bras de ma cavalière s'enroule discrètement autour du mien, comme pour m'empêcher de réagir. La vache ! C'est Ben ? LE Ben ? J'écarquille les yeux de surprise.

— Oh ! Eh bien…, je suis ravi de vous l'avoir chipée ! dis-je en soupesant le double sens de mes mots.

Je serre Amy plus fort contre moi.

— Je suis son nouvel employeur. Olivier Garrett, président de Starlight.

Son regard tombe sur ma main, toujours fermement posée sur la taille d'Amy. De toute évidence, ça l'intrigue que je sois aussi proche d'elle. Ou ça l'énerve. Dans tous les cas, tant mieux. Ça lui fera les pieds, à ce salaud.

— Oh…, je ne savais pas qu'Amy… avait trouvé un autre boulot, bafouille-t-il.

— J'ai eu de la chance, c'est vrai, dis-je.

Amy lâche un petit rire et intervient :

— C'est moi qui ai eu de la chance. En fait, je ne savais pas du tout dans quoi je m'embarquais en postulant pour cette petite annonce, mais il y avait des voyages à la clé, alors… ça me paraissait chouette.

Je tourne la tête vers elle.

— Et c'est toujours chouette ?

Elle rougit, et je crois que c'est à cause de la façon dont je la dévore des yeux. Et pourtant elle n'hésite pas à hocher la tête pour acquiescer. Sans réfléchir, je fais ce que je me suis défendu de faire toute la soirée, je capture sa bouche de la mienne. C'est juste pour clouer le bec à cet imbécile, qui nous interrompt en bredouillant :

— Bien, je… je voulais juste… Il faut que j'y aille. Ma femme m'attend, là-bas…

Je ne daigne même pas lui accorder mon attention. Je reste prisonnier du regard d'Amy, et elle semble dans le même état que moi. Ben insiste :

— Je suis content de t'avoir revue, Amy… Tu as l'air en pleine forme.

Mon sourire se confirme lorsqu'elle ne se tourne même pas vers lui. Elle fixe ma bouche avec envie et semble attendre que je m'explique. Saisi d'un délicieux vertige, je ramène Amy à moi et l'embrasse avec plus de fougue. Dans un endroit pareil, ça ne se fait pas, et je suis sûr que pas mal de gens nous regardent, mais tant pis. Je m'en fiche. J'en ai assez d'être sage. Ça n'a jamais été dans mon tempérament.

Chapitre 85

Je perds le fil quand Olivier m'embrasse. Sa fougue m'enivre, et je ne résiste pas à l'envie de lui griffer délicatement la nuque. Quand le brouhaha de la salle redevient audible, je me remémore où je suis et je détache brusquement ma bouche de celle d'Oli. Il me dévore du regard, et j'ai l'impression que mes lèvres sont gonflées tellement notre dernier baiser était intense.

— Il est… euh… parti, finis-je par dire.

Olivier cligne des yeux, peinant visiblement à comprendre de qui je parle. Voilà qui est étrange. Ne m'a-t-il pas embrassée pour énerver Ben ? Il semble se souvenir de ce qui vient de se produire et pose des yeux contrariés sur moi.

— Alors… euh… c'était lui, Ben ?

Il fait la moue avant d'ajouter :

— Je dois dire que je m'attendais à mieux de ta part.

Je réponds, en essayant de ne pas éclater de rire :

— Évidemment, il ne t'arrive pas à la cheville. Ce n'est qu'un avocat.

— Il a quand même les moyens de se payer un repas à 1 000 dollars le couvert, siffle-t-il. (Ses yeux reviennent dans les miens.) Tu n'as rien perdu, ajoute-t-il. C'est un imbécile, ce type.

Malgré mon amertume, je hoche la tête :

— Je sais, oui. Je te l'ai dit : je n'ai jamais su les choisir.

Oli pince les lèvres. Je crois que je viens de le mettre mal à l'aise. Peut-être que je n'aurais pas dû sous-entendre qu'il faisait partie de mes mauvais choix, lui aussi, mais je n'ai pas pu m'en empêcher. Surtout après un tel baiser ! Comment arrive-t-il à me faire tourner la tête aussi facilement ? Espérant dissiper le malaise, je feins un sourire.

— Merci d'être venu à mon secours.

— Il n'y a pas de quoi.

Les lumières clignotent, et une voix nous annonce qu'il est l'heure de prendre nos places. Aussitôt, j'imite les autres et je marche en direction des tables. Au bout de trois pas, Olivier me rejoint et calque sa vitesse sur la mienne.

— Qu'est-ce que ça t'a fait, de le revoir ?

— Je ne sais pas. Sur le moment, ça m'a vraiment angoissée. (Je m'arrête pour refaire face à Oli.) J'avais peur que Ben ne vienne me présenter son épouse et que je n'arrive pas à la regarder en face. Surtout qu'elle est enceinte…

Devant ma réponse, les traits d'Olivier se détendent. Voilà qui me paraît bizarre. Il ne serait quand même pas jaloux ?

— Pourquoi est-ce que ça t'intéresse ?

— Bah… tu sais, la première fois qu'on a couché ensemble, tu as quand même crié son nom…

— Oh… oui ! (Je ris.) Heureusement, comme on ne couchera plus ensemble, ça ne risque plus d'arriver !

Je reprends mes pas, mais il m'arrête de nouveau.

— Comment tu peux dire un truc pareil ?

— Tu sais très bien pourquoi. On a convenu que c'était terminé.

— C'est vrai que tu sors avec… ce type, samedi…

— Will.

— Will, oui, répète-t-il. Mais si ça ne marche pas, tu voudras certainement… je ne sais pas, moi… quelqu'un ? Je veux dire… en attendant ?

Ses derniers mots me font mal. Évidemment ! J'aurais dû me douter qu'Olivier n'était toujours prêt qu'à m'offrir un plan cul « en attendant » qu'un type bien tombe du ciel. La gorge nouée, je gronde :

— Merci, mais non merci.

Je lui tourne le dos, mais je me sens perdue dans cette foule d'inconnus. Au loin, je vois Margaret Hanson qui me fait signe et je presse le pas dans sa direction. Fidèle à lui-même, Oli réapparaît à ma droite bien avant que j'atteigne la table en question.

— Mais… pourquoi est-ce que tu te réserves pour ce type ? Tu ne le vois que samedi ! À ce que je sache, vous n'êtes pas encore en couple !

Je le foudroie du regard. Alors que nous partageons un silence lourd de sens, Margaret se poste à nos côtés.

— Oli…, viens manger, autrement tu ne seras pas prêt pour ton discours.

Il cligne des yeux.

— C'est vrai. J'arrive tout de suite, Maggie.

Sans attendre son autorisation, je suis Margaret en direction de la table. Elle me fait signe de m'installer près d'elle, puis me présente les autres convives. J'ai les joues en feu, et pas seulement parce que je suis en colère. J'ai le souvenir de ce baiser et je déteste l'effet qu'Oli a sur moi.

Chapitre 86

Je fais la tête pendant tout le repas. Amy discute de la fondation avec Maggie, fait la connaissance des gens autour de la table et parle un moment avec Jack. Ça m'énerve qu'elle s'entretienne avec celui qui a été mon psy pendant quelques années. Évidemment, aujourd'hui, c'est plus un copain que j'appelle quand j'ai un coup de blues. On a souvent travaillé sur des petites mises en scène ensemble. Parce que ça lui plaît bien de faire ça, surtout depuis qu'il est à la retraite, mais quand même… je n'ai pas l'habitude qu'une fille avec qui j'ai couché parle avec lui. C'est bizarre…

Quand Margaret se lève et que les lumières se tamisent, je redeviens nerveux. Merde ! Mon discours ! Je fouille dans la poche de mon veston et j'en sors la feuille que je serre entre mes doigts. Aussitôt, Amy se tourne vers moi et pose la main sur la mienne.

— Ça va aller ? chuchote-t-elle.

Je suis tellement heureux qu'elle m'accorde enfin de l'attention que je lui demande sur-le-champ :

— Tu es fâchée contre moi ?

Elle secoue la tête.

— Non.

J'ai envie de lui dire que je voudrais bien être le genre de mecs qu'elle attend mais que j'en suis incapable, que chaque fois que sa bouche est aussi proche de la mienne, je ne pense qu'à l'embrasser. Les mots se coincent dans ma gorge.

Dans la salle, les gens applaudissent, et Amy me tapote la main. Je tourne la tête vers la scène et comprends, juste au regard que pose Margaret sur moi, qu'elle vient de me présenter et qu'il est temps que j'y aille.

La feuille dans une main, je me lève et j'envoie un dernier regard en direction d'Amy avant de me diriger vers la scène. Je déteste être devant une foule, mais je le fais, parce que Margaret me le demande et que je n'ai jamais été capable de lui refuser quoi que ce soit. Je la laisse m'embrasser sur la joue devant tout le monde. Elle me sourit et me fait un signe de tête rassurant. Je m'y accroche, puis m'installe au lutrin. Je déplie le papier qui contient mon discours. Un texte mauvais, impersonnel. J'y parle de technique, de mise en scène, de décor..., d'un tas de trucs qui n'ont rien à voir avec la fondation.

Dans un soupir, je me décide à relever les yeux en direction de la salle, en repliant la feuille entre mes doigts.

— J'avais préparé un texte, mais... tant pis. Autant vous le dire dès le départ, je ne suis pas doué pour les discours. Ceux qui étaient là, l'année dernière, le savent.

Quelques rires retentissent et j'inspire un bon coup avant de poursuivre :

— Vous devez vous dire : mais alors pourquoi il est là ? Bah ! Parce que Maggie me l'a demandé. (Puis je retrouve tout mon sérieux.) Non, en réalité... si je suis là, c'est parce que je crois en sa fondation. Parce que je suis la preuve vivante que tout le travail qu'elle fait..., eh bien, ça fonctionne...

Je me lèche nerveusement les lèvres. Moi qui ai toujours refusé de faire ce genre de discours, qui préfère largement parler de la technique du spectacle et de la mise en scène..., qu'est-ce que je fiche ici ? Tant pis. J'ai commencé. Autant vider mon sac.

— Vous savez, je crois qu'il n'y a pas de pire période que l'adolescence. Alors quand on se retrouve privé de ses deux parents, du jour au lendemain, je ne vous dis pas à quel point cette époque devient compliquée. (Je désigne Margaret d'une main, de retour sur sa chaise, juste à côté d'Amy.) Si Maggie et Jack n'avaient pas été là, je ne serais sûrement pas ici non plus. Ce qu'ils font est extraordinaire. À travers des activités toutes simples, ils aident les jeunes à découvrir en quoi ils sont doués. Ils leur apprennent à vivre en communauté. Ils les aident à trouver… une autre sorte de famille… différente, reconstituée… avec pas mal de gens brisés.

Ma voix tremble, alors je me tais. Merde ! Pourquoi je parle de ça ? Je n'ai pas envie de me mettre à pleurer devant tout le monde ! Je prends un moment pour retrouver mon souffle, puis cherche le regard d'Amy. Elle sourit et me fait un petit signe de la tête, comme pour m'encourager à continuer. Elle est tellement belle…

Je reprends mes esprits lorsque j'entends du bruit derrière la scène. Le spectacle ! Soudain, je me remémore la raison de ma présence ici, et j'essaie de me rappeler mon texte initial.

— Je suis là pour vous parler de ce projet, mais dans les faits je ne suis pas celui qui y a travaillé le plus. J'ai juste planifié une mise en scène et ajouté quelques effets. Celui qui a géré ce spectacle, c'est Jake. C'est le psy de la fondation, qui aime tellement son travail qu'il s'investit dans ce projet, année après année, pour aider ces jeunes à trouver leur voie. Et si ceux qui jouent dans ma pièce sont là ce soir, c'est parce qu'ils ont envie que ça fonctionne. Alors j'espère que vous passerez un bon moment avec eux et que… vous serez généreux. Merci.

Je suis assourdi par les applaudissements. Jake apparaît, sorti de l'arrière-scène uniquement pour venir me serrer la main avec un sourire ému. Je n'aime pas son expression. Je relâche ses doigts et redescends, espérant que le bruit s'arrête et que le spectacle puisse enfin commencer, mais Maggie apparaît devant moi, les yeux pleins de larmes, et elle m'étreint sans un mot. Je croise le regard d'Amy, brillant lui aussi.

— Je suis très fière de toi, chuchote Maggie à mon oreille avant de me relâcher.

Fière ? Mais pourquoi ? Je n'ai rien fait pour mériter ça !

Quand j'arrive à ma chaise, je m'y laisse tomber comme si j'étais sonné. Je fixe la scène en espérant que les lumières s'éteignent, agacé de sentir le regard des autres sur moi. Aussitôt, Amy récupère ma main et la serre en silence. Je réponds à son geste sans la regarder. Peut-être parce que j'ai peur de pleurer. Quand l'obscurité tombe enfin et que la musique perce le bourdonnement qui persiste dans mes oreilles, je pousse un soupir de soulagement. Et pourtant je ne relâche jamais les doigts d'Amy.

Chapitre 87

J'ai un nœud dans la gorge pendant le discours d'Olivier. J'ai peur de pleurer. Et le seul geste que je trouve à faire, lorsqu'il revient, c'est de prendre sa main dans la mienne, me retenant pour ne pas l'écraser sous mes doigts.

Quand le spectacle débute, je soupire. L'obscurité me permet de fermer les yeux pendant quelques secondes. Puis la lumière derrière mes paupières closes me les fait rouvrir, et je souris devant les images qui sont projetées sur l'écran géant, derrière la scène : un lieu désert, un village abandonné, des arbres morts. La solitude. Les jeunes entrent et se mettent à danser. Moi qui m'attendais à un spectacle amateur, je suis surprise par la qualité de leur prestation. Ils sont à la fois doués et touchants. Je passe par toute la gamme des émotions, et pas seulement à cause de la mise en scène, mais parce que les mots d'Olivier me reviennent sans cesse en tête. Après avoir perdu ses parents, Olivier a perdu Marianne. À croire que le sort s'est acharné sur lui.

Parce que je me sens incapable de soutenir la moindre conversation une fois le spectacle terminé, je m'esquive aux toilettes et me passe un peu d'eau sur la nuque. Je ne pensais pas que cette soirée allait être aussi riche en émotions. Lorsque je sors, les gens sont debout et ont recommencé à discuter, un verre à la main. Comment suis-je censée discuter alors que j'ai seulement envie de rejoindre Olivier et de le serrer dans mes bras ? Est-il trop tôt pour lui demander de rentrer ?

Alors que je tente de retrouver mon cavalier, je croise Margaret qui s'avance franchement vers moi :

— Ah ! Amy ! Ce discours, il était magnifique, n'est-ce pas ?

Le peu de contenance que je suis parvenue à récupérer s'estompe légèrement.

— Oui, je confirme.

— Je ne sais pas ce que vous faites à Olivier, mais par pitié n'arrêtez pas !

Je la scrute sans comprendre.

— Mais… je ne fais rien !

Margaret se met à rire.

— Allons donc ! Je connais Oli depuis quinze ans, vous savez ? Et c'est la toute première fois qu'il s'ouvre de cette façon. Et en public, en plus ! Qu'est-ce que je regrette que Cécilia n'ait pas été là pour voir ça !

Je secoue la tête de droite à gauche comme si je préférais refuser le rôle qu'elle est en train de me donner.

— Il n'y a qu'à voir comment il vous regarde, insiste-t-elle. Et je doute que quelqu'un ait raté le baiser que vous avez partagé, tout à l'heure. Vous pouvez dire ce que vous voulez, Amy, mais Olivier change. J'en mettrais ma main au feu.

Je serre mon petit sac à main contre moi. Olivier change ? À cause de moi ? Non ! C'est toujours le même imbécile que j'ai rencontré dans ce bar !

— Possible qu'il ne soit pas encore prêt à s'en rendre compte. Ou que ça l'effraie, poursuit-elle encore. Parce qu'après ce qu'il a vécu… il faut comprendre à quel point c'est difficile d'accepter de créer de nouveaux liens.

Je déglutis. Oui, ça, je l'ai bien compris. Le discours de mon cavalier était clair à ce sujet. À croire qu'il ne l'a prononcé que pour moi. Pour que je sache à quel point ce que je lui demande n'a rien de simple, pour lui. Margaret pose une main sur mon avant-bras et le tapote.

— Vous lui faites du bien, Amy. Ça, j'en suis sûre. Merci.

Je reste muette devant sa gratitude, et elle disparaît simplement dans la foule, en me laissant là, tremblante. Je mets un certain temps à revenir vers Olivier. Il est posté près de la scène, en compagnie d'un type que je ne connais pas. Qu'est-ce que je suis censée faire ?

Par crainte d'interrompre sa discussion, je m'avance discrètement et j'attends qu'il m'ait aperçue quand la question de son interlocuteur parvient à mon oreille.

— Alors comme ça… tu es en couple avec la fille en rouge ? Tu as du goût, elle est mignonne.

— En couple ? Moi ? Tu délires ! Depuis le temps, tu devrais savoir que ce n'est pas ma tasse de thé ! raille Oli.

J'ai soudain très envie de faire un pas de côté pour qu'il m'aperçoive, lorsqu'il ajoute :

— À payer un repas aussi cher, autant que la fille qui m'accompagne le mérite !

— Et qu'elle t'en rembourse une partie cette nuit, rigole l'autre.

— Ouais !

Le rire d'Olivier me blesse. Trop pour que je songe à venir lui faire une scène devant ce type dont je n'ai rien à faire. C'est la deuxième fois, aujourd'hui, qu'Oli me traite de cette façon.

Je tourne les talons et file en direction de la sortie. Hors de question que je pleure ! Je ne vais pas gâcher mon maquillage pour ce crétin ! L'air de l'extérieur me fait un bien fou, et je compte bien rester ici jusqu'à ce que je sois suffisamment blindée pour revenir affronter le regard d'Olivier. Au diable, son joli discours ! Quand il voudra réellement créer des liens, on en reparlera ! D'ici là, j'ai intérêt à rester de marbre, autrement je vais finir le cœur broyé. Encore.

Chapitre 88

Amy passe le reste de la soirée à se promener un peu partout pour parler de ce que nous faisons chez Starlight. Lui ai-je seulement demandé de faire ça ? En plus, elle ne m'accorde pas le moindre regard, et c'est à peine si elle répond à mes questions. Ma parole ! Mais qu'est-ce que je lui ai fait, encore ? Mon discours ne l'a donc pas émue ?

Lorsque je lui dis que j'aimerais rentrer, elle me suit sans discuter en direction de la sortie. Est-ce qu'on va enfin pouvoir s'expliquer, elle et moi ? J'embrasse Maggie et je serre la main de Jack, puis nous sortons pour attendre le retour de la limousine.

— Alors… c'était bien, cette soirée ? je lui demande en espérant briser la glace entre nous.

— Plutôt, oui. Je crois avoir identifié six ou sept clients potentiels.

Je fronce les sourcils. J'ai ouvert mon cœur sur scène et elle me parle de boulot ? Je n'ai pas le temps de lui faire la moindre remarque que la limousine s'arrête au bout de l'allée. Amy marche dans sa direction. Je la suis, mais le chauffeur est plus rapide que moi et lui ouvre la portière en un tournemain. J'attends qu'elle soit installée sur le siège, que nous soyons seuls et que la voiture ait redémarré, avant de dire :

— Est-ce qu'on est encore en froid ou je me fais des idées ?

Elle me lance un regard noir, puis tourne la tête vers sa fenêtre. Qu'est-ce que ça veut dire ? Qu'est-ce que j'ai fait ?

— Amy, je ne comprends pas, la soirée s'est plutôt bien passée, non ? Il y a bien eu ce baiser entre nous. Et mon discours qui…

Elle m'accorde enfin son attention, mais pour m'interrompre brusquement :

— Je ne veux pas en parler.

— Mais…

— Stop ! me coupe-t-elle encore. Je ne veux rien entendre !

Ses yeux se plissent dans la pénombre.

— Pourquoi tu as fait ce discours ce soir comme par hasard, d'ailleurs ? Tu voulais que je sache que tu es incapable de créer des liens ? C'est bon. J'ai compris.

— Mais c'était… Non ! Ce n'était pas le but recherché ! Enfin… c'est vrai que… c'est difficile pour moi de…

— Oui, c'est difficile. Oui, j'en demande trop. Ça va, je n'ai pas besoin que tu me fasses un dessin, non plus ! s'emporte-t-elle.

Je reste silencieux. Je ne m'attendais pas à ce qu'elle se jette à mon cou, mais quand même ! Les gens sont venus me féliciter pour mon discours. Amy avait des larmes dans les yeux, je n'ai pas rêvé !

— Je ne comprends pas ta réaction, admets-je, perplexe.

Elle souffle bruyamment, et je comprends qu'elle essaie de retrouver son calme. Là, c'est sûr, j'ai fait quelque chose qui lui a déplu, mais quoi ?

— Qu'est-ce que tu veux, Oli ? soupire-t-elle avec un air las. Dis-le franchement, qu'on règle la question une bonne fois pour toutes.

Je l'observe en silence. Ce que je veux ? Elle : sa bouche, sa chaleur, son corps…, mais je sais bien que je ne peux pas le lui dire encore, pas comme ça, pas dans cette situation.

— Je veux que tu arrêtes de jouer avec moi, lâche-t-elle.

— Mais… je ne joue pas !

Un rire amer s'échappe de ses lèvres, et j'ai l'impression qu'elle ne me croit pas.

— C'est parce que tu as vu Ben ? je demande soudain, la scène me revenant enfin en mémoire. Parce que ça t'a fait un choc ?

Elle lève les yeux au ciel et grogne :

— Ça n'a rien à voir !

Je hausse le ton, furieux à mon tour.

— Tu crois que j'avais envie de parler de ce que j'ai vécu devant toutes ces personnes dont je n'ai rien à foutre ? Eh bien, non ! Au cas où ça t'intéresse, ce n'était pas prévu !

— C'était un très beau discours, dit-elle soudain.

Je la dévisage, le souffle court.

Quand elle replace son sac sur ses cuisses, je jette un coup d'œil à travers la vitre et serre les dents en voyant que nous sommes pratiquement arrivés chez elle. Merde !

— Écoute…, je bafouille en me penchant vers elle, je n'ai pas envie… je n'ai pas envie qu'on se sépare maintenant.

Elle lâche un petit rire triste avant de secouer la tête.

— Oh, Oli…, tu es tellement… prévisible.

Je m'avance davantage, puis je pose une main sur sa joue pour l'embrasser. Elle se recule.

— Non.

— Mais tu ne vois donc pas que j'essaie d'être différent pour toi ? De créer enfin des liens ?

Les mots m'ont échappé par inadvertance. Qu'est-ce que je raconte ? Je ne peux pas créer de liens avec Amy ! Je ne peux pas remplacer Marianne !

La voiture s'arrête devant l'immeuble. Après ce que je viens de dire, je m'attends à une question ou à une demande d'explications de sa part, mais elle ouvre simplement la portière, comme si notre discussion était terminée, sans même attendre que le chauffeur vienne faire son travail.

— Mais… qu'est-ce que tu fais ?

Elle pivote vers moi et répond tout bonnement :

— Je rentre chez moi. Bonne nuit, Olivier.

— Non… Attends !

Aussitôt, je sors de mon côté et viens lui bloquer la route. Le chauffeur nous observe sans savoir s'il doit m'attendre ou s'il peut s'éclipser. Agacé d'être sous surveillance, je lui fais signe de rester là et j'entraîne Amy vers son immeuble.

— Écoute, je ne comprends pas ce qui se passe, je lui avoue en baissant la voix. Si j'ai fait une bêtise, dis-le, tout simplement ! Que je puisse te demander pardon et qu'on passe à autre chose !

Elle pince les lèvres.

— Je suis allée à ce dîner de charité, j'ai serré des mains et rencontré un tas de gens…, je dois même rappeler deux ou trois personnes, la semaine prochaine, qui auront bientôt des projets à proposer à Starlight.

— Mais… je m'en fous de ça !

— Pas moi, rugit-elle. J'ai fait mon boulot, et je suis certaine que ça valait les 1 000 dollars que tu as dépensés pour moi. (Elle recule d'un pas pendant que j'essaie de comprendre.) Dans tous les cas, je n'ai pas l'intention d'ouvrir les cuisses pour rentabiliser mon couvert.

Je me précipite pour la suivre avant qu'elle disparaisse dans son immeuble.

— C'est un malentendu ! Amy, je te jure que tout ça n'a rien à voir !

— Peu importe.

Alors qu'elle tente de s'enfuir, je la retiens par le bras et la plaque contre moi. Comme elle est dos à moi, mon nez s'écrase dans ses cheveux, et je gronde, près de sa tête :

— Amy, j'aurais dit n'importe quoi pour que cet idiot me fiche la paix !

Elle essaie de se libérer de mon emprise, et j'ajoute, déterminé à la retenir :

— C'est pour toi que j'ai fait ce discours ! C'est toi qui m'en as donné la force ! C'est évident, non ?

Lorsqu'elle s'éloigne et qu'elle pivote pour me jeter un regard de feu, je retiens mon souffle.

— Désolée, Garrett, mais je ne te crois pas.

Je reste planté là pendant qu'elle s'engouffre dans son immeuble.

Chapitre 89

Je rentre chez moi absolument furieux. Amy ne me croit pas. Amy me prend pour un imbécile. Amy. Amy. Amy. Pourquoi il n'y a que ce nom qui tourne en boucle dans ma tête ? Et merde ! Qu'est-ce que j'ai fait pour tomber sur une fille comme elle ? Elle n'aurait pas pu être sans intérêt, comme les dernières assistantes ? Ou alors… elle ne pourrait pas se contenter de baiser avec moi jusqu'à ce que l'un de nous en ait marre ?

Moi qui ai passé ces dernières années à éviter ce genre de relation, pourquoi fallait-il qu'Amy me tombe dessus ?

Je reste en bas, j'allume ma petite lumière et je m'installe sur mon tabouret. Je dépose mon téléphone sur ma table de travail avant d'envoyer valser mon veston derrière moi. D'une main empressée, je défais cette saleté de cravate qui m'a énervé toute la soirée. Tout ça pour quoi ? Pour rien ! Amy est chez elle, et je suis là, coincé dans cette vie qui me pèse pour la toute première fois depuis des années. Je remonte mes manches et je prends un temps considérable avant de récupérer des portraits de Marianne. Je les étale sur ma table et les fixe un à un. Je voudrais que l'image d'Amy ne soit pas aussi présente dans mon esprit. Je voudrais conserver le souvenir de Marianne intact dans ma mémoire, mais on dirait que tout m'échappe, ces temps-ci. Le temps efface mes souvenirs, et je peine à lutter contre lui. Je n'arrive même plus à dessiner Marianne sans l'aide d'un ancien portrait. Je vois bien que, lorsque je ne me concentre pas, les traits que je trace sont ceux d'Amy.

Amy.

Je souffle pour chasser cette fille de mon esprit et me concentre pour reproduire fidèlement le portrait de Marianne sur une nouvelle feuille blanche. Comment une image que j'ai réalisée des milliers de fois peut-elle m'échapper désormais de la sorte ? Quand je trace la forme d'un œil, je m'arrête, dépité. Trop grand pour être celui de Marianne. J'ajoute de l'ombre pour le rétrécir, mais c'est plus fort que tout, ma main cherche à créer le regard d'Amy. Cette lueur qui les illumine quand elle rit. Cette façon qu'elle a de m'observer lorsqu'elle a envie que je l'embrasse. Putain ! Je barbouille la feuille et j'en fais une boulette que je jette de l'autre côté de la pièce.

Je pince les lèvres et récupère mon téléphone. La photographie d'Amy et moi s'affiche sur mon écran, puis j'aperçois la réponse de ma sœur : « Joli couple. » Je grimace et je pianote aussitôt : « On n'est pas un couple ! » avant de laisser tomber l'appareil sur ma table. J'enfouis mon visage entre mes mains.

Quand mon téléphone vibre, je le reprends à la vitesse de l'éclair, non sans espérer que ce soit Amy.

« Tu es déjà rentré ? » me questionne ma sœur.

Je réponds un simple « oui » pour la rassurer, mais la sonnerie résonne moins d'une minute plus tard, et je me sens obligé de prendre son appel.

— Qu'est-ce qu'il y a ?

— Aïe ! Ça s'est si mal passé que ça, ta soirée ?

Je mens un peu vite :

— Mais non ! Alors… qu'est-ce qu'il y a ?

— Depuis quand je ne peux pas téléphoner à mon frère sans qu'il y ait quoi que ce soit en particulier ? s'énerve-t-elle.

— Arrête avec ça. Il est presque minuit, et tu es censée être au lit.

— Pfft ! Avec un ventre comme le mien, je te mets au défi de trouver une position confortable.

D'accord ! Au temps pour moi. Je présume que ma sœur va essayer de me raconter sa journée. Même si je ne suis pas d'humeur, je sors une nouvelle feuille blanche que je commence à noircir. Pendant qu'elle parlera, ça m'évitera de réfléchir.

— Ça a été, avec Amy ? me demande-t-elle sans préambule.

J'arrête de dessiner.

— Pourquoi cette question ?

— Bah… elle était super mignonne, ce soir. Et je sais que tu résistes rarement aux jolies filles…

— Hé !

Je fronce les sourcils, puis je comprends soudain pourquoi ma sœur m'interroge de la sorte.

— Maggie t'a téléphoné !

— Et elle m'a dit que tu avais fait un super discours !

Là, je suis contrarié. Pourquoi ? Si Cél avait été dans la salle, j'aurais sûrement dit la même chose !

— Crache le morceau, je siffle. Qu'est-ce que tu veux savoir ?

— Tu l'as embrassée ? Amy ?

— Ouais, je lâche, mais c'est parce que son ex était dans la salle.

Je regrette déjà mes paroles. Pourquoi ? C'est vrai, non ? Cet idiot de Ben était là, et j'ai bien vu que sa présence déstabilisait Amy ! Est-ce qu'elle ressent encore quelque chose pour ce type ?

— Maggie dit que tu l'aimes bien, ajoute Cél.

Je ne trouve rien à répondre à ma sœur.

— Elle est mignonne, pas bête du tout, et tu ne m'as pas appelée à l'aide une fois depuis qu'elle est là, poursuit-elle.

— Cél, qu'est-ce que tu veux ?

— Je m'inquiète pour toi ! Oh, mais qu'est-ce que c'est que cette attitude ? C'est parce que tu n'as pas réussi à la ramener dans ton lit que tu fais la gueule ?

Je retiens avec peine l'injure qui me monte aux lèvres. Mais pourquoi elle me cherche, ce soir ?

— D'habitude, tu n'hésites pas à me parler des filles que tu baises.

— De quoi tu veux que je te parle ? Il n'y a rien à dire !

— Oli, merde ! Tu peux quand même m'avouer que tu es en train de tomber amoureux de cette fille !

Je vois rouge pendant une fraction de seconde et je bondis de mon tabouret pour m'écrier :

— Tu es folle ? Moi ? Amoureux ? Tu sais bien que ça n'arrivera plus ! Le fait que je veuille me taper Amy n'a rien à voir avec… ça !

Un silence passe au bout du fil.

— Waouh… quel effet elle te fait ! souffle-t-elle soudain.

— Mais… arrête, bordel ! Je vais la baiser et la foutre à la porte, fin de l'histoire !

Aussitôt, la voix de Cél se raffermit :

— Ça suffit, tes bêtises ! Amy mérite mieux qu'un salaud comme toi ! Si tu n'es pas foutu de la respecter, fiche-lui la paix !

Je me laisse tomber sur mon siège et marmonne :

— Écoute… j'ai essayé de lui ficher la paix, mais… tu as vu sa robe, ce soir ? Comment je suis censé rester de marbre devant une fille pareille ? Elle est chouette, tu ne peux pas dire le contraire ! Et elle bouffe du bacon ! Tu en connais beaucoup, des filles qui bouffent du bacon, toi ?

Ma sœur éclate de rire, et je me sens obligé d'ajouter :

— Laisse tomber. Je suis un salaud, et Amy veut une relation normale. Ça ne peut pas coller.

— Tu n'as qu'à cesser d'être un salaud.

Je soupire.

— Elle me plaît, c'est vrai, mais je ne peux pas lui donner ce qu'elle veut.

— Tu ne peux pas le savoir si tu n'essaies pas.

Je ne réponds pas, mais mes yeux accrochent ceux d'un des portraits de Marianne. Elle, elle sait que je suis incapable d'être un type bien. Si elle était vivante, elle se foutrait de ma gueule en me pointant du doigt.

— Bon, il faut que je raccroche. J'ai des trucs à faire, je rétorque, optant pour le mensonge.

— Encore un dessin de Marianne ?

J'esquive la question.

— Je t'appelle demain. Va dormir. Il est tard.

Sans attendre, je raccroche et repousse les dessins hors de ma vue. J'ouvre la photo d'Amy sur mon téléphone et je zoome sur son visage. Je souris dans le vide. Merde ! Même avec un appareil photo de basse qualité, son sourire arrive à me nouer la gorge. Comment est-ce qu'elle arrive à faire un truc pareil ?

Je grogne en démarrant un nouveau dessin. Il coule vite, celui-là, parce qu'il y a une éternité que j'ai envie de dessiner Amy. Les traits sont rapides, précis. Je les ai faits cent fois dans ma tête. La petite ligne pour démarquer le nez, ces grands yeux dans lesquels j'aime me perdre…

Merde ! Même le temps ne joue pas en ma faveur ! Samedi, Amy a un rendez-vous avec cet imbécile de Will. Je pensais attendre qu'elle s'ennuie avec lui pour ramasser les restes, mais voilà que je n'ai plus du tout envie qu'elle aille à ce premier rendez-vous.

Je m'arrête de dessiner et je pince les lèvres devant le portrait d'Amy qui m'a paru beaucoup trop simple à effectuer. Je dois prouver à cette fille que je suis prêt à… À quoi, exactement ? À m'engager ? Je n'en suis pas certain. À ce qu'on se mette en couple ? Je ne sais pas. Mais je dois faire quelque chose. Hors de question que ce type me rafle Amy !

Chapitre 90

Je sors de la douche et je suis en train de boire mon café lorsque j'aperçois le SMS d'Oli sur mon téléphone : « On se rejoint au bureau, j'ai des trucs à faire, ce matin. » Je cligne plusieurs fois des yeux. Quoi ? Encore ? Est-ce qu'il essaie de se débarrasser de moi ?

Je vide ma tasse en réprimant un grognement. Ce que je craignais est probablement sur le point de se produire : Oli va me virer. Petit à petit, il tente de me montrer qu'il n'a plus besoin de moi, qu'il peut me foutre à la porte si ça lui chante. Et, comme j'ai refusé de coucher avec lui hier soir, il va me le faire payer toute la journée.

Je claque ma tasse sur le comptoir. Merde ! Je l'aime, ce travail, moi ! Mais je présume qu'il fallait m'y attendre ! J'ai encore tout fait foirer, parce que je suis incapable de garder des relations normales avec mon patron. Mais qu'est-ce qui ne tourne pas rond, chez moi ?

Je me prépare rapidement et je file au bureau, arrivant bien en avance sur l'heure prévue de notre rendez-vous. Olivier n'est pas là. Voilà qui m'inquiète d'autant plus. Dans l'attente, je m'installe à mon bureau, vérifie mes mails, retourne quelques appels et imprime des CV que j'ai reçus pour le poste de technicien.

Quand il arrive enfin, je n'attends même pas qu'il me salue, je récupère le CV que j'ai sélectionné et je le jette sur le bureau pour lui montrer que je bosse.

— Voilà un candidat intéressant. Tu devrais jeter un coup d'œil, dis-je en évitant de le regarder.

Oli ne s'assoit même pas. Il jette à son tour un document devant moi, une enveloppe jaune que je n'identifie pas. Nerveuse, je me décide à relever les yeux vers lui.

— Qu'est-ce que c'est ?

— Mes résultats médicaux.

Je le fixe sans comprendre, puis une angoisse d'un autre ordre me saisit. Olivier serait-il malade ? Est-ce la raison pour laquelle il refuse de s'engager avec moi ? D'un trait, j'ouvre l'enveloppe et je sors les documents pour essayer d'en déchiffrer les résultats.

— Comme tu vois, tout est en règle, annonce-t-il. Mais j'aurai le reste d'ici à demain après-midi.

Il se laisse tomber sur le siège devant mon bureau avec un drôle de sourire pendant que je reporte mon attention sur lui :

— Tu es allé faire des tests ? Ce matin ?

— Bah… ouais.

Il se gratte l'arrière de la nuque pendant que je demande encore :

— Tu pensais avoir un souci de santé ou quoi ?

— Hein ? Oh non ! Mais…, tu vois, j'ai beaucoup réfléchi, hier soir, et… je me suis dit que si je faisais des tests tu verrais que je suis clean et que…, je ne sais pas, moi, ça te prouverait que je suis motivé à… disons… essayer ?

Je reste là, les yeux braqués sur lui, à me repasser ses mots dans la tête sans comprendre ce qu'il tente de me dire.

— Essayer quoi ?

— Bah… tu sais… à se mettre en couple.

Comme je ne dis rien pendant une bonne minute, il finit par reprendre, soudain nerveux.

— Je fais des efforts, tu vois ?

— En allant passer des tests ?

— Bah… oui. C'est bien ce que font les couples, non ? Et comme ça, on pourra baiser sans capote…

J'ai un autre moment d'absence, mais cette fois je commence à comprendre son délire. Alors que je pensais qu'Oli voulait me mettre à la porte, voilà qu'il cherche tout bonnement à coucher avec moi sans protection.

— Évidemment, tu vas… annuler ton rendez-vous avec Will, ajoute-t-il.

Je m'adosse confortablement contre ma chaise et je le dévisage, interloquée par ses propos.

— Et tu comptes me demander mon avis à quel moment ? je le questionne enfin.

Olivier me jauge du regard, à croire qu'il s'imagine que je lui fais une blague, mais ce n'est pas du tout le cas. Comment peut-il imaginer que je vais lui ouvrir les cuisses sous prétexte qu'il est allé faire un examen médical ! Je ne lui ai rien demandé, moi !

— Tu voulais… autre chose qu'un salaud, alors…

Il laisse sa phrase en suspens, en espérant que je fasse moi-même la déduction qui en découle, mais je secoue la tête.

— Et en quoi ces papiers prouvent-ils que tu n'en es pas un ?

Olivier se penche vers moi et plonge son regard dans le mien.

— Écoute, je… Ce n'est pas comme si j'avais une tonne d'expérience en ce domaine. Ni que j'avais beaucoup de temps devant moi pour y réfléchir. Je te signale que tu as rendez-vous avec ce type demain.

— Et sous prétexte que tu as fait ces tests tu crois que je vais annuler ma journée avec Will ?

Oli blêmit et bondit de son siège, agité.

— Mais… puisque je suis prêt à faire des efforts ! J'ai fait ces examens pour te prouver que je suis sérieux dans ma démarche. Qu'est-ce que tu veux, à la fin ?

C'est plus fort que moi, je sens la colère qui grimpe, mais je refuse de la laisser jaillir. Je me contente de suivre les déplacements d'Olivier dans la pièce et j'attends qu'il se taise avant de rétorquer :

— Et qui t'a dit que j'ai envie d'être en couple avec toi ?

Cette fois, ma question le surprend.

— Mais… je croyais que…

— Tu devrais arrêter de penser, Garrett, parce que ça ne te réussit pas.

Je me lève, déterminée à le planter là, mais il m'intercepte.

— Il y a bien un truc entre nous, pas vrai ?

Je me dégage sans répondre et marche en direction de la porte. Si je ne me retenais pas, je me mettrais à pleurer comme une idiote. Pour me prouver qu'il veut bien être en couple avec moi, Olivier a passé un test médical. Quel romantisme ! Dois-je considérer avoir de la chance qu'il n'ait pas exigé une pipe sur-le-champ ?

— Tu as rendez-vous dans vingt-cinq minutes, je lui rappelle froidement. On se reverra à ce moment-là, parce que j'ai besoin de prendre l'air.

— Non, Amy ! Attends !

Je claque la porte en sortant et marche rapidement en direction de l'escalier pour éviter qu'Olivier ne me rattrape. Tant pis pour l'ascenseur. Je n'ai pas le temps de l'attendre. J'ai déjà les yeux pleins d'eau, et il est hors de question que je pleure devant cet imbécile ! Mais qu'est-ce qui ne tourne pas rond chez ce type ?

Chapitre 91

Amy me fait la gueule. Encore.

Dès que notre rencontre de suivi avec notre client se termine, elle se lève et file taper ses notes à l'ordinateur. Depuis notre discussion de ce matin, elle ne m'a pas accordé le moindre regard. Cette fille va finir par me rendre fou ! Et dire que nous n'avons plus rien de prévu, aujourd'hui. Comment je suis censé rattraper le coup avant qu'elle parte en week-end ?

J'attends que le cliquetis de son clavier soit constant avant de venir m'installer sur le siège devant son bureau.

— Amy ?

Elle répond sans même tourner la tête vers moi.

— Hum ?

— Tu es toujours fâchée ?

Ses doigts cessent de pianoter, et elle daigne enfin m'accorder son attention.

— Tu veux vraiment le savoir ?

Au ton qu'elle utilise, je me doute déjà de la réponse. Et pourtant je hoche la tête. Autant crever l'abcès une bonne fois pour toutes. Elle soupire :

— La vérité, Oli, c'est que je ne comprends pas ce que tu veux. Un jour, tu me dis que tu es un salaud et tu me conseilles de rester loin de toi, et puis…, juste après, tu essaies de me ramener dans ton lit. Il faudrait savoir !

Elle a raison. Je ne voulais pas que cette fille vienne compliquer mon existence, et je ne suis pas certain de pouvoir lui offrir ce dont elle a besoin. Possible que Will soit mieux pour elle, mais c'est plus fort que moi : je n'arrive pas à m'enlever Amy de la tête.

— J'ai changé d'avis, dis-je finalement. Et je ne veux pas que tu sortes avec ce type.

J'ai probablement parlé trop vite, car elle fronce les sourcils et peste aussitôt :

— Tu es mon patron, Garrett. Ma vie privée ne te regarde pas.

— Mais… c'est ce que j'essaie de te dire ! Je veux faire partie de ta vie privée !

— En m'apportant les résultats de ton examen médical ? En voilà une idée de merde !

Elle bondit de sa chaise, et je lui bloque encore le passage.

— Mais qu'est-ce que j'aurais dû faire ?

— Me parler, m'inviter à dîner…, mais qu'est-ce que j'en sais, moi ! s'emporte-t-elle. Et d'ailleurs, qu'est-ce que ça signifie pour toi : « Faire partie de ma vie privée » ? Me baiser jusqu'à ce que tu en aies marre ?

Qu'est-ce que je suis censé répondre à ça ? N'est-ce pas ce que les couples font : rester ensemble jusqu'à ce que ça ne leur convienne plus ? Est-ce qu'il faut que je mente, en plus ? Dans un soupir, je dis :

— Je pensais qu'on allait juste… y aller doucement… voir ce que ça donne…

Comme elle fait un pas pour me contourner, je reprends, plus vite :

— Il faut que tu comprennes que je n'ai pas l'habitude de ce genre de choses !

Elle s'arrête et prend un temps considérable avant de me répondre, se tournant pour ancrer ses yeux verts dans les miens.

— Écoute, Oli…, peut-être que tout ça part d'une bonne intention, mais… je crois que c'est une mauvaise idée.

Est-ce la douceur avec laquelle elle me dit cela qui me noue la gorge ? Qu'est-ce que ça signifie ? Qu'elle refuse de me donner ma chance ?

— On a peut-être une certaine attirance l'un pour l'autre, je ne le nie pas, poursuit-elle, mais j'ai besoin de… quelqu'un de fiable, quelqu'un en qui j'ai confiance…

Je la fixe, estomaqué. Comment peut-elle dire qu'elle n'a pas confiance en moi ? Je ne lui ai jamais menti !

— Il se trouve que tu es mon patron… et que j'aime ce boulot, ajoute-t-elle encore. Je ne vais pas te mentir : j'ai toujours peur que tu ne me fiches à la porte, chaque fois que je refuse de coucher avec toi.

Là, j'ai un geste de recul.

— Hé ! Je ne t'ai jamais forcée !

— C'est vrai, mais les choses sont différentes, maintenant. Ça allait tant que c'était un jeu entre nous, mais là… ça devient trop compliqué.

— Mais c'est toi qui as dit que tu voulais quelque chose de sérieux !

Elle hoche la tête, puis prend un air grave.

— C'est vrai. Mais je n'ai jamais dit que je voulais que ce soit avec toi.

Là, elle m'achève et je recule jusqu'à une chaise, où je me laisse tomber en clignant des yeux.

— Oli, ce n'est pas que tu n'es pas intéressant…

— Ne te justifie pas, je siffle entre mes dents, sonné.

— Mais je veux le faire !

— J'essaie de créer des liens ! Tu crois que c'est facile ? je me justifie soudain.

Elle baisse la tête en soupirant.

— Non, avoue-t-elle enfin, mais ça ne veut pas dire que tu peux me blesser en essayant.

Mes yeux s'écarquillent. Je l'ai blessée ? Comment ? Avant que je puisse lui poser la question, elle s'avance et s'accroupit devant moi. Sa main se pose sur mon genou.

— Créer des liens, Oli, c'est plus que faire un test médical pour pouvoir baiser sans capote.

Je fronce les sourcils et je m'apprête à intervenir quand elle reprend :

— Je te plais. Ça, je veux bien le croire. Et tu me plais aussi, je ne vais pas te mentir là-dessus. Mais on ne va pas se leurrer : tu fais tout ça parce que tu as envie que je te prenne dans ma bouche comme je te l'ai toujours refusé et parce que j'ai un rendez-vous avec un autre homme ! Tu sais quoi ? Tu ressembles à un gamin qui a peur de perdre son jouet.

— Tu n'es pas un jouet, je marmonne, la gorge étonnamment nouée.

Elle me foudroie du regard.

— J'en ai été un assez souvent pour savoir quand c'est le cas, Oli. Mais je veux bien croire que tu es trop bête pour t'en rendre compte.

De ses doigts, elle me tapote le genou, puis se redresse.

— Je file. J'ai rendez-vous avec Jul, ce soir. Ne t'inquiète pas, je vais préparer toutes les questions d'entretien pour lundi matin et je te les transmettrai par mail.

Je la suis du regard tandis qu'elle s'éloigne. Ce soir, elle sort. Demain, elle voit Will. Et moi, visiblement, je n'existe déjà plus pour elle.

— Bon week-end, Oli.

Elle attend ma réponse, que je lâche sur un ton rude :

— C'est ça, ouais.

Quand la porte se referme derrière elle, j'ai la sensation qu'Amy m'a abandonné. Comment est-ce que j'ai pu tout rater à ce point ?

Chapitre 92

Quand je rentre chez moi, je prends une douche interminable pour me vider la tête.

Bordel ! Pourquoi est-ce que je ne suis pas fichue de me trouver un homme normal, pour une fois ? Un type qui m'aurait simplement invitée au restaurant ou… qui m'aurait embrassée, tout bonnement ! Un baiser comme celui d'hier soir, quoi. Mais non, Oli s'est contenté de m'offrir ses résultats d'examens médicaux… Il n'y a vraiment qu'à moi que ce genre de trucs arrive ! Oli est un artiste qui arrive à faire des choses extraordinaires avec du carton et de la lumière. Est-ce qu'il ne pourrait pas essayer d'être plus romantique ? Je ne demande pas la lune, il me semble !

À passer autant de temps sous la douche, je trouve le moyen d'arriver un peu en retard à mon rendez-vous avec Juliette. Et je ne suis même pas calmée ! Dès que je m'installe devant elle, je me verse un verre de saké de la carafe qu'elle a déjà commandée.

— Autant que tu le saches, je n'ai pas couché avec Oli, alors c'est toi qui paies, ce soir, dis-je en guise de salutations.

— Eh bien…, bonsoir à toi aussi. Dois-je comprendre que c'est le manque de sexe qui te rend autant à cran ?

Je la foudroie du regard, même si elle n'est pas bien loin de la vérité. Comme je me rabats sur mon verre, elle insiste :

— Qu'est-ce qui s'est passé ? Ton patron n'a pas essayé de te sauter dessus, et finalement tu es déçue ?

— Il m'a apporté son certificat médical, ce matin !

Plus j'y songe, plus son geste me choque.

— Un certificat médical ? Quoi, comme certificat ? me questionne Juliette.

— Il voulait qu'on baise sans capote. Non, je rectifie aussitôt, il voulait surtout que je le suce sans capote. Et que j'annule mon rendez-vous avec Will, aussi. Au lieu de m'en parler, il a simplement décidé de faire un examen médical et de me jeter les résultats au visage, pas plus tard que ce matin.

Juliette me dévisage un instant, interloquée, puis éclate de rire. Je fronce les sourcils et vide mon verre.

— Alors là… il fait fort. Dis, il ne serait pas un peu taré, ton patron ?

Je hausse les épaules. Qui sait ce qui est passé par la tête d'Oli pour me faire un coup pareil ? Je veux bien croire qu'il n'a aucune idée de la façon dont les gens créent des liens, mais quand même !

Je remplis de nouveau mon verre et je soupire en fixant le liquide transparent. Pourquoi est-ce que je n'arrive pas à chasser Oli de ma tête ? Sa dernière bourde devrait m'avoir convaincue qu'il n'y avait définitivement rien de possible entre lui et moi, non ?

— Amy ?

La voix de Juliette me tire de ma torpeur, et je comprends qu'elle attend que je dise quelque chose.

— Ne t'en fais pas. Dans trois ou quatre verres, ça ira mieux, je la rassure.

Dans l'espoir que mes paroles soient vraies, je reporte mon verre à ma bouche, ce qui la fait rire de nouveau.

— Merde ! Tu vas me coûter une fortune ce soir, toi !

— Ne t'inquiète pas. Je vais payer l'alcool, je lâche en reposant mon verre, grimaçant devant le goût prononcé du saké, surtout ingurgité en si grande quantité.

Devant le regard suspicieux de ma copine, je me décide à ajouter :

— Je n'ai pas couché avec lui…, mais on s'est quand même embrassés.

Avant qu'elle ouvre la bouche, je m'empresse de poursuivre, comme s'il fallait à tout prix que je me justifie :

— Ben était au dîner, hier soir, alors Oli a fait semblant d'être mon petit ami. Ne va surtout pas imaginer n'importe quoi.

— Tu pourrais me raconter l'histoire dans l'ordre ? Je ne comprends rien ! s'énerve soudain Juliette, me prenant par surprise.

Je suis soulagée de voir apparaître le serveur à nos côtés. Mais, dès qu'il est parti, je ne peux plus y couper : je dois tout raconter à ma copine. Tant pis. Je lui parle du dîner et de Ben. Encore une fois, Juliette se met à rire.

— Waouh ! Ben a dû faire une sacrée tête !

Je hausse les épaules. Autant sa présence m'avait effrayée sur le coup, autant Oli était parvenu à le chasser de ma tête en un tournemain. Ça aussi, ça m'énerve ! Est-ce que revoir mon ex dans de telles conditions n'aurait pas dû me dévaster davantage ? Lui et sa femme enceinte ? Pourquoi est-ce que je m'en fiche, aujourd'hui ?

— Dis…, tu ne serais pas en train de tomber amoureuse d'Oli, hein ? me demande encore Juliette.

Je lui fais de gros yeux.

— Hé ! Je suis stupide, mais pas à ce point !

Mauvaise réponse. Juliette me jette un regard suspicieux.

— Je ne suis pas amoureuse de lui. Et ce n'est définitivement pas un petit ami potentiel.

— Mais il ferait un super amant.

Oui. Oli serait un super amant…, si seulement il n'était pas mon patron.

— Et puis, d'ailleurs, c'est quoi cette obsession à vouloir un petit ami à tout prix ? me questionne Jul.

Elle a raison. Pourquoi est-ce que je ne peux pas me contenter de baiser avec Oli ? Pourquoi est-ce que j'en exige autant de lui ?

— Je ne sais pas. Probablement parce que je vais avoir trente ans…, et parce que j'ai envie de vivre quelque chose de sain, pour une fois.

— Oli n'est pas marié.

— Non, mais ça reste une relation qui va devoir rester secrète, comme avec Ben. On va baiser en cachette, se voir les week-ends, et dès que les choses vont partir en vrille je vais encore me retrouver au chômage.

Un silence passe avant qu'elle ajoute :

— Il finira peut-être par tomber amoureux de toi ?

J'ai un rire amer.

— C'est ça, ouais. Est-ce que tu ne disais pas la même chose à propos de Ben ?

— Pas faux, concède-t-elle, mais Oli n'est pas Ben.

— Mais ce n'est pas le prince charmant, non plus…

Elle lève son verre dans ma direction.

— Personne n'est parfait.

Je trinque avec elle. Une fois que je porte mon verre à mes lèvres, elle ajoute :

— Et au cas où tu ne le saurais pas : tu n'es pas Cendrillon non plus, hein ! Tu jures comme un charretier.

Je grimace, puis pouffe de rire. Le bon côté des soirées avec Juliette, c'est qu'elle finit toujours par me rendre de meilleure humeur. Ou alors c'est l'alcool… Qui sait ?

Chapitre 93

Ce soir, je sors avec Drew. Pas parce que j'en ai particulièrement envie, mais parce que j'étais en train de devenir fou, seul chez moi, avec ma bière, à ruminer dans mon coin.

Je bois du scotch pour essayer de me vider la tête. J'en ai assez de penser à Amy. Assez d'être de mauvaise humeur. J'ai envie d'oublier cette journée de merde et je compte bien me ramener une fille à la maison en prime ! Une fois soûl, ça devrait aller…

Alors que je fais signe au barman de me resservir un verre, Drew arrête mon geste.

— Du calme ! À ce rythme, tu vas t'écrouler dans l'heure ! Et je n'ai pas envie que tu te mettes à vomir partout !

Je grimace et il change de sujet :

— Bon, tu vois quelque chose de potable, dans le coin ?

Je fais mine de détailler les filles à proximité et je ravale un soupir. Quelle idée d'avoir suggéré ce bar, aussi ! Celui où j'ai vu Amy pour la première fois. Juste là, à trois tabourets du mien. Elle m'a fait un de ces effets, ce soir-là. Et comme il était tard, et qu'elle semblait en piteux état, j'étais persuadé que j'avais toutes mes chances…

— Hé ! Regarde qui est là ! annonce Drew en pointant le fond de la salle du menton.

Je tourne la tête et j'aperçois Juliette, puis Amy juste derrière. Je souris comme un imbécile. D'accord, peut-être qu'inconsciemment j'espérais qu'elles allaient revenir dans ce bar et qu'on s'y retrouverait « par hasard ».

Je profite du fait qu'Amy ne m'a pas encore remarqué pour la détailler du regard. Elle porte une jupe courte et un tee-shirt rouge bien moulant.

À ma droite, Drew lève un bras dans les airs et se met à crier :

— Hé ! Amy ! On est là !

Je lui flanque un coup de coude.

— Mais qu'est-ce que tu fous ?

— Quoi ? Il faut bien la saluer, non ? Et puis sa copine n'est pas mal, tu as vu ? Les rousses…, je les trouve craquantes !

Je marmonne pour le principe, mais Drew est déjà en train de pivoter pour accueillir Amy.

— Salut, toi ! Qu'est-ce que tu fais là ?

— Je sors, dit-elle simplement.

Pendant qu'ils discutent, je reste à ma place en me défendant de lui accorder le moindre regard. C'est ridicule, parce que j'ai l'air de bouder, alors je fais signe au serveur de venir me resservir.

— Et ta copine, tu me la présentes ? demande encore Drew.

Amy s'exécute. Alors que je porte mon verre à mes lèvres, on me tape sur l'épaule.

— Salut, le salaud. Alors comme ça, la santé est bonne ?

Le fou rire de la rouquine me déplaît, et ses paroles aussi. À cause de l'alcool, je mets un moment avant de faire le lien avec mes résultats d'examens, puis je pivote sur mon tabouret pour lancer un regard sombre à mon assistante. Putain ! Après avoir eu l'air con devant Amy, voilà qu'elle a tout déballé à Juliette ! Mais qu'est-ce que je lui ai fait, à cette fille, pour qu'elle me traite de la sorte ?

— Bon, eh bien…, bonne soirée ! Nous, on va aller s'installer à une table, annonce Amy en tirant sa copine par le bras.

— Mais non, restez ! intervient Drew. Allez ! Je paie la première tournée !

Mais qu'est-ce qu'il vient de dire, cet imbécile ? Je lui fais les gros yeux pour qu'il n'insiste pas, mais il ne me remarque même pas.

— Non ! On ne veut pas déranger, proteste Amy.

Juliette reste là, à me détailler avec un drôle de sourire. Ma parole, elle se fout de ma gueule ? Je reprends ma place en lui tournant le dos. Tant pis pour la politesse. J'ai bu et je n'ai pas envie qu'on m'énerve, ce soir.

— Mon mignon, tu veux bien aider Amy à nous dégotter une table ? Oli et moi, on vous rejoint dans deux minutes.

Anxieux, je cherche Drew du regard pour essayer de le retenir au bar, mais il obéit à cette rouquine avec un sourire niais. C'est un complot ou quoi ? Dès qu'il libère son siège, Juliette s'y installe et jette à mon intention :

— Tu boudes ?

Sans répondre, je vide mon verre.

— Amy m'a raconté, pour ce matin. Les examens et tout le reste…

— J'avais compris.

— Allez, ne fais pas cette tête. Tu as juste… mal joué tes cartes.

Je pivote vers elle et la toise du regard.

— Ce qui veut dire ?

— Que tu as agi comme un con, évidemment ! lâche-t-elle sans hésiter. Comment tu peux croire qu'une fille va se jeter à ton cou une fois que tu lui auras montré les résultats de tes examens médicaux ? Il fallait être plus romantique : lui dire qu'elle est mignonne, qu'elle te manque, ce genre de trucs… Où est-ce qu'on t'a appris à draguer, toi ?

Je ne réponds pas, parce que je ne connais que la méthode directe. Elle fonctionnait bien, avec Amy, pas plus tard que la semaine dernière !

— Tu es mignon, dans ton genre, Oli, dit-elle encore, mais il vaut mieux que tu restes toi-même. Fais les choses correctement. Ne lui sors pas le grand jeu si c'est juste pour la baiser, OK ?

Je fronce les sourcils et m'emporte :

— Tu crois que j'avais le temps de faire les choses correctement ? Elle sort avec ce type, demain !

Elle hausse les épaules et récupère le verre que vient de déposer le barman, devant moi, pour le renifler.

— Bah. Tu as quand même eu deux semaines, me rappelle-t-elle. Tu as raté ton coup, ça arrive. Maintenant, c'est au tour de Will.

— Tu penses que Monsieur Muscles est mieux que moi ? Qui te dit que ce n'est pas un salaud, lui aussi ?

— Je connais pas mal de gens qui le fréquentent…, et leur avis est plutôt bon, avoue-t-elle. Tu veux qu'on parle de ce que pensent les gens de toi ?

Je me rembrunis, et elle se met à rire.

— Bon, écoute, reprend-elle, la vérité, c'est que je ne suis pas sûre que ça colle avec Will. Ce que je sais, en revanche, c'est que, après son histoire avec Ben, Amy cherche à stabiliser les choses dans sa vie.

Ses mots tournent en boucle dans ma tête, mais on dirait que l'alcool m'empêche d'en percevoir le sens. Comment puis-je offrir quelque chose de stable à Amy, alors que je n'ai aucune idée de ce à quoi ressemble une relation normale ? Que ma vie se résume à créer, à boire, à voyager…

— Tu vois…, je connais Amy. Et si elle se braque, comme ça, avec toi…, c'est probablement parce que tu l'effraies.

Je fronce les sourcils.

— Je l'effraie ? Moi ? C'est une blague !

J'essaie de descendre de mon tabouret, mais je dois me retenir au comptoir. Merde ! L'alcool commence à faire effet. Je n'aurais pas dû boire autant avant de rejoindre Drew au bar.

— Elle a peur de tomber amoureuse de toi, imbécile ! m'explique-t-elle d'un ton agacé.

Même si je viens de lâcher le comptoir, mes doigts y reviennent prestement.

— Quoi ? je répète, incertain.

— Elle se braque, parce qu'elle sait que tu n'es pas le type qu'il lui faut, dit-elle encore. Mais ça ne veut pas dire que tu ne lui plais pas. Elle se protège, c'est tout.

C'est impossible. Amy m'a pratiquement envoyé au diable, après le dîner de charité ! Sans attendre ma réponse, Juliette me tapote la main.

— Allez, viens ! On va prendre un verre !

— Mais…

— Arrête de bouder ! insiste-t-elle.

Je la regarde partir en direction de la table du fond. Là où Drew discute avec Amy. Je ne suis pas certain de ce que je dois faire, mais une chose est sûre : je viens de me voir octroyer quelques heures de plus avec Amy. Ai-je encore le temps de rattraper le coup avant qu'il soit trop tard ?

Chapitre 94

Je questionne Juliette du regard à la seconde où elle revient s'installer à ma droite, mais, comme elle fait mine de ne pas le remarquer, je me penche franchement vers elle, rongée par la curiosité :

— Qu'est-ce que tu lui as dit ?

— Je lui ai dit de te sortir le grand jeu ou de te foutre la paix.

Je crois m'étouffer avec ma salive.

— Quoi ?

— Hé ! Je t'ai rendu service ! Oli a une heure ou deux pour savoir ce qu'il veut ; après quoi, tu pourras passer à un autre numéro. Laisse-le faire ! Qu'est-ce que ça change pour toi ? Tu vois toujours Will demain, non ?

J'en reste sans voix. Mes yeux suivent le corps d'Oli lorsqu'il vient nous rejoindre à la table. Il a l'air soûl, et ses cheveux vont dans tous les sens. Même dans cet état, je le trouve craquant. Quelle merde ! Il se laisse tomber sur une chaise, face à la mienne, puis il pose les yeux sur moi, comme s'il espérait que je fasse le premier pas. Là, il peut courir ! Je me rabats sur la bière que Drew m'a commandée et la descends beaucoup trop vite. Encore une mauvaise idée. Avec le saké que j'ai ingurgité avant, je ne suis pas sûre d'arriver à garder toute ma tête. Et avec Oli dans les parages, voilà qui est loin d'être rassurant…

— On va danser ? je demande à mon amie, déterminée à m'éloigner de la tentation.

— Mais… laisse-moi donc faire connaissance avec ce grand gaillard ! me rabroue Juliette.

Elle a l'air prise dans sa conversation avec Drew. Voilà que je me retrouve coincée avec Oli. Et merde ! Pourquoi j'ai accepté de venir ici ? Je m'étais pourtant promis de rentrer sagement chez moi après le restaurant !

— J'irais bien danser avec toi, mais je suis un peu soûl. Et je ne suis vraiment pas doué pour ça, lâche Oli.

Je hausse les épaules et porte mon verre de bière à mes lèvres. Qu'est-ce que je suis censée répondre à ça ?

— C'est joli ce que tu portes, dit-il encore.

C'est automatique : je le foudroie du regard devant ce compliment ridicule.

— Merde, Oli, qu'est-ce que tu fiches ici ? je lui demande soudain.

Nos yeux restent accrochés pendant cinq secondes qui me paraissent interminables, puis il hausse les épaules avant d'avouer :

— J'aime bien ce bar. Il y a des filles intéressantes, parfois…

Je repousse mon verre et me prépare à me lever quand Oli se penche au-dessus de la table et m'attrape la main.

— Hé ! C'était une blague !

— Va t'amuser avec tes conquêtes, je ne vais certainement pas te tenir la chandelle.

Je dégage mes doigts et me redresse. Devant l'air intrigué de Juliette, je dis :

— Je vais aux toilettes.

En fait, j'espère qu'elle va m'accompagner, juste pour que je puisse la supplier de me sortir d'ici, mais, comme elle me fait un signe de tête entendu sans faire mine de se lever, je file, sentant les yeux d'Oli rivés sur moi. Je marche d'un pas rapide en direction du fond de la salle, en me faufilant à travers la foule. En réalité, j'ai besoin de me dégourdir les jambes et de me passer de l'eau sur la nuque. Dans la file d'attente, je respire mieux. Une chose est sûre : plus je m'éloigne d'Olivier, mieux je me porte. Et tant mieux si je reste coincée ici vingt ou trente minutes, ça me donnera le temps de retrouver mes esprits.

Quand je me décide à revenir en direction de la table, j'angoisse en voyant qu'Olivier n'a pas bougé d'un pouce. Sans réfléchir, je bifurque de ma trajectoire et disparais dans la foule. Je danse en me laissant porter par la musique. Peut-être qu'il vaut mieux que j'arrête l'alcool, mais j'ai définitivement besoin de m'étourdir.

Chapitre 95

Amy danse, les yeux fermés, balançant les hanches au rythme de cette musique agaçante. On dirait qu'elle flotte… ou qu'elle plane. Merde ! Elle essaie de me tuer. Je ne vois que ça.

— Qu'est-ce que tu attends pour aller la rejoindre ? me questionne Juliette.

Je peine à détacher mon regard du spectacle que m'offre Amy.

— Je danse comme un pied.

— Il vaut mieux danser comme un pied et éviter qu'un autre ne te la pique. Tu n'es pas le seul vautour dans cet endroit, je te signale, rigole-t-elle.

Elle a raison. Il y a clairement des hommes qui lui tournent autour. Je fronce les sourcils.

— Alors comme ça, elle ne te plaît pas, ton assistante, me nargue Drew.

— Ta gueule ! je lui jette en me levant.

Tant pis pour Drew. Je sais qu'Amy refuse qu'on sache ce qui se passe entre nous au bureau, mais c'est plus fort que moi : je ne peux pas la laisser là, toute seule. Si elle me jette comme un vulgaire déchet, j'aurai essayé, au moins ! Et puis… Juliette m'a bien conseillé de faire le premier pas, non ?

Alors qu'un type danse en se rapprochant de plus en plus d'elle, je m'interpose et glisse une main sur la taille d'Amy. Quand elle ouvre les yeux sur moi, elle chasse ma main et me tourne le dos. Je me sens ridicule, parmi la foule qui danse, à m'être fait rejeter de la sorte. Je fais mine de danser, incapable de suivre ce rythme ou de bouger avec grâce. Tant pis. Je finis par poser les mains sur les hanches d'Amy et par me coller contre son dos, et, étrangement, elle ne me chasse pas cette fois. Elle reste là, à frotter ses fesses et le bas de son dos contre mon bassin. Je ne résiste pas à venir plonger la bouche dans son cou et je l'embrasse doucement.

J'ai l'impression de rêver. Amy frissonne et pivote pour me faire face. Dès qu'elle pose les mains sur mon torse, ses lèvres s'écrasent sur les miennes, et nos langues se retrouvent à danser de façon bien plus harmonieuse que nos corps. Même si elle se frotte toujours contre moi, je ne bouge plus, trop occupé à la retenir. Mes doigts glissent dans ses cheveux. Pendant dix secondes, tout disparaît autour de nous. Cette piste de danse, ce bar, et tous ces gens qui nous entourent.

Et pourtant elle finit par éloigner les lèvres des miennes et me regarde avec un air trouble.

— Tu n'aurais pas dû faire ça, dit-elle simplement.

Qu'est-ce qu'elle raconte ? C'est l'inverse ! Non seulement j'ai bien fait de venir la rejoindre, mais c'est ça que j'aurais dû faire, pas plus tard que ce matin ! L'embrasser, la plaquer contre la baie vitrée de son bureau et la caresser, comme la première fois, dans ce bar. Quand elle jouit, au moins, elle ne cherche pas à m'échapper.

Je la serre plus étroitement contre moi et glisse ma bouche près de son oreille :

— Si je ne me retenais pas, je passerais une main sous ta jupe.

— Tais-toi.

Et pourtant, au lieu de me repousser, elle revient me dévorer les lèvres. D'accord. Avec Amy, il vaut mieux m'en tenir à l'approche directe. Mais ici, dans cette foule, mes options sont trop limitées. Je me défais de sa bouche pour marmonner :

— J'ai envie de toi. Rentrons.

Je ne sais pas ce que j'ai dit pour que ce corps, qui était brûlant il n'y a pas dix secondes, s'échappe soudain de mes mains. Elle secoue la tête, une main devant elle pour m'empêcher d'approcher.

— Ce n'est pas une bonne idée, explique-t-elle.

— Qu'est-ce que tu racontes ? C'est la meilleure idée du monde ! la contredis-je aussitôt. On rentre, on baise et on arrête tout ce cinéma ! Tu as envie de moi, tu ne vas pas me dire l'inverse !

— Ce n'est que du désir, Oli, ce n'est pas réel.

— Pas réel ?

Je repousse sa main et viens soudain la prendre dans mes bras. Pendant quelques secondes elle cède et se blottit contre moi, et elle ne peut que sentir l'évidence de mon désir contre sa hanche.

— Est-ce que tu sens comme je te désire ? Comment est-ce que tu peux dire que ce n'est pas réel ?

Elle me repousse et secoue de nouveau la tête. On dirait qu'il y a des larmes au fond de ses yeux.

— Je suis bonne à baiser, oui, je sais. Mais j'en ai assez de ça.

Avant que j'aie pu réagir, elle me tourne le dos et fout le camp. Je plonge à travers la foule et la retrouve à notre table, où elle ne fait que récupérer son sac.

— Je rentre, annonce-t-elle.

Lorsque je fais un geste pour la retenir, elle m'arrête en brandissant un doigt juste sous mon nez.

— Fiche-moi la paix, Garrett. J'en ai plus qu'assez de toi !

En quelques pas, elle sort de mon champ de vision pendant que ses mots me fracassent de plein fouet. Elle en a assez ? Mais… comment elle peut dire une chose pareille ? On était à deux doigts de se fondre l'un dans l'autre !

— Si tu voyais ta tête ! rigole Drew.

Je ne l'écoute pas. Je reporte simplement mon attention sur Juliette.

— Qu'est-ce que j'ai fait ?

— Tu l'as déstabilisée. Elle se braque, je te l'ai dit.

Elle se braque ? Est-ce qu'elle ne se rend pas compte qu'elle est en train de me rendre complètement fou ? Elle fait la pluie et le beau temps dans ma vie !

— Ne t'en fais pas, va, me rassure la rouquine. Quand elle reviendra de son rendez-vous avec Will, elle y verra sûrement plus clair.

Je la jauge d'un air dépité. Je suis donc obligé de la laisser sortir avec Monsieur Muscles ? C'est une blague !

— Dis donc… tu ne serais pas en train de tomber amoureux ? se moque Drew.

— Ta gueule, je lui assène de nouveau.

Je fiche le camp et vais me rasseoir au bar. Là où j'ai croisé Amy pour la première fois. Là où je pourrai ruminer sans que Drew me fasse chier. J'ai envie de foutre le camp de cet endroit, de prendre un taxi, de me rendre chez Amy et de la supplier de me donner une chance. Je suis un salaud, c'est vrai, et je ne suis pas sûr d'être capable de tomber amoureux d'elle… ou même d'être un bon petit ami…, mais je suis prêt à faire des efforts.

Merde ! J'ai besoin d'elle… Comment un truc pareil a-t-il pu m'arriver ?

Chapitre 96

Je m'éveille tard et je prends un long moment avant d'ouvrir les yeux. J'ai la tête dans un étau. On dirait que ça tourne encore. Qu'est-ce que j'ai bu, hier soir ! Comment ça se fait que je n'aie pas passé le reste de la nuit à vomir ?

Avec un grognement, je pivote sur le dos et fixe le plafond pour essayer de stabiliser l'image. Des bribes de la veille me reviennent en mémoire. J'ai bu. J'ai fait le salaud, uniquement parce qu'Amy m'a déjà dit que c'était plus simple quand j'agissais ainsi. Je ne vois pas en quoi. J'ai pesté contre Drew qui a embarqué la rouquine en fin de soirée sans aucun problème. Et j'ai pesté contre l'univers quand je me suis retrouvé seul. Oh, j'ai bien essayé de lever une fille ou deux au passage, mais j'étais bien trop soûl pour ça ! Et, pour être honnête, je n'en avais aucune envie.

J'ai Amy dans la peau. Rien d'autre ne m'intéresse. Et pourtant cette fille passe son temps à me repousser. Elle ne voit aucun de mes efforts, et pourtant c'est évident que je ne la laisse pas indifférente. Si ça continue, je vais finir par m'en faire des ulcères à l'estomac !

Quand ça tourne un peu moins, je jette un coup d'œil à l'heure. Je serre les dents. Il est 13 heures. Est-ce qu'Amy est déjà avec Will ? Est-ce qu'elle passe du bon temps ? Et lui, alors, va-t-il arriver à la charmer ? Est-ce le genre de types qu'il lui faut ? Pourquoi suis-je incapable d'y croire ?

Même si c'est vague dans mon esprit, j'ai le souvenir d'avoir demandé au chauffeur de taxi de passer devant l'immeuble d'Amy, cette nuit. J'étais plein de bonne volonté. Je voulais lui parler de Marianne, de mes peurs, de mes doutes…, et de cette fichue obsession que j'ai pour elle. Juste pour me vider le cœur, une bonne fois pour toutes.

Puis tout ça m'a semblé être une montagne insurmontable. Ça, mais aussi l'escalier qui menait chez elle. J'étais tellement soûl que je me serais écroulé au premier étage. Ou alors je me serais jeté à ses genoux en pleurant. Comme si je ne m'étais pas déjà suffisamment ridiculisé !

Je me traîne jusqu'à la cuisine et reste planté devant la machine à café. Ma gorge est nouée. J'ai envie de pleurer. Envie de balayer tout ce qu'il y a sur le comptoir et de pousser un cri qui ferait trembler tous les murs de cette maison.

Le souffle court, je me fais couler un café, même si je doute de pouvoir le boire. Tant pis. Je prends la tasse qui fume et descends dans mon atelier. Il faut que je m'occupe, et je ne connais aucune autre activité qui puisse m'aider dans ce genre de situation, hormis le dessin. Je soupire en prenant place sur mon tabouret. Pour le principe, je repousse les portraits d'Amy et ressors ceux de Marianne. Face à son regard, je pince les lèvres. Merde ! J'ai encore envie de pleurer. Envie de demander pardon à Marianne d'avoir voulu la chasser de ma tête. Elle, au moins, elle m'aimait…

Je prends mon crayon et une feuille blanche. J'essaie de faire renaître son visage, mais ma vue se brouille. Je renifle, puis j'arrête quand une larme tombe sur le papier. Je me sens stupide. Je ne sais même pas pourquoi je pleure. Parce qu'Amy sort avec Will ? Parce que j'ai la sensation de trahir Marianne ? Parce que je n'ai aucun avenir ?

Je fais une boulette et la jette de l'autre côté de la pièce avant de m'essuyer les yeux. Il faut que je sorte d'ici. Sans réfléchir, je récupère mon téléphone et compose le numéro de Cécilia. Elle me manque, tiens. J'ai l'impression que ça fait une éternité que je ne l'ai pas vue.

Pendant qu'elle me parlera de sa grossesse, j'espère que je cesserai de penser à Amy.

Chapitre 97

J'ai mal dormi, cette nuit. En rentrant, j'ai fait les cent pas dans mon appartement. Est-ce que j'espérais qu'Oli vienne frapper à ma porte ? Un peu, même si je sais pertinemment que ça aurait été une mauvaise idée. Je devrais être soulagée qu'il n'ait pas osé venir me voir, lui qui fait toujours n'importe quoi. Et pourtant… ce n'est pas le cas.

Devant mon café, je soupire. Est-ce qu'Oli a compris que les choses sont devenues trop complexes entre nous ? Que si je le laisse m'approcher encore j'ai peur de perdre tous mes moyens ? Peut-être que oui. Autrement, il aurait sûrement ramené ses fesses, hier soir. Peut-être qu'il s'en fiche. Après tout, il passe son temps à dire qu'il a envie de moi. Possible qu'il veuille juste baiser. À ce compte-là, autant qu'il ramasse n'importe quelle fille, même si cette idée m'est affreusement désagréable. Merde ! Mais qu'est-ce qui ne va pas chez moi ? Je ne veux pas lui céder, mais je ne veux pas qu'une autre le touche. Ça n'a aucun sens… !

J'ai la sensation de me traîner. Dire que je vais marcher en forêt avec un sportif, aujourd'hui. Comment je suis censée suivre son rythme, avec ma mine de déterrée ? Allez ! Je me motive ! Je me maquille un peu pour ne pas avoir l'air trop fatiguée, puis j'enfile des vêtements confortables et des baskets. Tant pis pour le charme. Si je dois faire des kilomètres, autant être à l'aise !

Quand Will arrive, je suis un peu surprise. J'essaie de me remémorer ce que j'ai trouvé mignon chez lui, la semaine dernière. Il est musclé, c'est vrai, et il a un joli sourire, alors…

pourquoi est-ce qu'il ne me fait pas le moindre effet ? C'est sûrement à cause de ma gueule de bois…

— J'ai prévu une super journée, annonce-t-il, visiblement heureux de ce qui nous attend.

Je ne peux que sourire devant son enthousiasme. Aujourd'hui, je me défends de songer à Oli ! Je veux donner une vraie chance à Will. J'ai besoin de croire que je ne suis pas destinée à passer le reste de mes jours avec un salaud. Besoin de croire que je suis capable de vivre une relation normale, pour une fois.

Je laisse Will m'emmener dans sa voiture de sport en relevant de petits détails agréables : aujourd'hui, je n'ai pas à conduire, ça change. Mon cavalier me fait la conversation et semble réellement vouloir me connaître. Je lui parle du boulot, et il me raconte son match de baseball de la veille. Son équipe a gagné et il en semble fier.

— Et toi ? Qu'est-ce que tu as fait, hier soir ? me questionne-t-il.

— Je suis allée au resto avec Juliette et on a fini dans un bar.

Il paraît un peu contrarié, alors j'ajoute :

— Mais je suis rentrée tôt, parce que je voulais être en forme, aujourd'hui.

Je rougis légèrement sous ce mensonge. Mon heure de départ n'avait rien à voir avec lui. Je voulais surtout m'éloigner d'Oli avant de ne plus avoir le courage de le faire…

— Tu sors souvent dans les bars ? me demande-t-il.

— Hein ? Non ! Avec Juliette, on va surtout au resto ou au ciné. Mais parfois, comme hier, on va danser.

J'évite de lui dire que j'ai dansé environ quinze minutes avant de fuir comme une lâche

— J'aime bien danser, dit-il soudain. On pourra y aller ensemble, un de ces jours.

Je souris, sans répondre. Aller danser avec Will ? Pourquoi pas ? Enfin… on verra déjà si cette journée se déroule bien…

Je me concentre sur la route qui nous mène hors de la ville. J'aurais peut-être dû le rejoindre quelque part, avec ma voiture. Ça m'angoisse de ne pas avoir mon propre véhicule. Et si je voulais revenir plus tôt que prévu ? Il faut vraiment que j'arrête de me faire un film. Je suis là pour passer du temps avec Will. Pour le connaître. Pour me changer les idées. Pourquoi est-ce que je stresse avant l'heure ?

Je peux le faire.

Forçant un sourire à apparaître sur mes lèvres, je me cale dans mon siège et je tourne la tête dans sa direction avant de lâcher :

— Allez…, parle-moi un peu de toi…

Chapitre 98

Je prends un taxi pour aller chez Cél. Ma sœur m'accueille avec un câlin qui fait chaud au cœur. On dirait qu'on ne s'est pas vus depuis une éternité. Son ventre a encore grossi, et elle marche plus lentement quand elle me guide en direction de la cuisine, et pourtant son sourire me semble plus lumineux que jamais.

Elle me propose une bière que je refuse. Ce soir, j'ai besoin d'une pause. Mon foie aussi. Je lui demande une eau gazeuse et j'attends qu'elle s'installe avant d'entamer la conversation.

— Alors ? Comment se passe la fin de ta grossesse ?

— Le médecin dit que ça peut survenir à n'importe quel moment, maintenant. Tu te rends compte ? Qu'est-ce que j'ai hâte de la voir ! Ma valise est prête. La chambre est prête. Je passe mon temps à tout ranger. Je ne sais plus quoi faire de mes journées !

Je souris, même si j'ai plutôt envie de grimacer. Comment fait-elle pour être aussi zen ? Le boulot ne lui manque donc pas ?

— Tu n'as qu'à venir donner un coup de main au bureau, je lâche sans réfléchir.

— Justement, comment ça se passe ? Vous allez vraiment embaucher un nouveau technicien ?

Mon sourire se fane. Ça, c'est le dossier d'Amy. En réalité, tout me rappelle cette fille. Comment est-elle arrivée à se faufiler partout dans ma tête ?

— On devrait rencontrer des candidats la semaine prochaine, dis-je finalement.

Je porte la petite bouteille d'eau à mes lèvres. Soudain, je regrette la bière qu'elle m'a offerte. Elle m'aurait bien aidé à tenir le coup, tiens. Et pourquoi ai-je décidé de venir voir Cécilia, ce soir, alors qu'elle va forcément me parler d'Amy ? Je ne suis définitivement pas en état d'aborder ce sujet !

— Si Amy a besoin d'aide, elle n'a qu'à me passer un coup de fil. Ça ne me gêne pas, tu sais…

— Je lui dirai.

En mon for intérieur, j'espère que ça suffira pour qu'on passe à un autre sujet, mais j'aurais dû me douter que ma sœur ne pourrait pas résister à me questionner davantage. À croire qu'elle a une sorte de radar pour décoder ce que j'essaie de lui cacher.

— Alors ? Comment ça va avec elle ?

J'avale ma gorgée de travers et me mets à tousser.

— Ça va si mal que ça ? me questionne-t-elle.

— Je préfère qu'on ne parle pas d'Amy.

Elle semble surprise.

— Aïe ! C'est à ce point, entre vous ?

— Laisse tomber, je la supplie.

Connaissant ma sœur, je me doute qu'elle en est incapable. Aussitôt, elle se penche vers moi et cherche mon regard.

— Oli, qu'est-ce qui se passe avec elle ? Elle n'a quand même pas démissionné ?

Devant son inquiétude, et parce que j'ai l'impression que c'est tout ce qui l'intéresse, je lève les yeux au ciel :

— Mais non !

— Alors quoi ? s'énerve-t-elle.

Je finis par lâcher, dans un soupir lourd de sens :

— Elle sort avec Will, aujourd'hui.

— OK…

Un silence passe avant qu'elle ose me poser la question :

— Et c'est qui, Will ?

— C'est un type que son amie lui a présenté. Un type musclé. Sportif. Pas un salaud, il paraît.

— Hum… un type complètement différent de toi, quoi.

J'essaie de ne pas m'emporter, mais elle n'a peut-être pas tort. Will est mon exact opposé : un type sain, qui ne doit pas boire comme je le fais et qui mange sûrement des choses plus équilibrées que moi. Et c'est un gars sérieux, d'après Juliette. Ouais… tout le contraire de ce que je suis…

— Et Amy, elle veut quoi, elle ?

Je hausse les épaules. Qu'est-ce que j'en sais, moi ? Pendant un moment, j'ai cru que j'avais mes chances, et puis… on dirait bien que non.

— Disons que c'est un peu compliqué. J'ai fait des trucs cons.

Au lieu de compatir, ma sœur lâche un petit rire et secoue la tête.

— Tu as fait des trucs cons ? Pourquoi ça ne m'étonne pas, tiens ?

— Hé ! Je n'ai pas l'habitude de… de faire ce genre de choses.

— D'essayer de ramener une fille dans ton lit ? Tu plaisantes ?

— Non ! Essayer de… charmer une fille.

Je me sens ridicule. Jamais je n'ai essayé de charmer Amy. Je l'ai tripotée dans un bar, je lui ai fait des tas d'avances très lourdes, et je lui ai même refilé les résultats de mes examens médicaux.

Alors que ma sœur attend la suite d'une histoire qui ne vient pas, je ferme les yeux et soupire, étrangement triste de mon constat : j'ai perdu Amy, et c'est entièrement ma faute. Vu comme je l'ai traitée, ce n'est pas étonnant qu'elle ait eu envie de sortir avec un autre…

— Oli ? chuchote Cél.

— Je suis un imbécile, je grogne.

— Pourquoi ça ?

— Je n'ai pas envie d'en parler.

J'essaie de me lever. Tant pis pour le repas… et la soirée… Autant que je rentre chez moi, car je vais bientôt me remettre à broyer du noir. Quelle idée de venir ici ! Ma sœur lit en moi comme dans un livre ouvert.

D'une main ferme, Cél me retient et plonge le regard dans le mien.

— Hé ! Qu'est-ce qu'il y a ?

Je serre les lèvres.

— Je l'ai perdue, dis-je d'une petite voix.

— Oh, Oli !

En un bond, ma sœur se retrouve à mes côtés et passe un bras autour de mes épaules. Je grimace, mal à l'aise devant sa sollicitude. Je déteste l'état dans lequel je suis, mais je crois que le pire, c'est qu'une autre personne assiste à ce spectacle.

— Pourquoi tu ne lui parles pas ? me questionne-t-elle.

— Elle sort avec un autre gars, aujourd'hui, je répète d'une voix morne.

Cécilia me lâche et retourne s'asseoir, en fronçant les sourcils.

— Ah oui, ce fameux Will que son amie lui a présenté et qui est l'exact opposé de toi…

— Ce qui est bizarre c'est que Juliette, la copine d'Amy, a l'air de bien m'aimer, pourtant. Elle m'a raconté un tas de trucs, tu vois ? Du genre… qu'Amy se protégeait de moi et qu'elle y verrait sûrement plus clair après son rendez-vous avec ce gros tas de muscles. Elle dit qu'il vaut mieux que je sois sûr avant de m'embarquer dans une relation avec Amy.

Ma sœur me scrute avec un drôle d'air.

— Quoi ? je m'agace.

— Eh bien, cette fille pense que tu as tes chances avec Amy, c'est évident ! Et Amy te plaît, n'est-ce pas… ?

Je me rembrunis mais j'avoue, peut-être pour la première fois :

— Ouais. Vraiment.

— Mais alors ! Qu'est-ce que tu attends pour te battre pour elle ? Tu as fini de baisser les bras, oui ? Tu ne vas pas laisser ce gros balèze te la prendre des mains, si ? Je te signale qu'Amy est la première fille qui t'intéresse depuis huit ans !

J'inspire un bon coup

— Peut-être que Will est mieux pour elle, dis-je au bout d'un long silence.

— Qu'est-ce que tu racontes ? s'emporte Cél. Qu'est-ce qu'il pourrait avoir de mieux que toi ? Tu es beau, chef d'entreprise, artiste…

— Et salaud.

Elle me pointe d'un doigt.

— Mais tu es en train de changer ! Il n'y a qu'à voir ce discours que tu as fait, jeudi, pour la fondation. Oli ! Ne me dis pas que tu vas la lui laisser ?

Je hausse les épaules, incertain. J'ai déjà essayé tellement de choses pour me rapprocher d'Amy. Pas les bonnes, j'en conviens, mais peut-être qu'il est trop tard pour rattraper le coup ? Peut-être que je ne mérite pas une fille comme elle ?

— Tu vas me dire ce qu'il y a vraiment ? me gronde-t-elle encore. Vas-y ! Crache le morceau, merde !

Je daigne enfin relever les yeux sur ma sœur.

— Marianne…

Un silence passe, puis Cél recule sur sa chaise et croise les bras.

— Marianne est morte, Oli. Et depuis des années. Quand est-ce que tu vas enfin te décider à la laisser partir ?

Mon regard se brouille.

— Je n'ai pas le droit de… Je ne peux pas la trahir.

— Ça n'a rien à voir ! s'emporte-t-elle. Bon sang, Oli, tu es resté seul pendant huit ans ! J'ai cru qu'on allait te perdre, à un moment, tellement tu étais plus bas que terre !

Brusquement, elle se tait, puis elle inspire si fort que j'ai l'impression de ressentir sa peine jusque dans ma chair.

— Écoute…, la vie, c'est de la merde, parfois ; je ne vais pas te dire l'inverse…, mais, là, il me semble que tu as enfin une chance d'être heureux. Et si tu veux mon conseil : tu ne dois pas la laisser passer.

Elle se penche, récupère ma main entre ses doigts, puis me tire à elle pour venir la poser sur son ventre.

— Il y a tellement de belles choses en ce monde, Oli. Je voudrais que tu le voies…

C'est bête, mais une larme roule sur ma joue, et je me défais de son emprise pour venir m'essuyer le visage. Merde ! Je ne voulais pas pleurer. Et encore moins inquiéter ma sœur.

— Je pense que je vais rentrer, j'annonce en me levant.

Je n'ai pas fait un pas en direction de la sortie qu'elle me questionne :

— Qu'est-ce que tu vas faire ?

J'aurais préféré qu'elle ne me le demande pas. Au lieu de lui dire ce qu'elle veut entendre, ou que je vais y réfléchir, je marmonne :

— Je ne sais pas.

Lentement, Cécilia se lève à son tour et vient me rejoindre. Sa main sur mon épaule ravive un chagrin que j'aimerais mieux chasser, mais je serre les dents et j'attends qu'elle vide son sac.

— Oli, tu es quelqu'un d'extraordinaire…

Je grimace en secouant la tête.

— Et si c'était juste un caprice ? Si je n'étais pas capable de lui donner ce qu'elle veut ?

Surprise, elle hausse un sourcil :

— Mais qu'est-ce que tu crois qu'elle veut ?

— Je ne sais pas, moi : une relation normale, des sentiments…, de l'amour !

Voilà, je l'ai dit.

— Tu crois que tu ne peux pas aimer ? me demande encore Cécilia.

Encore une larme qui tombe. Et merde ! Je déteste ça ! Mais, au lieu de l'effacer du revers de la main, je m'emporte, en me donnant un coup sur le torse :

— Je suis vide, là ! Il n'y a plus rien, putain ! Tout est sec, tu ne vois pas ? Mais qu'est-ce que je peux donner à cette fille, hein ?

— Olivier Garrett, tu es vraiment un petit con ! Le cœur, c'est un muscle : ça se travaille ! Vis ce que tu dois vivre avec cette fille et arrête de te poser autant de questions !

— Mais... je ne peux pas...

— Bien sûr que tu peux ! Tu as passé ces huit dernières années à baiser des idiotes sans te soucier de tous ces détails !

— C'est différent ! Amy est... Elle mérite mieux que ça !

— Alors sois mieux que ça ! rétorque-t-elle aussitôt.

Je soupire :

— Comment ?

Un silence passe, et le maigre espoir qu'elle a fait jaillir en moi s'essouffle.

— C'est toi, le créatif. Tu vas bien trouver quelque chose, lâche-t-elle avec un sourire confiant qui peine à me rassurer.

— Si ça se trouve, elle va adorer sa journée avec Monsieur Muscles, dis-je en sentant mes épaules s'affaisser.

Cécilia se plante devant moi et m'agrippe par les épaules pour me secouer doucement.

— Hé ! Si tu veux cette fille, récupère-la ! Tu ne vas pas laisser ce type te la prendre, quand même !

Je fais « non » de la tête, mais je ne suis pas sûr d'être honnête dans ma réponse. L'autre soir, au bar, c'était simple d'accaparer l'attention d'Amy. Cet idiot a passé son temps à regarder le match. Mais maintenant qu'il va voir quelle fille incroyable elle est...

Il me reste deux jours avant de revoir Amy. Quoique... Je pourrais trouver un prétexte pour lui téléphoner demain ? Juste pour voir si elle est tombée sous le charme de ce type ?

Chapitre 99

Will est un garçon plutôt charmant. Il a vraiment tout prévu. Même si je suis gauche dans la marche en forêt et que je ne connais rien aux arbres, il m'en nomme quelques-uns, me parle d'activités de plein air et de techniques de survie. Je n'ai rien contre le camping, mais je ne suis pas sûre que l'expérience m'intéresse, surtout après avoir passé une nuit dans un hôtel de luxe à Vegas.

Sur le haut d'une montagne que je peine à escalader, Will sort une couverture et une bouteille de vin. Là, je souris et révise mon jugement. Nous trinquons, comme ça, dans la nature, avec une vue imprenable sur la forêt que nous surplombons, devant le coucher du soleil. Ça, c'est romantique…

— Je t'avais dit que ça valait le coup de venir jusqu'ici, me nargue-t-il.

— Oui. C'est magnifique.

J'ai la gorge nouée en le lui avouant. Pas seulement parce que j'ai râlé à quelques reprises lors de notre ascension, mais parce qu'Oli ne m'aurait jamais proposé de faire un truc pareil. Et pourtant c'est tout simple. Ça ne coûte rien. Et c'est juste… parfait.

Devant ma réaction, Will sourit. Pendant un moment, j'ai la sensation qu'il va m'embrasser, et je replonge dans mon verre. Merde ! Mais qu'est-ce qui m'arrive ? Will est mignon, et il me sort le grand jeu, exactement comme je le souhaitais. Qu'est-ce que je voudrais de plus ? J'avale ma gorgée avec amertume devant la réponse qui me paraît soudain évidente : ce n'est pas avec Will que j'aurais voulu partager cet instant.

Avec un soupir, je chasse le souvenir d'Oli et vide mon verre un peu rapidement.

— Ça te va comme sortie, jusqu'ici ? me questionne mon cavalier.

— Ça me va, je confirme en hochant la tête.

D'un doigt, il m'indique une direction.

— Quand on redescendra, il y a le resto dont je te parlais, juste à la sortie du bois.

Je me force un peu à sourire.

— J'ai déjà hâte d'y être.

En réalité, j'ai surtout hâte que cette soirée se termine. Pas parce que Will ne me plaît pas, au contraire, mais parce qu'il ne pouvait pas tomber à un pire moment. Alors que je me reverse un peu de vin, il demande :

— Quelque chose ne va pas ?

— Non. Peut-être que je suis un peu nerveuse. (Je lui montre le paysage.) C'est que… je n'ai pas l'habitude de tout ça.

— La forêt ?

— Non. Disons plutôt… le romantisme.

Il pique un fard, et j'ajoute très vite.

— Mais ça ne me déplaît pas, au contraire !

Mon cœur se met à battre plus fort pendant que Will se penche vers moi. Ses yeux accrochent les miens avant qu'il avoue :

— En fait… je voulais que tout soit parfait pour notre premier baiser.

Là, mes doigts font un bruit désagréable autour de mon verre en plastique, mais je ne me défile pas. Autant vérifier l'effet que ses lèvres ont sur les miennes. Avec de la chance, il embrasse tellement bien qu'Oli sera relégué aux oubliettes en moins de trois secondes. J'attends, le souffle court, et après quelques secondes, comme s'il vérifiait que j'étais consentante, Will vient cueillir ma bouche de façon délicate. C'est trop doux à mon goût. Je pose mon verre à l'aveuglette et pose une main lourde sur sa nuque pour le ramener vers moi. Quand j'écrase les lèvres contre les siennes, il a du mal à suivre le rythme et ne fait aucun geste pour me serrer contre lui. Nos bouches s'éloignent à la seconde où je tente de glisser la langue près de la sienne.

— Waouh..., quelle fougue ! dit-il en riant bêtement.

De la fougue ? Où ? C'est à peine s'il m'a touchée ! Je reprends ma place, perplexe. Soudain, j'ai envie de boire plus de vin. Envie d'imaginer que le baiser que nous venons de partager avait un petit quelque chose de spécial. En réalité, hormis le paysage, il n'y a rien de parfait dans cette journée.

Lorsque Will se penche de nouveau sur moi, je ne bouge pas. Il m'embrasse sur la joue, et sa main se pose doucement sur mon visage, cherchant à ramener mes lèvres vers les siennes. Je le laisse faire, acceptant son baiser à son rythme, mais cela reste doux et trop lent. On dirait qu'il a peur de me briser. Un temps interminable s'écoule avant qu'il ose aventurer la langue près de la mienne, et je recule la tête pour briser notre baiser. Will me dévisage, puis prend un peu d'assurance. Il ramène ma bouche contre la sienne et essaie de m'embrasser de façon plus ferme. Je m'accroche à ses épaules, puis me laisse emporter par sa fougue, qui n'a rien de comparable avec celle d'Olivier. En fait, toute cette mise en scène ne sert à rien. Le paysage, le coucher de soleil, le vin..., c'est inutile tant que je suis avec Will. Dès que je ferme les yeux, c'est la bouche d'Oli que j'imagine sur la mienne. Un peu rudement, je détourne de nouveau la tête et soupire.

— Je suis trop rapide ? demande-t-il.

— Non. Je crois que... je ne suis pas prête pour tout ça, je lui avoue.

Malgré moi, des larmes me brouillent la vue. Quelle idiote je fais ! Je peux m'éloigner d'Olivier, mais je ne peux pas fuir ce qui se passe en moi. Ce n'est pas lui, le problème ; c'est moi.

— Amy ? chuchote Will. J'ai fait quelque chose de mal ?

— Non. Mais je préférerais que... qu'on rentre.

Je tourne un visage désolé vers lui.

— Tout était vraiment parfait, j'essaie de le rassurer, mais ma tête…, elle n'est pas prête pour ça.

— Ta tête ou ton cœur ?

Je serre les dents et contemple l'horizon, au loin. J'espère vraiment que c'est ma tête qui n'est pas apte à gérer ma relation avec Olivier, parce que mon cœur, lui…, n'est absolument pas en état de revivre un épisode désastreux comme le précédent !

Chapitre 100

Je déteste ne pas savoir où se trouve Amy. Sûrement en forêt, mais où exactement ? Et où habite Will ? Si je le savais, je crois que je serais allé frapper à sa porte. Surtout avant qu'il… Quoi ? Qu'il la touche ? Parce que c'est sûr, il voudra la toucher. Qui ne le voudrait pas ? Et je ne veux surtout pas y songer !

J'essaie de la contacter sur son téléphone portable, mais il est éteint. Pourquoi a-t-elle fait ça ? Et s'il y avait une urgence ? Que dis-je, mais c'est une urgence !

Au bout de dix appels qui ne servent à rien, je me décide à me rendre chez elle. C'est ridicule, car il n'est que 18 heures, mais elle va bien finir par revenir… Enfin… elle ne va quand même pas dormir chez lui le premier soir ? La gorge nouée, je frappe à la porte, non sans espérer qu'elle soit déjà là. Aucune réponse.

Dépité, je m'assois sur la première marche de l'escalier et j'attends. Chaque fois qu'un bruit se fait entendre, je sens mon cœur qui se serre. Et si Amy était contrariée de me voir ici ? Et si Will était avec elle ? J'imagine un tas de scénarios sur la journée qu'ils ont passée ensemble, qui me mettent les nerfs à vif. Je ne devrais pas penser à tout ça. Tout ce que je veux, c'est qu'elle revienne. Que je puisse lui parler. Tant pis si j'ai l'air d'un imbécile. Au moins, j'aurais tout essayé.

Avant de devenir fou, je sors mon carnet de dessins. Je reproduis le portrait d'Amy. Il est devenu tout simple à recréer. Et, même si j'adore détailler son regard, j'avoue que je ressens toujours une pointe de culpabilité envers Marianne. De ça aussi, il faudrait que je parle avec Amy.

Lorsque des pas résonnent, je relève la tête. Je suis plus calme, ne m'attendant plus à ce qu'il s'agisse d'Amy. Elle va sûrement rentrer un peu plus tard. Après le repas. C'est bête. J'ai faim, maintenant, mais je refuse de quitter mon poste. Je veux qu'elle sache que je l'attends. Que je ne suis pas prêt à la laisser partir tant qu'elle ne me l'aura pas clairement demandé.

Contre toute attente, elle arrive environ quarante-cinq minutes après moi et s'arrête en bas de l'escalier lorsqu'elle m'aperçoit.

— Oli ?

Je la fixe avec un sourire niais. Amy est rentrée ! Et Will n'est pas avec elle !

— Qu'est-ce que tu fiches là ?

— Hein ? Euh… je viens te voir, dis-je, soudain gêné de devoir aborder le sujet dans cet endroit impersonnel.

Au lieu de monter les marches, elle prend appui sur la rampe et attend. Elle ne veut quand même pas qu'on discute ici ?

— Ça a été, ton rendez-vous ? je lui demande maladroitement.

Son expression s'assombrit.

— Ne me dis pas que tu es là pour me parler de Will ? s'énerve-t-elle. Ma parole, tu te moques de moi !

Elle grimpe les marches deux par deux et me contourne pour rejoindre sa porte. Un peu tardivement, je bondis sur mes jambes, mon sac à l'épaule et mon carnet de dessins sous le bras. Avant qu'elle puisse glisser sa clé dans la serrure, je suis là, à ses côtés, et je lui demande très vite :

— Amy, accorde-moi cinq minutes.

Une fois sa porte entrouverte, elle tourne les yeux vers moi.

— Pourquoi ?

— Mais pour qu'on discute !

— Merde, Oli, qu'est-ce que tu veux, à la fin ?

Je retiens ma réponse, mais elle n'est pas difficile à deviner : c'est elle que je veux. Tout de suite, contre cette porte. Mais j'inspire un bon coup et je retiens mon geste.

Ce soir, j'ai vraiment intérêt à ne rien précipiter, autrement je vais tout faire foirer. Encore !

— Je veux juste te parler, je répète. Tu pourrais au moins m'accorder cinq minutes !

Elle ravale un soupir, puis baisse les yeux.

— La vérité, c'est que… je ne suis pas sûre d'être en état de soutenir une conversation, admet-elle.

C'est bien ma veine ! Pour une fois que je suis prêt à tout lui déballer, elle ne veut rien entendre ! Quand elle relève le regard sur moi, je présume qu'elle ne rate rien de ma mine déconfite, mais, au lieu de me donner le coup de grâce, elle explique simplement :

— Je suis fatiguée. Et je meurs de faim.

Je retiens le sourire qui veut s'inscrire sur mes lèvres. N'était-elle pas censée dîner avec Will ?

— Ça tombe bien. Je n'ai pas mangé non plus. Ça te dirait une pizza extra-bacon ?

J'ai la sensation qu'un miracle survient lorsque le visage d'Amy s'illumine et qu'un rire s'échappe de ses lèvres.

— Va pour la pizza, accepte-t-elle.

Déjà, je respire mieux. Voilà que j'ai droit à une partie de sa soirée ! Je la suis dans son appartement et reste un moment planté là, dans l'entrée, pendant qu'elle jette son sac à main sur le canapé, puis qu'elle se débarrasse de ses baskets.

— Ferme la porte, tu veux ? dit-elle en faisant un signe de la main vers moi. Tiens, voilà le téléphone. C'est toi qui passes la commande.

Je m'exécute et je m'avance jusqu'à la table de la cuisine, où je laisse tomber mon sac et mon carnet afin de récupérer l'appareil. Alors que je tape le numéro et qu'on décroche à l'autre bout, mes yeux continuent de suivre Amy qui se dirige vers le frigo. Pendant que je passe commande, elle me montre une bière et une bouteille de vin blanc. Je pointe la bouteille de bière, et elle la dépose devant moi avant de se servir un verre de vin. Quand j'en ai fini avec la commande, je repose le téléphone sur la table.

— Voilà. C'est fait.

— J'espère que ce ne sera pas trop long, parce que je meurs de faim.

Je souris comme un idiot, encore, et je ne peux m'empêcher de demander :

— Je pensais que tu mangeais avec ce type ?

Elle pivote vers moi et s'adosse contre le comptoir, son verre dans une main.

— Bon, alors… qu'est-ce que tu veux ?

Pendant quelques secondes, je sens l'angoisse qui revient et ne peux m'empêcher de contre-attaquer

— Ça s'est si mal passé avec Monsieur Muscles ?

— Arrête de l'appeler comme ça ! s'énerve-t-elle. Bon, tu voulais me parler. Je t'écoute !

— Après le repas. (Elle me lance un regard sombre.) Tu n'es pas la seule à avoir faim, tu sais ? je m'empresse d'ajouter. Et, avec ma chance, tu vas me foutre à la porte avant que j'aie le droit de goûter à cette fichue pizza !

Elle pousse un gros soupir. C'est bête, au fond. Qu'est-ce que j'attends pour lui parler ? Du courage ? Histoire de m'incruster davantage, je prends place sur une chaise et j'insiste :

— Alors ? Tu me racontes ta journée ?

Se détachant du comptoir, elle vient s'installer de l'autre côté de la table, devant moi.

— Ça ne te regarde pas, ce que je fais de mes journées, Garrett.

— C'était si ennuyeux que ça ?

Elle me rabroue du regard.

— Ça n'a rien à voir ! On est allés se promener en forêt, comme prévu. Will m'a emmenée escalader une montagne.

Malgré moi, je pince les lèvres, incapable de croire qu'un tel plan ait pu lui plaire, mais Amy fronce de nouveau les sourcils et ajoute, plus rapidement :

— Sur la montagne, on a regardé le coucher de soleil en buvant du vin. C'était très romantique.

Là, il me faut un moment pour retrouver mes esprits.

— Oui, bon. Comment j'aurais pu savoir que tu étais du genre romantique ?

Elle raille :

— Évidemment. Ce n'est pas en me tripotant dans un bar à notre première rencontre que tu pouvais l'apprendre…

Sa remarque me pique au vif, et je rétorque aussitôt :

— D'accord, je ne suis pas un type romantique, pas besoin de me faire un dessin ! Mais si c'est des couchers de soleil que tu veux, y a qu'à demander ! Il se couche tous les soirs, tu sais ?

Elle se braque aussitôt :

— Va chier, Garrett. Je ne t'ai rien demandé, moi. Et, au cas où tu ne t'en souviendrais plus, c'est toi qui veux me parler !

Elle boit une bonne rasade de son verre, puis se lève brusquement. Ça y est, elle va me foutre à la porte ! Mais, au lieu de m'indiquer la sortie, Amy remplit de nouveau son verre avant de se remettre dos au comptoir. Elle n'est qu'à deux pas de moi, et j'ai la sensation qu'il y a des kilomètres entre nous. Comment est-ce possible ? Les yeux d'Amy s'ancrent dans les miens lorsqu'elle siffle :

— Allez, crache le morceau, Garrett. Qu'est-ce que tu veux ?

Je retiens mon souffle, mais cette fois je ne me défile pas.

— Toi.

Chapitre 101

Quand la réponse d'Olivier résonne dans ma cuisine, j'hésite entre éclater de rire ou me mettre à pleurer. Pourtant, il est bien là, assis à ma table, à attendre que je dise quelque chose. Depuis son arrivée, il ne cesse de ramener Will entre nous. Est-ce qu'il est jaloux ou est-ce qu'il a seulement peur de perdre son jouet ? J'en ai plus qu'assez de me prendre la tête avec lui…

— C'est vrai que je suis con, dit-il encore, mais je suis aussi conscient que je n'ai pas fait les choses correctement, avec toi…

— C'est bon, Oli, tu peux t'arrêter là, je le coupe.

— Je suis venu pour te parler ! Tu pourrais au moins m'écouter !

Je ferme les yeux et serre mon verre de vin contre moi. Pourquoi ça m'angoisse d'entendre ce qu'il a à me dire ? Parce que j'ai peur de me faire embobiner. Peur d'avoir envie d'y croire. Si Olivier me ment, je doute de pouvoir le déceler.

— Écoute, je suis affamée. Est-ce qu'on pourrait attendre d'avoir mangé avant de s'engueuler, toi et moi ?

Il hésite, et, pendant une fraction de seconde, j'ai la sensation qu'il va m'octroyer ce petit délai. J'ai besoin de ce temps. Et de vin. J'ai passé mon trajet de retour avec Will à ruminer sur mon sort.

D'une main, Oli pousse son carnet dans ma direction, et je prends un moment avant de reconnaître la fille sur le dessin… : c'est moi. Je retiens ma respiration pendant que je m'avance de deux pas, juste pour vérifier que je ne rêve pas.

— Depuis que Marianne est morte, je me suis toujours défendu de dessiner une autre fille. (Il lâche un drôle de rire.) En réalité…, je n'en avais jamais eu vraiment envie. Je veux dire… avant toi.

Je tremble. J'ai peur que ses mots ne fracassent le mur que j'essaie difficilement de maintenir entre nous.

— Et maintenant… je n'arrête plus de faire ton portrait.

— Non. Arrête, je le supplie.

— C'est difficile pour moi, tu sais ? poursuit-il en ignorant ma plainte. J'ai même essayé de t'expliquer cette histoire de liens, au dîner, tu t'en souviens ?

Je détourne la tête, troublée.

— Le problème, c'est que… j'ai aussi promis à Marianne que je ne l'oublierai pas…

— Mais je ne t'ai jamais demandé d'oublier cette fille ! Je sais bien qu'une part de toi lui appartiendra toujours !

— Oh, Amy ! lâche-t-il en secouant tristement la tête. Les choses sont tellement plus complexes que ça…

Son regard brouillé de larmes me bouleverse. Moi qui croyais qu'Olivier essaierait de me faire son numéro de charme pour me ramener dans son lit. Voilà que j'ai peur du contraire. Qu'il reparte en me laissant là, complètement dévastée par son aveu.

— Je ne sais pas si je suis bon pour toi, dit-il encore. Ça, tu vois, je suis prêt à le reconnaître ! Mais j'aimerais… je ne sais pas… disons… essayer de devenir… le genre de type que tu souhaites ? Peut-être pas un sportif comme Monsieur Muscles, mais…

Mes pieds contournent la table, et je dépose rudement mon verre de vin sur le meuble avant de venir m'asseoir directement sur les genoux d'Oli. Ma bouche le fait taire, et je le serre si fort contre moi que nos larmes s'entremêlent. Pour une fois, notre baiser n'a rien de fougueux, mais il suffit à chasser chacun de mes doutes.

— Amy, j'ai besoin de toi, chuchote-t-il en m'écrasant contre lui.

Je ris et je pleure en même temps. Oli me tient comme si sa vie en dépendait, et je dois presque me débattre dans ses bras pour réussir à relever son visage aux joues humides vers le mien.

— Je suis là, tu vois ? dis-je avant de reprendre délicatement ses lèvres.

La bouche d'Olivier répond à la mienne. C'est doux, mais ça ne le reste pas longtemps. On dirait que nous ne pouvons plus nous détacher l'un de l'autre. C'est lui qui remet un peu d'espace entre nous.

— J'ai encore… tellement de choses à te dire, m'avoue-t-il en essuyant les larmes sur mes propres joues.

— Plus tard.

Je reprends sa bouche. Peut-être qu'Olivier comprend que mon besoin de le retrouver est urgent, car il m'empoigne les fesses et me soulève soudain. Dès qu'il me dépose sur la table, je cherche à lui enlever son tee-shirt quand on sonne à la porte. Essoufflée, je soupire :

— Je crois que c'est la pizza.

— Merde !

Je glousse pendant qu'il se rhabille en grommelant.

— Ils sont rapides !

— Ne te plains pas. Ils auraient pu arriver à un moment encore plus critique…

Il lâche un petit rire avant de se diriger vers l'entrée, puis pivote de nouveau dans ma direction pour me jeter un regard de feu :

— Et tu crois que ça m'aurait gêné de répondre nu et excité !

À mon tour de rigoler. Voir Oli ouvrir au livreur de pizza comme si nous étions un vrai couple me serre le cœur.

J'inspire un bon coup et je chasse tous les doutes qui tentent de m'assaillir. Peu importe si je n'arrive pas à garder cet homme plus de deux semaines ou s'il se lasse de moi ou qu'il me brise le cœur… J'en ai assez de fuir.

Chapitre 102

Je mange ma pizza en quatrième vitesse, et pas parce que je suis affamé. À la vitesse à laquelle Amy engloutit sa part, et à la façon dont elle me dévore des yeux, je crois que l'envie est réciproque.

Au lieu de se prendre une seconde part, Amy se lève et contourne lentement la table en me fixant de son regard magnifique. Je recule la chaise, juste avant qu'elle vienne se rasseoir sur moi. Sans préambule, elle m'embrasse, et je profite de sa position pour glisser les mains sous ses fesses et l'étreindre. J'adore la façon dont ses ongles griffent ma nuque, et plus encore sa langue qui s'esquive chaque fois que notre baiser s'enflamme.

— Tu es drôlement patient, ce soir, chuchote-t-elle contre mes lèvres.

— Je ne veux rien gâcher, je lui avoue.

Mais, lorsque sa main relève mon tee-shirt, je sens que ma patience vient d'atteindre ses limites. Sans hésiter, je bondis sur mes jambes et l'entraîne en direction de sa chambre. Je me fais violence pour ne pas la jeter sur le matelas, mais mon tee-shirt valse derrière ma tête en un temps record. Étalée sur son lit, Amy défait le devant de son jean et glisse une main contre son sexe, visiblement déterminée à me rendre fou pendant que je me prends les doigts dans ma braguette. Je n'ai pas encore descendu mon pantalon qu'elle fronce les sourcils.

— C'est ton téléphone ? demande-t-elle.

Je repousse mon vêtement jusqu'à la moitié de mes cuisses, mais, maintenant qu'elle le dit, j'ai bien l'impression que le son qui résonne depuis la pièce d'à côté m'est familier. Amy se redresse partiellement en prenant appui sur un coude.

— C'est peut-être important ?

J'hésite, puis je viens la rejoindre sur le lit. Tant pis pour cet appel. Je n'ai pas le temps de répondre. Mais, alors que je tire sur son jean, elle me gronde :

— Oli ! Imagine que ce soit ta sœur !

— Elle rappellera plus tard…

Je commence déjà à caresser l'un de ses seins. Je n'arrive pas à croire qu'elle est juste là et qu'elle me laisse la toucher à ma guise ! Je m'étends sur elle pour venir lui lécher le cou. Sous moi, Amy s'abandonne en étalant ses bras vers le haut.

Moins de trois minutes plus tard, la sonnerie reprend et m'interrompt pendant que je mordille un sein à travers un soutien-gorge. Je grogne. Je tente d'ignorer cette saleté de téléphone lorsqu'elle insiste :

— Tu devrais répondre. Imagine que Cécilia soit sur le point d'accoucher…

Je serre les dents, mais, comme j'ai bien l'impression que mon interlocuteur continuera de me harceler jusqu'à ce que je réponde, je peste avant d'aller récupérer l'appareil dans le fond de mon sac. Sur l'écran, le numéro de Marco apparaît, et, même si j'ai bien envie d'éteindre, je gronde, à la seconde où je décroche :

— Ce n'est vraiment pas le moment, Marc…

Ma voix s'étouffe lorsque je perçois un drôle de bruit au bout du fil.

— Oli ? Seigneur Dieu, merci ! Je ne savais plus qui appeler !

Cette voix, ce n'est pas celle de Marco, et elle semble déformée…

— Marie ?

Les pleurs reprennent, et mes doigts serrent plus fermement le petit appareil.

— Marco a… il a eu… un malaise…

Elle bafouille pendant que je recule jusqu'à sentir la table de la cuisine derrière mes cuisses. Si Marie pleure, c'est que c'est probablement grave.

— Où est-il ? je lui demande, la gorge tellement nouée qu'il n'y a qu'un simple filet de voix qui sort.

— À l'hôpital. Ils font des tests.

Elle se remet à sangloter. Merde ! Incapable de faire autrement, je me laisse tomber sur le sol et ferme les yeux. Et, même si Marie espère probablement que je dise quelque chose, je n'y arrive pas.

— Je voulais téléphoner à Cél, mais…

Encore des pleurs, puis je sens qu'on me retire le téléphone des mains et, le temps que j'ouvre les yeux, je vois Amy le porter à son oreille :

— Allô ? Ici Amy, je suis l'assistante d'Olivier. Qui est à l'appareil ? Attendez… Doucement.

Son visage blêmit, puis elle hoche la tête.

— Oui, je comprends. Bien sûr, nous serons là dès que possible. À quel hôpital êtes-vous ?

Je me mets à secouer frénétiquement la tête de droite à gauche. Moi, dans un hôpital ? C'est impossible ! Même Cécilia sait que je n'irai pas voir son gamin tant qu'elle ne sera pas de retour chez elle. Et pourtant Amy continue d'insister :

— Calmez-vous. Nous serons là dans une petite demi-heure. Non, ne téléphonez pas à Cécilia. Attendons les premiers résultats, d'accord ? Oui. C'est ça. À tout de suite.

Lorsqu'elle raccroche, je secoue la tête en silence pour lui signifier que je ne bouge pas d'ici. Je crois que des larmes tombent de mes yeux, car je ne la vois plus très bien.

— Oli, il faut y aller.

— Je ne peux pas, je souffle.

Les doigts d'Amy se referment sur les miens et les serrent à m'en faire grimacer.

— Marie a besoin de toi. Et Marco aussi.

— Tu ne comprends pas. Je ne peux pas aller à l'hôpital. Je déteste ça.

— Personne n'aime ça, mais il y a des moments où on ne peut pas faire autrement. Allez ! On y va !

Amy se redresse et tire sur mes bras pour m'obliger à bouger. Si ça continue, elle va me traîner de force hors de son appartement. Comme elle insiste encore et encore, je finis par me lever en reniflant. Au lieu de me pousser en direction de la porte, elle se jette à mon cou et me serre soudain dans ses bras.

— Ça va aller, OK ? On va le faire ensemble.

— Tu ne comprends pas, je pleurniche. Chaque fois que je vais à l'hôpital, les gens meurent ! Mes parents… Marianne…

— Oli, tais-toi !

Elle me prend par les épaules et me secoue pour me ramener à la raison.

— Tout ça n'a rien à voir, compris ? Les gens vont dans les hôpitaux quand ils sont en mauvais état ! Et Marco va s'en sortir. Si ça se trouve, ce n'est rien du tout !

Malgré les larmes qui brouillent ma vue, je gronde :

— Marco n'est jamais malade ! Non, vraiment, il vaut mieux que je reste ici. Que j'attende. On va envoyer Cél.

— Olivier Garrett, arrête de faire l'enfant ! Ta sœur est enceinte et elle va accoucher dans les prochains jours ! Ce n'est vraiment pas le moment de lui faire subir plus de stress ! C'est à toi d'y aller, compris ? C'est de toi que Marie a besoin !

Peut-être parce que je pleure comme un gamin, Amy revient me prendre dans ses bras.

— J'ai peur.

— C'est normal. Mais pense à Marie qui doit être bien plus terrifiée encore. Ta présence lui fera le plus grand bien.

— Merde, Amy ! Comment veux-tu que je l'aide ? Je n'arrive même pas à gérer la situation !

— Dans les épreuves, personne ne veut être seul, Oli. Ça ne nécessite pas que tu sois fort, seulement que tu sois là. (Elle relève les yeux vers moi et pose les mains sur mes joues, essuyant mes larmes.) On y va ensemble, d'accord ? Tu seras sa force et je serai la tienne. Je ne te quitte pas d'une semelle.

Elle sourit, même si ses yeux brillent, aussi. J'inspire longuement. Je suis terrifié, mais je prends le temps de penser à Marie. Elle est seule, là-bas. Moi aussi, je l'étais, quand Marianne est décédée. Et j'ai cru que j'allais mourir sur-le-champ quand on m'a annoncé la nouvelle.

— D'accord. On y va, je me décide enfin.

Amy part immédiatement enfiler ses chaussures. Dire qu'on était sur le point de faire l'amour, elle et moi. Et voilà que tout a basculé. Je me rhabille, me prépare à partir, plus lentement qu'elle. Je la suis hors de son appartement. Dans ma tête, les mêmes mots résonnent en boucle : *Marie n'a pas besoin que je sois fort pour elle, elle a juste besoin que je sois là.*

Et pourtant… j'aimerais vraiment être fort pour elle.

Chapitre 103

Oli ne dit pas le moindre mot pendant que je roule en direction de l'hôpital. Il a la main sur ma cuisse pendant tout le trajet, mais dans une recherche de réconfort et non un geste de drague. Si nous n'étions pas aussi préoccupés par Marco, j'aurais trouvé ce geste très romantique.

Dans le parking de l'hôpital, alors que j'éteins le moteur, Oli sort de sa torpeur pour inspirer un bon coup.

— Ce type…, c'est comme un père pour moi, dit-il soudain.

J'affiche un sourire triste.

— Je sais. Il m'a dit qu'il te considérait comme son fils, aussi.

Il baisse la tête et j'ai peur qu'il ne se remette à pleurer, mais il la redresse presque aussitôt.

— Je serai fort. Je suis capable d'être fort, chuchote-t-il.

Je me penche vers lui et pose une main sur son genou.

— Oli, tu n'as pas à l'être.

— Arrête. Si Cél était là, elle serait forte. Elle l'a toujours été. Putain ! Comment elle fait, tu peux me le dire ?

Sa voix tremble. Mes doigts se referment plus fort sur son jean. Lorsqu'il tourne les yeux vers moi, il chuchote, anxieux :

— Tu ne me laisses pas, hein ?

— Non.

Il inspire une dernière fois, puis m'adresse un petit signe de tête déterminé.

— Allez. On y va.

Il marche désormais d'un pas rapide en direction des urgences. Je dois pratiquement courir pour le rattraper. D'une façon toute naturelle, les doigts d'Oli saisissent les miens lorsque nous arrivons à l'accueil, mais c'est moi qui prends la parole :

— Nous cherchons Marco Sullivan. Il a été admis un peu plus tôt, ce soir.

Après quelques recherches sur son ordinateur, la préposée nous indique un couloir que nous empruntons. Plus nous approchons de l'endroit, plus la main d'Olivier écrase la mienne. Le masque impassible qu'il s'efforçait vaillamment d'arborer se fissure légèrement lorsqu'il aperçoit Marie, assise sur un siège dans la salle d'attente. Aussitôt, il relâche ma main et va la rejoindre. Assis côte à côte, ils s'étreignent longuement.

— Merci d'être venu, dit-elle tout bas.

Olivier finit par se redresser.

— Alors ? Tu as des nouvelles ?

Elle secoue tristement la tête et se met à raconter comment c'est arrivé. Moi, je reste là, debout, à attendre. Je ne suis pas sûre d'être à ma place, mais j'écoute, gênée de m'immiscer dans cette intimité. Peut-être perçoit-elle mon inconfort, car Marie tourne les yeux vers moi et m'adresse un faible sourire.

— Vous devez être Amy.

— Oui. Je suis navrée de vous rencontrer dans ces circonstances, dis-je, contrite.

Un silence passe, puis Olivier me fait signe de venir m'asseoir près de lui, sur la chaise à sa gauche. Il n'hésite pas à me reprendre la main, comme ça, devant cette femme. Son geste ne passe pas inaperçu, mais personne ne dit rien. Moi, ça ne me gêne pas. Pour être honnête… ça me plaît même beaucoup…

Marie entame la conversation avec Olivier, probablement pour tuer l'attente qui va tous nous rendre fous. Elle le fait parler de son boulot, mais, au lieu de démarrer une discussion sans conséquence, les doigts d'Oli écrasent soudain les miens, et il marmonne d'une voix brisée :

— Marco était fatigué. Il travaillait trop. Il me l'avait dit…

— Hé ! le rassure Marie en passant un bras autour de ses épaules. Marco adore son boulot ! S'il bosse autant, c'est parce qu'il le veut bien !

— Mais il m'a bien fait comprendre que… il n'en pouvait plus…

— Oli, je le gronde à mon tour, nous sommes justement en train d'embaucher du nouveau personnel.

— Mais j'aurais dû… je ne sais pas moi… Lui dire de lever le pied ? Pourquoi je n'ai pas vu qu'il en avait trop sur les bras ?

Il ravale ses larmes, mais elles sont toujours là, quelque part au fond de ses yeux. Personne ne dit rien, mais Marie lui frotte le dos pendant que je caresse le dos de sa main du pouce. J'ai bien peur que nous ne soyons là pour une bonne partie de la nuit…

— Je vais nous chercher du café, j'annonce.

Oli retient ma main. Je me penche vers lui et plonge les yeux dans les siens.

— Je vais juste à la machine, à l'entrée. J'en ai pour cinq petites minutes, dis-je pour le rassurer. On ne sait pas combien de temps cela peut durer. Autant prendre des forces…

En réalité, j'ai besoin de faire quelque chose. Et j'ai besoin de café aussi, surtout avec le peu de sommeil que j'ai réussi à récupérer, la nuit dernière. Avec cette histoire, il faudra sans doute que je planifie une réunion exceptionnelle au travail et que j'accélère l'embauche du nouveau technicien. De deux techniciens, en fait. Sur ce coup, il faudra que je demande à Juliette de me filer un coup de main…

Chapitre 104

Amy s'échappe de la salle d'attente. C'est déjà un miracle qu'elle ne prétexte pas n'importe quoi pour essayer de nous planter là et rentrer chez elle. Je l'aperçois encore de là où je suis et je ne peux détacher mon regard d'elle pendant qu'elle met en marche la machine. Dire que j'étais à deux doigts de la retrouver. Dire que cette nuit aurait pu être magnifique…

— Elle est jolie, chuchote Marie.

Je me tourne vers elle et hoche la tête sans chercher à nier.

— C'est ton assistante, c'est ça ?

— Oui. Mais… j'aimerais bien qu'elle soit ma petite amie.

Marie pose une main sur la mienne.

— C'est bien. Il était temps.

Je ne réponds pas, parce que je ne suis pas certain qu'Amy veuille vraiment de moi. Dire qu'on n'a même pas pris la peine d'en discuter. « Plus tard », elle a dit, avant de m'embrasser, comme si plus rien n'avait d'importance.

Quand elle revient, elle nous distribue des cafés et je porte machinalement le mien à mes lèvres. C'est long. Lent. Silencieux. Une partie de moi prie, alors que je déteste ça, mais pour Marco je veux bien faire cet effort. Une autre garde un œil sur Amy qui sort un calepin de son sac à main et se met à écrire frénétiquement dessus. Un peu déçu qu'elle ne me reprenne pas la main, je me penche pour voir ce qu'elle note.

— Qu'est-ce que tu fais ?

— Une liste de tout ce que j'aurai à faire, demain.

Je grogne :

— Tout ça ?

—Il faut réunir tout le monde, contacter les clients de Marco pour les rassurer et, surtout, embaucher de nouveaux techniciens. Deux au moins, sinon trois. Je vais demander à Drew s'il peut faire la transition en attendant qu'on ait quelqu'un d'opérationnel.

Je la dévisage, surpris. Est-ce que ce ne serait pas à moi de faire ce genre de choses ?

—Je peux… parler aux employés, si tu veux, je lui propose.

Les grands yeux d'Amy se tournent vers moi, et elle sourit.

—Non. Toi, tu t'occupes de Marco et de Marie. Si j'ai un problème, je t'appellerai. Ah ! Et je pense que ce serait mieux que ce soit toi qui téléphones à Cécilia. Enfin… quand on en saura un peu plus.

Je pince les lèvres, puis hoche la tête pour acquiescer. Je n'ai aucune idée de la manière dont il faut annoncer les choses à Cél. Je me passe une main lourde sur le visage pour chasser la peur qui me noue l'estomac. Je ne veux pas que Marco m'abandonne, lui aussi. Est-ce que je n'en ai pas suffisamment bavé, putain ?

Pour chasser mes idées noires, je bois un peu de café, puis jette un coup d'œil à l'heure. Presque 23 heures. Je ravale un soupir.

—Si tu veux rentrer…, c'est OK, dis-je soudain.

Amy vient poser la main sur la mienne.

—Je reste avec toi.

Elle n'a pas montré la moindre hésitation, et ça me rassure. Je serre ses doigts lorsqu'elle ajoute :

—Je note tout ça uniquement pour m'occuper l'esprit. L'attente me rend nerveuse.

Je comprends. Moi aussi, je le suis. On dirait que chaque minute qui passe ajoute une pierre dans le fond de mon ventre. Un frisson glacé me passe sur la nuque lorsque j'aperçois le médecin qui s'arrête près de nous, faisant sursauter Marie à ma droite. J'ai déjà vécu cette scène.

—Alors ? s'empresse de demander Marie.

— Plus de peur que de mal, lâche le docteur. Il a eu beaucoup de chance.

Probablement parce que je m'attendais à une mauvaise nouvelle, je n'arrive pas à réagir devant la bonne. Je reste là, à fixer le docteur pendant que Marie me prend dans ses bras. Quoi ? Marco va bien ? Ça me paraît irréel.

— Évidemment, il aura besoin de repos. Un mois, peut-être même deux. Et il devra faire d'autres examens, dans les jours qui viennent…

Marie hoche la tête, remercie le médecin, fait tout un tas de commentaires, alors que je n'arrive pas à réagir. Ce sont les doigts d'Amy dans les miens qui me forcent à tourner la tête dans sa direction.

— Tout va bien, me dit-elle. Tu peux respirer.

— Oui. Je sais. C'est juste…

Des larmes coulent de mes yeux. De soulagement, je crois. On dirait que la peur que j'ai emmagasinée depuis que je suis ici s'est donné pour mission de sortir d'un coup. Amy me serre contre elle et me laisse me vider de mes larmes. Quand je me calme, je dépose un léger baiser sur ses lèvres. Juste pour la remercier d'être là, ce soir. Sentir ses lèvres bouger sous les miennes me rassure. On dirait que c'est devenu tout naturel, entre nous. Dire qu'hier soir je n'arrivais même pas à la prendre dans mes bras…

— Je vais aller le voir, annonce Marie.

Le médecin accepte, mais seulement pour elle.

— Je t'attends ici, dis-je en feignant un sourire détaché.

Marie se jette à mon cou.

— Non. Rentre chez toi. Je vais rester avec lui ce soir, et tu viendras prendre le relais demain. Tu veux bien ?

J'acquiesce même si ça me fait bizarre de repartir sans avoir vu Marco. Sans pouvoir m'assurer qu'il va bien. Sans avoir eu la chance de lui demander pardon pour avoir été un imbécile de première, ces derniers temps.

— Je t'appelle s'il se passe quoi que ce soit, me promet-elle.

Ses mots devraient me rassurer, mais ça m'angoisse de partir. Pourtant, lorsque Marie suit le médecin en direction de la chambre de Marco, je laisse Amy me prendre la main et me ramener vers la sortie. Mon téléphone vibre avant même que nous ayons mis un pied dehors. Je m'arrête et sors mon appareil, la gorge nouée. Marie m'a envoyé une photo de Marco. C'est bien lui, faible mais souriant. Vivant. Amy m'embrasse sur l'épaule.

— C'est con. On dirait que j'ai plein de choses à lui dire, maintenant, je lui avoue.

— C'est normal. Mais tu pourras toujours les lui dire demain.

J'affiche un premier vrai sourire, avant de lui jeter un regard timide.

— À toi aussi, j'ai des choses à dire.

Elle émet un petit rire, et j'ai l'impression qu'elle rougit.

— Là aussi, on verra ça demain. Il est tard. Rentrons.

Je hoche la tête et la suis en direction du parking. L'air de l'extérieur me fait un bien fou, et je le respire à m'en fendre les poumons. Même si je n'arrive toujours pas à le croire, tout va bien. Marco est vivant et Amy est là. Avec moi.

Chapitre 105

Amy me raccompagne chez moi. Je serre un peu plus les doigts sur sa cuisse. Dès qu'elle se gare devant chez moi, je m'empresse de demander :

— Tu restes… ?

Elle garde le silence, et j'ajoute :

— Je n'ai pas envie d'être seul.

— OK, dit-elle simplement.

Elle arrête le moteur. Pourquoi est-ce que je suis aussi nerveux ?

— Je sais que la journée a été longue, dis-je encore. Et si tu veux seulement qu'on dorme… ça me va.

Elle tourne un visage souriant dans ma direction.

— J'ai surtout envie d'une douche.

— La mienne est à ta disposition.

Je n'ose pas lui dire que, malgré les vives émotions de la soirée, tout le reste de mon corps est aussi à sa disposition. Je n'ai qu'à songer au fait qu'Amy monte chez moi, et on dirait déjà que la fatigue s'estompe.

— Il faudra que tu me prêtes un tee-shirt pour dormir, lâche-t-elle.

— OK.

Je me retiens de lui dire qu'elle pourrait aussi dormir nue. Avec ma chance, elle voudra qu'on remette ça à une autre fois. Et pourtant elle est la première à ouvrir la portière pour quitter le véhicule. Soulagé, je m'empresse de lui emboîter le pas. Ça fait longtemps que je n'ai pas proposé à une fille de venir chez moi juste pour dormir. Amy a vraiment changé la donne.

Une fois en haut, je redeviens nerveux comme un adolescent lors de son premier rendez-vous. J'ai encore peur de tout gâcher, mais Amy pose son sac sur la table et marche en direction de ma salle de bains.

— Allez ! Une douche et au lit ! annonce-t-elle.

Je l'observe pendant qu'elle s'éloigne. Elle s'arrête devant ma porte, fait basculer son tee-shirt par-dessus sa tête et se tourne vers moi, dans son soutien-gorge tout simple. Pendant que ses doigts défont le devant de son jean, elle jette, me prenant totalement par surprise :

— Tu m'accompagnes… ?

Immédiatement, je la rejoins en quelques enjambées. Je fais valser mon pull puis nous entrons dans la petite pièce, et je me dépatouille avec mon jean pendant qu'elle se penche pour démarrer le jet d'eau. Toujours dos à moi, elle défait son soutien-gorge et fait glisser son pantalon vers le bas. Ça doit être la fatigue et le stress de cette journée, mais j'ai la sensation de rêver. Amy se retourne vers moi, avise d'un regard mon érection, et un sourire moqueur se dessine au coin de ses lèvres.

— Je te fais toujours autant d'effet, on dirait…

Un gloussement plus tard, elle disparaît derrière le rideau opaque. Je sors de ma torpeur et m'empresse d'aller la retrouver sous le jet d'eau chaude. Et pourtant je reste à l'écart comme si je n'osais pas la toucher.

Je contemple ses fesses pendant qu'elle se penche pour récupérer le gel douche. Puis sa poitrine apparaît à ma vue alors qu'elle est en train de l'enduire de mousse. Je comprends soudain qu'elle cherche mon regard. C'est probablement ce que j'attendais. Un signe. Alors je m'approche d'elle et la plaque contre le mur pour emprisonner sa bouche sous la mienne. Elle rit sous mes lèvres et ne me repousse pas. Il ne m'en faut pas plus pour que ma main descende et s'attarde longuement sur son ventre. Elle gémit, et je grogne d'excitation lorsqu'elle écarte les jambes pour me faciliter l'accès. Elle s'accroche à ma nuque quand je la pénètre doucement de mes doigts.

— J'ai tellement envie de toi, je chuchote en passant le pouce sur son clitoris.

Son souffle s'emballe, et elle se raidit contre moi.

— Quelle impatience ! marmonne-t-elle d'une voix rauque.

— J'ai été patient. J'ai attendu toute une semaine, la contredis-je.

Elle rit, mais le son s'étouffe vite dans une plainte. J'ai envie de reprendre sa bouche, mais je m'en abstiens, car je veux continuer à la voir ainsi : en train de jouir sous mes doigts, s'abandonnant peu à peu à mes gestes. Je pourrais soulever l'une de ses jambes pour la prendre ici, tout de suite, mais je n'en fais rien et je savoure ce moment où Amy n'appartient qu'à moi. Quand elle lutte contre le plaisir pour venir plonger les yeux dans les miens, sa voix tremble.

— Surtout, ne t'arrête pas !

Non seulement ce n'est pas mon intention, mais j'accélère même mes caresses contre son clitoris gonflé pour la rendre folle. Amy ouvre la bouche et gémit, puis me griffe la nuque de ses ongles alors qu'elle perd la tête.

— Oh… Oli ! Oli !

Elle étouffe son cri en attirant ma bouche contre la sienne, puis dévore mes lèvres en se tortillant contre moi. Au lieu de la laisser tranquille pour qu'elle puisse reprendre son souffle, je laisse mes doigts revenir en elle et je savoure la façon dont son orgasme la fait se contracter autour de mes doigts. Je souris, heureux de la façon dont elle m'a cédé et plus encore de l'étreinte dont elle me gratifie. Sa jambe s'est enroulée autour de ma cuisse comme pour me retenir contre elle, et je pourrais simplement venir glisser mon érection plus que prête là où sont mes doigts, mais je n'en fais rien. Pourtant, j'ai envie d'elle, mais d'une façon bien différente, ce soir. En fait, j'ai envie de combler Amy. De répondre à ses moindres désirs et de l'emmener au septième ciel, plusieurs fois. D'être à ses petits soins, et qu'elle comprenne que cela dépasse de loin une simple relation physique pour moi…

Chapitre 106

J'ai bien cru qu'Oli allait se jeter sur moi dès que j'aurais joui, pour prendre son pied à son tour. Mais non. Il s'éloigne, fait couler un peu de gel douche dans le creux de sa main et revient me nettoyer, sans un mot. Ses mains caressent ma peau, contournant mes seins et mon cou. Quand il me demande de me tourner, je place les mains à plat sur le carrelage et lui tends mes fesses. Contre toute attente, il prend sa tâche au sérieux, me massant longuement les épaules et le dos… avant de venir enfin s'attarder plus bas. Je ferme les yeux et savoure ce moment parfait de détente.

Je suis persuadée qu'il va bientôt tirer mes hanches vers l'arrière pour venir s'enfoncer en moi. Il frotte son érection contre mes fesses et je sens combien il est prêt à me prendre, mais à ma grande surprise il vient enrouler les bras autour de ma taille et enfouir le visage près de ma nuque avant de s'immobiliser.

— Tu m'as tellement manqué, chuchote-t-il d'une voix chargée d'émotion.

Je voudrais pivoter et le voir, mais il me retient en me serrant plus fort contre lui.

— J'ai eu tellement peur de te perdre, admet-il encore. J'ai cru devenir fou.

— Oh… Oli !

Je lutte contre sa force pour pivoter entre ses bras, et je viens me jeter à son cou. Mes doigts caressent son visage, et je le sens ému dans le baiser qu'il vient poser sur mes lèvres. C'est probablement le stress de cette journée, la peur qu'il a eue de perdre Marco…, et la fatigue, aussi. Et pourtant je peine à contenir la joie que ses paroles suscitent en moi.

— Allez, à mon tour de te nettoyer, j'annonce en espérant chasser l'émotion qui me gagne.

Je me mets immédiatement à la tâche. Je frotte sa peau de mes mains enduites de mousse, puis je rince le tout rapidement sous le jet d'eau avant de venir embrasser son torse. Ma langue remonte vers son cou et lèche sa bouche pendant que mes doigts se referment autour de son érection lourde et gonflée.

— Moi aussi, j'ai envie de t'entendre jouir, je lui avoue.

Je le branle doucement, surtout parce que je ne veux pas que tout se termine trop vite. J'aime sentir son regard de feu sur moi. Dans ces instants-là, j'ai l'impression d'être la seule qui compte à ses yeux. Et, je dois l'admettre, j'aime ce lien qui se forme entre nous. C'est peut-être une illusion, mais ce soir j'ai envie d'y croire. Sans réfléchir, je me laisse tomber à genoux et continue de le caresser tout en déposant de petits baisers sur son ventre. Il se met à gémir d'anticipation bien avant que je remplace mes doigts par ma bouche. Son gland glisse rapidement entre mes lèvres, et je le pousse tout au fond avant de me mettre à le sucer avec application. Olivier lâche un râle qui devient très vite une plainte :

— Amy !

Mes mains lui empoignent les fesses, et j'accélère le rythme, son gland frottant contre ma langue à chaque passage. Il gémit une protestation, et soudain son cri résonne dans la pièce. Ses doigts retiennent ma tête contre lui pendant qu'il éjacule. C'était rapide, mais je me doute que l'effet de surprise y était pour beaucoup. Étrangement, je n'essaie pas d'échapper à sa prise. Je reste en place et continue de le sucer jusqu'à ce que ses spasmes s'estompent et qu'il reprenne peu à peu ses esprits. Au lieu de se féliciter d'avoir enfin eu ma bouche, Oli se laisse tomber à genoux devant moi et m'étreint avec force. Il souffle à mon oreille :

— Merci.

Nerveuse devant une telle émotion, je m'exclame en riant un peu :

— Quoi ? Tu me remercies pour une pipe ?

Il se recule et me cherche du regard.

— Quoi ? Non ! proteste-t-il aussitôt. Ça n'a rien à voir !

Il pose la main sur ma joue et me dévisage comme s'il me voyait pour la première fois.

— Merci de m'accorder cette deuxième chance, dit-il au bout d'un long silence.

Ses paroles me nouent le ventre. Il va me faire pleurer, cet idiot ! Je serre les dents.

— Parce que tu vas me laisser cette chance, pas vrai ? Je veux dire…, tu ne vas pas filer en douce demain matin et me dire que tu préfères qu'on en reste là, hein ? Parce qu'autant te le dire, je ne suis pas prêt à te laisser filer.

Incapable d'ouvrir la bouche, je reviens me lover contre lui. Oli soupire près de mon oreille, comme si mon geste suffisait à le soulager d'un poids considérable. Je ferme les yeux, étourdie par sa déclaration. Et pourtant je ne veux pas céder si vite. J'ai peur. Je cherche des prétextes pour ne pas croire aux douces paroles d'Olivier. Après tout, cette journée a été éprouvante pour lui. Peut-être qu'il a eu peur de me perdre, mais il finira bien par se lasser, pas vrai ?

— On devrait aller se reposer, dis-je d'une petite voix. On a beaucoup de travail qui nous attend, demain.

Olivier me libère, puis hoche la tête.

— OK.

Il se redresse et me tend la main pour m'aider à en faire autant. Une fois sec, il sort de la salle de bains, complètement nu, pendant que je m'enroule dans une serviette. Je sors à sa suite et reste plantée là un instant, gênée. Ça me fait bizarre d'être chez lui et de le regarder chercher un tee-shirt qu'il me tend bientôt. Je l'enfile et j'attends. Il tapote la place à sa droite, et je viens le rejoindre dans son lit. La dernière fois que nous avons partagé un lit, c'était à Vegas, et j'ai encore le souvenir amer de mon réveil…

Olivier éteint la lumière et remonte la couverture sur nous, puis enroule un bras autour de ma taille. Je bouge jusqu'à trouver une position confortable et ferme les yeux pour essayer de dormir. Je suis épuisée, mais ça me fait tout drôle d'être là. Et, de toute évidence, je ne suis pas la seule, car il chuchote, comme s'il craignait de me réveiller :

— C'est la première fois qu'une fille dort dans mon lit depuis… depuis Marianne.

J'ouvre les yeux et le regarde, éberluée.

— Si je prends trop de place, tu peux me foutre un coup de coude ! ajoute-t-il.

C'est bête, mais ses mots me font éclater de rire. Sans réfléchir, j'attire sa tête près de la mienne et l'embrasse. Lorsque je le libère, il me fixe, surpris.

— Je crois que ça ira, je le rassure. Tant que tu ne me baises pas comme un sauvage au réveil et que tu ne m'appelles pas « poupée ».

À son tour d'éclater de rire avant de se laisser tomber dos contre le matelas.

— Si je refais cette erreur, frappe-moi, tu veux ?

Il glisse un bras sous sa tête. Sans réfléchir, je pivote et viens caler la joue contre son épaule, heureuse de ce petit moment de détente.

— Ce sera avec plaisir, je chuchote.

Son torse tremble quand il se remet à rire, puis il m'enserre d'un bras, et sa main me caresse délicatement l'épaule. Je m'endors en quelques minutes.

Chapitre 107

Quand je me réveille, je m'étire sous les draps avant de me remémorer les événements de la veille. Marco… Amy… Aussitôt, je tourne la tête vers la droite et me redresse, étonné de ne pas sentir de corps féminin près du mien. Je regarde partout, puis je tends l'oreille, mais je ne perçois rien. Putain de merde ! Amy s'est tirée !

Énervé, je me lève, et je récupère mon téléphone dans le fond de ma poche de jean. J'y retrouve un texto d'elle : « Je suis au bureau. Repose-toi. À + Bisous. » Je relis ses mots au moins trois fois. Elle a écrit « Bisous », c'est bon signe, non ? Elle est partie bosser, mais elle ne m'a pas largué ! Et je n'ai pas rêvé ce qui s'est produit, cette nuit ! D'un pas lourd, je retourne me jeter dans mon lit et je prends un moment pour me remémorer le chant d'Amy sous la douche quand je l'ai fait jouir. Je n'arrive pas à croire qu'elle m'ait donné sa bouche ! Encore moins une deuxième chance !

Songer à Amy me donne envie de me lever pour la seconde fois. Dire qu'Amy est au travail et que je suis là, à me prélasser dans mon lit. N'est-ce pas à moi de m'occuper de Starlight ? C'est mon entreprise, après tout ! Pour me réveiller, je vais me faire couler un café et je m'habille pendant que ma tasse se remplit. Je téléphone à Amy, surtout pour entendre sa voix. Et pour m'assurer que nous ne sommes pas en froid, elle et moi.

— Salut, toi, me répond-elle d'une voix enjouée. Déjà debout ?

Je souris devant sa bonne humeur, mais me plains quand même :

— Tu aurais dû me réveiller…

— J'avais du boulot, ce matin. D'ailleurs, je n'ai pas beaucoup de temps. J'ai planifié une réunion avec les techniciens à 11 heures.

Je jette un coup d'œil à l'horloge avant de retenir un grognement.

— Onze heures ? Je n'aurai jamais le temps d'y être !

— Je m'occupe de Starlight pour le moment. Toi, appelle Cécilia et passe plutôt voir comment va Marco. Je te raconterai tout.

— À quelle heure tu rentres ?

— Je ne sais pas. Il faut que je fasse remplacer Marco sur ses projets actuels et je dois mettre les bouchées doubles pour embaucher de nouveaux techniciens. Je sais que c'est cher, mais j'ai engagé un chasseur de têtes pour dégotter les meilleurs candidats possible.

— Je peux t'aider, dis-je, incertain.

— Pour l'instant, ça va, mais on en reparlera plus tard, si tu veux…

Je fronce les sourcils, légèrement agacé qu'elle me tienne à l'écart. Après tout, c'est de mon entreprise qu'il s'agit ! Me prend-elle pour un incompétent ?

— Pour les entretiens, je peux le faire, j'insiste. Et je peux certainement gérer les projets dont s'occupait Marco…

— Je vais déjà voir avec Drew ce qu'il en pense. S'il a besoin d'un coup de main, tu l'aideras. Toi, il faut que tu rassures Marco. Et n'oublie pas de téléphoner à Cécilia !

Avant que je puisse protester davantage, je perçois une voix au loin. Je crois que c'est celle de Clara, mais Amy reprend, avant que j'entende ce qu'elle dit :

— Je suis désolée, mais il faut que j'y aille. Donne-moi des nouvelles de Marco dès que tu en as, tu veux ?

D'un coup, elle raccroche, et je reste là, tout penaud au bout de la ligne. Merde ! Je ne vais quand même pas laisser cette fille tout gérer à ma place !

Chapitre 108

J'avoue que j'ai été expéditive avec Oli, mais je croule sous le travail depuis ce matin. Et je n'ai pas assez dormi pour être à mon plein potentiel. Dès que je suis arrivée au bureau, cette petite peste de Clara m'a regardée de haut lorsque je lui ai demandé de convoquer tout le personnel pour une réunion d'urgence. Je sais bien que je ne suis pas ici depuis longtemps, mais je suis quand même l'assistante personnelle d'Oli !

La bonne nouvelle, c'est que mon chasseur de têtes va s'occuper de me recruter des techniciens de qualité. Il faudra quand même leur faire passer un entretien, mais je vais gagner un temps précieux ! Le plus urgent, c'est de rassurer tout le monde et de m'assurer que les projets dont s'occupait Marco poursuivent leur progression…

Quand je rejoins les autres en salle de réunion, je suis nerveuse. Pourtant, tout est prêt, et je sais exactement quoi dire, mais je n'aime pas avoir à annoncer une mauvaise nouvelle. Embaucher des techniciens, ce n'est pas trop compliqué. Remplacer Marco au pied levé, ça l'est davantage. Surtout s'il faut s'assurer que les clients sont satisfaits, et que personne ne se laisse abattre par la charge supplémentaire de travail…

— Bon… qu'est-ce qui se passe ? demande Drew dès que je m'installe sur la chaise au bout de la table. Et où est Oli ?

— Marco est à l'hôpital.

Le bruit qui régnait dans la pièce s'éteint aussitôt, et je m'empresse d'ajouter :

— Il a eu une attaque, hier soir, et il a passé la nuit à l'hôpital, mais ça va. Oli est retourné lui rendre visite ce matin avant de venir au bureau.

Les questions fusent de tous les côtés, et certains employés semblent sous le choc. Et pour cause ! La semaine dernière encore, Marco paraissait en pleine forme !

— Écoutez, dis-je en haussant le ton pour ramener le calme, pour le moment, tout ce qu'on peut faire, c'est remplacer Marco dans ses contrats actuels en attendant que je puisse embaucher d'autres techniciens pour prendre le relais.

— Il sera absent longtemps ? questionne Drew.

— Je n'en sais rien.

— Entre six à huit semaines, mais il sera suivi régulièrement pendant les six prochains mois.

La voix qui vient de résonner est celle d'Olivier qui entre dans la salle de réunion sans s'annoncer. Je suis aussi surprise que les autres de le voir. Ne devrait-il pas être encore à l'hôpital ? Aussitôt, on s'enquiert de la santé de Marco, et il s'empresse de faire taire tout le monde avant de venir se poster à ma gauche.

— Il va bien, mais j'ai chargé Cécilia de lui tenir compagnie, aujourd'hui, pour que Marie puisse se reposer un peu.

Debout à mes côtés, il ajoute à mon intention :

— Tu peux continuer, Amy.

— Bien… euh… (Je jette un coup d'œil à mes notes, nerveuse d'être supervisée par mon patron.) On va peut-être être forcés de mettre quelques projets en attente, le temps que j'embauche de nouveaux techniciens.

Drew demande immédiatement :

— Combien de temps est-ce que ça va prendre ?

— Je ne sais pas, je lui avoue franchement. Selon l'expérience des candidats que nous allons recruter, je dirais… entre trois et cinq semaines.

Les visages s'assombrissent autour de la table, et je suis forcée d'ajouter :

— Je ne vous mentirai pas, j'ai aussi besoin de volontaires pour reprendre les dossiers de Marco.

On dirait que tout le monde est sous le choc autour de la table, quand Olivier lâche :

— En fait, je prendrai la majorité de ses dossiers, mais je ne pourrai pas tout gérer seul. Il me faudrait un ou deux techniciens pour m'assister dans mes décisions.

Je suis la première à tourner la tête vers lui pour voir s'il ne plaisante pas. C'est Drew qui réagit en premier :

— Mais… tu n'es pas technicien !

— C'est vrai, mais je ne suis pas un parfait incapable non plus, réplique Oli d'un ton un peu rude. Et il se trouve que je suis celui qui a le plus de temps libre, autour de cette table, alors autant me rendre utile. C'est mon entreprise, après tout.

Je retiens ma respiration, anxieuse. Jamais je n'aurais imaginé qu'Olivier s'impliquerait autant… Aurait-il préféré que je le consulte avant de proposer tous ces changements ?

Comme personne n'ose intervenir, il fait un petit signe de tête pour clore la réunion.

— Bien. Ce sera tout. Et je tiens à vous remercier du boulot que vous faites pour Starlight. Des événements comme ceux-ci me font prendre conscience que je ne vous félicite pas suffisamment. Et, même si je sais que les prochaines semaines seront chargées, je vous promets qu'Amy et moi ferons tout notre possible pour que les choses rentrent dans l'ordre très très vite.

Je hoche la tête pour appuyer ses paroles. Les gens se lèvent, discutent, et aussitôt Oli se tourne vers moi.

— Tu viens ? On a du boulot.

Sans un mot, je le suis en direction de mon bureau, mais je n'ai pas fait deux pas à l'intérieur de la pièce qu'il referme la porte derrière nous et m'enlace par-derrière. Il enfouit la bouche dans mes cheveux, tout près de mon oreille.

— Salut, toi. Je t'ai manqué ?

Je souris et pivote pour lui faire face et l'embrasser. Il cherche mon regard.

— Ça t'embête que je te prenne dans mes bras ici ?

— Non, dis-je simplement.

Je n'ose lui dire que j'aurais même préféré qu'il le fasse devant tout le monde, et non pas en cachette, comme Ben avait l'habitude de le faire, mais un tel geste à la réunion de ce matin aurait été déplacé.

— Tu m'as manqué, au réveil, avoue-t-il en me gardant dans ses bras.

Touchée, je m'empresse de dissimuler mon émotion.

— Tu ne devais pas aller voir Marco, à l'hôpital ?

— Je suis passé en coup de vent pour lui dire que tout allait bien, et j'ai demandé à Cél de veiller sur lui aujourd'hui. Nous, on a du boulot.

— Je pouvais m'occuper de la réunion, tu sais.

— C'est à moi de faire ça, Amy.

Même s'il n'y a aucun reproche dans sa voix, je m'empresse de me justifier :

— Je ne voulais pas te mettre à l'écart. C'était juste pour t'aider.

— Je sais, dit-il, et je suis conscient que j'ai fait un peu n'importe quoi ces dernières années, mais Cél gérait tout, alors… je t'avoue que je ne sais plus exactement où est ma place dans cette entreprise…

— Tu as agi comme un chef, durant la réunion, admets-je avec un petit sourire ravi.

— Oui, bon… j'ai un peu frimé, mais j'étais sincère en disant que j'allais bosser. Et je ne te mentirai pas : je vais avoir besoin de ton aide.

— Tu peux compter sur moi.

Son sourire se confirme, et il me vole un nouveau baiser en me serrant plus étroitement contre lui. Cette fois, sa langue cherche à venir à la rencontre de la mienne, et il me bouscule jusqu'à ce que je me retrouve coincée contre mon bureau. Je perds le souffle en m'accrochant à son cou, et je sens mon corps qui s'éveille dans l'espoir qu'il me touche. Lorsqu'il met brusquement fin à notre baiser, je ravale un grognement de frustration.

— On a… du travail, halète-t-il en reculant d'un pas. (Il me fixe puis fronce les sourcils.) Ne me regarde pas comme ça !

Il revient sur moi et reprend ma bouche avant de me soulever pour me jucher sur le rebord du meuble. Il remonte ma jupe d'une main empressée. Lorsqu'il atteint ma culotte, je ravale un râle et je retiens sa lèvre inférieure entre mes dents. Il me pénètre de ses doigts avec empressement. De chaque côté de son corps, mes cuisses l'enserrent, et mes pieds cherchent à le ramener vers moi. Bordel ! J'ai envie qu'il me baise ici même !

Dans un juron, Oli cherche soudain à échapper à mon étreinte avant de gronder :

— Descends de là !

Sur le moment, je ne comprends pas. Quand des coups se font entendre, je blêmis. On frappe à la porte ! Ma parole, j'ai complètement perdu la tête ! Aussitôt, je me laisse tomber sur le sol et replace ma jupe. J'ai les joues en feu ! Oli marche en direction de l'entrée en pestant :

— Une seconde !

Il a la délicatesse de n'entrouvrir que partiellement la porte pour répondre au visiteur. Moi, je reste là, perdue dans les sensations qu'il vient de provoquer en moi et le ventre brûlant d'envie. Avec difficulté, je tente de reprendre mes esprits. Quand la porte se referme, Oli reste à distance et me jette ce regard qui me fait vibrer de la tête aux pieds.

— Je ne te dis pas dans quel état je suis, gronde-t-il.

Je m'entends répondre :

— Et moi donc !

Dans un geste lent, il vient lécher ses doigts en me provoquant du regard. Le salaud ! Je suis vengée par son portable, qui se met à sonner dans sa poche. Il le sort en grimaçant.

— Et merde ! Il faut vraiment qu'on bosse, autrement on ne partira jamais d'ici !

Il répond et me fait signe de me remettre au travail avant de sortir du bureau. Quoi ? Il me laisse vraiment comme ça ? Bordel ! Comment je suis censée travailler après ce qu'il vient de me faire ?

Chapitre 109

Dire que je m'étais promis de rester digne avec Amy, aujourd'hui. Je me suis dépêché de venir la rejoindre au travail pour lui filer un coup de main, mais à la seconde où je l'ai vue, dans son petit tailleur, je n'ai songé qu'à une chose : la toucher, la caresser, vérifier qu'elle voulait toujours de moi, surtout par crainte que mes souvenirs de la nuit dernière n'aient été faussés par mon imagination trop fertile…

Amy est toujours avec moi.

Et maintenant que j'ai failli la faire jouir, je peine à me concentrer sur ma conversation téléphonique avec Marc Brompton. Je suis obligé de mettre son projet en attente le temps que tout rentre dans l'ordre chez Starlight, mais je dois réussir à le rassurer et à lui faire comprendre que c'est provisoire et que ça n'entachera pas la réussite de notre collaboration.

— Écoutez, est-ce qu'on peut voir les détails par mail ? Je pourrai probablement mieux estimer les délais en fin de semaine. Bien sûr, on reste en contact !

Quand je raccroche, je retourne dans le bureau et j'y retrouve sans surprise Amy en train de travailler. L'oreille collée à son téléphone, concentrée, elle est en train de prendre des notes. Et pourtant, lorsqu'elle relève les yeux vers moi, même si ça ne dure que trois secondes, on dirait que la tension monte dans la pièce. J'adore cette fille. Si je ne me retenais pas, je lui arracherais ce téléphone pour l'obliger à m'accorder toute son attention.

Lorsqu'elle raccroche, je finis d'examiner les CV des candidats potentiels. Elle raille soudain :

— Tu as laissé la porte ouverte !

Je rétorque du tac au tac :

— Pour éviter de te sauter dessus, qu'est-ce que tu crois ?

En voyant la façon dont elle me dévore des yeux, je regrette de ne pas être vraiment seul avec elle. Cette porte entrouverte ne sert à rien : je ne me sens pas plus sage pour autant ! Elle se passe une main lourde sur le visage et grogne :

— Merde ! On n'arrivera jamais à bosser ensemble !

— Qu'est-ce que tu racontes ? On a toujours bien bossé tous les deux !

— Je veux dire… dans cet état !

Est-ce qu'elle est en train de me faire une offre ? Elle jette un coup d'œil à son téléphone puis un regard malicieux sur moi :

— Si on allait manger ?

Je la fixe, un peu perplexe, et elle ajoute :

— Il y a des restes de pizza, chez moi.

Les documents sur lesquels je travaillais disparaissent immédiatement, autant de mon esprit que de mes mains, car je bondis sur mes pieds et balance négligemment les papiers sur le bureau devant elle.

— En même temps, ce n'est pas très professionnel, lâche-t-elle avec une petite moue. On a tellement de boulot…

Je m'arrête, effrayé qu'elle veuille annuler, mais elle continue, en se tapotant les lèvres d'un doigt.

— Remarque…, après une bonne baise, je serai sûrement plus productive, dit-elle encore.

Je hoche fébrilement la tête et pose une main sur la poignée de la porte. Lorsqu'elle s'approche de moi, je retiens mon souffle.

— Une heure, pas plus. On doit être de retour avant 13 h 30.

Je lui offre mon plus beau sourire. Dire que je me serais contenté de dix minutes sur ce bureau et que je viens de gagner une heure ! Conscient que le transport et le repas sont probablement compris dans ce délai, je pose une main au creux de ses reins et la guide hors de la pièce.

— Vite, autrement je ne réponds plus de moi.

Son gloussement me plaît. Elle paraît aussi pressée que moi. Je sens que je vais me régaler, ce midi…, et je ne parle pas des restes de pizza !

Chapitre 110

Je me concentre tant bien que mal sur la route. Ce serait bête d'avoir un accident à dix minutes de la maison ! Oli ne dit pas le moindre mot, mais il gigote sur le siège passager et je le soupçonne de lutter pour ne pas se jeter sur moi dans la voiture. Et merde ! Comment est-ce possible d'avoir autant envie l'un de l'autre ? Moi qui pensais qu'il n'en aurait plus rien à faire de moi une fois qu'il aurait eu droit à ma bouche…

Alors que je glisse ma clé dans la serrure, Oli est déjà derrière moi, à me caresser les fesses par-dessus ma jupe. J'ai à peine ouvert qu'il me pousse pour me faire entrer et claque la porte derrière lui d'un simple coup de pied. Je laisse échapper toutes mes affaires lorsqu'il me coince contre ma table de cuisine. Sa main cherche déjà à repousser ma culotte, et je gémis dès qu'il me pénètre de ses doigts.

— Je ne te dis pas comme je suis excité, halète-t-il en m'arrachant un nouveau râle.

S'il continue, il va finir par défaire sa braguette et me prendre ici, comme ça. Mais non. Il s'évertue à me faire jouir avec des caresses rapides.

— Oli ! je gronde, en sentant monter mon orgasme. Baise-moi !

— Non… Je veux que tu jouisses d'abord.

Je gémis, puis pousse un cri lorsque mon corps rend les armes, tous mes muscles se tendant.

— Bordel…, j'adore ça ! je marmonne.

— Dans ta chambre. Tout de suite.

Un peu amorphe, je rigole de ce ton autoritaire et titube en direction de la pièce du fond. Près de mon lit, je défais lentement les boutons de mon chemisier blanc, que je laisse tomber avant de pivoter vers Oli. Il a déjà retiré son tee-shirt et se tortille pour enlever son jean. Étrangement, il garde son caleçon.

— Ton soutif, ordonne-t-il en s'accroupissant pour enlever ses chaussettes.

En deux mouvements, je fais tomber mon soutien-gorge, puis je défais ma jupe, qui tombe sans peine sur le sol. Au lieu de retirer ma culotte, je m'assois sur le lit et glisse une main sous le tissu, les yeux rivés sur Oli.

— Tu veux me rendre fou ?

— Oui, j'avoue en me laissant tomber vers l'arrière et en écartant les cuisses.

En quelques secondes Olivier est sur moi, à faire glisser maladroitement mon sous-vêtement le long de mes jambes. Bientôt il force mes cuisses à s'ouvrir davantage, et je sursaute lorsqu'il vient poser la bouche sur mon sexe. Sa langue se fait rude et vorace, me faisant vibrer au rythme de ses caresses. Moi qui suis déjà très sensible à son contact, je me remets à gémir. Il sait vraiment y faire !

— Oh oui !

Je m'accroche à ses cheveux et, au bout de quelques minutes de délicieuse agonie, je gronde, soudain pressée de le sentir en moi :

— Oli ! Baise-moi !

Il émerge de mes cuisses, le visage trempé, puis remonte en se tortillant entre mes jambes pour retirer son caleçon. De mes mains, j'emprisonne son visage, que j'embrasse sans hésiter, me goûtant moi-même sur ses lèvres. Se guidant d'une main, Oli me prend d'un coup sec. Il gémit contre ma bouche avant de s'arracher à mon baiser pour me fixer avec une drôle d'expression.

— Sans capote, ça va ?

Merde ! Le préservatif…, je n'y pensais plus.

— Parce que j'en ai, s'empresse-t-il d'ajouter, mais… avec les tests et…

— Ça va, je le coupe en venant nouer les jambes derrière lui.

Il se retire avant de replonger en moi.

— Oh…, Amy…, je ne te dis pas comme ça m'excite.

Il remonte l'une de mes jambes sur son épaule, puis me serre contre lui avant de se mettre à me prendre à grands coups de hanches. Je ferme les yeux quand il halète.

— Je suis trop excité…, je ne pourrai pas tenir longtemps…

Je l'encourage en allant à la rencontre de ses mouvements. Les doigts d'Oli se font rudes sur ma peau, et bientôt il perd la tête, tout enfoui entre mes cuisses. Après avoir poussé un rugissement, il laisse tomber la tête près de la mienne, mais ne se retire pas. Je l'écoute reprendre sa respiration, même s'il est lourd et que sa peau se fait moite sur la mienne. Un moment plus tard, il chuchote :

— Je n'ai pas l'habitude de baiser sans capote.

Je lâche un rire nerveux. Ça, c'est Oli : toujours délicat et distingué. Comme je ne réponds pas, il se redresse partiellement pour croiser mon regard.

— En fait… ça doit faire des années que ça ne m'était pas arrivé.

— OK, dis-je simplement.

Il me scrute, comme s'il attendait que je réplique quelque chose.

— Disons que ça va me prendre… un peu de temps avant de m'habituer, explique-t-il encore. Parce que ça m'excite comme un fou de te prendre comme ça, je ne vais pas te le cacher.

Je souris et lui caresse la joue.

— D'accord.

J'avoue que j'espère qu'il en restera là, mais il fronce les sourcils et me questionne :

— Tu n'es pas trop déçue, alors ?

— Déçue ?

— Ouais, parce que… parce que j'ai joui trop vite pour que tu aies un nouvel orgasme…

Sa gêne me donne envie de rire, et je ne le lui cache pas.

— Je crois que je ne suis pas à plaindre, je le raille gentiment.

Oli affiche aussitôt un large sourire.

— OK. Alors… ça va.

Il se retire mais reste là, à genoux entre mes jambes, alors que son air soucieux revient :

— Mais tu prends la pilule, hein ? Je veux dire… : il n'y a pas de risque ?

Je me relève à mon tour, un peu coincée par son corps massif, et m'exclame, incrédule.

— Toi, alors ! Tu n'en rates pas une !

— Quoi ? Je pose la question !

— Oui, mais il fallait la poser avant d'éjaculer, imbécile !

Il fronce les sourcils.

— Tu es fâchée ? Parce que… l'idée de te prendre sans barrière… je t'avoue que ça m'a excité, alors… je ne voulais pas gâcher le moment.

Je soupire avant de me contorsionner pour réussir à quitter le lit. Voilà du Oli tout craché ! À s'excuser pour ses bêtises au lieu d'éviter de les faire ! Et, au lieu de m'emporter, je le jauge quelques secondes et j'éclate de rire.

— Allez ! Viens manger ! On a une tonne de boulot qui nous attend !

Chapitre 111

L'intensité d'Olivier m'effraie. Qu'est-ce qu'il attend de moi, exactement ? Je passe à la salle de bains, me nettoie rapidement, puis me dépêche de remettre mes vêtements. J'ai envie d'une douche, mais on n'a plus le temps pour ça.

Pendant le trajet du retour, je parle boulot, parce que ça me permet de me concentrer sur autre chose, mais Oli m'interrompt :

— Je vais devoir partir plus tôt. J'ai promis à ma sœur que j'irais voir Marco. Je ne veux pas que Marie et elle se tapent tout le boulot…

— Pas de problème, dis-je très vite.

— Mais après… je voulais savoir… : on se rejoint chez toi ou chez moi ?

Mon cœur loupe un battement, et je lui jette un regard inquisiteur avant de reporter mon attention sur la route.

— Je… Quoi ?

— Bah… on se voit, ce soir, non ? lâche-t-il, comme si c'était évident.

Je déglutis nerveusement. Pourquoi ? Qu'est-ce qui me pose un problème dans le fait de passer la soirée avec Oli ? Je n'en sais rien, mais ça m'angoisse quand même. C'est trop fort entre nous. Ou alors c'est parce qu'il cherche à me déstabiliser, et avec la fatigue je doute de pouvoir lui résister…

— Tu sais, je n'ai pas beaucoup dormi, hier, dis-je en espérant m'en tirer avec une pirouette.

— Bah… ce n'est pas obligé qu'on baise, non plus. On peut juste regarder la télé…, manger un peu…

Je lui jette un regard de biais, et il se défend aussitôt :

— Hé ! Je sais me tenir !

Je fais la moue, et il tente de tourner ça en plaisanterie.

— Tu veux qu'on parie ? Allez ! Pas de sexe ce soir ! C'est parti ! insiste-t-il.

Je secoue la tête.

— Sans façon. Je vais rentrer chez moi, manger quelque chose de léger, bosser un peu et dormir comme un bébé.

— OK. Alors… après l'hôpital je passe récupérer quelques trucs, et je te rejoins.

Je suis un peu estomaquée par son insistance.

— Je t'ai dit que je rentrais chez moi, pas que je t'y invitais !

— Pourquoi ? Tu as peur de ne pas pouvoir me résister ?

J'éclate de rire.

— Je m'occupe même du repas, si tu veux ! dit-il encore.

— Ah non ! Je n'en peux plus de la pizza !

— Mais je sais cuisiner ! Tu veux quelque chose de léger ? Je peux te préparer une super salade composée, avec du bacon, tiens ! Ou tu préférerais une soupe ?

Oli qui propose de cuisiner pour moi ? Là, il m'achève ! Il n'était même pas fichu de préparer du café avant que je devienne son assistante ! Sans réfléchir, je réponds :

— Non. Une salade, ce sera parfait.

— Super. J'apporterai ce qu'il faut.

Mes doigts se crispent sur le volant. Merde ! Est-ce que je viens vraiment d'accepter son offre ? Pendant que je me gare, je tente une dernière échappatoire :

— Tu sais…, quand je suis fatiguée je ne suis pas de très bonne compagnie.

— Justement ! Je vais m'occuper de toi, tu vas voir ! promet-il. Je te prépare le repas, on regarde la télé… ou alors… tu bosses dans ton coin pendant que je dessine…, et puis on se couche et on dort.

Encore une fois, je n'arrive pas à cacher mon air sceptique.

— Juste ça ?

— Juste ça, certifie-t-il avec un hochement de tête. Sauf si tu insistes pour qu'on baise, évidemment.

— Évidemment, je répète en étouffant un rire.

— Je peux comprendre que tu aies besoin de te détendre… et je crois être plutôt doué pour t'y aider.

Son petit air malicieux me plaît, et soudain j'ai peur qu'il n'ait raison. Que ce soit moi qui n'aie pas envie de rester chaste, ce soir. Chassant cette idée, j'inspire un bon coup puis je me décide à ouvrir la portière. Autant sortir d'ici avant que l'idée de l'embrasser soit trop forte.

— Allez ! Au boulot ! je lance, en espérant clore la discussion.

Oli me suit jusqu'aux ascenseurs et ne dit rien jusqu'à ce que nous nous soyons engouffrés dans l'un d'eux. Dès que nous commençons notre montée, il glisse une main dans le creux de mon dos et me ramène prestement contre lui. Sa bouche se pose sur la mienne, et je m'abandonne à son baiser. Lorsqu'il reprend sa place, j'ai besoin d'un moment pour retrouver mes esprits.

Il se penche près de mon oreille et souffle :

— J'adore ta bouche.

Dès que les portes s'ouvrent, il passe devant moi et marche à grands pas en direction des bureaux, alors que je reste quelques instants immobile. Merde ! Un simple baiser, et voilà que je suis dans tous mes états ! Comment suis-je censée résister à cet homme, ce soir ?

Chapitre 112

Dès que je rentre chez moi, je file sous la douche et j'y reste jusqu'à sentir mon corps se détendre. Enroulée dans une serviette, j'entreprends de trouver quelque chose à me mettre. J'ai bien envie de passer un simple tee-shirt et mon boxer préféré, mais comme Oli doit venir… est-ce que je suis censée porter quelque chose de plus sexy ? Non. Il risque de s'imaginer que j'ai envie de sexe. Autant passer le tee-shirt. À peine le boxer en place que l'on frappe à ma porte. Dès que j'ouvre, Oli apparaît, un sac à dos sur l'épaule et un sac d'épicerie dans une main. En me voyant, il affiche un large sourire.

— Ah ! Tu étais bien chez toi ! Je t'ai envoyé un texto, mais tu ne m'as pas répondu.

Il entre sans attendre que je l'y invite, et je referme derrière lui.

— Je devais être sous la douche, conclus-je.

— Ouais. Bah ! Ce n'est pas grave. J'espérais juste ne pas avoir à attendre devant ta porte, comme hier soir. Ça me rappelle de mauvais souvenirs, tu comprends ?

J'étouffe un petit rire, puis viens me poster devant la table de la cuisine, où il dépose tous ses achats. Il sort deux bouteilles de vin :

— J'ai pris du rouge et du blanc. Je ne savais pas ce que tu préférais. Le blanc est frais, si ça te dit. À moins que tu ne préfères la bière ? Je n'ai pas pensé à en prendre. Avec la salade, je me disais que…

Mon rire l'arrête dans son flot de paroles, et je m'empresse de le rassurer :

— Du blanc, ça me va. Je ne t'ai pas demandé de dévaliser l'épicerie, non plus.

— Je sais ! Mais je me rends compte qu'il y a des tas de trucs que je ne sais pas sur toi. Je sais que tu aimes le bacon, par exemple… (Il en sort un paquet qu'il me montre fièrement.) Mais si tu préfères le blanc ou le rouge…, alors là… je sèche. À Vegas, tu as pris du blanc, mais pendant le repas tu étais au rouge, donc…

— Les deux me vont, dis-je, amusée. Mais en apéro, comme ça, je préfère la bière. Ou le blanc.

— OK.

Je me dirige vers l'armoire et sors deux verres lorsqu'il lâche :

— Je suis censé savoir ce genre de choses, non ?

— Quoi donc ?

— Bah… tes préférences. Il me semble que c'est ce que font les petits amis…

Sur le point de me verser du vin, je m'arrête net et repose la bouteille sur la table.

— Pardon ?

— Quoi ? Tu es ma petite amie. J'ai envie de connaître tes goûts.

Un silence passe durant lequel je le fixe, ébahie.

— Tu considères vraiment que je suis ta petite amie ?

— Bah… ouais. C'est évident, non ?

Je ris nerveusement, et il lâche, visiblement confus de devoir se justifier :

— Quand je suis venu, hier soir…, c'était pour du sérieux.

À mon tour d'être surprise. Il a raison. Il a fait ces tests. Et il est vraiment venu m'attendre, hier soir, devant ma porte… Et pourtant… on dirait que je suis incapable de lui faire confiance. Quelque chose finira forcément par m'éclater à la figure !

Je reprends la bouteille et me verse un peu de vin. J'attends qu'Olivier s'active sur la préparation du repas pour avouer :

— Tu sais…, généralement les gens attendent avant de se déclarer en couple.

Les mains dans mon évier, il pivote pour me jeter un regard intrigué.

— Ah ouais ? Ils attendent quoi ?

— De savoir si ça marche, déjà. Ils apprennent à se connaître. Ils vérifient qu'ils sont compatibles. Ce genre de choses…

Olivier se rembrunit.

— Évidemment qu'on est compatibles ! On ne peut pas rester en tête à tête sans avoir envie de se sauter dessus !

Je lève les yeux au ciel.

— La baise, ce n'est qu'un facteur dans un couple, Oli. Il y a tout le reste.

— Quel reste ? Le fait que tu sois là pour moi, quand je vais à l'hôpital voir Marco ? Qu'on passe du bon temps, tous les deux, quand je t'emmène manger un burger chez Doris ? Ou que tu es là, à lire, pendant que je regarde un match ? Parce que, au cas où tu ne t'en souviendrais pas…, on a déjà fait tout ça. Et tu veux savoir ? J'ai adoré chacun de ces instants. Même quand on s'engueule, je ne voudrais être nulle part ailleurs qu'avec toi.

Mon verre grince sous mes doigts tellement je le serre fort. Merde ! Qu'est-ce qu'il me fait, ce salaud ? Il essaie de me déstabiliser ou quoi ? Pour éviter de soutenir son regard, je bois un peu avant de lâcher.

— Tout ce que je dis, c'est que… c'est rapide.

— Rapide pour qui ? Pour toi ?

Je hoche simplement la tête.

— Ah, dit-il avec un air déçu. D'accord. Je vais… essayer de ralentir, alors.

Ma parole ! C'est le monde à l'envers ! Oli fait des efforts, et c'est moi qui recule comme une idiote ! Mais qu'est-ce que j'attends, à la fin ? Qu'est-ce qu'il me faut ?

— Écoute, je suis fatiguée et... je t'avoue que tu me prends un peu au dépourvu depuis hier. Il y a deux jours, tu me disais que tu ne voulais rien de sérieux, et subitement c'est tout l'inverse. Mets-toi un peu à ma place !

La mine contrite, il hoche la tête.

— Ouais..., ce n'est pas faux. Il m'arrive d'être con.

Un rire nerveux nous secoue tous les deux avant qu'il reprenne :

— Je me doute que ça prendra un peu de temps pour que... enfin... qu'on s'ajuste. Mais je suis sincère, Amy. Je veux qu'on se donne une vraie chance, tous les deux.

Il va me faire pleurer s'il continue à me sortir des phrases comme celle-là. J'inspire un bon coup, puis je hoche la tête avant de lui faire signe de se remettre à la tâche.

— Montre-moi déjà ce que tu sais faire avec cette salade !

Il sourit avant de s'exécuter. Je respire mieux lorsqu'il cesse de me regarder. Et je bois, aussi, surtout pour résister à l'envie de me jeter à son cou et de le ramener dans mon lit. Décidément, je ne suis pas assez forte pour résister à un type comme Oli !

Chapitre 113

Je m'applique dans la préparation du repas. Je dois faire mes preuves aux yeux d'Amy. Pourquoi suis-je aussi pressé que tout fonctionne entre nous, d'ailleurs ? Elle ne va pas s'envoler ! Enfin… je crois. Si ça se trouve, ce Will va essayer de la revoir. Ou bien je vais faire une boulette monumentale, et elle va me foutre à la porte. Putain ! C'est tellement compliqué de vouloir bien faire les choses… La vie était drôlement plus simple quand je me fichais de tout.

En plus, question cuisine, je ne suis pas super doué, même si j'ai mes classiques. Ma sœur m'a montré comment faire la vinaigrette, déjà, mais c'est le genre de choses pour lequel j'aime bien improviser avec des huiles et des herbes différentes, selon mon humeur. Je fais revenir le poulet dans son gras pour bien le faire rôtir. J'ajoute des tomates séchées aux feuilles de laitue et je dresse un joli plat que je décore de petits morceaux de bacon. J'y ajoute quelques bouts de pain frottés à l'ail puis grillés. Pas la salade la plus diététique du monde, mais au moins ça devrait être bon.

Amy dresse la table pendant que je finis de préparer.

— Tu as faim ? je lui demande.

— Je suis affamée, oui ! Je n'ai mangé qu'une toute petite part de pizza, ce midi !

Je souris comme un idiot en repensant à ce qu'on a partagé d'autre pendant notre pause-déjeuner, avant de me forcer à songer à autre chose – inutile d'avoir une érection aussi malvenue qu'intempestive, alors que j'ai promis qu'on passerait une soirée sans sexe.

— Ça semble délicieux ! Je suis impressionnée ! avoue Amy lorsque je la sers.

Je souris, ravi. Elle retient un gloussement de plaisir en dégustant mon poulet. Je suis assez fier de moi.

— C'est bon ! Je ne savais pas que tu savais cuisiner, dit-elle, la bouche encore pleine.

— Il a bien fallu que j'apprenne. J'habitais avec Cél, à un moment, mais elle en a eu marre de se taper la préparation de tous les repas. Et comme je ne suis pas du genre à me contenter toujours de sandwich…

Elle rit tout en continuant de dévorer son plat. Elle semble vraiment se régaler. Voilà qui fait plaisir à voir !

— Je fais une super sauce pour les spaghettis, aussi. Et mes lasagnes sont plutôt bonnes. Je te ferai goûter…

— Quant à moi, je sais cuisiner un saumon en croûte qui se défend. Tu aimes le saumon ?

— Bah… le poisson, ce n'est pas trop mon truc, mais je suis prêt à goûter.

— Ah ! OK.

Un silence passe. C'est un crime de ne pas aimer le poisson ? Elle insiste :

— Tu n'aimes aucun plat à base de poisson ? Même les sushis ?

Je grimace.

— Ben… j'en mange un peu, mais j'aime uniquement ceux qui sont cuits.

Elle se met à rire de bon cœur.

— Cuits, ce ne sont plus des sushis !

— Bien sûr que si ! Ils sont en rouleaux avec ces algues, et on fait tout tomber dès qu'on croque dedans.

Elle rit encore, et j'en profite pour la contempler. Même dans ce tee-shirt ridicule et sans le moindre maquillage, elle est belle. Simple. Rien à voir avec les filles que je séduis habituellement. Mais, pour être honnête, je n'ai vraiment connu que Marianne, les autres étaient tellement de passage que je n'ai pas pu savoir quels étaient vraiment leurs goûts et leur manière d'être…

Marianne…, son seul prénom suffit à me couper l'appétit. Dire que je suis là, avec Amy, et que je ris avec elle. Et voilà que cette culpabilité me rappelle à l'ordre !

Peut-être perçoit-elle que mon humeur s'assombrit, car elle jette d'un ton léger :

— Oh, mais tu sais, ça ne me gêne pas que tu n'aimes pas les sushis. C'est juste que Juliette et moi, on va souvent en manger, alors… tant pis ! Tu t'en commanderas des cuits.

Malgré la tristesse qui me colle soudain à la peau, je souris. Amy est adorable. Est-ce qu'elle se rend compte qu'elle vient de m'inclure dans des projets d'avenir ? Bon, pas dans de grands projets, mais quand même ! C'est déjà un début…

— Un jour, il faudra que je te parle de Marianne, je lâche soudain.

De l'autre côté de la table, Amy s'agite un peu sur sa chaise, l'air immédiatement inquiète, comme si elle appréhendait la suite.

— Je n'ai pas vraiment envie d'en parler, hein, je m'empresse d'ajouter, mais…, tu vois, quand on est comme ça, tous les deux…, forcément il arrive que je pense à elle.

Elle me dévisage en silence, et je suis obligé d'ajouter :

— Chaque fois que je suis… bien… j'ai l'impression que je n'en ai pas le droit. Parce qu'elle… Enfin… tu vois ?

Je pense que ma voix tremble un peu, mais Amy hoche la tête et traduit sans mal mon silence :

— Parce qu'elle est morte.

— Oui.

— Et que tu ne vivras jamais plus ce genre de choses avec elle, conclut-elle tristement.

Je pousse un soupir. Je pourrais lui raconter toute l'histoire, là, tout de suite, mais je préfère aller au plus court.

— Ouais. Si l'on veut…

Amy a une drôle d'expression, et j'essaie soudain de la rassurer.

— Hé ! Ne va pas croire que je porte toujours son deuil. C'est juste que… les choses sont encore compliquées dans ma tête…

C'est plus fort que moi, ma gorge se serre. Amy se lève, et ça m'angoisse. Je préférerais qu'elle reste loin de moi, ça m'aide à contenir mes émotions. Et pourtant je ne la repousse pas lorsqu'elle vient s'asseoir directement sur mes genoux pour m'étreindre. Ça me fait un bien fou de la sentir aussi près, finalement… Sans réfléchir, je la serre de toutes mes forces et j'enfouis la bouche dans son cou. Pendant quelques minutes, j'oublie Marianne et je me concentre sur Amy. Amy que j'ai retrouvée. Amy qui est là et à qui je m'accroche comme s'il s'agissait d'une bouée. Et à dire vrai… il m'arrive de croire que c'est le cas.

— Oli, je ne suis pas en compétition avec Marianne, lâche-t-elle au bout d'un interminable silence.

Des larmes coulent de mes yeux, et je ne dis rien, pour essayer de les lui cacher. Je me sens tellement lâche lorsqu'il s'agit de Marianne…

— Une partie de toi va toujours l'aimer. C'est normal.

— Oh…, Amy…, ce n'est pas ça !

J'ai hoqueté comme un imbécile. Merde ! Elle va croire que j'ai un blocage avec Marianne. Ce qui n'est peut-être pas faux, au fond…

D'un geste doux, elle me fait relever le visage vers elle. Elle me caresse les joues, essuie lentement mes larmes. J'inspire un bon coup et je lâche, comme une énorme arête restée coincée en travers de ma gorge depuis trop longtemps :

— Juste avant que… Je l'ai quittée. Et pas de la plus chouette des façons…

Amy me dévisage avec étonnement mais ne dit pas le moindre mot. Au bout de quelques instants, je trouve le courage d'ajouter :

— Tout le monde a cru que j'étais en deuil de ma petite amie, mais en réalité… elle ne l'était plus. Enfin… plus vraiment.

Devant le silence qui suit, elle chuchote :

— Cécilia ne m'a jamais dit que…

— Parce que je ne le lui ai jamais dit, je marmonne.

— Mais… pourquoi ?

Je hausse les épaules, incertain de ce qu'elle veut vraiment dire par là. Pourquoi est-ce que je ne l'ai dit à personne ? Je ne sais plus. Pourquoi est-ce que je veux bien en parler à Amy ? Qui sait ? Elle me force à sortir de ma zone de confort, cette fille…

— Après l'accident… il y avait tellement de peine et de choses à gérer, si tu savais. Et à vingt minutes près elle aurait encore été ma petite amie… (Ma voix se brise.) J'ai cru que c'était ma faute…

Amy pince les lèvres et réfute aussitôt :

— C'était un accident !

— C'est vrai, et alors ? Je venais de lui briser le cœur ! Je lui ai jeté des saletés à la tête pour qu'elle arrête de m'aimer ! Je voulais qu'on se sépare, oui, mais… je ne voulais pas qu'elle meure ! Et tout d'un coup j'avais la peine de tout le monde à gérer. Comme si je n'avais pas assez de la mienne !

— Oli !

Je secoue la tête, la poitrine comprimée par le chagrin.

— Tu n'aurais jamais dû garder ça pour toi. Les gens auraient compris !

— Ils auraient compris quoi ? Que j'étais le plus grand des salauds ? Je le sais déjà ! Tu sais ce que m'a dit sa mère en me voyant ? « Au moins, elle était avec toi. » Putain de merde ! Comment voulais-tu que je lui dise la vérité ? Je ne pouvais même plus me regarder dans un miroir !

J'essaie de détourner la tête, mais Amy m'en empêche en posant les mains sur mes tempes.

— Oli…, tu dois arrêter de te sentir coupable.

— Je ne peux pas, je souffle. Même si je ne voulais plus être avec Marianne, je l'aimais quand même… Pas comme elle voulait, mais…

— Je comprends…

— Non tu ne peux pas comprendre ! Cette fille est arrivée à franchir une grosse barrière. Et c'était un véritable exploit, tu sais ? Avant elle, il y avait… tellement de murs autour de moi. Ce n'est pas sa mort qui m'a fait m'enfermer dans une carapace… J'étais comme ça avant qu'elle entre dans ma vie, tu sais.

Amy hoche simplement la tête. Nerveux, j'ajoute :

— Toi aussi, tu as franchi ces murs…, je ne sais pas exactement comment tu as fait, mais…

— Chut, m'interrompt-elle.

Elle pose rapidement la bouche sur la mienne, en un baiser furtif, puis elle se redresse pour secouer la tête.

— Tu n'es pas obligé de me dire ça.

Il y a de la peur dans son regard, et cela me donne le courage d'insister :

— Amy, je veux le dire. Non, en fait : j'ai besoin de te le dire. Besoin que tu comprennes à quel point ça compte, pour moi, ce qui se passe entre nous.

Elle ferme les yeux et vient appuyer le front contre le mien.

— C'est trop rapide, Oli. Je veux que ça reste… léger, sans prise de tête…

— Je sais. C'est ma faute, mais il faut me pardonner. C'est parce que je n'ai aucun repère dans les histoires de couple. C'est… complètement nouveau pour moi.

Elle se met à rire contre moi, mais, quand elle se redresse pour que nos regards se croisent, le sien paraît brouillé.

— En fait, je voulais te raconter tout ça, hier, je lui avoue encore. Je ne voulais surtout pas attendre plus longtemps, parce que c'est ce que j'ai fait, après la mort de Marianne, et finalement… je n'ai jamais rien dit à personne.

Elle fronce les sourcils.

— Vraiment personne ?

— Non, je te l'ai dit. J'ai attendu, et puis… je me suis dit que c'était plus simple de tout garder pour moi.

Je m'attends à ce qu'elle me remercie de lui avoir parlé de quelque chose d'aussi personnel, mais elle me fiche simplement un coup sur l'épaule.

— Bordel, Oli ! Comment veux-tu passer au travers d'une épreuve si tu ne dis rien !

Surpris par sa colère, je m'empresse de me justifier :

— Hé ! Ce n'est pas comme si je pouvais ramener Marianne en ouvrant la bouche ! Et le fait est que… je l'aimais beaucoup. Pas autant que j'aurais dû, c'est vrai, mais je ne voulais pas qu'on m'empêche de pleurer sa mort… ou de ressentir…

— Quoi ? Toute cette culpabilité ? Mais à quoi elle te sert ? Tu peux me le dire ?

Je n'en sais rien. À ruminer sur mon sort. À essayer de garder la tête froide quand une femme comme Amy chamboule toute mon existence.

— Ça m'aide à garder certains murs autour de moi, je lâche finalement.

Toute la colère d'Amy semble retomber d'un coup. Sans un mot, elle vient reprendre ma bouche. Je la serre très fort contre moi. Voilà un contact qui me fait un bien fou. Une présence. Un espoir. Amy. Et c'est tout ce dont j'ai besoin, en ce moment…

Lorsque son corps se met à se frotter contre le mien, je songe à la soulever et à la porter jusque dans sa chambre, puis je me rappelle ma promesse. Pas de sexe, ce soir. Je veux qu'Amy sache qu'on peut être ensemble autrement. Contenant ma fougue, je la repousse doucement et je gronde :

— Non. On a dit qu'on serait sages, ce soir…

Amy éclate de rire et pose un regard de feu sur moi :

— Parce que tu étais sérieux ? se moque-t-elle.

— Oui.

J'insiste en hochant la tête. J'espère qu'elle va m'aider sur ce coup, car, si elle continue, je doute de pouvoir lui résister très longtemps…

— En plus… euh… j'ai besoin d'une douche, j'ajoute, heureux de trouver un prétexte immédiat pour la repousser.

— Oh… d'accord !

Dès qu'elle se retire de mes cuisses, je sens à quel point je suis à l'étroit dans mon pantalon. Tant pis. Je peux le faire.

Je vais le faire.

Chapitre 114

Pendant que je suis sous la douche, j'entends Amy qui débarrasse et qui allume la télé. Je me savonne en réfléchissant à tout ce que je lui ai avoué. Ce n'est pas ainsi que j'avais prévu de lui parler de Marianne. J'aurais peut-être dû en parler avec Jack, avant. Il m'a laissé un message, ce week-end, mais comme j'étais dans tous mes états à cause d'Amy je ne l'ai pas rappelé. C'est peut-être le moment de lui offrir une bière, tiens…

J'expire longuement en essayant de faire le tri dans mes pensées. Je veux faire les choses correctement avec Amy, mais j'ignore comment procéder. Je ne connais rien aux relations de couple et, de toute évidence, je fais tout trop rapidement. Qu'est-ce que ça signifie ? Pour une fois que je me décide à vouloir quelque chose de différent, pourquoi est-ce que je devrais prendre mon temps ?

Pour me calmer, je fais mousser le savon dans mes mains et m'écarte légèrement du jet d'eau chaude pour me caresser. Je rêve qu'Amy vient me rejoindre et qu'elle me laisse jouer avec son corps, qu'elle halète et qu'elle me mord la lèvre… Je fais jaillir des souvenirs de notre première fois…, de celle où je l'ai fait jouir ici, dans cette douche et qu'elle m'a branlé en me suçant les doigts. Au bord de la jouissance, je serre les dents et reviens sous le jet au moment où je me répands, les jambes tremblantes. Je reste un moment immobile et savoure le calme qui revient dans mon esprit.

Quand je sors de la salle de bains, avec un simple caleçon pour tout vêtement, je m'arrête sur le seuil du salon. Amy est recroquevillée sur le canapé, endormie, un bras replié sous la tête. Je sens quelque chose qui se serre au niveau de mon ventre. Elle paraît tellement fragile, ce soir…

Sur un coup de tête, je vais récupérer mon sac et mon carnet de dessins, puis je reviens m'installer sur la table basse pour bien la voir. J'ai envie de capturer son image. Si elle était nue, ce serait probablement mieux, mais je ne sais pas si j'aurais réussi à la dessiner au lieu de venir poser la bouche sur cette peau magnifique.

Au bout d'une hésitation, je me décide à tracer les contours de son visage. Quand Amy change de position, s'étalant de tout son long, je tourne la page et je recommence, heureux de la voir aussi détendue. Ses jambes sont longues, et je n'hésite pas à les reproduire en m'assurant d'en capturer toute la finesse. Mon trait reste flou, je représente plus la position et l'abandon que les détails de son corps. Je me demande si Amy accepterait d'être mon modèle, de temps en temps. Je me concentre sur son visage… et sur ses lèvres.

Je ne sais plus combien de dessins je fais, mais je commence à avoir mal aux fesses, sur cette table. Je dépose mon carnet et me décide enfin à venir prendre Amy dans mes bras. Autant la ramener dans son lit. Elle aura un torticolis si elle reste là.

Dès que je la soulève, Amy cherche une position confortable, puis entrouvre les yeux.

— Je me suis endormie, marmonne-t-elle, la voix lasse.

— Ce n'est pas grave. Chut…, rendors-toi…

Elle noue les bras autour de mon cou et cale la tête contre ma poitrine. Je la porte, la dépose sur son lit puis tire sur les couvertures pour venir la border. Dès que je me redresse, elle s'accroche à mon avant-bras.

— Tu dors avec moi ?

— Oui. Je vais juste aller éteindre partout.

Je repars en direction du salon et prends mon carnet au passage. Quand je reviens, Amy semble s'être rendormie, alors je m'installe près d'elle, sur le rebord du lit et l'observe, non sans songer à refaire son portrait, au moins jusqu'à ce que le sommeil me gagne… Lorsqu'elle rouvre les yeux et me cherche du regard, elle marmonne :

— Tu ne te couches pas ?

— Euh… si. D'accord.

Possible que la lumière l'empêche de se rendormir. Tant pis. Je dépose mon carnet sur le sol et j'éteins avant de m'étendre à ses côtés. C'est bizarre de partager l'intimité de quelqu'un, comme ça, et je reste raide de mon côté du matelas avant qu'Amy se glisse contre moi et m'enserre tout naturellement. Sa tête cherche un appui au creux de mon épaule, et on se retrouve à s'étreindre en silence. Au bout d'un moment et alors que je la crois endormie, Amy se met à me caresser légèrement le torse, puis elle vient embrasser le côté de mon menton.

— Merci de m'avoir parlé de Marianne, chuchote-t-elle soudain. Je sais que ça ne doit pas être évident pour toi.

Je ne sais pas quoi répondre, alors je ne dis rien, et elle reprend soudain.

— Tu sais, quand Will m'a embrassée…, même si c'était parfait : le coucher de soleil, le vin…

C'est plus fort que moi, je me raidis à cette évocation.

— La seule chose à laquelle j'ai pensé pendant son baiser, c'est que… ç'aurait été parfait si… ça avait été toi.

Je lui fais lever le menton pour pouvoir la regarder dans les yeux. Et je lui promets :

— On fera ça aussi, si tu veux. Coucher de soleil, vin, peu importe…, tu n'as qu'à demander !

Amy rit doucement, puis me caresse la joue de sa main chaude.

— Oli, je me fiche bien de la mise en scène. Enfin… je ne vais pas te mentir, hier encore, je pensais que ça comptait, mais…, tu vois…, je préfère être ici, avec toi, que dans un décor romantique avec Will.

Ses mots me touchent, et je la ramène vers moi pour l'embrasser, surtout pour éviter qu'elle ne voie mon émotion. Sous mes lèvres, elle se remet à rire, puis me repousse avant de se redresser partiellement sur un coude, pour me surplomber.

— Je ne suis pas encore prête à te faire confiance, mais c'est vrai qu'il y a… ce truc entre nous.

— Oui, je confirme en hochant la tête.

— Et je t'avoue que… j'ai très envie de vivre cette aventure avec toi.

Elle rougit, gênée de me faire cet aveu.

— Moi aussi, dis-je simplement.

— Je ne veux pas de promesses, Oli. Je n'en ai pas besoin.

Même si ses paroles m'étonnent, je bredouille :

— Euh… OK.

— On verra bien où tout ça nous mènera. Et tant pis si ça me coûte un autre travail, au final.

Je fronce les sourcils et dépose un baiser rapide sur ses lèvres.

— Tu ne perdras pas ton travail. Tu es trop douée. Starlight a besoin de gens comme toi.

Elle fait mine de sourire, mais je vois bien qu'elle ne me croit pas. Tant pis. Je trouverai comment la convaincre ! Lorsqu'elle m'embrasse de nouveau, je reviens glisser les doigts dans ses cheveux, qui tombent tout autour de mon visage. Amy lâche puis reprend ma bouche, se met à m'embrasser avec plus de fougue. À travers son tee-shirt, je sens la pointe de ses seins durcie frotter contre mon torse. Putain ! Comment je suis censé rester sage quand elle me fait des choses pareilles ? Lorsqu'elle redresse la tête pour plonger un regard de feu dans le mien, elle halète :

— Tu étais vraiment sérieux pour une soirée sans sexe ?

— Hé bien…, oui…

Ses doigts descendent à la frontière de mon caleçon. Je ferme les yeux en retenant ma respiration qui s'emballe. Pourquoi suis-je aussi nerveux ? Probablement parce que, même si je me suis branlé sous la douche, je suis plus dur que jamais lorsque la caresse d'Amy me frôle le bout du sexe. Lorsqu'elle remarque mon érection, elle rit doucement :

— Je crois que ton corps n'est pas vraiment d'accord avec tes bonnes résolutions…

— Probablement pas, non, je lui accorde un peu vite, mais on n'est pas obligés de…

Amy me fait taire d'un baiser, avant de me mordiller la lèvre. Je gronde de plaisir, puis un râle s'échappe de ma bouche lorsqu'elle enroule les doigts autour de moi et commence à me branler. Je la laisse repousser totalement mon caleçon pour laisser jaillir mon érection à l'air libre.

— Grimpe sur moi, dis-je simplement.

Amy rit, puis ses cheveux tombent sur mon ventre, et je sens sa bouche qui vient déposer un petit baiser sur mon gland. Ma queue pulse vers elle, et je me raidis sur le matelas lorsqu'elle m'enveloppe de ses lèvres.

— Oh… putain ! je marmonne en baissant les yeux sur elle.

Elle me relâche avec un petit gloussement avant de me demander avec effronterie.

— Tu veux vraiment que je vienne sur toi ? Maintenant ?

— Je… non, tu… fais comme tu veux…

Un autre rire résonne avant qu'elle me reprenne dans sa bouche. Mon corps se tend, puis s'abandonne pendant qu'elle me suce doucement. Quand j'arrive à garder les yeux ouverts, je laisse ma main venir lui caresser la tête, puis la joue.

— Oh…, Amy…, tu es… géniale !

Je suis heureux de m'être touché sous la douche. Je sens que je pourrai tenir un peu plus longtemps que la dernière fois ! Et pourtant, lorsqu'elle accélère un peu le rythme, je n'en suis déjà plus aussi certain. Je gémis en crispant les doigts dans ses cheveux, puis je gronde, déterminé à garder un peu de contrôle dans cette étreinte :

— Viens sur moi !

Tout s'arrête, puis je sens qu'Amy remonte et vient s'empaler sur ma queue en repoussant son boxer sans chercher à le retirer. Elle est pressée. Moi aussi. Sa chevauchée est rapide. Je profite de ma position pour lui empoigner les fesses et l'accompagner dans ses mouvements. Sans me quitter des yeux, elle fait valser son tee-shirt, et je reste un moment les yeux rivés sur cette poitrine qui rebondit de plus en plus vite. Dans un grognement, je lui écarte les fesses et m'enfonce en elle aussi profondément que possible, tandis qu'elle se met à pousser de petits cris qui me rendent fou.

— Oui ! Oui !

Je refuse de jouir avant qu'Amy me cède. Je veux la combler. Sans coucher de soleil, sans mise en scène romantique, juste la perfection dans ce lien que je sens entre nous.

Quand ses ongles s'accrochent à mes épaules, je jubile, d'autant plus qu'elle se cambre et que ses coups de bassin deviennent dictés par un besoin qui n'a plus rien de contrôlable. D'un geste brusque, je la bascule dos contre le matelas et me retire avant de ne plus en avoir la force. Je glisse la bouche entre ses cuisses et me jette sur son sexe en feu.

— Oh, Oli !

Mon nom se perd dans un chant langoureux. Je la sens sur le point d'exploser, et, à dire vrai, il ne m'en faudrait pas beaucoup non plus. Je griffe l'intérieur de ses cuisses pendant qu'elle se tortille sur le matelas. Son clitoris gonfle contre ma langue pendant qu'un cri résonne dans la chambre. Quand elle se détend, je remonte pour venir replonger dans ce sexe plus qu'accueillant. Dès que je suis tout en elle, Amy se cambre et attire ma tête contre la sienne pour me dévorer la bouche. Je perds le souffle, puis je me laisse porter par les spasmes qui font vibrer mon bas-ventre. Je gémis contre ses lèvres, soulève son bassin pour qu'elle me prenne en entier, pressentant la chute qui s'amène.

— Amy… Amy…

J'oublie tout quand je cède, inondant ce ventre, ce territoire que j'ai tellement envie de posséder. Je reste là, immobile, entièrement enfoncé en elle, étonnamment comblé. Amy soupire, puis se serre contre moi lorsque je me laisse tomber à ses côtés. Elle vient reposer la tête au creux de mon épaule et la jambe sur mes cuisses. Et elle s'endort, comme ça, sans le moindre mot. Et moi je prends le temps de contempler ce visage d'ange, cette poitrine qui se soulève à cadence régulière. Je me tortille discrètement pour récupérer le drap. Je le remonte sur nos corps, comme pour former une barrière entre nous et ce monde, puis je m'endors à mon tour, apaisé.

Chapitre 115

Je me lève avant Oli, prends quelques minutes pour le regarder dormir, émue de le voir là, dans mon lit, puis je file à la douche. Je prépare du café avant de venir le réveiller. Il sourit, me demande si j'ai bien dormi, m'embrasse sur la bouche…

J'ai l'impression de rêver.

Ben ne passait jamais la nuit avec moi vu qu'il était marié. Ce genre de scène, c'est totalement nouveau pour moi. Surtout qu'Oli agit comme s'il avait toujours habité ici. Avec moi. Dire que ce n'est que la deuxième nuit que nous passons ensemble…

Nous nous pressons pour manger. Ce matin, nous recevons trois candidats en entretien, puis Oli doit partir pour visiter un chantier dont s'occupait Marco.

Pendant que je l'attends, je sors la feuille de questions que j'ai préparée, comme me l'avait suggéré le chasseur de têtes. Quand Olivier entre dans mon bureau, je le dévisage, surprise. Il a dû repasser chez lui, car il porte à présent un complet noir avec une chemise blanche à col Mao. Je le contemple, la bouche ouverte.

— Qu'est-ce qu'il y a ? s'inquiète-t-il. On fait passer des entretiens. Il faut que j'aie l'air respectable, non ?

Je ris et hoche la tête, inexplicablement ravie. Est-ce que c'est vraiment cet homme qui a dormi dans mon lit, hier soir ? Là, tout de suite, je sais ce que je ferais si nous étions ailleurs que dans ce bureau…

— Tu es tellement sexy, je lui avoue.

Il sourit et caresse son veston du revers de la main.

— C'est vrai ? Ça te plaît ?

— Hum hum.

— Alors tu permets que je t'embrasse ? demande-t-il en venant se planter devant moi.

Je n'attends pas qu'il réitère sa demande, je me jette à son cou et prends possession de sa bouche. Il y répond aussitôt, caressant le bas de mon dos avec fermeté. Je me mets à glousser contre ses lèvres. La porte du bureau est ouverte. N'importe qui pourrait nous voir. J'adore ça !

Quand il s'éloigne de moi, je reste un moment à le fixer avec envie, et il me gronde aussitôt :

— Arrête. On a plein de boulot.

— Je sais. Mais quand tu es habillé comme ça, je ne te dis pas à quoi je pense.

— Avec ces yeux-là, je sais très pertinemment à quoi tu penses ! soupire-t-il en allant s'installer derrière le bureau. Mais on verra ça plus tard. Je ne veux surtout pas accueillir les candidats avec une érection bien voyante. Tu imagines un peu ?

Je glousse encore. Ça, c'est le Oli que je connais : franc, direct... et tout à fait charmant.

Je contacte Clara et lui demande de faire entrer le premier candidat. Olivier se lève, se présente, agit comme un véritable patron. Il mène l'entretien à partir des questions que je lui ai fournies, mais, dès qu'on aborde la partie plus technique de ses spectacles, c'est là qu'il m'impressionne le plus : Oli connaît toutes les façons de faire, et pratiquement tout le monde dans le milieu. À croire qu'il a vu tous les spectacles d'envergure, ces dernières années. Je me sens complètement à côté de la plaque. Et pourtant je note scrupuleusement tout ce qui se dit et mes impressions sur chacun des candidats.

Lorsque nous en avons enfin fini, Olivier pivote vers moi et sourit.

— Eh bien..., c'étaient trois techniciens très intéressants.

— Oui.

— Charles avait plus d'expérience, c'était évident dans ses réponses, tu ne trouves pas ?

Je hoche la tête.

— En effet, mais je l'ai trouvé un peu froid. Alors que Gilbert était… disons… un peu plus comme Marco ?

Oli rit doucement.

— Oui. Plus chaleureux. Plus âgé, aussi. On devrait les embaucher tous les deux. Ils seraient sûrement complémentaires.

— Tu ne veux pas faire passer une deuxième vague d'entretiens ?

— On n'a pas le temps. Et ils me paraissent bien. On n'a qu'à les prendre à l'essai. Au bout de dix ou quinze jours, on verra bien s'ils conviennent.

— D'accord, dis-je en écrivant leurs noms sur mon carnet.

Olivier jette un coup d'œil à l'heure, puis se lève de sa chaise.

— Avec tout ça, je vais devoir manger un sandwich en quatrième vitesse avant de me rendre à mon prochain rendez-vous. (Il se penche vers moi et me vole un baiser rapide.) J'aurais préféré qu'on ait le temps de rentrer chez toi pour… manger…, me chuchote-t-il.

Je glousse et fais mine de le gronder du regard, mais il se redresse déjà. Sur le point de sortir du bureau, il pivote dans ma direction :

— Tu me raccompagnes à l'entrée ?

Je bondis sur mes jambes et le suis aussitôt, mon carnet de notes à la main. Il a peut-être des consignes à me donner avant de partir. Lorsque nous arrivons devant le bureau de la réception où se trouve Clara, elle se raidit sur sa chaise et demande, d'une voix mielleuse :

— Ça a été, les entretiens ?

— Très bien, confirme Oli. D'ailleurs, tu seras gentille de remettre à Amy les formulaires que les trois techniciens ont remplis en arrivant.

— Bien sûr. Les voilà.

Elle me tend une chemise, et c'est à peine si elle m'accorde le moindre regard, trop occupée qu'elle est à dévorer Olivier des yeux.

— Autre chose, Olivier ? insiste-t-elle.

— Non. C'est tout. (Il pivote vers moi.) On se voit ce soir ? demande-t-il sans hésiter.

— Oh, eh bien…, si tu veux, je bredouille, gênée qu'il me pose la question devant Clara.

— Je ne sais pas à quelle heure je termine. J'aimerais passer voir Marco avant de rentrer, ajoute-t-il simplement.

— D'accord. Tu n'as qu'à me téléphoner.

Pourquoi est-ce que je me sens rougir ainsi… ?

— Tu as la clé de chez moi. Tu n'as qu'à t'y rendre et m'y attendre. Ça te va ?

— Oui. OK.

Soudain, il se penche vers moi et m'embrasse. Assez longtemps pour que je sente le regard de Clara sur nous. Quand il se détache de moi, il ajoute, sur un ton taquin :

— Ah ! Et c'est à ton tour de cuisiner ! Surprends-moi !

Alors qu'il me laisse là, surprise et complètement sous le charme, il s'éloigne avec un rire. Quand j'ose enfin regarder du côté de la réceptionniste, elle me fixe, la bouche ouverte.

— Bon, je… j'ai du travail.

J'ai l'impression de flotter pendant que je marche en direction de mon bureau. Oli vient de m'embrasser en public. Il vient de confirmer à Clara que nous étions ensemble. Cette fois, tout le monde finira par le savoir ! Ce n'est plus un amour caché, et je me retrouve, seule dans mon bureau, à sourire bêtement dans le vide.

Chapitre 116

Chaque fois que j'entre dans un hôpital, c'est plus fort que moi : je retiens ma respiration, et cette fois-là ne fait pas exception. Je dois voir Marco. Pourtant, je n'ai rien à lui dire de particulier, sinon qu'il peut dormir tranquille, que je m'occupe de tout. Enfin… qu'Amy et moi, on s'occupe de tout. C'est fou comme on est complémentaires, elle et moi. Même pour de toutes petites choses sans importance. Elle me donne envie de me dépasser, de sortir de cette fichue bulle que j'ai construite autour de moi. Elle change tout.

Quand j'arrive dans la chambre de Marco, ma sœur est là, assise dans le fauteuil pour les invités. Elle se lève pour m'accueillir – son ventre me semble énorme ! – puis elle m'embrasse sur la joue avant de caresser mon veston du plat de la main.

— Salut, toi. Qu'est-ce que tu es chic, aujourd'hui ! Il y a une raison ?

— Amy et moi, on faisait passer des entretiens, ce matin.

— Oh ! Pour de nouveaux techniciens ? Et alors ?

— On va en prendre deux à l'essai, je lui annonce fièrement.

— Ça, c'est une nouvelle ! Tu as entendu, Marco ? rigole-t-elle. Tu peux prendre six mois de congé, maintenant. On a des nouveaux techs !

— Hé ! Ne va pas me remplacer trop vite, toi ! proteste-t-il sur un ton de rigolade qui sonne faux.

Sa voix est faible, mais c'est toujours lui. Je m'approche et m'empresse de le rassurer :

— Il y aura toujours une place pour toi chez Starlight, Marco, mais tu dois d'abord penser à ta santé.

— Ça, c'est bien dit, renchérit ma sœur. Sinon, il aura affaire à moi !

Elle rit, et je me demande comment elle arrive à rester aussi positive. Moi, même si Marco va bien, j'ai toujours un fichu nœud dans l'estomac à le voir là, dans ce lit d'hôpital.

— Et Amy ? Comment elle s'en sort ? me questionne Cél.

Je souris comme un imbécile.

— Elle s'en sort bien. Elle m'aide énormément.

Je n'ai que des compliments à faire sur cette fille. Elle est partout dans ma tête… et elle m'attend dans mon appartement. À cette idée, je jubile.

— C'est bien. Je suis contente que tu aies quelqu'un de fiable à tes côtés. Parce que sans Marco elle va probablement devoir récupérer une partie de la paperasse.

— Ne t'en fais pas. Elle gère. On forme une super équipe, elle et moi.

— Oui…, on dirait bien. Tout compte fait, tu me dois une fière chandelle de l'avoir engagée…

— Ouais…

Elle me scrute avec intérêt, et, pour une fois dans ma vie, je ne sais plus où me mettre.

— Alors… ça va bien, entre vous ? me questionne-t-elle franchement.

— Oui, je répète. Tout va bien.

Au lieu de poursuivre son interrogatoire, ma sœur reporte son attention sur Marco.

— Tu sais qu'il est tombé sous le charme d'Amy ?

Marco écarquille les yeux. Est-ce qu'il n'a vraiment rien remarqué, à Vegas ?

— Toi ? Amoureux ? répète-t-il.

— Bah… disons que… on est ensemble.

Il sourit plus franchement et hoche la tête.

— C'est bien. Je suis content. C'est une chouette fille. (Il s'adresse soudain à ma sœur.) J'ai bien vu qu'il la reluquait, à Vegas, mais j'étais sûr qu'elle n'était pas intéressée.

Toujours près de moi, elle me tapote l'épaule avec un sourire ému.

— Eh bien…, on dirait que mon frère fait son retour dans la vie réelle. Espérons qu'il ne fasse pas tout foirer…

Avec un ton plus solennel que je ne le voudrais, je rétorque :

— Ne t'en fais pas. Je fais tout ce qu'il faut. Au travail et… avec Amy.

— Ça fait du bien de te voir prendre ta vie en main, dit-elle encore.

— Oui. Je me sens soulagé, moi aussi, je lui avoue.

Pour une fois, je n'ai pas l'impression d'être simple spectateur de ma propre existence. Je ne suis pas là, à attendre que l'inévitable se produise. À boire pour oublier le vide de ma vie. Pour essayer d'étouffer ma culpabilité. Non. Cette fois, j'agis. Et je change les choses. Pour Starlight mais également avec Amy.

Pour une fois, je veux que ce soit du solide. Quelque chose qui reste, dans le temps.

Chapitre 117

Il est tard quand je rentre chez moi. J'envoie un texto à Amy pour la prévenir que je suis en route. Je n'aime pas conduire, encore moins le soir, mais je ne peux plus exiger d'Amy qu'elle joue les chauffeurs, avec tout le travail qu'elle a en plus. Et je suis capable de m'occuper de moi, à présent.

Une fois arrivé, je me fige de surprise. La lumière est tamisée, et il y a quelques chandelles sur la table, ainsi que des bouchées disposées sur des assiettes qui me rappellent combien j'ai faim. Amy fait son entrée, vêtue d'une petite nuisette légère. Je déglutis pendant qu'elle s'approche de moi, et je reste immobile tandis qu'elle m'aide à retirer mon veston.

— Vraiment, je trouve que cet ensemble te donne un charme fou, chuchote-t-elle. Tu as faim ?

— Je suis affamé, mais pas que de nourriture, je lui avoue.

Elle glousse. Ses doigts défont les boutons de ma chemise, l'ouvrent, puis elle se penche pour m'embrasser le torse. Mon appétit vient définitivement se concentrer dans la partie basse de mon anatomie. Lorsque je fais un geste pour relever sa nuisette, Amy me rappelle à l'ordre du regard tandis qu'elle s'attaque à ma braguette.

— Non… Ce soir, c'est moi qui m'occupe de toi, chuchote-t-elle.

Mon pantalon chute sur le sol. Elle sourit en effleurant mon érection, et je ferme les yeux lorsqu'elle se laisse tomber à mes genoux. Je lâche une plainte quand ma queue se retrouve entre ses lèvres. Est-ce que c'est vraiment ma tenue qui l'a excitée à ce point ? Parce que je suis prêt à porter des costumes tous les jours, dans ce cas !

— Je ne sais pas… ce que j'ai fait pour mériter ça, mais… Oh !

Sa bouche me rend fou, surtout quand elle m'empoigne les fesses et qu'elle me pousse vers sa gorge. Un nouveau râle m'échappe. Dans cette position, je n'ose surtout pas la regarder. Je perdrais la tête trop vite, et une chose est sûre : je n'ai pas envie que tout s'arrête tout de suite.

— Je suis au paradis, je marmonne.

Son rire vibre autour de moi, avant qu'elle reprenne sa fellation avec plus de fougue. Elle veut vraiment me tuer ! Lorsqu'elle me griffe doucement les fesses, je gémis et viens glisser la main dans ses cheveux. Je me sens gonfler dans sa bouche, puis j'explose avec un cri rauque qui résonne dans toute ma cuisine. Je mets un moment à recouvrer mes esprits, puis je me laisse tomber à genoux devant elle. Sans un mot, j'emprisonne son visage entre mes mains et je l'embrasse si fougueusement que je dois la retenir contre moi pour éviter qu'elle ne bascule vers l'arrière.

— Je crois que je vais mettre des costumes tous les jours.

Elle rit, puis s'étend sur le sol, remonte sa nuisette pour me montrer qu'elle est complètement nue en dessous, écartant les cuisses devant moi.

— J'ai envie de ta bouche…, avoue-t-elle.

Je souris avant de lui obéir, la léchant avec un plaisir fou, poussant les doigts en elle à défaut de pouvoir la prendre. Son corps est un havre de paix. Il m'apaise. Sans surprise, Amy se tortille sur le sol, soulève son bassin et halète au rythme des caresses que je lui prodigue. Je la fais languir, puis me redresse pour mieux la voir.

— Encore, me supplie-t-elle.

— Touche-toi pendant que je te lèche, je lui ordonne d'une voix rauque.

Par-dessus le tissu fin, Amy se met à se caresser les seins, puis l'une de ses mains descend entre ses cuisses. Ça, c'est un spectacle dont je ne me lasse pas. Elle se masturbe, comme ça, avec une confiance totale. J'attends un peu en la contemplant, puis je viens glisser la langue entre ses doigts.

— Oh, bordel… Oli !

Il ne lui en faut pas beaucoup plus pour chuter dans l'orgasme. J'adore le cri qui sort de sa bouche. Quand je quitte ses cuisses et que je remonte vers elle, je lui mordille les seins au travers de sa nuisette. Amy m'empoigne par les cheveux et me tire à elle pour m'embrasser.

— Est-ce que tu sais que tu es le premier à me faire jouir avec ta bouche ?

C'est ridicule, mais pendant une bonne minute je me sens fier comme un paon.

— C'est parce que tu n'as eu que des incapables avant moi, je clame fièrement.

Elle secoue la tête, incrédule devant mon assurance.

— Quoi ? Je n'ai pas le droit d'être content ? Les compliments de ta part, c'est plutôt rare, tu ne peux pas dire l'inverse !

Elle se redresse, me jetant avec affection :

— Allez, viens manger, petit con.

Je me lève, repousse mon pantalon et le laisse sur le sol pour avoir plus de liberté de mouvement, puis viens me poster derrière elle. Je me frotte contre ses fesses.

— Tu me rends heureux, dis-je simplement.

— Parce que je te suce ? raille-t-elle.

— Parce que tu es là, chez moi, et que c'est agréable d'avoir quelqu'un à rejoindre ici après le boulot.

Elle se détend, et son corps commence à suivre mes mouvements de hanches lascifs.

— Qu'est-ce que j'ai fait pour mériter une femme comme toi ? Je suis un petit con, tu l'as dit toi-même, et pourtant… tu es là…

Elle glousse et porte un petit four à ses lèvres. Puis elle pivote et vient en porter un à ma bouche. Je le mange sans la quitter des yeux. Elle est belle. J'ai encore envie de la dessiner.

— Tu m'as embrassée devant Clara, dit-elle au bout d'un petit silence.

Je retrouve le souvenir en question et confirme d'un hochement de tête.

— Et alors ?

— Alors rien. Ça m'a fait plaisir, admet-elle en rougissant un peu.

Tout fait sens dans mon esprit. Amy était avec Ben. Un homme marié, un homme qui devait probablement ne l'embrasser qu'en cachette. Quel imbécile, celui-là !

— Je t'embrasserais à la télé si je le pouvais, dis-je simplement. Pour que tout le monde sache que tu es ma petite amie.

Elle dépose un baiser furtif sur le bout de mon menton avant de hocher la tête.

— Ouais…, je crois qu'on peut dire que je suis ta petite amie.

Chapitre 118

On regarde un film à la télévision en mangeant les bouchées qu'Amy a fait réchauffer. Je suis en boxer, les pieds sur la table basse, à boire une bière. À trois centimètres de moi, Amy est dans le même genre de position. Parfois, elle vient récupérer une petite quiche dans le plat que j'ai posé sur mes cuisses. Elle boit à même la bouteille et rigole aux répliques absurdes du personnage principal. Ses cheveux un peu défaits, sans maquillage… Elle ne cherche même pas à me séduire. Et pourtant je suis totalement sous son charme.

Lorsqu'elle rit de nouveau, elle tourne la tête vers moi, probablement parce que je ne réagis plus, tout occupé que je suis à la contempler. Elle me sourit et propose :

— Tu veux qu'on regarde autre chose ?

— Non. Je te regarde, toi, et ça me suffit.

Elle rit, visiblement gênée, mais je ne peux m'empêcher d'ajouter :

— Tu es absolument parfaite.

Cette fois, elle éclate de rire et me pousse d'une main.

— Idiot ! Tu dis ça uniquement parce que je t'ai fait jouir dans ma bouche.

Je me penche pour déposer ma bière et le plat, dont il ne reste plus grand-chose, puis je tire sur le bras d'Amy pour la ramener contre moi. Tant pis pour le film. Je l'embrasse, heureux de la sentir aussi réceptive. Elle aurait pu exiger de voir la fin du film, mais non. Dès que je reprends mon souffle, elle revient vers ma bouche, encore et encore, enflammant mon corps avec beaucoup trop de facilité. Lorsqu'elle grimpe sur moi et qu'elle retire sa nuisette en me fixant droit dans les yeux, je répète, complètement sous le charme de son indécence :

— Oui. Absolument parfaite.

Elle glousse avant de libérer mon érection et de commencer à me caresser. Je pousse un soupir de bien-être. Lorsqu'elle s'empale sur moi, j'ai l'impression de rêver. Elle se met à me chevaucher, et je contemple cette fée qui s'active sur moi en se mettant à gémir. J'empoigne ses fesses, j'embrasse ses seins, je me gave de ses râles qui résonnent de plus en plus.

— Oh…, Oli ! me supplie-t-elle.

Je soulève brusquement le bassin, me plongeant complètement en elle. Amy se cambre dans un cri :

— Oui !

J'adore la sentir aussi fébrile et je recommence. Elle s'impatiente, donnant des coups de hanches de plus en plus précis. Je n'arrive plus à retenir le tourbillon qui me noue le ventre. Je serre ses fesses entre mes doigts, j'accélère encore. Amy lâche un cri étouffé, puis vient me dévorer la bouche en se raidissant sur moi. Elle perd la tête d'un coup et cesse brusquement de se mouvoir une fois que la vague de jouissance l'a balayée. Je reprends mes coups de reins, pas longtemps, juste assez pour la rejoindre dans cet état comateux. Elle me mordille lascivement la lèvre pendant que je me mets à gémir, et je retiens son corps contre le mien lorsque j'éjacule, tout au fond d'elle. C'est tellement… parfait. C'est bien la première fois que je me sens lié à une femme de cette façon. On dirait qu'on ne fait qu'un, que son corps n'est qu'une extension du mien.

Quand Amy relève la tête et que son regard croise le mien, je soupire et dis encore :

— Tu es vraiment parfaite.

Amy sourit, et pendant un instant je pense qu'elle va se moquer de moi et de mes phrases ridicules. Mais elle revient simplement m'enlacer de ses bras. C'est doux. Long. Paisible.

Nous reprenons notre souffle ainsi, nos corps serrés l'un contre l'autre, toujours imbriqués. Je suis bien. Je crois que je n'ai jamais été aussi heureux de toute ma vie.

Chapitre 119

C'est la lumière qui me réveille. Lorsque j'ouvre les yeux, je reconnais l'endroit : je suis chez Olivier. Dans son lit. Et ce n'est définitivement pas le matin, parce que la chambre est presque entièrement plongée dans l'obscurité. Presque. Je me redresse et j'aperçois Oli, assis, en train de dessiner.

— Tu ne dors pas ? je marmonne, tout endormie.

Oli sursaute et relève le nez de son carnet.

— Merde ! C'est la lumière qui t'a réveillée ?

Je ne réponds pas, me contentant de jeter un coup d'œil derrière lui. Dans un coin de la pièce, sur le sol, il a déposé une petite lampe de chevet qui éclaire partiellement la pièce. Je cligne des yeux à répétition.

— Tu me dessines ?

— Bah… ouais. Pour une fois que tu dors nue, j'en profite.

Le sommeil me fuit d'un coup, et je me penche pour lui arracher son carnet des mains. Je m'attends au pire. Et pourtant le corps qui s'étale sur la feuille est très joli. Il y a des courbes, de l'ombre, ma poitrine, mon bras qui repose sur mon ventre. Sans réfléchir, je tourne les pages et j'aperçois d'autres images : moi en train de dormir dans une autre position, mes fesses rebondies en avant-plan, mes hanches, mes cuisses…

— Continue, m'encourage-t-il.

Je tombe sur mon visage, mes yeux, mes cheveux, mon nez…, à répétition. Je me vois sous divers angles. Parfois en gros plan. Ma gorge se serre devant toutes ces représentations de moi, et je mets un certain temps à relever les yeux sur Oli.

— Tu me dessines beaucoup, je constate d'une petite voix.

— Oui. Je t'ai déjà dit que… enfin… je te trouve belle. J'aime te dessiner. (Il fronce les sourcils.) Ça te dérange, peut-être ?

— Pas vraiment. Mais je ne pensais pas que… tu le faisais aussi souvent.

Il hausse les épaules.

— Bah…, c'est l'habitude, je présume. J'aime dessiner, et j'avoue que ces temps-ci… bah… disons que tu occupes toute ma tête.

Je souris, charmée. Autant par ses paroles que par ses dessins.

— Je suis touchée, j'admets en lui rendant son carnet.

— Ouf ! Je pensais que tu allais me demander de tout déchirer ! dit-il, visiblement soulagé. Ç'aurait été dommage, parce que… je l'aime bien, celui-là.

Il fait défiler les pages et me montre le dernier, celui où je dors sur le dos, les seins nus. Il a beaucoup joué avec l'ombre sur ma poitrine.

— Ce n'est pas évident, tu sais, parce que tu bouges souvent. Il faut que je me dépêche avant de perdre le moment que j'essaie de capturer…

Je suis troublée qu'il parle de moi comme d'une œuvre d'art qu'il faut immortaliser dans ce cahier qui a été longuement consacré à Marianne. Sans réfléchir, je demande :

— Tu veux que je pose pour toi ?

Oli écarquille les yeux, puis affiche un sourire lumineux.

— Tu voudrais bien ? Parce que… ce serait… ce serait super !

On dirait que je viens de lui faire un cadeau. Aussitôt, je me recouche sur le matelas et le cherche du regard.

— Il y a une pose que tu aimerais que je prenne ?

— Des tas, en fait, avoue-t-il en hochant la tête, mais on va commencer par…

Il pose son carnet, puis se penche pour venir me placer à sa guise. Mon bras droit remonte par-dessus ma tête, et le gauche repose sur le côté de mon corps, la main sur mon ventre. Enfin, il me fait tourner légèrement dans sa direction.

— Une fois, tu étais placée un peu comme ça, sur le canapé, et j'ai essayé de te dessiner, mais tu as bougé, explique-t-il. Et ce n'était pas aussi joli, parce que tu avais ce tee-shirt trop grand pour toi… (Il semble bientôt satisfait de ma position.) Tu es bien installée ?

— Oui.

— Super. Donne-moi dix minutes, le temps de faire les grands traits.

Il se replace au bord du lit, et je le regarde se pencher devant le rai de lumière, comme s'il jouait lui-même avec l'ombre sur ma peau. Lorsqu'il s'immobilise, le crayon se met à danser sur la feuille. Oli relève les yeux vers moi, replonge dans son dessin, et je reste là, à le contempler pendant qu'il se concentre sur sa tâche. C'est tellement étrange de le voir aussi passionné par ce qu'il fait. Passionné par moi, aussi. Troublée par cette idée, je dis :

— Tu sais…, ça ne me gêne pas si tu veux continuer à dessiner Marianne…

Il s'arrête et relève les yeux sur moi, comme s'il revenait de très loin. Il termine un trait avant de me répondre.

— En fait… je la dessinais pour ne pas l'oublier. Pour me souvenir que… que j'étais vivant et que… chaque jour qui passait elle ne l'avait pas vécu.

Je ne dis rien, me contentant de hocher la tête, la gorge nouée.

— Mais tu vois…, depuis que tu es là…, je n'ai plus envie de la dessiner.

Je me redresse partiellement.

— Si jamais tu ressens le besoin de la dessiner encore…, je comprendrai, dis-je simplement.

Il fait un drôle de geste avec la main.

— Il y a… comme un grand mur autour de moi, Amy, lâche-t-il simplement. Un mur qui empêche les gens de m'approcher de trop près. Et je ne sais absolument pas comment tu es arrivée à le traverser.

Mal à l'aise, je me contente de hausser les épaules.

— Je n'ai rien fait, je lui avoue, la voix tremblante.

Il a un petit sourire en coin, de ceux qui font chaud au cœur, puis son expression s'assombrit.

— Marianne aussi était là. De ce côté, que peu de gens peuvent atteindre. Et forcément ça laisse des traces. (Il prend une longue inspiration.) En fait, j'ignore ce que je peux te donner sans me sentir coupable. Ni combien de temps cela durera.

Ses paroles m'effraient, mais je m'empresse de les banaliser, sur un ton doux :

— Personne ne peut prévoir l'avenir, Oli.

— Je sais, ça, grimace-t-il, mais je veux que ça fonctionne, Amy. Je ne peux pas te promettre que tout sera facile ou que je ne ressentirai plus jamais de culpabilité envers Marianne…, mais je voudrais vraiment que ça fonctionne.

Il laisse tomber son carnet de dessin et son crayon, puis il m'attire doucement vers lui en tirant sur ma main.

— Le fait est que… je ne sais pas si je suis un type pour toi ou si je peux te donner… tout ce que tu mérites…

— Oli ! je le coupe en posant les doigts sur sa bouche pour le faire taire.

Je peine à ne pas afficher mon trouble. Est-ce qu'il parle d'amour ? Est-ce qu'il sous-entend qu'il pourrait ne jamais m'aimer ? Pourquoi est-ce qu'il dit des choses aussi belles et aussi désagréables dans un même souffle ? Qu'est-ce que je suis censée comprendre ? Je pensais que les choses étaient plus claires entre nous !

— Ce n'est pas grave, je chuchote finalement. On prendra notre temps.

Un grognement franchit les lèvres d'Oli.

— Mais c'est ça, le problème : je ne veux pas prendre mon temps ! Quand tu es là, je vis ! Je me sens normal… J'ai des rêves !

Sa main se pose doucement sur ma joue, et il la caresse pendant quelques secondes. Je noue les bras autour de son cou, et il m'embrasse comme si sa vie en dépendait.

— Parfois, je ressens un tel besoin d'être avec toi que ça m'effraie.

Je ne réponds pas, mais je hoche la tête pour lui dire que je comprends. Ce n'est pas tout à fait vrai, mais je perçois son désir d'être avec moi. On dirait qu'il a besoin de créer des liens, comme s'il était poussé par une sorte d'urgence qu'il n'arrive pas à contrôler…

Pour être honnête… ça m'effraie aussi.

Chapitre 120

Je retourne au bureau plus tôt. Pas seulement parce que je dois récupérer une partie de la paperasse dont s'occupait Marco, mais aussi parce que j'ai besoin de réfléchir sur ma relation avec Olivier. C'est trop rapide. Trop fort. Autant il se fichait de tout avant, autant depuis trois jours chaque moment que nous passons ensemble prend une intensité démesurée. Ce qu'il dit me bouleverse. Il fait tout pour me charmer, mais il m'a clairement fait comprendre qu'il n'était pas certain de pouvoir m'aimer. Comment est-ce que je suis censée réagir ?

Jamais je n'ai pensé que les choses prendraient un tel tournant… ou qu'Oli était capable de ressentir les émotions de manière aussi intense…

— Tu as besoin d'aide ?

Je sursaute lorsque Cécilia apparaît sur le seuil de ma porte.

— Qu'est-ce que tu fais là ?

— Je viens vérifier que tout roule. L'attente me rend folle. (Elle tapote son ventre distendu.) Sans blague ! Je passe trois heures par jour avec Marco à l'hôpital, je marche, je nettoie, je trie du linge de bébé…, j'ai vraiment besoin de m'occuper l'esprit. (Elle s'approche et vient tirer une chaise qu'elle installe près de la mienne.) C'est la fin du mois, alors je suppose que tu es dans la facturation des clients ?

Je ris.

— On ne peut rien te cacher. Clara a fait le premier passage, mais je voulais vérifier parce que…

— Ce n'est pas un dossier facile, ouais. Et Clara est parfois une sacrée empotée !

C'est plus fort que moi, je me remets à rire. Hier soir, j'avais un mail de sa part me disant à quel point c'était un exercice fastidieux et que ça n'avait rien à voir avec le poste pour lequel elle avait été embauchée. Sous prétexte que j'ai demandé à chacun de faire un peu plus que sa part, elle m'a bien fait comprendre qu'elle avait bâclé le travail et que je n'avais qu'à me démerder avec ça.

— En plus, je ne suis pas très douée avec les chiffres, je lui avoue avec une moue.

— Ah, mais ce n'est pas sorcier, en fait ! Et on a un service comptabilité qui repassera sur tout ça, mais il vaut mieux que ce soit le plus propre possible avant. C'est toujours un sacré bordel pour faire modifier les factures une fois que c'est envoyé…

Je lui laisse la main sur mon clavier, et elle jette un coup d'œil sur le document de Clara avant de se mettre à rire.

— Ah ! La petite peste ! Elle t'en veut parce que tu baises avec Oli ou quoi ?

Je me tourne vers elle, un peu choquée.

— Quoi ? Ça crève les yeux qu'elle n'en ferait qu'une bouchée, de mon frère ! « Bonjour Oli, tu as passé un bon week-end ? » imite-t-elle avec une voix désagréable.

Effectivement, j'ai bien remarqué l'intérêt de Clara pour Olivier, dès mon premier jour à Starlight, et sa tête quand il m'a embrassée ! Mais je suis un peu troublée que Cécilia aborde la question de ma relation avec son frère de façon aussi cavalière.

— Ah, mais t'inquiète ! ajoute-t-elle pour me rassurer. Oli a baisé des tas de filles, mais jamais cette idiote ! Pas même en rêve !

Elle se penche pour me montrer un tableur Excel à l'écran, pointant du doigt les cases qui lui semblent problématiques, quand je l'arrête brusquement :

— Alors… il te l'a dit ?

— Quoi donc ? Que vous étiez ensemble ? Bah… oui. Remarque, je ne vais pas te mentir : je l'espérais. Il était tellement malheureux, samedi, quand tu étais avec ce type… Comment il s'appelle, déjà ?

— Will.

— C'est ça, Will, répète-t-elle en hochant la tête. Et je ne sais pas comment il a fait pour te récupérer, mais tant mieux si ça baigne entre vous deux. Pour une fois qu'il s'intéresse vraiment à quelqu'un… (Elle reporte son attention sur le document et soupire.) Alors là, ça ne va pas du tout. Tu as vu ?

Du bout d'un doigt, elle pointe une case que je fais mine de regarder, mais ma curiosité est trop forte.

— Et tu en penses quoi, toi ?

Cél arrête de fixer l'écran pour reporter son attention sur moi, l'air intrigué.

— De quoi ? Du boulot de merde que t'a fait Clara ?

Je cligne des yeux.

— Non ! Je parle de ma relation avec ton frère !

Cécilia sourit.

— En fait, je ne sais absolument pas comment tu es arrivée à un tel exploit, mais loin de moi l'idée de m'en plaindre ! Je t'avoue que j'avais un peu peur que tu ne lui claques la porte au nez, à ce petit con. Remarque, je ne t'en aurais pas voulu, mais… pour une fois qu'Oli sort de sa tour d'ivoire j'espérais qu'il ne se heurte pas à un autre mur, tu comprends ?

Je n'ose pas lui dire qu'Oli a fait bien plus que de quitter sa tour d'ivoire, pour moi : il m'a ouvert son cœur. Pas seulement en me parlant de Marianne, mais en m'exposant ses doutes et ses désirs. Je ne pense pas que j'aurais eu le courage d'en faire autant…

— Tu sais, ces dernières années, on a eu des périodes plutôt difficiles. Ce n'est pas sans raison qu'on est débordés, chez Starlight. C'est parce qu'il faut constamment le stimuler, autrement il se déconnecte de la réalité, et c'est difficile de le ramener. Marco et moi…, on a souvent eu peur pour lui, me confie-t-elle.

Mon cœur se serre et je déglutis nerveusement.

— Ne va surtout pas lui dire, dit-elle encore, mais j'ai activé le GPS de son téléphone… juste au cas où.

Son GPS ? Quelle idée ! Est-ce qu'elle a peur de perdre Oli ? Je blêmis quand je comprends le sens de ses mots.

— À ce point ? dis-je dans un souffle.

— Bah… disons que depuis deux ans ça va, mais entre mon congé maternité et Marco à l'hosto… (Elle laisse sa phrase en suspens.) Enfin bref, je suis contente que tu sois là pour lui. Et si ça fonctionne entre vous, c'est tant mieux.

Un peu troublée, je bredouille :

— Bah… je crois que ça va.

Son sourire me fait chaud au cœur. Même si elle joue les filles très détachées, je la sens émue. C'est plus fort que moi, je banalise rapidement la situation :

— Si ça se trouve, je ne suis qu'un caprice. Il risque fort de se lasser de moi dans deux ou trois semaines.

Cécilia se remet à rire, de bon cœur cette fois.

— Alors là, ça m'étonnerait ! On voit que tu ne connais pas Oli. Il est amoureux. Ça crève les yeux !

Sa certitude devrait me rassurer, mais ce n'est pas le cas. Surtout après ce qu'il m'a confié, hier soir.

— Quoi ? s'inquiète Cécilia. Tu en doutes ?

J'essaie, une fois de plus, de calmer le jeu.

— Bah… en même temps, c'est tout récent, alors…

Elle m'arrête en posant une main sur la mienne.

— Tu es passée de l'autre côté du mur, Amy. Oli t'a laissée entrer. Et ça, c'est un énorme privilège. Enfin… si tu aspires à… te rapprocher de lui.

Malgré le nœud qui me tord l'estomac, je hoche la tête.

— Oui. Je crois que… j'en ai très envie.

— Alléluia ! lâche-t-elle. Tu sais, Oli est resté un peu gamin. Pour des gens comme nous, qui avons constamment peur d'être abandonnés…, ce n'est pas facile de remettre son cœur entre les mains d'une autre personne.

— Ce n'est facile pour personne, je rétorque, un peu agacée.

— C'est vrai, me concède-t-elle, mais si tu essuies un échec il y a des chances pour que tu t'en remettes un peu plus facilement que lui. Pour Olivier, c'est comme si… tu venais de chambouler tout son univers.

Ses mots font terriblement sens dans mon esprit. Ce qu'Olivier essaie de me dire, depuis trois jours, c'est exactement ça : que je bouleverse sa vie, qu'il a peur et qu'il a besoin de moi…

— Nous n'aimons pas beaucoup créer des liens, Amy. Et l'amour, pour nous, c'est tellement effrayant que ça nous donne le vertige. Et, quand on comprend qu'on peut le perdre, alors… on s'y accroche parfois de toutes nos forces. (Elle lâche un petit rire qui me sort de ma torpeur.) Ne te laisse pas trop intimider par tout ça, tu veux ? me jette-t-elle. Il a juste besoin de temps pour retrouver ses repères…

— D'accord, dis-je, la voix étrangement trouble.

Visiblement aussi émue que moi, Cécilia me tapote les doigts.

— Je suis contente qu'il t'ait trouvée, Amy. J'espère qu'il ne fera pas tout foirer, ce petit salaud.

Nous partageons un rire nerveux, et je hoche la tête :

— T'inquiète… Tout compte fait, j'aime bien les salauds.

Chapitre 121

Je suis planté dans l'entrée du bureau d'Amy, scotché par ce qu'elle vient d'annoncer à Cél. Elle dit qu'elle aime les salauds. Est-ce qu'elle parle uniquement de moi ? Est-ce parce qu'elle commence à tomber amoureuse de moi ? N'aurait-elle pas dû être effrayée par la mise en garde de ma sœur ?

Près de la porte, j'attends, pendant que Cécilia explique à Amy le fonctionnement des factures. Quand ma sœur fait pivoter sa chaise pour s'éloigner un peu de l'écran, elle m'aperçoit enfin.

— Oh…, mais tu étais là, toi ?

Un peu nerveux, je m'avance et déclare :

— J'arrive tout juste du projet Beaumont.

— Tu n'étais pas en train de nous espionner, quand même ?

— Pourquoi ? Tu conspires avec ma petite amie ?

— Certainement pas ! se défend-elle aussitôt. Je venais simplement lui souhaiter la bienvenue dans la famille ! Ce n'est pas tous les jours que je peux faire un truc pareil ! (Elle pointe l'ordinateur du doigt.) Accessoirement, je venais lui refiler un coup de main avec la facturation. Clara lui a fait un travail de merde. Je vais lui passer un savon en repartant.

Même si je suis content que ma sœur passe au bureau, j'avoue que sa présence me dérange un peu, aujourd'hui. Je pensais me retrouver en tête à tête avec Amy…

— Tu restes longtemps ? je lui demande.

Cél rigole et pivote vers Amy.

— C'est bon ? Tu vas t'en sortir ?

— Avec les explications que tu m'as données, oui, confirme-t-elle. C'est beaucoup plus clair…

— Super. Alors, je vais rentrer attendre sagement que mon accouchement se déclenche enfin, autrement mon frère va bouder si je ne vous laisse pas seuls.

— Hé ! je grogne.

Ma sœur se lève et me jette un petit regard.

— Quoi ? Je n'ai pas raison ? Avec tout le travail que tu as sur les bras, si tu prends le temps de passer au bureau c'est pour la voir, non ?

Avant que j'aie pu l'en empêcher, elle vient m'embrasser sur la joue pour me dire au revoir. Je me sens gêné de cette marque d'affection devant Amy, mais cette dernière nous regarde d'un air tout attendri.

— Bon… Il est temps pour moi d'aller passer un savon à Clara, fait-elle en marchant en direction de la sortie. (Sur le seuil, elle s'arrête et pivote en direction d'Amy.) Si tu as un souci, tu m'appelles ?

— Promis.

Les yeux de ma sœur reviennent dans les miens.

— Allez ! Profitez-en ! Je leur dirai qu'on ne vous dérange pas et que vous êtes sur un dossier urgent. Salut, les tourtereaux !

Je grimace lorsqu'elle se décide enfin à sortir en refermant la porte derrière elle, et croise le regard d'Amy qui semble soudain mortifiée.

— Tu crois qu'elle imagine qu'on va baiser ici ?

À dire vrai, l'idée m'a effleuré l'esprit, mais je me demande si Amy me le permettrait… Lorsqu'elle reporte son attention sur l'écran, je peste :

— Tu es tellement occupée que je n'ai pas droit à cinq minutes de ton attention ?

Elle sourit avant de me jeter un regard réprobateur.

— J'enregistre simplement le document. Est-ce que j'ai ta permission ?

Pris au dépourvu, je hoche la tête en arborant un air désolé, mais j'admets que je suis drôlement content lorsqu'elle se lève, trente secondes plus tard, et vient se jeter à mon cou. Aussitôt je prends sa bouche et la pousse contre son bureau, lui glissant un genou entre les cuisses pendant que je l'embrasse avec fougue. Quand je dois reprendre mon souffle, ma main est déjà en train de remonter sa robe.

— Alors comme ça… tu aimes les salauds ?

Elle glousse mais ne me repousse pas.

— Tu écoutes aux portes, maintenant ?

— Je n'ai pas pu m'en empêcher, je lui avoue en osant aventurer les doigts sous son vêtement.

Amy retient son souffle pendant que je me faufile jusqu'à sa petite culotte. Elle sursaute lorsque j'atteins ma cible.

— Tu n'étais pas… enfin… pas ici ! souffle-t-elle, visiblement paniquée.

Ses mots s'étouffent dans une plainte lorsque je contourne sa culotte pour venir caresser son clitoris, déjà gonflé et humide sous mes doigts.

— Bordel…, Oli ! me gronde-t-elle en resserrant sa prise sur mon cou.

Sans attendre, je glisse deux doigts en elle et donne un coup de bassin pour les enfoncer le plus loin possible. Elle tremble contre moi.

— On pourrait… nous surprendre, marmonne-t-elle avant de réprimer un petit cri.

C'est exactement ce que j'aime chez Amy : sa façon de s'abandonner, même quand elle doute.

Je reviens caresser son clitoris, et elle se cambre pour accueillir l'inévitable. Je fais monter le plaisir dans ce corps qui n'appartient qu'à moi, et elle se mord la lèvre pour retenir ses gémissements. Sa position me laisse tout le loisir de l'observer pendant qu'elle perd la tête. On dirait qu'un électrochoc la traverse. Sa tête tombe vers l'arrière alors que ses cuisses se referment brusquement autour de moi. Je plonge de nouveau les doigts en elle pour savourer le déluge que je viens de provoquer chez elle. J'ai envie de poser la bouche juste là, de la goûter, de la rendre ivre de plaisir. Et, en fait, qu'est-ce qui m'en empêche ? Rien du tout ! Sans attendre, je la repousse légèrement sur le meuble en descendant la tête vers son sexe. Lorsque ma langue se glisse sur cette chair brûlante, Amy sursaute et se crispe.

— Oli…, mais… n'importe qui pourrait…

J'émerge d'entre ses cuisses.

— Tu veux que je m'arrête ?

Son hésitation ne dure qu'une seconde, puis elle secoue la tête.

— Non.

Jamais elle ne saura la joie que cette réponse toute simple me procure. Sans attendre, je retourne lui dévorer le sexe avec plus d'énergie et je la sens qui se détend, qui accepte le plaisir que je lui offre. Elle étouffe ses petites plaintes d'une main, mais c'est rapide. Ses cuisses se referment autour de ma tête, et elle lâche un râle qui n'en finit plus. Quand tout s'arrête, elle tremble, et je m'aperçois qu'elle rit nerveusement. Je me redresse pour lui jeter un regard interrogateur, presque vexé.

— Je ne peux pas croire qu'on vient de faire ça, admet-elle, toute gênée.

— Ce n'est pas la première fois que je te fais jouir dans cette pièce, je raille.

Amy s'assoit sur le meuble et enroule les bras autour de mon cou. Je prends les lèvres qu'elle me tend et l'embrasse en la serrant contre moi.

— J'adore ta folie, murmure-t-elle.

— Alors je suis sauvé, dis-je en souriant comme un idiot.

Les mains d'Amy descendent et cherchent à défaire ma braguette. J'ai beau être étonné par son initiative, je sens mon corps réagir immédiatement à cet appel.

— Et si on entrait ? je me moque.

— Tu veux que je m'arrête ? rétorque-t-elle avec un sourire en coin.

Alors que je m'attends à ce qu'elle m'attire vers elle pour que je la prenne sur ce bureau, Amy me repousse et se laisse tomber du meuble, puis à genoux devant moi. Le temps que je comprenne ce qui m'arrive, je lâche un cri de surprise alors qu'elle se met à me sucer de la plus divine des façons : doucement, en me plongeant entre ses lèvres, puis en revenant taquiner mon gland de sa langue… Très vite, un râle s'échappe de ma bouche, et je me penche pour prendre appui sur le bureau. D'ici, je la vois bien. Trop bien. Je ne contrôle absolument rien. Ni le plaisir qui grimpe dans mon corps ni ce que je ressens pour cette femme.

— Oh, Amy !

Mes doigts s'agrippent au rebord du bureau, et je lâche un cri ridiculement aigu pendant que je chute dans l'orgasme. Je me répands dans sa gorge alors qu'elle continue à me sucer doucement. Je suis étourdi, probablement parce que j'ai retenu mon souffle, et, dès qu'elle me libère, je me laisse lentement tomber à genoux, devant elle.

— J'adore quand tu me fais l'amour comme ça.

Elle se met à rire de bon cœur, puis se jette à mon cou. Elle m'embrasse avant de venir se lover contre moi. Je l'enlace d'un bras sans me soucier de notre position ridicule et de ma semi-nudité. Tant pis si on nous voit ainsi. Je viens de faire l'amour avec ma petite amie. Rien n'est plus important que cela…

Chapitre 122

Je passe les jours suivants sur un petit nuage. Même si on ne fait que se croiser au bureau, Olivier m'envoie souvent des messages. Il prend des photos des mises en scène sur lesquelles il bosse, ou bien encore de ses repas, comme s'il voulait tout partager avec moi. Et ses petits : « Hâte d'être à ce soir » ou mieux : « Tu me manques » me rendent souriante pendant des heures !

Même si Olivier ne parle pas clairement d'amour, il agit comme un homme amoureux. Il me montre à quel point je suis désirable, à quel point il a envie d'être avec moi, et exige toujours que nous passions la soirée ensemble. Les après-midi, je reçois souvent un texto qui ressemble à : « Ce soir, chez toi ou chez moi ? » À croire qu'il nous est désormais impossible de passer une nuit loin l'un de l'autre.

C'est fort, et ça me rend follement heureuse. La peur n'a pas complètement disparu, mais je ne veux pas l'écouter, parce que cette relation me comble.

Et pourtant, ce soir-là, quand il me demande où l'on se retrouve, je soupire et réponds :

« Je crois qu'il vaut mieux faire une pause. »

Moins de dix secondes plus tard, la sonnerie de mon appareil résonne, et la voix inquiète d'Oli se fait entendre dès que je décroche :

— C'est quoi cette histoire de pause ?

Nous avons passé toutes nos nuits ensemble depuis samedi dernier. N'a-t-il pas envie de se retrouver seul, un peu ?

— Je suis fatiguée, je lui explique. Et je ne serai sûrement pas d'humeur. Autant rentrer chez moi, prendre un bon bain chaud et me coucher…

Un silence passe avant qu'il pose la question :

— Tu en as déjà marre de moi ?

— Oli ! Ça n'a rien à voir ! On s'est vus tous les jours, cette semaine ! Ça ne nous fera pas de mal de passer une nuit chacun de notre côté.

— J'ai fait un truc qui t'a déplu ? insiste-t-il. J'ai dit une bêtise ?

— Mais non !

Je prends mon courage à deux mains avant d'annoncer :

— Écoute…, il se trouve que mes règles ont commencé, et… Voilà, quoi. Autant qu'on remette ça à dans un jour ou deux.

Ou trois. Ou quatre, je songe en pinçant les lèvres. Un autre silence passe, puis Olivier lâche :

— OK, alors… c'est moi qui viendrai chez toi. J'apporte le repas…, du vin…

— Oli ! je le gronde, incapable pourtant de réprimer un sourire.

— Quoi ? On n'aura qu'à dîner tranquillement, regarder la télé et puis dormir !

Son insistance me plaît. Non, en fait… je crois que tout me plaît chez cet homme. Cette façon qu'il a d'écarter les problèmes pour passer du temps avec moi.

— Amy…, j'aime dormir avec toi, dit-il encore. Et quand je n'arrive pas à dormir je te regarde… ou je te dessine, et ça m'apaise… S'il te plaît, dis-moi que je peux venir chez toi.

Je finis par accepter :

— D'accord. Je termine dans une petite heure.

— Parfait. Je finis ce que je suis en train de faire, je file acheter de la bouffe asiatique, une petite bouteille de vin et j'arrive. Je vais m'occuper de toi.

Quand je raccroche, je me laisse retomber sur ma chaise, un grand sourire aux lèvres. Oli a vraiment le don de me faire céder à tous ses caprices. Et je dois bien l'avouer… : j'adore ça !

Chapitre 123

Quand j'entre chez Amy, elle est là, assise sur le canapé, entourée de papiers étalés partout autour d'elle. Elle relève la tête et sourit en voyant mes bras chargés de paquets.

— Tout ça ? rigole-t-elle.

— Je ne savais pas trop ce que tu aimais. Et puis ça nous fera des restes.

Lentement, elle se lève, en prenant garde à ne pas faire tomber toute la paperasse. Elle est vêtue d'un bas de pyjama bleu et d'un petit tee-shirt à manches courtes blanc, avec des étoiles bleues. Dès que j'ai les mains libres, elle vient m'enlacer et m'embrasse doucement.

— Salut, toi.

— Salut, je répète, heureux de la retrouver.

— C'est gentil de venir me nourrir, susurre-t-elle.

Je souris et pointe le canapé du menton.

— Tu as encore du boulot ?

— Je vérifie juste quelques contrats. Je n'en fais pas souvent, alors je ne veux pas faire d'erreurs.

— Tu es géniale, dis-je, même si mon compliment n'a rien à voir avec ces documents.

Elle glousse entre mes bras.

— Tu n'es pas mal non plus, Garrett.

Sa bouche revient sur la mienne, et je gronde d'envie avant de la repousser. J'ai promis d'être sage et je vais l'être.

— Ça va être froid. Tu as faim ?

— Je meurs de faim, avoue-t-elle.

— Sers-nous du vin, je vais mettre la table.

On agit comme un couple. En fait, c'est plus simple que je ne le pensais. C'est comme faire des trucs seuls, mais à deux, et au lieu de repenser à ma journée j'ai quelqu'un à qui la raconter. On mange en discutant, et Amy goûte à plusieurs plats en gloussant de plaisir. Même la couleur de ses yeux change quand elle m'écoute. Ils deviennent clairs, brillants, comme si j'étais la chose la plus importante au monde pour cette femme.

Après le repas, je file prendre une douche et m'installe au bout du canapé pendant qu'Amy termine son travail, à deux places de la mienne. Soudain, je la trouve loin. Quand elle dépose toute la paperasse sur la table basse et qu'elle vient se coller contre moi, je soupire, heureux.

— Merci d'être là, dit-elle simplement.

— Je n'ai aucune envie d'être ailleurs.

— Bah… tu aurais pu en profiter pour faire tes trucs.

Je fronce les sourcils.

— Quels trucs ?

— Je ne sais pas. Tes trucs dans ton atelier, par exemple.

— Dans mon atelier, je dessine. Ou alors je pense à de nouveaux spectacles. Mais, comme on est déjà sur un tas de productions, il vaut mieux que je me calme de ce côté-là.

La tête dans mon cou, elle rit, puis je la sens qui opine discrètement.

— Tu étais toujours seul, avant. Ça ne te manque pas ? demande-t-elle encore.

— Non, dis-je simplement.

J'attends un moment avant de la repousser pour vérifier son regard.

— Tu me trouves trop envahissant, peut-être ?

— Non. C'est juste… je ne sais pas… on est passés d'un extrême à l'autre, tu ne peux pas dire l'inverse. Et avant tu faisais bien des choses, quand tu rentrais chez toi.

— Je buvais, je lui avoue avec une mine contrite. Ou je sortais. Ou je bossais. Ou je dessinais.

Mon énumération semble la surprendre, alors je me sens obligé d'ajouter :

— Et puis, parfois, je ramenais une fille à l'hôtel.

Comme elle reste là, à ne rien dire, je gronde :

— D'accord, ça m'arrivait assez souvent. Baiser, ça m'empêche de réfléchir. Mais ça n'a rien à voir avec ce qui se passe entre toi et moi.

Elle lâche un petit rire et lève les yeux au ciel.

— Quoi ? Tu ne me crois pas ?

— Bien sûr que si ! Pourquoi ressens-tu le besoin de tout justifier ? Tu avais le droit de gérer ta vie comme tu l'entendais.

Voilà qui me contrarie, soudain.

— Qu'est-ce que tu racontes ? Je ne gérais pas ma vie ! En fait, je ne gérais rien du tout ! J'étais coincé derrière ce mur, où personne ne pouvait m'atteindre. Et ça me rendait fou, tu comprends ? Je couchais avec ces filles parce que cela ne faisait que me conforter dans ce que je ressentais, tout au fond de moi. Que j'étais un salaud.

Contre toute attente, Amy sourit, puis vient s'asseoir sur moi avant de nouer les bras autour de mon cou.

— Oli, tout le monde a fait des choses dont il n'est pas très fier. Regarde-moi : j'ai été avec un type marié.

Qu'elle parle de Ben me donne le courage de lui poser la seule question qui me tracasse encore à son sujet :

— Tu le regrettes, ce type ?

Elle étouffe un rire et me caresse la joue.

— Mais qu'est-ce que tu vas imaginer ?

— L'autre soir, tu n'avais pas l'air bien quand tu l'as revu…

L'expression d'Amy se ternit, puis elle souffle :

— J'avais surtout peur de voir sa femme. Tu sais, j'étais vraiment sûre que c'était terminé entre eux. Et je ne voulais pas… Je me sentais plutôt mal face à elle…

La culpabilité. Oui, ça, c'est un sentiment que je connais, alors je hoche la tête, mais j'insiste quand même :

— Tu ne l'aimes plus, alors ?

— Bien sûr que non ! rigole-t-elle, comme si ma question était stupide.

Probablement parce que je n'arrive pas à trouver le courage de rire, elle me dévisage, intriguée.

— Est-ce que tu en doutes ?

— Non. Enfin… je ne sais pas.

J'avoue finalement, d'une toute petite voix.

— En fait… ça me plairait bien que tu sois amoureuse de moi…

Elle me regarde avec sérieux, puis se penche pour venir déposer un baiser sur mes lèvres avant de se redresser, un sourire venant peu à peu illuminer ses traits.

— Qui te dit que je ne le suis pas déjà ?

Mon cœur s'emballe, et je reste là, à la fixer, en espérant qu'elle lâche ces mots qui m'ont si longtemps effrayé. Pourquoi ai-je tant besoin de les entendre ? Sûrement parce que je ne veux surtout pas la perdre.

Et pourtant elle se moque gentiment de moi :

— Tu ne crois quand même pas que je vais te faire une déclaration ?

— Pourquoi pas ? je questionne, surpris.

— Parce que ce n'est pas mon genre, déjà. Et parce que je préfère attendre que tu ressentes la même chose.

— Peut-être que c'est déjà le cas ? je lâche, plus vite que je ne l'aurais voulu.

Amy se remet à rire, comme si je venais de faire une blague. Et, en toute franchise, je me sens très nerveux : je ne pensais pas aborder le sujet avec elle, ce soir… Elle se penche et me caresse la lèvre du bas du pouce d'un air attendri.

— Oli, tu n'as pas à dire quoi que ce soit, surtout si tu n'en ressens pas l'envie.

— Je voudrais le dire, j'admets aussitôt, mais… disons que c'est assez nouveau pour moi. Et j'ai envie d'être sûr que…

— Chut. (Elle m'embrasse doucement avant de replonger les yeux dans les miens.) Des tas de types m'ont dit qu'ils m'aimaient, Oli.

— Tu m'étonnes ! je raille.

— Ce que je veux dire, s'empresse-t-elle d'expliquer, c'est que les mots sont inutiles entre nous, parce que… je sens bien ce que tu ressens. Et c'est une première pour moi, tu sais ? C'est vraiment la première fois que je n'ai pas besoin d'entendre ces mots, parce que… je les sens.

Ma gorge se noue, surtout lorsqu'elle ajoute, d'un ton plus léger :

— Toi qui voulais être partout en moi. Eh bien…, je crois que tu as réussi.

Pour masquer l'émotion qui me gagne, je la ramène contre moi et la serre avec force. Elle a tellement raison. Les mots sont inutiles entre nous, et pourtant j'ai l'impression qu'elle vient de m'offrir la plus belle déclaration qui soit. Une déclaration qui m'enlève un poids considérable. Amy est mienne. Et pas seulement de corps…, de cœur aussi.

Chapitre 124

Je rêvasse au boulot. Hier soir, Olivier a été en tout point parfait. Il n'a rien exigé. Il m'a simplement bordée, prise dans ses bras et s'est endormi contre moi. C'est ridicule, mais ces moments-là sont plus beaux que n'importe quelle déclaration qu'il pourrait me faire.

Je suis surprise lorsque, contrairement à son habitude, Olivier me téléphone au bureau au lieu de m'envoyer son traditionnel : « Ce soir : chez toi ou chez moi ? »

— Je sors avec Jack, ce soir, m'annonce-t-il tout de suite.

— OK, dis-je simplement, étonnée par son ton déterminé.

— C'est mon psy. Enfin non…, c'était mon psy. Là, c'est plutôt un ami. On va aller manger, et sûrement qu'on ira prendre une bière…, qu'on discutera… Tu vois ?

En fait, je me souviens très bien de Jack, lors de la soirée de charité, mais j'avoue que ça m'inquiète qu'Oli ressente le besoin d'aller lui parler.

— Ne va surtout pas croire que je ne veux pas que tu viennes, hein ! dit-il soudain. C'est juste que…

— Chut, je le coupe. Il n'y a pas de souci. C'est normal que tu aies une vie. Et puis ça tombe bien, Juliette voulait justement savoir si ça me disait d'aller manger des sushis, ce soir.

— Et tu as dit oui ?

— Je lui avais dit qu'il fallait que je voie, mais comme tu as d'autres engagements… je suppose que ça ne pose pas de problème si j'accepte.

— Eh bien…, non ! lâche-t-il simplement. (Un silence passe.) Tu sais, ajoute-t-il, j'ai juste envie de parler avec Jack de… de ce qui m'arrive, tu vois ?

— Bien sûr.

Je le sens mal à l'aise, et cela m'intimide, alors je reprends aussitôt, d'un ton aussi enjoué que possible :

— Va à ton rendez-vous et amuse-toi ! Pour ma part, je vais aller me gaver de sushis en racontant tous nos secrets à Juliette.

— Nos secrets ? Qu'est-ce que c'est que cette histoire ?

Je glousse, ravie d'avoir attisé sa curiosité.

— Ne t'inquiète pas : je vais seulement lui dire à quel point tu es charmant. Que je n'arrive plus à te résister !

— Hé ! C'est ma réputation de salaud qui va en prendre un coup.

— Ne t'en fais pas. Ton secret sera bien gardé, avec Jul.

Un nouveau silence passe avant qu'il ajoute, d'une voix où perce le soulagement :

— Alors tu vas passer la soirée à parler de moi ? Ça me va. Je vais sûrement faire la même chose, en fait.

Je ris, flattée.

— Alors… on se téléphone demain ? je lui propose.

— Hein ? Ah non ! On se retrouve chez moi ! Enfin… ce n'est pas que je ne veux pas aller chez toi, mais… je n'ai pas la clé.

Je ferme les yeux, touchée par sa façon de ne jamais vouloir qu'on dorme séparés. J'ai pourtant essayé à plusieurs reprises de lui donner un peu de lest, mais chaque fois il persiste à réclamer ma compagnie. Qu'est-ce que ça me plaît ! Trop, d'ailleurs. Est-ce qu'on ne devrait pas en avoir marre de se voir aussi souvent ?

— Tu préfères qu'on ne se voie que demain ? demande-t-il soudain.

— Non, je… Ça me va. On se rejoint chez toi.

— Super ! Alors… à plus tard. Tu me manques déjà.

— Toi aussi, je chuchote.

Lorsqu'il raccroche, je reste là, les yeux perdus dans le vide, à savourer ces petits mots qui ne devraient pas être prononcés. Comment est-ce que je pourrais lui manquer ? On passe toutes nos soirées et nos nuits ensemble ! Et de mon côté aussi c'est vrai : je ressens ce manque ridicule. L'envie d'être toujours avec lui.

Merde ! Qu'est-ce que je suis amoureuse ! Et chaque jour qui passe me paraît pire que la veille…

Chapitre 125

J'envoie une photo de ma bière à Amy. Je m'assure que Jack apparaisse en arrière-plan. Je ne veux surtout pas qu'elle imagine que je drague dans un bar, alors que je suis là, à penser à elle, et à me languir de la retrouver…

—Alors comme ça… tu es en couple ? me demande Jack. Je t'avoue que ça m'a étonné de l'apprendre, quand tu m'as téléphoné pour m'en parler.

Mon téléphone vibre, et j'étouffe un rire. Amy s'est prise en photo avec un sushi entre les dents. Je montre l'image à Jack qui rigole à son tour.

—Elle te plaît bien, on dirait, lâche-t-il.

—Tu parles. Je n'arrive pas à penser à autre chose depuis qu'elle est dans ma vie, je lui avoue en reposant mon téléphone sur la table. Pourtant, je bosse ! Deux, voire trois fois plus qu'avant !

—Tu es amoureux, c'est tout. C'est normal.

Il me jette ça comme ça, comme si c'était évident. Je le scrute, intrigué.

—Comment tu peux dire un truc pareil ?

—Mais regarde-toi, Oli ! dit-il en me montrant de la main. Tu souris constamment, tu penses à cette fille, tu lui envoies des photos, alors qu'il n'y a pas deux mois, tu étais le type le plus égoïste de la planète ! Si ce n'est pas ça, être amoureux, je me demande bien ce que c'est !

Je hausse les épaules, un peu perdu.

—Mais comment… enfin… je suis censé le savoir ? Y a pas de manuel qui dit : ça, c'est de l'amour. Ça, ce n'en est pas.

Il fronce les sourcils.

— Qu'est-ce que ça veut dire ? Que tu n'es pas sûr d'être amoureux ?

— Mais… je ne sais pas ! Je n'avais jamais ressenti un truc pareil, moi ! je m'énerve soudain. Ou alors… pas de cette façon-là ! Je veux dire…, avec Marianne j'arrivais à sortir avec mes potes sans ressentir cette espèce de… On dirait qu'elle me manque tout le temps !

— C'est le début, c'est tout. Ça va finir par se tasser. Tu es bien là, avec moi, non ?

— Ouais, mais je pense à elle quand même, je marmonne.

Je bois ma bière à grandes gorgées. C'est bête, parce que nous avons commandé des burgers. Je suis coincé ici pour au moins une heure, si ce n'est deux. Et Amy est avec Juliette. Tout cet espace entre nous me fiche le vertige.

— Oli…, si tu me disais ce qui t'angoisse ?

— Tout et rien à la fois, j'admets.

Devant le regard de Jack, je me sens redevenir tout petit. En même temps, c'est bien pour tout lui dire que je suis là, non ?

— J'ai besoin d'elle et ça m'effraie, je lâche enfin. Je ne sais pas comment elle fait pour me supporter. J'ai pourtant été un parfait salaud avec elle ! Et pas qu'une fois !

— C'est signe qu'elle doit beaucoup t'aimer. Et puis tu sais…, quand tu t'y mets, tu es plutôt un type bien.

Je grimace devant son compliment. Jack a vraiment le don de tout dédramatiser : pour lui, il vaut mieux prendre note du passé et se tourner vers l'avenir. Mais moi, pendant des années, je n'ai jamais cru que j'avais un avenir, alors… Et puis Amy est tombée du ciel, et il a bien fallu que je réfléchisse à tout ça.

— Tu n'es pas le premier gars qui a peur de tomber amoureux, Oli. En fait, c'est le truc le plus flippant qui puisse arriver à n'importe qui.

Je le fixe avec de grands yeux, mais il confirme en hochant la tête.

— Qu'est-ce que tu crois ? On passe tous par là ! rigole-t-il. Mais, même si c'est effrayant, c'est aussi la plus belle chose qui puisse t'arriver…

Là-dessus, je suis d'accord. Amy est vraiment la plus belle chose qui pouvait m'arriver. Et je ne la méritais certainement pas…

— Je crois que je l'aime, j'avoue d'une petite voix, mais j'ai peur de le lui dire et que… tout s'arrête brusquement dans trois semaines.

— Tu as peur de cesser de l'aimer ? m'interroge-t-il, surpris.

— Non ! Enfin… j'en sais rien. Je ne veux pas lui mentir. Depuis le début, j'ai été honnête avec elle. Merde ! Je lui ai dit des trucs que même toi, tu ne sais pas !

Au lieu d'en être intrigué, Jack sourit.

— C'est une excellente chose, Oli.

— Ouais. Je suppose. Elle ne m'a pas envoyé me faire foutre, déjà.

Il rigole devant ma façon de m'exprimer, et je profite de son silence pour ajouter, plus sérieusement :

— Et elle m'aime, tu sais ? Enfin… elle ne l'a pas dit avec ces mots, mais elle me le fait clairement comprendre. Tous les jours. Tu ne trouves pas ça incroyable ?

Jack me regarde avec un drôle d'air.

— Si j'ai bien compris…, ce qui te trouble, en fait, c'est que quelqu'un puisse t'aimer ?

Je fronce les sourcils.

— Non ! Cél m'aime, par exemple, et je n'en fais pas tout un plat !

— Ce n'est pas d'une relation forcée dont on parle, Oli. Cél t'aime parce que c'est ta sœur, mais cette fille a choisi de t'aimer. C'est très différent. Et comme tu as passé ta vie à t'isoler, tu as du mal à comprendre comment une chose pareille peut t'arriver !

Est-il possible qu'il ait raison ? Amy a-t-elle vraiment choisi de m'aimer ?

— L'amour n'est pas un choix. Moi, je n'ai pas choisi d'aimer cette fille ! C'est arrivé, c'est tout !

— Tu aurais pu fuir ou refuser de voir ce qu'elle provoquait en toi, mais non…, tu as accepté de t'ouvrir à elle. C'est un choix, Oli ; tu ne peux pas dire l'inverse.

— Mais… Amy… ?

— Elle a fait le même choix. Elle aurait pu refuser de s'engager dans cette histoire sous prétexte que tu étais un type trop compliqué, mais on dirait que tu es parvenu à toucher sa corde sensible. Chacun de nous se protège des autres, Oli, mais il y a toujours une brèche dans le mur. Une brèche que les gens qui veulent vraiment traverser finissent par trouver. Va savoir comment elle est arrivée jusqu'à ton cœur… ou toi au sien. C'est un peu comme de la magie. Et, à dire vrai, dans ce genre de choses… il veut mieux ne pas savoir.

Il porte son verre à ses lèvres. Ses mots font sens dans ma tête. Putain ! Je suis amoureux d'Amy et je ne suis même pas fichu de m'en rendre compte tout seul !

— Je suis un imbécile, je lâche. Dire que je ne lui ai jamais dit tout ça.

— Bah. On évoque nos sentiments quand on se sent prêt, tout simplement. Quand on est persuadé qu'ils sont vrais et sincères. Et le fait qu'ils grandissent, jour après jour, est normal aussi.

— Et si ça s'arrêtait, subitement ?

Il hausse les épaules.

— Ça, on ne peut pas le savoir à l'avance. Des gens s'aiment. Certains se séparent. L'amour change… et parfois il disparaît. Ce n'est pas comme si on avait une prise sur ça. Ce qui compte, c'est le moment présent, pas ce qui peut se passer dans les semaines ou les mois à venir. Tant que tu es honnête avec cette fille, tu n'as rien à te reprocher.

J'inspire. Tant que je suis honnête avec Amy, tout va bien ? Jamais je n'ai été plus honnête de ma vie ! J'ai bien failli la perdre à cause de ça, d'ailleurs !

— Tu as raison : je suis amoureux. Mais je suis trop amoureux. Par exemple, elle a passé la semaine à me dire qu'on devrait dormir chacun de son côté, certains soirs, mais, tu vois, je suis incapable de le faire ! Tu te rends compte ? S'il n'en tenait qu'à moi, j'enchaînerais cette fille à ma vie de toutes les façons possible. Juste pour être certain qu'elle ne m'abandonne pas.

Je me tais brusquement, mais Jack penche la tête sur le côté pour me lancer un regard perçant.

— Ah ! Voilà donc le vrai problème.

Je le pointe d'un doigt pour le mettre en garde.

— Non, attends ! Je sais ce que tu vas me dire : qu'avec ce que j'ai vécu, c'est normal d'avoir peur d'être abandonné, mais là c'est différent !

— En quoi ?

— J'ai été vache avec Amy au début de notre relation. Et puis… je ne connais rien à l'amour, putain ! Comment je suis censé la séduire pour qu'elle reste avec moi jusqu'à la fin des temps ?

— Je te trouve bien dur avec toi, Olivier. Tu n'as pas vécu pendant des années et voilà que tu tombes amoureux. C'est un choc pour toi. C'est normal.

— Tu n'as pas idée, je confirme.

— Et tu as de la chance qu'une fille comme Amy t'accepte tel que tu es. Et que tu puisses lui parler de tout ça. C'est le signe que votre relation se construit sur des bases solides.

Je le fixe, les yeux remplis d'espoir.

— Ah ouais ? Tu crois ?

— Oui. Mais essaie de ne pas trop l'étouffer, quand même. C'est nouveau pour toi, mais tu dois aussi songer à laisser cette pauvre fille respirer.

Je me rembrunis. Est-ce que j'en demande trop à Amy ?

Quand la serveuse vient déposer nos burgers et que je reste là, à fixer ma nourriture en songeant à Amy, Jack s'exclame :

— Allez, envoie-lui la photo !

Je retrouve un large sourire et m'empresse de récupérer mon appareil. Amy saura que je pense à elle. Pour le principe, je soulève le pain et je lui montre que j'ai pris un extra-bacon. Juste parce que je sais qu'elle adore ça.

— Ne t'en fais pas, va, se moque Jack. Dès qu'on a fini de manger, tu pourras aller la retrouver. Moi aussi, j'ai une femme qui m'attend.

Chapitre 126

Quand je rentre, Amy est déjà là. Je lâche un soupir de soulagement. Je n'ai pas osé lui demander où elle était quand j'ai quitté Jack. Je ne voulais pas qu'elle se sente obligée de rentrer plus tôt. Obligée de s'occuper de moi. Obligée, quoi. Jack n'a-t-il pas sous-entendu que je lui en demandais trop, ces temps-ci, et que je devrais lui en parler ? Que c'est la base du couple, la communication ?

Dans mon lit, Amy est étendue sur le ventre, un bouquin à la main. Pas de télé. Pas de musique. Elle n'est même pas sous les draps. Elle porte ce boxer et ce tee-shirt beaucoup trop grand, que j'aime bien, tout compte fait. Quand elle m'entend arriver, elle se redresse sur un coude et tourne la tête dans ma direction.

— Déjà là ?

— Et toi ? Je pensais que tu irais danser avec Juliette.

— Alors là… pas de danger ! Elle avait un rendez-vous…

Elle me lance un drôle de regard que je ne relève pas. Je laisse tomber ma veste sur une chaise et viens m'installer sur le rebord du lit.

— Elle sort avec Drew ! annonce-t-elle comme s'il s'agissait d'une nouvelle importante.

— Ah ! C'est chouette.

— Tu parles ! C'est à peine si on a pu parler de toi ! Elle n'en a que pour Drew, maintenant !

Je souris. Je présume que ce n'est pas plus mal qu'elle garde nos petits secrets. Sans attendre, elle vient se blottir contre moi et m'embrasse.

— Et toi, ta soirée ?

— Tu m'as manqué, dis-je sans hésiter.

— Toi aussi, glousse-t-elle en venant frotter le nez contre le mien.

— Et, contrairement à toi, j'ai beaucoup parlé de nous deux.

Elle s'éloigne de moi et s'installe confortablement sur ses talons pour me lancer un regard intrigué.

— OK.

Je m'empresse de jeter :

— Avant ton arrivée, j'étais comme un bateau, Amy…, je dérivais n'importe comment. Et puis… soudain… tu étais là. Comme une île perdue au milieu de nulle part. Et quand j'ai compris que c'est là que je voulais être, eh bien…, je me suis mis à jeter l'ancre, tu vois ?

Elle sourit, étonnée par ma métaphore. Pourtant, j'y ai songé pendant tout le trajet du retour, et comme elle exprime bien ce que je ressens je poursuis :

— En fait, je n'arrête pas de te jeter des ancres, parce que je ne sais jamais si ça s'accroche quelque part où c'est stable. Un endroit bien solide. Alors j'envoie et j'envoie…, parce que j'ai besoin d'avoir tous ces liens avec toi.

— Oui. J'avais compris, chuchote-t-elle, si émue que je vois des larmes au fond de son regard.

— Mais avec tout ça… j'ai peur de t'effrayer. Peur d'ouvrir les yeux et de voir que l'île a disparu…, peur de tout faire de travers, parce que… c'est la première fois de ma vie que je tombe amoureux.

Amy ferme les yeux et inspire longuement. Une larme roule sur sa joue, et elle expire bruyamment avant de reporter son attention sur moi.

— Merde ! Je ne voulais pas te faire pleurer, je souffle.

À travers ses larmes, Amy rit soudain et revient se jeter à mon cou.

— Tu vas finir par me faire exploser le cœur, me chuchote-t-elle à l'oreille.

Je la retiens contre moi, sonné. Est-ce une bonne ou une mauvaise chose… ? Quand elle recule pour revenir plonger un regard humide sur moi, elle me sourit doucement :

— Je t'aime, Oliver Garrett. Je veux bien être ton île ou tout ce que tu voudras, en fait…

Mes doigts caressent sa joue, et je la regarde avec une émotion qui étrangle ma voix.

— Je t'aime comme un fou. J'étais seulement trop con pour te le dire plus tôt.

Elle m'embrasse encore avant de m'offrir un nouveau sourire lumineux.

— Rien ne presse, tu sais.

— Au contraire. Je n'ai pas vécu pendant huit ans. Je n'ai plus de temps à perdre ! Jack dit que le côté un peu trop passionnel, c'est normal, que ça va se stabiliser, qu'il faut juste… qu'on trouve notre équilibre…

Amy sourit, puis elle hoche la tête avant de se blottir de nouveau contre moi.

— On ira à ton rythme.

Putain ! Pourquoi elle me dit un truc comme ça ? Si elle savait comme il y a des moments où j'ai envie qu'on soit à des années de ce moment précis. Quand on sera mariés, avec des gamins, qu'on aura une vraie famille et qu'on s'aimera toujours. Dans des moments comme celui-ci, je la sens vraiment avec moi. Derrière ce mur. Et je sens que nous sommes prêts à affronter tous les obstacles qui oseront se mettre entre nous…

— Tu peux être sûre que je vais faire tout ce qu'il faut pour ne jamais te perdre, ajoute-t-il.

Elle pose de nouveau les lèvres sur les miennes, cette fois avec une intensité qui me vrille le ventre. Ses mains s'accrochent à mes épaules, et elle se hisse sur moi. Son corps se frotte contre le mien pendant que je tangue pour conserver mon équilibre. Amy me pousse, et je me retrouve étendu de biais sur le matelas, avec cette femme au désir ardent sur moi qui me dévore la bouche.

— Amy, tu vas me rendre fou…

— Et où est le problème ? me questionne-t-elle, en ramenant ses magnifiques yeux sombres sur moi.

— Mais… tu as…, tu sais bien !

J'ai l'air d'un imbécile à être incapable de prononcer le mot « règles » ! Les mains d'Amy s'activent sur ma fermeture Éclair, et elle chuchote :

— Tu viens de me dire que tu m'aimes… Il faut bien fêter ça.

— Mais… comment ?

Quand sa main libère mon érection et qu'elle se met à me branler, la question s'évapore de mon esprit. Qu'elle fasse tout ce qu'elle veut, après tout ! Quand j'ouvre les yeux et que je la contemple, penchée sur moi, je peste :

— Enlève ce tee-shirt. Je veux te voir.

Elle me lance un sourire ravi et retire son haut. Je suis complètement sous le charme. Sa main glisse entre ses seins puis revient s'enrouler autour de ma queue. Elle me caresse doucement, avant de se pencher sur moi. Je ferme les yeux et gémis d'envie. Amy continue d'embrasser mon ventre. Puis sa voix résonne à travers la bulle qu'elle construit autour de nous :

— Dis-moi que tu aimerais que je te suce…

Mon sexe gonfle, et je bafouille, déjà bien ébranlé :

— Suce-moi. Envoie-moi au paradis.

Mes mots se terminent en une plainte lorsqu'elle plonge mon gland entre ses lèvres. Je serre les fesses pour essayer de retenir l'excitation qui grimpe beaucoup trop vite dans mon ventre. Quel délice, cette bouche ! Toutes les sensations s'enregistrent dans mon cerveau à une vitesse folle. La façon dont elle me déguste, dont ses cheveux m'effleurent le ventre, sa main qui s'accroche à la mienne pendant que je gémis. Quand je n'arrive plus à résister, je me mets à crier, fort. Amy accélère, et moi…, je chute dans une plainte qui n'en finit plus.

J'entends mon cœur qui s'affole dans mes tempes, puis qui reprend doucement son rythme normal. Amy me lâche et vient poser la tête sur mon torse. Mes doigts se glissent entre les siens, et je les serre, juste pour m'approprier sa main comme je viens de m'infiltrer dans sa gorge.

— Je t'aime, dis-je, incapable de retenir les mots qui s'échappent de ma bouche.

J'emprisonne son visage entre mes mains avant de poser les lèvres sur les siennes. J'ai envie d'être doux et rude à la fois. Si elle n'avait pas ses règles, je la ferais jouir comme une folle sur ce lit, histoire qu'elle répète mon nom en boucle pendant l'orgasme... À défaut, je prends sa bouche et caresse sa peau parfaite, qui frémit sur la mienne. Je glisse soudain les mains sous son boxer et lui écrase les fesses sous mes doigts. Amy soupire et redresse la tête pour me jeter un regard trouble.

— Il vaut mieux... qu'on reste sages.

Je lui caresse les cuisses.

— Tu as un tampon ?

Elle sursaute.

— Oli ! me gronde-t-elle.

— Tu as un tampon ? je répète plus rudement.

— Oui, mais... on ne va pas...

Avant qu'elle puisse protester, je pose le pouce sur son clitoris tendu et le frotte délicatement.

— Qu'est-ce que...

— J'ai envie de te toucher, je lui avoue. Envie de t'entendre gémir mon nom.

Elle se cambre, puis je sens sa nervosité s'estomper petit à petit. Son corps cesse de lutter alors que j'approfondis la caresse. Je retiens un grognement quand je retire ma main et viens lécher mes doigts pour les lubrifier. Quand je retourne entre ses cuisses, Amy soulève son bassin pour me faciliter l'accès. Je retourne à ma tâche, et bientôt elle se lâche, posant un regard trouble sur moi pendant qu'elle tente de me disputer :

— Tu es complètement fou.

— Complètement amoureux, je rectifie.

Elle glousse avant de fermer les yeux sous le plaisir que je lui donne. J'adore la façon dont son corps m'obéit.

— Je ne peux pas croire que… tu es en train de faire ça, marmonne-t-elle entre deux râles.

— Je suis un peu fou…, un peu salaud… Tu es sûre que tu veux d'un type comme moi ?

Ses yeux m'envoient des éclairs, puis elle se met à onduler des hanches, se frottant contre mes doigts, visiblement sur le point de perdre la tête.

— Oh…, bordel ! souffle-t-elle.

— Dis mon nom, je lui ordonne.

Elle m'embrasse avant de chuchoter mon nom un nombre incalculable de fois contre mes lèvres. Quand elle jouit, son corps devient raide contre le mien, puis elle s'écroule, sans force, dans un soupir apaisé.

— C'était génial, marmonne-t-elle, la bouche contre mon torse.

— C'est toi qui es géniale.

Elle glousse avant de se redresser pour que nos regards se croisent.

— Je t'aime, mon petit bateau.

Lorsque je comprends qu'elle fait allusion à ma métaphore, je me mets à rire, puis je ramène ce petit bout de femme contre moi en soupirant. Amy est mon île. Mon havre de paix.

Chapitre 127

Je suis nerveux. Décidément, je ne me ferai jamais aux hôpitaux. Je marche vite, la main d'Amy dans la mienne, et m'arrête devant les ascenseurs.

— On devrait aller acheter des fleurs, propose Amy en indiquant une boutique, au fond du couloir.

— On verra ça plus tard, dis-je en la tirant en direction de la porte qui s'ouvre.

Dès que nous montons vers le septième étage, elle rit. Probablement parce que je tape du pied d'impatience.

— Tu as hâte de rencontrer ta nièce ? me questionne-t-elle.

— Hein ? Pas vraiment. J'ai surtout hâte de m'assurer que ma sœur va bien. Elle avait une drôle de voix au téléphone…

Un autre rire lui échappe et elle tente de me rassurer :

— Elle a passé la nuit à accoucher ! Elle doit être épuisée !

Je ne réponds pas, mais en réalité, si elle ne voulait pas être épuisée, il ne fallait pas faire de gamin. Quelle idée de donner naissance à un enfant dans un monde comme le nôtre. Elle n'était donc pas satisfaite de sa vie ? Elle a Paul qui est fou amoureux d'elle. Pourquoi a-t-elle voulu mettre le bordel dans son couple avec un gamin ?

Dès que nous sortons de l'ascenseur, je me mets à chercher frénétiquement la chambre de Cél, quand Amy tire sur ma main pour m'arrêter.

— C'est ici, annonce-t-elle.

Je pousse la porte qui n'est pas tout à fait fermée et reste figé sur le seuil, pendant un bref instant. Juste le temps de vérifier que tout va bien à l'intérieur. Sur un fauteuil, j'aperçois ma sœur avec un bébé dans les bras. Paul se tient derrière. Cél lève les yeux vers moi et affiche un sourire lumineux, qui me prouve immédiatement qu'elle va bien.

— Tu vois qui est là, Emma ? C'est tonton Oli et tata Amy…

Sa voix se fait chantante, mais ce n'est pas ce qui me trouble. J'avance de deux pas et m'arrête de nouveau pour lui jeter un regard sombre. Amy s'est déjà avancée et se penche sur le bébé, qui gigote contre ma sœur, félicitant le couple.

— Tu l'as appelée… Emma ? je questionne un peu rudement.

— Oui. Comme maman. Viens voir comme ça lui va bien.

Je ne bouge pas. Je n'ai pas vraiment envie de voir ce bébé. Je voulais surtout m'assurer que Cél allait bien. Mais je présume que je ne pourrai pas foutre le camp avant d'avoir fait les choses correctement. J'ancre les yeux sur Amy, en train de caresser la tête du poupon en répétant à quel point elle est belle, puis je me décide enfin à m'approcher. Amy me cède sa place. Sans attendre, Cécilia soulève sa fille et la tend vers moi. Ma gorge se noue. Elle ne veut quand même pas que je la porte ?

— Tiens, tonton, fais connaissance avec ta nièce…

— Euh… je ne suis pas sûr que…

— Arrête de faire ton blaireau. Prends-la. Tu as besoin de créer des liens avec elle. Surtout que tu vas devenir son parrain…

Je lui jette un regard intrigué, et elle profite de cet effet de surprise pour me mettre d'autorité la petite dans les bras. Je reste immobile et fronce les sourcils.

— Mais regarde-la ! s'énerve ma sœur.

C'est long, mais je daigne enfin poser les yeux sur cette petite chose rose, bien emmitouflée dans une couverture. Sa peau est fripée et ses bras bougent dans tous les sens. Je resserre légèrement ma prise, par crainte de la laisser échapper. Merde ! C'est fragile, ce truc ! Comment ma sœur a-t-elle osé me la refourguer comme ça ? Sans réfléchir, je recule jusqu'à la petite chaise et m'y installe tout doucement. La petite bouge, se met à gazouiller. J'envoie un regard paniqué vers Cél qui hoche la tête.

— Elle dit bonjour à son tonton.

« Tonton »..., même si c'est la troisième fois que je l'entends, ce matin, on dirait que je viens enfin de comprendre le sens de ce mot. Tonton... Un peu sonné, je reporte mon attention sur Emma et force un sourire à apparaître sur mes lèvres.

— Coucou, toi, dis-je comme un idiot.

On dirait qu'elle essaie de me répondre. Au lieu de la regarder, soudain je la vois. Et je comprends subitement que ma sœur vient de faire traverser mon mur de protection à Emma, comme si de rien n'était, et voilà que mon cœur craque. Comment peut-il seulement en être autrement ?

— Elle est magnifique, je murmure.

— Tu parles qu'elle est magnifique ! C'est ma fille, frime Cél.

Je la berce, et Amy revient se poster près de moi. Elle me caresse l'épaule. Sur le moment, je crois qu'elle veut me la reprendre, mais non. En fait, je m'aperçois qu'une larme m'a échappé.

Je reporte mon attention sur l'enfant en affichant un air béat. Près de mon oreille, Amy dépose un baiser et chuchote :

— Je t'aime, toi.

Je relève les yeux vers elle, heureux. Pas seulement de cet amour qu'elle me donne, mais de cette famille qui se crée autour de moi. Alors que je me suis toujours senti seul, voilà qu'il y a des tas de gens qui m'entourent. Et ce sont tous des gens que j'aime. Jamais il n'y a eu plus d'amour en moi... et pour moi... qu'en ce moment précis.

— Merci de m'aimer, dis-je simplement.

Je lui tends les lèvres, et elle les prend aussitôt, puis je reporte mon attention sur Emma. Le nom résonne dans ma tête avant que je parvienne à le dire de vive voix.

— Emma… (Je jette un coup d'œil à ma sœur.) Effectivement, ça lui va bien.

— Tu parles que ça lui va bien ! Et je suis sûre que maman aurait adoré être grand-mère.

Là aussi, ça me fiche un coup qu'elle parle de notre mère d'une façon toute naturelle. Ça doit faire des années qu'on n'a pas abordé le sujet, elle et moi. Pourtant, je hoche la tête. Oui, ma mère aurait été fière. Pas seulement de ce bébé, mais de ma sœur, aussi. Et peut-être même de moi…

Pendant que Cél se met à parler de nos parents à Amy, je retourne dans ma bulle avec la petite Emma. Je ne m'attendais à rien en venant ici, surtout pas à ce qu'une si petite chose traverse le mur qui m'entoure et entre dans ma vie de façon aussi percutante. Emma…, ma nièce…, une autre merveille de la nature…

Chapitre 128

Un mois après la naissance d'Emma, Paul et Cécilia font une petite fête en l'honneur de leur fille. Leur maison est bondée, et j'ai du mal à retenir tous les noms de ceux qu'on me présente. Olivier sourit et paraît heureux de revoir tout le monde. Il parle beaucoup de moi. Quand on lui demande : « Et toi ? Quoi de neuf ? » il me serre contre lui et répond : « Cette fille ! » À l'entendre, je suis responsable de tout : de son changement d'attitude, de sa bonne humeur et même de sa sociabilité.

— Arrête de parler de moi comme ça, dis-je en rougissant dès qu'on se retrouve seuls.

— C'est pourtant la vérité. Tu as tout changé pour moi.

Je me contente de sourire, même si j'ai toujours du mal à y croire. Pourtant, je vois bien qu'Oli change. Tous les jours ! Qu'est-ce qu'il m'impressionne ! Il essaie de renouer avec les autres. Dès qu'il a du temps libre, il file chez sa sœur pour voir la petite. Il a décidé d'être un oncle présent, en plus d'être un petit ami parfait et un patron attentionné. Il s'est personnellement assuré que personne n'est trop débordé au bureau. Il a même délaissé son petit cocon créatif pour superviser les projets en cours. Il se promène de salle de spectacle en salle de spectacle à travers la ville pour vérifier que tout se passe bien avec les nouveaux techniciens. Il les aide, les forme… pendant que je gère pour lui tout le côté administratif. J'aime dire qu'on est complémentaires, lui et moi. Au travail comme dans l'intimité.

Le seul moment où il consent à me lâcher la main, c'est lorsqu'il a Emma dans les bras. Là, il devient tout fier et se pavane en répétant à qui veut l'entendre qu'il est le parrain. Alors qu'il devient le centre de l'attention, je vais m'asseoir un peu à l'écart, là où j'ai tout le loisir de l'admirer de loin. Régulièrement, il pose les yeux sur moi et me sourit. Un sourire qui me fait fondre sur place et qui prouve, loin de tout doute, qu'un lien nous unit. Et ça, même si je le ressens très souvent, ces derniers temps, j'avoue que ça me bouleverse toujours autant.

— Il est doué avec la petite Emma, hein ?

Margaret vient s'asseoir sur la chaise à ma gauche et me sourit.

— Vous vous souvenez de moi ?

— Bien sûr, dis-je sans la moindre hésitation.

Comment pourrais-je oublier celle qui a aidé Olivier à devenir l'homme qu'il est aujourd'hui ? Elle reporte son attention sur Oli, et son sourire témoigne d'une sorte de béatitude.

— Quel changement chez ce garçon !

— Oui, je confirme avec une pointe d'émotion dans la voix.

Je me souviens de ses paroles, lors du dîner de charité. Là aussi, elle m'avait parlé du changement qu'elle avait remarqué chez Oli. À l'époque, je ne voyais rien. Et je voulais surtout ne rien voir. Mais, aujourd'hui, c'est l'évidence même. Oli est là, souriant, un bébé dans les bras. Il va vers les autres, ce qu'il n'aurait probablement jamais fait avant.

— Quand j'ai connu Oli, c'était un petit garçon blessé, lâche-t-elle encore.

Elle tourne les yeux vers moi.

— Tu permets qu'on se tutoie ? Car les amis d'Olivier sont mes amis…, et il n'en a pas beaucoup, tu t'en doutes…

Je rigole, mais je hoche la tête sans hésiter. Elle ajoute :

— Si tu l'avais vu, à cette époque… il ne parlait à personne, pas même à Cécilia. Il était rempli de colère. C'est pour ça que Jack l'a incité à faire du sport. Pour qu'il se mêle aux autres, qu'il extériorise sa rage…, et il a choisi la boxe. Il ne voulait surtout pas entrer en contact avec les autres. Avec Jack, ça a été un long parcours, tu sais ? Presque deux ans avant qu'il se décide à lui parler de tout et de rien. Les seules fois où il communiquait réellement, c'était quand il s'emportait. Il fallait le pousser à bout pour qu'il se confie.

Je le contemple, toujours dans sa bulle avec la petite Emma.

— Je ne savais pas, dis-je simplement.

— Bah…, ce n'est plus le même aujourd'hui, constate-t-elle. Ce qu'il a fait, au dîner de charité, c'était un véritable petit miracle, Amy. S'ouvrir, comme ça, devant tout le monde…

Ma gorge se noue. Olivier s'est mis à nu pour moi, devant un public. Dire que je me protégeais de lui.

Soudain, je lâche un petit rire nerveux.

— Quoi ? me questionne Margaret.

— C'est bizarre… C'est comme si… Oli était arrivé à chasser le mur autour de lui et que…

Je pose machinalement une main sur ma poitrine avant d'ajouter :

— Parfois… c'est moi qui ai peur d'enlever le mien.

Margaret se met à rire doucement, et je me sens forcée de me justifier :

— Mais j'aime Olivier, vous savez ? Tout est tellement… parfait ! C'est juste que…

— On a tous des barrières, Amy, chuchote-t-elle. C'est normal.

— Mais Oli est arrivé à toutes les détruire. Pourtant, il a vécu des choses bien plus difficiles que moi…

— Oh, mais c'est très différent ! dit-elle dans un petit rire. Oli n'était pas seulement derrière un mur, Amy, il était complètement enfermé. Mais il suffisait d'une toute petite brèche pour qu'il voie la lumière, et il fallait qu'il sorte pour voir ce qui se passait de l'autre côté.

Sa main vient tapoter la mienne, posée sur l'accoudoir.

— Tu l'as obligé à sortir de sa caverne. À enlever ses œillères. C'est une magnifique preuve d'amour qu'il t'a donnée…, j'espère que tu en es consciente.

Je hoche la tête, émue.

— Oui, je souffle.

Nous les contemplons encore un moment, tandis qu'il rend la petite à sa mère.

— Il fera un très bon père, je crois, lâche soudain Margaret.

Je lui jette un regard de biais.

— Nous n'en sommes pas encore là !

— Oh, je m'en doute ! Mais tu as vu comme il est avec cet enfant ? On dirait que tout le touche, maintenant. Remarque, ce n'est guère étonnant. Les personnes qui ont peu vécu ont généralement une très forte envie de tout faire, lorsqu'ils reviennent à la vie.

De nouveau, elle me tapote la main.

— Je suis vraiment contente pour vous deux. Ça se voit que vous vous aimez.

— Oui, dis-je sans la moindre hésitation. Et parfois, j'ajoute à voix basse après un silence, j'ai l'impression… que c'est trop fort entre nous.

Même si Maggie ne bouge pas, je sais qu'elle m'a entendue, car ses yeux ont chuté vers le bas, signe qu'elle réfléchit à mes propos, que je m'empresse d'expliquer :

— Enfin, je veux dire… Oli était tellement différent quand je l'ai rencontré ! Et rien ne dit qu'il ne finira pas par se lasser de moi…

— Il a probablement plus peur que tu ne l'abandonnes que l'inverse, dit-elle simplement.

— Oui, ça, je comprends. Mais c'est arrivé si vite que… forcément…

— Tu crois qu'il pourrait retourner dans sa caverne et se dire qu'il a fait une erreur ?

Même si je voudrais nier, j'affiche une moue gênée avant d'acquiescer.

— Tu as peur qu'il ne te brise le cœur, résume-t-elle encore. C'est normal. Être amoureuse d'un garçon comme lui n'a rien d'évident. Il passe d'un extrême à l'autre. Au moindre doute, il pourrait bien te traîner à Vegas pour te faire une demande en mariage express, juste pour s'assurer que tu ne risques pas de le laisser tomber…

Je ris. Effectivement, ce genre de plan ne serait pas étonnant de la part d'Oli !

— Ma fondation a suivi pas mal de cas similaires, reprend Margaret, et il y a ceux qui ne s'en sortent jamais…, ce dont on a eu très peur avec Olivier, je ne te le cache pas. Mais… il y a ceux qui y arrivent. Cécilia, par exemple. Regarde comme elle est heureuse… C'est encourageant, tu ne trouves pas ? Quand on pense qu'elle passait son temps à botter les fesses d'Olivier, il n'y a pas trois mois…

— Oui, dis-je avec un petit rire timide.

— Une chose est sûre : lorsque ces personnes donnent leur cœur, elles ne le font pas à moitié. Olivier t'aime. Ça irradie dans toute la pièce. Tu es une bénédiction pour lui, pas une fille comme une autre.

Je souris, émue.

— Tu sais…, concernant Marianne, je t'avoue que je n'ai jamais compris comment elle était arrivée jusqu'à son cœur. Ne va pas croire que je veux médire sur Marianne, mais dans mon souvenir elle passait son temps à pousser Olivier à devenir ce qu'il n'avait pas envie d'être : un homme d'affaires, quelqu'un d'important…, alors qu'en fait tout ce qu'il voulait…, c'était créer. (Un silence passe.) Ils se disputaient beaucoup, surtout vers la fin, ajoute-t-elle. Et je crois que ça a miné Olivier, bien plus que les sentiments qu'il avait pour elle…

Je la scrute avec un air ébahi.

— Oh, mais ne va pas croire que je doute de l'amour qu'il lui portait ! dit-elle très vite. Seulement… je ne sais pas… on aurait dit qu'il considérait avoir des obligations envers elle. Peut-être parce qu'elle est la première avec qui il s'est senti suffisamment en confiance pour abattre ses barrières…, va savoir !

Je n'ose pas lui répéter ce qu'Olivier m'a confié, mais j'acquiesce en silence.

— On conspire contre moi ?

La voix d'Olivier me fait sursauter, mais je n'ai pas le temps de bondir sur mes jambes pour l'accueillir qu'il s'accroupit à mes côtés et récupère mes mains entre les siennes.

— Maggie, tu ne lui racontes quand même pas mes secrets ? fait-il mine de la réprimander.

— Bien sûr que non ! Je venais seulement de lui dire à quel point vous faisiez un beau couple, tous les deux.

Elle se penche pour caresser la joue d'Olivier.

— C'est beau de te voir heureux.

— C'est sa faute, blague-t-il en me désignant du menton.

— C'est parce que tu veux bien l'être, mon petit, rétorque Margaret. (Elle se lève pour lui laisser la place à mes côtés.) Je suis contente pour toi, Olivier. Et Emma a beaucoup de chance d'avoir un oncle aussi impliqué que toi.

L'émotion se lit sur le visage d'Oli.

— Merci, Maggie.

Elle se penche soudain vers lui et chuchote :

— Tu seras un bon papa… un jour…

— Alors là, il faudrait déjà convaincre Amy ! raille-t-il.

Maggie rit.

— N'oublie pas ce que je t'ai dit, petit…

Quand elle s'éloigne et qu'Olivier s'installe à ma gauche, je ne peux m'empêcher de demander :

— Qu'est-ce qu'elle t'a dit ?

— Quelle curieuse tu fais !

— Oh ! Allez, quoi !

Il prend le temps de me voler un baiser avant de répondre.

— Elle m'a dit un truc tout bête.

— Dis toujours, j'insiste, de plus en plus intriguée.

— Tout vient à point à qui sait attendre…

J'éclate de rire.

— Quoi ? C'est tout ? Juste ça ?

— Hum hum, confirme-t-il. Et tu sais ce que je lui ai répondu ?

Il m'embrasse encore, puis jette :

— Que j'étais prêt à t'attendre toute ma vie.

Sous le choc, je reste là, à le fixer, émue comme jamais, avant de jeter les seuls mots qui me viennent en tête :

— Qu'est-ce que je t'aime, toi !

Sans hésiter, j'écrase son petit sourire satisfait sous un baiser.

Chapitre 129

Ce soir, pour célébrer nos six mois ensemble, Olivier m'emmène dîner dans un grand resto. Enfin… c'est ce que j'en déduis, car il m'a demandé d'acheter une robe de princesse pour l'occasion. Autant cela m'aurait fait plaisir il y a six mois, autant, après la semaine de boulot, j'aurais préféré un petit dîner en tête à tête, chez lui.

« On ne sort jamais, s'est-il plaint. J'ai de l'argent, tu sais. Je peux inviter ma copine dans un endroit chouette ! » J'ai cédé. Surtout parce que Cécilia était très heureuse de venir faire les boutiques avec moi, et peut-être aussi parce qu'Olivier semblait beaucoup tenir à cette sortie. C'est vrai qu'on ne va pas souvent manger dehors. Avec le travail, les repas d'affaires, les voyages éclair à Las Vegas et à Los Angeles…, la seule chose que j'ai envie de faire, en rentrant, c'est de retrouver Olivier et de rester là, lovée contre lui, sur le canapé.

Je suis en train de vérifier mon maquillage quand Oli m'envoie un texto : « J'arrive dans cinq minutes. » Je souris, récupère mon sac à main et jette un dernier coup d'œil à mon appartement avant de sortir. C'est étrange d'être ici et de songer que c'est chez moi, car ces dernières semaines je dors toujours chez Oli. C'est devenu trop compliqué de gérer les deux endroits, autant pour les vêtements que pour la bouffe. En descendant l'escalier qui mène à l'extérieur, je me demande si je ne devrais pas proposer à Oli qu'on habite ensemble…

Quand je sors de l'immeuble, je retiens mon souffle en apercevant la limousine qui s'arrête sur le bord du trottoir, puis j'éclate de rire. Oli descend et fronce les sourcils :

— Hé ! J'allais monter te chercher !

— Une limousine ? je m'exclame. J'aurais pu conduire !

Il se plante devant moi, une rose à la main.

— Ce soir, c'est fête, dit-il avec un petit sourire coquin. Personne ne conduit, personne ne cuisine… On va passer une soirée parfaite, toi et moi. J'ai tout prévu.

Je récupère sa fleur et retiens un petit gloussement avant de chuchoter :

— Chaque fois qu'on est ensemble, c'est toujours parfait…

Son sourire devient éclatant.

— Ça, c'est vrai, confirme-t-il en m'embrassant.

Il m'entraîne vers la limousine, et je m'installe sur la banquette arrière, fébrile. Ce soir, on dirait qu'il cherche à rendre notre soirée particulièrement spéciale.

— Où est-ce qu'on va ? je demande, dès que la voiture reprend la route.

— Dans un endroit particulier.

Il me ramène contre lui.

— Avec tout ça, j'ai oublié le plus important.

Nouant les bras autour de son cou, je fais mine de ne pas comprendre.

— Ah ? Quoi donc ?

— Je suis heureux de te voir. Et tu es magnifique.

Je ris avant de lui céder ma bouche. Entre deux baisers, il insiste :

— J'ai beaucoup de chance.

— C'est moi qui ai de la chance. J'ai le petit ami le plus parfait qui soit.

— C'est vrai que je fais fort, ce soir, avec la limousine.

— Idiot. Je m'en fous. Toi et moi, ça suffit amplement à faire de ma soirée quelque chose de parfait.

Il me caresse la joue du revers de la main.

— C'est probablement pour ça que je t'aime…

— Parce que je me fiche de la limousine ? je plaisante.

— Parce que tu m'aimes, même si je suis parfois excessif.

— Alors là, c'est vrai !

Son rire me plaît, et la façon dont il me tient contre lui, aussi. Quand la limousine s'arrête et que je reconnais l'endroit où nous nous sommes rencontrés pour la première fois, j'éclate d'un rire franc.

— Tu m'emmènes dans un bar ? Tu sais que je ne suis pas du tout habillée pour ça !

— Disons que c'est une soirée spéciale. J'ai réservé l'endroit.

Je le fixe, incertaine, avant de reporter mon attention sur l'entrée, mais le chauffeur est déjà là et nous ouvre la portière. Un autre rire m'échappe lorsque j'aperçois le tapis rouge sur lequel on a étalé des pétales de roses. Pour entrer dans un bar ? Quelle drôle d'idée ! Mon sourire se fige sous l'émotion, et je fais mine de railler :

— Tu ne trouves pas que tu en fais trop ?

— Rien n'est jamais trop pour toi. (Il pose une main sur ma taille.) Et puis… tu connais mon sens du spectacle…, ajoute-t-il.

Oui, je connais son sens du spectacle, mais jamais Olivier ne l'a utilisé pour moi. Enfin… pas de cette façon-là. J'ai bien eu droit à des portraits, à des cartes en 3D, à des déclarations d'amour spontanées, à des voyages éclair en amoureux, mais une soirée orchestrée de cette façon…, non.

— Je pensais qu'on irait simplement dans un bon resto…

— Depuis le temps que Cél m'énerve pour que je mette mes talents à profit pour t'impressionner…

Qu'est-ce que je dois comprendre ? Que c'est une idée de sa sœur ? D'un air entendu, Oli me guide vers la porte, et je reconnais Drew, à l'entrée, qui fait mine de nous saluer en s'inclinant légèrement.

— Madame, monsieur…

Il tend un objet à Olivier, puis nous fait signer d'entrer.

— Tu n'as qu'à refermer en sortant. Le verrou se mettra automatiquement.

— Super. Merci, Drew.

— Bonne soirée, les tourtereaux.

Je le suis du regard pendant qu'il s'éloigne, mais Olivier reprend mon attention en me poussant discrètement vers l'intérieur.

— Allez… viens…

Je le suis en me tenant à la main qu'il m'offre. Il fait sombre, même si de petites lumières sur le sol nous indiquent le chemin. Je marche en vérifiant où je mets les pieds et m'arrête lorsque Oli cesse d'avancer.

— Bon…, eh bien…, c'est le moment de vérité.

Je cligne des yeux en essayant de distinguer quelque chose, mais tout est noir. Puis, d'un clic, les lumières s'allument, et je mets longtemps avant de comprendre ce qui se passe. Ça ne ressemble plus au bar où j'ai rencontré Olivier. Il y a des draps blancs tendus sur les murs et au plafond. Au milieu de la salle, là où les gens dansent habituellement, il n'y a qu'une seule table, sur laquelle est déposé un large plateau contenant des sushis.

Je me remets à rire.

— Je croyais que tu n'aimais pas les sushis ?

— J'ai essayé plusieurs sortes. On s'habitue au goût…

Sa moue ne passe pas inaperçue, mais je ne me fais pas prier, je le laisse m'entraîner en direction de la table.

— C'était plus simple pour planifier le repas. C'est froid, ça se marie bien avec le champagne, et on n'a pas besoin de serveurs…

— Tu réserves tout un bar, mais tu ne veux pas payer un serveur ? je le taquine en prenant place sur la chaise.

— Je voulais surtout de l'intimité.

Lorsqu'il s'installe de l'autre côté de la table, je l'observe pendant qu'il nous verse du champagne, puis balaie l'endroit du regard. Partout autour de nous, le tissu blanc donne l'impression qu'Oli a voulu créer un cocon ou…

— C'est pour… une projection ? je vérifie, incertaine.

Il fait une moue avant de soupirer.

— Décidément, tu me connais trop bien.

Je comprends soudain la nature de l'objet que lui a remis Drew et je sursaute lorsqu'il appuie sur un bouton. Tout s'illumine, et les écrans de tissus s'animent. Olivier y projette de l'eau à l'infini et un ciel bleu.

— Ce soir, on mange sur une île, ça te va ? me demande-t-il en tendant son verre de champagne dans ma direction.

— Je… Ouais… OK.

Je trinque avec lui, puis reporte mon attention sur l'eau qui nous entoure en sirotant mon verre. Quel dépaysement ! Ça n'a rien à voir avec le genre de repas auquel je m'attendais, mais j'avoue que c'est vraiment enchanteur.

— Tu devrais manger un peu, dit-il. J'ai demandé à Juliette quels étaient tes sushis préférés.

Incapable de me concentrer sur la nourriture, je reporte mon regard sur Oli.

— Tu as vraiment organisé tout ça pour moi ?

— Évidemment. Ça te plaît ?

— C'est… magnifique, lui dis-je, la gorge nouée, en pensant à la symbolique de l'eau et de l'île.

Le souffle court, je porte prestement mon verre à mes lèvres.

— Merde…, je commence à être nerveux ! avoue-t-il avec un petit rire.

Oui, c'est visible, et ça m'angoisse aussi. Il se passe la main dans ses cheveux fraîchement coupés, puis prend un sushi. Soit il a faim, soit il cherche à rassembler son courage avant de se lancer. Anxieuse, je l'imite et en porte un à mes lèvres. Le goût, familier, me rassure.

— Miam ! J'adore ça !

Oli retrouve un air plus serein et sourit.

— Je les ai pris à ton restaurant préféré.

Il ajoute, la bouche pleine :

— C'est vrai que ce n'est pas si mal, mais ça ne vaut pas un burger avec deux tranches de bacon.

Je ris en hochant la tête.

— Si tu veux, en sortant, on pourra aller s'en prendre un.

Il me sourit à pleines dents.

— Décidément, tu es parfaite, mais ça…, je le savais déjà.

Son compliment me charme. Je ne compte plus le nombre de fois où il m'a dit des phrases de cet ordre, ces derniers mois : qu'il m'aime, que je suis la femme idéale, que je le rends heureux…, et c'est réciproque.

— Est-ce que… tu comprends pourquoi j'ai voulu qu'on mange sur une île ? me demande-t-il soudain.

Je hoche subtilement la tête en reprenant mon verre de champagne. Oli s'empresse de le remplir, comme s'il sentait que j'en avais besoin.

— En fait…, c'est ton île, lâche-t-il encore. Celle que j'ai trouvée après avoir dérivé pendant toutes ces années.

Mon cœur se met à battre la chamade, et je m'empresse de déposer mon verre sur la table, avant que mes doigts le fassent éclater tellement je le tiens fort. Merde ! Je ne peux pas croire qu'Olivier me fasse ce genre de déclaration, ce soir. Je me suis pourtant imaginé ce moment des centaines de fois, mais jamais de cette façon-là. Et surtout pas maintenant.

— C'est énervant que tu me connaisses si bien, marmonne-t-il.

J'éclate d'un rire nerveux. Et je m'explique sans attendre :

— Pardon, c'est que… je ne m'y attendais pas. Enfin… pas comme ça. Ni si vite.

— J'étais prêt dès la troisième semaine, avoue-t-il en arborant un petit air triste. C'est juste que… je voulais essayer de faire les choses correctement. Que tu comprennes… que je n'allais pas partir, quoi.

De toute évidence, il n'y a pas que moi qui connaisse bien mon partenaire. L'inverse est aussi vrai. Il avait décidé de me laisser du temps. De me prouver que c'était sérieux entre nous, et que je n'étais pas un simple caprice pour lui. Et il me l'avait prouvé à maintes reprises.

— Je veux… vivre sur ton île, lâche-t-il en plongeant les yeux dans les miens. Je veux qu'on jette l'ancre tous les deux. Ici. Enfin… ensemble. C'est une métaphore, tu comprends ?

Comme je reste immobile sur ma chaise, Oli se lève et vient s'accroupir à ma droite. Est-ce que je suis en train de rêver ?

— Seigneur, Olivier, tu vas me faire pleurer.

— Bah…, ce n'est pas grave. Personne ne le saura. On n'est que tous les deux, après tout, plaisante-t-il.

Soudain, je suis soulagée que l'on soit là, hors du monde et sans témoin, et je profite de sa proximité pour lui caresser la joue. Je n'arrive pas à croire que l'homme que j'aime fasse tout cela pour moi. Doucement, il repousse mon assiette, puis dépose délicatement un bateau en carton devant moi. Je souris en devinant qu'il s'agit d'une création toute personnelle…

— Tu fais… très fort, je rigole nerveusement.

Il acquiesce solennellement, puis je perds le souffle lorsqu'il soulève une petite ancre au bout de laquelle une bague a été accrochée.

— Ça te dirait que… je m'installe sur ton île ? me questionne-t-il simplement.

Mes doigts sur sa joue viennent se poser sur ma poitrine, et je chuchote :

— Seigneur…, tu es sérieux…

— Amy…, on n'est pas obligés de… Ce n'est qu'une bague, quoi. On peut seulement dire qu'on est fiancés et prévoir de se marier plus tard.

Des larmes s'échappent de mes yeux lorsqu'il ajoute :

— Quoique… Si on pouvait se marier très vite… dans un voyage éclair à Vegas, par exemple, je ne m'en plaindrais pas. Parce qu'avec Cél et ses conseils sur les métaphores… je refuse qu'elle s'occupe de notre mariage.

Je me remets à rire et emprisonne le visage d'Olivier dans mes mains avant de le faire taire d'un baiser, duquel il se défait très vite.

— Ça veut dire oui ? vérifie-t-il.

— Oui.

— Pour le voyage éclair ou… ? Tu veux le gros truc, peut-être ? Ça ne me gêne pas, hein, c'est juste que…

Je me penche vers l'avant et reprends sa bouche avant de chuchoter :

— On fera comme tu veux.

Il me tire vers lui et me fait basculer sur le sol en riant.

— Tu es vraiment la femme parfaite.

Je glousse contre ses lèvres et frémis lorsqu'il ajoute :

— Et bientôt, tu seras ma femme.

Nous restons un moment, ainsi, à nous étreindre. Je reprends peu à peu mon souffle et mes esprits, et vérifie :

— Tu veux vraiment te marier avec moi ? Parce que…, tu vois, on peut juste habiter ensemble. J'y songeais justement, tout à l'heure, à l'appartement…

— Chut. Je veux tous les liens. Tu as oublié ? Toutes les ancres qui me retiennent à ton île.

Je ris, mais je m'empresse de chuchoter :

— Oli… Aucune ancre ne te retiendra à mon île si ton cœur ne souhaite plus y être, un jour…

Il grimace.

— D'accord, alors je vais le dire autrement : j'ai besoin de sentir que tu ne me jetteras pas trop facilement de ton île.

Je ris nerveusement, et il vient souffler sur mes lèvres :

— Amy, tu es la femme de ma vie. C'est une certitude pour moi. Je ne vois pas pourquoi on attendrait plus longtemps. Je veux que tu viennes vivre avec moi, qu'on se marie. Et qu'on fasse des enfants, aussi. Pourquoi faut-il attendre avant de vivre ? À moins que tu ne sois pas certaine que je sois l'homme qu'il te faut ?

Je reviens me jeter à son cou.

— Oli ! Je t'interdis de penser un truc pareil ! Je veux être avec toi. Je te veux sur mon île jusqu'à la fin des temps, si tu le souhaites.

— C'est tout ce que je voulais entendre, gronde-t-il avant de reprendre ma bouche.

Ses baisers sur ma gorge et mon décolleté m'enflamment la peau lorsqu'il redresse brusquement la tête.

— Merde…, je fais tout à l'envers. On a un petit matelas, là-bas.

Je me remets à rigoler.

— Un matelas ? Parce que tu avais prévu qu'on baise dans ce bar ?

— Bien… j'avais prévu qu'on mange d'abord, mais…

Il se défait de mon étreinte et se redresse avant de chercher à tâtons quelque chose sur la table. Le ciel bleu et la mer disparaissent au profit d'une nuit étoilée et d'une magnifique lune en guise d'éclairage.

— La nuit devait descendre doucement pendant le repas…

Il tend une main dans ma direction, que j'accepte pour pouvoir me relever sans trop de difficulté. Une fois debout, je lance :

— Oli…, c'est magnifique.

— Et on a le son des vagues aussi, c'est juste que… je n'ai pas encore mis le volume. Je me disais qu'on pouvait faire l'amour à la belle étoile.

— Sous un écran, je rectifie.

— Tu préfères qu'on monte sur le toit ?

Je secoue la tête.

— Non. Dans ton monde, c'est parfait aussi.

— Notre monde, me corrige-t-il.

Il récupère la bague et vient la glisser à mon doigt. Je retiens mon souffle en suivant son geste des yeux, puis je lâche, pour essayer de chasser l'émotion qui m'habite :

— Merde ! Maintenant, il faut que j'annonce à ma mère que je vais me marier…

— Et alors ? C'est un problème ? me demande-t-il, intrigué.

— Tu parles ! Elle va me demander si tu es un salaud. Ça risque même d'être sa première question !

— Aïe ! Je suis mal barré ! rigole-t-il. Est-ce que ça signifie que tu pourrais changer d'avis ?

Son air anxieux me plaît, et je secoue prestement la tête.

— Alors là, jamais, je lui assure comme une promesse.

Je viens lui offrir un baiser et le laisse m'entraîner dans sa nuit étoilée.

Achevé d'imprimer en avril 2018
Par CPI France
N° d'impression : 3027811
Dépôt légal : mai 2018
Imprimé en France
81122133-1